白雁上林飞

田丽霞◎著

天津出版传媒集团
百花文艺出版社

图书在版编目（CIP）数据

白雁上林飞 / 田丽霞著 . -- 天津 : 百花文艺出版社 , 2022.1
ISBN 978-7-5306-8161-9

Ⅰ . ①白… Ⅱ . ①田… Ⅲ . ①长篇历史小说—中国—当代 Ⅳ . ① I247.5

中国版本图书馆 CIP 数据核字 (2021) 第 208662 号

白雁上林飞
BAIYANSHANGLINFEI
田丽霞　著

选题策划：董满强　　**责任编辑**：刘佩莲
执行编辑：王　欣　　**装帧设计**：陈丽维
出版发行：百花文艺出版社
地址：天津市和平区西康路 35 号　　**邮编**：300051
电话传真：+86-22-23332651（发行部）
+86-22-23332656（总编室）
+86-22-23332478（邮购部）
主页：http://www.baihuawenyi.com
印刷：天津雅泽印刷有限公司
开本：710 毫米 ×1000 毫米　1/16
字数：700 千字
印张：43.25
版次：2022 年 1 月第 1 版
印次：2022 年 1 月第 1 次印刷
定价：98.00 元

如有印装质量问题，请与天津雅泽印刷有限公司联系调换
地址 : 天津宝坻经济开发区宝富道 2 号 101 室
电话 :（022）29645110　邮编 :301800

目录

CONTENTS

一　中郎将

早朝时，雄伟的未央宫大殿。

汉武帝坐在龙位上，注视着下面的文武官员，抑制不住内心的激动。

多年前，匈奴虽然被赶到漠北狼居胥山一带，西域安宁了几天，可他们又匪性不改，养好了精神，前两年又开始勾结大宛反叛我大汉朝，妄图切断我通往西域的通道。

汉武帝立即派兵征服了大宛，打败了匈奴。可是他们还经常偷袭连接西域的小国及道路，大肆地抢掠，搞得人心惶惶的。

气得汉武帝正要派兵前去讨伐时，这不，新上任的且鞮侯单于，终于惧怕屈服了，不但派人送来了两匹血汗马，还送回了扣留的我汉十多批使节。

更叫他欣然的是，且鞮侯来信称："汉皇帝，是我丈人也……"匈奴单于终于主动做小。

汉武帝又回想起自己继位后四十年来，前期改革国内各种制度，提升了国家经济实力，才有了打击匈奴、一统大汉的雄才大略。

在这后来二十年里，他不断地派兵讨伐进犯我北方领土的匈奴，终于将其赶出黄河以南，浚稽山以东。打通了西域之路，做到北漠无匈奴王庭。在其中，又平定了东方、南方和西方各小国部族。

如今，他明白这是匈奴的缓兵之计，可这动兵打仗毕竟是伤国伤民的大事。双方多次交战又多次的互相妥协，互派使节谈判讲和，到后来又相互扣留使节……

如今，他们惧怕我大汉，首先求和，咱也要以礼相待。

皇帝沉思地问："众位卿家，你们都得知，匈奴前来求和，送回了我方的全部使节。你们说，咱们该怎么办？"

整个朝堂上鸦雀无声。众官员们知道，按照朝廷惯例，大汉也得送还我方扣留的对方所有使节。这匈奴单于狡诈无常，一贯出尔反尔。要是出使匈奴而被扣留，生不如死。

朝堂上的所有官员谁也不敢第一个开头说话，就怕一句出口，这差事落到自己头上。

武帝瞧着下面官员，个个低头不语，问司马迁：“太史令，你说，这该怎么办？”

三十六岁的司马迁出列上前行礼，回答：“启禀陛下，我朝应该礼尚往来！”

“爱卿平身！”

司马迁谢过皇帝回到自己的位置，大家这才异口同声：“是！礼尚往来！”

其实，武帝已经想好了人选，只是在朝堂上给大家打声招呼罢了。他对下面说：“宣，侍从官苏武！”

太监大声传旨：“宣，苏武觐见！”

四十岁，中上等个儿，精壮威武的苏武，雄赳赳地上殿跪拜：“微臣苏武，拜见万岁，万岁，万万岁！”

皇帝宣封：“苏武，朕念你家父辈兄弟，为国家忠良，特封你为中郎将！”

苏武再一次叩头，声音洪亮：“万岁，万岁，万万岁！”

“爱卿平身！”

“谢万岁！”苏武麻溜地起身站立一旁，站得很直很正规。

他暗自高兴，自己这个中厩监，是专门负责皇上出行的鞍马、射猎工具的小官，是不能站立朝堂的。如今被封为中郎将，成了能站立朝堂的一员，感到很是自豪。

汉武帝高兴地对众官员说：“如今继位的匈奴小单于，派人送回我全部使节，咱们也要以礼相待，也要派人送回其来我朝的多位使节。众卿家说对不对？”

“皇上英明！皇上英明！”众官员纷纷赞道。这些人个个都是人精，知道皇帝的意思。

“中郎将，苏武听令！”皇上威严地说。

“臣在！”苏武忙上前跪地。

“朕命你带领百位将士同行，护送匈奴使节，你意下如何？”

谁敢违抗皇帝的命令！他只得头抵地唯诺地：“臣，遵命！”声音却小了许多。

“呵呵……”汉武帝笑着说，“从今天起，朕让出使匈奴多年的路充国等人，给你介绍匈奴的现况和风土人情，你要多方地了解这些！朕会安排好一切，三天后启程！”

“臣，遵、命！”苏武头都不敢抬。

他心里很是不愿，可得知违旨的利害只有遵命。

“平身！快去准备吧！”汉武帝自得地说，“退朝！”

众官员看皇帝走了，一个个麻溜地走出门。

朝堂上只剩苏武一人还在跪着，想爬起来，腿脚却不听使唤，挣扎了下没起来。后来他硬是咬紧牙，打着趔趄起身，悻悻地走出宫殿。

苏武深知出使匈奴的艰险……多年来大汉和匈奴之间，表面上互派使节，实际上互不相让，你扣我方使节，我扣你方使节。

这十多年来，打闹不断，来使去使也相互扣留不断，从没有放回过。

过去匈奴每每食言，这次是对方主动送回其扣留我汉的十多批使节。我们以礼送回他们的，他没有理由扣留我们送人的人……

苏武想着，踽踽地走出宫门。

翌日，初夏的阳光灿烂。

晌午时分。

苏宅门外。三十多岁的骑都尉李陵，风尘仆仆打马而来，下马，伸手欲敲门，迟疑片刻后退回道上。

李陵刚从张掖驻地回来，听说苏仁兄奉命出使匈奴，自己没有搞清状况，就贸然前来看望。

细思想，嘿，李陵觉得自己还真的有些冒失了。

李陵牵着马，低头思索着，忽然听见有人喊：“贤弟！”

李陵抬头一瞧，是苏武苏仁兄骑马对面而来。怎么自己竟然没听见马蹄声。

“仁兄！”李陵不知说什么好，只是憨厚地笑了。

“借一步说话！”苏武说着折回马头前行。

李陵翻身上马随后。

两人打马到一街巷内的一酒馆门前下马，门迎小二接过马缰绳。

两人进门，苏武熟悉地带李陵沿着木楼梯上了二楼。

二楼无客人，他俩坐在窗前的桌旁。

苏武吩咐：“小二，上好的酒菜来！”

酒菜很快上桌，苏武斟满两杯酒，递给李陵一杯：“来！贤弟，干！”

苏武端起酒杯给端着酒杯发愣的李陵碰了下一饮而尽。

李陵回过神抿口酒，放下酒杯说：“仁兄，为弟今刚回京，得知兄要出使番邦，正要登门看望，不期而遇，真是有缘！”

苏武也不知从何说起，听他这么一说，自斟杯酒端起：“来！为有缘，干！”

李陵见他又一杯酒灌下，斟酌说：“请、问、仁兄，要小弟到这里来，莫非、有事情相商？”

“哦——贤弟知道，为兄家有六旬老母和你嫂夫人及即将成年的儿子，还有我兄长、兄弟的遗孀和孩子们。为兄这一去，请你能常看看我的老娘，帮帮她老人家！”苏武说着眼圈红了，起身跪地便拜。

苏武最放心不下家里人，家里兄弟三人现在就剩下他和老母以及一家妇人娃娃。

李陵忙起身搀扶起他：“仁兄，你这是作甚！你我兄弟情谊非同一般！你的娘就是我的娘，为兄就是不说，小弟看望孝敬老人家也是应该的！”

李陵爷爷李广和叔叔李敢跟苏武的父亲一样，都是多年前跟着卫青、霍去病一起征讨匈奴的将军，现都已过世。皇帝把其两家仅剩的唯一男丁留在身边做侍从。

李家李陵为骑射都尉，苏家苏武为掌管皇帝出行的鞍马、鹰犬射猎工具的中厩监。两人同病相怜，有机会常在一起，久而久之，就成了无话不谈的知心朋友、好兄弟。

二　我想你咋办

“此次出行，非同小可！为兄不知能否顺利而归。”苏武忧心地又端起酒杯。

“仁兄放心！这次是对方主动求和，再说去年冬天，匈奴雪灾极寒，人和牲畜损失严重自顾不暇。你会很快回来的！”

李陵又安慰说：“凭我从小跟爷爷一起和匈奴打仗的经验看，仁兄这次一定能很快回归的！”

“借贤弟吉言，加上我的努力，我一定要很快回来！我也能很快回来的！”苏武信心满满和李陵边吃边谈。

一壶酒快完时，二十多岁的霍光和朋友上官桀上楼，看见面对着门的李陵，高兴地说：“嘿，李仁兄也回来了！”

李陵立即起身招呼：“快，快过来坐！”

苏武立刻吩咐：“小二，再来壶上好的酒和菜来！”

“好嘞！”小二答应着拿来两只酒杯，放在他们面前，“酒菜随后就到！”

他们两人落座后，霍光对苏武说：“得知苏仁兄，奉皇命出使胡地，我们两个去你家探望不遇，却在这里遇见，真是太好了！”

“感谢两位兄弟爱戴！”苏武给他俩斟上酒说，“来！都端起来，干杯！”

霍光是已故的大将军霍去病的弟弟，和同龄的上官桀都是皇上的侍从都尉。

苏武年长，知识阅历丰富，为人豁达且会说胡语。他们很佩服苏武，常在一起说天道地。今听说苏武奉命出使匈奴，都前来探望。

霍光喝了口酒说：“我们两小弟来找仁兄，看能为兄能做点什么。仁兄需要帮忙，请尽管吩咐！”

上官桀补充说：“桀口才笨拙。只要仁兄要我帮什么忙，我只要力所能及，会竭尽力气！”

“我刚才还跟李贤弟说，我最放心不下的是老娘和家人。我走后，望兄弟们能常到家里走动，帮我照顾下老娘！”苏武说着起身给他们打躬行礼，“为兄这里先谢了！”

“仁兄放心！我们一定会照顾老娘的！”霍光端起酒杯说，“仁兄皇命在身，我们也只有借酒在这里为仁兄饯行了！”

他们都端起酒杯祝福苏武：“祝，苏仁兄一切顺利，早日凯旋！”

这三天来，苏武边跟着回来的使节了解匈奴的情况，边悄悄安排着家里的事情。

他想，与其早早告诉家人自己出使匈奴的事，让家里人整天担忧不高兴，还不如临走时告诉，且少许多无奈。

他装作无事的样子该干啥干啥，直到走的头天晚饭后，陪着白发苍苍的老娘回屋里，才告诉了她老人家。

老娘一听儿子要出使匈奴立即瘫了似的，低头不语，想，真是伴君如伴虎啊！

早年丈夫跟着大将军卫青出生入死，几经沉浮为苏家挣下了富贵荣华。后来大儿子做了皇上的奉车都尉，出事而亡；小儿子又跟随皇帝河东祭祀而毙。如今家里就剩下这二儿子苏武及全家的老幼妇人，凭着自己得知以往出使匈奴使节的艰辛遭遇，扣的扣，回不来的……老人不敢想了，可这只有压在心里，不敢说出也不能说出。

苏武瞧着白发苍苍的老娘低头不语。他知道娘的心思，尽量压抑住心中的痛楚，安慰老娘："娘，儿子知道您的心思。这次外出少则三四个月、多则半年，定会回来的！"

尽管极不想让儿子远行，特别是出使匈奴，可皇命难违！再则，这是为我大汉朝。老人是个明白识大体的女人，过去对丈夫都是无条件支持的！

老人强压不忍，叮咛儿子说："记住：做人不能没有骨气，既然出使匈奴，要以大汉为重！"

"儿，我记下了！"苏武双膝跪在老娘面前叩头，"娘，您放心！无论多艰难，儿都要牢记娘的教诲！明天天亮启程，儿子在此拜别娘了！娘，您多多保重！"

苏母含泪颤巍巍地起身，双手哆嗦着扶起儿子："娘知道你是个宽宏的人！要爱惜自己！早日归来！全家人等着你！"

苏武又跪地叩头。老娘流着泪，背过身无奈地挥手："快走！去、看、你媳妇、去！"

年轻美貌的妻子见丈夫进门，高兴地迎上来："夫君回来了！"

苏武默默地瞧着爱妻，不知说什么好。

妻子奇怪地问："怎的？我今天又没做错事！"

"你、没有，是我错了！"他说着拥妻子上炕，"我、我今天特别想、想你！"

"想，就说嘛！你那样瞧着人家，弄得人家心里七上八下的！"她噘着嘴撒着娇，伸手给丈夫宽衣解带。

苏武很爱她。可她总是仗着自己有男人，在孀居的两妯娌面前要小威风。他也总是这样瞧着她，指正她的错误。

夫妻间激烈胶着过后，女人幸福地躺在男人的怀里。

男人宠溺地抚摸着女人瓷白光滑的身子苦涩地笑着说："如今，皇上官封我为中郎将了。"

"太好了！"她高兴地亲了他一口。她特知夫荣妻贵的哲理。

"皇上、皇上让我带领百人骑射，护送匈奴使节、回匈奴！"他斟酌地说。

女人大吃一惊，惊慌地问："是让你做出使匈奴的使节？"

他纠正说："是护送匈奴使节回匈奴！"

"那还不是把猫叫了个咪吗！"她推开丈夫，起来穿衣服。

“你这是干啥？”

“我要找我父亲，让他禀告皇上，叫别人去！”

“你糊涂啊！你父亲现在边关！”男人紧紧地搂着女人，安慰说，“匈奴新继位的单于，害怕咱朝征讨，派人送回他扣留咱的全部使节。”

他亲了下她继续说：“咱们皇上为了彰显仁义，派我带百人队伍，护送咱大汉相应扣留他们的全部使节。我把他们送到就回来的！”

“胡人野性难改，常常出尔反尔！”女人担忧地说。

“这次是一百多人，匈奴没有理由扣留的！”

“那你说，你多长时间能回来？”女人不舍地问。

“一去一回，起码得四个月到半年。”

“那我想你咋办？”女人撒着娇。

“好办！”苏武推开她穿衣下床，在几上摊开锦帛，挥笔书写：

留别妻：

结发为夫妻，恩爱两不疑。
欢娱在今夕，嬿婉及良时。
征夫怀远路，起视夜何其？
参辰皆已没，去去从此辞。
行役在战场，相见未有期。
握手一长叹，泪为生别滋。
努力爱春华，莫忘欢乐时。
生当复来归，死当长相思。

三　宏幅画卷

女人看着男人书写，流着眼泪哽咽地念着，念过后双手紧搂着他的腰凄然地哭喊着：“我、我不要、这，我要你，要我的男人！”

苏武扔下笔搂着女人潸然泪下。

他们四目相对眼泪横流，雕像般地紧搂在一起。

女人回想起自己第一段婚姻，男人是父亲要好朋友的儿子，他一直跟随父亲，父亲很赏识他。谁知他们新婚不久离别，男人战死沙场……想到此，她不由放声大哭。

他把她抱上床，紧紧地搂着，给她拭擦着泪说："我会回来的，我一定能很快回来的……"

正在夫妻二人迷迷糊糊睡着之际，咚、咚、咚、咚、咚！更鼓五响，惊醒了他们。

苏武睁开发红的双眼瞧着紧闭双目、眼角涌泪的妻子，真的不忍分离，但皇命难违不得不离。

苏武蹑手蹑脚下床，给女人掖好锦被，轻轻亲下她的额头，整装出门。

在男人拉上门的刹那间，女人睁开泪眼哽咽了，她挣扎下床，扑在几前，双手颤抖抚摸着丈夫写的诗，伤心地哭了。

丑儿回想起前夫死后，她能跟比自己年龄大近二十岁的苏武，这个管做马鞍射猎工具的匠人结婚，为的就是能长相守。可是如今……她不敢往后想了。

她踉跄奔出房门，泪眼对着黎明前天上明亮的北斗，跪在院中，双手合十轻声祈祷："北斗啊北斗，请你保佑我男人苏武，此行顺利归来！我在这里给您叩头了！"

丑儿叩头如捣蒜……

清晨，未央宫外。皇上率领文武百官给苏武一行送行。

隆重的鼓乐声中，身着崭新中郎将服装威武的苏武，双手从武帝手中接过牦牛尾装饰，象征着大汉国荣誉和昌盛的旌节杖。

苏武给皇上和众官员行过礼，带着副将张胜，随员常会上马，率领着百位军士和辎重，护送着乘车的六十多位匈奴使节出发了。

朝阳下。队伍出了长安城。

城外道路两边田地里，尽都是即将成熟的麦子，金灿灿的，一望无际。一些心急的人家，已经下镰割麦子了。

这丰收平安景象，是军队保护着得来的。苏武自豪地鼓励大家，这头一天，我们多走一个驿站，诸位回来时就快了。

中午，烈日高照。

车辚辚，马萧萧，他们过了渭河上石桥西行。

苏武一行人虽不多，可这一百六十多人的队伍也称得上壮观。

队伍中所有的军士都是新装，新的马匹。护送的人也都是着新装的，匈奴使节乘坐着新的车辆而行，一路上引起许多人的围观。

他们赶不到驿站，一行人困马乏地坐在麦田中的道路边、护路的白杨树下歇息，打尖吃东西。

苏武瞧着眼前金灿灿的麦田，沉甸甸即将成熟的麦穗，问身边二十多岁的常会："常随，你家里几口人？"

"父母亲，一个弟弟，一个妹妹。"常会回答。

"你是老大。那就是说，你父母年纪还不大？"

"不到五十岁。"

"那，你就不为家事操心了！"他目光忧虑地瞧着来的路上。

常会没吭气，他知道老爷家里的情况，知道他放心不下家人。

两天后，他们路过武功山，苏武拜祭父亲。

这里北面是百丈高的黄土高塬，塬下是无际的关中平原。临塬下坡道旁是苏武父亲苏建的陵墓。

苏武二十五岁那年，任代郡太守的父亲死在任上。他带着护军护送父亲的灵车回长安，路过这里时车轴断裂马儿累死裹步不前。

按照当时大汉的习俗，征人死在哪里就葬在哪里……这也是天意。他只有找这里人看了风水，将父亲葬在这土山前。父亲死后皇上赐其为武功后，人们也就将这里改成了武功山。

香烛点起，纸钱燃起。

四十岁的苏武跪倒在父亲的坟墓前，回想起老人戎马一生……年纪大后，又为大汉屯垦边疆在代郡。

父亲坚守代郡，囤积粮草，训练士兵为多次打击匈奴，兢兢业业，鞠躬尽瘁，命陨任上，得到皇上的首肯，才有了全家人的荣华富贵。

"父亲，儿子要以你为榜样，此次出使匈奴，坚守我大汉气节，定不辜负大汉威名！"苏武叩着头，"父亲，您在天之灵，保佑儿子早日回归！保佑咱全家大小安康！"

苏武拜祭过父亲，带着队伍沿着北上的官道驿站，晓行夜宿，节节北上。

虽然一路上不时翻山越岭，但是，只要到有川道、河坝地，能种庄稼的地方，队伍就跟着一路金灿灿的成熟、一处处的农人们收麦打场中的欢声笑语不断前行。

一月后，他们一行来到黄河以南的河南郡驿站，人们还在忙碌着收割麦子，处处呈现着丰收景象，呈现着我大汉人安居乐业的生活。真是一路行一路的和谐安宁。

苏武回想起小时候，听父亲说过，过去的黄河以南，庄稼收割的时节，匈奴铁骑就过来烧杀抢劫，甚至到距长安四五百里的地方抢掠，严重威胁着国人和国都的安全。

后来，在当今皇上运筹帷幄下，组织父辈们对匈奴进行多次的出击围剿。近三十年来，通往西域道路开通了，国家失地收复了，把匈奴赶出河南，赶出云中，现今漠北无匈奴王庭。

如今我大汉在黄河以北设了五原、云中几郡，移民屯兵，坚守治理，以防匈奴进犯。

他们在这里休整两天，再渡河北上。

夕阳下，苏武带着常会，打马来到久慕的黄河边。虽然河水浑黄泛着金色，可河道宽阔水流柔顺，没有了那年跟随皇上东游，看到的那种震动天地、怒吼着一路狂奔的景象。

苏武站在岸边的高处，瞧着来的地方和将要去的对岸，真是天工巧成。

沿黄河两岸，南北一马平川，即将成熟泛着黄色的麦田中，镶嵌着纵横交错的灌溉渠，镶嵌着成片油绿正在成长的稻谷。

“好一派广阔无垠的宏幅画卷！”苏武不禁脱口而赞。

不错，这正是路大人所介绍的：站在黄河岸上的高处，四下眺望，心胸一下子豁然开朗了。

我大汉真的强大了！苏武觉得自己也变得伟岸起来。

“常会，一定要记住我大汉的黄河！”苏武对他说，“明天，找这儿的管理人，把这里的情况仔细了解下，把庄稼的地亩、收成等等，标在地图上！”

“好！”常会想想问，“大人，过了云中，咱还要走多长时间，才能到达目的地？”

常会在家念过三年私塾，再加上服役后五年多的锻炼，已经成为一名文能看图绘图、武能骑射擒拿的文武全才。这次经过比武胜出，作为使节的随员出使匈奴。

“按路大人的计算，咱们到这黄河岸边，才走了一半的路程。”他吩咐说，“回去和张大人商量下，过了河，匈奴人归心似箭。咱要给咱们的人多多鼓舞士气！”

“记下了！”

两天后的一早，队伍在驿站吃过早饭，就到黄河岸边码头，分乘十多只皮筏子出发过河。

人站在岸上感觉不到浪大，可一坐上皮筏子行驶起来，却在浪尖和浪谷中不停地颠簸着。

不久，这些出生在内地没有乘过船的人，五脏六腑都在腹中咣当起来。

皮筏子上，一个人忍不住哇地吐了，传染得大家都跟着呕起……

两个时辰到达对岸，个个的脸都绿了。他们把早上吃的东西都倒光了不说，有的连胃液都吐出来了。

四　云中

过河后，个个头昏脑涨，踉踉跄跄下了皮筏子，东倒西歪地坐在码头上起不来。

苏武也和大家一样的难受，想起职责，他让副使张胜照看队伍，自己带着常会走进岸上军营，搞来大桶开水和简单的食物。

他们招呼大家吃了点东西，休息会儿继续前行。

过了黄河，驿站渐少起来，行车没有了。

一些老了的匈奴使节只有骑马而行，年轻点的跟士兵一样徒步前进。走了三天，队伍来到云中郡。

父辈们把匈奴赶走，每收复一地，就设立关口镇守，屯兵、移民，修路建设边塞，也就有了通往长安的道路和驿站。

驿站间的距离三十里、五十里不等，主要是护送传递情报、接待巡视官员和队伍。

傍晚，苏武安排好大家饭后休息，趁着夕阳还未落尽，和副将张胜，带着常会登上云中郡城楼。

他环顾四周对两位说：“这里依山邻水，便于隐蔽。是二十年前，卫青大将军率我大汉军队出兵惩罚匈奴的地方。”

苏武介绍说：“当年，卫青将军从这里突然出兵，李息将军从东边代郡，还有镇守阳关的军队西地东行同时出兵，围剿匈奴楼烦王和白羊王，一举收复了黄河南北失地，在这黄河以北设立朔方郡。”

张胜感慨地说：“卫青大将军真是英雄呀！”

“有父辈们过去的围剿打击匈奴，才有了我们如今的社会繁荣和安稳生活。我们这次一定要不辱使命！”苏武认真地说。

“对，不辱使命！”三人的手紧紧握在一起。

“哎，苏大人，你瞧着云中城墙，怎么跟咱内地的不一样，曲曲折折的？”善于观察的常会好奇地问。

张胜也说：“大家来后一看，也感到不可思议。”

“是吗？明天出发前揭谜底！”苏武笑了。

过了云中，一路上基本都是山丘和沙漠地带，虽说漠北无王庭，可是会遇到一些匈奴部落的骑射骚扰。

为了保证被护送的人一路上的安全，护卫队的成员，都是皇上从皇城卫队中，抽调上来的文武全才。

第二天早饭后，队伍列队准备出发前。常会出列宣布：“请苏将军训话！”

苏武全副武装，腰佩宝剑，手持节杖威武地站在队列前，威严地说：“诸位将士，诸位将要回家的兄弟们：我们一过云中，一路上缺少驿站，既要翻山越岭，还要穿越大沙漠。”

他扫视着整齐的队伍和一队多匹驮着一路吃用的骆驼：“这，就要我们齐心协力，克服艰难！大家有信心没有？”

“有！”所有的人异口同声的声音在空中回荡。

“好！”他口气温和了，“大家一定很奇怪这里为何称云中，为何城墙和内地的不一样。其实，这云中城是天鹅引来的宝地，是我大汉的一颗明珠！”

大家一听，吃惊得面面相觑。

苏武继续说：“早在二百八十多年前，赵国国君赵武侯，为了保卫疆土，率领军队和百姓在五源河曲修筑长城，修到西山这里，修一段塌一段，再修再塌，无奈只得选新址。”

近六十岁的胡人使节楼里原插话说：“西山有段流沙地，根本就修不了城池。”

“这位老兄说得对。所以他们一行来到这里，疲累地坐在地上休息。忽然，烈日下，天空中一群天鹅在云端久久盘旋。阳光下，醒目的光芒投在空旷的原野上，形似座城的轮廓。”

苏武看大家全神贯注的样子，提高了声音：“于是，武侯立即命大家按照轮廓，手拉手画线建城。这云中城的城墙呈不规则的多边，犹如星座连线，也被称为天相城。”

这时，驿承带着一中年一小青年、身着胡服的两位匈奴男子过来，对苏武说：“苏将军，给你们带路的向导到了！”

四十来岁，精壮利落的胡人男子行匈奴礼节：“本人，向导胡图黎！”

看起来只有十六七岁俊秀健美的青年跟着行礼，自我介绍：“兰格尔，前来报到！”

“有向导了。”苏武沉思地说，“这就是说，一过云中，根本就没有驿站了，大家遇事不要害怕，不要慌乱！”

苏武又命令军队：“将士们，我们的任务就是护送友人。保护友人安全到达目的地！我们一定要各执其责！如若遇敌，服从命令见机行事，定要克敌制胜！”

苏武对向导说：“向导带路，出发！”

其实，这两位向导是匈奴单于得到消息派来迎接他们的人。年长者是单于的弟弟於靬王，男青年是其女儿於维尔兰。她得知父亲要到云中办事，要求单于皇伯，要和父亲一起来。

且鞮侯单于念起侄女虽能骑马射箭，武艺不凡，可作为匈奴王家女儿，没有参与过打仗锻炼。这次是个历练的好机会，就同意了。叫她必须改名换姓，女扮男装。

这一行队伍从云中出发，没了汉道驿站，且路途遥远。云中驿站准备了五十多匹骆驼驮着沿途吃用等辎重，还有供路上不能行走者骑的马匹。

他们沿着黄河以北阴山中的河谷川道前行。

这里土壤肥沃。麦子刚成熟，农人正忙着收割。

越往北走，盛夏美丽凉爽。河谷两岸绿树间野花飘香。

沿途不时有小小的村落人家，队伍吃住还比较方便，大家心情不错，走得还快捷些。

三天后，队伍进入阴山腹地，这里道路崎岖，行人还可以，马匹骆驼真是步步艰难。

苏武怀疑地问向导：“胡先生，为何不走东道？”

他来时已经研究好了一行的道路，现在走的这里，不得不叫他怀疑。

“走这里可节约十天到半月的路程！”胡图黎回答。

东道是大汉通往匈奴的所谓大道，是双方打仗进退兵的道路。虽然沿着山外，风沙侵袭无定，道比较好走。

苏武让大家下马，牵着马和骆驼步行前进。两个多时辰后，队伍艰难地行至光秃秃的山顶，突然狂风大作，大雪纷飞，霎时天昏地暗。所有人都冻得直打哆嗦。

胡人中有人喊：“我走不动了！”

苏武严厉地说：“在这里千万不能坐下休息！为了大家平安，一定要坚持住！”

接着他把队伍分成三部分，一部分张胜带着断后，一部分负责骆驼马匹，一部分夹杂在客人中间照应他们。

每隔十几人点亮一火把做引导。

风雪中，队伍逶迤而行。

五　一个不能落下

风，仍然在怒吼，雪，依然在狂飞。

叫人眼睁不开裹足难行。

多亏山梁道上比较平坦能跑单马，行走不大拥挤。可一边是悬崖绝壁，一边是陡坡，只能单队行走。

行人们尽量睁大双眼瞧着前面的火把，一个个紧跟着，一步一滑互相照应着朝前移行。

苏武走出队列，手做话筒，大声喊着：“诸位，黑暗天，大家手牵着手，一个都不能落下！”

队伍中不管是士兵还是回家的胡人，一个个紧拉着对方的手，迈着踏实的步子前行。

突然，客人中年近花甲的楼里原，脚下一个趔趄“哎哟”一声跪倒在地。

苏武闻声即喊：“队伍停！”

手持火把前面带路的常会，奔过来一手搀扶他，可他腿疼得起不来。

苏武忙奔上来一起搀扶起他，对常会说："火把给我，你背上老楼！"

常会背起楼里原随着队伍缓缓前行。

两个时辰后，天已黑定。

他们终于踏上了下山的路。

下山的路虽没有山顶道宽，可牲畜单行没问题。再说道路两边都是能见的荒坡，人心里不那么胆怯。

苏武让队伍停下，让客人中年龄大些走不动的骑在马上，军士在前牵着马随着队伍而行。

雪渐渐地慢了。

脚下的雪不厚，道路也不是很湿滑。听着人们嚓嚓的脚步声就知道队伍行得快了。

走了一个多时辰，风雪彻底停了。

向导胡图黎喊着："大家加把劲，目的地快要到了！"

不久，大家闻到了草木的香味。

苏武瞧着黑乎乎的天，问向导："胡先生，还有多远？"

"大概半个时辰吧！"

苏武闻言出列，朝前行的队伍喊着："大家加把劲，我们马上就到休息、吃饭的地方了！"

大家的脚步有力多了。

半个时辰后，苏武看到前面火把照耀下的平坦地，有处亮光，仔细一瞧是帐篷，高兴地说："我们到有人的地方了！"

大家也看见了，纷纷兴奋地喊："终于能休息了！能吃饭了！"

苏武令队伍停下，浑厚的声音严厉地说："将士们，我们下到平地，不要打扰住家。就地休息，搭帐篷，埋锅造饭！"

队伍悄悄来到平坦地，苏武低声吩咐士兵："军士们，各执其事！"

训练有素的士兵们，搭帐篷的搭帐篷，埋锅做饭的做饭，照顾休息的照顾人……

一切井井有条地进行着。

兰格尔瞧着这一切，把胡图黎拉到一旁，悄悄地说："阿爸，这苏大人，并不像我们了解的那样。他一定是个将军级的人物。"

"嘘！"胡图黎悄声叮咛女儿，"咱只是向导，不要让对方看出咱是来迎接他们的。更不要让他们看出咱是一家人。你是女孩子，少说话，多用脑，多用眼！”

女儿调皮地右手搭在胸前对他唯喏地说：“是！大叔！”

他们作为向导前来迎接大汉使节，也是专门研究正副使节的情况的，大致得知苏武只是皇帝身边的小小侍从官……

今天走山道，苏武镇定的指挥态度，让兰格尔感觉他不是一般的人。

饭后，安排大家休息后，苏武一再叮咛张胜：“晚上一定要提高警惕，要派人轮班警戒！”

他回到自己的帐篷，常会已经铺好地铺在门外站岗。

他叫来两位向导商量明天的行程。

先前一个多月在大汉地界，一路上都有驿站。在休息时，他按照路大人所提的路况，对着地图无数次地研究过沿途的情况。

如今有了向导，一方面要提防他们，一方面要依靠他们。

苏武问向导：“请问两位兄弟，咱们明天如何行动？”

胡图黎从怀里拿出自画在羊皮上的道路线图，指给他看：“咱们人不多，还是沿着有水有绿地的地方前行，虽说不如大道好走，至少沿途有放牧人家，遇到困难能很快解决。”

“能保证安全吗？”苏武直接问。

兰格尔不满地说：“你不相信向导？”

苏武忙说：“不是，不是！”

胡图黎瞪了兰格尔一眼，她低头不吭气了。

胡图黎给苏武解释说：“我们不是大部队急行军，而且还有老人，对不对？”

“对对！”苏武心里犯嘀咕，于是对他们说，“两位兄弟，今晚我们住一帐篷，怎么样？”

“你是怕我们跑掉吗？”兰格尔心直口快。

“是啊！”苏武微笑反问，“怎么，不敢？”

“有什么不敢的！”兰格尔和衣仰躺地铺上，眼睛瞧着帐篷顶子，一条腿拱跷着，另一条腿担在跷着的膝头上悠然地晃着。

胡图黎和苏武正在商量着明天的行军和注意事项，兰格尔晃着的腿不动了。原来她渐渐地就睡着了。

这次出行她真是太累了。第一天接到任务熟悉情况，第二天就和阿爸出发，每天打马疾行，近一月到达云中。还没有来得及休息，就又和苏武他们一起回行。

胡图黎看兰格尔睡着了，恭谨地对苏武说："能和将军同榻而眠，是我们的荣幸！"

他将女儿推到最里面，自己挡在外面躺下。他要保护好女儿，尽管她是男装。

苏武带着队伍打算走东道，走路大人亲自绘制的其回大汉家的道路。如今两位向导把他们带上了崎岖的山道，他心存疑虑怕有诈。

要提高警惕！夜里预防他们逃走，才要求和他们一起住的。

一夜无话，第二天朝阳升起后，大家才起来。

夜里，苏武不放心起来查了两次岗哨，到天明时才疲惫地睡着。

忽然，外面传进阵阵喧哗声惊醒了他。

他噌地从毡毯上跳起来，奔出帐篷一瞧，是胡图黎和一壮汉在摔跤。大家高兴地围观并且"加油！加油"地喊着。

双方斗了几个回合，老胡赢了。壮汉不服气地挑衅起来……老胡倒退着寻找机会，终于趁机扑上前抱起壮汉，掂举起来。

大家的心提到嗓子眼儿，瞪眼瞧着老胡。

胡图黎没有松手，微笑着把他放在地上。

大家掌声雷动，欢呼说：好！好啊……

苏武打量着周围地形，面对着太阳升起的地方，辨别方向……

这是南方位，原来，昨天在山上转了三个方向。

树木葱茏的松柏树山坡下，依小河散居着七八户原木圆顶房子的人家。每家屋旁边都有木栅栏围着的牛圈、羊圈。

未出放牧的牛儿羊儿在圈里呼喊着。

夜里看见的帐篷，竟然是剥了皮的新原木围建的圆顶房屋，门上贴着红布黑字的喜字，是儿女新婚的房子。

这里是方圆有几里地的黄土丘，种着苞谷，谷子，油菜，葵花，还有即将成熟的麦子……

他脑海里盘算着，这里距云中，也就是个二百四五十里的路程，说不定是汉人居住的地方。

苏武瞧见前面一家屋旁的菜园里，一位着毛朝外皮朝里羊皮袄的老人佝偻着身子锄地。

他走过去打招呼："老人家，您忙哪！"

六　患难见真情

老人听见问话，回过身一看是位汉人官员，停下手里的活儿问：“是北去王庭出访的汉官吧？”

“对！”

“这不打仗了好！”老人赞成。

“听老人家的口音，是河南面的人吧！”苏武帮着老人拔着菜地边的草。

其实，老人看起来不老，也就是比苏武大几岁吧。起身腰挺得直直的。声音很是洪亮。

“是啊，十多岁时一家人被胁迫过来。后来两边打仗不得安生，才又逃到这里！”老人叹了口气说，“唉，如今见了家乡人，才敢说实话。”

“这里平安吗？”

“这里是深山。前面有几道山挡着，后面有多道山丘隔着，还算安然。”

苏武这才瞧见这里四周是山，中间是个平坦些的山窝子，还是一年四季能见阳光的山窝子。他由衷地赞道：“老人家真会选地方！”

老人捋着稀疏的胡须笑了。

“老人家，这里距离王庭远吗？”

“有九百八十里。”

“听你说的有整有零的样子，莫非去过？”

他打量着苏武，中上等个子，魁实威武，一身的正气，悄悄说：“这多年，北漠无王庭。双方不打仗消停了。去年夏天，我打扮成做生意的胡人，骑马带着十几岁的孙子去逛了一回。”

“那地方怎么样？”他不禁问。

“是漠北面最好的地方。有山有水，有树有草的好地方。”老人低声对他说，“那地方周围丘地多，河两岸平坦坦的，一马的草原。”

苏武冲老人竖起大拇指，两人会心地哈哈笑了。笑声在山间回响，在空气中飘荡，高兴得天上的太阳的脸都温柔了许多。

苏武辞别老人朝帐篷走着想，看来这两位向导还是可信的。

饭后，队伍开拔了。张胜负责断后，苏武和两位向导走在前面。半个时辰左右队伍上了前面出山的道。

这山道朝东，开始道路还算顺和，可是越朝前走两面山在半中腰间将要贴在一起，中间道路狭窄，只能过一驮着货物的骆驼，还得蹭着山壁通过。

胡图黎介绍说："这条路是这里人为了防御外人入侵而为的。这路开始只有敢于冒险的人才知道。我也是两年前，从云中回家，一位商人朋友带我第一次走过这里。"

昨晚上，胡图黎和兰格尔准备租住民家，苏武却要和他们一起住宿。虽然双方内心有所戒备而互无干扰，互相也就算有所了解，今天行军途中话也就多起来。

"看来，这里的人家相处得还不错！"苏武说。

"去年初冬，我路过这里，大雪下个不停，住了几天，摸清了他们的情况。他们这里一共十家人，自己起名为十架山。六户云中人，四户胡人。"胡图黎说。

兰格尔接过话头："他们能和睦相处，一定是在艰难中互相帮助扶持过来的！"

"是啊，患难见真情！"苏武感慨。

"那你和我们向导之间，是不是也属于你说的这样呢？"兰格尔调皮地问。

经过这多日的相处，她觉得这位苏大人是个可信赖的正人君子。特别是昨天半夜里，他把自己的棉被轻轻地给她和父亲盖上，自己和常会合盖一床。

当时兰格尔被盖着的被子惊醒了，她一动不敢动，偷偷眯缝着眼睛看了他一眼，他显得那么慈祥，那么小心翼翼。想必父亲也是一样的。

胡图黎嫌女儿话多，忙对她说："兰格尔，小心脚下！"

她闭上了嘴。

为了赶路，多人分别带了中午吃的东西，午饭都是边走路边吃的。夕阳西下的时候，他们才走出了隐蔽的山路小道，进入沟豁土岭、沙土包的地带。

苏武命队伍停下休息，拉着胡图黎攀上道旁的一土丘，瞧着漫漫豁沟的沙土丘问："胡先生，这里距大道还有多远？"

"骑马一天的路程！"

"这就是说，我们这些人还得走三天！"

"对！"胡图黎指着前方一高地说，"今晚咱们就在前面的高地上安营扎寨。"

苏武问："这周围有人家吗？"

“你看这荒丘野壑，干旱无水，只长几棵絮絮草，人和牛羊能活吗？”

胡图黎想想又说，“第一次路过这里，有两家牧人。我和朋友还在一家住了一夜，听说是躲仇家来的。去年路过，就搬走了。”

“那咱今晚就住你们住过的地方。”苏武说。

“好！”

由于队伍中没有女眷，晚上每个帐篷里，整个都铺上毛毡毯，大家一个挨一个地挤在一起睡的。

按苏武的意思，今晚向导和随行军人住在一起。

饭后休息时，兰格尔拉着胡图黎来到苏武的帐篷说：“大叔，我们今晚还是住一起吧。”

苏武问胡图黎：“胡向导，你的意思呢？”

胡图黎不愿意女儿住大帐篷，虽然大家都是和衣而睡的，也怕女儿难堪。于是说：“我们还是和苏大人住一起，行吗？”

苏武瞧着一半做了小仓库的帐篷里，仅留下只能睡下他和常会两个人的地方，为难地说：“这、这、这恐怕太委屈两位！”

“不委屈！不委屈！”胡图黎忙说。

兰格尔接着说：“我睡最里面，大叔紧挨着我。我们打脚头挤一挤，能行的！”

她俯身把毛毡，朝只能放下双脚的行道上扯了扯，地方大了些：“看，这样不就能挤下了！”

苏武只得说：“那——只有这样了！”

巡逻回来的常会要和兰格尔挤在一头。这多日来的相处，他觉得这位比自己年龄小的向导很是有趣，汉话说得很溜不说，还蛮有性格的，就想更深地了解他。

常会名义上是苏武的随从，实际上是皇上派来协助苏武工作的情报人员。

他和她挨挤着躺下，黑暗中问：“兰格尔兄弟，你今年多大？”

兰格尔明亮的大眼睛星星般闪烁调皮地问：“怎么，想义结金兰？”

“哎，你汉话怎么说得这样好，还懂得我们大汉的义结金兰？”

“奇怪吗？”

“对！很奇怪！”

“嗯——”兰格尔沉思了会儿，“我父亲是生意人，常带着我到汉地经商，再加上我也很聪明呀！”

其实，胡地的汉人也不少。胡人扰汉的目的，一个是民族的野性，更重要的是他们生活的地域严寒艰苦，就想侵占汉人的土地，掠夺财物，掠夺汉人给他们做奴隶，种粮食……

胡图黎听着女儿的回答比较满意。

“那你说，是如今你们安稳的生活好，还是过去那样打打杀杀的好？”常会故意问。

七　路遇呼救者

兰格尔不知怎么回答了。这多年来，胡人和汉军的多次对抗，汉军对胡人的多次大围剿，使他们的元气大伤。

去年夏季干旱，蝗虫肆虐，草原一片凄凉；严冬又漫长，狂风暴雪严寒异常，人和牲畜死亡巨大……

现如今他们退进大漠以北的腹地休养生息……她不能说这些，更不能暴露自己身份。

苏武听着他们的谈话，知道常会的用意也感到兰格尔的难堪，于是说：“你们年轻人，真的不知道什么叫疲累！”

常会胳膊肘轻触下兰格尔，悄悄说：“睡觉了！”

不一会儿，常会就打起了鼾声。

兰格尔听着身边轻轻的鼾声想，这苏将军还是个很细心的人，为我解了尴尬……她想着想着也睡着了。

他们走出沙沟豁已经是第三天中午，吃点各自带的食物，终于踏上了一旁是沙岭丘地、一旁是沼泽湿地的所谓正规道路。

大家走出干旱闻到湿润，心情畅快多了。

苏武瞧着烈日下，一旁是光秃秃的沙豁荒丘，一旁是条即将干枯的沙河故道，片片的湿地生长着苔藓和一些灌木沙柳。湿地上面的空气被烈日吓得摇晃发抖着。

他心中盘算了下，这十多天走的路程是云中到目的地的小一半，这两位向导还行，带着队伍走了个箭弓的弦。避免了沙漠的炎热不说，还走了个捷径。

大家走着走着不新鲜了，渐渐感到浑身炙热难耐，满头大汗，直喘粗气。几位年长的匈奴使节已经一步一喘，迈不动腿了。

这鬼地方，要是遇到土匪……

苏武一想到这儿身上直冒冷汗。他手搭在满是汗的额头，眯眼瞧下天空，晴空无云只有骄阳；地上，一望无际的沙漠，沙子与烈日就相应发出强烈的热，人走在其中，仿佛在热锅中煎熬。

他瞧着道上一步一喘的人们，不禁问身边的向导："胡先生，这道上安全吗？"

"基本上是平安的。"胡图黎脚步不停地回答。

"你看，队伍中的老年人，已经热得不行了，咱们是不是该休息一下？"

胡图黎手抹了下头上的汗，站定四下里打量下，指着前面距道路有十多丈、一片五六尺高的沙沟说："那里可以容下这么多人休息！"

苏武观察下周围的地形："好吧！"

这里周围看来只有这一道沙沟，还是比较安全的。

在胡图黎的带领下，他们艰难地朝那里走去。这沙沟里面还有一天然的凹洞，能容纳下百多人。

苏武亲自进洞，用节杖把敲敲周围，还算结实。吩咐张胜安排大家进洞休息，吃点食物，自己走到外面登上高处放哨。

这一进入沙漠，苏武的警惕性更高了。虽然向导很负责任，可他们毕竟是胡人。自己身为护送的负责者，必须得时时处处地注意安全。

常会休息会儿上来："大人，我来！您去歇会儿吧！"

苏武叮咛说："眼睛一定要睁大！"

"我知道了！您放心吧！"常会看苏武下去了，站在那里观察着周围。

兰格尔拿着羊皮水囊上来："常兄！"

"你来干什么？"常会警惕地问。

"和你一起放哨呀！"她说着，坐在他脚下，拉拉他的裤脚，"坐下吧！"

他们坐在一起。常会目光提防地注视着前后的道路。

"也没有必要这样紧张吧！"兰格尔瞧着他说，"这里很少有人居住的，胡兵也不来这里。"

"你怎么知道胡军不来这里？"他警惕地瞧着她。

"你这样看我干什么？"兰格尔不满地说，"这里距王庭道路最远，现在又不是打仗的时候！”

常会讥笑地问：“那你说，什么时间是打仗的时候？”

“不跟你说了！”兰格尔不理他可也不走。

胡图黎看不见了兰格尔，走出洞外喊：“兰格尔！”

“来了！”她站起来朝下走。

他看见女儿走上来，生气地悄声说：“不准离开我！”

“是！大叔！”兰格尔调皮地笑着。

胡图黎不能在人前责备女儿，只是对她说：“年轻人地理不熟，别乱跑！”

据他观察，常会是个机灵聪明的年轻人，能跟着苏使节也不是一般的人。他怕女儿和他在一起，说话不注意露了馅儿。

休息了一个时辰避过了太阳最毒的时节，队伍又出发了。

他们走上大道不久，后面传来隐隐约约的呼救声，且越来越近，能听清是女人苍老的呼救声。

苏武把节杖递给身后的赵根儿，吩咐张胜带着队伍原地休息。自己带着常会骑马倒退三丈多远，挡在道上。胡图黎也打马过来挡在他两个前面。

须臾，他们望见两个骑马的胡人男子，一位身后驮着捆绑的白发苍苍的哭喊救命的胡服老妇人，一位身前拖抱着一个哭喊阿婆的小女娃娃。

苏武打马上前，挡在路中间，厉声喝道：“停！下马！”

常会立即打马上前护卫在苏武旁边，胡图黎飞马过去挡住他们的退路。

两位无奈勒马，留胡子者愤怒地问：“什么人，竟敢阻挡王爷的路！”

老妇人大喊：“恩人，救命！”

五六岁的女孩子哭喊着：“阿婆！阿婆！”

苏武下马，和颜悦色地问：“两位壮士，为何如此？”

年轻者怒气冲冲：“她是我们部落的，要偷着回云中，被我们发现抓回！”

“原来是这样！”苏武用商量的口气说，“请二位下马一叙！”

“你是汉人，少管我们的事！”

胡图黎说：“我是胡人，应该管吧！”

两人看胡图黎强壮威武的样子，觉得不好对付，无奈下马。

胡图黎从马上解下老人，常会上前抱下捆绑的孩子。

老人昏花的双目瞧着身着汉将军服装的苏武，立即跪在他面前哭泣说：“我，我和我六岁、的、的儿子，二十多、年、前、逼迫胁裹到、到这里……”

听了老人简单的哭诉，得知老人年轻时和六岁的儿子被胡人抢掠而来，给头人种地。儿子长大后和当地的一女子结婚，生育了两个女儿。

两年前儿子被头人拉去参加械斗而死，媳妇带着八岁的大女儿另嫁了。家里只有她和这小孙女、生活艰难。

老人哭诉说："俺、俺不想，老死、他乡，想带着这小的回云中。就、就一路、向、南乞讨，刚、刚走上大道，被、被发、现。呜呜……"

苏武很了解老人落叶归根的心思，可是自己面对着不了解身份的胡人向导，又不能和面前的两胡人决斗强抢人质，怎么办……

八　沙暴狂风

苏武沉思了会儿，温和地跟两位商量说："兄弟，请看在老人为你们辛劳了一辈子，连儿子都为你部族利益牺牲的份儿上，就让老人回云中，落叶归根吧！"

年轻者恶狠狠地："不行！"

苏武俨然地瞧着胡图黎："胡先生，你看如何处理？"

他知道两个胡人不会让老人走的，这刚好试试苏武的本事。于是对他说："就按你的意思办！"

对方年长者怒对胡图黎说："你也是胡人，为何替汉人说话？这不行，这老少坚决不能走！"

苏武愤怒而威严地说："怎么，你们连老人和娃娃都不肯放过吗？"年轻者挑衅："放过？也行。咱们两个比试下，你要是能胜过我的话，他们可以走人。要是输了，连你也死路一条！"

"这，可是你说的！不能反悔！"苏武认真严厉地说。

"绝不反悔！"他对胡图黎说，"你来做证！"

常会上前对苏武说："大人，我来吧！"

"你照看她们老小！"苏武脱下外面穿的袍服递给常会，身着精干的束身衣裤问，"是马上来呢，还是马下来？"

"马下来！"年轻者不满地说，"我这摔跤能手，不信拿不下你！"

这年轻的胡人根本就瞧不起汉人。他虎视眈眈地和苏武过招，两人赤手空拳，你来我往，不分胜负。

苏武过去陪着做太守的父亲在代郡任上，跟着胡人教练学过摔跤格斗。他很聪明能举一反三，学得快不说，还能因地制宜地想法克敌制胜。现在刚好练练。

这胡人看赢不了苏武，趁苏武后退之际，猛扑上来欲抱他腰。苏武灵活地一闪躲过，伸出脚狠踹在他小腿上，扑通一声，那人倒在地上。

“不算，不算！”观看的年长者忙说，“还是我来吧！”

“不行！”胡图黎过来厉声阻止，“这是一对一的！”

常会过来说：“大人，我来对他！”

“观看者一样重要！”苏武对胡图黎说，“让他来吧！”

姜不愧是老的辣。年长者摔跤的技巧比年轻者好多了。几个回合下来，苏武有点吃不消了，满头大汗。

那年长者看他已力不从心，咬着牙，使出黑虎掏心的架势朝他逼过来，他的节奏比苏武慢半拍，灵活的苏武紧咬牙关跃起躲过。

他步步紧逼，苏武无还手之机，只有灵活地躲闪，寻找机会。这次躲闪过后，趁机反手抓住其一只手臂，用尽全身的力气狠狠朝外一掰，胡人大叫一声倒地打滚。

苏武将欲倒下，常会扑上前抱住他。

胡图黎对怔在一旁的年轻胡人说：“年轻人，还不搀扶起你的人快走！”

年轻者被提醒，不服地瞪了苏武一眼，搀扶起年长者，牵着两匹马走了。

“感谢大人救命之恩！”老人忙拉着孙女，“快感谢大人！”

“老人家，受惊了。”苏武缓过劲扶起老人，抚摸着孩子的头说，“要好好听阿婆的话！”

孩子泪流满面，懂事地说：“谢谢大爷！”

苏武穿上外衣，打量祖孙两人，沉思着对常会说：“常会，你和赵根儿，骑马把他们送回云中大营后，再来追我们！所有常规，你是知道的！”

苏武目光暗示着常会。

“常会遵命！”常会会意。

他知道当着胡图黎的面，苏大人不便再叮咛什么。他会按常规，让她们交代清楚自己的一切，交给云中驻军备案。

常会赵根儿两人打马送老人和孙女回云中，走他们经过的捷径。这条路打马二次行进，发现只是两端进山地有三十多里难行之道，是时隐时现崎岖的羊肠小道。

中间朝里走渐渐变成打马能行的道路，也是十架山人为了自身安全，搞的隐蔽之地。

他们两个身强力壮的年轻人除了喂马、和马一起休息外昼夜奔行，来回只用了五天多的时间，第六天下午就回来追上了队伍。

队伍进入沙漠境地，四下里都是一眼望不到边的沙漠、沙丘如雕刻的版画般无限地伸展着，无边无际，叫人震撼。

他们行到一有积水的地方，苏武和向导商量，休整半天，除过骆驼驮行外，为大家准备好十天的干粮和水，各自带着出发。

一天，队伍沿着道沙岭，在黄金般的沙地上跋涉前进，虽然很累，可太阳温和，微风吹送，还算惬意。

中午时分，老天发怒了。狂风大作，飞沙漫漫，遮天蔽日。

人和牲畜都睁不开眼睛，迈不动脚，无法行进。

胡图黎看准风向后命令大家："诸位都手拉起手，逆风一起朝右方平坦地撤！"

苏武接着喊："大家都听向导指挥！军士各人执行各人的任务，赶快帮助人畜朝平坦地撤！"

大家手紧紧拽着左右人的手，军士们扯拽着骆驼和马匹的缰绳，顶着风沙撤退着。

在离开沙岭三十丈远的地方，胡图黎让大家停下，面背风沙靠着卧地的骆驼马匹护头卧倒。

一个时辰左右，狂风终于累了，沙子也飞不动了。

人们睁开眼睛站起来，吐着钻进嘴里的沙子，瞧着身后不远的沙岭，已经被沙子填平了。

人人都倒吸口凉气，谢天谢地谢向导！否则，这些人在沙岭下都会葬身沙暴中。

苏武给胡图黎行了个胡礼，由衷地说："感谢了！"

"分内事，不客气！"胡图黎介绍说，"走沙漠，遇风沙，首先要到平坦地，面对风沙抱头卧倒，这样可以保护生命！"

苏武瞧着天气跟他商量："老胡，你说是不是让大家就地喝口水，吃点东西？"

他瞧着天空，沙尘渐渐退着，可看见天上朦胧的太阳："行！"

大家就地嚼着干粮喝着水。骆驼一次吃饱可以耐多天不吃东西，可是马却不行，每天都要加草料的。在沙漠里也不能例外，否则会走不动的。

马夫给马匹各分了些许黑豆，马在咀嚼着。骆驼眼睁睁地瞧着，嘴也翕动着，鼻子噗噗吹着沙子提意见。

苏武见状，吩咐马夫给骆驼们也分点吃的。

队伍重启后，苏武和胡图黎走在最前面。

苏武问："胡先生，你让队伍到平坦地，我想是这样的道理。由于平坦地，阻挡不住风沙，可保住生命。对不对？"

"太对了！"他高兴地说，"读书人，就是好，遇事能说出道理来！"

"你读过书吗？"

"我呀，该读书的时候，跟随父母在马背上奔波。后来年长了，有时间读书又很忙，只是跟汉人读了半年书。"

九　沙沟遇险

"你会认汉字？"

"还会写几个。"

苏武想，这人不是胡人的商人，也不是老百姓。自己又不能再问什么，只是问："胡先生，还有几天能走出沙漠？"

"还得半个多月吧！"胡图黎瞧着满身疲惫年纪老了的回胡使节说。

这些人经受了多年的身心摧残再也不能经受疾行的颠簸了。一路上多亏了苏大人一行人的精心照看，还有随队的大夫精心地给他们治病服药，才能跟着大家一起行动。

苏武问："有比这道还难走的路吗？"

"最不好走的是，前面还有段大沙沟。要是运气好的话，很快就能经过。"胡图黎回答。

本来夏季白天时间比夜里长得多，可这北方的夏季白天时间比夜里更长。

快到亥时天还亮着，夜里很短，到第二天卯时天就又亮了。

队伍走进沙漠腹地，在向导的安排下，晚上一般都是在道旁开阔地搭帐篷休息。

要走大沙沟的这天一早天刚亮，胡图黎走出和苏武住的帐篷，查看天气情况。

天空万里无云，星光璀璨，是好天气。真是天助我也！

这条大沙沟，打马一个时辰左右可过，可这么多人行走，至少也得三到四个时辰。队伍趁早用饭后带着食物和水出发了。

进入沙沟，队伍行了三个多时辰都比较顺利，直到肉眼能看到沟口时，忽然，身后一阵阴风袭来，接着暴风裹着黄沙轰吼着从后面推压而来。

有的人猝不及防，被风沙裹倒了，身材高大的赵根儿扑上前将人拽起来拥抱在胸前。

胡图黎扑到沟壁前，背靠着沟壁竭尽全力地喊着："大家像我一样站立，紧靠沟墙！大家紧靠沟墙！"

士兵们也跟着呼喊，拉扯起倒下的人，紧靠沟墙……

胡图黎吐了口沙子大声喊着："大家要紧靠沟墙两边站立，背朝外，抱头紧抵着墙，不要被风沙裹倒！"

"诸位一定要听向导的话，不能擅自行动……"

苏武硬是拄着节杖呼喊巡视着，他的身子即将要倒下，他硬是将节杖插进沙子里拼命喊着，指挥着士兵把驮着辎重的骆驼马匹尽量朝沟墙边靠紧，靠紧靠好……

突然，随着风沙的肆虐声，一位叫卫或的五十多岁的胡人使节，发抖地喊："我冷冷、冷！"

身边的士兵立即贴身围在他周围，给其取暖。

苏武大声对大家说："诸位，互相挤紧些可以御寒！"

大家紧紧地一个靠着一个，抱头紧抵沙沟壁站着，风沙遮天蔽日劈头盖脸地从沙沟中间驰过，抽打得他们从头到脚生疼。

骆驼习惯了这样的环境，一声不吭地紧紧靠墙站着闭目养神。马儿却不时尥蹶子嗷嗷嘶嘶叫着，平添着生气，鼓舞着大家。

仿佛过了多天的时间，风沙终于累了，慢了，渐渐停了。

大家麻木地睁开眼睛打量着周围，发现每个人的腿，多半都埋在沙子里……

我的妈呀，当时要是倒下无人管的话，就被沙暴给活活地吞了……

苏武吩咐年轻的士兵，把全身麻木的人们从沙地里刨拉出来："现在大家慢慢地活动活动腿脚，互相照顾着朝外走！"

队伍终于人困马乏地跋涉出沙沟，西方天空夕阳温柔，晚霞迷人。东方天空，月光弥漫。这是太阳月亮罕见地同天空见面。

放眼前面，目力所及之地还是漫漫沙野。

苏武问向导："胡先生，这里能休息吗？"

"不行。再走一个时辰的路，才有休息的地方！"胡图黎不客气地说。

在沙漠中，一个怜悯的决定，会叫人后悔一生的，甚至连后悔都来不及就没命了。

苏武瞧着缓慢前行的队伍，听着人马踏踩在沙子上无力的脚步声，鼓励说："大家提起精神，加把劲，再行半个多时辰，就到休息地了！加油啊！"

队伍中的兵士跟着喊："加油啊！加油啊……"

喊声在空旷寂静的沙漠中格外响亮，鼓舞着人心。大家互相扶持着，虽在沙漠中艰难行走，脚步还是加快了些。

兰格尔和常会牵着马，从后面奔到队伍前面。她无话找话："常兄，到云中送人怎么这快就回来了？"

"怎的，你不希望我回来？"他微笑地瞧着她。

她气得捅了他一拳："不识好歹！人家好好问你的，是关心那婆婆和孩子！"

"我是和你开玩笑的！"他也用胳膊肘轻轻地撞了一下，撞在她胸脯。

兰格尔疼得把缰绳塞在他手里，双臂抱胸出列蹲在道旁。队伍机械地从身边走过。

常会见状，把两马缰绳飞快地系在一起，狠拍了下马屁股让它们先走，跑过来关切地问："你怎么了？"

兰格尔起来说："没事，好了！"

胡图黎经过拉着女儿就走。

常会追上来道歉："兄弟，对不起！"

"我真的没事！"兰格尔说。

"还不快走！"胡图黎对女儿，"你头疼的毛病犯了吧，快骑上马走！"

他拉着女儿追上前面的马，兰格尔翻身上马，他牵着另一匹马跟着前行。两个向导走在队伍最前面。

苏武拉着常会快步前行。常会看前后听不见他们谈话时，悄悄汇报："大人，那孩子是个男孩！”

苏武笑了低声地：“我知道！”

“你怎么知道？”他奇怪。

“那天我摸过他的脑袋！”

“您真神了！”常会接着说，“其实，这是婆媳两人商量好的。为了给丈夫留下后代，从小隐瞒孩子是男娃娃。想着总有一天，能让婆婆带着孩子回大汉的。他们家在河南。”

“按情况，登记造册了吗？”

“不但详细备了案，我还告诉那老妈妈，是您救了他们。还给老人留了银子，让大营主管给她们优抚照顾。”

“你做得很对！”苏武叮咛说，“这你知道就行，不能告诉其他人！”

“这我知道！”

八天后的下午，他们终于看到沿途一些地方有了些沙柳絮絮草等绿色。

苏武兴奋地问向导：“胡先生，看来沙漠走完了？”

“可以这么说。不过，还得提防沙暴危险！”胡图黎说，“前面有两户人家呢，咱们晚上心情可放松一下！”

夕阳下，队伍走进一条横在面前的大沙沟。沟道里有片杨树林，泛着金光的绿叶，随风哗啦啦唱着舞动着。

这里竟然还有条小河，河两面的沟坡上是草场，一群羊儿悠闲地吃着草。近处草场上有几匹健壮的马和几头奶牛。

横穿沙沟的道路边有两座气派的圆顶木屋，炊烟袅袅。屋前一壮年男子在收拾着马鞍、缰绳等等牲畜用具。

胡图黎老远喊：“主人家，来客了！”

实际上，这里可以说是走出沙漠进入首府哈拉和林的第一个匈奴官方驿站。

在胡汉双方打仗时还比较热闹，近几年双方没有大的摩擦，就是传递个情报接待过往的官员行人。

他们一到，主人立即宰羊招待，队伍里的伙夫即刻埋锅造饭。进沙漠腹地半个多月来，大家没有吃过一顿正经的饭，更别说是吃饱了。

所有人美美地吃了顿晚饭就休息了，谁知半夜里，睡在一兵士旁边的卫或，喊开了肚子疼，要拉屎。

十　绊马索

照看他的士兵扶起他来到外面蹲下，他就是拉不下来，憋得难受，忍不住呻吟喊叫……

士兵急得赶紧跑到苏武帐篷门前喊着："苏大人，苏大人！"

睡得迷迷糊糊的苏武，听见有人喊，一骨碌爬起来问："什么事？"

"卫或病了！"

苏武一听有人病了，立即起来撩开门出来。惊醒了的常会和两位向导也起身跟着出来。

"小向导，你给咱看家！"苏武对兰格尔说。

虽然夜里有人站岗放哨，可他还是不放心。这是应有的警惕，也是必需的警惕，这一路走来，他相信了两位向导的人品。

苏武让常会去叫随队的大夫，自己和胡图黎跟着士兵去看病人。

大夫很快地到来，一问病人才知道是这么回事。

大家进入沙漠，一路上吃的都是干粮，喝的水少，肠干便秘。晚上吃了肉，和积在肠胃里的陈东西，纠结一起出不来，憋得疼痛难忍。

是啊！苏武觉得自己一路走来，也有这种情况，不过不厉害。这时被惊醒的人围了过来。

"大家是否有人，感到和卫先生出现一样的情况，拉不下来？"苏武瞧着大家问。

这一问，大多数人才说出了这难以启齿的事，也有的人还说尿不出来，只是还能将就着承受罢了。

这水火不下，可不是个小问题，搞不好要憋死人的！

苏武让大夫配上几样通利的药物，连夜熬着给大家喝了。他找来张胜和向导商量，决定队伍在这里休息一天。

队伍虽说走出了沙漠，只是路上的风小了些，沙尘小了些，沿途能看见沙漠中生长着稀疏的毛草，夹杂着几棵沙柳的绿色罢了，危险依然存在。

队伍继续前行了五天，才看见道边的沙漠中，长着十几棵胳膊粗的白杨树。

看见了树林，所有人的脚步不由得加快了。到林边，苏武让大家坐下来喝口水，休息会儿。

多位上了年纪的胡人使节，在汉生活多年，已经步入老年，身体都不大好。开始时回家的欲望支撑着他们，路途有车乘，还有士兵专门照顾，汉道又有驿站，身体还行。

进入胡地后，他们改成了骑马。特别是进入沙漠后，时不时还得下马徒步。经过这多日的折腾，有几人骑马都得靠着士兵帮扶，不然就会倒下。

苏武瞧瞧周围空旷还算安全，跟胡图黎商量："咱们是不是可在这里休息过夜？"

"这里是草原的边沿地带，不大安全。再赶一天的路，就到了余吾水，那里有人家，有驿站，有萨满，可休整两天。"

胡图黎瞧着将要落下的夕阳说："咱们现在极昼圈，夜里有亮光，让大家吃点东西，趁着凉爽多走会儿！"

"那——听你的、吧！"他沉思着迟疑地说。这一路来多亏了向导。

苏武看着几位身体虚弱走不动者，想先送他们到前面驿站休息，又怕半路上出事，两国之间不好交代。只得让大夫给他们诊脉服药后，让士兵陪着马上照看，一起连夜赶路。

这里到哈拉和林，只有不到十天的路程，只要注意，路上还算是安全的。

队伍开拔后，走了一个多时辰。朦胧中，前面一队人马呐喊着迎面而来。

苏武命令："队伍全部靠左，离开道路在草地停下！"

"我打马前去看看！"胡图黎翻身上马迎上前去。

苏武瞧着前面的一队人马对张胜说："张将军，你带二十位军士，把客人和牲畜集中后撤到一旁十丈远草地处，保护起来！"

他又吩咐："常会、赵根儿，你们两个组织士兵，按要求，在道上扯出几道绳索，伏挡住道路！"

"知道了，绊马索！"常会很快地安排起来，他又组织好刀斧手在各绊马索后面。

"你们都听常会指挥！"苏武安排好一切，打马飞快追赶胡图黎。

胡图黎迎上前挡住骑队，看清是三十多骑佩弓箭拿刀的蒙面者，厉声喝问："干什么的？"

“要从此处过，留下买路钱！”为首者气势汹汹。

“真是无法无天了！你知道这是什么队伍吗？”

“我知道，这是汉人出使王庭的使节队伍！怎么了？”对方蛮横地说。

胡图黎抽出锋利的腰刀，蔑视地说：“这队伍是胡汉关系的关键大事，你们谁敢动下试试！”

苏武赶上来和胡图黎一起挡住道，大声说：“朋友，就是天大的事情，也好商量的嘛！”

“别听他忽悠，弟兄们，给我上！金银财宝，谁抢着归谁！”为首者一声令下，三十多骑人马朝他们压来。

“胡先生，快闪开！”说时迟那时快，苏武马上跃起，拽着身边的胡图黎翻滚在道旁草地上。

三十多骑人马举刀砍伤两匹马，朝后面的队伍冲来。

常会瞧着敌骑过来，指挥扯绳索者：“大家用力拉扯起！”

马骑过来的前面者被绊倒，后面的来不及勒马，撞在前面倒了的人马身上也倒了，后面的马骑就是闯过，还有几道绊马索等着……

只要人马翻倒，就有刀斧手等待咔嚓砍杀……

不到半个时辰，来要买路钱的三十多骑人马就都报销了。

常会点亮火把查点情况……对方只有一十五六岁衣衫褴褛的小青年还活着。

他只是跌下马一只胳膊跌断了。多亏他最后一个打马前冲，半道跌下马而避免了挨刀子。

苏武叫来大夫，给青年敷药固定包扎后，立即审问。

据这小青年交代，推测是：绑架祖孙俩的那两位部族头目，被放回后联络了相邻部落三十多兵骑，前来寻仇抢劫的。

苏武问青年：“你们经常如此抢掠吗？”

“我是头一回。”他说，“我是逼迫来的，不来就要被头人打死的！”

苏武瞧着朦胧的天空想，来抢劫者都丧命了，今晚这里一定安全。他对胡图黎说：“胡先生，咱们就在此搭帐篷休息！”

兰格尔听后赞成：“苏大人，这里现在最安全！大家都去休息。我和胡大叔搞几匹年轻的马肉，让大家明天早上好好地享受一顿美餐！怎么样？”

“那就看二位的本事了！胡先生你说呢？”苏武虽然推测这事是那天被放回的绑架老人孩子者搞的，可那是十几天的前事啊……他觉得这事可能和胡向导有关，莫非是他安排的……

十一　非常时期

“嘿！这是咱最拿手的事！你们都休息吧！”胡图黎说着和兰格尔拉来匹满身是血还在挣扎着的肥肥壮壮的马，扔在一旁的草地上。

常会打着火把过来给照亮。

胡图黎抽出腰刀，准确地插入马的心脏，一会儿马就不动了。

两人过去又挑了匹年轻的小马过来，刀刺心脏……

他们俩各一匹马，只听刀子飞快地噌噌划动着……

一会儿马皮就剥下来了。

常会瞧着他们刀法娴熟的样子想，这胡人真是厉害，一生不知道祸害了多少牛羊马匹……

胡图黎一刀破开马肚，兰格尔伸手进去抓揪出颗血淋淋冒着热气的心递给常会：“常兄，拿着！”

常会瞧着她手中还在跳动着的血糊糊的东西不敢接，可也不能示出胆怯，在一旁扯了把草放在地上：“搁在这上面，干净。”

张胜带人打扫完战场，安排好站岗者，进帐篷就地躺下很快进入梦乡。

苏武也很累却睡不着，走出帐篷，靠着一头卧地的骆驼坐下，不敢闭眼。

这多年来，虽说北漠无王庭，可是小股的胡人进犯汉地的事时有发生。刚才的事情，真的很可怕……

他瞧着不远处的胡图黎，看他专心地忙碌着，起身围着帐篷和骆驼马匹转了一圈，叫醒张胜叮咛说：“安排伙夫，搞柴火架锅煮肉！”

张胜为难地说：“咱们存的水，刚够大家明天喝的！”

“拿出一半来煮肉！再来一半烧烤！”

“好嘞！”张胜高兴地安排去了。

苏武走到胡图黎他们跟前问：“胡先生，这马肉能烤着吃吗？”

“咱挑的这几匹马岁数不大，肉嫩，能行！”胡图黎低头忙碌着回答。

“你们经常吃马肉吗？”

“不舍得的！”他直起腰解释说，“今晚是非常时期，咱们不吃明天就是野狼的了！再说咱们这一行人，也得改善下生活了！”

肉下到锅里，常会架着柴火，兰格尔指挥伙夫烤肉。

苏武和胡图黎靠着卧地的骆驼坐下。

胡图黎感激地说：“苏大人，感谢你救我一命！”

“此话从何说起？”

“面对强盗，你临危不惧！不然的话，我只有短刀，会被他们砍死的！”

他想着一个时辰前，对面那一伙强人挥刀打马冲来，在千钧一发时苏武跃起拽住他滚到一旁草地上，马被砍死人免于屠刀……

“都是自己人，你不也多次救了队伍吗？”

“那是我的责任！”

“救你也是我的责任呀！”

两人相视着都笑了。

苏武沉思片刻说：“咱们去看看那位年轻人！”

被救的青年胳膊固定上药后，在医生的帐篷里躺着休息。

这会儿胳膊不太疼了，他却吓得睡不着，回想着刚才头人的全军覆没……我的命真的很大……

苏武和胡图黎撩开门帘进来，他一下子坐起来，惊恐地说：“我不是坏人！”

“别紧张，我们是来询问你和部落情况的！”苏武坐在他身旁，和蔼地说。

谈话中得知，他名叫得肯特。他阿爸阿妈希望他像肯特山一样伟岸健康。可在他五岁那年，外族部落人侵占了他家的牲畜，打死他阿爸阿妈，他沦为小奴隶。

“是你现在的头人害了你阿爸阿妈吗？”苏武问。

得肯特摇摇头又点着头回答：“他们是一伙的。”

胡图黎问他们部落叫什么名字，在什么地方……他一一回答着。

原来，这些人都是东边沿山而居部落的人，他们前行不但要经过那里还准备在那里休息。如今出了这事不行了，为避免这伙人知情寻仇，明天队伍必须得绕道走。

苏武和胡图黎回到帐篷，胡图黎拿出自画的道路线图，和苏武研究着如何走，等决定好方案，天已经发亮了。

马肉已做好，他们叫醒大家美餐了一顿，队伍趁早离开了这是非之地，沿着西边丘陵地带牧人放牧的羊肠小道快步前进。

两天后，终于看到了草原边缘的绿，有了绿的草，绿的灌木丛。空气中仿佛弥漫开了绿色的草香，仿佛蓝天都映着生机勃勃的些许绿色。

在汉多年的胡人使节，看到了有绿色的草原，高兴地说："我们回来了！我们回家了！"

卫或忘了病痛，让士兵扶着自己下马，跪在草地上呜呜地哭起来。

那是十年前，句黎湖单于刚继位，为了和大汉搞好关系，派他带领使节团到大汉求和，大汉也派了相应的使节到胡地互访。

谁知这小单于却食言，扣留使节，派兵攻打酒泉郡，抢掠西地沿路小国边民，惹得大汉皇帝大怒，你扣我使节，我也扣你的，你抢扰我边界，我就派兵征讨你……

如此反复，受苦受难的是他们这些互访的使节和打仗的士兵，还有老百姓。

卫或哭着，护送回来的六十多人也都下马跪地难过了。他们不管在大汉待的时间长短，此刻和他的心情都是一样的。

胡图黎见状，搀扶起卫或，安慰说："卫大叔，到家就好了！"

卫或擦着泪说："我、我是高兴来着！没想到、我能活着、回家！"

胡图黎对跪地的同胞说："兄弟们，咱们马上就到家了，就要见到亲人了，该高兴才对！大家都起来！咱们再走一个时辰，到了有水的地方，搭帐篷休息，好好地看看草原！"

走进草原，天气凉爽路也好走了。

队伍晓行夜宿，三天后的中午，到达余吾水旁边，一个住着三十多户人家的部落。这里是进匈奴首府哈拉和林的第一个正式的官方驿站。

在向导的联系下，队伍在一片空旷且干燥的沙土包上搭起帐篷。不久驿站送来了粮食、羊肉、柴火，还有稀缺的蔬菜，队伍亲自做饭。

几位病恹恹的胡人使节，看到了自己的家乡，病好了许多。饭后，他们坐在温暖的阳光下，高兴地叙谈着回家后的打算。他们大多数人都想回家赶上羊群自由自在地生活。

胡图黎和兰格尔带着得肯特，找这里的萨满去了。

苏武和张胜安排好站岗事宜，带着常会沿着河岸走着，查看地形。

这里沿河两岸都是草原，住人的地方有树木，多数是灌木，还有片白杨树林，树林中夹杂着一些桦树。

他们走上部落背后不远的丘地，苏武让常会拿出罗盘，测定方向。

眼前的河水是由南向北流的，虽然肉眼看不见大山，可以断定，河西应该是地形专家路大人所介绍的燕然山边沿地带。

十二　想回大汉

怪不得这几天越走越轻快，原来沿着丘陵不知不觉走的是下坡路。

对，这就是路大人说的两河平原。这两条河，一条是发源于西面燕然山的居水，另一条是发源于东方狼居胥山的余吾水。

在这里向北眺望，草原广袤深幽，些许高高矮矮的树林和灌木点缀其间，错落新奇。这个地方还不错。

余吾水河仅有丈巴宽，水量还不小。从高处远眺，它是从东边流过来，转了个很大的弯子到这里才向北流的。沿河能浇上水的地方，生长着吐穗的苞谷、谷子和正在开花的油菜。

他们沿着河边小道出来，走进歪歪扭扭的所谓街道。街道两边大都是单家独户，原木围墙圆木顶上封着泥层，两个建在一起串葫芦一样的房子。

"这里的圆木顶房子怎么还是串葫芦式的？顶上泥怎么都封二尺厚，都不怕把房子压塌了？"常会奇怪地问。

"这是北方牧人固定生活人家住房。这串葫芦式的房子后面住人前面做生意。这里干旱，夏季日照时间长，热；冬天严寒季节长，冷。这泥顶房夏天隔热，冬天防寒。"苏武解释说。

这里生意人家卖的都是牧人日常生活用品和放牧用具。还有两家是开着饭馆的，后晌顾客稀少，大都关门了。

苏武和张胜带着常会信步前行，来到两家串葫芦屋院连在一起的栅栏大院子门前。

苏武瞧着一屋门上方挂着只铁环，对他们两位说："咱们、进去找胡先生！"

苏武推开栅栏门，走到屋门前敲响了门。

很快，一个虎头虎脑十多岁的男孩子开门出来，一看是汉人，慌乱地朝里面喊："阿、阿爸，汉，汉人！"

屋里，正在跟萨满说话的胡图黎，一听是汉人忙起身奔出门一瞧，惊喜地说："嘿，是苏大人呀！"

身着胡人袍服既有胡人的彪悍，又有汉人的憨厚，三十多岁的男主人，跟着出来对他们诚恳地笑着点头。

胡图黎反客为主，热情地说："诸位，快请进屋！"

苏武微笑瞧着主人，礼貌地说："可以进吗？"

主人这才恍然，热情地说："请，请请！"

他们进门，分宾主坐在毡垫子上。

苏武打量着木板为墙，把屋子成隔成四份，门口一份是厅堂，其余挂着门帘的三个房间，称赞地说："这圆顶房子在外面看不大，里面还真的不小！蛮漂亮的！"

主人用一口流利的汉话说："大人过奖了，这是敝人看病的地方。"

"哦，这就是我们说的医馆吧！"

主人点头，自我介绍："本人，沮渠格尔萨满！"

"苏武！"

"贵方的医术很是厉害！"沮渠格尔仰慕地对苏武说。

"何以见得？"

"送来的青年，胳膊已经长好了！再休养一时，就能和常人一样了！"他佩服地说。

"你怎么知道？"苏武微笑问。

"我摸过了！"

"那你就是更厉害的大夫了！"苏武竖起大拇指称赞。

"苏大人，我能和你们的大夫，互相交流一下吗？"沮渠期望地问。

沮渠得知汉人看病大夫的厉害，很想跟着学习探讨一下。

苏武用目光扫视下胡图黎。他会意地介绍说："苏大人，这是我们胡人著名的萨满，沮渠腾林的儿子，也是他的嫡传！"

苏武虽然不了解这胡人萨满的情况，可凭他手能摸出骨伤生长的好坏，觉得这人很了不起。于是爽快地答："可以！你现在如有时间，咱就去军营！"

胡图黎和沮渠都很高兴。这既给了胡图黎的面子，沮渠萨满又能和汉人大夫一起交流医道、互相切磋学习。

胡图黎朝房间喊："兰格尔！"

从里面走出来二十多岁漂亮精干的胡人女子说："胡大哥，她太累了！让她睡会儿！"

“这是我妹妹。梅尕，来，见过这几位大汉来的大人！”沮渠介绍说。

梅尕大方地行汉礼：“沮渠梅尕，拜见各位大人！”

苏武尴尬地忙还礼：“谢了！”

“梅尕妹子，我们告辞了！”胡图黎怕兰格尔女装出来，拉着苏武告辞出门。

他们走后，梅尕回到房里，兰格尔着女装坐榻上咯咯笑了：“怎么样？我说得对吗？”

“他们三个人，我连他是谁都没看清！”

“就是给你说谢了的那个人。”

“你怎么知道？”

“我们一路上在一起，他说话的声音，我能听出来！”兰格尔笑着说。

原来两位向导在驿站吃过饭，送得肯特到沮渠医馆，一进门，兰格尔高兴地喊：“梅尕姑姑！梅尕姑姑！”

沮渠梅尕出来一见，就拉着她进了后屋房间。

“这一路女扮男装，把人都捆索死了！我要换衣服！”兰格尔迫不及待地说。

梅尕忙拿出自己的衣服给她换上：“看，我们的尔兰又回来了！”

她正给她讲这一路上和汉人使节相处的趣事，她特钦佩地说：“我特佩服那位苏大人，他不但是个帅大叔，心地也善良，还满脑子智慧，武艺也高强。”

“那就是说，是十全十美的男子汉了？”她微笑地打断她的话。

正好苏武他们进门和胡图黎他们谈话。

兰格尔听见外面苏武说话的声音，对梅尕说：“就是他，外面说话的就是汉使节，苏大人！”

……

“看来是个不错的男人！”梅尕若有所思。

“姑姑，你不是想找个汉人男人回大汉吗，你就找他呀！”兰格尔抱着梅尕的胳膊晃着。

“你胡说什么？看他的年龄在大汉一定有妻室的！”梅尕红着脸羞羞地说。

兰格尔又说：“那要不，想办法让他帮忙，帮你在他们的人中间找一个呀！”

“这只是梦想罢了！”梅尕拿起布带，“我去给病人换药了！”

兰格尔瞧着她走出门，叹了口气躺在榻上，瞧着屋顶，瞧着瞧着睡着了。

回驿站的路上，张胜奇怪地问苏武：“仁兄，你怎么知道胡先生在那里？”

“只要看见沮渠家门楣上方的铁环，就知道胡先生在那里。”苏武笑了。

胡图黎问：“为什么？”

“你不是说，带那青年找萨满、看病吗？”

“对呀，这和铁环有什么关系呀？”他更奇怪了。苏武问常会：“常会，你见过沿街串巷给人看病的郎中，手里摇着的铁环吗？”

“哦——我明白了，这是郎中给人看病的招牌！”张胜明白了。

常会问：“这有什么讲究吗？”

十三　虎撑

沮渠格尔也感兴趣地问：“苏大人，你能告诉这是为什么吗？”

“你不知道你家为何挂它吗？”苏武微笑问。

“家父光告诉我说，这是汉人郎中行医用的，就挂了它。”

“你们胡人萨满也用它吗？”

“有的用，我们这里就用。”

“其实这也是一种偶然，便成了必然。”苏武说。

“你能告诉我吗？”沮渠格尔有些迫不及待了。

“好！”苏武说，“相传当年，神医扁鹊有天进山采药，发现道上跪着只斑斓猛虎，张着血盆大口挡住道路。他真的吓了一跳，正要逃跑时，发现老虎没有伤人之意。

“他定神一瞧，它张着大口向他发出呜呜呻吟声向他求救。原来它喉咙里卡了根长骨头，想让他给拿出来。这取出倒不难，可自己伸进手拿出时老虎一合口，手不就没了……

“扁鹊瞧着它可怜的样子，思想良久，让它等着，自己下山找铁匠打了只铁环回来，撑住虎口取下骨头。老虎感恩，向他叩头后飞奔山林。

“此事传出，游医郎中们为了显示自己也有名医扁鹊的医术，于是手里拿着铁环，并在大环上缀着小环，摇晃着发出响声作为行医的标志，并取名‘虎撑’。”

“苏大人，你可懂得真多！”沮渠钦佩。

“我看你的汉话讲得很地道！”苏武微笑。

他悄悄告诉他：“不瞒大人，我母亲也是汉人！”

苏武点头，爽朗地笑了：“哈哈哈……”

沮渠也高兴地哈哈笑了。

同行者瞧着他俩高兴笑着，不知所以也跟着笑了。

苏武得知沮渠的母亲是汉人后，第二天，他安排好队伍上的事情，叫常会看家，自己换上胡人的衣服走访了他家。

原来，沮渠格尔的爷爷过去就是胡人有名的萨满。

他爷爷年轻时，带着草原上的特产和相依为命的十二岁儿子，到河南汉地交换药材，在药材市场遇见一个十五岁的姑娘，身背草标卖身救母。

他爷爷瞧着女孩子可怜，上前问话。得知其母亲多天前路过一大户人家门外，被那家狗咬伤。那户人家不但不管还恶语推脱，如今伤口溃烂，一直不好……

沮渠爷爷行医草原，医治好过多例野兽伤人的病，念她心孝，愿为她母医伤。

他父子走进她家一瞧，小小的遮不住风雨的破草屋里，家徒四壁，连口水都没有。被伤痛折磨得骨瘦如柴的女人，躺在草窝里无力地呻吟着……

沮渠爷爷立即给女人清理伤口，上药包扎后，经过她们同意，就带着她们母女到北地一深山里治病。半年后，她母亲的伤好了，母女俩都身体强壮了许多。

后来，那姑娘的母亲成了沮渠格尔的奶奶，那姑娘成了他的母亲。奶奶后来还给她生了个姑姑，姑姑现健在，一家人如今在距这里一百多里路的东部生活着。

十九年前，爷爷被迫当了随军萨满，在那场战乱中身亡。他父母生他们兄妹二人。现在妹妹梅尕孀居，在他的医所帮着照护病人。

他父亲在六年前，去给一头人看病，晚上回来路遇强盗负伤，失血过多，自己尽力抢救都没有挽回生命。父亲去后不久，母亲悲伤过度，一年后随父亲去了。

“我父亲临终时定下规矩：不让后代出诊行医。我遵照父命，这样却难以养家。几年前遇见胡大哥，出主意搞了这家医所，日子才慢慢好起来。”沮渠萨满感慨。

苏武听了他的家事，陷入沉思中。他来时，皇上和他恳谈了一个时辰，交代了三件事，其中一件强调，要在胡地了解胡人的情况，扩大汉人的影响……

眼前这位有一半血统的胡人萨满……

于是，苏武沉思良久问：“沮渠，你想过去王庭那边行医吗？”

“昨天，胡大哥也提起此事。”

“你怎么想的？”

“这当、然好了。”沮渠又为难地说，“我、我如今积蓄不够！”

他试探地问：“如果、我说如果，我能帮你呢？”

“你吗？”他摇摇头，不相信地说，“汉人，帮我？”

“我是你外家人。外家人，就是你舅舅家人，怎么不能？”他微笑地瞧着他。

“哪有这无缘无故的好事呢？”沮渠更是不相信了。

“胡人和汉人祖辈都是相互依存生活着的。本都是大夏一脉的兄弟。在边塞，胡汉间通婚这是常事，没人能挡得住的。”苏武诚恳地说，“我是舅家人帮外甥，不行吗？”

沮渠开始怀疑苏武的话，后来求证过胡图黎。他给他说了一路，苏武的英勇、智慧及为人后，他接受了他的建议和帮助。

沮渠格尔回家和妹妹商量，梅尕也很赞成。因他听了兰格尔一路上对苏武他们遇事的冷静和英勇的描述后，她更是钦佩汉人，很想接触他们，这是个机会。

沮渠和阏氏商量，她也很赞同，于是当即和妹妹两家变卖家产。卖不了的，听从苏武的建议，留给得肯特，让他在这里照看并生活。

得肯特一听让他在这里生活，有吃有住的地方，高兴极了。沮渠走时把他托付给了这里的朋友，让帮忙照看。

得肯特兴奋地表态说：“我一定要在这里好好干，干出样子来去首府看恩人！”

到首府哈拉和林行医，这对沮渠来说是梦寐以求的好事，也是千载难逢的好机会。搬家虽是难事，一路上有队伍护着不会有危险的。

队伍沿着余吾水北行，一路上都是鲜花盛开的草原，只有河水两岸生长着郁郁葱葱的灌木，间杂一些胡杨树和桦树。

兰格尔恢复了男装，两个向导一起走在队伍最前面。

梅尕用自己的积蓄买了辆大马车，载着两家人的必需的行李和财产，车棚里只能坐下嫂子和五岁的侄女。她听说队伍里没有女人，个儿高挑的她也扮成男人陪着十岁的侄子步行。

沮渠格尔赶着马车，一家人跟着队伍朝王庭进发。

梅尕瞧着哥哥，想起了阿爸。阿爸在他哥这样的年纪，带着十几岁的哥哥，偷偷到汉地换药材回来说，大汉变化很大，人人生活安稳。

母亲在有生之年一直想回家乡看看，由于战乱，到死都没看成。母亲从小就常给他兄妹讲家乡的事情，她很理解母亲的心。

她想完成母亲的心愿，想自己长大后一定要攒钱，到母亲的家乡看看。直到十九岁结婚后跟自己的牧人男人说了此事，男人很赞同。

夫妻俩商定，一定要多养牛羊，积攒钱物去大汉看看。谁知那一年开春，男人赶着牛羊去赶草场，遇见暴风雪……

十四　越近越有麻烦

我的命真苦啊！她不由眼圈红了。

“梅尕，来，帮我赶下车！”沮渠格尔喊妹妹。

“阿爸，我来吧！”儿子沮渠胡犴跑来说。

“你不行！”沮渠格尔对儿子说，“你可坐在车头上，默背我教给你的汤头歌。”

“姑姑！阿爸叫你赶车！”胡犴过来拉着她说。

“哦！”梅尕回过神忙擦了下眼睛，过来接过哥哥手里的马鞭。

自从五年前，男人死后回到娘家，虽然分家住着，她却成了哥哥的得力助手，帮着哥哥医治病人，忙里忙外的，学会许多男人干的活计。

沮渠把儿子抱起放上车辕，和妹妹一起走着，瞧妹妹眼睛红红的问：“怎么了？”

“沙尘眯了眼睛。”她扬起鞭子，对着马打了个响鞭，马车快了许多，她跑几步追上去。

他知道妹妹的心思。那年妹夫去世后，按照胡人的风俗，妹妹要跟她男人的兄弟一起生活的。那兄弟是个无赖，妹妹宁死不从。搞得那家人没办法，可也硬是不放手。

无奈他只得找人说和，给人家一笔够重新娶亲的财物，才将妹妹接回家。

这么多年，周围许多人给她说过人家，有的人家还真的不错，可她就是不愿意。她想找个汉人，回大汉过安稳的生活。

为这，搞得她和阏氏的关系很不好，只有分开生活。

好在妹妹独立能力很强，在医馆帮忙顶个萨满。他按收入给她提成，生活还算过得去。

沮渠瞧着前面队伍中的汉人军士想，以后熟悉了，请苏大人帮忙，想办法让妹妹回大汉成家，这样也了却了母亲和妹妹的心愿……

这里到王庭每隔五十里设有胡人的驿站，每到一处都能得到很好的招待和休息。苏武和常会就趁机悄悄观察周围的地形状况，向胡图黎和沮渠了解此地的风土人情。

还有两天就到王庭地界，向导胡图黎让兰格尔打马回去，说是给沮渠一家安排住地，实际上是给单于送信。

近五十岁的且鞮侯大单于，从侄女口中得知苏武的厉害，不敢怠慢，立即让爱臣丁零王卫律安排欢迎大汉使节的事宜。

丁零王卫律，多年前还是大汉的臣子，和汉宫廷音律师李延年交情很深，李家犯事被汉诛灭，他怕连累自己，出使匈奴不回。此人工于心计，现是单于的心腹股肱之臣。

卫律想想和单于商议说：“我说单于陛下，听说这回来的大汉使节很厉害，咱得设计试探下他的本事才对！”

“那就看你的了！”且鞮侯单于很佩服爱臣的本事。

兰格尔得知此事，怕对父亲不利，自己刚回来也不能立即出城，差老家奴於乙峆扮作牧人连夜送信给父亲。

胡图黎深知卫律狡诈，但也不能直接告诉苏武什么，他也不知道具体情况，只能在行军时提醒苏武说：“苏大人，这里距王庭越近，恐怕越有麻烦发生！”

苏武沉思片刻说："我知道了！"

苏武至小就勤奋好学，十几岁就跟着父亲镇守边关。他父亲苏建是跟着卫青一起征讨匈奴的将军。元狩二年，父亲被任命为代郡太守，他就跟着照顾父亲到代郡。

那时，匈奴铁骑经常侵犯抢夺西部各族和中部、东部大汉边界，严重影响了大汉人的生命安全。为了征讨匈奴，苏武父亲在代郡推行"兵农合一"的民兵制度。

他用筑房屋、置器物免赋税的办法守卫边疆。他组织匠人建好房子制好家具，吸引鼓励内地人自愿到塞外安家守田。同时还对这些守边的人实行军事管理。

他父亲还亲自招聘有战斗经验的胡人教练，对年轻人进行骑马射箭的训练，为军队输送人才。汉武帝高兴地称这为"屯田民兵"。

当时，尽管父亲不让他接触训练，可是太守儿子的招牌，叫他走到哪里，教练、军人都欢迎。这使他常常有接触胡人教练和训练的机会。

再加上他的聪敏、好学，擒、拿、格、斗都学，还学到了好多实战的办法，如今只是有机会实践罢了。

行军中，苏武让常会和向导在前面带队行进，他和张胜在后面边走边悄悄地商量着。

他两人对在行军中和在夜里休息时可能遇到的危险作了具体的分析，一致认为，夜里休息时危险可能发生。他们还制定了处理险境的应对措施……

下午，队伍一到驿站，驿丞十分热情地接待了他们，并且早就准备好了羊肉烩饼招待队伍。

饭后休息会儿，驿站还安排所有人泡了个痛快的热水澡。这里夏天日照时间长，道路沿河而上下，驿站可以晒水洗澡。

苏武想，这里距王庭只有一天半的路程，看驿丞过于热情的样子，必有诈。今晚必得提防。

苏武跟张胜商量说："张大人，今晚上一定要提防着！按我的命令办事！"

"遵命！"张胜由衷地说。

张胜作为副将，刚开始对苏武的一些决定和命令，的确是有所不服、有些敷衍。一路上，他亲历过他的处事睿智果断，武艺高强……现在知道，自己该有自知之明了。

果不其然，晚上休息时，驿丞以招待贵客的名义，特意为使节苏武安排了站里仅有的一套贵宾穹楼。驿丞陪同他来到清静优雅的贵宾房里。

这里实际上是招待过往官员休息的高级帐篷。里面是汉人的火炕，铺盖干净舒适。

苏武打量着一切，沉思微笑，客气地说："我这一路走来，和大家一起住已经习惯了，我得和我的士兵住在一起！"

驿丞忙说："到这里你就是贵客。一定得尊重主人的安排！"

苏武想想说："嗯——我看这样吧！有两位你们胡人的使节，年纪大了，一路奔波劳顿，身体有病。我想让他们在这里将养将养，你看怎么样？"

驿丞沉思着。

苏武忽然问："大人，你在这里带家眷没有？"

"没有。"

"我看你这人很热情，我这人爱交朋友。今晚，咱俩住你那里，一起聊一聊，说说话，好不好？"苏武表面认真地问。

"不行！你是客人！"驿承微笑着拒绝。

"那你就是不愿意交我这朋友了！"苏武故意失望地将了对方一军。

驿丞想，上面来人说要好好照顾苏大人住宿，无疑是让他住穹楼，好好招待他。可他是个好人，想着老人病人。

于是他说："那咱俩一起住，晚上聊聊。"

十五　戏演得真好

苏武和驿丞一起出来，对他说："我去叫人带那两位老人来休息后，就去你那里，过会儿见！"

苏武回来后和主管内务的张胜及随员常会商量，定好计策，安排好夜里应急的所有事宜，并叮嘱说："你两个处理一切问题，不要惊动我和同住的驿丞。"

半夜里，草原一片朦胧。埋伏在驻地周围的张胜和常会，发现三个蒙面大汉悄悄地潜进贵宾穹楼。

他们刚绑架出两位老人，常会一声鸟叫，埋伏在周围的士兵同时点亮火把，把三个蒙面人团团围住。

三个人大吃一惊。在他们吃惊之际，士兵们上前，把他们个个捆了个结实。

张胜立即升堂审问，可摘下染着黑颜色的羊皮头套，满面串脸胡须的三个人气宇轩昂，一言不发。

副使张胜威严地说："推出去斩了！"

"别！大人息怒！"一句流利的汉话出口。

张胜一听是地道的汉话，想，自古以来，匈奴族和汉族之间你来我往地打仗，争夺地盘，早都是大汉人中有匈奴人，匈奴人中有汉人，并且互相都有眼线……

于是他严厉地说："把他们分别关押起来！"

三个士兵上来，分别把他们押了下去。

张胜想，我一定要把今晚上这事情弄个水落石出。于是过了会儿，他又让常会押上来刚才说汉话的胡人。

那胡人一见张胜问："请问，你是张胜张大人吗？"

常会呵斥说："张大人的名是你叫的吗？"

张胜闻言对兵士说："大家退下！常会，你也退下！"

张胜看大家都退出后，问他："你是何人，怎么知道我的名字？"

"我是你的好朋友虞常呀！"他说，"刚才我已经看出是你！"

张胜一听，忙掌着火把上前仔细瞧着……

"我的胡子是假的！"

张胜给其去掉胡须仔细一瞧，正是多年不见的虞常，只是比过去成熟了些。虽然多年不见，由于一起当兵后睡过一个被窝，还一起摸爬滚打了三年，他们相互都把对方印在心里。

张胜给他松了绑，两人同坐聊了起来。他记得那年上面选人，由于虞常比他身材魁梧帅气，被选走后一直没有消息。原来他是出使匈奴的使节。

当时他以卫律的随从身份一起到匈奴，卫律投降了匈奴，并且被单于封为丁零王，他也就回不去了。

虞常说："昨天，卫律让我带上两个人，神不知鬼不觉地绑架汉使节苏武，不准伤害其人。绑架后跟他见过面就送回，只是想给他个下马威，谁知——"

"那卫律现在何处？"

张胜来时也已经在路大人处了解了卫律其人。

“现在前面驿站等候。”

“那，我现在放你们回去。你假装挣脱绳索，把你那两个人救走。”张胜对虞常说，“其他我就不多说了，你知道回去怎么回话的！”

张胜叫来常会，如此这般吩咐后。在常会的安排下，虞常顺利地救走了其他两人。

他们三人在驿站不远的隐蔽处牵出马，打马半个时辰后回到前面的驿站。

虞常三人见到了卫律，添油加醋地讲说了他们的经历，虞常当然隐瞒了和张胜的会见。

卫律不得不佩服苏武的才能了，真不愧是苏建将军的后代。

第二天早上，驿站一片宁静。

吃早饭时，张胜给苏武悄悄汇报夜里的情况，可他没有把和虞常认识的事情告诉他。他怕苏武不留面子地批评他。

苏武听过他汇报后，叮嘱他说：“到了王庭，咱们一定要按王庭的规矩，小心行事才对！千万不能惹事，争取大家平安回家。”

两天后的傍晚，苏武一行到了哈拉和林，在胡图黎的安排下统一住在匈奴王庭驿馆。

第二天早朝时，苏武拜见且鞮侯大单于，送上汉皇帝的礼物和文书及送回人员的名单等等。

按理说单于得高兴地接收才对，可他只是轻描淡写地说了声：“辛苦了！”

苏武感到了单于的傲慢，心想自己更应该教导士兵谨慎行事，争取早日拿到回文，启程回行。

且鞮侯单于吩咐弟弟：“於靬王，你去安排汉使一行住下，好生招待！”

“是！”已经换上朝服的於靬王出列，对苏武说，“苏大人，请！”

苏武一瞧於靬王，竟是向导胡图黎，惊异地跟他走出朝帐。

朝帐外。

於靬王抱歉地说：“苏大人，一路上对你隐瞒身份，对不起了！”

“没什么。”苏武客气地说，“感谢你这个好向导，一路上能平安而行！”

於靬王瞧着苏武尴尬地笑了，苏武也随着他笑了，可这笑，却是不达心底的，很是生气。

可他再一想，单于让自己的弟弟於靬王，做向导接他们到王庭，充分证明，他还是重视和大汉关系的。

於軒王送苏武回驿馆，如今一路上两人都不知该说什么合适，默默地走到驿馆门前。

兰格尔换上了女儿装，挎着沮渠梅尕走出驿馆，瞧见父亲和苏武，笑着打招呼："苏大叔好！"

苏武一怔，仔细一看是兰格尔，笑着说："原来你是个女孩子！"

沮渠梅尕指着於軒王，微笑说："她还是胡大哥的女儿，是公主於维尔兰。"

苏武瞧瞧於軒王，又瞧瞧於维尔兰，装作恼怒地说："你父女俩戏演得真好！"

其实，他还是感谢这两位向导的。在他们父女的带领下，这一路上大家不但少受罪不说，还能将年龄大的使节毫发无伤地送到这里，这父女功不可没。

"哈哈哈哈……"於軒王爽朗地笑着说，"不然的话，一路上，我们不会成为朋友的！"

苏武一下子觉得有种被人监视的感觉，告辞说："你们聊，我告辞了！"快步走进了驿馆大门。

"你带着姑姑在街上看看后，就立即回家，别叫母亲担心！"於軒王忙叮嘱女儿后，也跟进了门。

这些汉人是王庭的贵客，他得很好地安排他们吃住。

朝阳下，神秘美丽的匈奴王庭地——哈拉和林坐落在碧绿广袤的大草原深处，其城由底部两丈宽、两丈多高围墙围成，是匈奴最大的城池。如今也是匈奴最高的领导层王庭所在地。

余吾水在这里变得宽阔和缓起来，是哈拉和林的保护神。清幽的河水被人为筑堤一分为二，围着它一圈后，重新合体朝北流去。

城墙东西开门，护城河上建有护栏，建有能走车辆的桥。城内模仿汉人以计时鼓楼为中心，建有东南西北四条大街，各条街由小巷相连。不同的是，他们的房子是包子形的。

单于王庭在东街一坐北向南的城院里。周围巷子里相应地住着王公贵族。其余的街巷都住着定居的胡人和生意人。

於维尔兰带着沮渠梅尕沿着街巷漫步，她高兴地不断给梅尕姑姑指着介绍。

梅尕是第一次出远门，也是第一次到这里。过去光听哥哥说，王庭都城很大很漂亮，来此一看，真的名不虚传。

她瞧着街上安然过往、买卖各种用品的人们想，还是平安的好！

十六　女儿的心思

於维尔兰拉着梅尕走进一条小巷子，指着街道两旁四方四正的土坯围墙的房子说："这里是汉人生意者的居住区，他们大都是有手艺的，有裁缝、首饰匠。"

"有建房子的木匠吗？"梅尕问。

"有呀！他们真是能工巧匠。东街的许多胡人房子，都是他们建的。他们在郊外还有木材厂子。"於维尔兰说，"前面有两家汉人面馆，做的肉夹馍和面条特别好吃！"

是啊，一走到汉人的住区，看到汉人的房子就感到亲切。其实自己只有一半汉人的血缘，从生下来就没有到过大汉。小时候只是听母亲说过汉人的许多生活习俗，她也很感兴趣。

她发誓：长大后一定要到大汉母亲的家乡去看看。十九岁嫁了位和自己青梅竹马的胡人青年。婚后感情很好，他们相约，趁年轻好好地养牛羊，积攒银子，回大汉看看。

谁知一年后初春，丈夫外出放牧，突然大雪降临，年轻的丈夫遭遇雪崩遇难……

於维尔兰瞧着她沉思不说话问："姑姑，你在想什么？"

她微笑地摇摇头回答："这里真美！"

"还有比这儿更美的地方呢！"於维尔兰卖开了关子……

"说说吧，让我这没出过远门、没见过世面的人听听！"梅尕微笑瞧着她。

於维尔兰给她讲了前年和去年的夏天，跟随父亲骑马沿着西面的燕然山，东边的狼居胥山，及两山发源的居水、余吾水考察了一回……

"我们的草原地域广阔，美丽极了！"她兴致勃勃地说，"我们美丽的哈拉和林坐落在两山两水间千百里宽阔的草原上……"

梅尕瞧着她眉飞色舞的样子笑而不语。

於维尔兰不解地问："姑姑，笑什么？"

"你爱草原吗？"

"爱！"於维尔兰沉思会儿问她，"姑姑，你想去大汉都城看看吗？"

"我老了，去不了了！"她忧郁地说。

"你才二十五岁，哪就老了？"

"你才十八岁，我比你大七岁呢！我已经没有机会了！"梅尕失望地说。

"姑姑，你不老的。你等着，我以后要是有机会去，一定带你去！"於维尔兰瞧着东方的太阳自问，"我怎么才能去那里呢？"

梅尕微笑着对她说："你小小年纪，能办到的！"

"怎么才能办到？"

梅尕红了脸，笑着低头不吭气朝前走。

她追上她问："你说，我，怎么才能去长安看看呢？"

梅尕还是低头不说话。

她拽住她："姑姑，你不说，我就不让你走！"

梅尕只得说："那你就找个汉人男人，这样才有机会呀。"

於维尔兰想想，对呀，这是个好办法。她爽快地说："我要找，就要找像苏大人那样有本事的汉人！"

其实，梅尕跟随队伍到这里几天来，也看出苏武是个很有本事的男人。梅尕想想说:"嗯——苏大人不行,那么大年纪,在大汉也一定有妻室儿女的了,说不定儿女都像你这么大了！"

於维尔兰故意噘嘴失望地问："那可怎么办呢？"

梅尕微笑着安慰说："别担心！你还小，这事情包在姑姑身上！"

"那我就等着你的好消息了！"尔兰撒娇地对梅尕说。

梅尕黯然地说："其实，婚姻的事情是可遇不可求的！"

"莫非姑姑看上了什么人？"聪明的尔兰问。

梅尕摇摇头。

"走，咱们吃面条去！"她俩走进了家面馆。

苏武刚回到驿馆房间坐定，於軒王就跟进来说："苏大人，咱们一起去瞧下沮渠格尔吧！"

是啊，沮渠格尔是自己动员来这里的，应该去和他商量一下，来后如何打算，总不能掏着银子住在这官家的驿站里吧。他们商量后，沮渠必须尽快地在哈拉和林买地方建房子。

於軒王是这里的地主又是王爷，出面办事方便。他对这里情况熟悉，再说他还有地位有名望的。在於軒王的运作下，由苏武出钱，三天后在胡、汉两街相邻的地方，买了块地皮。

沮渠格尔算了下自己和妹妹的积蓄，有了地皮，建房子的钱就够了，自己再也不能让苏大人破费了。

晚上，沮渠格尔来到苏武房间，行胡礼感激地对他说："沮渠和苏大人素不相识，大人能对沮渠如此的帮助，在下真的感激不尽！以后大人要是有用着我沮渠的地方，定肝脑涂地！"

苏武上前拉他坐下说："言重了！我再说一遍，在这里我只是你的一个舅家人而已！咱们个人之间没有血缘的亲情，有的只是汉人情结！"

"那我就用汉人的礼节拜谢了！"他说着，跪地给苏武磕头。

"哈哈哈哈。"苏武起身搀扶起沮渠格尔。这个沮渠还真是个厚道之人，值得交往的。

第二天沮渠和妹妹两家人搬出驿馆，在建房地搭帐篷居住。沮渠各尔请来汉人木匠和其他做工的人，拉土、买木材、打围墙地干了起来。

当然还是一家两院，妹妹得跟他们分开来住，这样的话就少了姑嫂间不必要的摩擦。

半月后，苏武瞧着沮渠格尔家即将建好的房子想，单于一直不发放回文，自己和队伍也不能回行。应该想办法主动争取一下，可怎么争取呢……他无奈只得求助于於軒王。

游牧的匈奴单于王庭并不像大汉朝庭那样阔绰。什么这宫那宫的、这花园那花园的，占地多少多少顷，而是在都城的东街占据有二三十个帐篷大的地方。

前面是富有胡地特色的精美的穹庐，是单于上朝厅和议事厅。后面分别是妻妾、儿女们住的地方。大都是胡汉风格相结合的房屋，比街上房屋装饰豪华罢了。

第二天。且鞮侯单于朝罢走进休息厅。

於軒王跟进来给兄长行礼，落座后建议说："单于，大汉使节任务已经完成，请单于发给回文，让他们启程回汉吧！"

单于沉思良久说："让我想想！"

其实，且鞮侯大单于是想和军师卫律商量后再做决定。卫律是十年前大汉派往匈奴的使节。当时且鞮侯还是左贤王，半道上截取了使节卫律一行。

卫律本来就有归胡之心，他是用计谋来逼着左贤王且鞮候出金钱和爵位来诱他投降的。这样对外也好听一些，这些只有卫律心里明白。

卫律很了解汉朝的情况，常给且鞮侯出谋划策，在汉军的多次围剿下，保得且鞮侯的军队战而无损。

在这几年草原的天灾人祸、牧人和牛羊大减的情况下，又扶持且鞮侯坐上了大单于的皇位，因而深得他的信任，封为军师，还给其封地，封为丁零王。

十七　苏武受牵连

於靬王深知兄长的意思，沉思片刻说："这事情要尽快地定夺，不能延误，免得夜长梦多！"

"放心吧，最多一个月叫他们启程回汉！"单于说。

"兄长一定要说话算话！"於靬王一再地确认。

"一定！"他说，"苏大人带来的人，看来个个都是文武的全才，我还害怕他们刺探咱们内情呢！"

"我也是这意思！"於靬王为了促成苏武尽快回汉违心地说。

"不过，你吩咐城门看守，只让他们在城内活动，不让他们中的任何人出城！"且鞮侯单于严厉地叮嘱弟弟。

"尊令！"於靬王告辞走出朝廷门。

卫律奸诈且心狠手辣，跟他一起到匈奴的兄弟又怕他又恨他，许多都想念大汉家乡的亲人又不敢说，真是度日如年。跟随他的虞常就是其中的一个。

虞常一见张胜，更让他想念家乡，想念父母兄弟，就参加了当时缑王的匈奴谋反。

缑王何许人也？他是昆邪王姐姐的儿子。这要回到元狩二年说起。二十年前，霍去病出兵陇西，打败了当时占据张掖郡十几县还有弱水延泽等大片地域的昆邪王，还有其邻居休屠王。

昆邪王杀了休屠王，夺取了匈奴人祭祖的小金人，带着自己一家和姐姐及年幼的外甥缑王降了大汉。汉武帝很是高兴，封昆邪王姓金，侍奉大汉朝。

太初元年初，匈奴乌维单于去世，年少的儿单于即位。儿单于年轻，杀伐成性，再加上匈奴地遭受多年不遇大雪之灾，无数人员牲畜遭难。

匈奴人认为是儿单于造孽得罪了上天导致，一时人心慌乱，反叛阴谋弥漫草原。

当时的反叛主谋者是匈奴的左大都尉。他遣使告密汉朝："自己想杀儿单于投汉，只因汉地遥远，要大汉派兵接应。一旦汉军到，就立即杀了儿单于归汉。"

汉武帝得知很高兴，立即派公孙敖，前往大汉长城外不远处、阴山脚下修筑受降城，接应左大都尉。

城修好后，左大都尉还嫌太远。于是汉武帝就派浞野侯赵破奴率骑兵两万出朔方，行两千多里去接应。当时已经长成大人的缑王跟随赵破奴一起前往。

由于左大都尉耽误时间太长，秘密败露，没有杀了儿单于却被儿单于所杀。赵破奴和匈奴军激战，惨遭匈奴骑兵埋伏，无奈投降，缑王也因此沦落匈奴。

他时刻找机会想离开匈奴。前一时，他听说赵破奴已经带着儿子逃回大汉，他也开始行动了。他和虞常密谋，绑架单于的母亲阏氏归汉邀功。

虞常把此事告诉了朋友张胜并说："他们还准备借机射杀大汉憎恨的卫律……"张胜私下里还给了其财物资助。

机会终于来了，多天后，单于带着卫律外出打猎，家里只有母亲阏氏和子弟。

在缑王他们将要行动时，联系的想回大汉的七十多名憎恨卫律的人中，有一位胆怯害怕，偷偷逃走，把他们的行动计划告密阏氏。

这阏氏何许人也！这女人从年轻时为了丈夫的权力，后来为了儿子的权力，和男人一样马上马下地跟胡人、跟自己内部掌权者斗争；不但随军打仗，还跟汉人打仗，是个不让须眉的女人。

她得知消息后，立即组织亲兵和单于子弟和他们交战，缑王和所有参与者都战死，虞常被活捉。

整个一晚上，张胜都在等待虞常胜利的消息，一夜无话。第二天一早，他走出房间，发现驿馆门前多了两排身挎弓箭手持大刀，全副武装的胡人士兵，戒备森严。

张胜一想不好，一定是虞常他们出事了。他大惊失色地叫开苏武房间的门：“苏、苏大人，不、不好了！”

“别急，有什么事慢慢说！”苏武示意让常会拿来垫子，扶他坐下。

张胜把他和虞常的关系以及悄悄资助虞常反叛的事情给苏武说了。

苏武听后大吃一惊脸色苍白，责备张胜：“你怎么这样糊涂！这事情一定会牵连到我和大家性命的，与其让人家杀死，不如我自己了断！”

苏武说着抽出挂在墙上的宝剑，朝自己脖子抹去。

机灵的常会忙上前夺宝剑，张胜立即跪地抱住苏武的腿，苦求说：

“请苏大人，别这样！一切都是我张胜的错，我就是死也不会连累苏大人的！”

常会硬是夺过宝剑，愤怒地对张胜挥舞着，威胁说：“这是关系到大汉朝和匈奴之间的大事情！要记住你今天说的话！你要是食言，小心你在汉的全家老小！”

张胜磕头如捣蒜：“我、我知道！苏大人，我一人做事一人当！绝不连累任何人！绝不连累任何人！”

“去吧！好自为之！”苏武无奈地打发走了张胜。

他想，出了这等事情，现在怎么解释都是脱不了干系的，得想办法带领大家回汉……

苏武告诫自己：苏武，在这非常时节，你要沉稳，要冷静，就是死也不能失了大汉的气节……

虞常戴着脚链手铐，被关进了死囚牢里。两天来思绪翻腾，凭自己和缑王兄的能力，挟持单于母亲阏氏、立功回汉是一点问题都没有的。

唉！都怪自己心好，总觉得一起跟随卫律来的同胞想念父母家人、都想回家，自己就偷偷地把活着的人联系起来，一共有七十来人。

他们聚会时人人信誓旦旦，嘴上都说严守秘密，可是到了紧要关头，还是有人骨头软了……竟落了个全军覆没的下场。

这都怪自己，害了缑王兄，如今犯下这么大的错，沦为阶下囚，必死无疑。与其让他们杀死，不如自己一死了之！

他瞧着监牢周围，是坚实的厚土墙，咬紧牙关狠狠一头朝墙上撞去，霎时头破血流昏死过去。

这时，恰逢卫律差人来提审，发现其情，叫来牢医即刻救治保住了性命。

其实，单于母亲阏氏得知密报，组织人镇压了背叛者所有的人，单独留下卫律信任的虞常是有用意的。她觉得儿子对汉人卫律太信任了，就用此来作为把柄，打击卫律提醒单于。

两天后单于打猎回来，母亲告诉他事件的经过。他很是生气，命令军师卫律亲自审案问罪。

十八　鸿门宴

卫律经过仔细调查取证后，升堂审问虞常。未动刑虞常就承认了一切，最后说："我想念家乡父母兄弟，无奈如此。现已经失败，无话可说！要杀要剐随你！"

"嘿嘿！"卫律冷笑一声，狡猾地问，"你想利索地死，没这么便宜！你们举事，没有外人资助怎么能举动？我问你，何人支持你们？"

"没有外人支持！"虞常坚定地。

"那我为什么在现场发现了汉人的衣物？"卫律瞪着牛眼，咬牙切齿地问。

虞常沉思。

卫律逼问："你说呀！"

"不知道！"

卫律狡猾地问："是不是有汉人暗地里支持你的？"

"没有！"虞常觉得自己怎么都是一死，不能再连累别人了。

"那怎么有人说，你和这次来的大汉副使有多次接触？"卫律说出了实质。

虞常明白，他们留着自己的目的了。我千万不能承认！于是坚决地说："没有的事！"

"那我就把这批使节百十多人全部灭了！"卫律咬牙切齿地对外喊，"来人！"

全副武装的亲兵进来："王爷！"

"立即带兵，把大汉使节一个不留地给我宰了！"卫律余光注视着跪在面前虞常的表情下命令。

"是！"亲兵抬脚要走。

虞常忙阻止："别！我说，我只是和他们的副使张胜有交往，与其他人无关！"

狡猾的卫律哈哈大笑起来："哈哈哈哈，这不就结了！把他给我押进死牢！"

兵士把虞常押下去后，卫律奸笑着沉思良久，自言自语："嘿嘿！我就叫你苏武牛！"

卫律立即给单于汇报了情况，当时单于和於靬王正在商量此事。卫律对单于说："咱们借此机会威逼苏武投降，怎么样？"

於靬王立即反对说："凭我作为向导对苏使节一路的观察，觉得他不是一般的人。此事副使所为，你们为难他恐怕不合适！"

"於靬王，这与你无关！就听军师安排吧！"且鞮侯不悦地对弟弟说。

於靬王不满地白了卫律一眼。只要有卫律在，自己的话在亲兄长且鞮侯单于跟前毫无用处。

他於靬王只是一个被御用的王爷，有名无权，只能辅佐单于听单于的指挥。苏使节，这只能靠你自己了。於靬王心中暗自祈祷。

第二天，单于以各地王爷宴请大汉使节的名义，请使节苏武和副使张胜赴宴。苏武明知是鸿门宴，可还是不得不到。

苏武抱着一死的决心，手持节杖，身佩宝剑，全副武装，在张胜和常会的陪同下，气宇轩昂地走进宴会厅。

苏武双手握着庄严的节杖，给大家打躬行大汉礼节："大汉使节，中郎将苏武，在这里感谢大单于和诸位王爷的盛情了！"

且鞮侯单于客气地指着右边的位子："客人，请坐！"

"谢座！"苏武向座位前走。张胜和常会要跟着苏武。

坐在单于左边的卫律起身挡住张胜，看常会站在苏武身后脸色一变，色厉内荏地吼道："来人！把副使张胜给我捆起来！"

上来两个如狼似虎的胡兵，把张胜给捆绑起来，按跪在地。

卫律坐在官位上，抓起惊堂木狠拍下案儿：

"带主犯虞常！"

苏武没料想到会这样！这一切来得太突然了，他们竟是当着全体王爷的面给自己如此的难堪！他不由怒火中烧，只是眉头狠皱了皱，即刻外表平静下来，毫无表情地瞧着这一切。

各位王爷莫名其妙地瞧着大汉使节苏武，因为他们只是宴会前得知汉使中有人支持虞常反叛的。

虞常头上包扎的伤口渗着血，手铐脚镣相加，被两名卫士拉押上堂，摔跪在地上。他目光斜视下旁边捆绑着的张胜，明白了一切。

虞常悔恨地说："朋友，是我害了你！请你原谅我！我要是不说出你的话，狡猾的卫律就要下令，要和你们一起来的百十位大汉兄弟人头落地，客死他乡。我也是汉人，我很心痛的！"

张胜看了虞常一眼，轻蔑地"哼"了声，昂着头不理他了。

卫律威严地问虞常："虞常，你说这位张大人给你多少资助，让你反叛？"

"呸！"虞常啐了口卫律，想自己无论怎样都是死，索性愤恨地说，"你卫律为人狡猾奸诈！我瞎了眼睛，鞍前马后地跟随你这么多年，你竟然对我下毒手不说，还陷害他人！"

卫律哪能容下反叛的下属在众王爷面前如此羞辱自己。于是愤怒下令："把这个叛贼拉下去五马分尸！"

成了叛贼的虞常被拉出宫帐，在大街道上，在卫律的亲自指挥中，在众官员的众目睽睽下，他被五匹大马分别拉住四肢和脑袋，活活四分五裂，血肉分离，鲜血遍地。

张胜当场被吓得昏死过去，众王爷也倒吸着凉气噤若寒蝉。

苏武强忍愤怒，面对这惨不忍睹的场面想，这个卫律真的很狡猾，很歹毒。看来，接下来就要对付自己了。不管你卫律如何的奸诈，我就是死也要保住大汉的气节！

卫律当场吩咐手下，提桶凉水来浇醒张胜，立即审他资助虞常的事。张胜当着众王爷的面，交代了自己背着主使苏武，和虞常见面并且偷偷给他资助的事情。

卫律一再地问："主使苏大人，知道你做的事情吗？"

张胜坚决地回答："苏大人一概不知！他如若知道，一定会杀了我的！"

卫律吩咐手下说："把张胜拉下去砍了！"

张胜忙求饶说："卫王爷，息怒！张胜不才，愿意追随大人左右，做牛做马服侍大人！"

张胜看见虞常的死，改变了原来以死相拼的想法，只要能保住自己和同伴的性命也就有希望。匈奴和大汉，好好坏坏，并不是一成不变的敌仇的关系。

张胜当场变节，让苏武很是难堪，气得肝胆欲炸。他想起前天，他跟自己交代了和虞常的关系，自己当时就该立即杀了此人！都怪自己一时的疏忽。

卫律听了张胜的话，高兴地说："张大人这话我爱听！来人！"

卫兵上来。

卫律吩咐："给张大人松绑。服侍张大人下去休息！"

卫兵带着张胜走后。卫律看看单于，单于点头。

卫律转问苏武，奸笑着说："苏大人，你的副使已经投降，我劝你也该和他一样，为我们胡人效力才对！"

苏武气得额上青筋暴起，脸色铁青，鄙恨地吐他一口："呸！你休想！"

卫律奸笑着说："嘿嘿！你还嘴硬！你的下属犯罪，你就该连坐才对！"

苏武理直气壮地反问："你凭什么要我连坐？我一不知道他做的事情，二不是他的亲人，我为什么要连坐！"

"他是你的下属呀！下属犯罪，主管应该连带的！"卫律重复说。

苏武理直气壮地说："那我当着单于和各位王爷的面问你，虞常是你下属，他如今犯了叛逆罪，那你也该负责的！"

十九　太阳喋血

苏武双手持节杖打躬对单于说："尊敬的单于陛下，你也得判卫律连坐才对！"

卫律闻言恼羞成怒，喊着："来人！把苏武给我推下去！"

"别！"苏武说罢，抽出宝剑朝脖子抹下，常会眼疾手快，反手抓住他的手，可是宝剑已经抹开了脖子。

苏武脖子皮肉翻开，霎时鲜血涌出。

"不好！"卫律喊着冲上前抱住苏武。

单于忙喊："快，快叫太医！"

单于上位不到两年，内忧外患，但怕苏武一死，大汉趁机发兵惩罚，立即让太医来。

发怔的於靬王被单于的话惊醒，即刻飞奔而去。

天空忽然变得苍白，太阳变得血红，滴下血来。

於靬王深知太医们的医术，怕救不活苏武，立即骑马赶到沮渠格尔家，说明情况。

沮渠格尔和妹子梅尕正在收拾刚建好的房子，一听苏武的状况忙吩咐妹妹去拿熏蒸和救命的药物，即刻跳上於靬王的马背，两人飞驰而去。

大家静悄悄地围拢着头面脖子铁青、死人样的苏武。太医正在给其清理流血的伤口，常会在一旁抹泪。

沮渠格尔赶到，见状对於靬王说："快拿铁锨挖坑！"并飞快从怀里掏出羊皮小包，拿出随时准备缝合伤口用的羊骨针，羊肠线，查看了他的伤口后，动手给缝合好，对牢医说："赶快把伤口包扎好！"

牢医惊怕，忐忑地说："人、人恐怕、已经死、了！"

沮渠格尔坚决地说："就是死了，也要救治！"

这时沮渠梅尕也打马赶到，翻身下马指挥於靬王和常会，沿着地面下挖三尺多深的坑道顶头搞了个锅头样子，并且在距地一尺的地方朝地面掏了个烟囱。

她将袋子里的多种熏药做成的辫子一头放在里面点着，一头放在锅头外面控制火苗，随时可以进退。红蓝的火苗不大却平静闪烁着，烟道吸走了呛人的烟雾。一时间多味药草纠结着的清香带着一些怪味在空气中弥漫。

梅尕将坑道前锅头边用手抹拍平整，指挥常会和沮渠将苏武抱下坑道，前胸担在锅头平整处、额头担在对面的土地上熏蒸起来……

且鞮侯单于从来没见过如此救人的方法，担心地问："这能行吗？"

沮渠格尔摇摇头回答说："我也不知道，只能死马当活马医了！"

可他心里却在祷告着：苏大人，你好人有好报。你一定要活过来，你一定能活过来的……

且鞮侯单于见状只得宣布退朝，回到休息室后，心里很是纳闷。卫律今天的做法是自己同意的，可是看到苏武如此，却一点都高兴不起来。

这个苏武不像张胜那样好对付。

他这骨气，还真叫人佩服……

且鞮侯单于差人请回於靬王，再一次仔细询问了苏武在来时一路上的情况。於靬王再一次说了苏武一路上机智灵活地应付突发事件的事情。

且鞮侯单于对弟弟说："一定要救活苏使节！"

"大单于，恕我多言！你为什么允许军师如此对他？"於靬王生气地问。

“这不过是测试下他罢了！谁知他如此刚烈！”

虽然人常说，打虎亲兄弟，可且鞮侯单于却一直提防着这个为人宽厚的亲兄弟，许多话是说一句藏多句的。不过，这次他一再地叮嘱他说：“去吧，一定要救活他！”

於靬王退出来。他早就看出，这个仅比他大三岁的单于兄长对自己的戒备。其实，没有必要，他只有一个女儿，并且他对单于位子根本就不感兴趣，更不想做什么左右贤王。

於靬王是想，他们胡人已经被迫北逃到这里。这地方有山有水有草原，是北方最好的地方。如今最好少激怒大汉，少打仗，让老百姓休养生息、安居乐业。

这烟火药物熏蒸救人的方法，是沮渠格尔父亲传给他的，他只用过一回。那是救治一位在雪地被掩埋窒息的患者，一个时辰那人就醒了。

他抬头瞧了眼苍白的天空，血红的太阳。这一个时辰都过去了，苏大哥却毫无生还的迹象。

沮渠格尔心里很着急，在旁边踱着圈子，问妹妹：“梅尕，是不是药材放少了？”

“没有，你看现在火还在燃着！”负责在跟前监护的梅尕回答。

“咱们把这火，能不能再加大一些？”他心里没底了。

“哥，别着急！你看这脖子后面的青色变浅了！”梅尕拉着哥哥让他停下脚查看，“再说，药材火加大，会伤着人皮肤的。”

沮渠格尔瞧着，伸手摸摸苏武的脖子，惊讶地瞪着眼睛说：“有些发热了！好，咱们再坚持！”

“苏大人，你可要坚持住！”於靬王眼圈红红的。

他很敬佩苏武的骨气，心中祈祷着，上天保佑苏大人决不能就这么死了……

沮渠梅尕瞧着昏死的苏武，心里很难受。

到哈拉和林这么多天来，於维尔兰老跟她提起自己做向导时，一路上苏大人遇到突发事件，沉着机智果断的处理能力，这让她很是佩服。

特别是他送老妇人和孙子回汉的事情让她很感动。今天他面对邪恶以死相对的骨气更让她敬佩！她暗暗祈祷：苏大哥，你这样的好人不能死！我一定要想办法救活你！

沮渠梅尕跟随着哥哥多年，制药、看护病人，也学到了不少护理知识和治病的技巧经验。她怕苏武爬地时间过长，血液流通不畅，用手轻轻地拍打着他的后背和肩头，还帮着按摩四肢……

两个时辰后，苏武的身体渐渐地变得柔和了些，左腿突然动了下。梅尕兴奋地叫："哥，苏大人腿动了！"

站在旁边瞧着苏武沉默不语的沮渠格尔和於靬王，闻声过来，蹲在苏武身边瞧着、摸着他的脉搏……好一会儿，他胳膊动了下，接着头动了下。

於靬王轻声呼唤："苏大人，苏大人！请醒醒……"

梅尕流着泪："苏大哥，苏大哥，醒醒，你快醒醒……"

沮渠格尔摸着脉搏，扶起他的上身，焦急地说："快，搭把手扶他坐起！"

於靬王忙抱起他，一起将他翻身让仰躺着平放。

苏武铁青的面部已经变白了许多，他渐渐地回复着呼吸……忽然咳了声，一口东西堵在嗓子里，憋得直翻白眼。

梅尕忙喊："快！要一个人跪伏！"

沮渠格尔和於靬王没反应过来，流泪的常会立即跪下手扶地。梅尕咬牙抱起苏武的上身，沮渠忙过来帮忙。

他们把他面朝下，胸脯搭在常会背上，梅尕拍打着他的后背。

不大一会儿，只听见苏武嗓子眼儿里咕嘟嘟几声，一口口紫血团呕吐出来……他终于轻声呻吟出来了。

沮渠格尔高兴地说："好了！这下好了！"

"嘘……"於靬王轻声地说，"别走漏了消息！咱们走！"

常会背起苏武，几人护着，奔进驿馆。

二十　是条硬汉子

苏武真是条硬汉子，无论身上和心里的伤多痛，他都咬着牙不吭一声。

多亏出事那天太阳虽然不服，憋红着脸，天气却没有潮湿之气，给救治帮了大忙。

二十多天来，苏武在队伍自带的汉医及常会还有沮渠兄妹的精心照料下，身体一天天好起来，人扶着能坐起，能自己吃饭。可就是不敢吃干饭，一吃喉咙就疼，且说话沙哑不清。

这天，梅尕送来羊肉汤饭，他吃后想表示感谢，却说不出话来，着急地抓着脖子。

梅尕笑着说："苏大哥，你别急！还好，当时亏得常会手捷眼快，可气管外壁毕竟伤着了，要慢慢地调理，才能恢复！"

苏武瞧着消瘦了的梅尕，硬是强迫自己说话，沙哑地感激说："谢、谢！快、回、去，家里、房、子、要收拾！"

是啊，他们家的新房已经盖好了，梅尕自己的家，一个仅两小间房子的屋院。这几天，她抽空帮着哥哥嫂子收拾着他们房子和两大间病房，自己的家还没动手收拾。

她微笑着温柔地说："房子哪有人重要？我给你按摩过后再说。常兄弟，咱们两个一起使劲，扶苏大哥趴下。"

眼前，苏大哥牵着她的心。

常会把他抱起，梅尕把身下的褥单抚平整。常会把他放躺在榻上，两人帮着他翻趴。

梅尕双手从他头颈到腰椎间的脊梁两侧慢慢朝下按摩捏拿着……为了他不落下残疾，好得快些。她每天都来给他按摩四肢按摩颈椎胸椎腰椎，现在人扶着能坐起，上臂看起来没有问题。

她累得满头大汗，双手按住他腰椎两侧推拿按捏着："苏大哥，腿动动看！"

苏武咬着牙忍着疼痛抬抬右腿的小腿和脚，抬不起来。

"疼吗？"

"还好！"

梅尕放开双手让常会和她一起将苏武翻过身仰躺着："苏大哥，你现在抬腿试试。"

他咬牙用力却不行："不行。"

"我真怕你伤到了脑子，错过了最好的恢复时间！"梅尕擦了擦头上的汗脱鞋上榻，双腿叉开跨在他身体两边，俯身双手搂住他的腰，用力向上拱着……

"苏大哥，觉得怎么样？"她头上的汗水滴在他身上，喘着粗气问。

"骨、骨节像拉开了一样的疼、疼。"他头上冒着密密麻麻的细汗咬牙忍着疼痛。

“有感觉就好！”她更用力摁了下，“疼吗？”

“能、能受得住。”

梅尕俯身双手拍打着他腿部的肌肉：“感觉怎么样？”

“能扶我起来吗？”苏武问。

梅尕跳下榻：“你试试翻身！”

苏武咬牙努力下，不行。

“常兄弟，上榻，帮帮忙。”

常会上榻俯下身搂住他的腰身说：“大人，你搂住我的脖子！”

“苏大哥，你搂着他的脖子，看能不能起来？”

苏武照办，竟然坐起来了。

“好！我和常兄弟搀扶你下榻，看能否站起来！”他们两人扶着他下榻，他竟然咬着牙摇晃地站住了。

梅尕高兴地说：“太好了！常兄弟，你多多地搀扶苏大哥下地走走，这样恢复得快，不至于落下毛病！”

“感，谢了！”苏武鞠躬说。

苏武站了会儿，眼看着有些摇晃站不住。梅尕和常会搀扶苏武上榻躺下。

“那，苏大哥，你好好休息。我回家了！常兄弟，有啥事情，就去找我！”梅尕告辞走出门。

今天看到自己的努力竟然有了好的效果，梅尕走路都轻快了许多。

苏武吩咐常会：“去、送送、梅、尕！”常会立即跟了出去。

苏武躺在榻上静了会儿，手抓着窗棂挣扎起身靠墙坐起来，瞧着窗外的临近中午的阳光，想起了母亲，想起了年轻的夫人、儿子和一家人，不由得眼泪落下，大家还好吗……

唉！这远隔千万里，想也无用。苏武手抹掉眼泪，思绪回到眼前，自从他恢复知觉苏醒后，就一直在想，这个卫律果然是个祸害！

自从卫律投降匈奴近十年来，虽然说北漠无王庭，可是匈奴的小部队骑兵经常骚扰张掖郡和九原郡、朔方郡的北方边沿，并且屡屡得手，许多点子都是他出的。

卫律帮助且鞮侯灭了儿单于，帮他坐在大单于的位子上。且鞮侯对他言听计从，让他当上了军师还封其为丁零王。原来且鞮侯单于对大汉称小是假，养息备战是真……

苏武正想着，卫律拎着包点心推门进来，瞧着苏武面对窗外坐着，大笑说："哈哈哈……苏大人，能坐起来，看来好多了。单于委托我来看你！这是大汉的点心！"

他前两次来看，他都是躺在榻上闭目不想看他，都是常会哼哈地应付着。今天怎么办呢？苏武想想，索性装傻目光直视着窗外，一动不动。

"苏大人！苏大人，你能听见吗？"卫律手在他眼前晃晃问。

苏武装作没有反应。

卫律手摸摸苏武的脑门。苏武很愤怒，但是他压下怒火，还是一动不动。

"怎么，傻了，真的傻了！"他摇晃他。

常会进门见状大声喊："干什么！"

"苏大人是不是傻了？"卫律停手问。

这提醒了常会，他忙抱住苏武，大声哭喊："大人，你、你你吓死我了！你怎么还不清醒呢？哇……"

卫律本来怀疑苏武已经清醒，可以提审结案，无论怎么个结局都要结了！

自从那天苏武以死证明自己的清白、死不屈服的举动后，各位王爷畏惧卫律的淫威，在朝上也不敢说话。

他们退朝回家后仔细想想：匈奴，是匈奴人自己的匈奴，不能让汉人降将卫律说了算。再加上於靬王暗地里活动，他们纷纷找单于表明自己的意见。

大多数王爷和官员的意见是：不要激怒大汉，放了苏武和随行的人，大灾后我们匈奴需要休养生息。

单于也觉得大多数人的意见很对。于是早朝上，且鞮侯单于让卫律及早结案，还大家一个明白。

卫律很不甘心，特别是苏武当着众王爷的面说他的话，他很害怕单于拿虞常的事情说事，所以要给苏武一点颜色瞧瞧！

如今他瞧他傻乎乎的样子，无奈地走了。

常会到门口看卫律走远了，回来说："黄鼠狼给鸡拜年，没安好心！"

苏武瞧着他笑笑，躺下问："常、会，你猜他来干什么？"

"急不可耐，想提审结案。"

"对！"苏武正常人样回答。

"大人，你？"

"等身体彻底养好了，再说！"

其实苏武身体已经快好了，他知道卫律不会饶过自己的，只有身体彻底好了才能和他对抗，现在只有装作病入膏肓的样子。

“苏大人，从今天起，我要帮你锻炼身体！”常会恳切地说。

“以后，你就别叫我苏大人了，叫苏大哥！”

“为什么？”

苏武感激地说：“这样便于说话。这次一路走来，互相都了解了，其实你就是我的亲兄弟！”

苏武沉思良久对常会说：“我看大单于和卫律是不会善罢甘休的，我们得有所准备！”

二十一　狡诈卫律

“我们如何准备？”

“看起来，我不投降就是必死之人！只有我拼着一死，以后你们才能不会像虞常那样被折腾，你们才能保住活命，才有希望名正言顺地回家，家人才能在大汉得到照顾，才能安全活下来！”苏武沉思地说。

常会听苏武这样说，已经泪流满面。前几年，由于自己武艺不错，被皇帝巡视发现，把他从下面提上来加入了皇帝的侍卫队。

他当时光听大家说苏大人体恤下人、很能干，现在自己亲身体验到了。常会跪在他面前：“苏、苏大人，你、你不能死！”

苏武也忙跪地认真地说：“叫我苏大哥！”

“苏、苏大哥！”常会叩头。

苏武和他一起叩了三个头叮嘱说：“从现在起，你一定要让下面的人，特别是你们几个小头目坚定立场。我也不想死，可我绝不投降，就得死！”

苏武拉开房门瞧瞧外面无人，关上门回来，严肃地低声叮嘱：“我死后，你们不要管我！有两种可能，一种可能，单于很快放你们回大汉，这更好。”

“那、那另一种可能呢？”常会紧张地问。

“再一种可能，就是不放你们走，将你们隔离，不让你们见面。”

苏武一再叮嘱：“不论是哪种可能，要让大家记住：谁也不要节外生枝，要听从他们的调遣，要耐心等待，利用机会互相通信，给家里送消息，大汉皇上不会不管的！”

“为弟、记下了！”常会抽泣起来。

“起来，咱们两个悄悄地切磋下武艺！”

苏武和常会两人在房子里练拳脚、练推手地忙乎开了。

卫律回家后，越想越蹊跷。他总觉得苏武已经恢复了，并且有人看见他已经能走能说话，可是自己看见的却是个傻子……

他又立即出门赶往驿馆。本来这简单的事情应该叫手下人来，他要的是第一手资料。

这时沮渠格尔拎着一陶罐吃的过来，跟在他身后丈把远走进驿馆。

沮渠认识卫律，却没和他打过交道说过话，看前面的他鬼鬼祟祟的样子要到苏大人房里去，后面的他开口大声喊：“常大人，你要的药来了！”

房子里，正在和常会拳脚格斗的苏武，听见沮渠的喊声，忙躺倒在榻上拉被子盖上。满头大汗的常会跪地，假装哭喊着：“苏大人，你怎么又这样了……”

卫律回头一看，一个人影闪进旁边的房子。他推开房门，见苏武蒙头躺在榻上盖着被子发抖，常会跪在地上哭喊得泪人样。

卫律怒从心起：“怎的，他死了吗？”

他一把扯开被子，苏武满脸通红闭目发抖，他手挨下他的额头，发烫，心里说，死了才好。可是嘴上却对常会说：“还不快请医生！”

卫律掏出丝手绢擦擦手，嫌脏地扔在地上，双脚踩了下，走出了门。

卫律走到驿馆门口，严厉地对守门人说：“发现汉使节苏武能出门活动，立即报告！”

卫律走出大门，回身瞧着门想，回去得派个得力的人来，监视这姓苏的。

卫律走后，苏武坐起来和常会相知地点头。

沮渠格尔拎着陶罐进来笑着说：“刚才瞧见卫律悄悄朝这里走，我就多了个心眼儿。”

苏武忙下榻行礼：“感谢了！”

“苏大人不可！”沮渠指着手里的东西说，“这是我让家人给你做的药膳羊肉，吃了体力恢复得快捷些！还有，於軒王不便来访，他让我告诉你，一定要小心卫律搞鬼！”

“我知道，卫律是不会放过我的！”苏武对沮渠说，“我要是死了，你们都不要干涉，不要管！”

“这怎么能行呢？我的心里会痛苦不安的！”沮渠一脸的难过。

“我还有事相托！”苏武对沮渠格尔说，“你作为萨满，行动比较自由。我死后，和我一起来的人，定个个被隔离送往远地，常会也会走的。你就是常会的联系人。你同意吗？”

沮渠立即跪地发誓：“我一定做到！”

苏武叮嘱说：“记住：是在不影响你人身安全的情况下做联系人。要秘密地！如对你有影响，就不要做任何事情！”

他又叮嘱常会：“不是迫不得已，不要找沮渠！”

常会流泪跪地：“大哥，我知道！”

“沮渠大哥，我常会也是你的亲兄弟！”常会又给沮渠叩头。

沮渠立即跪地给常会叩头。

“你两个记住：要互相保护对方！不是迫不得已，不要联系！至少卫律活着是这样的！”苏武一再叮嘱。

於軒王这一时思想一直处在矛盾中，给苏武当了回向导，觉得他是个值得信赖的人；他为了大汉的利益不惜生命，他是个让人敬佩的人……

一方是他匈奴的民族利益，是他的亲人；一方是他敬佩的人，是他的敌人。他两下里衡量着……

归根结底，他当然是心向着自己民族利益，心向着自己亲人的。他不能做损害自己民族利益的事，不能做损害自己亲人的事情。

於軒王很想来到驿馆探望苏武，又害怕单于知道怪罪，二十多天来始终没有探望，可他每天在心里祈祷他平安无事！他和兄长为了民族的利益一起奋斗了多年，终于达到了目的，兄长当上了大单于。

可是现在呢，他虽然多次表白不当单于，大单于还是不放心自己这个兄弟。他知道大单于和卫律要劝苏武投降，可按苏大人的性格根本不可能，他一定以死殉国……

看来这次苏大人真是在劫难逃了。他想，自己要既不被人怀疑，又要救他的生命，这如何才能做到呢……

於軒王知道苏武伤病已基本痊愈，今天路过沮渠家，让他以请萨满的名义去打探苏武下步想法。

他听了沮渠的意思回家后，眉心皱褶深深，心神不安地在书房呼啦啦翻着竹简书，也不知道自己要看什么。

女儿於维尔兰进来说：“爸爸，妈妈让你去一下！”

“去！别烦我！”他没好气地说。

“嗨！”她笑着对父亲说：“那我让妈妈自己来！”

“你敢！”

“怎么啦？”

“我想静一静！”

“我没有猜错的话，爸爸是为了苏大人的事儿烦恼吧？”女儿说中了他的心事。

“是啊。”於軒王问女儿，“你有何高见？”

女儿想想说：“等待他伤好后，咱们想办法神不知鬼不觉地将他送走不就得了！”

父亲问女儿：“你要是苏大人，能撇下同来的一百多个下属，一个人走吗？”

女儿沉思片刻问：“那，他不走，按照单于和卫律的意思，他不投降就得死，你说怎么办？”

“我不是正在这儿想办法吗！”

二十二　中秋之夜

“想出办法了吗？”女儿问。

这时家人进来说：“王爷，一个萨满给夫人送药来了！”

“快请！”他看家人出去后，神秘地对女儿笑笑。

“母亲好好的！”女儿不解地问。

接着，沮渠格尔手拎着羊皮药包进来。

“有办法的人来了！”於軒王眉目舒开笑了。

於维尔兰一见沮渠格尔，高兴地让座：“萨满叔叔，请坐！”

於軒王迫不及待地问：“萨满兄弟。怎么样？”

沮渠格尔回答说："他为了他的兄弟，为了大汉的尊严，决心以死抗争！"

"那我们怎样才能保住他的生命呢？"

"到时候看实际情况来想办法！"沮渠没有再多说什么。

他知道於靬王喜欢朋友，敬佩苏武，可是他毕竟是王爷，是大单于的胞弟。在这非常时期，自己不能跟他来往密切，留下包药就立即告辞出来。

大汉都城长安的中秋之夜，秋高气爽，天空湛蓝，圆月高挂，静谧而幸福。

家家人都在自己的院子里，给月婆婆摆上祭品。

各种秋季水果，新鲜秋粮做的象征着团圆的各种圆形食品，拜月赏月。庆贺秋天的丰收，祈祷明年的好收成，话着平安团圆。

苏武家，偌大的花园里，菊花香弥漫，供品丰盛。

苏武的母亲带着一家人祭月，祈祷说："月婆婆：请你保佑我一家大小、老少安康，保佑我儿子苏武一切顺利，平安归来……"

苏武的妻子丑儿面对中秋团圆节，回想起婚后这几年，每到中秋，丈夫都要给她送上一份惊喜，不是一件心爱的衣裙就是一件喜爱的首饰时的恩爱情景……如今形单影只，忍不住泪如雨下。

她怕自己哭出声影响大家，捂着口奔回房间。这四个多月来，她思念丈夫……她忍不住扑在床上号啕大哭……

从娘家带来的丫鬟青梅跟回来说："小姐，你别这样！"

"你出去！让我、掏掏心、里的委屈！"

青梅只得站守在门外。

各房都拿着分发的水果和食品回家了，苏武母亲在两个丫鬟的搀扶下，端着丑儿的一份朝苏武房间走来。

青梅看见忙进来说："小姐，老夫人来了！"

"来了正好！"她继续哭着。

婆婆在丫鬟搀扶下进门，将手中的果盘放在案几上，瞧着儿媳的样子，劝说着："媳妇，婆婆知道你的心，别哭了！这团圆的日子，流泪不吉利！"

儿媳闻言，停止了哭声，起来擦着眼泪，哽咽地说："婆、婆，请、坐！"

"不坐了！我也累了！"她对自己丫鬟说，"小菊，你晚上留在这里，跟青梅一起照看少夫人！"

儿媳忙说："不用、不用了！都是我不好，叫你老人家操心！婆婆放心，我不会哭、哭了！"她绷住哭声。

老妇人在丫鬟的搀扶下走出房门，眼泪也涌出了眼眶。老人家腿一软脚下一个趔趄，小菊忙用力搀扶住问："老妇人，你怎么了？"

她摇摇头，可她心里很不安。儿子出使已经四个多月了，没有一点消息，为娘的能不担心吗……可又想回来，没消息说不定是好消息，说不定马上就回来了呢！想到此，她刚强地迈开脚步。

胡地哈拉和林的中秋，天黑时突降大雪，气温急剧下降。

今年草原的秋天太短促了。

苏武把所有的衣服都套在身上，站在门外的飞雪中，面对长安方向双手合十，心里默默地祈祷：遥祝大汉国运亨通！遥祝年迈的母亲安康！全家平安……

接着，同来的将士们，也纷纷从房间出来，和他站在一起，个个面对长安，心中祷告：祝福千万里外的大汉家人平安……

不久，一行人双手合十，面对着东方站着的百人，雕塑般地成了雪人。

卫律接到监视人的报告，这还得了！我得阻止他们的举动，立即面见单于商量后组织各部王爷上堂，一起连夜审问苏武，劝其投降。

好在单于听从卫律的办法，学大汉的机制，把各位王爷的家安在王庭哈拉和林，便于大单于领导指挥，更是为了监视他们的行为。

苏武被请上朝堂，瞧着这一切心想，自己的生命可能就在今晚结束。

他手持节杖不卑不亢地给单于行汉礼问："不知大单于深夜让苏武到来，有何贵干？"

且鞮侯大单于问："苏使节，近来身体可曾恢复？"

"托大单于福！"苏武不卑不亢。

卫律狗仗人势地问："大单于问你，身体可曾恢复？"

苏武立刻回敬："在这朝堂上，是单于主事，还是你卫律主事？"

卫律无言地站在一旁。

且鞮侯大单于傲然地问苏武："苏使节，本人佩服你的人品，欲叫你在这里和本单于一起，为我们匈奴办事！你认为怎么样？"

苏武佯装不理解说："什么、怎么样？"

卫律出列说："就是叫你投降！"

"让我像你一样？"苏武轻蔑地反问卫律。

"不行吗？"

“不行！”苏武气宇轩昂地站立着。

“你看我卫律，从前背弃汉庭，归顺匈奴。现在深得大单于的爱戴，恩赐我王爷的爵号。另外还分封我大片的土地草原，拥有数万的奴隶，马、牛、羊，牲畜满山。”

卫律厚着脸皮对苏武说，可苏武看都不看他一眼。

卫律还继续地炫耀：“你看我如今妻儿幸福，如此的富贵！你、苏武君，今日投诚为胡人办事，凭你的人品和学识，明日一定比我卫律还要威风！”

苏武还是挺胸站立，毫不理会。

卫律威胁说：“苏武君，你今日不投降，明日就成了草地的粪肥了！”

“呸！”苏武鄙弃地啐了他一口。

且鞮侯大单于看苏武的坚决，害怕又是近一月前那天一样，搞得很难堪。他对卫律说：“军师，让苏武君回去想想！退朝！”

退朝后，单于留下卫律说：“军师，明天，你亲自对付苏武，怎么样？”

“大单于陛下，这……”他有些为难。

苏武的坚定不屈及对他的不齿，让卫律真的很是愤怒。他恨不得立即处死他，可是他知道单于的意思是不能让苏武死。这叫他左右为难。

单于理解地说：“我相信你能办好的！”

且鞮侯单于知道卫律整人的本事。对苏武这块硬骨头，就得让卫律这样的人来对付。

第二天，大雪还在纷飞。卫律让亲兵请苏武来丁零王府，设宴款待。

苏武知道其用意，一定是劝说他投降的鸿门宴。

自己不从，命定要休矣。

他主意已定，对来人说：“你先在外面等会儿，我更衣后再走。”

苏武关上房门，悄声对常会说：“我恐怕回不来了，你不要管我，一定要按照我交代的纪律办事！”

常会立即跪地叩头：“大哥放心！”不由得落下了泪。

苏武搀扶起常会，两人紧紧地拥抱在一起。

苏武知道这次是诀别，他忍着悲痛紧紧地拥抱着常会，伸手给他擦了眼泪，凛然地说：“记住，要坚强！要按纪律办事！”

二十三　地窖里

苏武身着中郎将军官服，佩好宝剑，手持节杖，全副武装的他，带着全副武装的常会来到卫律府。

苏武和卫律见面后，假意寒暄下，分宾主坐定。

酒菜刚上案几，两位美女上来，分别给他们斟上酒。

家人奔进来报："大单于驾到！"

家人话音刚落，且鞮侯单于带着於靬王来到酒宴前。

卫律诚惶诚恐地双手搭胸行礼："卑臣卫律，不知大单于和王爷到来，请恕罪！"

苏武礼貌地右手附胸站起。

"哈哈哈哈……"且鞮侯大单于爽朗地笑了，自动坐下说，"真是赶得巧，有口福呀！来来，都坐下，喝酒！"

其实他是不放心卫律，经过两次审讯苏武，他已佩服苏武的人品了。他怕卫律劝不成苏武，反而被苏武所劝。带着别的王爷来，怕对军师不利，就和弟弟於靬王来了。

单于差人请於靬王，他不得不来。於靬王今天打算不声动色，既然有酒菜，面对苏使节也就自然多了，吃喝掩饰。

两位美女忙给大单于和於靬王斟酒。

卫律接过一美女手中的一玉碗酒，双手恭敬地递到且鞮侯大单于手里，谄媚地说："敬请大单于给属下面子！"

单于接过酒举起，傲慢地对苏武说："苏使节，请！"

苏武没有站起，只是端起酒象征性地应付："请！"不卑不亢地目视着且鞮侯单于端起酒碗一饮而尽。

苏武却抿了点酒。他想，今天这个鸿门宴，不知演的什么戏，只有水来土掩了！

卫律瞧着苏武，开导说："苏君，放开点，今天只有单于和王爷。我劝苏君还是识时务为好！"

苏武沉思片刻问："请问卫君，你的识时务，是指什么？"

卫律对美女说，"你们下去吧！"

"是！"两位美女行礼后走了。

卫律对苏武说："就是放弃大汉，为大单于所用！"

苏武轻蔑地看了卫律一眼，低头瞧着面前的酒碗不吭气。

卫律继续威逼利诱说："你顺我的意思走，咱俩结为兄弟，辅佐且鞮侯大单于，同享富贵荣华；你今天不从的话，以后再想见我，就没有这机会了！就是见，也不会在这里！"

苏武瞧着对面窗外纷纷的大雪，沉思良久，冰冷的目光直视卫律说："卫律君，今天当着大单于和王爷的面，咱把话说开，你就别枉费心思了！"

"你说！"

苏武不紧不慢地说："你作为汉人的臣子，不顾及恩情礼义，抛弃家人背叛了皇上，在这点上我就不愿意见你！"

苏武扫视且鞮侯单于，继续说："你如今对大单于有功，大单于信任你，可你呢？居心不良，不主持公道，要害大汉使节。"

卫律一听话味儿不对，生气地打断他的话："哎，哎，苏武君，你说谁居心不良？"

"是你！你让大单于和汉朝皇帝二主相斗，旁观胡汉的争斗和双方的损失！多年来大汉朝周围各族杀害汉使节，最后失败的事情不绝如缕，这，你是知道的！"

卫律气恼地说："别说了！真是一派胡言！"

苏武站起给单于行礼，微笑着问单于："大单于，你听吗？"

大单于却对苏武说："你说吧！"

"南越王杀害汉使节，结果南方九郡被平定；大宛王杀汉使，自己的头颅被悬挂在宫殿的北门上；高丽王杀汉使，立即被汉军讨平。"

苏武越说越激昂："我这次出使胡地，是为了胡汉世代修好，人民安居乐业！而你卫律君，明知我不会投降，你却想要汉胡两家攻击残杀，你杀了我吧！胡地灾祸，从我的死开始吧！"

其实，劝苏武投降也是且鞮侯大单于的意思。单于听了苏武的一番话，很是佩服他的气节和口才，这样的人回到汉朝一定会成了不起的将军。

同时，他也气恼得火冒三丈，必须得给他点颜色瞧瞧，我叫你的骨头硬！且鞮侯立即吩咐属下："把苏武关押进地窖，不得给吃喝！"

卫律的手下，如狼似虎般拖着苏武，扔进牢狱里面的地窖。这是匈奴囚死刑犯的地方。说是地窨，其实就像汉人的水井一样，水井是上下基本上一样大小。

地窨呢，是下面大，一个人能活动开；上面口小，只有一个人能搭着长绳梯上下。下面人只有中午才能瞧见一丝光亮。哈拉和林这地方干旱、土层厚，地窨挖得很深。

上面是冰天雪地，可是下面只要落进雪片，就会变成雨水落下。

苏武刚被扔进里面，摔昏了。许久，他醒了，感到周身疼痛……我还活着！他打量着周围，黑乎乎的。

苏武缓了会儿，挣扎着翻身仰躺着，两仗多高上面有比井口大些的口，这是地窨子。他动了动双手，能动；动了动双腿脚，也可以。他挣扎着坐起来……

他坐着歇息会儿，瞧见身旁节杖。

节杖！苏武将象征着大汉国威族威的节杖紧紧地抱在怀里，慢慢地手扶着坑壁踉跄着站起来……

我还能站起。他仰着头瞧着上面，水点落在他脸上，他躲避了下，脚下一动，碰到一个硬邦邦的东西。

苏武怀抱节杖背贴着坑壁，努力弯下腰，手摸索脚旁……原来有半截破罐子。

有罐子就能接水，有水就不会很快地死亡！他扶着坐下来，把破罐口对着上面的井口接着雪水。

第一天，苏武肚里还有些食物，地窨下面无风，地气温暖，倒不觉得怎么样冰冷。

第二天，就有些昏昏欲睡了。苏武背靠着墙壁仰面瞧着巴掌大的一块天空，肚子饿得咕咕叫。上面不下水了，看来老天不下雪了。

他瞧着破罐子里昨天接的些许雪水，只是用手指蘸着润润口舌。

他躺在地上保持着体力，回想着来时一路上的经历，怀抱节杖温暖着自己的心……

第三天，苏武饿得头昏眼花，他鼓励自己：苏武，你不能死，你要想办法坚持着活下去。只有活下来才能想办法回大汉……

第四天，他在地窨下面寻找着能吃的东西……

他终于发现墙面上有些地方，生长有少数青色的小苔藓。他弄下尝尝，还能吃，吃了几口想，这样的日子恐怕还长着呢。

他把这些小苔藓分成等份，一天吃一点，这样坚持了三天，第七天就没东西吃了。他觉得身体越来越糟糕，觉着自己全身麻木不能动了。

这样没吃的我就会死。

可这死总比背叛了自己的大汉气节好得多。

人固有一死，为大汉值得……

苏武意识渐渐地模糊了。

二十四　神人

冥冥之中，他觉得有只手猛推了自己一下，努力睁开眼睛一瞧，眼前光亮一点。

原来中午了，太阳直射下来，是太阳推了自己一下……

原来我还活着，没有死！

就是嘛，男子汉大丈夫要死，也要轰轰烈烈地死，就这样不知不觉地饿死了，多可惜！

他舌头舔着干裂疼痛的双唇，可是，口内和双唇一样干燥，更难受。

他咬着牙，手撑地想动一下，手触到了那天随着自己，他们扔下的毛毡……

有了，这毛毡是羊毛牛毛做的，人的毛发吃了可以治病，牛羊的毛也许可以用来充饥！

我不能如此窝囊地死掉。

他挣扎着扯了小块毛毡塞到嘴里嚼着，嚼着……

这东西干噎得难以下咽，有点水就好了。这几天没下雪，破罐子里的少许水已经干了。

他瞧着破陶罐，发现罐壁有些湿气，无奈头伸进用舌头舔着……

忽然上面一阵嬉笑声隐约传来，声音越来越近，接着一团大雪球落下来碎了！他兴奋地双手捧起碎雪给罐子里放……

还有两个拳头大的小包？他忙展开一瞧，是两块冻肉，忙把它藏在毛毡下。

这是梅尕偷偷让於维尔兰送进来的。

梅尕知道男人五天不吃东西就要死亡，她要帮这个好人活下来。

她做熟羊肉后，就和於维尔兰商量，如何才能送给地窖里的人。

把苏武投进地窖的前三四天里，卫律派人昼夜不离地守在窖口，这两天看守得松了些。於维尔兰瞧着满地的雪毯想着办法……

这天，她带着单于两个七八岁的孙子，出来滚雪球玩，两个娃娃高兴极了。

於维尔兰偷偷地把两块肉藏在雪球里面，让他们两个在前推着，她后面追赶着，三人大声笑着、呐喊着，推着越滚越大的雪球进了牢门朝地窖而来。

於维尔兰对两个小侄子说："把雪球推进地窖里去，砸死里面的人！"

监狱大门的士兵，瞧着两个小王爷推着雪球进来也不敢阻挡，再说还有漂亮的公主后面追赶，更不会阻挡，于是雪球进了监狱大门……

"姑姑，咱们再弄雪球去！"两个男孩子玩兴大发。

於维尔兰哈哈大笑拉着他们玩去了。

对，是兰格尔！刚才的笑声就是！苏武更有信心了。

他咬了口冻肉，虽然冰冻得牙咬不动，可他心里涌进了股暖流。

我要活下去，要让卫律狗贼瞧瞧！

后来，於维尔兰用这种办法，还送了两次吃的东西。

都第十一天了，於靬王参见单于说："大单于，一个男人五天没东西吃喝就得饿死。苏使节已经是第十一天了，就是死了也得把他弄上来，给大汉一个交代！"

"你说人死了，如何交代？"单于问。

"放他带来的人回汉朝，就说大汉使节苏武暴病身亡！"

"这样能行吗？"

於靬王认真地回答说，"那也得让他们看见尸首才行！"

当卫律让人把苏武从地窖里吊上来时，他们大吃一惊。

他不但没有死，还能断续说话，人扶着还能站立，就是脸色苍白，身体消瘦不堪而已，周身无力，不敢见光。

卫律不禁自言自语道："莫非他是神人！"

这句话被随从听到，开始是他们之间相互赞赏，后来苏使节是神人的消息不胫而走。

哈拉和林城里，人人传播着，满城的人都争相到监狱门外拥挤着，要一睹神人的风采。

这下子使且鞮侯大单于和卫律十分恼火。

且鞮侯大单于想，这人十多天无吃喝都没饿死，定是大家所说的神人。千万不能让这神人回大汉，为大汉如虎添翼。他不投降，也虐杀不了，索性让其自生自灭。

且鞮侯大单让卫律把苏武单独监管起来，不让跟任何人接触。

十多天后，苏武身体渐渐恢复，能走动了。且鞮侯单于和卫律商量个十分歹毒的办法：把和他同来的军士各个隔离开来，流放到边远地带去做苦役，切断他们互相间联系。

他们给苏武的处罚：给他二十只公羊，单独流放到最北地贝加尔海子去放牧。

卫律恶狠狠地对苏武说："啥时候这些公羊产了崽儿，你苏武才能回来！"

事到如今，自己能不死，还能保住大家的节操性命，这结局也算不错的了。

起码大家心里都有个有朝一日能正大光明地回大汉的希望。

苏武早已给常会他们安排好了，也就无须再想什么，身着自己保护得比较干净的中郎将服，上面套着来时带着准备天凉时穿的棉袍，手持节杖，赶着羊群，在差人的押解下上路了。

首府哈拉和林到目的地有八百多里路。

半个月前的那场大雪，在寒风中冻结在一起，草已经枯萎在冰封的雪地里。惨白的太阳虽然挂在空中，却没有一点儿生气。

寒风呜呜地显着威风，刀子一样砍扫着大地上的一切。城周围不少的胡杨树及桦树叶子已经被砍扫得无影无踪，树枝在寒风中互相抽打着，呼喊着。

冰冻的道路望不到头，两位差官骑着身后驮着行囊的马，押解着手持节杖踽踽步行的苏武，还有二十只公羊一步一滑地朝北方跋涉着。

押解苏武的差官，虽然身着厚实羊皮袍、狐裘皮毡靴骑着马，却不能走快，在马上也冻得不行，只得下马和苏武、羊群一起行走。

苏武不知两个差官的脾性，把棉袍带子紧紧，把头上的毡帽檐拉下遮住脸，拄持着节杖默默地低头迎风前行，心里计算着这恐怕都走了十里地了……

羊儿在寒风中冻得咩咩地惨叫起来。一只羊开始，二十只此起彼伏，听得人心里难受。

一位差官生气地说:“他阿妈的,弄了个这样的鬼差使,还没到贝加尔海子,就把人冻死了!”

另一位问苏武:“苏使节,你冷不冷?”

“你说,羊儿身上皮厚,外面还有层厚厚的毛,都冻得咩咩叫,你说人冷不冷?”苏武面无表情地回答。

“你应该学学卫律,就不会受这罪了!”差官中的一位说。

“那、你们觉得他有骨气吗?”苏武认真地问。

他瞧瞧同伴,不吭气了。

他们只有无语地踽踽前行。

突然,只听得后面马蹄嚓嚓追上来,喊着:“请等等!差官,等等!”

他们都站住等待。

一位头戴羊皮帽子,身着羊毛锦袍、毛皮靴子的男子,打马到来。

二十五　水火不容

男子从怀里掏出一小包银子,递给差官说:“两位差官,请收下!”

男子看差官接过银子,对他们说:“这位苏大哥是救过我家命的大哥,请两位一路上多多地照应!”

苏武仔细一看,是沮渠梅尕女扮男装,只得说:“这位客官,我不认识你,请你不要这样!”

苏武为了不给沮渠兄妹增加危险,只有装作不认识。

梅尕没理他,从马上拿下一包裹递给差官:“这是给我大哥的衣物!”

她又拿出一件狼皮袍子给苏武穿上,粗暴地拉苏武身子靠着马腿,拿出双毛皮靴放在他脚下冰冷地说:“要想活命,换上脚靴!”

苏武缠着脚布的脚蹬下脚上的毡鞋换上皮靴,将毡鞋放进背包里。

梅尕看苏武的脚蹬上皮毛靴子后又给他手里塞双羊皮手套,对两位差官行礼说:“多劳两位了,如以后相见,定加倍感谢!”回身打马而去。

她怕自己忍不住而流泪,不敢再看苏武。

她来送衣物是和哥哥商量过的，钱是自己的积蓄。沮渠格尔知道贝加尔海子严寒，冬天漫长，把自己的一件狼皮袍和皮毛靴让妹妹送来。

苏武没死以及押解去贝加尔海子的事，是於靬王让於维尔兰悄悄告诉沮渠的。

梅尕得知苏武要被押解到八百多里外的贝加尔海子去心里很是着急，又无法解救，只能准备去送行。

兄长沮渠格尔看出了妹妹喜欢苏大人。他知道妹妹想嫁给一个汉人，有朝一日能回到母亲的家乡生活。可是又不能说破，更不能劝说，就让妹妹做自己愿意做的事情吧！

苏武瞧着梅尕打马远去的身影，心里既感动又难受。一个素不相识的女人，在自己伤了时精心地照看不说，如今又送棉衣……他的眼泪不由得滚出眼眶，霎时，冰冻在眼外。

“苏大哥，走吧！”刚才跟他说话的差官说。

苏武用衣袖擦了下眼睛：“感谢了！走吧！”

另一位：“苏大哥，你真的不认识他？”

“你认识他吗？”苏武反问。

他摇摇头想，这苏武是大家所说的不死的神人，连不认识的人都这样帮助他，我们也不能怠慢他的！

他自我介绍说：“我名衽余，他叫句吾。”

“好，衽余差官，句吾差官，苏武行礼了！”他手搭胸行礼。

两差官忙还礼：“苏大哥，我们现在是兄弟了，请别客气！”

“走，咱们上路吧！”

苏武手拄着节杖赶着羊朝前走着，衽余和句吾两差官在后面牵着马跟着。

衽余对同伴说：“这样走，咱们都得冻死，咱不如想办法走快些！”

“你说，怎么才能走快？”句吾问。

“与其一路上把羊冻死。不如到前面，遇见放牧人家，把羊卖了，拿上银子或者换成实用的东西。咱到了地方，安排好后再搞回二十只怎样？”

“这倒是个好办法！恐怕以后卫律知道，咱俩吃不了兜着走！”另一个担心。

“你不说我不说，”衽余指下前面的苏武，“他更是不会说的！”

“对呀，这样咱们都上马赶路，很快就都到了！”两差官统一了思想。

第三天，他们路过土坡下，发现一大帐篷和搭着羊圈的牧人家，把二十只羊便宜卖了，一个人和苏武一匹马，一个人和行囊一匹马，都上马而行。

这样快捷了许多，就是马太辛苦了。他们一路上尽量优待两匹马，就是人不吃饭，都得给马吃好喝好。

再则天气也很帮忙，一直未下雪。十天后，他们终于到达目的地——贝加尔海附近据地。

这里一进入冬季，方圆百里甚至是几百里都是无人地。

雪后更是一片萧瑟，满目凄凉，地上看不见任何能动的东西，好在天气不错。

他们帮着苏武选了个朝阳的丘坎坡停下，吃了些东西后。衽余帮苏武沿着坡坎搭帐篷，收拾生活地。句吾去邻近处找人买羊。

五天后，他只买回了六只不大的公羊和半袋吃的。他们商量，把这些和来时所带的一切东西给苏武留下。

句吾对苏武说："苏大哥，我们把所有这些吃用和牧人出门带的用具都给你留下，吃的够你用到下月官家送粮食的时候。"

"那你们回去路上怎么办？"苏武担忧他们。

这两位一路上对他很是照顾，是好人。

他们两个相视笑了，衽余说："苏大哥，跟着你这神人，老天也照顾，咱们已经提前半月到达。剩余时间，我们两个去邻近的丁零看亲戚会朋友，不会有难处的！"

他们有梅尕送的银子，一路上够花的。

凄清的天空，惨白的朝阳，嘶鸣的寒风。

苏武站在帐篷前瞧着两差官打马远去后，心情一下子降到了冰点。

尽管他对艰难困苦早有预料和准备，可是思量着以后要独自一人面对这漫长的彻骨寒冷，渺无人烟的蛮荒之地，不由得浑身哆嗦起来。

苏武裹紧衣袍走进帐篷。

帐篷里比外面能好些，可是寒风把帐篷撕拽得东倒西歪。到这里几天来，有人陪着一起吃住倒还不觉得怎么样，如今得自己单独面对这一切，心还是发怵了。

忽地，一阵狂风卷起了帐篷，把压帐篷四周的冻土坷垃裹起，打在他的脸上身上。他顾不得疼痛扑拽住帐篷被带倒在地，帐篷才没有被卷走。

他头探出帐篷，瞧着旁边树枝围的羊圈却被风端掉，用绳子连在一起的羊儿，冻吓得在寒风中惨叫起来，现在也顾不得它们了！

苏武紧紧地拽住帐篷。这是他在这里的家，否则就得冻死。

半个时辰后，风慢些了。苏武挣扎着起来，捶着僵硬的腰身，打量着倒了的家和冻吓得发抖的羊儿，脑子一片空白。

咩——一只羊挣断绳子惨叫着跑了，这才激醒了他。

他奔上前去抓没抓着，这羊蹿得太快了。他又不敢去追，怕又起大风，帐篷被刮走。

苏武口中喃喃念叨着："我不能怯弱，要想办法活下去……对，卫律他们说我是神人，神人就有办法把家建立起来……"

他回想起在哈拉和林的地牢……对，挖地窝子！

苏武振作起来，看好地形，拿起差官留下的镢、锹，沿着坡坎下挖起来。镢头落在冰冻的土地上，一凿一个白印点，虎口震得生疼也动不了大地丁点儿毫毛。

怎么办……

手都冻僵了。

苏武下意识把手伸进了狼袍，发现衣袋里有包东西，拿出一看，是火链和火石，这是梅尕送来的狼皮袍子，这也一定是她送的。

有火，就有了光明。真得感谢梅尕这个细心的女人！

人常说，对，水火不容。对，用火来对付坚冰。

苏武把砍刀别在腰带上，手拄着节杖，走进丘地后的小树林，捡挑回一挑挑的干树枝，沿坡坎堆了一大堆，火链打火点燃……

果然有效。大堆树枝燃后，地面上一尺多厚的冻土层渐渐地消失了。

他趁热打铁，拿起镢、锹干开了。这里大多是黑黄的土层，冻层消失后很好挖。

饿了，他吃点东西继续干……他告诫自己，这里气候无常，要加紧干，拼命干……

天黑了，篝火照亮，他仍在继续……直到把坡坎的一方掏挖进了一丈多深帐篷样宽的豁口。

他想办法把帐篷撑起在其中，就近砍了几棵树干扛回来，搭在坡墙两头护住帐篷顶，上面盖上树枝，像家乡的房子一样，顶上压上冻土……

整整干了一天一夜，直到第二天下午，既防风又防寒的地窝子帐篷房建成了。

苏武把上冻的土块搬来压挡在帐篷门前面，把冻得发抖咩咩惨叫的羊儿赶进帐篷，给它们面前扔了些干草，冻饿极了的羊儿，嚓嚓地吃起来。

他打量着自己的杰作，很是欣慰。

他拿一截木头从里面挡在帐篷门后，拉开毡褥，疲惫地和衣躺下。他尽管很疲累一动都不想动，可脑子却很清醒，顺手拿了根羊儿吃的干草在嘴里嚼起来。

二十六　梅尕心思

多亏以前跟着做代郡太守的父亲一起在那里生活过，经常跟胡人教官打交道，得知许多胡人的生活习惯，并且学会了独立的处世和生活的能力……

今天这一忙，使自己不至于冻死了。

明天砍些树枝，和土一起在门前砌道厚厚的墙，把地窝子周围整治严实，给羊儿在旁边搭盖个圈……

苏武谋划着在这里活下去的事情。

第二天，天阴沉沉的，风不怎么大。

苏武早早起来吃点干粮后就忙活起来，傍晚，按原计划完成了任务。天也变了，狂风呼叫，雪花如席片样飞压向大地。

苏武在屋里架起了陶罐，给自己煮了一顿干肉焖包米饭，饱餐后舒服地躺在被窝里，暗自庆幸，真是人勤不受罪……

风雪肆虐了整整两天两夜，雪足足下了有四尺多厚。苏武从未见过如此厚的积雪和严寒。

怪不得北方胡地的雪灾严寒可使得人畜伤亡惨重。如此的酷寒，要是没有做好过冬的准备的话，人畜不冻饿而死才怪呢！

为了回汉自己一定要保重身体，一定要活下去。

他把不多的粮食按一天一顿饭的定量，分成若干等份，尽量节省着吃。还有，自己一定要找些事情来做，不然的话会寂寞死的。

苏武每天饭后，在屋后的坡坎上不甚远的树林里砍柴，拉回来劈好摞起来，有了柴就可以保持火苗，有了火自己就不至于冻死。

两个差人，袛余和句吾按原规定的时间，回到哈拉和林的丁零王府交了差，光说是把苏武送到地方就回来了。

大雪纷飞中。卫律头戴貂皮帽手戴貂皮手套，身着狐皮袍子，脚蹬老羊皮靴子，带着家丁走出府门，来到城外。瞧着都府哈拉和林周围厚厚的积雪，听着呼呼的寒风声，心里特别舒坦。

他想着苏武在贝加尔海的荒漠，无吃无喝的情景……咬牙切齿地奸笑自语："哼哼！我叫你苏武牛，你能牛得过荒漠漫长的寒天雪地？你能牛得过渺无人烟的寂寞恐惧吗？你能牛得过酷寒中的饥饿？"

今年胡地的严寒到得早不说，风雪还比往年疾狂。许多牧人还没做好过冬的准备严寒就到了。

两个月来各个王的封地人畜死亡的消息，在都府哈拉和林传开了。

昨天传来北地坚昆三十多人和三百多头牲畜冻死，今天又传来其相邻的丁零，又有四十多人和五百多只牲畜冻死……

沮渠兄妹听到这些消息，虽然不担心自己的亲人和财产有什么灾难和损失，可是担心着苏武的性命。

苏大哥这位好人，在贝加尔海蛮荒之地，在狂风肆虐的冰天雪地里能坚持住吗？

最心急的是沮渠梅尕。自从那天送走苏大哥走后近两个月来，她的心仿佛被他带走了，做事情总是心不在焉。多次给病人煎药，溢扑的药水把火浇灭都不知道……

她敬佩他的为人、敬佩他的气节……现在细想起来，自己好像是喜欢上了这位苏大哥。这是丈夫去世后五六年来，对任何男人从未有过的那种感觉。

医室的火塘前，她一手拿着整棵的党参，一手按着小轧刀有一下没一下地切片，切了没几下手就停下发呆了。

头裹围巾，身着羊皮棉袍，双手戴着羊皮手套，脚上穿着羊皮靴子的於维尔兰，推门进来，她都没有发觉。

她的手在她眼前晃晃，她还是没意识到。

她摇晃下她："姑姑！"

梅尕一个激灵回过神："哦！尔兰来了！"

於维尔兰坐在旁边的坐垫上，嬉笑地问："姑姑，你在想什么？"

她摇摇头："没、没想什么！"这事情是不能叫单于家人知道的。

"你骗人！"於维尔兰调皮地，"我猜——你在想心上人！"

"你胡说什么！"她低头切着党参说，"我，能有啥心上人！"

"你是想、苏使节！"

"你想、就说是你想，怎么说到我头上来了！"梅尕极力否认。

"那——你不想，我可就想他了。"於维尔兰俯身仰着头，嬉笑地瞧着她。

梅尕眼圈红了。

她忙道歉："对不起，姑姑！"

"没什么。"梅尕低声说，"是我不好！"

"姑姑，我知道你的心思。"於维尔兰安慰说，"昨天，我遇见了送苏使节的差人，他告诉我说，他们安排好神人的一切才回来的，还说他们回来时还给他买了袋粮食留下。"

梅尕低头听着。泪不由得滴在拿党参的手上。

於维尔兰见状忙安慰："姑姑，你放心，苏使节很机智很聪明，他是神人，一切困难都能克服的！"

其实，外面传说他是神人，只有做医生的知道，这是迷信。世上是没有什么神人的，只是他智慧，个性坚强罢了。梅尕只是点点头说："但愿吧！"

梅尕回想起两个多月前，自己照顾伤势严重的他，在那二十几天的日日夜夜里，真正叫她佩服起这个在大汉衣食无忧中生活着的官宦人家公子了。

苏大哥他遭受了卫律非人的打击，身心遭受重创，却坚强地一声不吭，还处处为她着想，怕卫律报复照看他的她，而拒绝她的亲。

"姑姑，你要是真心喜欢他的话，等到春天，去看看他吧！"於维尔兰真诚地说。

噌噌……梅尕飞快地切着党参，没吭气。

於维尔兰觉得自己说得太多了，于是告辞说："姑姑，你忙，我回家了！"

梅尕一把拉住她说："我现在、就想去找他！"

"这冰天雪地，路途遥远，要冻死人的！"於维尔兰说，"再说，贝加尔海地方可大了，不知他具体住的地方，迷了路，也是死路一条！"

梅尕无奈松了手，跌坐在地，眼泪夺眶而出。如今见不到他，更不知道他的死活，心里特别难过和不安。

"姑姑，现在近处的驿站已经关闭。你要去，就要做好多好多的准备，准备一路的吃喝，准备一路休息的铺盖，还有马匹的防冻、粮食草料等等。"

於维尔兰担心地说："不、不然，在严寒下长途跋涉，走不多远，都会冻死的。这些你考虑过没有？"

梅尕回想起多年前，丈夫开春去放牧，偶遇大风雪灾去世的事情……只得喃喃地说：“那——就到、春天吧！”

“这就对了！”於维尔兰说，“我现在就打听地方，咱们好好做准备，到时候我陪你一起去！”

於维尔兰也很佩服苏武，特别是在当向导时，他冷静果断的处事态度，让她敬佩，可这也只是晚辈对长辈那样的敬佩。至于爱，自己还没有仔细想过。

二十七　战饥饿

她是想找个汉人丈夫，可他不行。

苏大叔的年龄和父亲差不多，是不行的。再说，他是大汉使节，宁死不屈就更是不可能的了！

身为大单于家的公主，於维尔兰深深知道自己的意志是不重要的，也就不要去自找死路。自己是父母的独生女，婚姻的事情自己更不能任性。

梅尕只得耐着性子等待着春天。梅尕不同于於维尔兰，她是自由的。她看出哥哥不反对她接近苏武，就是哥哥不同意，梅尕也会自己决定。

苏武是个真正的男子汉，怎奈他如今身陷流放中，流放也不可怕，自己可以去和他一起生活。她给他准备着衣物和吃用的东西，准备明年开春去找他。

梅尕在医馆忙完歇息时，就拿着男人的大皮鞋底锥纳起来。哥哥进来也不回避，只是低着头干活。

沮渠格尔想和妹妹谈谈，坐在她对面瞧着，想着如何开口。

“你这样瞧人家干啥？”妹妹头也不抬地问哥哥。

“你没抬头就知道我瞧你？”兄长微笑问。

“我感觉得到！”

“原来，你是凭感觉做事情的！”

妹妹抬头对他微笑了下，又低头纳着鞋底。

“梅尕，”沮渠格尔收敛了笑容，“你的感觉是不现实的。哥哥知道你喜欢他，可是你想过没有，他终究是要回大汉的。”

“那我就和他一起回去！”

“这恐怕没有那么容易！人家在家有妻子儿女的！”

“那我也要跟他！我不在乎！”梅尕头也不抬坚决地说。

沮渠格尔看妹妹心意已决，无话可说了。

其实，他也很佩服苏武的为人和气节。妹妹要是能和他在一起，他也放心了。

他也想给妹妹找个汉人丈夫，这是已过世的二老的心思。他没有再说什么，叹口气起身走出门。

苏武每天尽管吃一顿饭，特饿时嚼些给羊搞到的干草叶，这样节省着吃，一个半月后，粮食还是彻底断顿了。

卫律还未送粮食来。他清早起来，瞧着空空的羊皮囊，紧紧腰带走出屋门。

天空阴沉，寒风呼啸，眼看又要变天了。旧雪几尺厚消不了，又得添新雪。再一下雪，无法出门找东西吃的话，自己和五只羊的性命就会不保。

最近，他在周围雪原和附近的小树林里走了走，没有见到住家的牧人，只是给羊儿寻了些干草，更重要的是找到了刚来时逃跑的那只羊，已经和雪冻在一起。

那天，他最后一次改做好滑雪板，练习滑行，滑得远了些，被它绊倒。他一瞧羊毛在外面，扒开浮雪，见羊和雪地紧冻在一起，回家拿了铁锹给弄回来，解决了多天吃的问题。

接下来的日子看来还很长很长，要活下去就得有填肚子的东西才行。人常说的话：活人总不能叫尿憋死！

对，要想办法找到吃的东西。

他瞧着远处隐隐约约有层次的雪原，走，过去看看。

那里说不定有人家，能搞到吃的东西。如果能找到树林，就不怕没有吃的。

苏武按照两个月来在雪地上行走总结的办法：走雪地要快，就要滑行前进。

于是他砍来树木，做了两个滑板捆绑在鞋上，双手拄着两根棍子撑着使劲推送着向前滑行，可在试验中，他一次次地摔倒失败，一次次、一点点地改进工具……

经过无数次的实践改进，滑板终于成功了。他又使出在朝廷管理制作鞍马用具的本事，用羊皮给自己做了防寒的皮手套及捆绑东西的绳子。

终于能在雪地行走了。

这天，苏武腰别砍刀，肩挎皮绳，武装好后，脚上捆绑好滑板，一手持节杖，一手拿棍杖，背着皮囊出发了。

路看着不远，可动起来三个多时辰才到目的地。

呵，这里旁边原来是一片整个披着雪衣的森林，许多树枝都被风雪摧垮压断。

苏武脱下滑板，放在外面，走进树林。

树林里出奇的寂静，连只鸟雀都不见。且越往里走树林越密，树枝被厚厚的雪篷搭在一起，仿佛是屋顶。地上的雪不厚，可看见冻雪层下是层很厚的树叶，一直无人问津，走在上面咔咔地响，很是恐怖。

苏武饿得头昏眼花的，不敢朝前走了，就近靠坐在一棵粗大的桦树下闭目养神。突然，屁股下有动静。他吃惊地跳起来，原来自己是坐在树根下的腐叶上。

他从腰上抽下砍刀扒开叶层，一只老鼠噌地钻出来在雪地上奔窜。

他眼前一亮，站起用皮囊追着扑打……终于抓住了，还挺肥的，

他提着鼠尾在树干上摔死，装进皮囊。

这有老鼠就有洞，也就有藏的吃的。

他又回坐在树下，继续扒着腐叶寻找老鼠洞。

他又用砍刀刨着旁边树下的腐叶，刨了相邻两棵树都没有找见什么。

肚内无食真的很是难挨。他晕得双眼冒花，累了靠着树喘着粗气歇息会儿，又继续起来寻找着……

终于看见了相邻的树下有个鼠洞，他挥着砍刀兴奋地刨挖起来。

深深的洞里果然有许多树种子和草籽。

苏武双眼闪光，高兴地喊着："饿不死了！"

他把洞里的东西全部掏出来，虽然只有两捧，可是找到了寻食物的办法。

接着，他嘴里嚼着树种草籽，在周围的大树下寻找着，掏挖着……

虽是十有九空，可这一成的收获在鼓舞着他，这是活下去的希望！他在树下刨挖着，遇见干草可喂羊，柴回家可烧火。

这里冬季白天特短。他计算着到了回家的时间。

苏武背着大捆干草和树枝，好容易走出树林。结果面前是一山大坡。他来时怎么没有发现这山坡……

现在自己该往哪个方向走呢？苏武迷失了方向。

他站定后瞧着天上，天上云层覆盖。来时面对着森林的……那就是说，自己来到相反的方向，或者是左右的方向……

苏武放下背上的柴草，沿着山坡左方走着观察着，整个是密林。

他又回来往右边走着观察着……

终于发现右方，有一树木稀疏的地方。他走过去一瞧，树木一直稀疏通往山坡相反的方向。

他回来背起柴草，沿着树木稀疏的地方朝前走……看来，以后进树林是要做记号了……

他终于走出森林，终于找到滑板，天已经麻黑。他穿戴好滑板，给口中填了把草籽嚼着，背起柴草顺着来的方向滑行，以后进树林一定要做好记号便于回来。

天空虽然黑暗，可是地上的雪映着，眼前光线朦胧，连来时滑行的印记隐隐可见。他双臂使劲用力朝前撑，脚下加快速度朝家的方向滑奔起来。

根据行走的时间，前面就是家了，他心里松了些，放慢了速度。忽然，沉寂的雪地里传来嗷嗷的叫声。这声音听起来很近?

他第一反应，这是狼的叫声。

二十八　斗饿狼

对，狼在羊圈前嘶叫，听起来还不是一只。多亏自己羊圈搞得很严实。

过去曾经听胡人教练说过，冬天草原里的狼没东西吃，遇见饿狼是很件可怕的事。

特别是狼群，你就是再有本事也很难逃脱的！怎么办?

苏武一时蒙了。

突然，前面雪地里一黑影，箭样朝他蹿来。他一个哆嗦，本能举起了棍杖朝来物打下，一棍打空，自己却脚带滑板倒在雪地里，背后的柴草捆砸在身上。

无奈柴草太重，加上饥饿无力，苏武一时起不来。

狼，瞪着绿森森的眼睛死盯着柴草捆，一动不动。

他在柴草捆下，双眼瞪着狼，动也不敢动地想着办法……

看来它也害怕……这毕竟是野兽。

人可想办法战胜它。

既然是这样，得让自己没有束缚才行。

这行动定要快捷！

他双臂慢慢从柴草捆中抽出，双脚相互狠狠蹭掉捆绑着滑板的靴子，一只手抓着节杖。咬紧牙关用力猛然推开柴草捆，光脚跳站起来，双手挥着节杖朝狼打去。

狼一看是能进口的活物，张开了大口，恶狠狠地朝他扑过来，头上挨了一下，这使它更凶猛了。

他看它又凶猛地扑过来，挥着节杖后退。

他退了两步，再抬脚后退时，脚和冰雪冻结在一起，麻木得不受自己意志控制，不能动也不敢动。

怎么办？

苏武双手挥动着节杖，脑子在急速运转着……

对，胡人教练说过，狼怕火！

火！火！我需要火！腰上的袋子装着火镰！他一手挥着节杖，大大的节杖头晃动着……

狼也不知是什么东西，不敢冒进……

他腾出手从腰里摸出火镰，倒在柴草边，飞快嚓嚓几下打着火，点燃干草。一时间，火苗渐渐大起来……

火光中，狼却步步后退……

看它在后退，他手拄节杖站起来，忙挑开柴草拉出滑板。火越来越大……

终于，狼"啊嗷——"咆哮一声跑了。接着，羊圈前的几只黑影也跟着走了。

好险哪！他长吁了口气。

脚下雪化了。苏武穿上鞋，把没着和烧完的柴草分开。拿回扔进羊圈，收拾好外面，开门走进房间。

夜里，外面有雪光映照着不是很黑。可屋里一片漆黑。

苏武关上门摸黑躺在榻铺上，肚子却咕咕地叫，他给嘴里填了把草籽嚼着……

官家一直没有送粮食来，苏武为了找到能充饥的东西，只要不是狂风飞雪天，他都在为自己和几只羊的活命奔波。

在这冰天雪地的酷寒蛮荒之地，连只飞鸟都见不到，他只有朝森林索取能果腹的东西。

苏武吸取了第一次进森林未做记号的教训，如今每走进森林几步，顺手用砍刀在树上做好记号，好按原路很快返回。随后，再渐渐地走向森林深处。

沿着山坡的森林深处，一些背风的沟壑里，竟然生长着四季常青的松、柏树。树上还有松籽和柏籽，有时还能真的逮住松鼠和兔子什么的，动个腥荤打个牙祭。

严寒中的活物是少有的东西，他绝大部分时间都是嚼着树籽和草籽来打发肚子的。闲暇时，他采集一些桦树皮，把在这里经历的事情记录下来。

卫律以大雪封地为由，不但不给苏武送粮食，还散布谣言，说苏武已经死了。

这谣言传到长安已经是春节了，传到苏武母亲耳朵里已经是过了春节的二月了。家里人都怕老人经受不了打击，过节时没敢告诉她老人家。

春寒料峭时节，苏武母亲听到儿子死了的消息，回想起大半年来毫无消息的事情，确定这是真的。老人家悲痛欲绝，卧床不起。

长安苏武的朋友虽然常来探望安慰，可是老人家的身子还是好不起来。

李陵只要回朝廷，就前来探望老人家。

年后，李陵回来向朝廷汇报边关情况后来探望老人家，见苏武三弟十五岁儿子苏霖陪伴着奶奶。

老人家一看见李陵，泪如雨下问："大侄子，你兄长已经不在了，这是真的吗？"

李陵握住老人骨瘦如柴的手，安慰说："大伯母，边关和朝廷没有接到匈奴官家方面的消息，这只是谣传。您老人家不要相信这些！兄长那么睿智的人，是不会死的！"

"但、愿、如此吧！"苏武母亲哽咽地。

她想，如果儿子不在人世，这个家就完了。孙子苏元才十七岁，不求上进，就是继承了家里的爵位，也是发达不起来的。

眼前这个已经过世了的老三的儿子苏霖，在娇惯中长大的，懦弱不悍。苏武的媳妇呢，从小娇生惯养，半道上嫁进来的女人，也不会厮守在家的。

就在李陵正安慰老人之际，苏武的媳妇丑儿，抹着眼泪进来看见李陵，开口就问："兄弟，你兄长不在了，你、知道吗？"

"嫂子，这都是谣言！"李陵平静地说，"请嫂子相信兄长！"

"无风不起浪，这人大半年都没消息，忽然传来不在了，就恐怕，是、是真的了。”她哭天抹泪。

苏武母亲一听媳妇如此说话，生气地说：“媳妇，这话可不能乱说！”

丑儿虽然名叫丑儿，可她不丑不说，还是百里挑一的漂亮，要模样有模样，要身段有身段的。虽然快三十岁的女人了，由于没有生过孩子，再加上苏武的溺爱，看起来只有二十岁左右。

她是公孙敖三十多岁才仅有的宝贝女儿，按照家乡民间习惯，起个贱名，为的是孩子好养活。

她泪流满面地说：“我也不希望、夫君那样，可是、是满长安的人都都，说他、他——”

她伤心地呜呜哭了起来。

“别哭了！这事情咱得搞清楚情况再说！”老人自己虽然很伤心，可还得硬气地劝儿媳妇。

“这家里整天死气沉沉的，我要回娘家！”丑儿擦着眼泪对婆婆说，“你儿子现在不在了，我就回娘家不回来了！”

没等婆婆允许，丑儿就走了。

“你、你——”老人气得瞪着眼睛说不出话来。

李陵忙给老人抚着胸，呼唤着：“伯母！伯母！”

苏老夫人一口气没上来，瞪着眼睛去世了。

苏霖哭喊着：“奶奶！”

李陵让他赶紧告诉家里人准备后事，忙进宫报告汉武帝。皇上得知苏武母亲过世，立即下圣旨、拨银两，让李陵主办苏老夫人的丧事。

二十九　你是个女子

李陵当然是竭力而为，不但风光地埋葬了老人，还把剩下的银两分发给苏武的兄弟三家。李陵给双方做好工作，将苏武十七岁的儿子托付给苏霖的母亲照管，小弟兄俩也是个伴儿。

丑儿的爹爹公孙敖，也知道女儿的错误，没有向苏家提任何要求，送女儿来参加过苏老夫人的葬礼后，带着女儿和其衣物等等回家了。

李陵去冬在张掖郡镇守地,从哈拉和林来的药材商人(其实是沮渠的朋友)口里得知苏武的遭遇很是难受，可鞭长莫及无能为力。于是立即上奏朝廷说明情况。

腊月初，匈奴又骚扰酒泉张掖，李陵带军队打垮了他们，从俘虏口中得知苏武死了的消息后，他不相信，派人去胡地打听，有两种说法：一说苏武是神人，已发配北海；一说苏武宁死不屈自杀。

他相信苏仁兄,足智多谋,可发配到几千里外的北海,冰天雪地,寒冷异常,能活下来吗?

李陵这次回来后,给皇上做了如实的汇报,皇上一听匈奴的作为,恼火了!

胆大的且鞮侯单于，你口口声声说，我大汉是你的长辈……我以礼相待，派使节带领百多将士送回了你们的全部使节和人员，你却如此。原来这一切都是奸诈狡猾的计谋!

如今你又扣留我的全部将士，还杀害我的使节；冰天雪地，还不时抢掠和骚扰我酒泉张掖郡，如此的恩将仇报！我大汉定要给你个颜色瞧瞧!

其实，去年要不是匈奴服软，还送回了多年来扣留的我大汉的全部使节，汉武帝就准备出兵，借着匈奴遭遇大寒，牲畜和人员大量死亡的时节征服匈奴的……

如今,大汉皇上武帝已下定决心:筹备好粮草,派兵在春夏之际征讨匈奴。一定要把这些人好好地教训教训，把他们赶到更边远的北荒之地，叫他们不能翻身。

最近，哈拉和林又下了场大雪，冰天雪地，寒冷非常。

且鞮侯大单于周身疼痛，心里憋闷，不想吃东西。内医给他诊脉，吃了几天药总不见效，这时他想起了医治苏武伤的萨满。他知道弟弟於靬王和那萨满认识，让他去叫他来。

沮渠梅尕听说哥哥要去给大单于看病，也硬要跟着一起去。哥哥知道妹妹的心思，想给苏大哥求情。他怕妹妹一时冲动，惹怒单于而惹火烧身，千叮咛万叮咛要她见机行事。

在於靬王的带领下，沮渠梅尕扮成沮渠萨满的男徒弟，兄妹俩走进宫帐单于卧榻前，行了大礼后，开始瞧病。

沮渠格尔给单于把了脉,要他张口瞧了口舌后,从随身的药箱里取出银针。

且鞮侯单于忙问：“我得的是什么病？”

沮渠格尔回答说："禀告大单于，您是上焦不利之病。"

"什么是上焦不利？"单于吃惊地问。

"上焦指的是，心、肺、胃、肝、肾五脏的总称。"萨满解释说，"就是这些地方有毛病。"

"严重吗？"且鞮侯单于担心地说。

"现在还不算严重。"格尔萨满故意说，"如果再迟两天的话，我也就爱莫能助了！"

"为什么会这样？"且鞮侯单于问。

沮渠格尔还没有想好如何回答，沉思着拿出装消毒液的小葫芦，给银针消毒。

"这是五脏不和睦所致！"梅尕解释说，"五脏如一家人家的五个弟兄，他们平时很和气，就没有什么。如果有一个两个故意胡闹的话，这一家人就不得安生了！"梅尕忍不住解释。

这徒弟说得有些道理。且鞮侯单于瞧着梅尕沉思良久，突然说："对，你是个女子！"

"别说话，给您扎针了！"沮渠萨满抓住单于手说，"有点疼！"

"南征北战的人，不怕疼的！"且鞮侯单于虽然这样说，可还是蹙眉眯上了眼睛。

沮渠萨满给他左右手的虎口处扎上短针；让他平躺着，给他胸脯的胃脘处扎根长针,叮嘱说:"我现在慢慢地进针了,您要是承受不住的话就说一声！"

其实，银针刚着皮肤时，如蚊虫叮了下似的，针银进了皮肤就一点都不疼了。随着沮渠萨满双手娴熟，按顺序轻轻提针……进针……退针……

大单于只是感觉有两股麻酥酥的感觉在身体内不住地窜动着……窜动着……渐渐胸腹内的脏器动了起来……良久，他长长地吁了口气。

过了会儿，他感到心里不那么憋闷了，接着，感觉到肚子里咕咕地动着，动着……不一会儿，放了个屁，觉得自己体内的热气在慢慢地散发着……

且鞮侯单于高兴地问："萨满，我现在觉得有点饿了！能吃东西吗？"

"能吃东西，可是不能吃肉，可以喝面汤吃一些馕馍。"沮渠格尔说。

於軒王忙吩咐："阏氏，快给单于拿面汤和馍馍来！"

阏氏拿来饭菜。沮渠格尔和於軒王扶起单于，单于在榻上就着汤吃了个馍馍还想吃。

沮渠格尔说："慢慢地，循序渐进地增加食量，您的病就好得快些！"

且鞮侯单于为了病能好，很听话："我遵照萨满的意见！"

沮渠萨满让他坐在榻上伸出双腿，给他双腿膝下及两脚踝上方各扎上银针，捻了几下，留针观察。

他开了药方，对单于说：“禀大单于，现在冰天雪地，不能去大汉进药材，有两样退热止疼的药搞不到，请单于谅解！”

“师傅，我有办法！”梅尕说。

“你有什么办法，快说！”

“我首先要请大单于恕罪！”她讲起了条件。

“恕你无罪！”现在的且鞮侯单于，只要自己的病能好，外人说什么都不会在乎的。

梅尕大胆地说：“那我就说了。那次苏使节伤势严重，感染发烧，疼痛难忍，无药可治。他让我去河边捋了许多柳叶来，煎熬后喝了效果不错！”

梅尕解释说：“我问他为什么，他说汉人退热止疼常用西河柳的，他还说咱们这里的柳树叶效果更好！”

大单于一听说苏使节，感慨地说：“我真佩服他的气节，此人若能为我所用的话，就真是太好了！”

“那也得给人一个思想的时间呀！”梅尕说。

“你是——”且鞮侯单于满脸的不悦，“是那次亲自给苏使节看伤的女子？”

“是的！”梅尕直接承认。

沮渠怕妹妹任性惹单于发怒，赔着笑脸解释说，“她是我孀居的妹妹，作为萨满，只是治病救人而已。”

单于目光狡黠地瞧了梅尕会儿，突然大笑：“哈哈哈哈……莫非你喜欢他？”

三十　老天眷顾

沮渠格尔忙跪地，胆战心惊地说：“大单、于，这、这、可不、不能，你千万不能这样认为！”

“这有什么！”单于打断他的话，“只要令妹愿意，这是好事呀！”

於軒王忙给梅尕示意，让她感谢。

梅尕立即跪地叩头说："感谢单于厚爱！"

"哈哈哈……从现在起，你就是我单于的妹妹了！"且鞮侯大单于高兴地说。

自己能有个会看病的妹子经常往来也不错。

梅尕再一次叩头："感谢，大单于兄长了！"

且鞮侯单于在沮渠兄妹俩多次的医治下，病已痊愈，体能也恢复了许多。他非常感激这兄妹，记住了梅尕说的苏武。他找来卫律询问汉使节苏武的情况。

卫律不吭气，他一冬天没有给苏武送粮食，说不定苏武现在已经冻饿死了。

"卫卿家，你怎不说话？"单于沉着脸问。

卫律看他不高兴，跪地说："请大单于原谅！只因冬天到如今大雪封地，天寒地冻，道路堵塞，一直未给他送粮食和用品，说不定他都、不在了！"

"我只是想给他个下马威，让他投降为我所用，而不是让他去死的。这你是知道的！"且鞮侯大单于严厉地责问，"你为什么要这样对待他，是怕他为我所用，冷落了你吗？"

"不是，不是！"卫律忙说，"大单于息怒，我想，对待这样的死硬者，就要给点苦头的！"

其实，在且鞮侯单于心里，苏武不投降，就没有任何价值。可是这大汉使节一死，大汉势必要惩罚他们胡人的。

于是，他对卫律说："卫卿，平身坐下说话！"

"谢谢大单于！"卫律起来问，"大单于，有话请讲！"

"大汉得知使节一死，势必要来寻仇，我们要早做准备！"

"请大单于放心，我想办法就是了！"卫律爽快地答应。

他之所以被且鞮侯单于称为心腹军师，给他封了丁零大片的领地，是因为他对他很是忠心，对大汉也很了解。

"你办事，我很放心！"且鞮侯单于说着哈哈笑了。

卫律也陪着哈哈笑了。

雪地冰天的贝加尔海，只要是不下雪，消瘦得皮包骨头的苏武就外出找吃的东西。

周围几百里无人，消息闭塞，他只有按日出日落，每天存一截草节或者一小树枝来计算着时间。

他数着草和树枝节，预计到大汉过年的时节，就雪嚼过树籽和草籽，面朝南方跪在雪地里，祝福着大汉平安，祝福着母亲和一家人安康……

在这漫长的冰天雪地里，他每天除了寻找能吃的东西以外，就是靠对过去的回忆打发时光。每每回想着父辈的英勇和荣光，给家人换来锦衣玉食、笙歌欢愉的日子……

他就面朝长安跪地发誓：我要对得起我的大汉！我要对得起生我养我、给家里挣下荣华好生活的父辈……

他还时刻地惦记着远在长安的母亲和家人的安康。

老娘，儿子想你！你身体还好吗……

娘子，我也想你，想我们在一起的恩爱、欢乐时光……

儿子，你一定要撑起我们苏家，替爹爹分忧……

大雪下了一天一夜，早上雪停。饥饿的苏武挣扎着起榻后，一阵头晕眼花，他硬是打开树枝编的柴门：我的妈呀，大雪厚得几乎把门都堵死了。

多亏当时用树枝做的门是从里面开的，否则的话，今天连门都不能出了。

他进屋戴上手套，拿铁锹过来，气喘吁吁地起开封门的雪走出门，发现旁边的羊圈门前有一人?

苏武忙用衣袖擦了下眼睛，仔细一瞧……原来羊圈门前爬站着只斑斓的老虎!

“我命休矣！”他惊呼一声昏倒在雪窝里。

过了好大会儿，他渐渐清醒过来，咬了下自己的手，很疼！我还活着，是的，我还活着!

最近吃的东西越来难寻找了，周围几十里的地方能填肚子的树籽草籽，都被自己弄来吃了。

这一时两天一顿所谓的饭，前天到现在已经没有吃的了，只有用冰雪来救饥。

他嘴吞了口雪，瞧着老虎想，看来老虎也是肚子饿了，发现了羊儿……

我与其这样冻饿而死，还不如自寻着躺在老虎肚子里，既暖和也不受罪了，还能救老虎一命……

他竭力地呼喊着：“啊——虎——啊——”

他给老虎打着招呼，怎么它没有反应？这么凶猛的动物，警惕性很高的，只要一丁点动静都有反应，可是它……

他本来不敢过去，不就是个死吗?

苏武挣扎着扑进雪地朝羊圈爬去。

他终于爬到羊圈门前，咬牙拽住老虎尾巴朝下拽着，觉得它的尾巴硬邦邦的，手摸摸它屁股没反应，莫非它死了……

苏武拽着木门框咬牙挣扎站起，就近打量着，原来老虎两爪抓扣进圈门的木头里，瞪着眼睛死了。

亏得那次遇狼以后，天气一天天的严寒，一只老羊冻饿而死，自己扒羊皮，改善了多天的生活。

后来，他把羊骨砸来喂了其余的羊儿，把羊皮做只袋子，其余捻成了绳子，用绳子把木头穿捆起来，加固了羊圈的门。

瞧着死了的老虎，苏武心里涌起一股热流，这是老天眷恋自己，送来了吃的了！

看这老虎虽然也饿得骨瘦如柴，只要节约，也够我吃多天了，我苏武暂时饿不死了！

他拼命爬回屋，拿着砍刀爬回到羊圈前，用力砍断老虎的前爪，用了近一个时辰的时间，大汗淋淋地硬是把冻得硬邦邦的老虎拉扯回屋里。

他躺在地榻上休息、积蓄着体力，瞧着眼前的死老虎不由得微微笑了，真是老天有眼……他想着想着，渐渐地昏迷过去。当他再一次醒来的时候，太阳已经直照在帐篷门前。

地窝子里暖暖的，老虎渐渐解冻了，还不是很瘦。

苏武起来撸好衣袖，在石头上蹭了砍刀，剥老虎皮。

这是一只老了的公虎，胡子是白的，像是只被抛弃的老家伙……

这使苏武又想起自己的遭遇，不由得眼泪落下来……

苏武，你怎么如此的可笑！

他嘲笑着自己，用刀拉开了虎的屁股，迫不及待地撕了块肉填在嘴里嚼起来……他嚼着、剥着虎皮，剥着皮、嚼着……渐渐地有体力了。

他砍下一块肉放进吊罐里，在外面搬了块雪回来放进罐里，生着柴火，炖了起来……

这天，他终于饱餐了一顿，这是他到这里五个多月来吃的第一顿饱饭。

三十一　孩子母亲

这顿饭虽然没有一点粮食，甚至连树籽草籽也没有，他身上却暖和了许多，人也有劲了，手脚和思维也活跃起来。他要把这只虎皮毫无损伤地剥下来……

他小心翼翼地剥下虎皮，这老虎的胃里一点食物都没有，肠子里也没什么粪便。唉！原来它是和我一样饥饿，找食吃送命的。

他把它的内脏和其他分开放到一旁，拿来柴草填塞在皮里，把剥开的地方用自己做的羊骨针穿上皮绳缝起来。

人常说虎倒威不倒。还真是一只栩栩如生的老虎。他出去把羊圈门上的双蹄子想办法取下来，拿回来缝在断了的地方，好让它外表看起来毫无损伤。

不能光顾自己吃。苏武把虎骨头熬成汤，给羊改善了几顿生活。把骨瘦如柴、叫都没力气的四只羊儿赶到圈一边，清理干净羊圈，扔进剩下的所有干草。

他瞧着羊儿在大口吃着，对它们说："你们这几只倒霉的东西，跟着我也够可怜的了。只要天气晴朗，不下雪，我不会让你们饿死的！"

这里，虽然太阳照常升起，可是寒冷照样，冰天雪地照样。

苏武清早起来，吃了一大碗虎肉和汤，全身暖暖和和的，穿上梅尕送的狼皮棉袍，外面套好自制的羊皮外衣，出发去找吃的东西。

他肩挎绳索腰别家伙，脚踏滑板，一手拄着节杖，一手拄着根自己做的手杖，直接穿过前面的稀疏的桦树林道，朝远处山间的松柏树林进发。

当他赶到目的地时，已经是中午了。这里三面环山，气候相对暖些。松柏树上的积雪被风扫荡落地，叶子墨绿绿的，树林里雪不厚。

自从他发现了这里，只要天一晴朗，就来这里，打松树籽和柏树籽。如今多场风雪过后，树籽已经落在厚厚的干草丛里无从寻找。

他刚脱下脚上的滑板，突然，听见有鸟叫声，循声悄悄找去，瞧见一只灰色的、翅膀足有四尺多长大鸟，叼着只雪白的东西，飞上眼前不太高的树枝上。

苏武站定，用力把手杖朝它扔去。它扔下东西飞走了，白色的东西落地，翅膀还扑棱着，像是受伤了。

他扑上去抓住它。

原来是只全身雪白色羽毛的鸟。这鸟身上热乎乎的，羽毛很厚实，怪不得能在这高寒地生存下来。他把它脖子一拧掖在其翅膀下，塞进皮袋后，寻找着大鸟。

它们能在这里生活，就证明这里一定有吃的东西。苏武紧了紧狼皮袍子的腰带，蹑手蹑脚地朝树林里走着，仰着头瞪着眼睛在周围寻找着……

他下意识地发现一根树干上，有两只黄色晶亮的小眼睛在盯着他。

他擦了擦眼睛，认真地瞧着，原来是只脸像猫脸一样圆大的灰色大鸟在瞧着自己。这不是人们常说的鵩鹗吗，也叫它猫头鹰。

可是自己所见的猫头鹰是黑花色的，双翅没有这鸟长大，而且黑夜出来活动扑食的，要是一见人就慌张地飞走。

这东西怎么还不害怕人……

不对，猫头鹰的眼睛是绿色的，比这东西眼睛大。

他瞧着它站的树，这是棵树冠很大、身子粗大的短叶松树，它站在离地面一丈多高的树杈上，毫无紧张之势。

苏武挥着手杖让它走，它却动了动双翅，歪头显出了愤怒。

苏武大声喊："喂——"这声音在寂静的树林里，都惊落了一旁桦树上仅存的两片枯叶，它还是不走。

我一定要抓住它，这么大的东西，起码可以解决几天的温饱。

苏武拉下手套，把狼皮袍子撩起掖紧在腰带上，羊皮帽子遮住眼睛，悄悄地朝树上爬……

它见他上来，恼怒地支棱起翅膀，坚硬的嘴朝他袭来，可只是啄掉了他的帽子。

待他爬上树杈，它却无奈地飞起落在旁边的树枝上，犹豫地瞧着这边，绝望地"喔！喔！"吼着。

苏武爬上树杈，发现一粗一小的树杈中间、树身处有一掩盖着树枝和羽毛的大树洞。

他轻轻地揭开上面的东西，铺着厚实的干草和许多羽毛的窝里，有两个白白大大的鸟蛋。他的眼睛发亮，这可是好东西，可美餐一顿了。

在长安的家里，天天都是锦衣玉食，他吃烦了鸡蛋，看见鸡蛋就讨厌！可到这里半年多来，连粮食都是稀罕的东西，别说是蛋了！他眼馋地瞧着它们，手轻抚着……

对面的鸟瞧见他的举动，振翅飞过来。苏武用树枝对付，它无奈飞回到旁边的那棵树枝上，心疼地瞧着这边不肯放弃。

他在它的眼中读到了疼爱、无奈、可怜巴巴。

苏武倒觉得自己仿佛是一个强取豪夺的歹徒，在抢夺一个无能为力母亲的孩子……这使他想起和父亲在代郡时，有次和父亲带队巡视边陲的情景：

那天，他们遇见几骑胡人抢夺汉人孩子……一位母亲哭喊着拼命保护而被杀害的场面……当时虽然两个胡人被歼灭，可是母亲不顾一切拼命保护孩子的举动，却让他终生难忘。

苏武瞧着那只灰白色大鸟焦急无奈的样子，把鸟蛋举起，让它瞧着又轻轻地放在了窝里，盖上，溜下树藏坐不远处的地方瞧着它。

它看他下树走了赶快飞回来，嘴啄开盖子，两个孩子还在，啄盖上盖子，在家周围的林子里飞了两个来回，巡视没有危险便飞进树林深处。

它有孩子在这里还会回来的，我得跟着看它去做什么。

苏武跟着它朝森林里走，越走越难走，脚下到处都是落了叶的干藤蔓，羁绊得他很难前行。

他站定仔细地打量周围，发现不远处的山根下，向阳处有棵参天的落叶大树。

这树足有成人三四搂粗的样子，周围树木稀稀拉拉的。这可是他平生看见过的最粗最大的树了。

苏武戴着手套的双手，扯断道路上的干藤蔓，来到大树前。这里好像发生过动物滚爬打斗，地上的干草蔓被碾得平平的，上面有许多上了冻的血迹……

他的心一下子提到嗓子眼儿，欲向后退，脚踝被旁边干草堆里伸出的一只黑毛爪抓住。

苏武惊恐地挣脱而无望，只得浑身哆嗦着告诫自己：不要怕，你不要害怕……

他战战兢兢俯身扒开干草，原来是一只受伤的熊，气息奄奄地躺着。他伸手欲拉开对方的爪子，忽然听到远处一声嗷叫。

三十二　救熊母子

他起身蹙眉瞪着深眸打量着周围……寻找着……

不远处的草丛中卧着只狼！

我的妈呀，今天我命休矣！他紧闭着眼睛等待着死亡。

良久，却没有动静。

苏武仔细看看脚下，又瞧瞧那边的狼，它们都是可怜巴巴地瞧着自己，寻求帮助。

看来它们经过一场恶斗，都伤得不轻。

我能帮助谁？它们都是吃人的家伙！我谁都不能救！

他想离开，脚踝被熊爪拽着，他从身上抽出明晃晃的砍刀，朝熊爪砍下。

当他低头下刀时，看见熊在流眼泪，分明是恳请他救命的。这吃人的野兽能救吗？

可别是救活了它后，它反而吃了我……

他的心里矛盾着。

熊轻声呜呜叫着，仿佛在哭诉什么……

他记起过去和胡人教练，一起谈到胡地野兽的习性时，教练说过：

"冬天的熊不伤人，且常遇饿狼侵袭！"

二十岁左右的苏武问："冬天的熊为啥不伤人？"

"为啥把熊叫'熊瞎子'？就是它冬天冬眠，像瞎了眼睛一样不吃不喝地睡觉。要把夏秋养肥的一身肥膘消耗完，第二年春天才出来寻食物的！"

……

他仔细打量着大树，发现树靠山体那一面，有一个大灌木丛遮掩的小洞口，不仔细看还真的看不出来。他俯身拍拍熊说："你别嫌疼，我现在把你弄回洞里，再治伤……"

苏武怕熊伤人，口中念叨着，熊仿佛听清了他的话，忍着疼痛。

他拽起它两只前爪俯身搭在肩上，吃力地背起它消瘦无力的身躯到洞口，腾出只手拨开灌木丛，一个大洞出现在眼前。他双手着地爬进，把它放在里面的干草堆上。

“你先休息着，我去收拾那只饿狼！”

他出来顺着血迹走到狼跟前。原来这只狼的腰部被熊爪抓了个口子，肠子流出来拖在地上已经冻了，眼看着就断气。

多亏你受伤严重，不然的话，这熊的命和家就难保了！

天渐渐地暗下来。

苏武瞧瞧天上，阳光只能斜照在大树顶端，看来今晚上是回不去了。这只狼必须得除掉，否则的话，夜里会招来狼群的！

苏武抽出砍刀，朝狼的腰部砍下，它没吭声就身子分了家。

苏武也饿了，摸摸狼的前身心脏处，还有点热乎气。他拉下手套，伸手在里面拽了块肉放在嘴里嚼着，分两次把狼的尸体拉到熊洞门口。

他用砍刀把草地上有血迹的地方的干草除掉堆在远处想，冬天“熊瞎子”冬眠，今晚上就只有在这里过夜了！

苏武走进洞，瞧见有一只小熊坐在大熊身边，用嘴舔着它脖子上的伤口。

大熊见他进来，没有不安的意思。小熊陌生地瞧着他，停止了行动。

“别怕！我不会伤害你们的！”苏武瞧着被狼咬破了脖子的大熊，拿出随身带的药给它敷上，扯了片衣服的里子护在外面。

他爬出洞扯了一些草蔓，回来给它裹缠包扎好后参观着熊的家。

这里除洞口是钻着进出外，里面可大了，是树洞连着山洞一起的大洞。铺满干草的大洞里面套了两个小洞，里面也铺着厚厚的干草。看来，这是只有母子的家。

他趁着傍晚的亮光，把大熊拖进里面的一小洞，把小熊赶进另一小洞，在外面抱回许多大树枝，挡在它们各自的洞外，对他们说：“天黑了，宝贝该睡觉了！”

他把已经冻得梆硬的狼的前后身子拖进来，钻出洞抱了几棵倒了的干树回来，从里面挡住门。干完这一切，天已经黑定了。

能保护孩子和家园，就证明冬眠的熊虽然不吃不喝地睡觉，可是遇到危险，还是有战斗力的。

苏武害怕夜里熊出来伤了自己，把圈熊的两个小洞门挡结实，又手摸着检查加固了一回，回来躺在干草窝里，盖上干草。

嘿，别说，这熊窝比自己的家暖和多了！可惜几只羊没有人照看……想着想着，也就睡着了。

翌日一早，苏武一觉醒来睁开眼睛，挡洞的木头缝间透过一溜阳光。他急忙掀开身上盖的草被起身，扒开挡洞的木头爬出来一瞧，太阳已经老高了。

他舒展下四肢回到洞里，敲敲小熊的洞门，小熊嗷叫了声。

他又敲几下老熊的洞门，没见动静。从木缝中瞧见里面老熊还躺着。他胆怯地伸进去摸下它，身子热热的还动了下，他放心了。

苏武退到门口，发现冻着的狼尸已经解冻，他用刀剥掉狼皮，把腿和后腰能吃的肉用皮包裹好准备带走，把肚子里面的零碎分门别类，顺着洞壁放好。

苏武打开大熊窝门，把它拖出来，解开包扎的伤口，已经好了许多。这是他按照过去的胡人教练提供的药方，再加上皇宫里给马弄的一些伤药之和，这药真的很厉害。

瞧着伤者温柔顺从的眼睛，苏武从腰上取下药葫芦，给它换了药，拍拍它说："你和你的娃娃好好地在洞里，我把门给你们弄好！"

他指指墙根的东西说："这些吃的，是你和娃娃的，饿了就吃些！我过两天来看你们！"

苏武打开小熊的房门，小熊立即奔出来，闻着气味跑到墙根，大口吃起了狼肝……

"再会！"苏武拎着狼皮包裹，俯身出洞，用木头把洞门挡结实，快步朝树林外面走。他操心着几只羊儿，得赶紧回去！

且鞮侯单于病好后，深觉自己身边得有个像梅尕这样懂医术的女人。虽然她是死了男人的女人，前一时被自己封为御妹，可胡人的通婚习俗，这并不影响他喜欢她。

一有这想法后，她的音容笑貌老在他眼前出现。他就有事没事地召她进单于大帐来相谈。

开始一两次梅尕还以此为荣，第三次她明白了单于的意思，不去不行，就去找於维尔兰。

两人密谋了好长时间，终于想出了办法。单于再一次召见她。她在家里把眼睛搞得哭过一样的红肿，披头散发地来见单于。

且鞮侯大单于瞧着她的样子问："妹子，你这是怎么了？"

梅尕流着泪说："昨天，我、我死去的夫家、家兄弟来、来、家，让我回、去和他成亲。还带了萨满、给、给我看相。那萨满说、说我克夫。跟谁，谁、谁都得、得死！呜……”

梅尕伤心地哭了。

且鞮侯大单于是很迷信的……

他闻言沉思良久问：“你夫君跟你结婚多长时间去世的？”

三十三　再返松林

“两、两个月就得、病死了！”她哽咽着。

“那萨满没有说如何破解吗？”

“他、他说了，说、说让我、到到、远离家、家乡的地方去、去磨、磨炼。呜呜……”梅尕委屈地大声哭着。

且鞮侯单于想想问：“既然这样，我能帮你做点什么？”

“现在，我哥、也也、觉得我、在家里不、不吉利。”梅尕边说边委屈地抹眼泪，“大单于兄长，你说、说，如今、我一弱、女、女人，能、能、怎么办？”

且鞮侯大单于想想，想出了主意：“我看这样吧，你如今也没有了去处，不如就到贝加尔海去，找苏使节吧！”

对，苏武你不投降我就让女人克死你。单于觉得自己好不容易得来的江山，千万不能让女人给毁掉，就是自己喜欢的女人也不行。

“那，我这扫把星，不，不是害了、人、人家吗？”梅尕故意问。

“汉人和我们风俗习惯不一样，他们不讲究这些的。”单于安慰她。

“感谢，单于、皇、兄指点！”梅尕擦了眼泪立即告辞回家。

梅尕高兴极了，积极准备着去看苏武。可她又不知道他的具体位置，贝加尔海大得无边，自己怎么能找到他呢……

梅尕想起卫律府送苏武去贝加尔海的那两个差官。于是她女扮男装，在卫律府周围等待着……

两天后，梅尕终于瞧见社余从卫府出来。梅尕就悄悄跟在后面，到街上无人处叫住他：“军爷大哥！”

衽余回过头问："你叫我吗？"

"是！"梅尕装作男声，大方地介绍说，"你去年送苏大人——"

"哦……记起来了！"衽余打量着他笑了。

"咱两个到那边茶帐坐坐吧！"她邀请。

"好吧！"他高兴地答应。

他们进了茶帐坐定。

梅尕要了壶龙井茶和一些糕点，亲自斟一细瓷碗茶双手奉上："军爷，请！"

"还是叫我大哥吧！"衽余真诚地说。

"那——大哥请！"

衽余喝了口茶，感慨地说："这地方真是好，这茶更好！"

这里是许多有身份人才来的地方，关键是得有银子。衽余也是第一次来这里，他好奇地打量着沿圆圆的大帐周围放着的茶几和毡坐，干净且豪华。

梅尕笑了问："大哥，您常来这里吗？"

"头一回。"衽余不好意思地问，"在这里用壶茶，价钱一定很贵吧？"

"我请你，别在意！"梅尕拍拍自己的腰包。

"你是问苏使节的事吧？"衽余抿了口茶问。

"是啊！"她从衣袖袋里拿出块白绸和黑炭块，放在他面前，认真地说，"我特想我的救命恩人，又不知他在贝加尔海的具体地理位置，请您——"

"神人能有你这样的好朋友值得！"衽余感慨地说着，拿起炭块在白绸上面，画好具体的地方，递给他，"你要是见了神人，就说我衽余敬佩他！问他好！"

"那是一定的了！"梅尕接过小心地揣进怀里，"来，咱们喝茶！"

梅尕给他递上快糕点说："大哥，喝茶吃点心很惬意的！"

"谢了！"衽余接过尝了口，品着点头。

於维尔兰把梅尕要去找苏使节的事告诉了阿爸。於靬王知道哥哥和卫律狡诈坐不住了，换上便衣来到沮渠萨满医馆。看他们兄妹不在，就跨出门要走。

梅尕拿着包药回来看见，招呼说："王爷大哥，进里面坐！"

於靬王进来坐下，开门见山："沮渠妹子，我听尔兰说，你要去贝加尔海找苏使节？"

"是啊！"梅尕收拾几上的药材。

"你看，这雪正开始融化，一个女子上路，不懂情况，遇到雪崩怎么办？"

"为逃活命，要是真的死了，也只怪我、我梅尕命薄！"

她心里一酸，眼泪滚落下来滴在几上。

於軒王知道大单于看上梅尕了，多亏於维尔兰脑子快出主意瞒过单于。他也真怕单于反过来后悔使梅尕受辱。

他问："你的决心已定了吗？"

"王爷大哥，你说我如今还有别的路可走吗！"梅尕坚定地说，"要是找不到苏大哥，我就去死！"

於軒王心里明白了。他要帮助这位朋友的妹子，也是自己的妹子。他说："你要是准备好了，告诉我一声！"

於軒王从医馆出来，到沮渠家找沮渠格尔商量去了。

三天后的晌午，天气忽地阴沉起来，北风呼啸着，看来又要下雪了。

苏武担心负伤的熊。他给羊把草填满，把圈门加固结实，回屋里，穿戴好自制的狼皮保暖衣物，带上吃用的东西，登上滑板，迎着凛冽寒风，朝松林进发。

一路上，他被大风裹倒了许多次，都是咬着牙挣扎着爬起来继续赶路，当他赶到时已经傍晚了。苏武查看了树洞口，那天自己走时挡的门依旧，他放心了。

他一边朝里面打招呼："熊兄弟，我来看你们了……"一边双手轻轻地取着挡门的木头。

小熊听见有人呼喊，奔过来，隔着门缝一瞧是苏武，嗷呜一声流泪了。

苏武见状，飞快地扒开门钻进去，原来老熊奄奄一息地躺在地上，听见响动，张开无神的眼睛瞧着他。

他发现熊包扎伤口的东西已经掉了，伤口发红发臭，很难闻。

他摸摸它消瘦的身子，发烧。他轻轻地拍拍它说："别害怕，会好起来的！"

苏武钻出洞，捡着雪地上不脏的地方，双手抓起干净的雪擦洗干净手，丸了个干净的雪球拿进洞放在熊身旁，用雪给它轻轻地擦洗着伤口……

大熊也静静地躺着任他摆布。小熊在一旁瞧着，不时地舔下自己的小脚掌解饿。

伤口擦干净后，苏武拿出药葫芦，给它伤口敷上药，说："别动，你要好好休息！"

他借着洞口的光亮，挡好洞门。拿出块半熟的狼肉一分三份，自己一份，给小熊一份，另一份喂给大熊。

大熊不吃，眼睛感激地瞧瞧他，又瞧瞧小熊。

他知道，熊的冬眠也不是一点都不动的休眠，能动，也可以相对地抵御外来的进犯。在实在饥饿时，靠舔脚掌来解饿的。

苏武知道它舍不得吃，把肉递在它嘴边说：“你吃吧，吃了好得快些！”

它还是不吃。苏武拿过背包打开，让它瞧里面还有几块肉，对它说：“这里还有。我这几天在这里陪你。我会照顾它的！”说着把小熊搂在怀里。

它能听懂人话，一点点吃着。

苏武瞧着它们吃着，自己也慢慢地嚼着半生不熟的肉笑了。

其实，在这个弱肉强食的动物世界里，熊从没见过人类，更没见过这样友善的邻居。

熊妈妈瞧着苏武没有伤害它们母子的意思，嘴里嚼着肉挣得伤口疼，无奈地闭上了眼睛。

三十四　智战饿狼

苏武侍弄好小熊，还是和上次一样，为了怕伤害自己，把它们分别关进各自的洞里。将内外洞口挡结实。

他摸黑把干草抱进避风的洞拐角内铺好，抱着节杖，躺在草窝里盖上毛毡草。

夜里，苏武听着洞门外传来呼啸的风声想，在这蛮荒无人烟的地方，能见到活的动物也觉得亲切。我在这里，除过剩下四只骨瘦嶙峋的羊以外，又有了新的伴儿了。

我要救活这只熊……它们能在这里生活，我也就能在这里活下去。只要活下去，就有希望回大汉，就有希望见到亲人……

一天一夜的大风，没有吼来大雪，却赶走了乌云。第二天，风停了，天空一片蔚蓝，旭日高照，温暖了许多。

有了做伴的，苏武一夜睡得很好。

他睁开眼睛，洞门缝透进了光亮。

苏武起来走到熊妈妈洞前，隔着树干挡的门缝瞧着它，还在睡着。

旁边洞里的小熊，瞧见他，爪子打着挡木要出来，他笑了放出它，它围着他玩耍起来。

瞧着这小家伙的精神样想，可能这里的春天将要来了。

苏武打开洞门，弯腰低头钻出来，小熊也跟出来。它油光发亮的新生皮毛在晴天下闪光，且不住地在他脚下摇头晃脑地嬉戏，原来这小家伙毛是黑棕色的，真可爱！

他不由得抱起了它，它像孩子偎依在亲人怀里似的，两只前爪子抓着他的衣服，小嘴舔着他下巴的胡须撒娇撒欢儿。

苏武的心里泛起了阵阵的涟漪，许久没有和孩子们相处了……他不由得亲了下它的脑门。

苏武瞧了眼天上的太阳，已经快晌午的样子，抱着它进了洞，来到熊妈妈洞前。

“小家伙，你先下来，让我瞧瞧你妈妈的伤。”他打开挡着洞的木头，轻轻地拍着熊妈妈。

它睁开了双眼，屁股撅着后身挣扎着起来，可头抬不起来。

“你别急！”他拿来药葫芦，给它已经封了口的脖伤上了层药，解下羊皮腰带给它把伤口护着捆扎好，“你现在慢慢抬头。”

他帮着它抬起头，它挣扎着能站起了。

“很好！你能走吗？”他期待地问。

它消瘦笨重的皮囊摇晃着挣扎走了两步。

“再过几天就好了！”苏武指着外面问它，“今天很暖和，能出去吗？”

它又摇晃着走了几步。

“太好了！”他高兴地说，“我去把吃的拿上，咱们一起去晒太阳！”

苏武拿了块拳头大的肉揣在怀里，手拉着节杖弯腰低头出门，再拉着熊妈妈出洞，然后抱出小熊，搬木头挡住洞口。

他拄着节杖抱着小熊，脚在后面推着熊妈妈，缓慢且艰难地走上它家头上的山坡，选了块既避风无雪又向阳的石崖下停脚。

“这里挺好，咱们就在这里休息晒太阳，还能看到家门。”

苏武安顿好它们母子，拿出刀子和肉，分了三块，各一块都慢慢嚼起来。

他觉得这是自己到贝加尔海后，最悠闲最惬意的时刻，太阳晒在身上暖烘烘的，真舒服！他解开狼皮袍带，想起了梅尕送他的情景……

当时她虽然是男装，装得很硬气，可他不是木头人，能看出她的心思。

由于自己的身份不允许不说，家里还有妻子。怕她太执着而毁了她的一生。

她是个好女人，应该和一个爱她、能白头到老的男人生活在一起……

“唉——”苏武长叹一声，闭目养神。

太阳一晒，狼皮袍穿不住了，他脱下后有点凉，就披在身上，眯上眼睛。

小熊仔高兴地蹭在他怀里，忽然，它小爪子扒开他的内衣触到了他的身子。

“干什么？”他吃惊地睁开眼，原来它在吃他葛麻布内衣上的虱子。他仔细一看，内衣的衣缝间，成片的白白的针尖似的虱子蛋，蚂蚁大的虱子在蠕动。

小熊舌头香甜地舔卷着，原来它把这当蚂蚁！

苏武伸手摸了下自己皮包肋骨的胸脯自言自语：“真是马瘦毛长，人瘦虱多啊！”

到这里后，自己从没有换洗衣服，几个月来一直异常寒冷，他都是和衣而卧。

王庭一直没有送吃用来，他每天忙得光顾弄吃的和养活几只羊，身上从没有觉得发痒过。

连你们这些个碎渣渣也专欺负好人！我连吃的东西都没有，你还吸我的血，吃我的肉！

苏武脱下内衣，披上皮袍，把内衣翻过，把衣缝完全暴露出来，放在棕熊的母子面前。

这母子俩认真地开吃起来……

突然，苏武睁开眼睛，居高临下地发现两只狼前爪扒着洞门……

这是他最近第三次遭遇野狼了。

苏武镇定地站起来大声呼喊着：“干什么？”

狼听到声音，抬头朝上看，发现了他，站定直视着他。

苏武穿上内外衣服，扎紧腰绳，挥舞着节杖，呼喊着让它们：“滚开！快滚开……”

两只狼哪能听他话，再说还离着一段距离。它们挑战似的注视着他，没有走的意思。

他无奈地把节杖在面前的石板上礅得咚咚地响，一时山间树林里回声响起……

它们害怕了，不情愿地走了。

狼的鼻子很灵的，自己穿着狼皮袍，吃着狼肉，它们一定闻得见的。今晚上一定有狼要来。

“咱们该回家了！”苏武说着把熊妈妈扶起来。熊妈妈晒了太阳，吃了东西和虱子，行走比来时有力而自然多了。

苏武拿着节杖在后面赶着它们，一起回到洞里。

苏武把洞门堵结实，穿好衣服，坐在里面避风拐角处。两只熊也依他躺下，既暖和还有伴儿，真好！

野兽都知报恩，卫律这个狗贼，会说会道，连野兽都不如……

果不其然，夜里狼群在洞外奔走，鬼哭狼嚎……

苏武安慰熊妈妈母子说：“不要害怕，它们进不来的！”

他摸黑把挡在里面小洞的木头搬出，从里面把大洞门又挡了一层，就是狼爪子再利，也不容易弄开的。再说自己还有砍刀。

他将节杖放在里面，将砍刀拿在手中，挡在熊母子外面躺下，拉起干草盖在身上，一夜无事。

第二天晚上，狼群依旧鬼哭狼嚎……他如法炮制。第三天晚上，狼看没有效果，不来了。

第四天一早起身，苏武看熊妈妈的伤基本好了，拿起行李对它们说：“我得回家了，家里还有几只羊。”

熊妈妈和小熊围着他不让走，无奈，他让它们送一段路。可是它们却一直紧跟着他。

“回去吧！”苏武朝它们挥着手温和地让它们回去。

三个时辰后，苏武走出树林，踏上滑板撑滑起来。

三十五　野熊为伴

熊是有灵性的。熊妈妈回想起遭狼袭击的那天，都怪自己大意。它自己卧在洞口，高兴地瞧着小儿子在面前打着滚儿玩。

一只野狼路过瞧见，默默地攒足了力气，张着大口猛蹿上来，一口叼住了它的脖子拖出洞。她身子太重，狼很吃力可不敢放下换口。

熊妈妈疼得拽在地，大掌子乱打乱抓，一家伙打抓进狼的腰皮里，拉出了肠子。

狼疼得松了口，躲在干草丛中不能动了。

熊妈妈脖子也被撕了个大口子，疼得陷在草丛里。

这时恩人追着灰鹗过来遇见，救了它们母子的命。

第二天，恩人又给它伤口敷了药，收拾好伤口留下吃的，堵好洞门回去了。

熊妈妈不能动，小熊不懂事，依在妈妈的怀里，嘴巴老舔妈妈脖子的伤口。它不让，可自己也没力气管教，直到两天后，它快要死的时候，他又来救了自己和娃娃……

我们不能住在这里了，我要带着儿子跟他走。它和儿子紧跟着他的脚印前进。

苏武为了摆脱它们，出了森林，上了雪原，飞快地滑行开了。

熊妈妈和熊儿子气喘吁吁地追不上，没办法，只得靠着鼻子的功能，跟着滑行的脚印慢腾腾地走着。

由于它们冬天基本上都是在洞里生活，刚一走进阳光，眼睛不大适应。

阳光下，白雪泛着刺眼的光芒，使它母子无所适从，走走、停停、闻闻，辨别着方向……再走走、停停、闻闻……不离不弃地跟着……

两个多时辰，苏武快到家时朝后面瞧瞧，整个雪白的后面，没有任何跟随。

他放心地飞滑到家门前，放下包和节杖，来到羊圈前。打开结实的木门一瞧，羊儿咩咩地叫着朝他走来。

真好，你们还活着！

他双手轻轻地抚摸着这几只活着的羊儿，竟然眼圈红了。

苏武走出羊圈关上羊圈门，走进家门瞧着断了炊、一点吃的都没有的家，为了熊母子，那天出门，把所有吃的都带走了。这几天在森林那边，光顾它们也没有搞吃的。

他想想走出门，看看木栅栏里的干草，只够羊儿吃两天的了。既然爱护它们，也总不能把我饿死吧！我死了，它们也会饿死的。

眼看天气也慢慢进入春天了，他们就会送粮食来的，就是不送粮食，起码也会遇到放牧的人，也就有办法了。

苏武拿起砍刀掖在腰带间，出来打开羊圈门，把一只长胡子的老羊拽出来，宰了。

午餐后，他趁天晴，走进屋后坡上的小树林，给羊搂了捆干草，夕阳西下时背回来。发现熊妈妈和小熊蹲在柴草堆前。

小熊看见苏武，高兴地颠过来在他脚前头拱着撒着欢儿。

“你们怎么跟着来了！”苏武兴奋地问。

他哪里知道，动物有种沿着气味跟踪的本事。他和它们一起住了几夜，它们已经很熟悉他身上的气味了。尽管它们身体虚弱追不上他，却能循着他身上的气味找到他。

它们母子循着他的足迹追了过来，看到这里有房子，有门。并且他身上的气味在这里聚在一起很浓，就在这里等他。

熊妈妈温柔地瞧着他不吭气。

他从它的眼中读到了带着熊仔生活的不易……

他放下背着的干草，摸摸它的头说：“既然来了，就住一起吧，互相有个照应。”

苏武开了屋门，把它们让进房子。

熊妈妈瞧着陌生的屋里，一旁沿着墙边原木垫着树枝搭起的榻，光光的地面不敢动。

小熊才不管这么多，爬上榻高兴地翻滚起来。

苏武从外面抱了抱干草进来放在地上，招呼它：“来，睡在这里！”

熊妈妈还是一动不动地瞧着他。

苏武无奈，自己躺在草上，给它做样子说：“夜里，你和你的娃娃就睡在这里！”

苏武起来，熊妈妈躺在草上休息。可是小熊好奇地在榻上一会儿躺下，一会儿起来地玩着。

苏武知道熊妈妈脖子上的伤还没有好利索，今天又颠簸了远路，一定是又饿又累的，就切了块生羊肉放在它的面前。它却起来把肉叼起放在正玩的小熊面前。

“你吃吧！”苏武对它说。拿了小块羊肝递给小熊，小熊吃起来。

熊妈妈瞧着儿子吃起来，自己才吃起来。

苏武微笑瞧着它们，这两个比羊儿聪明多了。

夜幕降临后，小熊赖在床上不走，他嘴里嚼着块儿羊肉搂着它躺下。

一会儿，仿佛怀里抱个火炉，挺暖和的。

他知道野兽就是野兽，起来把它放在熊妈妈身边，搬来木头挡在榻前，以防万一。

苏武躺下睡不着，又来了两个张嘴的家伙……我都经常饿肚子，它们以后吃什么呢？他发开了愁。

熊妈妈身上有伤，又在冬眠中，身子虚弱，身边还有小崽，让冬天的饿狼群给吓着了……其实它是很有本事的，能养活自己和儿子的。

老天仿佛被苏武的善心感动了似的，几天来，天气一直很好。虽然冰雪没有丝毫解冻的意思，太阳下却觉得暖和多了。

第二天一早，太阳升起后，熊妈妈带着小熊仔出门，在周围转悠着。苏武害怕有狼，一直跟着，不让它们离开自己的视线。

屋后坡上不远处是一片不大的、既有杨树又有桦树的树林。苏武远远地望见它们走进了树林。

苏武脚踩着厚雪跟在后面，终于跋涉到林边停下，伸着脖子朝树林里瞧了会儿，它们怎么不见了？

正在他心急得要张口呼喊时，只见熊妈妈叼着只小角鹿，后面跟着小熊，母子俩不慌不忙地从林子里溜达出来。他嘘了口气笑了。

他只来过这桦树林几次，开始是砍树建窝，后来也只是在近处给羊儿弄些干草。他再一次走进树林，想搞点吃的东西，结果什么吃的也没寻着，只是给羊儿弄了捆干草。谁知这树林里还有野鹿活动。

它们母子瞧见苏武站定了，熊妈妈把鹿递到他手边。

苏武接过，摸着鹿身上还有热气，对它们笑着，竖起大拇指夸赞说：“真厉害！真好！”

后来熊妈妈很快就熟悉了这块土地，经常会弄回些小野味或者树根之类能吃的东西回来，苏武觉得轻松多了。

他觉得这样和熊睡在一个屋里很不安全，得给它们母子建个家。

说干就干。

苏武还是用原来的办法，火攻冻土，消冻后再挖。当他在冻得梆硬的坡坎下，架柴点着火后，两只熊见火吓得要走。

三十六　我不后悔

苏武忙揽住它们母子说："别怕，这是消冻的办法！"

熊妈妈不理解挣着要走。

"你们不能走！要走也得春天来了再走！"苏武走近火堆，伸着手烤火说，"你看，我都不怕！这里暖和！"

熊妈妈怯生生地跟着他走近火，真的暖和了。它瞧瞧他。

他对它说："我们是朋友，我不会骗你的！"

它放心了，带着小熊在院子里晒太阳玩着。

虽然没觉得天气松口，寒冷依然，可是地气已经变暖了些。冻土层烧了两遍已经融尽，苏武放开膀子挖开了。他觉得挖个洞不安全，春天消冻后说不定洞会塌的。

他还是挖了个地窝子，外墙用木头和土夯成，用木头把顶上面搭好，树枝棚上，打上厚厚的土层，还做了低矮的门。

多半天的时间就给它们母子建成了个不错的家。

苏武弯腰带它们母子进门说："你们母子以后就住在这里，可以自由活动了！"

小熊的嘴在地上的土里拱寻着，熊妈妈瞧着苏武。

苏武躺在地上说："这是你们的洞了！"

它明白了，也躺在地上。

"对，这是你和娃娃的家！"苏武说着，弯腰到外面抱了抱干草进来放在地上。

熊妈妈出去后也叼了许多干草进来，嘴拱弄平展躺在上面。

"我们如今已经是邻居了，可以互相照顾了！"

苏武说着摸摸它的头弯腰走出门，瞧着挂在西天的太阳，满怀信心地说："我的日子会越来越好的！"

是的，过去有几只羊，不敢放出来，怕引来饿狼。再说，羊儿光要人照顾的。

今有熊住隔壁，它们比羊有灵性，处好了还能成为自己的帮手。

地气上来了，熊能感觉得到的。它们也变得勤快多了。

熊妈妈脖子上的伤彻底痊愈，经常带着儿子在家周围锻炼巡视，也能找到自己能吃的东西，还不时地叼回来些。

苏武不放心它们单独外出，特别害怕别的动物伤害小熊仔。只要它们外出，大多时他都跟着。

他利用自己的特长，把羊皮用刀划成条，搓成绳子，做成弓，羊骨磨成箭头，镶嵌在硬木枝头制成弓箭，背上保护它们也保护自己。当然有时候收获还颇丰。

人不能闲着，要是没活干，脑子里的事情会忧愁死人的。

苏武利用天气不好不能出门干活的时间，在熊的家旁边，沿坡下画了线，准备搭建几间地窝房子。

这样的话，有牧人来放牧就可以临时居住，自己就能得知些许外面的消息，特别是长安的丁点消息。

哈拉和林周围的冰雪已经开始融化了。

沮渠梅尕已做好了寻找苏大哥的准备。

她把自己的房子留给哥哥，在沮渠的帮助下买了两匹好马，把能带的吃、穿、用品都收拾好后，来到哥哥家道别。

哥哥知道妹妹是个说一不二的坚强女子，只是叮嘱路上小心，过一时他想办法去看望他们。一再叮嘱在路上一定要女扮男装，男人样讲话等等保护自身的办法。

梅尕告别嫂子说："嫂嫂，我要走了，把这房子和里面的东西留给家里，做医房使用。请你代我多帮助哥哥，教管好侄子侄女！"

以前有小姑子帮助丈夫行医，自己也倒落个清闲，在家里做饭照看家和两个孩子。她早就看出小姑子的心，提醒丈夫，怎奈他们兄妹一心，她也就不说了。

这回小姑子要去找苏使节，她的确很舍不得，含着眼泪劝说："你不要做后悔的事情，那人根本就不属于我们胡人，说走立即就要走的。"

"嫂子，我知道你是好心，怕我吃亏。可是妹子的心已经跟着他走了！我不后悔！以后的事请以后再做打算！"

"到了以后，你能有啥打算？"

"嫂嫂放心，我会照顾我自己的！"

梅尕去和於维尔兰告别。尔兰害怕梅尕一个人路上艰难，就告诉了阿爸。

於靬王也想去看苏武，可身不由己，自己不能想走就走。他把给苏使节捎的衣食交给梅尕后，派了个知心的老家丁随行保护。

沮渠梅尕从头到脚一身男子打扮，因为身材高挑，一身男儿装更显得她英武帅气，不了解的人很难识破她是女的。

她在於靬王家的老家丁於乙呇老人的陪随下，打马上路了。

王庭居南方一些，气温相应高些，多半的雪已在融化。他们两人三匹马驮行囊往北走，越走越是感觉不到春的气息。不过沿途的一些放牧者已经蠢蠢欲动了，路上出现了牲畜的脚印。

沮渠梅尕瞧着弯腰驼背、满脸皱纹胡须的老家丁问："乙呇老哥，你对这一路熟悉吗？"

"说不上熟悉，可也不陌生！"他说，"多年前，我在这里放过牧。"

"是你家的牲畜吗？"

老人点点头说："那时我家有十匹马，六十只头牛羊。"

"那你怎么在於靬王家讨生活？"

"说来话长了！"

原来他是坚昆人，小时跟着位高人学了些武艺，二十多岁时，他就成了乌维单于骑兵部中的一位勇士。后来他父亲被单于的一个门人逼死，霸占了他的家产。

母亲悄悄逃出后找到了他，他为了给父亲报仇杀了那人，得罪了乌维单于，被清除出队伍。他就和母亲在龙庭附近，给人做短工相依为命。

乌维单于死后，儿单于继位，对内凶残无比，民不聊生。

且鞮侯单于灭了儿单于后，要灭其满门，甚至连家丁也不放过。

当时自己在龙庭街上，被儿单于的余孽抓到其府顶人数。

於靬王跟在哥哥后面，瞧着衣着华锦的众家人中衣衫褴褛的他无助地擦着眼泪，就拉出他来问："你是什么人？"

他战战兢兢地回答："我是做苦工的人。"

"你哭什么？"

"我、我哭我老阿妈。我死了，老阿妈也活不成了！"

"你为什么在他们中间？"

"我、我是刚被拉来顶人数的！"

经过进一步的交谈，於靬王知道他的身世，并得知他熟悉这里的一切，让他带路，在地道里搜出了儿单于的儿子和亲信……

於靬王在他和儿单于亲信的格斗中，看他还会功夫，事后跟哥哥求情，把他收为自己的家丁。

“於靬王是个好人！”梅尕问，“老哥，你的老阿妈还在吗？”

三十七　雪地遇险

“前两年、进天国享福去了！”

梅尕瞧他伤感的样子，道声：“对不起！”打马朝前奔去，驮着两大捆行李的马匹也跟着前面去了。

阳光下，一眼望不到头的雪原上，闪现出不计其数的大小刺眼的亮点，仿佛是夜里天上的星星让人眼花缭乱。

四下里静悄悄的，只有三匹马踩在雪地上发出噗噗沓沓的声音才让人觉得大地是活的。

於乙呇不解地瞧着要北去的新主人想，他怎么不高兴了？我也没有说错什么呀……回想起临行前王爷的交代，你一路上要好好地照顾少公子，千万不能出什么事情！

老人打马追上来，巴结地说：“对不起！公子！”

梅尕瞧着他的样子，负疚地说：“乙呇老哥，该说对不起的是我！我不该问你家里的事，让你伤心！”

“嗨，你问得没错，我答得也没错！”他解释说，“百姓的老阿妈死了，也就不受罪了！”

“老哥，话可不能这么说。”梅尕安慰说，“你阿妈能活偌大年纪，是你这儿子孝敬得好！”

“这话说得对！”他自豪地说，“我阿妈临终时，微笑着拉住我的手说：‘你是个孝顺的儿子，阿妈为有你、而高兴！’我阿妈是微笑着闭上双眼的！”

一个母亲能这样离开人世，她老人家心里一定很幸福的。梅尕想着，不由热泪盈眶地说："她心里一定很满足、幸福！"

老人眼圈红了说："我老了，要是能这样就好了！"

梅尕说："你这样忠孝的人，老天会报答你的！"

"托公子的吉言！"他想想问，"公子，我能问你个不该问的事吗？"

"问吧！"她高兴地问。

"你说，在这北国，没有开河以前，冰天雪地的，你冒着生命危险去贝加尔海，有啥重要的事？"

梅尕觉得事到如今，也该让他知道自己的目的了。她回答说："看朋友！"

"啥朋友，如此重要？"他不解地问。

"知道汉朝来的苏武、苏使节吗？"

"知道。"他说，"我没有见过他，可我常听我家尔兰公主说，他是个很了不起的汉人！"

"他是我的救命恩人！"梅尕说。

"要是这样的话，你真的得去看他！"老人感慨地说。

"是啊！上天保佑，苏大哥还活着！"梅尕眼睛红了。

"为什么？"

"自从去年中秋节后，他被流放到贝加尔海那里，卫律一直没有给他送过吃用。"

"那，咱们得赶快些！"老人催促说。

人常说，一个人走路慢，搭伴行走快。实际上要是一路有人做伴说话，走路不觉得寂寞累疲不说，有了共同的话题，关系和谐了，速度相应也就加快了好多。

前两年，北国的冬天给胡人开了次大玩笑，开河时，突然下开了多天的大雪，牧人家牛羊冻饿死伤过半，许多牧人也不能幸免。老天今年收敛了许多。

梅尕和於乙呇，这天天黑赶到一丘坡前。

过去，这条去贝加尔海的道，是绕着坡蜿蜒上下的，如今人工从丘坡间劈开了条大道，便于牧人及大批牛羊通行。

於乙呇老人手持铁锹刨开雪看看地上，没有什么坑洼，他们开始搭帐篷。

这帐篷是梅尕让工匠特制成路上一行用的，不仅紧凑，里面隔着住一人的小间，外面既可以经营两三匹马，还有供人食宿的地方。

夜里，沉睡的梅尕突然听见乙呇大哥喊："我宰了你！"

她睁开眼，听见外面动刀的声音，立即摸刀跳起来，拉开门瞧见老哥横刀站在门口，一动不动。

她点亮松油火把，伸手举出帐篷门。

几只狼看见火，再见倒下的同伴，知道遇见了硬茬儿，捡不到便宜，在头狼“嗷呜”一声号召下一起逃了。

梅尕瞧着乙沓老哥，一身一脸的血呆死地堵住门口。地上躺着两只破了肚子的狼尸体，她明白了。

她忙把火把插在雪地上，搀扶住老人进屋躺在榻上，从随身的药葫芦里倒出一丸药，塞进老人嘴里后，麻利地点着自带的牛粪，架锅装雪烧水，拉进狼的尸体，关上帐篷门。

不一会儿，老人吁了口气：“吁——”

梅尕闻声过来：“老哥，你醒了！”

“狼！狼！”老人瞧着门喊。

“狼跑了！”她摸摸水热了，拿来一铜盆倒上水，给老人洗着脸。

老人挣扎地说：“我自己来！”

“我是萨满！”

老人一听，泪眼瞧着她说：“公子，感谢了！”老人从记事起就没有人这样关心过自己。

“老哥，我还得感谢你！”梅尕感动地问，“要不是你，今夜不堪设想！”

“谁叫我们、是、一路随行的呢！”老人不愧是见过世面的。

老人服了药洗了脸，看起来精神多了。梅尕吩咐说：“你把外衣脱下，我在外面雪地里给你擦洗擦洗！”

“公子，我自己来！”

“外面太冷，我全副武装着！”她拍拍身上说。

出发近十天来，她晚上睡觉时都是全副武装睡的。

老人脱了外面的皮袍递给她。她拿到外面雪地里揉搓起来。

老人躺了会儿，觉得好多了，起来拿刀剥起狼皮。这皮可是个好东西，冬天睡觉铺在身子下面既隔潮湿又暖和，要是弄个狼崽的皮做件外褂子，就太好了！

梅尕擦干净了皮外衣上面的血迹，回来瞧着老人剥狼皮，就奇怪地问：“老哥，你为什么专门在狼的后腰腹动手呢？”

“狼是铁头豆腐腰，狗是铁腰豆腐头的！”

“哦，还有这样的说法？”

“不是有说法，是实际经验！”他给她讲了夜里的事情。

夜里，外出睡觉特警觉的於乙沓老人，突然听到帐篷外有被撕扯的声音，轻轻地起来把窗帘打开个小缝朝外面看：门外雪地上有六七只黑影在急速地行动……狼群！荒原饿狼群！

这要是让它们冲进来，就不可收拾了！他紧紧腰带，手握着钢刀，飞快拉开门，对着挡门一只狼腰间刺搅而进，一股热血冲在他身上脸上，伤了的狼立即毙命。

第二只接着朝他扑来，他飞快拔出刀来，拼尽全身力气喊着：“我宰了你！”

他持刀对着扑上来的家伙腰肚子上猛刺进去，反手刀子一搅，双手拼命抽回刀挡在门口时，梅尕起来……

梅尕看老人挖出了狼心说：“给我！今天晚上，我们谁也别想睡了！我给咱们做顿狼心肺汤，给老哥你把受惊吓的心，食补起来，怎么样？”

“好！你做饭，我来收拾这两个坏家伙！”

三十八　是否有点傻

苏武利用天气晴和的时间，把自己住的地窝子里外，重新加固收拾了下，专门在旁边土墙上掏了个火塘，弄了烟囱，加上砍柴点起来，屋内一下子温暖了。

另外，他还顺着居屋旁的坡坎，一连挖了三间地窝子，一样的树木搭成厚土压顶，还搞上厚实的土墙木门。

今年要是有人来此放牧，也让他们居住在此，我不但不寂寞了，还许能得到外面的一些消息……

这天，光剩下收拾内部了，天气突变。夜里，狂风怒吼。老雪刚有了些化的迹象，可新雪又铺天盖地。

他躺在温暖的榻上，瞧着火塘燃烧着的砍柴，听着外面的动静想，多亏熊母子的帮助，自己最近才能有了些安生的日子，虽然没有粮食吃，可是地下草根和树根解决了不小的问题……

一天后雪终于停了。清早，苏武起来拉开门，看着阴沉沉的天空，不能外出，回来躺在榻上又渐渐迷糊了。

春天，桃林，桃花夭夭。

身着锦衣的苏武和娇妻漫步在其中。

苏武满目含情地亲了下娇妻："比桃花香。"

"夫君，你真是个坏蛋。我不理你了。"娇艳的小妻嘟着好看的小嘴巴，娇羞地瞪了他一眼跑了。

苏武忙追上将她搂在怀里忍不住又要亲。

屋门突然被大力撞动了下，接着"呼哈！"一声风吼，惊醒了苏武。

他一下子跳下榻，拿起节杖打开门，一夜两尺厚的雪堵着屋门。苏武只得探出头朝外面一瞧，我的妈呀，一只斑斓大虎正在拍扯着熊母子的屋门。还能听见熊妈妈在门内的嗷嗷吼叫声。

我不能就这样出去，一出去就会人入虎口。

苏武轻轻关挡上门，听着外面熊妈妈的求救声沉思会儿，走到榻前给内衣外紧了根腰带，将狼皮袍子毛朝外穿在身上，帽子也毛朝外戴在头上，双手的手套毛也朝外，双脚蹬着毛朝外的自制皮靴。

他自我打量着周身，我这样不也是和野兽一样吗？

他鼓起勇气手拉着节杖，打开门一个翻身滚进雪地，双手抡起牦头节杖朝着老虎打来。

这是什么动物，怎么没有见过……饿虎本来还想猛扑过来，可是一瞧比自己高大凶猛的动物，还有屋里怒吼的棕熊，自知敌不过，摇摇晃晃地上了后坡。

苏武本来也害怕，一瞧老虎走了，嘘了口气，一下子扑到熊家门外，扒开门搂住熊妈妈落下了泪。

多亏有你们在，我才免于凶难。要是老虎直接在屋门前，真的是凶多吉少了。

天气突变的这天傍晚，梅尕和於乙沓两人，刚好走到了有两家牧人居住的地方，他们决定晚上住在这里。

这两家真的是热情好客，男人帮着他们搭好帐篷。两家女主人，做了顿丰盛的晚餐，三家人坐在一起吃了顿热腾腾的羊肉苞米饭。夜里虽然雪大风狂，有了两家人做伴，梅尕没有感受到大的惊恐。

第二天大雪依旧，他们就在此等待起来。

於乙沓老人给牲口加上草，躺在榻上睡觉。他有个好习惯，有事时睡觉特别警觉，无事时能呼呼大睡。这一时，一路上奔忙操心的，现在正是补充体力的好时机。

梅尕走出自己的小房间，看老人还在睡着，三匹马儿相依在一起打盹儿，她拉开羊皮窗帘，隔着薄羊皮膜瞧着外面铺天盖地的风雪想，苏大哥现在怎么样，他还好吗……

这是她有生以来第一次出远门，而且还是在大风雪肆虐的时节。她心里问自己，为了一个自认为相爱的男人而这样，是不是有点傻……

可现在几乎没有了回头的路。这又让她想起婚后的一年，为了生活外出放牧，在大风雪中遇见雪崩被埋的丈夫……不由得眼泪汩汩而下。

邻居一个七八岁、戴着皮帽子身着羊皮袄的男娃娃，从他家的窗户里瞧见对面，看见昨天来的叔叔在窗户前朝外看，拉开家门出来合上门，过来敲着窗户："阿叔，阿叔！"

梅尕忙擦了眼泪，打开门，拉他进来关上门。

他问："阿叔，你是哪里来的？"

"哈拉和林呀！"

"阿爸说，那里很好，你来这里做啥？"他问。

"来看你呀！"梅尕微笑着说。

"你是我们家的亲戚吗？"他稚气地问，因为昨晚他们一起吃过饭。

"是啊！"梅尕不愿让他失望。

"你能给我阿妈看病吗？"他问。

"你阿妈不是好好的吗，昨晚上咱们还一起吃饭来着？"她摸摸他戴着皮帽子的脑袋问。

"阿爸老打她，说她不会生娃娃。"他大人样地说。

"这事情我管不了！"

"你是我家的亲戚呀！"

"亲戚就管这事吗？"

"嗯！"小家伙瞧着她理直气壮地说。

梅尕想，这胡人中，一般牧人的妻子是很辛苦的，长年随着男人奔波在草原上，风餐露宿，生孩子照顾家人。如生了第一个孩子要是身体没有恢复好的话，以后是很难再怀孕的。

她帮哥哥给人看病时，也经常遇到这样的女病人，对治这病自己也略知一二。

“巴特尔！巴特尔！”对面的妈妈拉开门缝，伸出裹着厚厚头巾的头，喊着儿子。

巴特尔在窗户前给她挥手。对面女人看见儿子，挥手让儿子回去，儿子挥手叫她过来，梅尕也挥手让她过来。

女人回头瞧瞧帐篷里的榻上，男人正在呼呼大睡，也悄悄拉门出来，奔过来。

梅尕看她过来，拉开门把她让进来。

“阿姐好！”梅尕礼貌地说。

女人脸红了，拉着儿子要走。

梅尕双手拉住她的手，她明白了，惊讶地瞧着女扮男装的她。

梅尕悄悄指着榻上睡的老人，对她耳语说：“我阿爸！”

看她不理解这冰天雪地外出的他们，梅尕解释说：“我是萨满，去给远方亲戚看病的！”

她才露出了笑容。

梅尕拉过她的手腕，给她摸了脉说：“把干牛粪炒热，装袋子、晚上暖在小肚子上，会好的！”

“感谢了！”女人红着脸说。

梅尕进里屋拿出祍余画的地图，展开问女人：“你知道这地方吗？”

“贝加尔海草原？”女人说，“去年放牧去了那里。”

“离这里远吗？”

“还有三四天的路程。”

“那里比这里，怎么样？”

“很偏僻！很寒冷，不危险！”女人在地图上给她指了指地方。

梅尕放心了。对女人说：“谢谢！”随即对她严肃耳语，“保密，别说我是女的！”

这天，风雪住了，梅尕算了下，他们在这里休整了五天。经验丰富的於乙沓老人，看天气不会再有大的变化，他们就出发了。

临走时，梅尕悄悄地跟巴特尔的母亲约定，天暖和时，他们到贝加尔海草原放牧时见！

风雪一停，熊母子在家里待不住了，它们出来在雪地上撒欢。

苏武给羊圈里添了草回来，熊妈妈和小熊奔过来，把苏武扑倒，和他在雪地里翻滚戏耍起来。

它们母子和苏武成了好朋友后，苏武给熊妈妈起名为雪英，给小熊起名为胜儿。

他们在一起生活过得很有意思，苏武打猎回来的吃食有它们的，它们在野外获得的战利品有苏武的，这样的互惠互利，双方不但不寂寞，还收到了人兽互助安全的效果。

眼看又没有吃的了。

上午，天空万里无云，阳光灿烂。

苏武背起家伙和熊母子出发了。

他跟着它们上了坡坎，蹬上滑板过了桦树林，来到一条雪封着的小豁沟前，里面是一片落叶灌木丛。

还没等苏武站稳脚跟，熊妈妈一头冲进去掉在雪窟中不见了！苏武急得呼喊："雪英！雪英！"

他着急地用节杖慢慢朝下面探着，探不到底……怎么这么深的，这可怎么办呢？自己又不敢贸然而下。

胜儿看妈妈不见上来，急得嗷嗷地嚎。

正在他们急得束手无策时，在两丈远的地方，雪英叼着条大鱼钻出来。

原来这里是条暗河。

苏武不敢下去只有喊着："雪英，回来！快回来！"

三十九　自己人

熊妈妈听着苏武的呼唤，沿着边缘慢慢地回走。小熊瞧见妈妈回来要扑上去迎接，苏武一把拽住它："胜儿，别急，你妈妈马上就过来了！"

熊妈妈小心翼翼地从边缘的灌木丛钻出来，爬上来。

他一抱搂住它："吓死我了！你可不敢没有了！"

它叼回的这条鱼挺大的，足有六七斤重。苏武怕熊妈妈出事，对它说："今天我们有吃的了！回家吧！"

雪英不走，苏武问："你怎么了？"

它的头拱着他的脚。

"你在前面带路！"苏武对它说。

雪英带着苏武和小熊，沿着坡坎朝前行。他们在雪地里跋涉了一个多时辰，熊妈妈停下了，苏武朝沟坎下面瞧去，下面是冰封河道。

这莫非这就是哈拉和林那里的流过来的余吾水，还有俨然山而来的居水融合在一起的河道。

苏武再仔细地朝远处张望，嘿！一望无际的晶莹洁净的冰川。雪英头顶着苏武的脚"嗷嗷"地恳求着。

"你是想到下面去？"他问。

雪英瞧着他点头。

苏武瞧着到处都是厚厚的冰川，对它说："去吧，小心点！"

雪英骨碌在坎边，一个翻身沿着厚厚的雪毯哧溜溜地到了冰溜上面。胜儿趁苏武不注意时，学着妈妈的样子也滑溜下去。

母子俩在冰面上欢快地玩耍起来。

熊妈妈的四只大脚掌在冰上面轻快地滑行着，小熊在后面跟随着……特有意思，北国的熊很适应这寒冬的。

一会儿，母子俩变成了两个小点儿，在他眼前消失了。

苏武着急地双手在口前做成喇叭筒，大声喊："雪英！雪英！胜儿！胜儿……"

他的喊声在寂静的雪原冰川上空回响，可是雪英和胜儿母子毫无踪影。

他很后悔，不该准许它们母子下去……

他想去找它们，面对着一眼望不到头的冰溜子胆怯了。自己没有走过这儿，真害怕一脚踩上去破裂了，掉进冰洞里。话说回来，它们是野兽，要离开自己是天经地义的事情……

苏武瞧着正午的阳光想，我只有坐在这里等待着它们，要是到半后晌还不回来就只有自己回去了！他不敢离开，也不愿意离开，怕它们母子回来找不到他着急。

他裹紧狼皮大衣，坐在节杖上等待着。太阳照耀在身上，暖洋洋的，他不由得头枕着双臂睡着了。

是啊，他太累了，他不但身体累，心里更累！

……突然，年迈的老娘从天上走下来，走到他的身边。

老娘的双手轻轻地抚摸着他的头，慈爱地说："武儿，你要好好活着！娘在天上看着你，保佑着你！"

"娘，丑儿好吗？"他问。

"别提了！"老娘擦着眼泪说，"她说你已经不在人世，回娘家了！"

"丑儿，丑儿！"苏武嘴里叨念着妻子的名字。

老娘含泪说："儿呀，那女人不是咱家的人，你忘了她吧！"

"娘，咱们回家！"他站起来要拉老娘的手，突然老娘不见了。

刺眼的阳光照在他的脸上，他觉得热乎乎的，睁开双眼，眼前是雪原，天上是太阳……原来自己是白日做梦。

苏武忙跪在地，朝着自己心里的南方跪下，流着眼泪呼喊着："娘！您还好吗？儿子想您！儿子很想您——"

他回想起梦中的情景，莫非老娘不在人世了……他伏地号啕大哭起来！

静静的雪原上一片呜咽，太阳躲进了云层，也在为他抱不平。

他哭得泪水鼻涕都在脸上结成了冰，脑子一片空白呆望着南方。

雪英嘴里叼着只角鹿，胜儿嘴里叼着只雪獭，母子俩回来到坎下。雪英放下鹿，面朝上：嗷呜嗷呜……呼唤起来。

苏武被唤醒，他双手抹下脸上的冰泪，瞧着半后晌的阳光下，冰川上的熊母子，激动得眼泪滚滚而下。

他忙爬起来解开身上的皮绳子，套了个能套住熊身子的大环子放下去。

雪英用嘴把绳子套在儿子身上，苏武先把胜儿顺着坡坎兜拉上来，然后再用同样办法把熊妈妈拉上来……

梅尕和於乙峇老人按照地图找了几乎一整天，夕阳西下时终于找到一坡坎下有地窝子的地方。

他们下马后，梅尕打开房门一瞧，一股熟悉的味道扑面而来，这一定是苏大哥住的地方。

可是，苏大哥人呢……她瞧着空空如也的房间，一点吃的东西都没有，不由得泪糊住了双眼。

她奔出门大声呼喊着："苏大哥！苏大哥！"

无人应声。莫非他已经不在人世了……梅尕浑身一软，瘫倒在地。

於乙峇老人见状，边拽着她的胳膊扶起来边安慰："少主人，你别急！"

老人出门在周围寻找着，发现了羊圈。他打开圈门，瞧着里面还有活着的三只羊，高兴地喊着："少主人！这里羊活着，人一定也活着！"

於乙峇老人瞧着旁边的地窝子，一一打开看了，坚定地说："少主人！咱们找得没错！"

梅尕缓过劲来，奔出门一一查看了旧地窝子和新开的地窝子想，乙峇老伯说得对，他一定还活着！

突然，空旷的雪原上传来："雪英，胜儿。快走，天快黑了！"

是苏大哥的声音！

梅尕孩子似的拉着於乙峇老人，激动地说："老伯！苏大哥回来了！苏大哥回来了！"

她拉着他循声朝后坡走来，上了坡坎，瞧着不远处的雪地上，苏武背着战利品，拄着节杖朝回滑走。一只大熊和一只小熊在他前后左右嬉闹着滑走着。

梅尕松开老人的手呼喊着："苏大哥！"朝他奔跋过去。

雪英瞧着过来的人，警惕地奔上来，虎视眈眈地瞧着梅尕，显出副要决斗的样子。

苏武看清楚是梅尕，忙喊住它："雪英，过来！是自己人！"

梅尕本想上去拥抱住苏武，可是一看两只熊，竟然犹豫了。

她只是喊着："苏大哥，我们看望你来了！"

"走，咱们回家说！"苏武对她说。

他瞧瞧两只熊对来人的警惕的样子，对它们说：“雪英，胜儿，来的人，都是好人，不会伤害我们的！”

梅尕跟着他们朝回走时想，这个苏武究竟是个什么样的人，怎么和两只熊搞在了一起……

四十　梅尕来了

回到家，梅尕架锅做饭。苏武忙安排住的地方。多亏他搭盖好三间地窝子，这不，人刚一到，人和牲畜分别都有了个不错的住处。

於乙咨老人是个很会做零活的人。他按照苏武的想法，借着外面不太黑的天色，用原木头捆绑两个睡榻。

苏武用自制的骨针和皮线，把梅尕他们拿来的两张狼皮里面装上这里的暖草，缝了两个榻褥子，给梅尕和於乙咨老人各一床。这样，在冰冻北国的夜里，人就不会受冻了。

晚饭后，於乙咨老人给牲口添上草料，挡好牲口房的大门后回到自己的房子睡了。真是年龄不饶人，过去年轻时到处征战，只要夜里睡得好，第二天照样生龙活虎。

如今这一路上二十多天，自己真的很累很累了。任务已经完成，看起来这个苏使节、苏大人还真是个不错的人……他的意识模糊了。

苏武的房子里，火塘里砍柴燃着，一片温暖。

梅尕和苏武坐在火塘前叙说着离别情。

梅尕给他说了哈拉和林到处传说着他是神人的事情，给他说了哥哥沮渠格尔和於軒王对他的敬佩和问候，说他们会找个适当的时候来看望他。

梅尕还给苏武说了於维尔兰也很想念他这位大叔……最后眉目含情地直视着他直言：“苏大哥，我梅尕也很敬佩你，很想念你喜欢你，就找你来了。”

苏武一听，忙起身抱拳打躬客气地说：“你就是我的梅尕妹子。感谢你能来看我！”

他忙给火塘添了新柴低头礼貌地说：“这多天一路上已经很累了，你休息吧！”

苏武走出来拉好房门。

他从梅尕的表情和话语中已经感觉到了她对自己的喜欢还有满满的爱意。可他一个流放的汉人，不能害了她一个无辜的女人。

梅尕拉开门追出来问：“那你怎么办？”她希望他能留下来。

“我住旁边的房子。这里夜里很安全的。”他把给梅尕准备的铺盖放进自己的房子里，把自己的铺盖搬进於乙呇老人隔壁的新房子睡下了。

梅尕躺在榻上，闻着屋里苏大哥的气息，看来这事情不能着急，得慢慢地来。

第二天清早，熊妈妈起来走出门，前掌拍着苏武的门叫他起来。

屋里榻上，已经醒了的梅尕，听见有人敲门忙答应着：“来了！”

她忙起来穿好外衣，顾不得收拾蓬乱的头发，拉开了门一瞧是熊，吓得一声惊叫：“啊！”

在熊隔壁住的苏武听见梅尕的惊叫声，翻身下榻拉开门一瞧，忙喊：“雪英，我在这里！”

熊妈妈瞧了眼梅尕住的屋子，慢腾腾地走进苏武的房子。

苏武抚摸着它的头说：“来人都是我们的朋友，他们不会伤害你和胜儿的！”

熊妈妈听懂话似的瞧着他。

苏武穿好外衣出来对它说：“我带你去认下咱们的朋友！”

苏武带着熊妈妈推开於乙呇老人的门，老人不在屋里，带着它出来走进马房，老人正在给马喂草。

他对他说：“老人家，雪英看你来了！”

於乙呇老人已经知道雪英是熊妈妈，笑呵呵地说：“呵呵呵呵，雪英好！”

於乙呇老人的手轻轻地抚摸着它的头，雪英感到了安全温暖，温柔地瞧着他。

老人亲切地对它说：“我们是好朋友！”老人和他们一起走出门。

梅尕已经全副武装成男人出来。

苏武和於乙呇老人带着雪英过来，苏武学着老人的口语问候：“少主人好！”

梅尕微笑说：“大家好！”

苏武一手抚着雪英的背，一手指着梅尕说：“雪英，这是我们最好的朋友！

如今我们在一起生活，你要、好好地保护她！”

熊妈妈瞧着梅尕仿佛想起刚才的遇见，怎么现在她变了样子？

梅尕看出了它的困惑，于是爽朗地笑了：“哈哈……朋友好！”

她不敢直接摸它，伸出手轻轻地按在苏武搭在熊背的手背上。

他感到了她的胆怯，拍拍她的手，温和地说：“它母子，是不会伤害你和老人的！”

上午，於乙沓老人拿铁锹铲着院子里的雪。梅尕一身胡人妇女的打扮走出门，笑着问候：“老伯好！”

於乙沓老人一瞧明白了，原来自己一路上陪的是位女少主，怪不得她那么细心，手是那么轻柔。

“少主人好！”老人脸上乐开了花，不愿改变以往的称呼。

“老伯，感谢您一路上的关心照料！”梅尕诚恳地说。

“互相的！”他指指苏武住的房子说，“我明白你来找他的意思了，我支持！”

“谢老伯！”梅尕进灶房，把带来的吃用分类规整着。

梅尕来后，苏武轻松了许多。一来，他们暂时不缺吃的东西了；二来，人多热闹了，日常生活不寂寞了。再说，熊母子也很快接受了两位新来者。

在熊妈妈这位向导的带领下，他们三人一方面寻找吃的，一方面探究起了周边的地形。

长安已经春暖花开。要不是前年且鞮侯单于派人送回匈奴扣留我大汉的全部使节，还说了软话，汉武帝就早已派兵攻打匈奴了。

匈奴背信弃义，扣留我护送他们的使节——苏武一行百多将士不说，还经常派骑兵在天山附近骚扰掠夺，严重地影响着我大汉和西域各国的交往及边民的生活安宁。

汉武帝恼怒至极，下令让国舅李广利率兵从酒泉出兵打击匈奴。李广利基于自己几次出击匈奴的成败的经验，要求派得力的将军押送粮草。

这天早朝时，汉武帝端坐未央宫，扫视着金殿上的文武官员，瞧见三十岁出头的李陵。

这位不愧为将军的后代，人帅气不说，还像他爷爷李广样高大威猛，并且具备了优良的军人作风和超群的军事才能。

前几年，汉武帝想让位有才能的将军去打探匈奴军的情况，殿上文武官员都怕担风险，默默相视低头不语，唯有李陵站出来请缨。

他果然不负众望，带领八百军骑出居延，深入匈奴腹地两千余里，考察绘画匈奴地形图，圆满地完成任务回来。被他提升为骑都尉，镇守张掖居延教练精兵五千骑，防范匈奴入侵。

前次，李广利出击匈奴，武帝让李陵率兵校五千前去支援，他率部到边陲，逢贰师将军李广利带兵归来。武帝又派他率五百骑出敦煌到盐水去迎接，那次完成任务后，他留在张掖镇守。

李陵像当年的爷爷李广一样，有他镇守在那里，匈奴不敢轻易地侵犯。这次是为了出征才召他回来的。

大家在朝堂上纷纷提议，要得胜利，必须粮草辎重保证供应……

这次押运粮草辎重，必须是一位既要能快速前进，又要有应变能力的将军才能担当……

汉武帝听着大家的建议沉思良久，声音洪亮地说："骑都尉李陵，听令！"

李陵虎步上前打躬："臣在！"

四十一　李陵请缨

"朕命你率五千人马，随贰师将军之尾，执掌管理后军粮草辎重！"

皇上等待李陵领命谢恩，可是他怔怔地站着不动，仿佛不知如何是好。满朝文武一脸惊诧。

有人小声提醒："李陵，还不赶快谢恩！"

李陵不是不知谢恩之理，他只是心情激动！自己如今正值壮年，应该冲锋陷阵斩杀胡掳，手刃单于为家国报仇才对。

李陵在镇守地精心训导的五千兵骑，就是为杀胡虏，为家、国报仇的，就是粉身碎骨也在所不惜！他真的不甘心担任护送辎重之职。

李陵想到这里，跪在当殿，恳求皇上："陛下，臣所部都是荆楚勇士，个个奇才剑客，马上善击，力能扼虎，拳能击豹。末将不才，愿率人马，为大军开路，专会匈奴之兵骑，在所不惜！恳请陛下恩准！"

李陵的话出乎君臣的意料，全场愕然。金殿上一时鸦雀无声。

站在李陵身旁的李广利想，这个不知天高地厚的家伙，你不想给我捆腰，我今天非要叫你知道马王爷三只眼的厉害！

于是李广利冷笑着，对皇上说：“陛下，与匈奴之战，事关国家大事，作臣子应该以大局为重，以我大汉利益为重！李陵将军耻为后应，分明是藐视微臣，他想立头功！”

李陵听他如此说，竟然慷慨陈词：“陛下：不错，微臣真的愿意冲锋陷阵，战死沙场！我出身戎马世家，先祖血洒疆场，他们誓扫胡儿的遗愿，落在了后辈我的身上。”

李陵看皇上没有责备，继续说：“微臣正当壮年，誓与敌生死交锋。平心而论，微臣没有邀功之心，只有报国热忱。微臣誓斩单于首级，还我先辈血债而已！”

李陵一再地强调：“陛下，这护送辎重之事，微臣知道是重中要事，可按实情，臣担这事不如让臣冲锋陷阵！”

武帝不由得皱起眉头，

臣子应该以圣命为是，岂可违背！不过，这小小骑都尉，胆识过人，不愧为将门之后！念其祖父辈有功于朝廷……这李陵向来也是以勇敢著称朝野的……

皇上思虑良久说：“你们都是朕的股肱之臣，且不可以地位尊长、从属相妒。此番出兵匈奴，朕发兵骑甚多，没有兵骑单独给你了，你得谨慎思想！”

“陛下，养兵千日，用兵一时。臣受陛下洪恩，尚未报答，如今正是报效朝廷之时。今攻打单于，真是天赐良机，微臣岂肯错过！”

李陵激动地说明自己的决心：“尽管没有兵骑，微臣愿领五千荆楚之士，以少击多，与单于决战，绝不辱没朝廷！祈求陛下恩准！”

他伏地不起。

和李广利交好的杜御史讥讽地说：“骑都尉大人，你口气好大呀！区区五千步卒击单于，这不是跟陛下开玩笑吧！我看你还是收回大话，乖乖给大部队当好军需辎重官，免得悔之晚矣！”

耿直的太史令司马迁，上前跪在皇上面前奏道：“陛下，微臣以为，骑都尉精神可嘉！在国难当头之时，骑都尉敢以九死一生之胆量，率五千兵卒进击匈奴，实乃大汉精英！”

司马迁比喻说：“运送粮草辎重固然很重要，可是刀、锯、锤、斧，各有其用。骑都尉训导的五千兵士，都是训练有素的荆楚骁勇之士。微臣以为，叫他们直接参战比较合适！”

“司马大人好不识趣！圣上刚任命骑都尉为李将军的后尾，押送辎重。可他大出风头、愣充英雄，以五千兵卒打击匈奴。这岂不是以下犯上，有意违抗圣命吗？”杜御史本就对司马迁不满，乃直怼之。

“杜大人，骑都尉能为圣上分忧，以壮国威、军威，这是我大汉的好事，是朝廷的幸事！他能率五千兵士抗击匈奴，难道不该嘉奖吗？”

不畏权威的司马迁反击：“如若我大汉朝的武将，个个都如骑都尉李陵，把生死置之度外，我大汉朝廷何人、何族、何国敢敌！”

武帝沉思说：“杜爱卿，司马爱卿，二位不要造次！骑都尉李陵，听旨！”

“微臣在！”

“朕念你有拳拳报国之心，免你犯上之罪！命你率步卒五千出居延，配合贰师将军正面御敌，望你不辱使命！”

“臣领旨！万岁、万岁、万万岁！”李陵叩头谢皇恩后站立朝班。

武帝环视群臣片刻：“强弩都尉、路博德听令！”

“臣在！”老将路博德过去平越南立过大功，被封过伏将军、郅离侯，一直镇守边关。昨天和李陵一起奉命回来。他刚才见李陵大出风头，心里不以为然。听皇上叫他，忙伏地而答。

“李陵部出居延进击匈奴，你可率领你部兵马，做骑都尉李陵策应部队。你两人互为犄角，进有依托，退可联手，使单于不得有隙可乘！”武帝命令。

“臣遵旨！”路博德伏首答应。

“众卿家明日各回戍守之地。今日午朝可免。各位下去准备，以待全面出击令下，各路即刻发兵！朕等着你们捷报、凯旋！退朝！”

李陵回家，李府上下一片欢腾。

丰盛的午饭后，司马迁前来拜访。

他一来是跟他饯行；二来，他正在写《史记》，写到《李广列传》处，为了证实一些情况来找他。

平时，他们一在边关，一在朝廷，虽是朋友，很难遇在一起的。

他和李陵单独交谈了近一个时辰，了解了李广老将军和匈奴英勇作战，爱兵、民如子的感人事迹……

司马迁准备走时，朝廷太监李福前来宣送皇上圣旨，就和李陵一齐跪地接旨。

太监李福宣旨：“骑都尉李陵听旨：朕闻急报，单于兵临西河，形势很是危急，朕已令强弩都尉路博德率兵前去西河，截单于必经之路。”

太监李福瞧眼李陵，继续宣旨："李陵你可率五千步兵出居延，至东浚稽山南龙勒水而上，观察单于兵骑动向，切防敌之伏兵。"

李福加重语气："李陵为孤军深入匈奴境内。如不见单于之兵骑，到受降城安营扎寨，休整士卒，不得违旨！李陵接旨后，明晨离京，尽速组织队伍，速赴所定地，不得有误！"

"末将李陵接旨！陛下万岁、万岁、万万岁！"李陵叩头接旨后，送走了下旨一干人等。

四十二　被算计

送走下旨的人，司马迁沉思良久，对李陵说："想不到变化如此之快，早朝皇上定的事情，还没到天黑就变了。要骑都尉你孤军深入？将军肩上担子很重的呀！"

司马迁不明白其中的原因，很是疑惑，可也不能明说什么，只得如此提醒。

"前晌朝堂上决定的事情，怎么变得如此快速？"李陵也想着事情的蹊跷。

原来早朝后，路博德越想越觉得窝火，觉得自己比李陵官大，给他做垫脚石很不忿。午饭后就上朝面见皇上，说了李陵自大邀功的一些坏话。

皇帝正在纳闷时，接到赵破奴西河的急奏：说是匈奴主力到西河，西河守将李绪已投降匈奴。我方防务空虚，亟待支援！

赵破奴还说了，敌东浚山南军备松弛，可重兵击之，以解西河之困。此时，正是破敌之良机等。

路博德得知情况想，这正是陷李陵于孤立的好时机，于是说："陛下，臣愿意到西河，和赵破奴一起破敌！"

"准奏！"皇上立即同意。

因而进击东浚山的任务，就独落在李陵的肩上。

第二天早饭后，李陵临行时向母亲妻儿辞行，母亲递给他一袋珍宝叮嘱说："胡人嗜利，你祖父出征时，总带着此物。这可是护身之宝，必要时对胡儿加以利诱，趁势擒之。”

李陵接过，揣入怀中，一家人互道珍重，依依惜别。

李陵登上马背，无暇顾及长安街道两边满枝绿叶的白杨，目视前方，沿着街道朝西门驰奔。

他打马出了西门，要上阳关大道时，听到有人喊：“将军留步！”

李陵勒马而停，一看道边，司马迁牵马等待他，忙翻身下马：“司马大人，您怎在此？”

“给你送行呀！”他微笑说。

“昨天已经饯行过了！”

司马迁拉住他的手：“昨天是饯行。将军为国负重，奔赴疆场，作为同僚和朋友，理当前来送行！”

“感谢了！”李陵眼中泪花闪闪。

“单于奸诈，要多留心！”司马迁叮嘱说。

“大人放心，我一直在边关和胡人周旋，深知他们的战法，我定会胜利的！”李陵信心百倍。

“将军孤军深入，无有援军，你一定要保重！”司马迁虽然没有搞清楚皇上为何改圣旨，但是一定有原因。他觉得骑都尉孤军深入抗敌，自己有必要多加叮嘱他。

“大人也一定要保重！”两人双手互相紧握，为对方加油后，打躬告别。

司马迁目送李陵打马而去，直到看不见后才上马回走。他总觉得其中必有蹊跷。

狡猾的匈奴且鞮侯单于，得知大汉出兵的消息，和卫律密谋：兵分三路出击。西由右贤王统领部下，目标酒泉、张掖；中由单于亲自带兵镇守东浚稽山勒水之地；东路由左贤王出兵居延以东之地。

这样安排兵力出击大汉，西路牵制汉军的主力军，中路和东路就可乘机进犯抢掠大汉边境，三路之间距离不远，还便于相互接应。

李陵打马驰回自己镇守地张掖，安排好工作，立即带领自己训导好的五千精兵，把多年来自己制造的、积攒打击匈奴的刀、弓、箭、弩等等击敌器械，全部上车带饱，即刻启程。

他们冒着北国开春的寒风，翻山越岭，顶着风沙，沿着沙漠中时断时续的道路经居延北上。

五千步兵带着三百多车兵器吃用辎重跋涉过千里沙漠，风餐露宿，一个月后到达东浚稽山。

这里尽管春天已到，地上冰雪都已消化，可还是寒风萧萧，树木枝头光秃秃的，鸟兽无踪，一片荒凉。

李陵带兵在两面是高山的道路上警惕前行。

突然，前面探路的哨兵发现了匈奴的众多骑兵，忙回来报告。如今后退不成，步兵跑不过匈奴的骑兵，也前进不得。

李陵和副将韩延年商量，只有以粮食辎重车为营，布阵营外。

他安排前面的军士一律手持戟盾，掩护后面的士兵手持弓箭。准备战斗。

这时，行进着的匈奴骑兵前哨也发现了汉军，立即报告给总头——且鞮侯单于。

这时且鞮侯单于亲自率领的三万多骑兵正要出东浚稽山到汉地抢掠，被李陵军队撞了个正着。

两军对垒。单于看汉军比他人少得多，且都是一律的步兵。令骑兵将汉军围困在两山间。

他命卫律上前喊话。卫律站在阵前高喊说："大胆的小部汉军，还不赶快向我们且鞮侯大单于投降，饶你们不死！"

李陵听说是且鞮侯大单于，对旁边副手说："延年兄，咱们不答他的话！"

李陵回身又对士兵说："咱们不开第一箭，只要他们一开弓，听我的击鼓，统一放箭，听锣声就立即停止放箭！"（古代战场上：击鼓为号，是进攻；锣声为号，是停止）

单于看对方不搭腔，想，他们这一小撮，原来瞧着我的众多骑射害怕了。他命令说："目标：汉军辎重！开箭冲锋！"

前面的匈奴骑兵打马放箭狂奔过来。

李陵击鼓咚咚，前面的士兵持盾牌挡住来箭，举戟冲上。后面的几千弓箭手，搭箭射向匈奴骑兵。一时间匈奴兵骑应箭而倒，人仰马翻……一波阻挡一波，在两山之间更无法彰显骑兵的优势。

单于见状，无奈指挥兵骑撤退，汉军借机追击射杀数千骑兵。单于大惊，看到汉军虽有损伤，可战斗力极强，心想，一定有主力部队在左右。

单于立即命人前去向东面左贤王求助。

两天后，且鞮侯单于调来左贤王八万骑兵合着攻打李陵。他怕有诈，不敢大举进攻，只是一边追赶一边派小部队骚扰。

李陵率兵士和辎重且战且回退。当时伤者许多，他命重伤者乘车，轻伤者推车，再轻伤者参加战斗。撤退了两天，敌军若即若离，不敢造次。

李陵故意放慢后退速度，在一次敌军近距离追赶中，他集中兵力，一次指挥布阵，鼓声震天，消灭敌军骑三千多。

苏武在於乙砻老人、梅尕和雪英母子的带领下，打马踏雪两天来到了贝加尔海口，两面遥遥相对不高的石山中间是宽阔的冰河，沿着崎岖的河岸骑马里走不远，就是一望无际的冰海。

原来，那天苏武带着雪英和胜儿母子看到冰川就是俨然山来的居水和狼居胥山来的余吾水合在一起的冰河。

这就是路大人给他介绍过的北海，也是当年霍骁尧抗击匈奴到这里，封过狼居胥山后，又到此封过的瀚海。

蓝天白云，灿烂的阳光和遥遥相对的冰面，融为一体让人震撼。

在这蛮荒之地，能站在这里，苏武不由脱口而出：“世界之大，真叫人震撼！”

“这要是到了夏天，才美得没得说了！”於乙砻老人兴奋地说。

“老伯。你来过这里？”梅尕问。

“我十岁的时候，和阿爸放牧来过一回。”他指着周围介绍说，“过去，左面山上还没有那么多的树木。”

苏武朝他手指的方向看去，临着冰川的山坡竟然还生长着一片碧绿的松树。

四十三　且战且退

突然，一声天崩地裂：“轰咔咔……”

大地整个都在晃动。他们三人站立不稳，撞在一起。

梅尕抱住苏武和老人；“快走！地动了！”

随着大地的晃动，离岸边不远的冰川中裂开了丈把宽，深不见底，肉眼望不到头的大裂缝。

大地平定后，苏武瞧着感慨地说：“我的天呀，这冰封起码有几丈厚，裂了这么大的缝。海底的水都涌不出来！”

於乙峇老人说：“这恐怕是贝加尔海要开海了！”

“开海，是冰要开始融化了吧？”苏武问。

“是啊！”於乙峇老人解释说，“虽说地上的雪还没有融化，可是地气已经动开了。”

“是不是每年快到开春时，贝加尔海都发生这冰川开裂？”苏武探问。

“以前还没大听说过。”老人回答。

“那就是说，我们运气好，今天遇见这！”梅尕说。

“对，我们运气好！”苏武怕这里发生什么危险，对他们说，“咱们回家吧，过一时再来看冰融化了的贝加尔海！”

李陵部队且战且退，又斩了敌军三千余骑，使敌人摸不着头脑，不敢大胆冒犯。可小股骚扰仍然不断地存在，部队也在不断地减员。

在这孤军深入、没有支援的情况下，李陵决心带领部队朝山外撤离。

他边带兵回撤边不断给士兵加油打气：“我们加紧回撤，提起精神，我们一定能胜利，一定能回家……”

他们沿着龙城故道的河水走了四五天，进到受降城地界，前方大片的芦苇荡。李陵远望前方是一片低洼地带，城池陷入在荒草之中，荒凉至极。

这使他不由得想起那年，一将军在这里的教训：

多年前的冬天，匈奴遭受天灾，大雪之后，无数牲畜饥寒而死，一时人心慌乱。此时乌维单于已死，儿单于继位，这小子虽然年少，但性好杀伐，令迷信的匈奴人深为不安。

匈奴左大都尉欲杀儿单于，遣使者密告汉朝：我想杀了儿单于，投降大汉，但是汉地遥远，请派兵来迎接。一旦兵至，我就动手杀死儿单于而归汉。

汉武帝闻讯也很是高兴，即刻派遣公孙敖于塞外筑受降城，以接应左大都尉。但是受降城建好之后，左大都尉仍嫌太远。

皇上当机立断，于次年春天，派遣浞野侯赵破奴率骑兵两万余，出朔方，西北急行近两千里，去接应左大都尉。然而，就在左大都尉准备杀儿单于之时，事情败露反被儿单于所杀。

赵破奴只得与匈奴兵激战之后南撤，快到受降城的地方，被八万匈奴骑兵包围。最终，赵破奴被俘，两万多骑兵投降。

李陵想到这里，怕前方有敌军埋伏，命令队伍停止前进。眼看着后面匈奴骑兵就要追上，无奈只得在面前的芦苇荡中筑城扎寨。

单于见状，命令部队四面放火。

李陵看敌军放火，立即指挥全军兵士："各部，分头用火烧出一块空地来，匈奴的火势蔓延，就烧不了我们！"

在他的带领部署下，大家有序行动，披荆斩棘，烧出了一大块驻地。

因为这里距汉地居延较近，敌人放火后不敢逗留害怕大汉援军，回逃了。

敌人一回逃，李陵率部队安然无恙地走出来。他们回撤到一座山丘下，匈奴哨兵发现，报告单于。

且鞮侯单于气得咬牙切齿，亲自压阵，命部队居高临下突袭李陵部队。李陵发现山前有大片树林，立即命令部队："赶快进入前面树林！"

各部执行命令立即进入树林散开。匈奴骑兵冲入树林。汉军发挥步兵在林中的优势，弓弩手灵活作战，打破匈奴部队，斩首兵骑数千级。

单于再一次在李陵军队的重压下，带着骑兵转身逃跑。

李陵鼓励兵士说："前面不远就是我大汉地界，就是我们的家乡了，我们一定要信心百倍！回家！"

大家异口同声地喊："信心百倍回家！回家！信心百倍回家！"喊声在空中震荡。同时也震撼了匈奴的内部。

这次开始，单于带领三万骑兵遇李陵而战，损失数千，又调来八万骑兵围堵李陵，还是连战连败。骑兵损失两万多骑。

卫律对单于说："单于，这样不行，我们得换个打法！"

"怎么换？"

"这股大汉的主力，想把我们拖得距边关越来越远收拾我们，我们得想办法打他个埋伏，叫他们有来无回！"卫律阴险地说。

"这里怎么打埋伏？这里距大汉边界很近，他们要是来了援军，咱就遭殃了。我看还是继续追他们，借机收拾一个是一个，追到山外，要是追不上就立即回撤！"单于说。

李陵部队在前南行，单于带着骑兵后面追赶，双方且行且战，都不恋战。

这天，太阳西斜时，李陵部队兵士手持弓弩，警惕地刚走出东浚稽山口，进入荒丘地带。忽然，旁边冲出来一小队骑兵。李陵高声喊：“放箭！”

军士们千箭齐发，前面的敌骑应箭而倒，后面几骑掉头就逃。

李陵高喊：“抓活的！”

李陵让士兵专射马身和腿。马倒敌军落地，反抗者斩，只抓了一俘虏。

经过审问俘虏得知，敌军在多次的战斗中，损失了三万多骑兵，害怕我方有援军，不敢孤注一掷，如今士气不高。这更加鼓舞了李陵和兵士们的士气。

再则李陵率部，马上就撤退回到大汉地界，敌人不敢贸然追赶。单于的意思是：追到距汉界五十里地，追不上就立即撤回。

夜晚，星光下，双方前后相隔两里多地宿营，都派兵居高处站岗，警惕防守。

半夜后，李陵部的韩延年将军巡防查岗，发现一站岗士兵倚石抱弓箭睡着了。

他恼怒地一鞭子抽醒他，训斥：“怎么站岗能睡着？”

士兵忙跪地求饶：“大人，我真的是太疲乏了！”韩将军不依不饶地又抽又骂，这位士兵被打得哭喊不止。

寂静的夜晚，韩将军的训骂声和士兵的哭喊声传得很远。匈奴哨兵听见，记下位置，悄悄叫两个人换上汉军服，潜入哨位，说是替换他站哨，劫走被训打的士兵。

经单于威逼利诱，士兵投降了胡军，说了李陵军部是孤军而无后援，士兵伤亡颇多，有战斗力的只有八百多人，箭弩等等兵器已经快用完了的消息。

四十四　血战被俘

这消息，无疑给准备退兵的且鞮侯大单于吃了强心药。他大喜过望，立即召集部下，连夜商议……

他们即刻兵分两路。趁着夜色，悄悄占据了李陵部周围的丘地山头，把他们死死地包围在其中。

第二天晨光初现，敌军骑兵人马喊声震天：“李陵、韩延年赶快投降！你们被包围了……”

接着，匈奴对李陵部发起了总攻。

箭矢遮天蔽日，兵器锵锵、人马吼嘶，贯彻天地间。

双方的将士一个接一个倒下，又一个接一个地冲上前，搏杀在一起……

李陵带着全体将士，冒着四面八方的箭雨一路血战，艰难前进突围……

在这后面有单于几万骑兵进攻，前面有密密麻麻的匈奴骑兵先锋部队的截杀，要回大汉地就得血拼……

整整一天，李陵部仅剩的五十万支箭弩拼完了，刀剑也纷纷拼断，士兵只得拆了辎重车件当武器。

夜晚到来，敌军进攻慢了，李陵令士兵在山丘采石头作为武器。

他坐在夜色中，瞧着剩下的五百多身经百战的士兵，以及缴获敌军的几匹军马。兵士们个个满身是血，疲惫不堪。如今兵器殆尽，粮食断绝，援兵无有，我军已经陷入绝境。

突然，一阵南风吹过。这是我大汉地的风。经验告诉他，这里距离汉地居延防区不足百里了。他注视着南方，想起皇命，想起家人，想起自己的誓言……

李陵起身牵了一匹马自用，命令手下把剩的马全部杀掉，叫大家吃一顿饱饭。

李陵翻身上马，随从士兵立即要跟他去，他阻止说："取单于首级，一个人足够！"

不一会儿，匈奴营地一片混乱，不久又趋于平静。

半夜里，李陵手持断刀，艰难地步行回来。韩延年上前扶住他问："怎么样？"

"我们今晚上，一定要突围！否则的话，一个人都别想回去！"李陵说。

他瞧着坐在周围能打仗的四五百士兵，苦涩地微笑说："我们这些人，现在每人手里要是有十支箭弩的话，明天就能跟他们血拼，就可突围回家的。可是现在——"

现在李陵部弹尽粮绝，只有拼死突围。

原来，他是去探敌情的，最主要的是想杀了单于，为家国报仇。他骑马悄悄走一圈，侦察突围的地方，来到单于的驻地，想混进去杀了他。

谁知那家伙防范甚严。

李陵刚接近敌营，就被发现。他和敌兵厮杀一阵，弃马躲在了暗处。等敌军平静后，迂回到半夜才回来。

“你说得对！”韩将军赞同，“你这一骚扰，他们各部摸不清情况，一定不敢大胆地围攻我们。咱们把能战的士兵分成两路，分别突围！”

有人递给他一块生马肉。他问：“士兵吃过了吗？”

“都吃过了，现在有劲多了！”大家纷纷说。

他嘴里嚼着马肉，想着突围的办法。他把自己侦察的情形和想法给大家讲了一下，大家纷纷同意他的主意。

他们把拿不动的东西，垒在不能参战的几百伤员周围，搞成营地迷惑敌军。

李陵对负伤不能走的士兵说：“等到天明他们发现我们走了，是不会杀你们的。匈奴喜欢汉人给他们种地干活的，你们或许还能活下去。只要活着，就能回家，报效我们大汉！”

李陵把手下，能战的士兵分成多股小队，让他们分头突围。

他对所有突围的士兵简单地下了命令：“大家总的目标是向南回居延。现在寻找敌军薄弱地方，匍匐地上悄悄地过去……”

后半夜，茫茫夜色中。

李陵、韩延年带着能战斗的士兵，分别悄悄地离开营地，冲下山丘，伏地匍匐快速前进突围。

李陵带着卫兵看到，几支小股队伍，分别神不知鬼不觉穿过前面敌军的防护区，向南迅速奔去。

他也出了敌区后和韩将军会合，断后急速而去。

快到天明时，匈奴单于得到消息，立刻组织了数千骑兵向南方追赶上来。敌人的骑兵比李陵的步兵快多了，天明后，他们呐喊着追上了断后的李陵、韩延年及跟随几人。

李陵他们听到后面的呐喊声越来越近，韩延年说：“李将军，你们快走，我来断后！”他立即回头怒吼着冲进敌军队伍，左砍右挡……

李陵哪能走得脱，再说他也不能丢下韩将军。他和跟着的几名士兵拼命抵抗……他们手里都是短兵器，抵挡不住凶猛迅速的弓骑手。

很快韩延年战死，李陵和两位活着的士兵陷入敌军的重重包围之中。敌军中呐喊着：“抓活的！李陵快投降！”

“我命休矣！”李陵看突围不出，大喊一声，举刀自尽。

士兵上前夺刀哭喊：“将军不能！”

“滚！”李陵一脚踢开他，余光扫了下，看部下趁机匍匐进敌丛逃出了。

李陵持刀自尽。

“李将军不可！”匈奴单于一箭射在他持刀的手上，当啷一声刀落地。

几个匈奴去亲兵上来将李陵按倒在地捆绑起来。

“李将军投降吧！你的伤兵全部被俘，如果你不投降，他们将遇全部被杀的下场！”卫律高声喊着过来。

他一路上跟着李陵部战斗，目睹了他的胆识和勇敢。自己虽赔上了三万多众骑兵，可且鞮侯单于很佩服他。他命令手下一定要活的李陵，并特意让卫律前来劝说。

血染的阳光下，整个盔甲被敌军的血和自己负伤的血染成了血人的李陵，听了卫律的话，紧咬双唇，无语地瞧着周围满山遍野拈弓搭箭对着自己的匈奴骑兵。

他想着留在山丘营地上三百多身经百战而负伤的士兵，眼前浮现出：他们会因为我，立即被凶残的胡军兵骑，马踏射杀的杀戮惨景……

李陵目光南望下近在咫尺的汉朝边境，眼睛湿乎乎的，他咬破的双唇鲜血直流。

“上马带走！”且鞮侯大单于一声令下，步卒上前将李陵驮在马上。

且鞮侯大单于高兴地说：“军师！”

卫律立即答道：“臣在！”

“善待汉军伤兵，给他们吃喝，治伤！”单于得意地说。

“遵命！”卫律对手下说，“两人一马，带着汉人伤兵回营！”

且鞮侯大单于将李陵带回营帐审讯，可他低着头一言不发。

李陵寻思着，单于我儿，我定要等我的士兵康复后，找机会砍了你的人头，回我大汉朝的！

四十五　三个消息

单于瞧着李陵血染的盔甲，顺腿流下的鲜血染红的地面，皱了下眉对卫律说：“军师，带李将军去医伤，好生伺候！”

“是！”卫律吩咐士兵，“赶快带将军下去宽衣治伤！”

且鞮侯大单于看士兵押着李陵下去后，对卫律说：“严加看管，立即回王庭！”

单于活捉了李陵后，兴奋地立即撤回哈拉和林。

和李陵分开后摸出敌军包围圈的三百多士兵，逃出了胡界，昼夜疾行，半月后纷纷回到了大汉居延城。

居延的驻军头领，打问李陵将军的消息，他们都说李陵和他们已经突围。居延头领立即向张掖郡报告，张掖驻军马上派人加急向朝廷汇报。

李陵当时一脚踢走的跟随，溜出敌围藏在一山后面的树林里，等到晚上才出发回走，三天后赶到汉地一家人家，换上了汉人的服装，抄捷径直奔酒泉郡报告李陵已经战死的消息。

第二天，一位亲眼瞧见李陵被匈奴单于捆绑上马带走的伤兵，当时他只是一只胳膊断了。他自己处理后，夜里买通了看管的胡兵逃了出来。多天后到酒泉郡告知李陵为了保护伤兵性命被俘。

酒泉主管路博德得知李陵部的两个消息，不敢怠慢，立即派兵带着两个证人回朝廷报告。

李陵被带回王庭，关进监狱。二十多天来，经过狱医的医治，身上刀箭伤已基本好了，可他心里一直想着，如何才能提了单于首级回大汉……

且鞮侯大单于看李陵伤好了，和军师卫律一起提审李陵。

这是他到王庭来遭遇的第一次审问，实际上是诱劝李陵投降。

当李陵被带到单于大帐，单于亲自上前给他松绑并让座，关切地问：“李将军伤痛可好了？”

李陵瞧都没瞧他们，傲然站着一言不发。

卫律立即装模作样地说：“李陵，大单于问你话呢！”

“哼！”李陵哼一声还是不搭理。

“你别不识抬举！”卫律傲慢地说，“你当你是谁呀？你是个阶下囚！要不是我们大单于爱慕你的才能，照顾你，不但给你治伤，还给你的部下治伤，哪还有你们的现在？”

一提起受伤的士兵，李陵想想终于开口了：“感谢单于！”

卫律一看他开口便说：“李将军，兵败实在不是你的过错！不过你可要记得你的承诺！”

李陵恼怒地问卫律：“你配给我提什么承诺吗？”

且鞮侯大单于本想和李陵心平气和地谈谈，可看他这样，要是如此下去，会闹得很尴尬的。看来，得想办法用计谋来逼他投降，于是对卫律说："军师，让李将军下去继续想想！"

出酒泉抗击匈奴的大将军李广利，带兵进入天山胡地千里，只是和小股匈奴骑兵遭遇，没有遇到匈奴主力而归。他们并不知匈奴主力被李陵死死拖住，给他们解了围。

在此同时，朝廷接到了酒泉和张掖郡关于李陵军的消息。汉武帝面对三种说法，一是张掖郡报告李陵部率军已突围；二是李陵被敌军包围已经自杀身亡；三是李陵被敌军包围被俘。

这三个消息不知哪个是对的。

汉武帝早朝时，瞧着面前的文武官员问："诸位爱卿，关于李陵军的三个消息，大家说说，哪个是正确的？"

这些官员你看看我我瞧瞧他都不言语，仿佛皇上问的是空气。站在武将前面的老将公孙敖低头朝后退了退。

皇上瞧见："公孙老将军，你说说看！"

公孙敖抬头瞧着皇上一时怔了。后面的同僚轻推下他，低声地："皇上问你呢！"

"这这，臣也不知、知。"他不知所措。

有人忍不住吭地笑了声，立即闭嘴。"公孙敖听令！"武帝威严地说。

公孙敖忙打躬："臣在！"

"朕命你，立即带人进入西河各地调查此事，不得有误！退朝！"皇帝起身下朝。

天气虽然乍暖还寒，毕竟是春天到了！贝加尔海的地气上升，在温暖的阳光夹攻下，厚厚的冰雪快速融化着。周围百里外的牧民们，纷纷外出寻找放牧的草场。

苏武居住的这里，迎来了去年的放牧者，就是梅尕和於乙峇老人来时避雪灾的那两家人。这里一下子变得热闹起来。

这两家虽然没有和苏武他们挤住在土坎下，可是帐篷搭在距他们前面不远的河岸的小坡上，大声呼叫时两边能隐约听得见。

一天下午，梅尕正在烧水，小巴特尔过来找小熊胜儿玩，苏武和於乙峇老人早就带着它们外出了。

梅尕瞧着小家伙失望的样子，递给了他一块鹿肉："来，吃块肉补上！"

小巴特尔吃着肉，瞧着和妈妈一样女人打扮的梅尕问："阿叔，你怎么穿上女人的衣服？"

梅尕微笑着沉思片刻，回答说："因为我是给人看病的萨满，萨满也可是男人，也可以是女人呀！"

"为什么？"

"萨满是要给男人看病，也要给女人看病的呀！"

"我明白了！"他想想说，"喔、阿叔，我告诉你个好消息，你可不能给别人说，说了我阿妈要打我的。"

"说吧！你给我说的话，我不告诉别人！"

"你要记住，不能告诉别人！"小家伙一再地要求。

梅尕举手说："我发誓！"

巴特尔悄悄对她说："我阿妈有小宝宝了！"

梅尕一听激动地说："你再说一遍。"

"我阿妈有小宝宝了！"

"你怎么知道？"她问。

"晚上睡觉，阿妈告诉阿爸的。阿爸说，他以后不打阿妈了！"

"这可是好事情！"梅尕想，这么多天来，看着带来的粮食只够两天吃的了，再说还有三匹马也要吃草料，苏大哥不管不问，照样和於乙沓老人在外面查看地形情况。

她竟然有时怀疑，自己是不是意气用事，来错了……一个女人家和苏大哥要在这里生活，没有相应家业，以后怎么办呢？

如今不用发愁了，自己有了吃饭的本事了。

在北方极寒地，一年有多半年都是寒冷冬天。生活在这里的妇女，里外忙碌，身体往往寒湿过重，生育困难。自己可以用跟哥哥学的医病本事，为她们医病来换取吃用。

四十六　有办法生活了

傍晚苏武和於乙峇老人满载而归，他们今天运气真好，射杀了一只鹿和两只兔子，两个人还背回两大捆干草来，够人和牲畜吃几天的了。

梅尕煮一锅鹿肉，给苏武和於乙峇老人盛了两大碗，自己端了碗汤进了房子。虽然新建的灶房很严实，可是脚底下还是冰凉。

房间里有火塘就暖和多了，她坐在榻上喝着汤，自己不外出不做重活也不觉得很饿。

月光如银般洒在地上，寂静的北地夜晚，已经不太严寒了。远处的小山丘、树林和消了雪的黑乎乎的地面，变得朦胧且神秘。

苏武吃了饭出来，面朝南站在月光下，他计算着时间，现在正是长安夏初之时。

去年这时候，自己还在长安，和朋友在酒肆里赋诗饮酒，可是现在却成了匈奴的阶下囚，还被流放到这极寒之地。唉，真是人生无常呀！

他想起了老娘，想起了妻子，想起了一家大小……不由得眼泪潸然。

梅尕出门瞧见，过来站在他身边说："苏大哥，外面凉！"

他没瞧她也没说话，回身进了自己的房子。

奇怪，他怎么了？梅尕跟着他进来，随手推上门。

她拿出火镰打着火，点亮於乙峇老人用动物油制作的蜡烛问："苏大哥，你怎的了？"

"没、没什么。"他背过身回答。

"咱们不用为生活发愁了！我有了办法，就是单于不送粮食来，我们也能生活下去。"梅尕高兴地说。

苏武已经绷回了眼泪，回过身问："什么办法，说说看。"

她把自己来的路上遇到两家人，以及给巴特尔母亲看病，现在巴特尔母亲已怀孕的事告诉他后说："咱们可以给牧人看病，来换取吃用的东西。"

"这倒是个办法，可是周围无人烟呀！"

“这里水草丰盛，过不了多久，就有牧人来了。”梅尕又说，“现在我们有马匹，留乙砻老伯照看家里，咱们两个可以外出给人和牲畜看病。”

“好是好，可我是个汉人，还是个流放的囚犯！并且对医病一窍不通呀！”他坐在榻边担心地说。

“这有什么！不会可以学习嘛！再说，我不是都来找你了。咱们生活在一起，这里远离首府，更是远离长安，谁能管得着！”她眉目含情地瞧着他。

“你和我，这可不行！我在长安有家室，有儿子。”他拒绝。

“我们胡人不在乎这些，我也不在乎的！”她坚决地说。

“我要回长安的！我不能耽误了你！”苏武也立即回绝。

“你要回长安，我跟你一起去！”梅尕说，“你知道，我母亲也是汉人，我就是想回大汉去的！”梅尕坐在他身旁。

“那——单于要是不放你走，怎么办？”

“我不后悔！我会在这里和我们的孩子们一起生活！”梅尕眼泪哗哗地，“我，我，不想让我的孩子是胡人！”

她拉着他的手：“苏大哥，你就成全我吧！念我千里来找你，咱、咱就一起过吧！”

她真诚地恳求着扑在他怀里嘤嘤地哭了。

听了她的话，苏武心里也不好受。她是个好女人，是个有主见的好女人。可是自己重任在身，不行的！

他用力推开她起身说：“这事情，我得好好想想，你也得好好想想，咱两个都得好好地想想，以后再说！”

“你今夜住这里，我过去住！”他出门轻轻地合上门。

她想了一会儿，开门跟出来，跟他进了自己的房子。

“你怎么跟回来了？”

“你住你的房子去吧！”她低头把他推出门，关上门伏在榻上，委屈地哭起来。

苏武当时没走，听见房子里的哭声，自己也落下了泪。可是真的不能！他快步进了自己的房子。

公孙敖领圣命到边关暗访，他走访了突围回来的李陵部士兵，得知此次李陵出兵，无有任何援军，是孤军深入。他率五千步兵，消灭了单于率领的八万兵骑的三万多骑。

李陵真的很英勇。他以弱御敌，牵制着匈奴主力，避免了河西李广利兵部的压力，也避免了河西边境人民的灾难。

公孙敖想，皇上是让我来求证李陵生死的事情，李陵部有人说他活着突围了，有人说他死了，这活不见人死不见尸，还真的很难求证。

他知道，在大汉和匈奴边境上，经过百年来无数次双方进退的拉锯战，多年缓和及几年的征战关系，还有屯垦移民，边境的大汉和匈奴两族人民，已经你中有我我中有你了。

双方的消息都有各自的秘密线人在传递着。公孙敖通过线人查访，探知李陵还活着，现在正在帮匈奴练兵。

单凭李陵的人品给匈奴练兵是不可能的。虽这消息很是意外，可是也是唯一的消息了。

公孙敖本该把了解到的情况如实上奏给皇上，可是西河出征的大将军李广利，是当今皇上宠妃李娘娘的亲兄长，自己是得罪不得的。

他思想再三，只是把李陵孤军深入歼敌三万多骑的事情，轻描淡写地密奏了下，把李陵活着，帮匈奴练兵的事着重渲染了下。

汉武帝瞧着密奏，很是恼怒。

当殿上文武官员得知李陵投降，并给匈奴练兵之事，纷纷议论。

司马迁低头想，这事必有蹊跷，李陵是不会投降的，他一定有想法、有建树的。

武帝毫无表情地问司马迁："司马爱卿，你对李陵投降匈奴之事，怎么看的？"

司马迁立即跪倒："陛下容禀：微臣以为，骑都尉李陵将军以五千步兵，孤军深入匈奴境地，正面御敌，消灭匈奴单于率领的八万骑兵中三万多骑。"

司马迁没听见有人反驳，继续说："骑都尉五千人牵制住匈奴主力，避免西河李大将军的压力，也避免了西河边境人民灾难。这以弱击强，功大于过。恳请陛下谨慎、三思！"

"你说我对此事不谨慎？"武帝瞪着眼问他。

司马迁低着头，作为史官，别人说谎，自己不能说谎。

于是，他尽管说："陛下，李陵只有五千步兵，被围之后，只剩五百能战之士，一无吃喝、二无箭矢，又无援军，面对强虏，却能血战，虽军覆没，却击敌数万。其虽败，也算功过相抵！"

四十七　监牢中的李陵

武帝听着，脸色渐渐变了。

文武官员有的替司马迁捏着一把汗，有的讥笑摇头。

杜御史马上挑唆说："司马大人，你是责怪李大将军，没有派援军给李陵吗？"

这一下子捅了马蜂窝，李广利立即表白："当时我带兵进入天山！李陵根本就没有求援！"

皇上恼怒了，把密奏扔给司马迁："你是史官，你看吧！"

司马迁拿起密奏一瞧，他虽然不相信李陵能为匈奴练兵，可这上面却明明写着。他只有低头不吭气了。

杜御史煽风点火地指责："大胆的司马迁！颠倒黑白，当初你尽力推荐李陵，现今李陵全军覆没，投降了匈奴。如今你又包庇叛将李陵，顶撞圣上，该当何罪！"

武帝闻言龙颜大怒："把司马迁押进大牢！"众庭役如狼似虎冲上来，把司马迁押下。

身陷匈奴的李陵，在单于多次的威逼利诱下，始终想着大汉，想着家人，拒不低头。搞得且鞮侯大单于杀也不是，留也不得，可也不敢给其取了禁锢。

李陵只能戴着刑枷，待在距大汉几千里外的匈奴龙庭监牢里，每天在胡军的监视下，出牢房门，在门口走走。

於维尔兰看上了年轻帅气的李陵，也钦佩他的英勇，硬要单于大伯做媒嫁给李陵。

且鞮侯大单于也敬重李陵一家忠勇，胆识和才能，不忍杀他，正愁无法，侄女来求自己，他想自己有儿子没有女儿。他和弟弟两家就这么一个女儿，都把她当宝贝似的。

他高兴地对她说："只要你能说服他留下，我同意！"

一天午后，李陵在胡军监护下走出牢房门。

於维尔兰女扮男装，从哨帐走出来，高门大嗓地喊住他："李将军！"

李陵一看是胡人青年，不认识就没理睬，径直朝外走。

她上前挡在他面前，厉声问："喊你，怎么不停下？"

"本人，不认识你！"李陵认真地回答说。

跟随者仔细一瞧，笑着介绍说："这是我们的公主殿下！"

於维尔兰经常这样，大家都认识她。

她大方地自我介绍："本人於维尔兰！"

李陵躬身礼貌地说："李陵失礼了！"

"不知者不为怪的！你跟我来！"她态度温和了些。

他跟着她走进哨账。

於维尔兰对跟随和站岗的士兵说："你们都站出去，我和他有话说！"

公主殿下的话谁敢不听，他们乖乖地站在门外。

帐内只有李陵和於维尔兰两人。她打量着他却不说话。

李陵沉稳而不解："殿下，什么事？"

"你如今已经回不去了，以后怎么办呢？"她关切的目光直视着他。

"实在无法，就只有死！"他的目光躲开她的关切的注视。

"你想没想过，你要是死了，你的三百多已经医好伤的部下，就得人头落地！你忍心吗？"她威胁地问。

李陵想，她了解的事情还不少。我得了解她的来意。他于是问："你说我该怎么办？"

"为我们做事，在这里成家生活！"她目光炯炯地给他出主意。

李陵从她的眼睛里看出了这位公主的意思。他想，我何不以此为契机、取得她的信任，来迷惑敌人，达到刺杀单于的目的？再说她是公主，接近单于很容易的。

他故意沉思地说："要、是这样的话，我、能自由吗？"

"可以的！"她自信地回答。

"那——容我想想！请给我两天时间！"李陵故作爽快地说。

"那，咱们一言为定！"

李陵紧握拳对她晃晃，以示同意。

於维尔兰高兴地说："这才叫审时度势！告辞！"

她走出去命令士兵："好好看待李将军！"

於维尔兰回去就把此事告诉了大单于。单于高兴地说："尔兰，只要你能让他回心转意，我就成全你！”

“多谢单于阿伯！”於维尔兰给单于行礼后告辞出来。

她得赶快把这事情告诉父亲，取得他的同意和帮助。

余维尔兰回到家，父亲不在，母亲在翻看羊皮书。

她对母亲说：“阿妈，我想嫁人。”

“好呀！不知他是何人？”母亲爱意满满地瞧着心爱的独生女儿。

“阿妈，我说了你可别震惊！”她搂着阿妈的手臂，头依在阿妈的肩头撒娇。

“莫非他是天上的雄鹰？”阿妈微笑着。

“他比雄鹰还雄鹰！”她嗲嗲地说。

“那他是谁呀？”

“喔——他是……”女儿脸红了，不说了。

“嗨，还有你难说出口的话呀！”阿妈抚摸着女儿丝绸般的乌发亲昵地说。

“他、他、他他。”

“他什么，快说，他是何方神圣？”

“他、就是、李陵将军！”女儿依在阿妈的怀里说。

“就是那个被俘的汉人？”阿妈立即表态，“不行，这坚决不行！”

於軒王走进来听了半句话，问她们：“什么行不行的？”

妻子把他拉到一旁说：“你的宝贝女儿，要嫁给汉俘李陵！”

他一听过来问女儿：“女儿，你阿妈说的是真的吗？”

女儿点点头说：“单于阿伯都同意了！”

“你说说看，他怎么同意的？”父亲温和地问女儿。

他也佩服李陵的英勇。

“阿伯说，只要我能说服他留在我们这里，就让我嫁给他。”

“你能做到吗？”他吃惊地问。

“我已经和那汉人交谈过了，他说同意想想。”女儿自信地说。

於軒王瞧着女儿痴情的样子说：“这不是简单的事情，你就不怕那汉人利用你、骗你？”

“只要他能留在这里，我怕什么！”女儿清明的目光闪亮亮的。

“这你可要想好呀！”阿爸沉思地说。

女儿要嫁给李陵，这是一家人生命攸关的事情。

“阿爸，他很帅，很威武！我已经被他迷住了！”女儿认真地说。

是啊！自从近一年前女儿和他一起，给汉使苏武当向导后，他看出来，女儿一心想嫁个有本事的汉人，自己也想让女儿嫁个汉人。

汉人心性平和，爱家。女儿要是有个她喜爱的丈夫，一生平平安安，这是他所希望的。一想起自己是单于世家，除非是胡汉和亲才能达到目的。

至于女儿要嫁给李陵将军的事，这关键是取决于李陵的态度。他和他爷爷李广将军一样，忠心于大汉。他是为了保护几百负伤士兵的生命，才留下自己性命的，否则他定会杀身成仁。

其实李家世代忠良，智勇双全，爱兵民如子。抛过敌我恩怨，他是很佩服他们一家人的。女儿若能嫁给李陵，他就是死了也放心了。可是，怎么样才能得知李陵不会反水呢……

四十八　陪梅朵出诊

今天就是李陵给於维尔兰见话的日子，於维尔兰和单于伯父见面商谈后，就来监牢会见李陵。她把他带到哨帐内，差走其他人问："李将军，你想得怎样？"

这两天他也想好了对付她的办法，他首先要知道他的受伤士兵绝对安全。他问她："不知如今，那些伤好的士兵在做什么？"

"我们胡人，不会种粮食。现在正是播种季节，把他们分到各部族地，帮着种粮食、种蔬菜。"於维尔兰高兴地回答。

"那——他们以后会被砍头吗？"他担心地问。

"嗯——"於维尔兰想想说，"一般不会的。我们对被俘的汉人是很优待的。只要是不反对我们，就把他们分到各个部族里生活，也可以和胡人女人结婚生子。"

李陵放心了。就是我死，他们也不至于死的，有了活命，就会有办法回大汉。

李陵瞧着小小年纪的於维尔兰沉思地问："你、说，我、我如果答应留下来，我能自由吗？"

"那就要看你是真心还是假意了。"於维尔兰傲娇地瞧着他，调皮地说。

李陵想想说："那——嗯，咱就看行动吧！"

李陵和於维尔兰交往后，虽然还是被监管着，可行动范围扩大了许多，他只要换上胡人的服装，就可以和她一起到哈拉和林街上到处走走了。

且鞮侯大单于让卫律给李陵在牢房专门弄个单人间，同时警告卫律，对李陵也不能掉以轻心，只要公主和李陵外出，必须派人跟踪监视。

卫律想，原来这是单于搞的美人计。凭我卫律对李家的了解，要李陵投降，恐怕是要既赔夫人又折兵的。不过有我卫律在，你李陵想跑是不可能的！

这天，於维尔兰带着李陵来到郊外练兵场边。李陵瞧着前面士兵手持盾牌、布阵的形式分明是大汉军队的。军队面前的教官身虽着胡服，可身手架势明明是汉人。

李陵蹙眉问身边的公主："公主殿下，这是何方练兵？"

"这是祖母在训练亲兵。"

"你祖母是汉人？"他吃惊地问。

"不是，是老人家让一位名叫李绪的汉将，在演练亲兵。"

一听李绪的名字，李陵想起来了，这名叫李绪的人，是我大汉酒泉郡的塞外都尉，听说他投降了匈奴，原来是真的。

李陵鄙弃地摇摇头对於维尔兰说："我们回去吧！"

这个败类！我一定要将计就计，借这机会，讨好这位匈奴公主，获得更大的自由，趁机杀了李绪，再提了单于的人头，为我家国报仇雪恨，就是逃脱不了，死也值得！

春天来了，巴特尔一家和亲戚一家先来贝加尔海草原放牧，后来巴特尔父亲又联络了几家过去一起放过牧的朋友，也聚在这方圆百里的地方，这里变得更热闹起来。

居、余两大河流，在哈拉和林以北三百里外汇合在一起，流入贝尔海经过这里。沿途虽然荒凉，冬季风狂严寒，可山丘低矮，夏季湿地多，水草丰盛。是放牧的好地方。

人是群居的动物，这里地域广大，人烟稀缺。只有开春后，才有胆大的牧人来放牧。

梅尕来后近三个多月了，也经常和苏武一起外出，给牧人和牲畜看病，她也给他表白过自己的心思，可他却心如石头，总是以礼相待，她真的很苦恼。

其实，他不是没有感觉，而是不敢越过这男女之间肌肤界限。他有家室，说不定马上就得回大汉。尽管胡人不大讲究这些，自己也要为梅尕这位侠义心肠的女人着想。

春风吹拂，地上成片的嫩草盎然。

中午，太阳洒满屋院。

苏武他们刚端上碗吃饭，一位名叫阿赛尔的二十岁左右的年轻人打马疾驰而来，说是他媳妇突然病了。

梅尕放下饭碗，进屋拎起药皮包出来。

苏武搁下碗，牵起挨门前草地上吃草的两匹马，对乙沓老人说："老伯，我们去了！"

苏武和梅尕上马，在阿塞尔带领下，一个时辰才到了他们的家。年轻的女主人在帐篷前生火做饭。阿塞尔奇怪地问："阿合，你怎的，病好了？"

美丽的阿合一见梅尕红着脸羞涩地笑了行礼："阿姑好！"

梅尕在巴特尔家见过她，他是巴特尔舅舅的女儿。她微笑着拉住她的手，把了下脉搏问："你是头晕吗？"

她点点头。

她拉着她进了帐篷，让她躺在榻上，仔细给她把了脉搏说："你这是眩晕症，是营养不良。我问你啥，你要老实回答我！"

她点点头。

"你们晚上经常在一起做那事吗？"

她红了脸点着头不说话。

"那他、他能行吗？"梅尕问。

"他、他阿爸阿妈给他弄的羊鞭、牛鞭，啥啥的，有时白天他一进门，就把我压在榻、榻上……"阿合流着眼泪说。

"你要爱护自己，这种事情要适度。过多对你们小两口身体都不好！"

"我不要，他就、就打我。还说，只有那样才能有娃娃。"阿合哽咽地说，"我、这一时，每天早上都头晕，今、今天早上刚起来，就、就昏倒了！"

"不过你也要吃好的！"

"我也能吃他阿妈给他弄的那东西吗？"

"可以。不过不要多吃。"

"阿姑，你能帮我说说阿赛尔吗？"年轻的女人恳求说。

"这——"

"你是萨满，你说话他听的！"阿合目光充满了期盼。

梅尕瞧着她恳求信任的目光说："我、试试吧！你装作昏迷躺在榻上，我说什么你都别睁开眼睛！”

梅尕出来，看阿赛尔正和苏武说着什么，走上来对他说：

“阿塞尔，我能和你谈谈吗？”

“行啊！”

他跟着她走进帐篷，苏武也要跟进来。梅尕笑着把他推出门：“你在外面待一会儿吧！”

苏武只得站在外面，瞧着两匹马吃草。

帐篷里，阿塞尔看着媳妇闭目躺在榻上，忙上前摇晃着媳妇，焦急地问：“阿合，你怎么又晕过去了？”

“是我给她服了药，让她休息的。”梅尕说。

“萨满阿姑，你说她怎么了？”他着急地问。

“你爱她吗？”梅尕问。

“我怎么能不爱他？他是我媳妇，我当然爱啊！”他说的是实话。

“那你得晚上，让她好好地睡觉呀！”梅尕提醒。

“这……”聪明的他知道了萨满的意思，红了脸。

“你很聪明，我就不多说了！”她叮嘱说，“年轻人，也要注意这些。尤其是男人，过多的这样，也会叫你很快变得力不从心！”

“我已经像你说的那样了，要不是阿爸阿妈急要抱孙子，我——”阿塞尔为难地说。

“越这样，你和她的身子老受伤，老怀不上娃娃的！”梅尕继续说，“我是萨满，遇到这样的病人多了，你听我的话没错！”

“萨满阿姑，我听你的！”他说，“不过，你得给我和她搞点药吃，让我们很快有个娃娃。”

“药是要给的，重要的是，你们两个要分开一段时间。阿合身子已经垮了，你两个老在一起，身子缓不过来就不但不会有娃娃，说不定她会没命的！”

“这样吧，她阿妈老想女儿，让她回娘家住段时间！”他果断地说。

四十九　湖边之夜（一）

半后晌，草原一下子呈现出夏季，天气一下子变热了。青草刹那间也仿佛比上午长高了，厚实了许多。间或中一只蝴蝶飞过，美美如画。

两匹马驮着苏武和梅尕在画中慵懒悠闲地前行。

苏武禁不住奇怪地问梅尕："妹子，你说那女子得的是啥病？咱赶到后，她怎的就没病了？"

"你想知道吗？"

"是的。我要跟你学习，一起给牧人看病。"他诚恳地说。

"真的吗？"她调皮地瞧着他。

"真的！"

她想想说："喔——那媳妇很爱她男人！那男人也很爱他媳妇！"

"他们不是在一起吗？"

"那我们两个不也是在一起吗？"梅尕迷人地笑着问。

苏武不说话了，他知道她的意思，克制着自己不能再说什么。

她瞧他不说话便问："苏大哥，你怎么不说话了？"

他打岔地指着远处的小滩地："看，咱们种的苞谷出苗了！"打马朝前奔去。

这里夏季干旱。梅尕来时带了一些苞谷和粟的种子，开冻后，选了块有水的地方，开地下种。这时候有的种子出芽头已经顶出地面，露出嫩黄可爱的小芽。

真狡猾！她也打马追上去。

今年的贝加尔海仿佛没有春天，不几天夏季就到了。

这天，苏武和梅尕打马奔波了一整天，给两家牧民看完病回走时天已经黑了。

这里接近极昼圈，夏季夜里不是很黑，且天上还有半圆的月亮伴着星星。

他们心急回赶，竟然在草原上走错了路，两个多时辰后，发现道路被大石和清澈的水面堵住了。

两人勒马停下，苏武打量着周围的情况，仔细辨别着方向，原来这是贝加尔海的东南面，他们的家在正南面。

“开春后，我和老伯一早上从咱们那里到海子这地方，走了四个多时辰里。”苏武手摸着岸上挡水的大石台说。

“是不是你们天亮回去的那次？”梅尕问。

“是啊！那夜里，我俩也是迷路了。多亏乙沓老伯带路，天亮才回到家。”他想想又说，“我感觉到，那天夜里，我们是兜着圈子在走的！”

“你还记得道吗？”她问。

苏武摇摇头说：“今黑里，和那回一样，到处都是一样的大地，很难。”

梅尕想起开春时，巴特尔家刚来那会儿，她去探望他们。

吾玛大姐给她说过，她娘家在贝加尔海东肃慎地，出嫁时父亲打马送她走了近二十天才到男人家。她问她：“吾玛大姐，贝加尔海大吗？”“听说一个人打马奔驰的话，三个月都跑不到头！”

看来吾玛大姐说的是对的。

朦胧中，天水一色，望不到边。旁边邻水的一面大山，一片乌黑望不到头，道边的一大棵桦树的叶子一动不动，连鸟儿也睡了，四周寂静得让人恐惧。

“这可怎么办？我现在不知东南西北了！”梅尕瞧着天空，转了个圈子担心地说。

“看来，今天晚上我们不能贸然走了！”苏武也蒙了。

“你是说，住这里？”她惊恐地问。

“对，只有这样！”他看她害怕的样子说，“现在天黑了，我们搞不清状况，不管回走和前行都不行。咱们不是还带着牧人给的食物吗，就地吃点休息吧。”

“就在这荒野里？”梅尕疑惑了。

“对，这荒野里。这水边是干净的石板，比有人的地方安全多了，你相信我！”苏武镇定地说。

她绝对相信他。

他把两匹马分别拴在旁边草地边的白桦树上，马开始吃开了树下的青草，他们才听见了声音。

两人吃了些牧人送的食物。

苏武在树下抱了几抱干树叶过来，放在岸边空旷的大石板上面铺好，把自己的衣服脱下铺在上面：“今晚上就睡在这里。”

“那还不冻死？”

“你过来摸摸！”

梅尕伸手摸着，石板上面热乎乎的。

苏武说：“白天石头吃饱了阳光！保证夜里不冷！你睡这里！”

“那你怎么办？”

他从马背上拿下节杖过来坐在石边：“我在这里看马、放哨！”

“你不睡，我也不睡！”她坐在他身旁。

突然，海水里传来“呴”的一声。

“啊！”梅尕惊叫着扑在他身边，抱住他胳膊。

他感到她身子在颤抖：“别怕！这是水里的东西在叫唤。”

接着，水里一只黑乎乎的东西上岸，朝着他们爬过来。

梅尕惊恐地跳起来：“这是什么？”

苏武俯下身仔细地瞧着，原来是只有长着鳍，小圆头，亮晶晶的小眼睛，圆滚滚身子的动物。莫非这里还有海豹？

当年父亲在代郡时，有年初秋，他陪着父亲到过东海，见过海豹。

梅尕紧紧抱住他的胳膊，依在他身边惊恐地瞧着它，只见它一晃晃地爬过来，慢慢地爬上石板伏在上面一动不动。

嘿，原来这是它的地盘。

梅尕瞧着黑乎乎、光溜溜，近两尺长的它，把苏武依得更紧了。她双唇哆嗦着：“这，这是、什么、野兽，伤、伤伤人、吗？”

他拍拍她的胳膊说：“这是海里的动物，海豹。身体不大，也不伤人。再说，咱家里的两只棕熊不比它大，都和咱关系很好，咱能怕这小东西！”

湖边之夜（二）

听他这么一说，她想想也对。我们两个大活人，能怕它这小东西！不过，她还是很担心：“你说，它、它万一咬人、怎么办？”

“看我的！”苏武走到石板前，用节杖轻轻地撞了它一下。它动了一下，晶亮的小眼睛瞪着他们，恼怒地叫：“呴！”

梅尕忙躲到他身后，探出头惊恐地瞧着它。

“滚！”苏武低声威严地向小东西吼了声。

它还是瞪着他们，没有走的意思。

梅尕打量着周围，这里除过这块大石板，没有高出地面的地方可休息。拉拉苏武：“它占了地方，我们怎么办？”

苏武试着坐在石板边沿瞧着它。它看他没有伤害自己的意思，又伏在石板上。

苏武拍拍身边，对她说：“来坐这里！”

她瞧着他，胆怯地不敢坐下。他拉了她一下，她顺势坐在他的大腿上。

他朝石板里面挪了挪，坐得舒服些。她的头紧紧地依贴在他胸前，双臂搂住他的腰身。

除过小时候和母亲亲近，后来和妻子亲近，苏武虽是一个家里很富有的男人，可从来都未和别的女人如此这样过。

他心里涌起一股热流，手持节杖暗暗告诫自己：苏武，你不能心猿意马！你坚决不能有非分的想法！他闭眼假寐着，心里想着家里，想着母亲……

海豹好奇地打量着不是同类的他们，不久，悻悻地出溜下石板下到水里。

梅尕瞧着它走了，摇摇苏武：“苏大哥，它走了！”

苏武一惊睁开眼：“你说什么？”

“它走了！”

“谁走了？”

“它回水里了！”

苏武这才明白，瞧瞧石板上，小海豹不见了。他忙掰开她的手起身，用干树叶把石板上的水擦了擦，对她说：“你先睡吧！”

“我不，咱们一起睡！”梅尕眉目含情地说。

“不行！要是都瞌睡了，来了狼呀、熊呀的怎么办？”他安慰说，“你先睡吧，我放哨！”

“那你就坐在我身边！”她挨着他躺下。平时在家，有於乙砦老人在跟前，自己不好多说什么，今天是个好机会，我一定要说服他，她紧抓住他的手。

“你这样做什么？”他要抽回手。

她坐起来，硬是拽住不松说：“苏大哥，我爱你！”

他扳开她的手站起来。

她跳下石板抱住他的后腰，身子贴着他的后背委屈地呜呜哭了。

苏武不敢动，只是抱着双臂站着，心潮起伏……

他极力地控制着自己。和梅尕相处这么多天来，他深深感到，她对自己的情意，她的爱，比这眼前的海水深大。

自己也爱、也喜欢这个胡汉血统的女人。可是不行！他咬紧牙关挺着，不能这样，自己是个流放的汉使节，在长安有妻儿不说，还是一个说走就必须走的男人，坚决不能害了她！

梅尕的哭声在静静的夜里真叫人揪心。他拍拍她手说："别哭了！我们说说话！"

她松开手，他坐在石板上，她依在他身边。

他说："梅尕妹子，我知道你的心，可我的心你知道吗？"

"你的心就是你的节杖！"她生气地说。

"不错！"

"那你想过我吗？想过我为什么来找你吗？"梅尕哀怨地瞧着他。

他躲过她的目光，瞧着朦胧苍茫无边的贝加尔海子的深夜不吭气。

"你是爱我的！我也爱你，为什么我们不能在一起！"梅尕说着解开自己的衣袍，裸露出健康的凸大的白兔扑在他的怀里。

"我不要你负什么责任，我只想要一个汉人的孩子。苏大哥，你就成全了我吧！只要我怀了孩子，我就、就、就马上、离开你！"她哭得更加伤心了。

他不是不想，可是自己的身份不允许。

看他不动也不拒绝，她脱了衣服，光溜溜地躺在他的怀里。苏武满身血液沸腾起来，浑身颤抖，可他还是压抑着。

她是萨满，又是过来的女人。她在他的怀里不停地蠕动，手伸进他的衣袍，抚摸着他的身子……

这要是放到她刚来那时，他骨瘦如柴，整天为吃饭发愁，精神不济是不会动心的。

如今他不为吃的发愁了，并在她的照料下，胡人的肉食，让他的身子恢复了壮实。

随着她手到之处，产生着阵阵的麻酥之感……他也是个正当年的正常的男人，浑身炽热冒汗，真的守不住了！

他紧紧地搂着她滚在暖暖的石板上，两人热烈地亲吻起来。

几只湿漉漉的海豹，互相响响呼唤着滚上了石板，嘴舔着梅尕的脚。

梅尕惊叫一声，推开他坐起，惊恐地抖作一团。

苏武起身一瞧是它们，原来这小东西是回去叫伙伴的。他长吁了口气，心里对它们说，谢谢你们，救了我！

他给她披上衣袍，幽默地说："看来，咱们侵占了人家的地盘。"

两匹马儿吃饱了，相依着卧在桦树下打盹儿。

苏武和梅尕取下马鞍，放在它们身边，也相依着坐下，沉默地瞧着大石上的海豹，瞧着瞧着疲累地迷糊着了。

五十　密信真相

汉武帝把为李陵说话的司马迁投进大牢。多天来，以刑部杜御史为首者多人，在国舅爷李广利的怂恿下，纷纷给武帝上奏，谴责李陵和司马迁……

皇上本来就很生气，加上这些人火上浇油。他更想不通李陵的作为了。可恨的李陵，你兵败、爱兵，无奈投降也就罢了，可你不该，竟然帮着匈奴练兵，对付我大汉……

多亏在李陵走后，他把李陵母亲和妻儿作为人质控制起来……你如此的丢我大汉的脸面，且别怪我翻脸无情！

于是武帝下令刑部：将叛将李陵全家满门抄斩，诛灭其家三族，后来又在杜御史的怂恿下，对司马迁用了腐刑……

在匈奴王庭，卫律整天想着如何才能让李陵投降，可是每一次提审他，不管他这位军师如何威逼利诱，李陵始终一身铮铮傲骨一言不发。

且鞮侯大单佩服李陵的胆识和才能，一直不让用刑，耐心地在等待着突破他心理防线的时机。这天终于等来了。

秋冬的一天早朝时，且鞮侯大单升帐，召集左右贤王和各部族首领，商议再次出兵抢掠汉地粮食冬储之事。通信官进账禀报：“启禀大单于：边关送来密信一封！”

“呈上来！”

卫律接过密信递给单于。

单于拆开密信一瞧“哈哈哈哈……”他把信交给卫律说，“军师，你立即去办！”

卫律拿着这封密信走后，单于兴奋地对众将官说：“真是天助我也！大汉传来好消息，李陵全家，被汉皇帝诛灭三族……”

卫律一看密信，立即带着两随从打马飞奔监牢。他下马走进李陵的房间，看他坐在榻上闭目沉思，上前学着汉人的样子打躬问候：“李陵君，近日可好！”

李陵一听声音知道是卫律，看也没看他一眼，仍旧沉思。

卫律故意赔着笑脸说：“咱们是一家人了，李将军何必如此呢？”

李陵怒目瞪着他愤怒地叫：“滚！”

“嘿嘿，李将军息怒！我这里给你送好消息来了！咳！”卫律清清嗓子，展开密信，傲然高诵：“启奏大单于：大汉朝廷密信：李陵叛降匈奴为其练兵，诛灭三族！太史令司马迁为其释辩，处以腐刑！”

“啊……”李陵闻言大叫一声，倒地昏死过去。

“快、快救人！”卫律忙呼叫随从抢救。

他们又是给李陵抚胸，又是呼唤：“李将军醒醒！李陵君醒醒……”

於维尔兰高兴地来找李陵，到门口见此情景，奔进来跪地摇晃着他，流泪呼唤着：“李将军！李将军……”

她看摇不醒，起身跑到外面亲自找水。

冥冥中，李陵听见有人呼唤，睁开眼睛，瞧见卫律和他的随从围在他身前，一口鲜血喷出，喷了三人满脸。

“你真的不识好歹！”卫律擦着脸骂道。

“水来了！”於维尔兰端着碗水进来。

卫律瞧着李陵满脸青黄灰死的样子，对随从说：“还不快叫狱医来！”自己走了。

一随从叫来狱医。

狱医给李陵仔细地检查后，把了脉说：“他只是悲伤过度，气阻吐血，得好好将养一段时间才能恢复。”

於维尔兰让他们把李陵抬放在榻上，送走狱医和卫律后，端起碗给他喂水。

李陵紧闭双眼咬着牙不张嘴。

於维尔兰问他：“是卫律，难为你了吗？”

他闭嘴不答，泪水冲破紧闭的双眼奔涌而出。

是我李陵害了一家老小的性命，毁了世代忠良的李家宗族的荣誉。我也害了好友司马迁！

李陵，你是个十恶不赦的罪人……

他心里疼痛地呐喊着：皇上，我没有背叛大汉！爷爷、叔叔你们在天之灵，怎知我李陵的心，我没有背叛我们大汉！没有给胡人练兵……

我如今苟且活着，是想借机会杀了单于，为你们、为我大汉报仇……

他不敢睁眼，一睁开眼，母亲妻儿血淋淋的尸体便在眼前晃动。他只有一动不动，紧闭着流泪的双眼，在心中一次次地呐喊，表白着自己。

於维尔兰瞧着他悲痛欲绝的样子，给喝水，不喝，问话，不答，只是流泪。她着急地摇晃着他："李将军，你说话呀！"

他硬是狠推她一下："滚！"

她倒在地上，水洒了一身一地。一个娇惯的公主，从未受过这样的侮辱。於维尔兰骂了声："不识抬举！"

於维尔兰生气地爬起来奔出门。

他好好的怎么变成这样……不对，自己进门时，卫律和他的随从在他跟前，一定是发生了什么大事情……於维尔兰让狱官陪伴着他，自己立即奔回家。

於维尔兰回家，把此事告诉了父亲。於靬王给女儿说了李陵家的遭遇，女儿明白了！这个可恨的李绪为祖母练亲兵怎么就成李陵了……

看起来这个大汉皇帝是个昏君！

这个可恨的昏君，如此不分青红皂白！她越想越生气，怕李陵寻短见，立即又到监牢去安慰他。

"李将军，都是这可恨的那个和你名字一字之差的李绪！还有你大汉的昏君，不分青红皂白搞的这事。真叫人愤恨，我们不能饶了他！"於维尔兰愤愤不平地说。

李陵觉得她说得有理。谁叫这个李绪和自己的名字一字之差？害了我，害了我一家。他现在只能这样想，也只有这样想。

李陵咬紧牙关，咬牙切齿地说："我饶不了他！"

在后来的几天里，李陵痛定思痛，心里存着一个想法，如何才能杀了李绪，出了这口恶气……渐渐地，他开始好好地吃饭，将养着身体。

五十一　滴血的心痛

多天后，李陵身体缓好了。这天，於维尔兰给他拿了身胡兵的服装换上，又给了他一把锋利的匕首。两人同骑一马，来到练兵场外下马。

李陵远远看见李绪一人，站在队伍前面给胡兵讲话，他悄悄地迂回到李绪身后不远处，掏出匕首朝他的后背掷去，正好扎入他的心脏。

这个和李陵名字一字之差的李绪，竟然不知为什么命丧黄泉了！

李陵立即飞快撤出，於维尔兰打马飞来，他纵身跃上马背。等待练兵场上的士兵反应过来，人马已经跑得无影无踪了。

李绪的死，激怒了单于的母亲大阏氏。她终于查出杀李绪的人是李陵后要杀了他，以除后患。

单于得到母亲要杀李陵的消息，立即叫来於靬王商量。

兄弟俩都很赏识李陵的胆识和才能，为了宝贝於维尔兰公主，在母亲下手前，不顾已经进入冬季寒天，把於维尔兰和李陵连夜差人送到距首府几百里外的北吾深地匿藏起来。

他们说是在北吾深地匿藏，其实是於靬王怕走漏消息，亲自把他们送到北吾一河谷地带，让熟悉的朋友以亲戚的名义搭建了间地窝子帐篷，搞了群羊，让他们在这里放牧生活。

那朋友虽和李陵他们不住一起，可相距不太远，遇事可以接济。

这里四面远处是雪山，相对近处是丘地。中间有河流，有温泉。虽进入冬天，气候却比哈拉和林的平坦地温暖。

风儿不大，干枯些的草地还可以放牧。

李陵和於维尔兰住在这里。只要是晴天，两人每天赶着羊儿出门，在周围放牧。

温暖的阳光下，李陵面朝着南方坐在丘地高处，说是放羊，心里想着大汉家乡已经被诛的母亲妻儿……委屈得眼圈红了。

因为李绪给匈奴练兵，只是名字陵和绪一字之差，皇上以为他李陵给匈奴练兵，残杀了他一家老小，且诛灭李家三族。自己愤恨李绪而杀了他。

他以为杀了李绪，心里愤恨就减少了，也就不难过了，可如今他的愤恨并没有丝毫减少，更是难过了……

他一遍遍地回想着祖父李广、叔叔李敢为大汉捐躯的往事，及自己如今的遭遇……

他奉皇命孤军深入，和单于带领的匈奴主力相遇作战，以少胜多，斩杀敌骑三万多，如今身陷匈奴……一片忠心，得到的是家破人亡，有国难回，忠心无处用。

他整天不言不语，心里滴血痛。

於维尔兰知道他心里不好受，怕他想不开出事，整天寸步不离地跟着他。

这天，天气格外晴朗，阳光格外温暖。

他们赶着羊群出门，在旁边一丘坡下放牧。

於维尔兰发现不远处的小丘地根下避风处，有两棵红蓝色的苜蓿花，这在荒凉的冬季宝贵且绚烂。

她看他专心地瞧着羊儿吃草，对他说："李将军，你在这里看羊儿，我去去就回！"

当她拿着两株耀眼的花儿过来，瞧他面朝南方站着，手持匕首对着心窝。她急中生智大喊声："羊儿跑了！"

李陵本能地放下手臂，木然地瞧着羊群。

她扔下花儿飞快奔上前夺过匕首，流着泪苦苦相劝说："将军，你不必这样！你没有错，你孤军深入胡军腹地，以少胜多，使我方三万多兵骑葬在你手，你是英雄！"

她继续说："连大单于都钦佩你的胆识和才能，都不追究你的过错。你为了保护几百伤员的性命，你为你大汉已尽力了！"

李陵一听这理解的话语，不由泪如雨下。

於维尔兰开导他说："你看汉人和胡人打了多年的仗，互相残杀，可是打仗过后，双方边界上，你中有我、我中有你都融为一家了。说不定多年后胡汉又都是一家人了！"

……

李陵听着她无数次地、不住地劝慰及解释，心里活动了。

是啊，正如她说的一样，过去和爷爷驻守边关，如今自己多年带兵驻扎边关，见这样的事情多了去了。

每次征战过后，无论是谁战胜了谁，双方都是在内地迁移自己人来，和当地的外族人杂居一起，渐渐地外族人和本族人就和睦地相处在一起……

他不住地回想着自己一家三代为大汉江山的付出，最后的遭遇……心里矛盾着，扪心自问着……

如今，他归路已断，留在心中的只有痛苦的回想，只能咬断牙，把一切的难言、痛苦、仇恨吞进肚子里……

晴朗的天空，突然起风了。

於维尔兰和李陵赶着羊群回到丘坡下，地窝内搭着帐篷的家里。於维尔兰烧好锅水，忽然肚子疼起来。

她不由得呻吟着，双手搂着肚子进到自己的领地，躺在榻上。

於軒王派人送他们到这里来，已经挖好了地窝子，在里面搭好了帐篷。中间是做饭逗留区，左右两边分别为各自休息就寝区域，互不侵犯。

李陵圈好羊群回来，看锅里水咕嘟着不见於维尔兰，见她门开着。他站在门口探头瞧了眼她的领地，发现她蜷缩在榻上，冷冰冰地问："怎么了？"

她瞧着眼前自己心里爱着的男人，自从和他认识将近一年了，特别是现在，她舍弃了富贵的生活，陪他在这里过着流放的日子。他毫无感谢之意不说，连说话的态度都是冰冷如霜……

想到这里，於维尔兰不由得默默地落着泪。父母亲没有儿子，就她一个女儿，从小就把她当男孩子对待，习字练武，连哭都不能大声。

他看她不说话，出去端了碗热水进来，放在地上说："喝点热水，就好了！"

"我、我就、是死了，也、不要、你管！"於维尔兰负气地背对着他哽咽着呜呜哭了。

五十二　因祸得福

李陵早就看出这位公主爱自己，以前他想利用她除掉仇人。她帮助他除掉了李绪，触动了她祖母的底线。她又抛弃富贵，冒死陪自己逃亡到这里。

她看他在绝望中一蹶不振，一直耐心地劝慰他，照顾他的生活……半年来虽然冷淡着她，可他觉得自己已离不开她了。

李陵端起碗坐在她身边，态度温和了些："起来，把这碗热水喝了！"

於维尔兰艰难地回过身，搂着腹部挣扎了两下，疼得"啊"了声，没坐起来。

"这、这！"他瞧着她脸色苍白的样子，手足无措地嘟哝着，"怎么办，这里求助无人！"

瞧他焦急的样子，她有气无力地说："你、先扶、我我、起来！"

他放下水碗，揽抱她起来。她靠在他身旁说："给我、我喝、口水！"

他拿过水碗放在她嘴边。她一挨碗说："烫！"

他小心尝试了下，就是很烫，忙说："我去给你重新弄来！"

"别，让我、歇歇。"她不能让他走，紧紧地靠在他怀里疲惫地闭上眼睛。

李陵明显感到於维尔兰身体在发烧，着急地说："你发烧了，我去给你采点药来！"

"我、我、"她嗫嚅地说，"我、没大、病。我、只是、只是女人病，肚子、疼、疼！"

他拿起碗尝了下，放在她嘴边说："可以喝了！"

她喝了水，倒在榻上含泪闭上双眼。他给她盖上被子走出来。

他不想吃饭，木然地坐在帐篷门口。

不一会儿风停了，夕阳西下，天下地上，悄然无声。

李陵茫然地瞧着落日，脑子变成空洞。在这无边的寂静中，自觉灵魂出窍，仿佛死了一般。

"啊！"帐篷内传来於维尔兰的喊声，惊得他一个激灵恢复了意识。他噌地起身奔进她的领地，关切问地："还疼得厉害吗？"

"别、别担、心！不，要紧！"於维尔兰硬是坚强地说，可是浑身不住地打着哆嗦，牙齿嘚嘚地磕着，头冒着冷汗。

"你冷吗？"

她摇头："没、没啥！"

他伸手摸了下她的手，冰凉！他给她裹紧被子，隔着被子把她紧紧抱在怀里："你冷，就应该说！"

虽然隔着被子，被男人搂在怀里，於维尔兰身体渐渐地不太冷了。

他感觉到她的身体不太抖了，目光直视着帐篷说："你怎么，有病不说呢？这里就你我两人，你要是死了，我该如何交代？"

她闭着双眼不想说话，只想这样静静躺在他的怀里。

“这么多天来，我想了又想，想了又想，想了很多很多，我已经无路可走了！唉！”李陵说着叹了口气，泪水落下滴在她的额头上。

她睁开眼，伸出双手，给他擦着泪说：“你不能再做傻事了！你、你要好好、活着，等着，大汉皇帝明白了的那天！你还有我，我们一起等待着！”

“啊！”她忽然肚子疼得不由得皱着眉头呻吟了声，闭上双眼咬牙忍着，浑身又开始发抖。

这样不行。我得想办法首先叫她不冷。

李陵想起婚后，他头一次从边关回家，夜里妻子突然浑身发冷打战。他忙起来告诉老娘，老人家叫家人把火炕烧热熬了碗姜汤，叫她趁热喝下躺在热炕上盖上被子发汗。她出了一身汗后，第二天好了。

可是这里哪有家乡的热炕，更没有姜汤。胡人都是在地上铺着兽皮睡觉的。她现在急需要热量，怎么办……李陵把自己的羊毛被子抱过来，盖在她身上，她还是发抖。

她哆嗦着说：“冷！抱、住、我！”

对，如今也顾不得其他了，救人要紧！他想了又想，出去关上帐篷门，回来脱了外衣躺在榻上，把她搂在怀里，捂上被子。

她紧依在他温暖结实的怀里，冰冷的双手暖在他的双腋下，渐渐地迷糊了。

他想得太简单了，开始搂着浑身冰凉的她，他的体温也在下降，他想让她很快地恢复，还真的没有想什么。

良久，随着她体温渐渐地恢复，他的身心本能地渐渐燥热起来。自觉很累，却睡不着。瞧着她沉睡的样子，一动不敢动。

一个娇生惯养的公主，陪我李陵躲避到这里来，给我烧水煮饭，安慰鼓励……要不是她在这里陪伴，我李陵一定会做傻事的，这时候真的就一命呜呼了！

最后人死了，也就真正坐实了罪名，永无正名的时日……他一想到这些，心平静了许多。

於维尔兰是自己的救命恩人，我一定要知恩投报，明知道她爱我喜欢我，可我不能乘人之危……

人的心要是无杂念，也就能睡着了。

第二天早上，於维尔兰睁开眼睛，瞧着自己在李陵温暖的怀里。

她静静地躺着，瞧着沉睡的他，想起昨天肚子疼发冷的情景，无声地笑了。

真是应了汉人的话，自己因祸得福了。

她悄悄爬起来发现自己的衣服穿着，唉，果真是个正人君子。

於维尔兰外面套了件羊皮袍子出来，生火做好饭，正要叫李陵。

他已经走出她的领地，红着脸对她说：“我对你没做什么，是救人要紧！”

她笑着说：“谢谢！我已经好了！”

早饭后，两人带着午饭去放羊，明显地，两人关系比以往随和多了，关键是他不那么轴了。

晚上李陵到她房间拿被子，她拽住不让，一来二去，两人滚在了榻上……

於维尔兰对李陵这个倾慕已久、心中的雄鹰，一个困顿异地正当年的男人，爱到了极致。

五十三　今冬不为吃发愁

且鞮侯大单于的母亲大阏氏，派人赶到监狱斩杀李陵，得知李陵已逃跑，很是疑惑。后来她暗暗查出，是身为大单于的儿子所为，年迈的老人气得躺在榻上。

她回想起年轻时跟随丈夫，大半生不是和大汉生死征战，就是和各部族之间迂回争斗……在丈夫死后，自己又帮儿子们多方奋斗，终得到匈奴地各部落拥戴，为后辈取得了大单于的地位。

可是这几年来，随着儿子的掌权，他不听自己的主张不说，还讨好汉人。一年前发生了汉人和缑王劫持自己未遂事变，如今又发生了保护汉人降将的事情，真让她寒心了……

大阏氏越想越伤心，竟然一病不起，几个月后，六十多岁的她，病入膏肓去世了。

且鞮侯大单于给母亲大阏氏办了庄严隆重的葬礼后，不久就召回了李陵。接着，兄弟俩为宝贝公主和李陵举办了个热闹的婚礼。

不久，且鞮侯大单于病了。多次征战，身体损伤严重的他，怕自己不久人世，为留住李陵辅佐儿子，封李陵为佑校王和北地坚昆王。

今年，短暂的放牧季节将要过去了，天气将要进入冬季。

梅尕拿来的苞谷种子和粟谷种子，开春后在苏武的指导下，他们三人在周边不远处有水的地方开了片地下种，经过近三个月的管理成长，如今终于棒子成熟，粟谷也成熟了。

肥沃的土地上苞谷棒子长得大而结实，粟谷穗子又大又沉。

他们趁着天气晴好，刚把粟谷收割回来摞在院子里，天气就变了。

晚上，北风送来了场不大的雪，有一阵没一阵地下了一夜，今一早天晴了。

梅尕早早起来做好早饭，吃罢饭后，三人背上自制的柳条背篼，踩雪到地里掰苞谷。

苏武瞧着成熟的庄稼，高兴地说："今年再不像野人一样，到处找食草籽和野鼠了！"

梅尕愧疚地说："怪我，没有给你带种子！"

"有了种子，冬天能播种吗？"於乙呰老人笑着问。

於乙呰老人来后，遵照主人的吩咐留了下来。他在这里负责经营几匹马。苏武和梅尕把他当长辈看待，如一家人一样，老人整天乐得合不上嘴。

老人闲不住，常常亲自做些牧具，向过往的放牧者换吃用，柳条背篼就是他老人家发明的。夏季，他看柳条长硬实了，砍下编成背篼背东西，比人肩扛手提省力多了。

梅尕和老人掰苞谷，苏武从地里往外背。好在昨天下了场雪，他们用木头扎了个雪橇，套上马把苞谷拉回来。

今年种子少，种得不多，和梅尕和苏武出门给牧人看病换来的十多只羊和食物一起，尽量节省着吃用，估计撑到明年冰雪融化时节问题不大。

北国冬天时间漫长，七八个月。天寒地冻，满天飞雪。牧人的生活就是围着自己的帐篷和牲畜过日子。

今年这里有了萨满梅尕他们，以往的周边无人地也有多家过冬。

这天早饭后，十岁的巴特尔骑马跑来，隔着门喊："梅大叔，我阿妈要生了！"

梅尕一听，立即穿好外袍，蹬上皮靴，戴好皮帽，挎着皮药包奔出门，和巴特尔同骑上一马，奔进风雪中。

於乙呰老人知道梅尕来找苏武的心思，可是自从来后，苏武一直和她兄妹相称，分房另住，没有一点夫妻的意思。梅尕就像自己的女儿一样，他得关心她。

今天趁着梅尕外出，老人家想打探下苏武的意思。他给牲口添了些干草，出来到苏武的门前敲门。

苏武开门一看，热情地说："老伯快请进！"

老人进门见他用裁刀裁羊皮条子，旁边放着自制的搓绳子的拨子。他就地而坐："你来拨绳子，我来裁皮条。"

"老伯，您歇着。"苏武说，"您年纪大了，要多休息！"

"你是看不起我了！"老人微笑着说，"这活计，累不着我的！"

他们一个裁皮条，一个拨绳子。

老人问苏武："你去年冬天是怎么活过来的？"

"一言难尽！"他轻描淡写地说，"多亏了远处树林里的叶蔓干草、草籽、树籽、机会好时，还能碰到只野鼠和肉食。不久，我救了棕熊母子，有它们做伴，人也就活过来了！"

"今年你不发难了，咱们一起，好度过了。"老人裁着皮条子说。

"感谢梅尕和你的到来！"苏武由衷地说。

老人想想笑了说："王爷让我送梅尕来，一路上走了近一个月，我都不知她是女儿身。"

苏武笑瞧着他，揶揄地问："你就没有怀疑过？"

"怀疑过。一雪夜里，群狼围了帐篷。我们一起打狼，不久狼走了，我累得倒在地上起不来，她过来搀扶起我，我觉得她的手很柔软，不像男人手。"

老人低头用刀子划裁着皮条："她看出我的怀疑，她说，他是萨满，一直没做过牧人的粗活。不过，走时王爷交代过，只管平安送人，少管闲事。我也不敢多问。"

"她扮男装，还挺像回事的！"他微笑说。

老人瞧苏武高兴的样子问："你知道她来这里的想法吗？"

苏武眼睛瞧着手中拨转着的拨子，拧着绳子没说话。

"她是个有情有义的女人，爱你，冒着冰雪严寒，千里路来找你！"老人瞧着他。

苏武并非铁石之人，他很清楚她爱自己，但他有难言的苦衷。他能对老人说什么呢，放下手里的活计，起身说："我去喂马！"走出门。

於乙呇老人只得跟出来走进自己的房子，倒觉得自己管得有些多了。

女人肚子疼得满头大汗，咬牙忍着，在铺着羊皮的地上打滚。

男人看着心疼，心急地出门站在风雪中焦急地眺望着，这儿子去请梅尕萨满，怎么还不回来……

两家住的有两里多路，他们是在苏武几人的帮助下，沿着丘地挖了带火塘的地窝子住着，今年真的不冷寒了。

终于，男人瞧见飞雪中，儿子飞马带着萨满而来。“萨满来了！”男人急奔回家，对女人说，“梅尕来了！”

梅尕拎着药箱奔进门，看巴特尔阿妈已经力气用尽，躺在地上发抖，上来紧握住她冰凉的手，对男人说：“快！快把她抱起放在榻上！”

巴特尔跟进门，上来抱阿妈抱不动：“阿爸，快！”

“我们胡人嫌女人生娃娃脏，是不能在榻上的！”男人不动。

梅尕对孩子说：“巴特尔，咱们一起用劲，把你阿妈放在榻上！”

男人想来阻挡，梅尕狠踹了他一脚，他撞在墙壁上不敢说话了，眼巴巴地瞧着他们把女人放在榻上。

梅尕恼怒地对他说：“出去！”

五十四　冰雪般冷的苏武

男人只得走出门。

梅尕吩咐：“巴特尔，去把门关上。烧锅热水，会吗？”

“我会！”巴特尔到隔间给锅里添水、点火烧水。

梅尕给女人盖上被子：“吾玛大姐，你肚子的疼劲一过，就好好地闭上眼睛休息、攒着劲！”

吾玛点点头，指指榻里面的大皮包。

她拿过打开一瞧，婴儿的裹包和一包羔羊毛，几只干净的干草袋。梅尕明白了这是她为娃娃和自己生娃准备的东西。

她抓了个草袋垫在她下身下面。

肚子阵痛又来了。吾玛咬牙硬忍着，嘴唇咬出了血。

“疼，就喊出来，叫男人听着。不然，他认为生娃娃是很容易的事情！”梅尕大声地对她说，故意让外面的男人听见。

“啊——”有梅尕撑腰，吾玛终于大喊起来，“啊——疼死、我、了！”

梅尕检查了她下身："用力！快生了！要用力！"

吾玛用力地喊着……

"用力！吸气——憋气——再用力！快了！"梅尕手抚摸着吾玛的肚子，对她说，"娃娃头马上就要出来了。你狠吸口气，用——力！用力！"

吾玛长吸了口气，用力憋着劲，接着她惨叫一声："啊——"

娃娃落地，阿妈昏过去了！

梅尕摸摸她的脉搏，就是人折腾得太累了。她拍拍她肩头，吩咐："大姐，好好休息！"

梅尕拿出医用的小薄刀，给娃娃割断了脐带，从包里拿出羊毛灰敷住脐眼包扎好，把婴儿放进裹包里。她朝外面喊着："和林大哥！是个女孩子！"

巴特尔阿爸立即推门跑进来，瞧着躺在妻子身旁的女儿，憨笑起来。

"听见大姐喊了吗？"她故意问。

"听、听见了！"他不好意思地说。

"女人生娃娃容易吗？"梅尕不客气地问。

"太、太吓人了！"男人心有余悸地说。

"知道就好！好好照顾大姐！把屋里烧缓和！"她看巴特尔端碗开水进来，吩咐说，"凉些了，给你阿妈喝了！"

梅尕问巴特和林："有羊奶吗？给大姐热了吃！"

"羊奶是给你留的资费！"他为难地说。

"为了大姐，我今天不收费用！"梅尕说着，走到门外，抓把雪擦洗着手。

突然，雪英和已经长大的胜儿从丘地前的道上走来瞧见她，过来倚在她脚下。

"雪英，胜儿，回来了！"她瞧着毛色鲜亮油光，身子圆润的两位，惊喜地问。

雪英呜呜地点头，胜儿仰着头温和地瞧着她。

"咱们回家吧！"她进帐篷拿出药箱，和它们一起朝坡坎前的家走着。

调皮的胜儿走在前面，一会儿滑行，一会儿在雪地上打滚儿，熊妈妈温柔地瞧着面前调皮的儿子……终于经不住诱惑，追上它，跟它厮玩在一起……

一时，雪地上留下了雪英、胜儿母子俩玩闹的身形和脚印……

梅尕瞧着它们欢快的样子想，我和苏大哥，要是能这样无拘无束就好了。

自从那次在海子边回来后，他时常低着头冷着脸避免和自己单独在一起。真叫人别扭！

她也想过回哈拉和林，可是这念头只是一闪而逝。我就是为了苏大哥而来，不管等多长时间，我都要等到他回心转意的！

苏武看到雪英和胜儿的刹那间，眼睛发亮，高兴地扑上前抱住它们母子。

这母子在开春时节突然消失后，苏武有些难过。毕竟相处了几个月，有感情了。可是它们已经走了，而且是突然消失得无影无踪。

野兽就是野兽，它们不会像人一样有感情、有思维的。好在来了梅尕和於乙沓老人做伴，很快也就释然了。

现在它们突然回来了，而且吃得膘肥体壮，胜儿也长得和它妈一样高大了。它们没有忘记这里，没有忘记他苏武。

他手摸摸雪英，又摸摸胜儿，口中喃喃地说："回来了就好！我真想你们！"

去年冬天，要不是它们两个跟他做伴，他真的就要牺牲在这冰天雪地、渺无人烟的地方了。他回想起那天，自己多亏没有拿大灰鹑的孩子……

在它的带领下进了树林深处，遇见它们母子，有了狼肉吃……后来救了它们，才有了它们跟随他到这里……

想着想着，苏武禁不住热泪滚滚落下，口中喃喃地说："谢谢！感谢你们！"

梅尕瞧着他对它们的样子，嫉妒地说："哟，真是的，对大活人冷如冰雪，对熊兽亲成这样！"

苏武知道她心里不舒服，没理会，拍拍它们两个的脑门："走，到你们房里去！"

她瞧着他带着它们进了旁边的窝，生气地回到自己的房间。他这人，不管你对他怎么热心，都叫你无法继续。如今自己习惯了也就无所谓，只要能经常看见他，心也就安然了。

巴特尔一家和其亲戚听取苏武的意见，冬天来临之际，积蓄够了干草，要在这里过冬。在他们鼓动下，放牧认识的朋友，勘探好水源和草场，分别在周围方圆百里地内，道路方便、遮风挡寒的河沟坡坎安营越冬。

他们按照苏武这里的办法，在向阳的坡坎前面，挖土壕搭帐篷，周围用木头和土圈围，既防寒又结实，还家家砍柴搞了火塘。这样过冬，虽然和往年一样住在冰天雪地里，可安全保暖多了。

今年的冬天不寂寞，隔个十来天的，就有人来请萨满去治病，不管是给人还是给牲畜，苏武都陪梅尕欣然前往。

梅尕给人治病，苏武爱观察，爱动脑筋，已经学会给牲畜看小病的本事。

他时时节杖不离身，告诫自己不要违规，处处以梅尕为妹妹相处，日子过得比去年好多了。

转眼间到了汉人的新年。大年三十傍晚，苏武把房间打扫干净，干草做笔，蘸上锅黑，在薄羊皮上写上苏家祖宗牌位，木削钉在土墙上，点上自制的羊油蜡烛，跪地叩头。

“父亲，不孝儿子苏武，在北国给您叩头了！请您保佑长安的母亲和家人，平平安安！求您保佑了！保佑了……”他泪如泉涌，跪地不起。

“苏大哥。”全副武装的梅尕喊着推门进来，见状闭口怔住了。

苏武擦了泪，起来问：“什么事？”

“外、外面有人、叫去看病！你有事、我、我一个人去！”她奔出门。

“眼看天都黑了！”他追出来问身着皮袍皮帽、牵马的青年，“要紧吗？”

“是为倒在我家门前的、是个汉人治病。”

苏武一听是汉人立即说：“即刻就走！”

苏武立即进屋里穿戴好保暖衣物出门，当三人三马顶着寒风在雪映的黑夜里赶到青年的家时，火塘前羊皮垫子上的病人已奄奄一息了。

梅尕麻利地给病人把脉、拿药、要热水，硬是给其将药喂了，在火塘边观察等待着其醒来。

一顿饭工夫，骨瘦如柴的病人终于睁开了无神的双眼。

苏武俯身关切地问候：“小兄弟你醒了？”

听着是汉话，病人的眼角泪水汩汩涌出，毫无血色的双唇嗫嚅着说着什么。

苏武耳贴在他的口边，听见蚊蝇般小声艰难地崩出：“李、陵、兵败、匈、奴、被、俘……”无力再说其他，瞪着不瞑的双目断了气。

梅尕见状，拉下苏武身上的外衣盖裹住他，怕主家知道人死了嫌弃不吉利，说：“这里治病不方便，我们带他回去了！”

他们谢过主家，带着死者回家后，苏武给其换破烂不堪的内外衣时，发现他满是新伤，并发现其内衣是汉军统一穿的葛布衫，上面还写着张团的名字。

他定是遭遇不堪的暴虐逃出来的，定是李陵的部下……葬过张团后，苏武陷入迫切想了解李陵被俘的真相之中，可是这里地处酷寒的蛮荒之地，要得到哈拉和林的消息真是太难太难了。

五十五　北地相见（一）

母亲大阏氏去世后半年来，且鞮侯大单于经常感觉自己的身体困乏不适，内医医治不见成效。他让人请来自己信赖的萨满沮渠格尔，辞退了左右所有人，让他诊断。

沮渠格尔给单于把过脉，检查了他的口腔和舌根，摇摇头说：“单于陛下，您记得两年前，我给您说的话吗？”

单于点头说：“你当时说我的病，再迟看两天的话，你就爱莫能助了。是吗？”

“对！”

“你说，我这回的病，不能好了？”单于平静地问。

“不是不能好！”沮渠为难且胆怯地说，“请、请单于、恕我直言！”

“你说，我不怪罪！”

“那次，我、我查出，您已积劳成疾，让您多加休息。而您后来，为……”他停顿会儿，想想说，“您，您为了我们胡人子孙，又亲自挂帅出征，历尽艰辛，这、这、更让您身体不支了！”

“我相信你、会、给我好好调治的。”且鞮侯大单于坦然地问，“你、说、我还能活多久？”

沮渠吓得语无伦次了：“单、于陛下，您、这、这……我、我——”

“说吧，我相信你的！我也、也感觉到了，我的身体无论怎么医治，也是一天不如一天的。”单于说，“我们胡人的灵魂，是不会死的！”

“若是调养得好，恐怕、还、还、有一两年时间的！”

“这就够了！”他告诫他，“这可不要告诉任何人！包括我的亲兄弟！”

“我知道了！”沮渠格尔立即答道。

且鞮侯大单于知道自己的身体，父亲就是在他这样的年纪，五十岁时去世的。从他记事起，一直都是跟着父亲在马背上生活，东打西杀。

父亲去世那年，他三十岁，已经挑起了几个部落的大梁，在母亲的支持下，和兄弟一起，经过十多年的艰苦斗争，得到各部落的拥戴，在四十七岁时登上了大单于宝座。

按理说，匈奴族就应该和大汉族和平共处，可是大汉却以老大自居，要一统天下，和西部各族征战不已。尤其是到了汉武帝时代，汉人的生活很是富庶了，人力财力大增，到处扩张。

我们为什么就该受穷，就该俯首称臣?

我们匈奴族也不是孬种,为了我们匈奴,要坚决地回击,可是节节败退……

他把自己的一生，所看和所作所为作了多次的回想……

每一次战争，经历的都是人口和财物的损伤，部族的毁灭。我们的民族一定要壮大起来，才能站立起来……

且鞮侯大单于奋斗的目的，就是要让我民族和后辈过上丰盛安稳的日子……

他吃着沮渠萨满配制的药膳，尽力撑持着身体，做着自己的打算。他要叫自己的儿子继承了单于位后尽少征战，要让匈奴民族的子孙很好地繁衍下去，自己的子孙也很好地繁衍下去!

我们的首府周围，和西方、北方有着几千里的大好山河。许多地方，河流密布，草原丰盛，我们的民族完全能在这里繁衍生息……

他继承了大单于位后，按照大汉分府而治的办法，把西方、北方地域分封给各个王族，总归王庭大单于领导。让其王族保护各自的疆土，按季节、年节给总府缴纳税贡……

且鞮侯大单于瞧着又一年初雪，想起流放三年来的汉使节苏武。他敬佩他的气节，很想让他留下来，为治理匈奴出力。

坚昆王李陵和他在大汉同朝为官……于是就命令李陵去劝降苏武。

且鞮侯大单于吩咐卫律派人带路，以便监视李陵一行。

卫律深知单于的意思，就派亲信衽余和他一起去。

李陵得知苏武还活着，很高兴。他也很想和苏仁兄见面，倾诉自己的苦闷与无奈……于是欣然前往。

於维尔兰得知丈夫要到贝加尔海看苏大人，硬是要一起去看梅尕姑姑。

今年的初雪不大，下了一夜就停了，隔不住人。他们骑着马，驮着丈人於軒王给苏武他们带的吃喝用品一早就打马上路了。

李陵瞧着前面的向导问：“衽向导，咱们几天能到?”

“这要看你怎么走了。要是疾行的话，五天就可以到达!”衽余回答。

“此话怎讲?”

“就是说，咱们昼夜不停只是困了休息时吃东西喂马，这样的话就快；要是晓行夜宿就慢。”

“当然是疾行呀！”李陵心情很是急切。

“我就怕，公主支持不住。”衽余瞧瞧女扮男装的於维尔兰。

“这里没有公主，只有从小马背上长大的男子汉！”於维尔兰骄傲地说。

“那咱就趁着天气好，快马加鞭！”

他们沿着雪道打马飞奔。

前几天下过今年的初雪，没晴几天，今天又下开了，可是不大。

苏武看出不了门，在屋里修补马鞍，听见敲门声，忙起身开门，一看是熊妈妈雪英，惊喜地说：“雪英，回来了！”

一听雪英回来了，梅尕和於乙沓老人忙开门出来，高兴地围着它。梅尕瞧着周围就它一个，拍拍它的背问：“胜儿呢？”

它无奈地瞧着她。

苏武瞧着它落寞的样子,笑着了说:“呵呵！儿子长大了,不跟你回家了！”

雪英眼睛潮湿了。

苏武摸摸它的头，劝慰说：“儿子长大了，终归要离娘的！你回来就好！”

他打开旁边的门：“回家了，高兴些！你看，家一直给你留着！地上的草是新的！”

它感谢地头拱拱他的脚。

“休息吧，你走了远路，累了！”苏武爱怜地说，瞧着它卧在草堆上，它是回来冬眠的。

苏武走出熊的家拉上门。抬头瞧见远处有几个骑马的人驰行而来，站在雪地里奇怪地眺望着……

雪幕中，人马渐渐地近了，近了……能看清了，原来是三位身着华丽胡服者朝这里奔来。

定是匈奴朝堂来人了。苏武沉思片刻，进屋手持节杖出来，傲然地站在落雪中。

向导衽余指着前面，对李陵和於维尔兰说：“前面就是他们住地。”

李陵在马上，瞧着前面雪幕中，站着位手持节杖的老人，这一定是苏武苏仁兄。他不禁悲从心来，老远翻身下马跪地，爬行着扑过来：“仁兄！苏仁兄！”

苏武这才看清了着胡服的官家人，是自己挂念了一年多的李陵，忙跪地喊声："贤弟！"两人抱头痛哭。

悲痛的哭声撼动了上天，一时狂风呼啸，漫天的大雪裹住了他们。

北地相见（二）

跟随者衽余和於维尔兰，也眼泪汪汪的了。

梅尕和於乙旮老人听见外面哭声，开门出来，见状和同来的人把他们搀拽进苏武的房间。

於维尔兰拉拉梅尕的衣服，在她耳边轻轻地叫："姑姑！"

梅尕认出了她，惊喜地叫："公主！"两人激动地抱在一起，热泪盈眶了。

衽余认出了梅尕："这位不是那年送苏大人的兄弟吗？"

梅尕也认出了他："衽余大哥，感谢你的帮助！"

"你们都是好人！"衽余眼圈红了。

"你也是好人！"梅尕感动地说。

"姑姑，我们给你们带来了许多吃的！"

他们取下马匹上的所有行囊，提进灶房后，於乙旮老人和衽余把马拉进圈里喂上。老人给火塘里加上柴，招呼衽余在自己房里休息后，进灶房准备饭菜。

梅尕和於维尔兰有许多话要说，他们两个在灶房边做饭边收拾带来的吃用。

於维尔兰打量着大大的洞式厨房，感慨地说："这里，搞得比我们想象的要好到上天了！"

梅尕给灶下生着柴火，温着他们带来的酒，兴奋地说："这都是苏大哥，按汉人住家想办法盖的！"

"他真是个很能干的人！"於维尔兰感慨地说。

"哎，尔兰，你怎么和他们一起来了！"梅尕想想问。

"姑姑，我是和夫君一起来的！"她一脸的幸福。

"谁是你的夫君？"

"李陵呀！"

“真的？”

她点点头。

“很般配！”她称赞说。

於乙耆老人高兴地推门进来：“小公主！”

“小老头儿！”於维尔兰过来抱住他的胳膊，撒娇地说，“我当你不认识我了！”

“真是女大十八变！”老人打量着她：“要不是袄余说跟来的小公子是你，我真的认不出来了！”

“小老头儿，您还好吗？”她含泪问。

“太好了，这里有女儿，有儿子！”老人家拍拍胸脯说，“你看，我现在身子骨杠杠的！”

“你的儿子、女儿现在哪里？”於维尔兰吃惊地问。

“苏武、梅尕呀！”

於维尔兰微笑地瞧着梅尕。

“老伯，尔兰，”梅尕切着大块煮好的羊肉，微笑说，“我看你们像是祖孙两个！”

“是啊，王爷年近三十，才有了这么个宝贝女儿，如获至宝。”老人自豪地说，“那年草原蝗灾，王爷带着牧民抗灾去了，是我在家，照看她们母女的。我真是把她当作我孙女一样，精心照料的！”

“他就是我的爷爷。自我十岁起，就教我做人，教我习武。”於维尔兰自豪地说。

突然，他们听见李陵在外面喊：“不好了，苏仁兄昏死了！”

大家闻言出门，奔进苏武的房间，看着他脸色苍白，死人样躺在榻上。

梅尕流着眼泪扑上来喊着：“苏大哥，苏大哥，你、你这是怎么了？”

李陵含泪告诉了大家原因。

刚才，屋里留下了他们两人后，两人泪眼对泪眼。李陵跪地负疚地说：“仁兄，为弟对不起朝廷，对不起李家！”

苏武冷眼瞧着他匈奴官员华丽的冠带冷语道：“你的事我已经知道了！”

“你怎么知道的！”

“你这身冠带告诉的。”苏武蔑视地说。

“不是你看到的这样。为弟也是无奈的无奈了！”李陵拽住苏武的衣袖，可怜兮兮地要求理解。

苏武鄙弃地挣脱衣袖，嫌脏似的用手拂了拂上面的灰尘，瞧着火塘里燃烧着的劈柴，心中怒火燃烧。

这个李陵怎么就这样的不争气呢！

李陵见状，流着泪一头磕撞在地，委屈地哽咽着。

一年多来，自己的心痛、悔恨、悲伤无人诉说，憋闷得疯了一样。本来想着一见仁兄，好好地叙说叙说。可是现在……

李陵只有悔恨自己，将头不住地咣咣地撞着地面，额头都流血了还不停。

苏武听着瞧着不由得心疼了，贤弟也是个顶天立地的男子，将军。能这样，一定是有原因有苦衷的。

“你咋这样不爱惜自己呢！”苏武上来拽起他，拉他坐在榻上瞧着他额头的大包渗着血，绷住泪责备地说，“有啥话就不能好好说吗？”

李陵手抹着眼泪哽咽着委屈地说：“你、你、也没让我说。”

苏武呵呵笑了：“呵呵呵呵，这倒成了我的错了。”

苏武恨铁不成钢地瞧着他问：“你怎的有了这身荣耀？”

李陵把自己如何带着五千步卒奉皇命出征，如何跟单于主力撞在一起，如何五千步卒灭了匈奴三万多兵骑，如何为了自己三百伤兵不死被俘……

李陵一五一十老老实实地叙说后流着泪委屈地说：“仁兄，你说我如今有家有国却不能回；在这里，王庭以我朝夕相处的三百多伤兵的性命威胁，我又不能死，你、你说我该怎么办？”

苏武听了李陵的叙说，真的很同情这位仁义侠义的贤弟。

是啊，李陵如今忍辱负重地活着，心里真的比自己沉重得多多了。

苏武拥抱住李陵，拍着他的肩背，感慨地说：“都过去了！我们还是好兄弟。我们兄弟能在这距大汉万里的蛮荒之地相见，就是缘分。”

“真的是缘分！”李陵抹开了泪。

苏武笑了笑说：“咱说说好的事情。贤弟，我家里的情况还好吧？”在他心里，他家里有皇家照顾着，情况不会不好的。

李陵知道他是个孝子，不知该如何告诉他。只得打岔说：“仁兄，为弟见兄心切，马不停蹄赶路到这里，又累又饿的，吃了饭歇息下再说吧！”

“看你的样子，必有蹊跷！”他疑惑地说。

“没有，我真的又累又饿了！”他掩饰地躺在榻上。

“就是累饿了，也得给我说！”苏武拽起他，目光逼视着他，“说，我不怪你！”

“本来就不怪我！”李陵装作不在乎地说。

“你越不说，就越证明有事情！”苏武逼问，“你是怕我经受不住？错了，我已经死过多少回，都挺过来了！说吧！”

在他的一再逼问下，他把他身陷匈奴的头一年，新年后自己回朝廷复命，到他家探望……他妻子丑儿听信误传，说他已死，不听老人劝说，顶撞老人回了娘家，气死了老娘的事给他说了。

苏武一听怒气攻心，就昏死过去。

“苏大哥！苏大哥！”梅尕呼喊不顶事，手拍打他苍青的脸颊还不顶事，手狠掐人中还是救不回，梅尕着急地奔回自己房间，拎着药囊过来，拿出银针对着他的人中扎下，手轻轻地进针提针……过了会儿，苏武干咳了声慢慢睁开双眼。

“苏大哥，你、你吓死、我、我们了！”梅尕泪如雨下。

苏武看大家都在，含泪无力地说：“没、没事！”

“你好好休息，我、我去给你端碗水来！”於乙旮老人到灶房端了碗水回来，递给梅尕喂给他喝了。

“别、操心我，快、快去、给他们、做饭！”苏武说着紧闭上双眼。媳妇丑儿的无情和母亲的去世对他打击实在是太大了。

他心里特别特别的难受，可当着大家的面还不能号啕，只得闭目将泪咽进肚里。

“少主人，咱俩去做饭！”於乙旮老人拉着梅尕又对差人说，“衽余老弟，你到老哥房间躺会儿！”

於维尔兰瞧着他们出去想，苏大叔现在心里定很难受，我得让他高兴点。她嬉笑着问：“苏大人，可记得小弟？”

苏武睁眼打量着她好一会儿，干咳了声：“这这、这不是小向导吗！”

她忙上前行汉礼：“苏大人在上，小向导，给你这位大叔行礼了！”

苏武不由得咧嘴笑了，可这笑比哭还难看。

“李将军，咱们这里一起给大叔行礼了！”她拉着李陵一起站在他面前，下跪叩头行礼。

苏武吃惊：“这是什么意思？”

於维尔兰高兴地说：“李将军如今是，小向导的夫君了！”

“这是真的吗？”苏武更吃惊了。

李陵把自己被俘后，本想麻痹单于，借机杀了他，为家，为国报仇后，一死明志……后来却因过去叛降匈奴的李绪，为匈奴练兵……

李绪的名字和自己的名字，“绪”“陵”一字之差，大汉皇帝“绪”“陵”不分，杀了他李陵一家，诛灭三族的事情给苏武说了，

还说了太史令司马迁为他说几句公道话，被判了腐刑。

他气愤不过杀了李绪，可大阏氏要杀他，於维尔兰陪他在北地避难……到后来结婚的事情一一告诉了苏武。

“既然如此，这也是好事一桩。”苏武安慰说。

“那当然了！”於维尔兰爱意满满地瞧着自己心爱的男人。

瞧着这无忧无虑的匈奴公主，他们两个人，一个无奈身陷囹圄流落北地，一个亲人被诛又为亲人无奈留拘北地。两位兄弟想着各自的无奈，你瞧着我，我看着你，眼泪又无声地落下。

“你们男人比我们女人眼泪还多，我真的看不下去了！”於维尔兰不知该怎么劝慰，擦着眼泪走出门。

北风呼啸，大雪随着狂风在天地间打着飞旋，铺天盖地一片混沌，仿佛在为苏武委屈哭泣，在为李陵不平而愤怒。

五十六　心里只有节杖

风雪太大，李陵三人无法回行就留了下来。两天来，苏武和李陵哭红着眼圈互相叙说着他们分别后各自的遭遇。

李陵详细地给他说了苏武母亲过世和送葬的经过，说了皇上的重视，说了自己将苏武家人安排好后再次回朝领命时，得知丑儿另嫁他人……

苏武提醒李陵，卫律是个小人，明里暗里都得提防着……

不过两人都明白，如今能在这荒漠雪地，兄弟俩能见面，悲并高兴着。

李陵始终张不开口，劝说苏武投降匈奴。

直到第三天晚上，烛光下，两人同榻而坐，李陵瞧着苏武，想着单于要他来此的目的，为难地说：“仁、仁兄，为弟、这、这次来、来——”

看李陵吞吞吐吐的样子，苏武真诚地说：“贤弟，对兄还有什么话不能说的呢！就是错了，为兄也不会怪贤弟的！”

“仁兄，你真的不怪罪为弟？”

“为兄不怪！”苏武看李陵为难的样子说。

“是是这样，单、单于、敬慕仁兄的智慧和气节，特让为弟，来劝说仁兄、出来为胡胡、人、做事。”李陵不敢看苏武，低着头终于说出来此地的原因。

“千万不可！”苏武立即拒绝。

李陵现身说法：“我李陵被俘后，本来想以投降为名，麻痹单于，而借机杀了单于，报了国仇家恨后自行了断的。只因过去叛变到匈奴的边疆都尉李绪，为匈奴练兵。”

他愤恨地说：“而李绪的名字和我李陵的名字，仅一字之差。大汉皇帝‘绪’‘陵’不分，误认是我李陵为敌练兵，杀害了我全家老小，诛灭了我、三族、族！还害了司马迁大人！”

李陵泪流满面：“我、我已经无国无家了！仁兄，你也是有家不能归，咱两个是同病相怜的，不如你、我、一起暂且为胡人做事，以后再找机会。”

苏武打断李陵的话，斩钉截铁地说：“贤弟此话差矣！你是你，我是我！我绝不会投降为匈奴做事的！”

“为弟、知道自己有罪，就不、不该来、来劝仁兄的！”李陵下榻跪在地上愧疚地说。

“为兄不怪你的。”苏武心里也很难受，可他硬是绷住眼泪下地搀扶起李陵，“咱兄弟的情分总是存在的。只是，你不该劝我投降匈奴。我父辈深受皇恩，才有我的大汉，才有我家里的一切！”

“可你在这里受苦，谁人知道？”

“为坚守我的大汉气节，天地可鉴！”苏武斩钉截铁地说。

李陵听苏武如此坚决，自己深感无地自容。他又一次羞愧地给苏武跪下，含泪愧疚地说：“仁兄，为弟这里请罪了！兄长以后名垂后世，我、李陵只能遭后人唾骂，遗臭万年了！”

“我本想保住跟自己朝夕相处的伤兵性命后，借机杀了单于，一死为国尽忠的，可是如今落得家族受辱，我真的该死！”李陵又不住地响头磕地。

苏武拉起他：“贤弟不可如此！你我兄弟情深义重！为兄不怪你的。起来！我去弄酒菜来，咱两个敞开心扉，彻夜相谈！”

外面梅尕大声喊：“苏大哥，酒菜准备好了！”

夜里，火塘里的柴火把房间映得依稀朦胧。

梅尕和於维尔兰躺在榻上，两个久别的女人，叙说着别后的一切。於维尔兰说了他和李陵相识，帮助他杀李绪……后来一起逃亡北地和相爱的过程。

她给姑姑讲了单于为他们主持婚礼，还分封李陵右校王和坚昆王等等后高兴说："姑姑，汉人男人，很是知道心疼女人的！"

"一看你高兴的样子，我就知道！"梅尕笑着说。

"你们怎么样？"

"谁们呀？"

"就是你和苏大叔呀！"她搂着她的胳膊问。

"他、他心里只有他的节杖，还有他在长安家里的妻儿！"梅尕不满地说。

"听我夫君说，苏使节的家里，妻子听外人说他死了，顶撞婆母回了娘家。大叔的老母亲生气而亡，还是我夫君帮忙安葬了老人家的！"於维尔兰对她说。

"那女人真的可气！"梅尕听说苏大哥的妻子气死婆母回了娘家愤愤不平。

"姑姑，难道在这里两年来，你们就没做过那事？"她悄悄问。

"什么事？"

"就是男人和女人之间的事情呀！"

梅尕失望地摇摇头。

"那你们平时怎么过呀？"

"各人过各人的呀！"

"你也真是的！你们一起外出吗？"

"经常一起外出呀！"

"我就不信，你连他都搞不定！"

"他根本就不是你想象的那种男人！"

"那他就不一定是一个正常的男人！"

梅尕想起那次在野外海子边，虽然被惊扰，她体验到了他的强悍。她不满地说："谁说他不正常？"

"那就是说，你和他那个过了！"她咯咯地笑了。

"没，有。"

於维尔兰听着她失落的声音说："过去，他想着家里的人等着他，如今知道了一切，我看他还说什么。姑姑，老天留我们在这里，我明天开始，想办法给你们找机会。"

"别，这、急、不得的！"梅尕羞羞地拒绝。

"你要是等这大汉男人表态爱你，那你就错了！"於维尔兰说，"我就不信，大叔就真的是一根筋！姑姑，从明天起，看我的！"

第二天早上,天大亮。梅尕起床开门,雪已经堵住了一半的门。可雪还在下,风却比昨天小了许多。

“嘿，雪堵住了门！”她惊呼一声，拿来铁锨铲推着雪，好容易铲了条小道到灶房，打开门拿锅挖了锅雪生火烧水。

於乙沓老人起来开门一看，叫醒袥余，一起忙乎起来。

苏武和李陵两人彻夜叙说着各自的心事，直到天亮时才睡下，早饭还是老人叫醒他们的。

五十七　男女的需求

饭后，大家一起开通了连接门前和羊圈的道路，看雪没有停的意思，各就各位地回到房间。

苏武和李陵躺在榻上说话。

於维尔兰推门进来，调皮地对苏武说：“大叔，你别光顾自己说话，能不能给我两个让点时间呀？”

“能、能。”苏武看看於维尔兰再瞧瞧李陵，笑着立即起来下地，“我真的忘了你们是夫妻了！”

“那你快去帮帮梅尕姑姑吧！”於维尔兰对苏武说。

“她要我做什么？”

“你去就知道了！”

苏武出门后，於维尔兰对李陵说：“夫君，咱们想办法给梅尕姑姑和大叔主持个婚礼！”

“你说、这、能行吗？”李陵迟疑地问。

“能行的！”她说，“我跟你说过的，姑姑是为了爱他才来的。可是他却总以家里有妻室为由拒绝。如今他的妻子已经另嫁他人，看他还有啥理由推托？”

李陵沉思不语。他知道苏武一是一二是二的脾气，不敢表态。

於维尔兰推推他：“你说话呀！”

“夫人，说得对！”一听於维尔兰催问，李陵想，看来仁兄一时还是不能回汉，总不能让他再次孤苦吧。再说自己的女人也是好心，“那就试试吧。”

她在他脸上亲了一下：“这才是我的好夫君！”

李陵多亏有这位如花似玉的夫人。在他绝望时安慰他，在他危难时陪伴他。他不管怎么想怎么说话，她和他都是一条心，没有丝毫嫌弃和出卖他的意思。

他呢，深知自己身在异乡，唯有在不违背自己意愿的情况下，听从她的话，按她的意思办事，做个好男人。

苏武抱着劈柴走进梅尕的房间，看梅尕手拿着菜刀费力地切着甘草。他给火塘里加上劈柴，对她说：“我来切。”

她把刀子递给他说：“这些甘草，用不了多长时间的。”

“是啊，这是常用药。”他轻松地切着说，“以后，这炮制、切药材的活，就交给我。”

“你能帮我吗？”她眉目含情瞧着他调皮地。

“你说，你做什么事，我没帮过你？”他白了她一眼。

“我要做的一件事，你就不帮我。”她红了脸。

他低头干活问：“哪件事？”

“做我的男人！”她娇羞而直接地。

他不吭气，只是低着头，一手拿着刀，一手拿着药材一下、一下地切着。

“你说话呀！”梅尕过来坐在他身边推了他一下，嗔怨地说。

他能说什么呢？自己是个汉人，是个流放的汉人。尽管自己不承认是个囚犯，可过的就是囚犯的生活……

“你说话呀！你！”梅尕抓住他的手臂眼泪汪汪的。

“我、我终究，是要回大汉的！”他低头嗫嚅地说。

“我愿意！”

梅尕看他没有像以往那样的立即拒绝，起身关上门上来夺过他手里的切刀，扔在一旁，拉推他坐在榻上，扑在他的怀里呜呜地哭了。

因为李陵的到来，苏武得知家里所发生过的事情，心里很难受不说，又得知发生在李陵身上这么多事情，深感自己要想很快回大汉希望渺茫了。

可在心中他告诫自己，苏武，你定要守住大汉气节……

他对眼前的女人，并非铁石之人不动心。两年多来，要不是她和於乙呇老人来跟自己一起生活，匈奴王庭一直不送给养，恐怕现在尘世上就没有苏武这个人了！

心里说不喜欢她那是假的。自己大汉的家破败不堪，妻子气死老娘而走……如今自己再气走梅尕他们……唉，真是一言难尽。

瞧着面前流泪的梅尕，他给她擦着眼泪说："别哭了，我答应还不行吗！"

梅尕噙着眼泪亲住了他，手伸进他的衣袍里抚摸着他……男人的火被点着了，顾不上温柔，拉掉她和自己身上的衣袍，扑在她身上疯狂起来……

男人发泄着心中的烦扰和憋闷……女人承受着自己深爱着的男人的肆虐，舒服地扭动着……

心境虽然不一样，可是男人和女人的需要是一样的。

雪越积越厚，地上的道路、沟豁、树林，所有的一切，都被三尺多厚的白色，覆盖得严严实实的。

一出屋门，耀眼的白让人睁不开眼睛，只能待在屋里。李陵靠着墙壁斜躺榻上，瞧着对面顺墙壁掏的火塘里，燃烧的劈柴沉思：如今自己只能像这劈柴一样……

坐在对面的於维尔兰瞧着他："哎，你想什么？"

他没回答。

她脚蹬了下他的腿："问你话呢！"

他一怔："什么事？"

"你想什么？"

"没、没想什么！"

"看你专心的样子，一定是想什么事情了！"她起身过来坐在他怀里拉着他的手，关切地说，"别闷在心里，说出来，让我听听。"

他所想的事情不能告诉她，可也得给个回答。李陵想想说："我，我在想你！"

"骗人！"她捏了下他的鼻子，"你说，苏大叔和梅尕姑姑能在一起吗？"

"我也不知道。"李陵敷衍她。

"你是他的兄弟，你要是他，你该怎么办？"女人穷追。

"可我不是他！"他无奈地说，"他是很有主见的人！"

"你没主见吗？"

"我有主见，能和你在一起吗？"他瞧着火塘里的火。

"那就是说，你不爱我？"於维尔兰噘着嘴。

"我爱，我现在爱得不得了！"李陵说着，拉着她亲起来。

他在烦闷时，只有用和她一起调情来麻痹自己。

而她呢，认为这是他爱自己的表达方式。

激烈了近一个时辰后，苏武心里好受多了，和梅尕两人光着身躺在被窝里。梅尕依在他的胸前，噘着嘴担心地问：“苏大哥，你现在是我的男人了吗？”

“傻瓜！我们不是都在一起了！”他蹙了下眉头，亲下她的额头。

“我像做梦一样！”她含泪微笑说。

“你是个好女人！”他真诚地说，“这辈子能和你在一起，是我苏武的福分！”

“你是个好男人！我会好好爱你的！”她满足地搂着他。

“感谢你！”他亲了下她，起来穿衣，“起来！我们还得招待客人呢！”

五十八　谁说我不需要女人

晌午，灶房里。

梅尕哼着曲子正在烧水。

於维尔兰推门进来，微笑地瞧着她不说话。

梅尕抬头奇怪地问：“哎，你怎么不说话？”

“我看你眼睛很亮！”於维尔兰注视着她的眼睛调皮地说。

“我眼睛本来就没有毛病，当然亮呀！”

“是一种贼亮！”她问，“大叔男人吗？”

“你啥意思？”梅尕故作不解地问。

她伏在她耳边问：“你和他一起那个了吗？”

她红了脸不说话。

“姑姑，她和你曾经的胡人男人相比，怎么样？”

“你问这个做啥？”梅尕奇怪地问。

“我听有的女人说，汉男人和胡男人那样不一样。”她羞红了脸。

“你也有脸红的时候！”梅尕手指点了下她的额头。

“你说说嘛！”於维尔兰恳求她。

“要我说呀，汉男人吃了我们的牛羊肉，和胡地男人是一样的纯爷们！”

“知道了！”她说，“我夫君有时力不从心。”

“和你一起那个时吗？”梅尕担心地问。

她低头不吭气。

“你们是不是每夜都要那个？”梅尕认真地问。

她不好意思地点点头。

“这可不行！三四天一次。养足精神才好怀孩子的！”

梅尕对她说，“在这里多住几天，晚上咱两个一起睡，我给你好好地说道说道。”

“他们两弟兄，巴不得有个叙话的时间！”於维尔兰说。

衽余躺在乙沓老人温暖的房里，注视着火塘里燃烧的火苗想，这里的人像这火塘里的火一样温暖着他，像兄弟一样关心他，没有一点把他当外人的意思。

卫律让他来监视李陵，监视苏武他们，看他们有什么越轨之处，回去给他汇报。他知道卫律的意思，是要听他们的违规之处……

自己该如何说呢……

於乙沓老人给牲口添了草料回来，看他发怔的样子问：“老弟，想家了？”

衽余尴尬地笑笑：“我哪有家呀！”

“我知道你跟着卫律多年，就没有成个家？”老人问的是心里话。

“唉！跟着卫律，哪家正经的胡人女子愿意嫁我？再说，那些个女人，我也不敢要！”

“你想过离开他吗？”

“这谈何容易。”

“我知道卫律让你陪李将军来的意思，可你不能昧着良心回去胡说八道！”於乙沓老人点中了要害。

“我知道他两个都是好人，可是——”他为难地说。

“可你不顺着卫律，就得遭他斥责、问责，对吗？”老人生气地问。

老人瞧他不吭气，生气地说：“这些人已经成了阶下囚，还要落井下石，那还不如现在就把他们杀了！”

“那老伯，你说我怎么办呢？”衽余真诚地问。

“看在你送苏使节到这里来，没为难他的分上，我教你一招。你回去给卫律汇报，说李将军和苏使节谁也说服不了谁，最后不欢而散。”

“这样能行吗？”

“能行！你再把大雪天，你们艰难行走的事说得严重一些。”

“他会相信吗？”

“那你就让他狂风暴雪天过来看看！不过你说话要委婉一些。”老人拍拍他的肩膀说，“要多做好事，会找到好女人成个家的！”

“哎，老伯你说我怎么能离开卫律呢？”衽余向老人讨教。

“你觉得李将军人怎么样？”

“体恤下属的好人。”衽余说，“不然，不会为了三百多伤兵生命委屈了自个儿。”

“他现在是王爷，是单于家的驸马，你想办法跟随他，我们小公主也会关照你的！”老人给他出主意。

“真的？”

“那，你要做下好事，让她看上才成！”

“我知道了。”

他想起三年前的冬天和句吾一起送苏武到这里，他们卖了羊，把带的所有都留给了苏武，还到丁零看了朋友。回去后，只是说一路上的路多难走等等，瞒过卫律。

那时还是和句吾一起，这次只是自己一人跟随，回去如何说还不是由自己……

两天后，雪停了，人还是不能走，只有等到大风到来，把地上的雪裹着吹散，能看到高低的地势，才能行走。

李陵一行三人，在这里住了十多天，直到起过三次狂风，把地形彻底看清楚了，他们才出发回首府。

客人走后，家里冷清了许多。三天来，苏武沉默不语，仍旧睡在他过去的房子。

梅尕见状也不敢多问，只能是在生活上多关心他，可也不能老这样呀。

晚上，老人收拾好一切睡下了。

苏武回到自己的房间，梅尕过来抱起他的被子就走。

他抓住被子问：“你干什么？”

“我来抱我男人的被子！”她挣开他的手，抱着被子回到房间。

他直挺挺地躺在榻上，没有走的意思。

她放下被子过来，拽起他出门，脚勾上门狠力拽他回到自己房间。温和地问：“你怎的忘记，你是个有了女人的男人？”

“这么多天，我真像梦游一样！”苏武心慌意乱地说，“李陵他们一走，我的心更加不安了！”

“莫非，你也想投降匈奴？”梅尕双目直视着他。

“除非我死！”他坚决地说。

“这就对了！我知道你们兄弟情深。可是，你们大汉皇上也是个恶鬼！杀人魔王！”梅尕生气地说。

“不准你信口雌黄！”他恼怒了。

“好！你们皇上好！好坏不分的好！睡觉！”她脱了衣服躺下。

他和衣躺在她身边一动不动。

她起来为他解着衣扣。

他气恼地坐起来，冷眼瞪着她：“干什么呀？”

“我给我的男人脱衣，不行吗？”她理直气壮地手不停。

瞧着她健壮光溜的身子，他一把扯开自己的衣服，扑倒女人……

这或许是男人解除愁苦和烦恼的办法。

他越疯狂地进攻，她越感到痛快。他甚至亢奋地在她的肩头咬了口，她都没觉到疼痛……男人要把心中的痛楚、痛恨淋漓尽致地发泄出来……

一阵疯狂过后，他无力地躺在榻上。

她亲了下他嘴唇问：“你怎么了？”

“我把痛苦全部发泄给你，你不痛苦吗？”他无情地问。

“我很痛快，很愿意为你分担痛苦！”

“你们女人，跟男人不一样！”他瞧都不瞧，侧身背对着她。

“只要，每天你能陪在我身边，我们两个的需要是一样的！”

“我知道你想男人！”

“那、你不想女人吗？”她微笑着，“我知道，像你这样的男人，是不需要女人的！”

“谁说我不需要女人？”他搂过她亲着又啃。

她推他：“我不需要愤恨！”

“这、这回、是真的爱你！”

……

五十九　互相提防

李陵从贝加尔海回来，要给且鞮侯大单于汇报此行的情况，他和妻子商量好汇报的内容后，一起面见单于。

且鞮侯单于躺在炕榻上休息，听说李陵两口子回来求见，立即召见。

夫妻俩给单于请过安后落座。

单于辞退左右问他们："怎么样？"

李陵恭敬地说："启禀叔王，效果不大！"

於维尔兰接着说："苏武这人是一根筋，石头脑袋，他死都不怕！"

且鞮侯单于知道苏武是不会为匈奴所用的，让李陵两口子去的目的，是让他们相见，给苏武一个打击。

你苏武不是牛气吗，一个小小的使节不投降，可你们大汉的将军却投降了。你不为我出力，你们大汉有人为我出力。

他笑着问侄女："尔兰，他们生活怎么样？"

"阿伯，您问谁呀？"她故意调皮地问。

"梅尕不是去找苏武了吗！"

"原来、是你让梅尕去找苏武的！"

且鞮侯单于笑了，呛得咳嗽起来。他是使节，不能让他死，给他个女人是让他活下去的唯一办法。

於维尔兰忙给他抚拍着后背，李陵上前搀扶他说："请叔王休息吧！"

他们两人告辞出来，在宫门外遇见卫律。

卫律笑嘻嘻地诘问："驸马和公主给单于请安了？"

其实，他很嫉妒单于看重李陵而忽视他卫律……

"是！"於维尔兰微笑地说，"怎么，军师有何吩咐？"

"看你们孝顺，我很欣慰！"他有点酸的意思。

"感谢！"李陵拉着妻子就走。

於维尔兰走了几步，回头瞧了眼卫律已去的背影，生气地说："这人很讨厌！"

李陵虽然也很讨厌卫律，不愿意和这种人多说话。可是如今的自己和他有何区别……

他已经不是过去的李陵了。他只是一味地朝前走。

自从得知母亲、妻儿、李家三族，因他李陵被汉皇帝下令诛斩后，还有司马大人的遭遇……后来，他愤怒地杀了李绪，被单于送往北地避难，回来就和於维尔兰结婚，可他却没有丁点的高兴。

如今见了苏武苏仁兄，心里更是充满矛盾、痛恨、悔恨……

於维尔兰追上李陵问："你怎么不说话？"

这胡地的女人，真的是太直率了，有啥就说啥，不顾男人的感受！他不回答，只是前行。

她拉住他问："为啥不跟我说话？"

"你要是当街骂他，难道也让我当街骂他不成？"他不满地答。

於维尔兰瞧着男人嘿嘿笑了，无话找话："其实，单于还是蛮人性化的，怕苏大叔在贝加尔海放牧难以生活，让梅尕姑姑去的！"

"那他为何不给他送吃的粮食？"李陵顶了妻子一句。

"那你们大汉皇上，又做得怎么样？"她傲娇地反击。

他只有无言了。

她挽住他的胳膊："不说这些不愉快的了，我们回我们的家！"

结婚后，且鞮侯单于和於靬王给他们重新建造座穹楼。其实，李陵也钦佩且鞮侯单于的宽宏，同时也在提防着卫律，尽量不去刺激他们，他只能对什么事情都漠不关心，做个闲人。

在他和於维尔兰婚后，且鞮侯单于单独和他深谈了一次，意思是，在自己百年以后，让他来辅佐自己做单于的儿子，与大汉和好。

且鞮侯单于怕卫律奸诈，鼓动新单于跟大汉较劲而吃亏。

卫律也怕单于冷落了自己，处处提防李陵和单于接近。

一进入冬季，哈拉和林的天气一天比一天冷。

且鞮侯单于的寝室里砌着大汉北方人睡的火炕，还有火墙，温暖如春。

这几天，单于感到自己身体很糟糕，每天晚上有阵大汗淋漓的时刻，大汗过后感到胸部憋闷难耐。

他差人叫来沮渠格尔给他诊治。沮渠诊脉后陷入沉思。

他问："怎么样？"

"比前一时好多了。"萨满说，"如今只是内热过度而起！"

“这一时操劳少了！”

“您这病就是要少操劳，多将养！”他从随身的大皮包里拿出只陶罐说，“这里面是我熬制的雪梨膏，您每顿饭后吃一银勺。”

“现在能吃吗？”

“可以！”

于是他让阏氏给他服了一勺。他尝后说：“真甜爽，好吃！”

“这是前一时，一生意人从大汉贩回来的酥梨和蜂蜜，我用雪水，加上自制的麦芽糖和清补的药材，熬制而成的。”

“那年，我在敦煌吃过梨子，又脆又甜又爽口，真是太好吃了！”鞮侯单于想想问，“沮渠，你说咱这里能种植梨树吗？”

“咱们这里有水，有树生长，能种植！”

“这事情交给你办！”

“那也得有你的书面指令才对，免得以后的官家寻衅找事。”沮渠沉思片刻又说，“还有，这事你得让我亲自物色人来做！”

“准了！”且鞮侯单于爽快地说。

他立即让手下起草圣谕盖章交给沮渠格尔。

沮渠领命后，悄悄找於靬王商量地方和用人。开春，以沮渠格尔萨满的名义，在余吾河畔搞了大块河滩草地栽种果树。

只要单于同意让他亲自物色人来帮助种树，不干涉内务的话。沮渠很是高兴。

他和於靬王找来了在首府外围部落做奴的常会和赵根儿，让他们在那里吃住，种植梨树。

苏武被流放到贝加尔海后，常会和赵根儿在於靬王的安排下，分别在首府外围的两部落为奴，其他人都被卫律分配到偏远的地域部落去了。

毕竟他们和苏武分别两三年了，沮渠格尔也不敢贸然地相信他们，严肃地对他们两个说：“现在，我是你们的主人！要好好地劳作，不然的话，就送你们回原牧主家继续做奴！”

常会和赵根儿从长安来时，在汉地走了一个多月；来这里向导带着走的是捷径，人烟稀缺的地域走过后，还走了近二十天的茫茫荒漠。他们就是想逃，没有马匹，没有盘缠，是万不可能的。

两人只有默默地劳作着。他们在家都种过地。在这里种地无人监视还有吃的，比在牧主家强多了。

常会对赵根儿说："兄弟，咱们两个要好好干，一定不能让主人失望！"

他们每天自己做饭吃了后就下地开荒，按照沮渠提供的梨树和其他果树种子，还有庄稼、药材等种子，分时分片种植着。

三年来，常会很挂念苏大哥，一直记着他的叮嘱，可是看到主人沮渠格尔对他严肃的样子，也不敢贸然打听什么。

六十　我要当阿爸了

北国虽然春天到了，冰河开冻，可河滩地空旷，风儿仍然呼啸，天气寒虐。

一天前晌，常会和赵根儿正在开地。沮渠格尔打马过来喊着："姓常的，找你有事！"

常会放下镢锄跑过来："主人，请吩咐！"

"上马，和我一起去拿树苗！"

"一匹马呀！"他诧异地问。

"啰唆什么！快上来！"沮渠不耐烦地大声呵斥。

他翻身上马，坐在他身后。

"搂紧我！"

于是，常会搂着沮渠后腰，两人打马飞驰在荒原上。

凄清的阳光下，前面的低洼地有片枝头冒着小叶苞的桦树林。沮渠马儿到此慢了。

常会实在忍不住问："沮渠大哥，有我苏大哥的消息吗？"

"没有！"沮渠还不大了解他。

常会失望得哭腔都出来了："他、他要是没了，我们回汉、就没、希望了！"

沮渠看他难过的样子，想想说："去年，我听做生意人的胡人回来说，李陵全家被大汉皇帝诛灭了三族，司马迁为李陵说了几句公道话，被关进大牢受了腐刑！"

常会哇的一声哭了。他很想念家人，如今大汉皇帝这样，看来，这辈子回家无望了！

沮渠一听常会如此痛苦勒马停下，下马严肃地说：“下马！”

常会流泪下马。

沮渠没好气地说：“擦干眼泪！”

他看常会这样，心里也不好受。苏大哥曾经的意思，他很清楚，是让他做他们同伴间的线人。他怕常会经受不住困苦打击，今天得试试他。

他们坐在林边避风的阳光下。

沮渠不满地问：“你一个大男人，怎么就这样！”

“我，我实在是忍不住了！”常会抽泣地说。

“你知道李陵将军的事吗？”沮渠问。

“我、我只听部落的人说他战败被俘、投降。也不敢多问！”常会擦着眼泪。

沮渠一听他说的话，觉得他是个谨慎的人，还没变。于是，沮渠把李陵孤军深入，遭遇单于主力骑兵，歼灭匈奴三万多兵骑后的情况告诉了他。

“那大汉皇上，也不该灭他家三族呀！”

“问题就在这里，所以你们要忍耐！这大汉和匈奴之间，经常打仗，也不光是你们受难！只要活着，就有希望！”沮渠安慰说。

“我知道了！”常会说，“沮渠大哥，我会跟你好好干的！”

“别忘了，我是你的主人！”沮渠严厉地说。

“是！主人！”常会起身给他行了个胡礼。

“走，咱们搞树苗去！”

太阳能照到的大部分地方，雪基本融化了，草原上到处是碎冰碴子。

由于这里昼夜温差极大，白天消冻，到处湿漉漉的。有树的地方，光头头的树枝上孕育起细小的叶苞。地上，草根在碎冰碴下挣扎着。

天气乍暖还寒，空气特清新。

半下午，空旷的道上，两匹马飞奔而来。近了，原来是苏武和梅尕，给牧人看病打马归来。

梅尕勒马而停，翻身下马，一把揪下围口巾，蹲在道边干呕欲吐。

苏武忙下马，搀扶她，关切地问：“这是怎么了？”

“没事。”她说着站起，可禁不住又干呕起来！

苏武忙从腰间拿下水葫芦，爱意满满地说：“来喝口水！”

他给她喂了口水，亲昵地说：“我说天气寒冷，小病我去。可你非要去，看，着凉了吧！”

“好多了！”她戴好围口巾，“走，回家！”

苏武搀扶妻子上马："快到家了，咱们慢点走！"

晚饭后，苏武给火塘里加上柴棒。屋里一下子暖和多了。

他们刚躺在榻上，梅尕又想呕吐，对丈夫说："快拿盆来！"

苏武忙下地拿过铜盆接住，她把晚上吃的东西全部吐光了。他心疼地问："我去给你煮点党参甘草汤来吧！"

"不用！我没事！"她躺下。

他给她掖好被子："还没事，在这里有病，可要遭罪的！"

他把盆子拿出去，端了碗水回来说："来，喝点热水！"

他喂她喝了水，额头挨住她的额头："不热呀，你怎么突然成了这样？"

"怎的，你不累？"她拉着他，娇气地说，"我没事，快睡觉吧！"

梅尕躺在丈夫的怀里，幸福地瞧着他哧地笑了。

"你笑什么？"他问。

"我笑你是个傻瓜。"

"你说说，我怎么傻了？"

"我笑你不会关心女人！"

"我怎么就不会关心女人了？我不让你干重活，你出去给人看病，我陪着你。我怎么不会关心了？"男人笑着质问。

"那你说，我那个几月没来了？"

"什么、几月？"

"女人的身上。"

"你自己的事，我怎么会知道！"

"我就说你不会关心女人吧，你还不承认！"女人红着脸说，"其实，女人身上不来，就证明怀娃娃了！"

"莫非你有了！"男人吃惊地问。

"你这样干什么？"

"我要当阿爸了！"男人紧紧地搂着女人亲了下，"我能摸摸他吗？"

"谁呀？"

"我的娃娃。"

女人露出肚子："那你摸吧！"

他伸出手轻轻地摸着她扁平光滑的肚子："怎么，摸不着？"

"他还小，才两个月。十个月才能长大的！"她调皮地说，"所以，我说你傻，你还不服！"

“我服了！”他说，“我真的白活了四十多岁。”

“你说，你在大汉有儿子，那你女人怀娃娃，你能不知道？”

“我刚娶了媳妇三天，就跟着父亲到边关，一直到媳妇生娃娃时才捎信回家，谁知娃娃刚生下后不久，她、她就病、死了！”男人伤心地说。

“对不起！”瞧着男人伤心的样子，女人也伤感了。

女人生娃娃，真是和生死打交道的事。

“没啥。所有都过去了！”男人搂着女人说，“我就没经历过这些。”

六十一　各取所需

“这次，我就让你从头到尾好好地经历、见识、体验一番！”梅尕在男人温暖的怀里蹭着说。

“感谢你，我的媳妇！”男人亲着女人，女人为了安慰男人，也回亲起来。男人禁不住翻爬在女人身上。

女人推开男人：“别这样，娃娃太小，经不住你这样的碾压，他会夭折的！”

“大了可以吗？”

“五个多月以后，我们在一起时也要轻轻的。”

“哦，我知道了！”男人老实地躺在一旁。

“你搂着我呀！”女人说。

男人轻轻地挨着女人，瞧着屋顶沉思起来。

“哎，你想什么？”女人忍不住问。

“我、我在想，我受了那么大的灾难，九死一生，竟然还有这么大的福气，还能有媳妇和娃娃！真是上天的恩赐！”男人感慨地说。

“这就是好人有好报！”女人紧紧地依在男人的怀里，心里说，感谢你，我的好男人！

自从李陵来劝他投降，得知一家被皇上诛灭三族及朝廷的一些情况后，苏武急切回汉的心慢慢地凉了。他回想着从父辈和自己的兄弟，辅佐汉皇帝的起起落落，真的是伴君如伴虎的。

如今身陷匈奴，千万不能像李陵贤弟那样。我宁死都要坚守大汉气节，等待时机，总有一天，我会带着弟兄们回大汉，回家！

冰雪融化，树木枝头叶苞待放，草原上显出了些许嫩绿。牧民们赶着窝了半年多，消瘦了许多的羊儿、牛儿、马儿开始行动，奔选开了草场。

哈拉和林王庭，且鞮侯单于召集各部王爷们汇报各封地的情况，商讨当年的工作。

右贤王发言："单于，漫长的冬天，把去年的积蓄已经花销殆尽，咱们再不想办法的话，就寸步难行了。"

立即有位王爷赞成："右贤王说得对！这是各封地都存在的问题，王庭得想办法解决！"

"哎！各部的困难各部解决！"二十七岁的左贤王说。因为他是单于的儿子，未来的接班人。

另一位王爷不服："我们是单于的部下，当然得和单于要主意的！"

且鞮侯单于怕吵起来，平静地说："大家好商量嘛！大家把所有问题提出来，一起商量解决嘛！"

在座者不说话了，堂上一时鸦雀无声。

单于问卫律："军师，你有何办法？"

卫律看不说话不行了，他迟疑片刻说："咱们吃用的物资都贫乏，是得想办法解决。"

"那只有向大汉要了！谁让他们那里物产丰盛呢！"一位年轻王爷说。

"那，南方部落距大汉近，进退容易。我们北地怎么办？"北地一老王爷生气地说。

右贤王出主意说："我看这样，过一时汉地麦子熟了。咱们各部都有自己的骑射军队，各自为政。出其不意，飞快地多方出击，得手就撤，先抢他一家伙再说！"

且鞮侯单于听了如此主意想：我们这里是极寒之地，冬季时间很长，人畜只有蛰伏过冬，可是要张口要吃的喝的。

他们粮食本就匮乏，物资奇缺。若遇天灾，人畜死亡严重，大量地减员减畜，艰难异常。因而胡人为了生存，从古到今都是向汉地索取，天经地义。

于是，且鞮侯单于表态说："就按大家商议的办法做！要保存自己，尽量少杀伤百姓！"

李陵一直没有说话，卫律故意问："坚昆王，你有何见教？"

李陵气得脸红脖子粗，当着单于和众王爷的面又不好发作，回答卫律："如此，你说！”

右贤王讥笑说：“二位，一样的！”

单于见状，怕顶起来难堪，宣布：“退朝！”

李陵一听匈奴要抢粮食，心里很着急。怎奈自己无法阻挡，也无法通消息。如今自己的行动，单于还命人暗地里监视着。再说，自己眼前也没信得过的人。

他也知道自古到今，胡地物资都是以抢汉地为主，否则也就没有胡汉双方一直打斗的必要了。只要胡人抢掠，汉皇帝必要惩罚。唉！怎么办……

就是自己能送消息到大汉，李家因自己已经家破人亡，诛灭了三族，何人能相信于你……李陵闷闷不乐地走进家门。

於维尔兰瞧着他的样子问：“夫君，怎么了？”

“唉！”他叹了口气，坐在榻前不说话。

妻子递上碗奶茶：“喝口奶茶，消消不快！”

“去！”他手臂一抬，碗掉在地上，奶茶洒在妻子衣袍，倒在铺着的地毯上。

“你吃错药了！”她恼怒地问。

“对不起！”他只得说，“他们要抢掠大汉的麦子，我心里着急！”

“这与你我没有一文钱的关系！”於维尔兰生气地说。

他越想越难受，双手抱头悔恨地说：“我、我我、他娘的，这干的是件啥事情？！真是窝囊！”

他想着自己如今进退维谷的处境，死的心都有了。

於维尔兰看男人难受的样子，态度缓和说：“我知道你心里一直不好受，如若你要回大汉，我不拦你，我……”

“别说了！”他痛苦地打断女人的话，伤心地落了泪。自己这样苟且活着，真是不值！想到此，他起身一头朝墙壁撞去。

说时迟那时快，於维尔兰扑上，紧紧抱住他的后腰。

“夫君不可！你要是死了，咱们的孩子就没了阿爸！”女人泪如雨下。

男人闻言一下子瘫坐在地上，泪眼瞧着女人的泪眼，不知该说什么……

他想起自己一生没有父亲的艰难……突然，搂着女人放声哭了！

李陵口中喃喃地说：“我不能死，我不能让娃娃没有了父亲！我不能让女人没有男人！我的命不是我的，是女人和娃娃的。我不能死，不能死……”

李陵尽管对一切事情漠不关心，可是卫律还老在单于和众官员面前羞辱他……他想，既然自己被分封为坚昆王，就该远离这里，和自己的女人回封地坚昆生活。

李陵跟於维尔兰说了自己的苦闷和想法，女人想想也很同意。谁叫自己爱这个男人呢！

於维尔兰给父亲说了丈夫的苦闷，提出他们要回坚昆生活，让父王於靬王出面跟单于商量。

王爷也怕单于让女婿带兵和汉打仗，就想办法出面和单于商量。

单于不同意，他自己刚封李陵为右校王，封地为坚昆，他还没有立功，就要离开，哪有这样便宜的事！

於靬王说："大单于，你就不怕他在王庭，想办法和大汉通消息吗？"

单于慎想，对呀，王庭不时有胡汉的生意人或使节来访，万一他和他们沟通，怎么办？还是兄弟说得对。

不过单于提了个要求，只要王庭大事需要，李陵必立即回来。李陵也提个要求让单于同意，他要带走自己用名誉换来的三百多伤兵回坚昆。

且鞮侯单于思想良久，这也是个好事情。李陵如今回汉的后路已经断绝，他带着骁勇的部下一起，可以组成一支不错的队伍，可以在自己死后辅佐儿子的……

双方同意，各取所需。

六十二　兄弟情深

卫律听说李陵两口子要回坚昆生活也很赞成，这也是个好事，免得自己和他在一起做事而难堪。不过，得有人监视他才对。他派衽余去跟随李陵做卧底。

衽余跟随卫律多年，深知卫率的狡诈，所以对他有所顾忌。自从三年前与苏武和梅尕打交道以来，知道世上除过作恶以外，还有许多样的情分。

这次带路随李陵去劝说苏武投降，苏武和李陵公私分明的人品叫他佩服，所以回来给卫律汇报时，只说了他们两个谁也说服不了谁，还打了起来不欢而散。卫律说是在意料之中，还夸他忠诚。

他很愿意跟着李陵，觉得李陵是和苏武梅尕於乙沓老人一样的，都是有情有义之人，自己以后要跟他们一样地为好人做事。

常会和赵根儿开动脑筋，仿照在家乡耕地的犁耧样子，用此地的桦木做了个犁地的犁耧，没有铁的犁头，用桦木削成尖头。

他们一个人在前，肩背套着皮绳子拉，一个人在后扶犁前推，由于地刚解冻湿润，再则沙土不黏省人省力，效率也提高很快。

沮渠抽时间带着十四岁的儿子也来帮忙。

小沮渠名叫和汗，很聪明，跟着父亲学医。他来这里帮着干了几天活，就要跟着常会学习汉字，沮渠也同意儿子的要求。

由于这里要长久扎根种植，儿子也要学习。沮渠请了汉人木匠，带人在这里盖了三间胡式的木房子，居住比帐篷安全舒适多了。

按照主人的安排，常会他们把主人拿来的所有种子分片、种，种下地后事情少多了。常会抽出时间，教和汗学汉字。赵根儿在家没上过学，也就跟着学习。

一天后晌，天气晴朗。完成了学习任务，赵根儿到地里去检查种子出苗情况。

常会问小沮渠："和汗，这么长时间，怎么没见你姑姑来过？"

"我姑姑去找苏阿伯了！"他用树枝在地上画着字，随口说。

"苏阿伯，是苏武苏使节吗？"他问。

和汗觉得自己说错了，忙抬头改正："不不，姑姑、回我家原住地看我阿伯去了！"

这是他们一家人商量好的，应付外界问梅尕去向的回答。

"哦！"看孩子的样子，常会放心了。那就是说苏大哥还健在，现在可能和梅尕在一起。

除过伤势严重而死的十多人外，医治好的三百多伤兵们，一年多前，都被发配到偏远的各部落去当奴隶，如今被召回到王庭。

他们受尽苦难，一见自己的首脑李陵，真是高兴得热泪直淌。特别是得知聚集的原因，以后再也不用独自受苦了，都表示毫无怨言，听将军的安排。

於靬王尽自己的能力，只能给女儿女婿搞来不到十匹马，驮着女婿让搞来的粮食种子和生活必需品的行囊辎重，能行走者尽量步行，脚腿不利索者轮换骑马而行。

李陵瞧着眼前队伍中多位手臂伤残者和几位腿脚不大灵便者想，这些跟着自己出生入死的弟兄，既然回不了家，首先要想法帮助他们成个家，繁衍生息……

去年，刚封了坚昆王后，李陵和妻子带着随从到坚昆去了两次。

在第一次去的路上，还遇到了卫律暗地里组织的强盗半道上劫杀。可李陵是何等人物，还怕这个不成！

在他发现了这伙歹徒，徒手擒拿，几个回合，就把十多个强盗给收拾了。留下一活口回去报信。卫律虽很生气，可他这是背着单于干的，没敢吭气。打那以后卫律只是派人监视，不敢造次。

封地坚昆周围，百顷的湖泊加草原周围都是山脉，近山上有树木，远山是雪山。

封地坚昆，是在沿着湖泊的河流旁，向阳地散住着的原住户所谓的村庄。

怎么是所谓的村庄呢？因为游牧人居无定所，在水草丰盛，全年能见到太阳的地方，就有几家或者多家常年散居的部落存在。

坚昆管理驻地，坐落在面朝昆野湖四季向阳的半山坡。不很大，约二十多户人家，大都是制造牧人生产生活用具自行交换的生意人家。也可说是辖地千百里，方圆最大的集镇吧。

李陵对身边走着的四十多岁的年长者说："赵老兄，你是长者，定要认真地提醒大家，一到驻地，要遵照当地的风俗，为人要谦和，这样才能站住脚的！"

"将军说的是！"老赵镇谦恭地说。

"别叫我将军了，我实不敢当！"李陵愧疚地说。

"我在汉父母已亡，无有兄弟姐妹，那就称你为贤弟吧！"赵镇诚恳地说。

"好！我李陵如今也是一人。仁兄在上，受弟一拜了！"

老赵看李陵给自己打躬行礼，忙扑通跪地。队伍中有人看见这样，忙喊："队伍停下！跪谢将军！"

这支训练有素的队伍，齐刷刷地面向李陵跪在当道："跪谢将军！"

李陵眼睛一热，立即跪地叩头，抬起头眼泪汪汪愧疚地说："谢大家，请大家不要称我将军了，我们是一家人，以后就互称兄弟吧！"

"那我们就叫你大哥吧！"其中一位提议。

大家纷纷给李陵叩头："大哥在上，受小弟拜了！"

这些跟随他的人，都知道他为了他们这么多人苟且地活着，如今又能把他们带出走在一起，是件很不容易的事情，人要知恩图报的。

"大家请起！快起来！"李陵看大家起身后恳切地说："既然我是大哥，

我要叮嘱大家，到驻地后，诸位要入乡随俗、谦和为人，不要招惹是非！我是不会亏待兄弟的！”

他们这些人，近两年来被分到偏远各部落做奴隶，过着非人的生活，都吃了很多苦，如今知道自己该怎么做了。

衽余瞧着他们的样子，也本能地跪下了。李陵忙搀扶起他说：“衽余兄，你不可！”

“我也能叫你声大哥吗？”

李陵含泪摇摇头：“衽余兄，羞煞我了！”

“你不同意，我就不起来！”他真诚地说。

他已经下决心跟着这些汉人在一起了。

“好好！衽余兄请起！”李陵搀扶起他。

衽余的眼眶也红了，自己一个人活了近四十岁，都是在上司的呵斥下生活，没有人对他如此尊重过，自己一定要好好地做人做事。

去坚昆的一路上，虽不好走，可是对这些当过兵的人没有什么。半月后，李陵他们一行来到坚昆和与贝加尔海交界地，他让衽余带着大家先走，他们夫妻打马去贝加尔海看看，随后赶到。

这次夫妻俩单独行动快捷了许多。两天后，苏武和李陵两家人相见，高兴极了。

苏武和李陵、於维尔兰和於乙沓老人分别说着话，梅尕进灶房给客人做饭。

於乙沓老人看梅尕进了灶房，拉起於维尔兰进来说：“女儿，你陪我孙女去说话，我来做饭！”

自从知道梅尕怀娃娃后，除过不得已需梅尕出诊外，苏武和老人都不让她累着，其他的事情都是两个男人来做，做饭也是。

六十三　互相安慰

“姑姑，让小老头儿爷爷做饭，咱们到你房间说说话，怎么样？”这次来只能是见见面就要走的，於维尔兰和梅尕有好多话要说。

“好呀！”梅尕拉着於维尔兰出来，进了房间。

房子里火塘还烧着，暖和和的。

於维尔兰打量着梅尕，调皮地问：“姑姑，是不是大叔很心疼你，不让你干活？”

“何以见得？”

“你胖了呀，身子也圆了！”

“难道你看不出来！”梅尕幸福地转了一圈。

“你就是胖了呀！”於维尔兰一本正经地说。

“我有了！”

“有什么？”

“你真笨！”梅尕脸红了。

“哦！”她恍然大悟，“你是怀娃娃了！”

梅尕点头。

“太好了！”於维尔兰高兴地说，“姑姑，咱们两个，该成亲家了！”

“你也有了？”梅尕兴奋地抓住她的手。

“是！”於维尔兰说，“我按照你教的办法，把肚子里的寒气排出来后，就怀上了！”

“让我给你把下脉。”梅尕拉过她的胳膊，把脉搏后，高兴地问：“两个月了吧！”

她幸福地点了下头，问她：“你几个月了？”

“四个多月。”她问她，“你现在正要休息，怎么跑到这儿来？”

她把他们要回坚昆的事，原原本本地告诉了她。最后无奈地说：“这还不都是为了夫君！”

“你们做得对！惹不起朝中人，躲开也是办法。”梅尕生气地说，“特别是那个奸诈的卫律，自己全身黑得跟乌鸦一样，还千方百计地算计别人。”

“谁说不是呢！”

“我哥现在怎么样？”梅尕问。

“听阿爸说，沮渠大叔现在遵照单于的指令，搞了块地，找了两个人，帮着他种植梨树和药材，还有粮食。挺好的！”於维尔兰说，“我正要去那里看看，要回坚昆没去成。”

“只要哥哥没有因我受牵连就好！”梅尕放心了。

“嘿！单于说，是他让你来找苏使节的！”

梅尕笑着点点头说：“还不是你出的主意好！”

“是单于迷信怕死。”

两个女人调皮地你瞧着我，我瞧着你，高兴地拥抱在一起。

酒菜桌上，苏武听李陵说了自己的郁闷和难堪，为他窝囊而生气：“你真不该投降匈奴！”

“可我当时真的是鬼迷心窍了！怕单于杀了三百多伤兵不说，还想瞅机会杀了单于，报了国仇家恨，能逃就逃，逃不了就了断自己。”

他流着泪，极其悔恨：“谁、谁知，竟然弄巧成拙，害死家人及李家三族，也害了司马迁大人！”

“那你现在怎么办？”

“我如今还能怎么办！我不能让妻子没有丈夫，不能让我的孩子没有父亲。”李陵伤感地说，“仁兄，你知道我此生没有父亲很是痛苦很难堪的！”

“原来贤弟媳妇也有孩子了！”苏武高兴地说。

“莫非仁兄也是！”

两人互相瞧着，瞧着，竟然发出了无奈苦楚的笑声：“呵呵，哈哈哈哈……”

两人的眼泪滚落在酒碗中。

苏武擦了泪，喝口酒问：“兄弟，以后有何打算？”

“我现在求生不能，求死不得。只有带着三百多活着的兵士到封地坚昆，先活下来再说。以后再想办法为他们娶妻生子，起码得让他们享有人生的权利，得有个后人！”李陵自斟碗酒，一饮而尽。

苏武给他和李陵的碗里斟满酒，端起：“兄弟，来！为你的三百多弟兄，为你的媳妇、娃娃，干！”

两人碰了下，都咕咚灌下。

“唉！我真是自作自受！”李陵眼泪长流，斟了碗酒，喝了口呜呜哭了。

苏武瞧着他，也擦开了泪。唉！这路是自己走的，别人也只有说说安慰的话。于是他说："贤弟莫要伤悲，人在哪里都是生活，世事难料，想开点！"

他想起前朝各代，汉人和外族之间，每争斗一次后，融合一次，多次争斗融合后的情形……

苏武抿了口酒，进一步安慰说："你不是在边境生活过的嘛，人生前面的路，谁也看不清，说不定到若干年后，你们这些人在这里繁衍生息，能成就一个家族的！"

"仁兄，你别讥讽我了！"李陵愧悔地说。

"这怎么是讥讽？你看，先前张骞将军出使西域后，大汉国出兵平息了西域各国部族，打通了西域之路，一路上汉人做生意和当地民族融为一体，这不都是先例吗！"

"我已是羞愧难当了，不敢想以后！"李陵拳捶着胸，负疚地说，"我如今，只有让后世人唾骂了！"

真是一失足成千古恨！可事到如今，再悔恨也无济于事了！

苏武抓住他的手："贤弟，为兄理解你的心情。你不能糟蹋自己，你还有三百多弟兄，还有爱你的妻子，以后还有你爱的孩子！"

"仁兄说得对！我也只能在你这位仁兄面前袒露自己的内心。我、我给仁兄掏过、心里的苦闷，委、委屈和无、奈，我、心、心里，好受多、多了！"李陵哽咽地擦着眼泪苦笑。

这一夜，两个深陷不同窘境的男人，一会儿流泪，一会儿无奈地苦笑，互相安慰，话着兄弟般的友情……

由于两个男人一起喝酒，彻夜未眠，第二天苏武以小向导怀娃娃不能连天奔波劳累为由，硬是让他们休息一天。

第三天一早，於乙沓老人做好羊肉烩饼，他们热热乎乎地吃了，告辞回程。

梅尕和苏武瞧着李陵和於维尔兰远去的身影，对丈夫说："尔兰也怀娃娃了！"

"这、是好事呀！贤弟、心、心情也、会好些的！"苏武若有所思。

"尔兰要和我们，成为亲家。"她微笑地说。

"噢！"他面无表情地走进房子。

女人跟进来问："怎么，不高兴？"

"没、没有！"他拿起绳索要出门。

"回来！"她拽住男人，"你这是啥意思？"

"人人都有各自的心思！你知道又能怎的？"他不耐烦地说。

“噢！”她回身躺在榻上，也不说话了。

於乙沓老人在外面喊：“少主人，有人来请看病！”

梅尕一听起身，穿外套，戴帽。

苏武说：“你在家休息，我去！”

“你想你的心思吧！”她武装好，拿着皮医包出门。

六十四　要帮弟兄们成家

苏武跟出门，拉住她说：“你如今有孕在身，不可颠簸劳顿的！”

老人牵出匹马，问年轻的来人：“家远吗？”

“两个时辰的路。”

苏武问：“家里谁有病？”

“我阿妈！”

“怎么了？”

“发烧，跑肚子！”

苏武一听，把梅尕推进房子，微笑着亲了下，轻拍下她的肚子说：“梅子，这病我能看得了！你就在家好好地照顾你和咱娃娃吧！”

他夺过皮药包，奔出门，上马跟着来人走了。

梅尕站在门口瞧着笑了。她知道李陵一来，兄弟俩会谈起过去的事情，男人心里一定不好受的。她想替他分忧，故意跟他打嘴仗的。

於乙沓老人瞧着女儿的样子笑着说：“我这儿子，很会心疼我女儿的！”

梅尕脸红了，娇嗔地瞪了老人一眼进了房子。

老人捋着胡子呵呵笑了。

两个时辰后，苏武跟着来人一起到他家。打开帐篷门，病人满脸皱纹，一脸蜡黄，躺在地毯上一动不动。

儿子扑在阿妈身上痛哭起来：“阿妈，你不能死……”

苏武忙拉起他：“快让我来看看！”

他摸摸她手腕脉搏，很细，几乎摸不着。翻看下她的眼皮，没血色，像是营养不良症。他对在一旁流泪的儿子说：“你阿妈不要紧！”

他从大医包里拿出小皮囊，取出短小细微的银针，左手按在她鼻子下方人中处，右手将针扎下，慢慢地提针捻针……

病人脸色渐渐地缓过来，睁开了眼睛，瞧着他。

“老人家，你哪里不好？”苏武用胡语问。

她挥手让儿子出去，看儿子出去后，指着自己腹部说：“我怀娃娃，肚子疼。”

苏武问：“你多大岁数？”

“四十五了。”

“孩子阿爸在哪里？”

她摇摇头：“没有。”

没有男人怎么能怀娃娃呢？瞧着简单的帐篷里，羊皮帐子相隔着的两个卧榻，莫非她和……他不敢想了。他很后悔，自己不该替梅尕来，应该陪着她一起来才对。

现在该怎么办……他想想，给她留下化瘀止疼的药后说：“你吃着这药，再把牛粪炒热，装袋温暖下肚子。要是不行的话，叫你儿子带你去我们那里。”

苏武背着皮药包告辞出来，儿子问他：“我阿妈怎么了？”

“女人病。没什么要紧！”他牵起马缰绳，对他说，“你阿妈要是还不好，就带她到我们那里医治。”

“你等等！”年轻人翻身上马，朝不远处的羊群奔去，俯身抓了只回来，下马递给他，“这是看病的酬劳！”

苏武瞧着周围望不到边的草原，就他一家帐篷，想想微笑拒绝说：“你阿妈的病还没有看好，过两天我还来的！告辞了！”

苏武打马回到家，把病人的病情告诉妻子后，不解地说：“莫非那女人和儿子在一起，怀了娃娃了？”

“胡说，女人年轻时都没生，这么大年纪了还能生吗？”

“那你说，为啥？”

“我问你，那儿子人怎么样？”

“看来很诚实的。”

“我也遇到过这样的事情。”梅尕解释说，“草原的女人辛苦，绝经早。也由于常年奔波在外，不能和别的女人交流，也不知道女人的生理知识。绝经时不舒服，就怀疑自己怀孩子了。”

“那你说，这女人是快绝经了？”

“一定是！”

“那就是说，我给她留的药和教的办法没有问题？”

“对，没问题！”

“可当时，吓得我连报酬都不敢要！”他后悔地说。

“这回，你是碰巧了，以后一定要问清楚再下药。不然要死人的！”她认真地说。

“人命关天的事，不会有以后了！”他也认真地说，“要拿这手艺养家糊口，我更得要好好地跟你学学！”

於乙旹老人在外面喊：“儿女们，开饭了！”

“来了！”梅尕答应着，亲了下苏武下榻。

苏武抱着她回亲了下。他很庆幸，老天给了他一个这么好的女人。

苏武是个勤奋的人，在不出门给人看病的日子里，梅尕认真地给他讲述着各种病人的症状和治疗的办法，他都一一地记在树皮本子上，闲暇时拿出来背记。

后来，有人来请看病时，开始是他陪着她一起去的。再后来梅尕怀娃娃肚子越来越大了，不方便骑马，大都是他单独出去给人和牲畜看病的。

三百多士兵，跟着李陵到了封地坚昆，正值这里春季播种时节。

他们在大哥李陵的安排下，放下行囊，能干活的士兵，开荒种地。身体有残疾者在家里，搞后勤，做饭修理工具。

种子下地后，李陵这些经过千锤百炼的弟兄，基本上都身强力壮的，总不能闲着。他们中有的会打铁制作兵器，有的会制作骑射工具，有的会木匠活，有的会制作农具。

他把他们这些手艺人组织起来，借农闲时间组织他们为牧人制作各种生产生活用具，用来交换牛羊和吃的东西。

多亏祍余是胡人，让他当经纪人，他们的生意渐渐好起来。

秋季，苞谷和粟谷大丰收，这些懂得生活艰辛的人，相应的经济上也宽裕了些，让他们看到了希望。

李陵又组织这些生龙活虎的士兵，自力更生、伐木造屋。

大家齐心协力，赶在冬天来临之时，每人都有了内外装饰一新的圆顶木屋。每家石块土泥砌的烟道，烟囱连着屋内的火塘，腿脚有毛病者，还给砌上火炕……冬天缓和、卫生。

随着大家建屋，坚昆王府也焕然一新，后面正屋是带着火塘宽大的原顶穹楼，前院两面是汉式厦房的四合院，安全美观而霸气。

接下来，李陵对他们说：“如今吃住地都有了，这就看各自的本事了，看谁能及早地娶回媳妇！”

大家高兴地纷纷向衽余讨要办法。

衽余跟着李陵来后，由于是胡人，言语相通，他也是见过世面的人，嘴又会说。在推销产品中，和附近一位没了男人带一小女娃的女人好上了。

衽余有了住房，母女俩就搬来和他生活在了一起。同来的汉人还给他们送了许多生活用品。四十岁的他，有了女人有了家，高兴得嘴都合不上。

大家向他要办法，他也欣然答应。晚上，他躺在榻上，搂着阏氏说：“哎，我跟你商量个事情。”

“说吧！”

“你是女人,跟女人好说话。请你给我一起同来的这些朋友,介绍下阏氏。”

“你们这么多人，我在哪里去给他们找这么多？”她躺在他的怀里，撒娇地蹭了下他。

“那我也不能光顾自己搂着你呀，还得为我们的朋友着想！”

“那也总不能把我给他们吧！”她噘着嘴不情愿地问。

“那朋友到了好的分上，也不是不可能！”他逗她。

“你敢！”

“你不答应我就敢！”他亲下她说，“我还真是舍不得的！不过，也不是说马上给他们每个人能找一个，能说几个就找几个。”

“其实，你们这么多朋友，都是能人。哪个女人跟着，都能过上好日子的。从明天开始，我留心留意！”女人答应了。

“这才是我的好阏氏！”衽余夫妻两人更加地甜蜜着……

六十五　女人不易

梅尕快要生了,挺着大肚子出出进进。苏武瞧着她坐、行、睡困难的样子想，过去自己没有真正体验，总觉得女人生娃娃是本能，只要怀上不知不觉地就生了。

现今梅尕怀胎十月，自己一直陪着才亲自体会到，女人生娃娃真不容易。这不，最近下了场雪，冰天雪地天寒地冻的。她的脚腿发肿，有时脚肿得发亮，仿佛手一轻按就能破了似的。

他不让她干任何事情，叫她歇息。可她却不听，每天都要在家里收拾这个，做做那个的。他拗不过，只要她一动，他就左右不离地跟着她。

一天，她正在房间给未出世的小宝宝做衣包，忽然想起什么，起身拖着笨重的身子要出门，他忙跟着搀扶住："哎！你要什么跟我说，我去给你拿不就得了！"

"我想出去走走！"

"这天寒地冻的，你摔倒了怎么办！"他心疼地说。

"这不有你吗！"梅尕娇嗔地说，"娃娃在肚子里踢腾，顶得我心慌，也得活动活动。"

他手隔着衣服摸摸她的大肚子，感到里面在蠕动："小宝贝，你和你阿妈一样调皮！走，咱们出去走走！"

他给她戴上皮帽，披上狼皮袍子，帮她穿上特制的暖鞋，拉开门搀扶她出来。

虽然阳光灿烂，可是没有温度，依然寒冷异常。

於乙沓老人正在扫着院子，看见梅尕出来忙说："我说女儿，你怎么这么不听话！"

"没啥，我总不能老不动呀！"梅尕高兴地说。

"她硬是要出来！"男人心疼又无奈地说。

"都是你惯着她！"老人溺爱地笑着。

梅尕瞧瞧茫茫雪原，再看看干净无雪的院子，笑了："你老快歇歇吧！"

"听女儿的话！歇会儿！"老人说着，拿着扫把进了自己的房子。

苏武瞧着老人回房子后笑了，真是位可爱而识趣的老人。

他搀挽着她的手臂走着想着心事，自从和李陵在这荒漠北地相逢后，得知李家的变故及自己家里的事情，心里虽然很难受可也平静了许多，说不定今生今世都要在这里过活了。

梅尕和老人给了他个温暖且慰藉的家，让他过上了安定安心的生活，他很感激……

梅尕看男人不说话，笑着说："哎，把你的心事说出来，叫我分享一下！"

"感谢你和老人，给了我一个温暖的家！"他在她耳畔悄悄说。

“不用客气！彼此彼此！”她轻轻说完，爽心地笑了。”

她正高兴时，突然肚子里咕咚一下，她觉得自己身子轻松了许多，却很想尿尿。

她推开他说：“我要去茅房！”

他忙搀扶住她：“我陪你去！”

“不用，我自己能行！”梅尕轻松地走进羊圈旁边掏进坡坎房子样的茅厕，撩起袍子尿了起来，打量着自己的肚子，上面大凸变成了下面凸大，这可能是娃娃下到了快生的地方了……

在外面等着的他，看她走出来忙搀扶住关切地问：“你没事吧？”

“回屋去！给火塘加大火。”她推开他轻松地走进房子。

苏武给火塘加上几根柴棒，看妻子躺在榻上休息，坐在身边担心地问：“你现在觉得怎么样？”

她撩起衣襟露出大肚子：“你看，有啥不一样？”

他轻轻地抚摸着，贴耳听了后说：“走到下面了。”

“对。这可能是快生了！”

“怎么是可能？”他说，“你是萨满呀！”

“可我也没生过娃娃呀！”她撒娇地说。

“要我这外行来看，就是快生了的迹象！”他不由得亲了下她的额头。

“来这里！”她凸起了双唇。

他噙住她的嘴唇，她也亲住了他……他不由得抚摸着她的肚子，多天没有那个了……他禁不住想要她。

正在两人将进入疯狂时，梅尕突然肚子疼起来，大喊：“快，我、我要生了！”

他吓得立即跳下榻，这里没有邻居没人帮忙。他急得手足无措：“这可怎么办？”

“烧水！”她忍着肚子疼痛命令男人。

“好！”他忙收拾好衣服奔出去，拉上门。

梅尕的肚子阵阵疼痛，可是没想到这么快就要生了！这可能是前几天和男人骑马外出看病的结果。在家里男人和乙沓老伯不让她做事情，那天刚好有人来叫出诊看病。

她一问情况是给妇人看病，还得自己去。无奈让他陪着打马去了一回，回来后，她的脚腿就肿得厉害了，感觉肚子上面顶着老下不去，吃饭也没胃口……

这可好了，看来就要卸下重负了。她感觉下面有水流出，爬起一瞧没有什么。她拉出榻里面的包裹，拿出一张羊皮，光面朝上铺在身下，取出一只草袋垫好，躺下。

肚子又不疼了。她起来穿好衣服下榻，戴好帽子，准备出门。男人端着盆热水进来："你这是干啥去？"

"我要上茅房！"

"别！我给你拿尿盆去！"他出去提回尿盆。

"你出去，我自己来！"

"一起觉都睡了，还怕羞！"他不走。

"你不走我走！"她要出门。

"我走，我走！"他无奈出门。

"拉上门！"

他只得拉上了门耳贴着门听着。

她蹲在盆上，觉得下面一阵热流涌出，一瞧，是血水。这时肚子又疼起来，疼得不由大叫一声："啊！"

苏武闻声推门进来，抱起她放在榻上。

"垫好草袋！"她肚子疼还不忘干净。

苏武瞧着妻子疼痛喊叫的样子，心疼得眼圈红了问："女人生娃娃，都这样吗？"

她只顾呻吟，哪顾得回答。

他帮不上什么忙，只是恐慌地在地上走来走去。

她看他的样子，咬紧双唇忍着，憋得浑身是汗。她想起作为萨满，给别人接生时对其说的话，吸口气，憋着劲……

现在轮到自己体验了，真的很难做到。

她要坚持住不喊，可疼劲上来忍不住："啊——"

苏武听着撕心裂肺的喊声，大惊失色地，抓住她的手不知说什么好。

"快，快看看下面，开了没有？"

他不知道她说的什么，一手握着她的手，一手给她擦着汗。

她疼得在他手上咬了口："笨、死了！你、见过、牛马下犊子吗？下、面！"她满头大汗地指着下身。

他这才松开她的手，查看她下身，吃惊地说："一只小手！"

我的妈呀！先出来娃娃的手分明是难产。梅尕想起：一次，牧人的妻子就是像她今天一样，先下来娃娃的一只手……牧人来求阿哥救命。

她陪着阿哥一起去，那次，阿哥指挥，她按照阿哥指挥，细心地做……这周边和眼前没有别人，就让苏大哥，自己的男人来接生吧。

梅尕咬牙忍着痛，有气无力："你赶紧用，菜油、把手整个抹光，慢慢把、娃娃小手，朝里面轻轻地推递进去，慢慢地……说、说不定、能转向，只要娃头朝，下就、就出来了！啊——"

男人满头大汗地跑出房间进灶房，提着牧民给的小罐菜油回来，点亮火把，按照女人的指点，右手抹满菜油，把娃娃伸出的小手，小心翼翼地朝女人肚子里递塞……

如此是很疼的。梅尕疼得满头大汗，硬是咬紧牙关深深吸气，结果娃娃小手进去了。

"娃娃手进去了怎么办？"苏武紧张地问。

梅尕觉得轻松多了，感觉到娃娃在肚子里转了下。她咬紧牙关说："再点火把！"

苏武忙点亮火把插在干泥墩子上。

"看看下面娃娃头出来没有？"梅尕自己调节着，咬住牙用力吸气——呼气——

明亮的火光下，男人瞧见了娃娃黑色的头发，惊喜地说："头发，我看见头发！"

"你把、热水巾、拧干，搭在我、肚子上，给我、加把劲！"梅尕深吸口气，"照我说的做……"

男人按照女人说的办。他本来就细心，现在更加细心、用心了。

他用热手巾轻轻地抚擦抹着女人的大肚子……

身为萨满的女人咬着牙深吸口气，憋着劲："啊——"

血水带着娃娃出来了，滚落在榻上的光羊皮上，哇一声哭了。

女人昏迷过去。

六十六　狗贼卫律

男人顾不得娃娃，着急地呼唤着女人："梅尕，你醒醒！梅子，醒醒……"

他流着泪亲着女人，呼唤着……女人终于醒了，睁开眼睛。

男人问："你终于醒了！娃娃带着胞衣，怎么办？"

"快拿、医刀切、脐带！"她瞧着身旁的娃娃。

男人按照女人的指点给娃娃切断脐带，女人给娃娃脐口敷上羊毛灰。这才看见是个女娃娃。

女人抱歉地是："对不起！是个女娃娃。"

"嘿！我们汉人都说女娃娃是爸妈的小棉袄！我们有了小棉袄，高兴才对！"苏武把娃娃身子放进裹包里，高兴地抱着、瞧着。

"我要吃东西！"女人说。

男人抱着娃娃急着出门。

"娃娃出门要冻死的！"

"把我都高兴糊涂了！"男人把娃娃放在女人身边，高兴地拉开门出去拉上门。

於乙沓老人在房间里，整理着绳索。苏武推开门进来说："老伯，梅尕生了。"

"这么快！我怎都没听见？"老人高兴地说，"太好了，我去给她弄吃的！"

"你知道女人月子里，该吃啥饭？"苏武问。

"我没成过家，可我知道月子里的女人该吃什饭。"他忙进灶房给女儿忙活吃的去了。

老人是个聪敏的人，在於靬府，夫人身体不好，都是他买东西，上厨做饭，啥人吃啥饭都留神着。在梅尕快生的这段时间里，他已经准备好了月子里女人的吃用。

今年的雪不多，入冬后下了两场大雪后，天气一直很晴朗，凄清寒冷。

过完汉人的新年，下了两场小雪，最近的风已经把雪地扫干净了。虽然很冷，可相对往年来说，气温暖和了不少。

在坚昆地生活的於维尔兰，也快要生了。她很害怕，在这里生娃娃无人照顾，再说周围的萨满都是男人，而且看起来很粗鲁。

温暖的房间里，於维尔兰挺着不太笨重的大肚子来回走着，李陵在榻上躺着瞧她。

“夫君，我想去贝加尔海子，到姑姑那里生娃娃。”她过来说。

“这一路上的奔波，你能受得了吗？”他很关心她，怕她路上颠簸。

“咱们现在不是有车了吗，我坐车去没问题的。”

李陵组织匠人们，利用冬天闲暇时间，一起打造了辆马车，车厢上加做了暖房，试了下满成功的。

“我怕你支持不住！”李陵担心地说。

“距产期还有一个多月时间，我能行的！”她进一步说，“咱给车里铺得厚一些，也就不太颠簸了！”

李陵瞧着妻子沉思着。

她看男人不表态，伸手摇晃着他撒娇：“人家在这里生娃娃，又没有个亲人，很是害怕嘛！”

李陵禁不住妻子的央求也就同意了。自己在这里也很寂寞，很想去和苏仁兄说说话，寻求下宽心。苏仁兄比自己这个从小跟着爷爷在边关舞枪弄棒的人来说，知识渊博得多了。

再说自己的女人生娃娃是不能回哈拉和林的。那里有卫律，说不定娃娃会生命不保的。在这里生自己还真的不能保证他们母子不出什么事。那就决定去贝加尔海找梅尕萨满。

为了路上保险起见，李陵让部下刘勇义跟随。

这个刘勇义武力非常，左右能拉弓射箭。只因在战场上右肩负了箭伤，医治好后留下些残疾，右胳膊不大能举抬得起来，可一般人还是降伏不了他的。

他们趁着最近天气好，收拾好吃用行囊，第二天就出发了。刘勇义赶着马车，李陵打马随行。

当李陵他们三人刚走出坚昆地界，进入一片荒沙丘陵地，突然，从道旁丘坡后的雪地里冲出二十多个手持大刀骑马的。

为首者高喊：“就是他们，别让跑了！”

“勇义，保护你嫂子快走！”李陵吩咐过后，抽出宝剑朝来人们冲挡上去。

刘勇义忙赶车抢先而过。

李陵凛然地问：“请问朋友，我和你无冤无仇，为何如此？”

“少得啰唆！看刀！”为首者挥动大刀砍杀过来。

李陵挥剑挡避，左杀右砍，要了扑上来几个喽啰的性命。后面的一瞧前面的同伴成了刀下之鬼，准备逃跑。

“快，杀了他，一人奖五十只羊！”为首者大喊着再一次朝李陵砍来。

李陵再次灵活避过，回身挥剑回刺，刺在对方的背上。为首的强盗一声惨叫跌下马来，跟随者见状落荒而逃。

李陵下马，恼怒地问：“你是什么人？为何要这样？”

他不回答。

“你不说话？我让你脑袋立即搬家！”他举剑要砍他。

“别，我说我说！”他惊恐地说。

“说！不老实，宰了你！”

“我老实说，老实说！”

“快说！”李陵凌厉地说。

“我、我是丁零人，听从卫律指挥，潜伏在坚昆伺机除掉你右校王。你们部属一起，不敢下手；得知你外出，才带人赶来……”

又是这个狗卫律！他本想一剑要了其命，又一想，留下他去给主子复命吧。

“哼！”他狠狠地踢了他一脚，上马追赶行车而来。

刘勇义赶着车到前面道边一灌木树丛前，放慢车速，观察前后左右没有什么动静，停下车。

於维尔兰要下车：“我得去看看！”

“大嫂，你就放心地坐在车上吧！这些强盗，根本就不是大哥的对手！”他拦住她说，“你不信的话，再等会儿，大哥一定回来的！要是不回来咱们再一起过去！”

话刚落音，李陵打马过来：“咱们走吧！”

“那些人呢？”於维尔兰忙问。

“死的死，逃的逃了！”他淡淡地说。

“那都是些什么人呀？”

他不能告诉她实情，怕她担忧，只是说：“一伙劫财的小毛贼！咱们继续赶路吧！”

惨白凄清的阳光下，两边都是光秃秃丘地的荒道上，一辆装饰结实的马拉轿车，从容不迫地前行着。

李陵骑马一旁护卫而行。看来，这一路不能掉以轻心！

这个狗贼卫律……

刘勇义挥鞭在马头上打了个响，马加快了速度，由于道上雪厚不太颠簸，车轻快地行进起来。

他瞧大哥严肃的样子，觉得今天这事情没有他说得那么简单，只是他怕即将生娃的女人担心，故意那么说的。

李陵走后，三位随从悄悄回来救起头领，在后坡牧人家里，给其伤口上药，包扎好后，扶其上马直奔王庭。

三天后，他们驰回到哈拉和林丁零王府拜见军师卫律。

卫律一见他们损兵折将的狼狈样得知又未得逞，表面上安慰其没事，心里却在恼怒。

卫律装作和颜悦色摆酒设宴，给其压惊，可是暗中下毒，让他们几条生命神不知鬼不觉地消失了。

六十七　就是心太软

卫律打心里见不得大汉降将李陵在单于面前比自己风光。自从李陵成为驸马，被封右校王及封地坚昆后，他心里极其不爽。不但处处为难李陵不说，还蒙蔽单于制造意外欲让其消失……

可他失算了。李陵一是英勇无比，二是机智过人。第一次让亲信袵余跟着监视他，后来这个袵余却成了坚昆的汉人和胡人的桥梁，自己的心思白费了。

他这次组织的突袭，第一是借机杀了袵余，这家伙跟着自己时间较长，知道得多……第二是除掉李陵。

可是这次谁也没除掉不说，还让李陵知道是他卫律指使加害于他的。他真怕李陵在单于面前告状，对自己不利……

这次不行还有下次，自己得先发制人。卫律想，首先得了解李陵的行踪，看他是回到了王庭，还是去了其他地方……

在苏武和於乙岱老人的精心照料下，娃娃满月了。妈妈的身体恢复得很好，奶水也很足，娃娃也养得胖乎乎的，见人就笑，人见人爱。

屋里火塘柴火轰轰烈烈，温暖极了。

娃娃吃饱了。苏武抱着女儿在房间里走着，高兴地逗着：“宝贝，笑一个！给阿爸笑一个！”

娃娃笑了。他忙对女人说，“梅子，看，看女儿给我笑了！宝贝给我笑了！”

“看把你高兴的！”梅尕收拾着榻上的被褥说，“不知尔兰最近怎么样？”

“可能也快生了吧！”男人感叹，“我算是真正体验到了，女人生娃娃，就像过鬼门关一样可怕！”

“感谢你的理解！”她收拾好榻铺，“来，把娃娃放下！”

“我再抱会儿！”

“这小东西，你越抱她，她越依赖你，一放下就会哭的！”

“那我就一直抱着我的宝贝。”他疼爱地瞧着女儿。

下午，阳光下。於乙沓老人拉着一柳条筐粪从马房出来，瞧见一辆马车和骑马的人老远而来。

他放下筐子瞧着……近了，原是李陵，忙朝苏武房子喊着：“李将军来了！”

苏武一听，忙把女儿递给妻子，拉着节杖奔出门。

李陵瞧见苏武，忙滚身下马，奔上来行礼：“兄长！”

他拉起他惊问：“出了什么事？”

於维尔兰拉开车门，撩开门帘微笑说：“大叔好无趣，老想着我们有事！”

“没事就好！小向导，请下车！”苏武高兴地说。

刘勇义忙拿下车辕上架的木凳放在地上，苏武搀扶她下车，瞧着她身子笨重的样子：“怎么，快生了，还跑这么远的路？”

“来找萨满呀！怎的，不欢迎？”她娇憨地说。

“欢迎，欢迎！”

“你们卸车，我去找姑姑了！”於维尔兰忙朝苏武夫妇的房里走来。

梅尕放下孩子准备出门，刚拉开门，於维尔兰高兴地叫：“姑姑！”

“快进来！”她扶着她进门，“我刚才还和苏大哥在念叨你呢，你就来了！快，快！让我瞧瞧！”

梅尕瞧着她身子笨重疲惫的样子，把娃娃朝榻里面推推说：“快躺下休息，我给你拿吃的去！”

她坐在榻边，高兴地瞧着里面躺着的胖乎乎的娃娃，摸摸自己的肚子笑了。

梅尕端着柳条盘油煎谷面饼和碗奶茶进来放在火塘边：“热热就能吃了！”

她起身过来抓了块凉饼子吃起来。

“哎，热了再吃！”梅尕阻挡说。

“凉的吃了才过瘾！”於维尔兰吃着，高兴地问，“娃娃是男娃还是女的？”

“是小棉袄！”她幸福地说，

“太好了！一位女萨满！”她吃完了块又伸手拿。

梅尕阻挡说：“别！你先去躺下歇会儿，我烤热了给你拿过去！”

男人们卸了车，把马拉进马房喂上。

苏武让老人招呼李陵和刘勇义进灶房吃饭，自己拿着铁锹在老人房间火塘里铲上火子，回来放在过去自己住的房间火塘里，生着火烘着屋子，又清扫起来。

自从和梅尕结婚后，这房子就一直空闲着。他把榻上的狼皮褥子和暖草垫子拿到外面，用棍子抽打去灰土后回来铺好，把他们带来的被褥放在火塘前烘烤着。今晚他们就能舒服地歇息了。

於维尔兰吃了东西，躺在榻上，瞧着梅尕给娃娃喂奶问：“姑姑，这生娃娃害怕不害怕？”

“你见过女人生娃娃吗？”

“没直接见过。我堂嫂生娃娃时，我在外面听见，她在屋里鬼哭狼嚎地喊叫！”

“生娃娃是不容易，真是撕心裂肺地疼！不过，只要一见到娃娃，就深感疼得值得！”梅尕问她，“你也该快生了吧？”

她点点头说：“在坚昆，那里的萨满都是男的，蓄着满脸的胡须，看着像杀牛宰羊的，凶巴巴叫人害怕。回王庭吧，卫律老找夫君的茬子。想想，你这里最好，最安全！就来了。”

“你来得正好。我已经生过娃娃，有了经验。我会好好照顾你的！”

梅尕拍着於维尔兰的肩头关心地说。

饭后，苏武和李陵兄弟俩坐在火塘前说着分别这几个月后的情况，苏武得知他们来这里是要让於维尔兰生娃娃时，高兴地说：“来这里就对了！我们一定会好好照顾她的！”

李陵一听跪地，热泪盈眶地说：“感谢兄长了！”

“这是应该的！你怎么老这样！”他拽起他，生气地说。

李陵给苏武说了来时路上，发生卫律派人劫杀他的情形……

“你就不该放过他派去的所有人！该叫他们有来无回！”苏武严肃地说。

“我想让他们回去告诉主子，其阴谋失败！”李陵说。

“不是为兄说你！你的心太软，做事情老拖泥带水！凭我对卫律的观察，这个狗东西不但狡猾还心黑！你要提防着他！”

“仁兄说得对，我的确是心太软！尤其是现在，总害怕惹事情，害了尔兰和孩子……再说在人手底下，也怕给王爷丢脸面。”李陵说着自己的担心。

“不说这些了！”苏武问李陵，“你想过没有，你来这里，留了活口回去报告卫律，咱们这里能安全吗？”

李陵一想，仁兄说得对呀！活口回去一汇报，卫律这个小人很快就会知道自己的行踪。他忙问苏武：“仁兄，你说这如何解决？”

苏武没有说什么，带着他出门上了后坡来到树林边，指着一土堆前竖起的石头上刻的名字：“你认得他吗？”

李陵眼前立即浮现出一位面带着稚气笑容，活泼机灵的士兵来……

他吃惊地问：“他怎的在这里？”

苏武将去年大年三十夜晚有人叫他们给汉人看病的事情说了：“当时他已经奄奄一息，一听我说的汉话，他只蚊子小的声音说了‘李陵、兵、败匈、奴被、俘’几字就死了。当时他身上有伤，衣袍褴褛，毡鞋开口，一看就是为活命逃出来的。”

“他是个英勇的士兵，也是我部下里有名的搏击手。我、我不知道他受伤被俘。”李陵眼泪汪汪了。

“他贴身穿着汉军的葛布衫，上面有张团的名字。”苏武眼圈红红地说，“为了他，我们就得好好地活着，活着就有希望。”

六十八　重建家避祸

第二天，苏武以最近天气好带着李陵骑马外出走走为由，另找安身的地方。

苏武很理解李陵现在的心情，由于自己犯错，害得一家人家破人亡……如今自己但怕做错事而害了尔兰和娃娃……

唉，这兄弟活得也太憋屈了！卫律这个狗贼！

天气很照顾人。他两个在周围百十里内寻找着依丘坡地、四季朝阳的地方。

苏武带着李陵打马一连找了五天，终于在冰封的贝加尔海岸边，一背山朝阳的山豁口里发现了一天然的石洞。

洞里面挺大的，足能隔出四套房间，够两户人家居住。洞的前面有块乱石地，收拾一下可以做马棚啥的。

最好的是，洞前有块大石挡着，一般人不好发现洞口不说，坐在大石头上面，可瞧见岸边的小块草地和贝加尔海海面。

“这地方不错！真是天助我们也！”苏武敲着结实的洞壁说，“距海边不远，距地面不高，咱们在旁边修条路，做个小车拉水和吃用的东西很是方便的。”

他们两人朝后面不高的山坡攀爬上去勘察，后面是山坡，坡陡无路，也不怕人和动物来袭。

“就这里了！这两年冬季，我和乙沓老伯打马来过几回，体验了下，这里好像比外面还温暖一些。”他手指着周围说，“你看，咱们这里高，东面低，就是水上升，也淹不到岸上，很安全的。”

“是个好地方，要是住在这里，他不会找到的！”李陵沉思地说。

苏武瞧着周围的环境说：“这里森林广大，又不缺烧柴！”

“好，咱们就来这里住！”他们作了决定。

“只要将这里搞好，夏天在这儿避暑也很不错！还可以下海洗澡。”苏武猛然记起，“哎！我还忘了，这里有个冬天能泡澡的温泉，是我和老伯发现的，还泡了一次，要不，去看看？”

“走，去看看！”李陵欣然地说。

给家人找好避难的地方，他心里比较安稳了。

他们骑马来到一山洼地，这里雾气升腾，由于气温很低，雾气升腾不高就变成冰凌落下，周边山石上冰凌倒挂很是壮观，地上冰凌封路，外面瞧不见这里。

“下马！”

他们下马，在苏武的带领下闯入雾气中。里面竟然是和海水隔绝着的小泉，里面咕咚咚冒着热水。

苏武俯身手摸摸水：“你摸下，是不是可以泡澡？”

李陵伸手摸了下：“还真的不错！”

“咱们今天开个荤怎么样？”

“仁兄说的是！”

兄弟俩宽衣，光着身下到水里……这里无风入侵，真的很自在的。

“我是去年和老伯来，发现这里泡了澡的。”

“哎，你还别说，这里真的还不错！”

“我有一个感受。”

“什么感受？”

“人和人之间并没有啥贵贱之分，每个人脱了衣服都是一样的。贤弟，你没有必要去顾忌什么，自己走自己的路，活自己的人！你说怎么样？”苏武恳切地说。

“仁兄，说得对！”

李陵虽然嘴上这么说，可低着头，手搓着身上厚厚的汗泥回想起有一年，二十多岁的他和几位随从陪皇上到骊山温泉泡澡，和皇上如弟兄一样，互相撩水嬉戏……

可如今自己被搞得家破人亡，有国不能回……不由得潸然落泪。

仁兄，兄弟真的羡慕你，能豁达得起来！为弟却一失足成千古恨……

苏武看他闷头不语的样子，也不知说什么好，只得说：“贤弟，来，为兄给你搓搓背。”

“我先给你搓吧！”

“来吧！你怎么老这样拘谨！”他给他搓着背，“你不要在我面前，老是像做错了什么事似的！你没有做错什么！”

他安慰说：“在那场战斗中，你尽了力。不但歼灭匈奴骑兵三万多，还冒死带领和掩护许多士兵冲出了重围，回到了家。

“你用自己的名誉，救了三百多名受伤的士兵生命不说，如今想办法把他们又组织在一起，给他们建立了新家，你做得没错，还有功劳的。”

听了苏仁兄的理解的话，李陵终于忍不住放声号啕起来。

在这无人的蛮荒之地，苏武没有阻拦这位深陷尴尬境地而悔恨悲伤的兄弟。他拍拍他的肩头，坐在暖暖的水中，也忍不住流开了泪。

其实，看到贤弟这样，想着自己陷在这蛮荒之地，想着远在长安家里的变故，他也想大哭一场，可他还是咬牙忍住了。自己还有希冀盼望着，带领来的弟兄们回家，回大汉的……

刘勇义来这里，梅尕看他右臂抬不起，问明情况，用手仔细地摸着检查后说：“兄弟，你这肩臂说不定能治，关键看你怕不怕疼。”

“为弟是从死人堆里活过来，岂能怕疼！”他坚强地说。

在梅尕指挥下，乙呇老人在房间里用石片砌了个火炉带着烟囱通外面，火炉面用厚厚的泥土封面，如火炕一样。

她让刘勇义肩头对着炉口热处躺下，用针灸灸刺治疗，两天后，刘勇义感到肩头和手臂轻松了不少。

梅尕给其肩上扎上银针，鼓励他：“咬牙抬手臂！”

他抬了抬，就是抬不起来。

“我给你查过了，你的肩伤恢复得不错，就是湿气太重抬不起来。”她鼓励说，“你还年轻，要是如今不好好练习着抬起，以后筋肉萎缩，恐怕就是终身的残疾了！”

在梅尕的治疗和鼓励下，他咬紧牙关烘烤着；在针灸的刺激下，他抻着自己的力量，慢慢地抬着练习着……只要不太累，他都满头大汗地烘烤着、练习着……

渐渐开始能抬起一点点……后来慢慢能抬到胸前……乙呇老人有时看他难受，就帮着他的伤臂抬起落下……

五天后，他的手臂慢慢能抬起来了，他兴奋地对梅尕说：“大姐，你看我的胳膊能抬起了！”

梅尕的医治，开始是试验，现在得到了肯定，自然也很兴奋，眼圈红着说：“我说你还年轻，好恢复吧！”

苏武和李陵看好地方，回来和乙呇老人商量后，带着老人前去看了看，老人很是赞成。这里生活比现住地方便多了，首先是用水方便。别看现在天寒地冻，到了夏季新鲜的鱼肉也是吃不尽的。

突然，一夜的风雪阻挡了他们的进程。大家出不了门，在家里谋划开了。苏武和李陵画图，给大家讲解着新家的地方。

六十九　卫律派的暗杀者

两天后雪住天晴。乙呇老人赶着马车拉着工具和行囊，他们三人骑马到工地忙开了。

刘勇义是个地道的木匠，最近，在梅尕的治疗下，在规律生活的调养下，胳膊能抬到胸前，也有力气多了。房屋由他设计，该挖取的地方大家用火攻，该砌垒的地方用石头……

他们很快把山洞隔成几个房间，三个有力气的男人砍来木料运回，把里面加固得结结实实，每个房间用石片砌着火塘，由烟囱连起通往洞外，各个房间之间烟囱还可开关……

乙呇老人这位好后勤，不但给管好伙食，还帮着收拾着零碎，点火烘暖着房子。

他们不敢怠慢，於维尔兰说生就得生了，害怕卫律来人骚扰……二十天后，他们封了坡坎下的家所有的门，车载马驮地搬到了湖畔的新家。

卫律灭口后，打发人到坚昆查李陵和於维尔兰在家否，都说是李陵陪着阏氏回哈拉和林生娃娃去了，可是他们并没有回首府，这会儿到哪里去了呢……

对，一定是到贝加尔海找苏武去了！这两位都是高人，要是密谋什么怎么办？

得派几位暗杀高手，借机灭了他们，以绝后患。

现在只有句吾知道贝加尔海苏武住的地方。对，就让他给四位暗杀高手带路，神不知鬼不觉地去收拾了他们。

卫律给句吾的任务只是给几人带路，一是去贝加尔海，二是去坚昆。句吾看他们每天练武的架势，一定都是暗杀的高手。

句吾已经猜出卫律此行目的了，自己无奈骑马带着四位高手上路。他想先到坚昆看看衽余，自从那年和他押着苏武到贝加尔海后，他们成了好朋友。

天气晴凄，阳光惨白，寒风刺骨。

五匹马在寂静的雪原上奔驰着溅起雪花飞扬。

马上的人虽然都是保暖的皮装，可也禁不住寒风的抽打，个个眉毛上都挂满了冰霜。

“真受罪！”名叫卫青的不禁喊了声。

另一位名叫保卫的青年说：“没办法，吃人的饭就得给人做事！”

两位说话者是卫律在下面巡视时，选上来的骑马摔跤射箭的全能手。

句吾平时很少给他们打交道，听他们的谈话问：“你们家的父辈，也是卫姓家人吗？”

“哪里呀？我家姓独狐。”卫青解释说，“卫将军给我改的名字，他希望我像大汉的将军卫青一样英勇。”

“我家慕敕，保卫是现在的名字。卫将军让我好好保卫他的。”保卫接着说。

“噢！原来是这样。”句吾对他们说，“我说咱们先到坚昆去看看怎么样？”

其余两人一直不说话仿佛是哑巴。其中一位满脸胡须者是跟随苏武来后，因犯事连累苏武等百多人被扣而投降卫律的张胜。

这几年他一直蓄着胡须让人分不清是汉人还是胡人，用学会的胡语为卫律训练着士兵他除过和卫律说话，几乎不和外人说话。

卫律看他无有异心，武功还不错。这次抽调他出来密旨是刺杀苏武。让苏武你自己带的人来收拾你。

张胜和这几人都不认识也就更没有说话的必要。当他得知苏武和众兄弟被他害得在匈奴为奴，心里很是难过，可是为了自己和大家活命，他却不得不给卫律低头。

如今卫律让他去刺杀苏武，他不得不去……他也有自己的理由，如能见到苏武，绝不能让他认出自己……

卫律给另一个不吭气人的指令是，对方杀了苏武，他就杀了张胜，和句吾回去交令。他们谁也不清楚对方的任务，因为先前谁也不认识谁是谁。

“不行！”保卫说，“大人临行交代，立即赶往贝加尔海！”

“我说，咱们先到坚昆看看，再去贝加尔海也不迟。只要按时回去就行！”句吾很想自己的朋友衽余。

“关键是要杀，”保卫觉得不妥忙改口说，“关键是听你的！”

他的任务是杀李陵。这可不敢让他们中的人知道。

句吾明白了。他也不敢再多说什么，只得说：“你们有啥任务，我不知道，也不想知道，我只管带路。你们说先去哪里就去哪里。”

卫青问：“句吾兄，坚昆近，还是贝加尔海近？”

“当然是坚昆近了！”

卫青对保卫和其他两人说：“咱们不如先到坚昆，说不定能办成事，就不必跑远路了！”

“好吧！”

狡诈的卫律，给句吾的任务只是带路。给卫青的任务是，到坚昆，除掉袛余。给保卫和其他三人的任务，到贝加尔海杀了李陵和苏武。他们各干各的。卫律还严格要求，他们之间不能互通信息，违者斩！

三天后他们到坚昆。袛余一见句吾高兴地拥抱住他：“嗨！终于见到好朋友了。”

句吾一脸的严肃：“少来这一套！”手在袛余背后狠砍了下。

袛余明白了，即刻改变了态度，谦恭地行礼：“哦——感谢我家卫王爷派人前来关照，袛余这里行礼了！”

卫青一听袛余，一瞧他，胡人打扮，不像是奸狡的人。不过王爷要除掉他，一定是有道理的。

袛余把他们安排住进坚昆王府里的客房，屋里火塘烧得暖暖和和的，酒肉供着，派了两个胡人青年专门伺候，负责坚昆事务的赵镇赵大哥还在门口派上了身着胡服的汉军岗哨。

酒足饭饱后，句吾要出去看看，要他们一起去。几位一路上给冻坏了，躺在暖和的房子里不想出门。保卫说：“你去吧，限一个时辰就回来！”

卫青叮咛说：“要遵守时间！”

“好！听两位同路人的吩咐！我一定按时回来！”句吾恭顺地说。

袛余正在院子外给门卫交代事宜，见句吾出来拉着他到家里。见过他的阏氏和女儿后，备好酒菜，两人坐在客房里聊着喝着。他们聊着分别后的想念。

句吾很羡慕这位朋友，离开了卫律成家立业。他悄悄告诉他这一时卫律府发生的事情……并告诉朋友，带的这几位并非善茬……

袛余一听这些想，尽管自己守口如瓶，按卫律本性，一定不会饶了他的。送走了朋友，袛余和赵镇大哥商量对策。

赵镇派了武功厉害的吴胜跟随着他。

李陵走时，让汉人里德高望重的赵镇赵大哥主持坚昆一切事务，由于语言不大通，就交代袛余协助他处理一些外面的事情。

第二天，句吾催促卫青和保卫二人开路："我了解到，公主和驸马到贝加尔海了，咱们应该到那里。"

卫青说："咱们昨天才来，再住两天吧！"

"我和卫青的想法一样！"这里有好吃好喝，保卫不想走。

句吾也是瞌睡寻枕头，正不想走，也就没再说什么，躺在了榻上。

几个杀手来到这里，得到了贵宾般的招待。卫青把自己的任务仿佛给忘了似的，又吃又喝地享受着。其实，他在寻找衽余单独来时秘密下手，可他每次来都带有随从。

第三天，早饭后，老天大雪纷飞。这里几乎四面都是山围着的地方，风不大，雪却铺天盖地。

卫青瞧着窗外的大雪，提议说："保卫，咱俩个出去走走！"

保卫舒服地躺在榻上说："你去吧，小心迷路！"他和另外两个的任务是坚昆王和大汉使节，如今任务就是睡觉休息。

卫青对旁边榻上闭目养神的句吾说："句吾兄，陪我一起出去走走吧！"

句吾装睡没回答。卫青只得一个人出门来到街上，这里的住房大都是一样新旧的屋院，几乎家家都是高高的烟囱冒着热气，这里的人真的富有，他想。

"嘿！兄弟，你怎的一个人出来溜达！来，进屋坐坐！"

他循声望去，原来是衽余在一家新屋院门外喊自己。

嘿，机会来了！

七十　把几个都解决了

大雪沙沙地下着，天寒地冻。

人们都在屋里享受着温暖，寂静的大街上没有活物。

卫青跟着衽余进门，看见跟着衽余出进的男子在榻上坐着说："这位兄弟请便，我要和衽大哥商量点事情！"

吴胜瞧了衽余一眼，衽余朝着他眨了下眼睛。他下榻蹬上毛皮靴拉开门出去了。

卫青探出头看着吴胜走了，推上门，回过头瞧着衽余笑了说："大哥，在这里生活可好？”

“托军师卫律大人的福，还算过得去！”袥余笑着客气地说，“兄弟请坐！”

卫青贼眉贼眼地打量着屋里，除门口铺着两个人进门蹭脚的草袋子外，就是榻上凌乱的被褥，其他什么都没有。他屁股坐在榻边问：“这是你的家吗？”

“是！”袥余瞧着他叹口气说，“唉！跟着军师十多年了，连个阏氏都没有！”

他瞧着他，猛地从皮靴筒抽出匕首朝袥余刺来。

袥余早有所防备而躲过，迂回躲避着，口中喊着：“哎你这兄弟怎的了，动不动就这样！我哪里得罪兄弟了？”

门外，吴胜又悄悄地回来，听见屋里袥余喊着，站在外面听着。

里面传出卫青的声音：“嘿嘿！咱俩本无冤仇。我是受雇于人，为人行事的！”

“是、是是何人、要你来杀我的？也、也叫我死个明白！”他惊恐地说。

“就让你也死个明白！是你的军师卫大爷，派我来要你的命！”卫青步步逼近，持匕首猛扑过来。

吴胜一脚踹开门，扑上来一手抓住其拿匕首的手腕，用力朝外狠狠一扭，匕首当啷掉在地上，接着一个横扫腿，卫青咕咚跪在地。

袥余飞快捡起匕首，一下子刺入卫青的心脏。这个杀手，还没来得及吭声就毙命了。

袥余在地上拿了只草袋子：“来，咱兄弟俩，把这家伙装起来，晚上拉到村外喂野狼去！”

这是他们商量好的，谁先犯他们，就先解决谁！

句吾来后给袥余说了自己的猜疑，卫律派这几人来不但要杀了李陵，还要除掉他袥余。袥余听后就把这些告诉了赵镇。老赵就安排了吴胜保护袥余，并让吴胜见机行事，干净利索了结此事。

冬天，白天很短，只吃两顿饭，直到下午饭羊肉烩麦面饼上了桌，卫青还没有回来。句吾对保卫说：“咱们再等等！”

“我早就饿了！”保卫不管三七二十一，端起碗就吃起来。

“我得去找找！”句吾起身要出门。

保卫说：“你到哪里去找？他可能是去干活了！”

这是他们之间的行话。莫非他去杀我的朋友！句吾一想，忙戴好帽子蹬上毛皮靴子，拉开门出来。

雪还在下着，看来天快黑了，到处灰雾茫茫一片。坚昆的街上也是一片的茫茫灰雾，且无一人。家家关门闭户，沉寂如死了一般。

他辨别着方向，裹紧皮袍朝朋友衽余家走去……这样走了一段路，瞧着都是一样的房子犹豫了，怎的就没记住哪家是衽余家呢……

这时吴胜全身穿着保暖的皮装，从背后屋里出来，瞧见句吾的背影，汉话问："哎，你寻谁呀？"

他回头一瞧是跟随衽余的那个人，于是问："这位兄弟，衽余住哪家？"

吴胜知道他是找哪位同来者的，怕他和那人一样也是杀手。于是他警惕问："你找他有何事？"

"我们是朋友，那天去过他家。可今天看这房子都是一样的，倒分不清哪是他家了。"句吾诚实地说。

"那好！这就是他家。"他指指背后。

"谢了！"他过来推开门喊："衽余兄，打扰了！"

黑暗的屋里。衽余正要出门，一见句吾进来，高兴地说："嗨，是句吾老弟呀！快请坐！"

"不了。"他说明来意，"今天上午，我同来的一位年轻人，说出门走走，可是到现在还没回来！我在这里人生地不熟的，没办法寻找，就来找你。"

"你的那位，他没说去干啥？"

"没有。"

"这可怎么办？"衽余皱着眉头，"这里大雪天，狼很多。人都窝在屋里，各人干各人的事情，很少出门的。"

"这小子不知做甚去了，谁也弄不清的！"

"要不这样，咱去报告赵大哥，组织人去寻找？"衽余出主意说。

"我看算了吧，这小子说不定另有任务，悄悄地走了！"

"也有可能。"他客气地说，"进来，坐会儿！"

"天都快黑了！我得走了！"句吾说着走出门。

衽余喊着："吴胜！"

站在外面的吴胜："在！"

"快送我这位兄弟回客房！"

"不用了！"句吾说。

吴胜把他拥进房子，一刀子给宰了。

衽余一看吴胜刺死了句吾，生气地问："你怎么能这样？"

"你这位朋友也不是个好人！"吴胜说，"咱们一不做，二不休。干脆把他们三个都拾掇了，省得他们到贝加尔海去祸害，还回去给贼人报告。”

衽余想想说：“也只有这样了！”

他知道卫律的残暴，要是知道他的人死在这里，坚昆就不得安宁了。不如一不做二不休，收拾了这几个狗东西。

夜里，吴胜和衽余悄悄摸进客房，把那几个人也解决了。连夜把尸首扔到远处的湖边，让野狼饱餐了一顿。

七十一　李陵受托

搬到新家的第二天，於维尔兰肚子疼要生了。男人都在外面焦急地等待着……

房里榻上。

产妇肚子疼得哭喊着……

“啊！我要死了！啊——我要死了……”

李陵听着妻子的哭喊声，急得满头是汗，心疼得要朝房间里闯。

苏武一把拉住他，安慰说：“女人生娃娃就是这样！我已经体验过了！只要是顺产，很快就生了！贤弟，镇定……”

传出梅尕的鼓励劝慰：“挺住——深呼吸——对，吸气——用力！”

“啊——”歇斯底里的喊叫。

传出梅尕：“快，用力，吸气——对，憋气——再用力——”

“啊——”一声惨叫。

“生了生了！”梅尕朝外喊，“是个男娃娃！”

苏武高兴地拥抱李陵：“恭喜贤弟，有后了！”

“同喜！”李陵诚恳地说，“多亏我们来了这里，有仁兄和嫂夫人照顾！”

“里面有人照看。走，咱们男人们好好地喝一杯，庆贺庆贺！”苏武拉着李陵进了另一间屋里。

梅尕麻利地剪脐带，包扎。把娃娃包好搁在妈妈面前。

於维尔兰疲乏且幸福地瞧着娃娃笑。

梅尕收拾完后进灶房洗了手，端上老伯热好的牛奶和软饼进来问：

"饿吗？"

於维尔兰伸手抓了块饼子，咬了口嚼着，幸福地瞧瞧娃娃，对着梅尕调皮地笑了！

梅尕亲昵地抢白说："怎的，把刚才哭天叫地忘了？"

"别忘了，你的宝贝给我的娃娃做媳妇！"於维尔兰高兴地打岔。

"看把你美的！刚生儿子，就急着做婆婆！"梅尕微笑说。

"这就是说，你同意了！太好了！太好了！"於维尔兰手舞足蹈地，挣得肚子又疼开了，"呵，肚子疼！"

"活该！"梅尕笑了，"快，快，别动！小心出血！"

一听这话，她老实地吃喝起来。

一个月过了，还不见几个外出的人回来。卫律心里忐忑不安，想带兵亲自出马外出调查，可又不敢离开，怕自己的官位丢了。

开春之时，且鞮侯单于旧病复发，发烧，咳嗽气堵，怎么吃药都不见好。他躺在榻上，把自己继大单于位七八年来所发生的事情在脑子里过了无数遍……

深感自己做得最失败的事情，是和大汉打仗。

本来匈奴地处寒地，物产不丰富，再加上多年和汉打仗，使胡地人民生活更加艰难。现在，一定要休养生息……

他觉得自己扛不过今春，准备把大单于位禅让给三十岁的大儿子左贤王狐鹿姑。他和儿子详谈了，自己及以前的几位大单于在位时，主持匈奴民族事务的成功和失败的经验……

他告诉儿子，如今匈奴民族最重要的是休养生息，千万不能打仗……让儿子听右校王的安排。立即下旨召李陵回王庭。

坚昆地接到旨令，赵镇立即打发吴胜，陪衽余到贝加尔海告知李陵。

李陵让於维尔兰留在这里，叫衽余速回坚昆和赵大哥稳住该地，立即带着吴胜和刘勇义出发，昼夜马不停蹄，五天后回到哈拉和林。

且鞮侯单于在热炕上躺着，听说李陵求见，立即叫他进来。他差退左右，单独会见李陵。李陵进来，他挣扎坐起。

李陵忙给他背后垫上卧枕。

且鞮侯单于咳嗽了两声说："右校王，我召你回来，是让你、在我去世后，辅佐新单于、治理胡地！"

“禀大单于，李陵只是一降将，恐怕不能担当重任！请单于深思！”

李陵行礼推辞。

“右校王，你难道不知我的用心吗？我为什么不杀你，觉得你是我匈奴不可多得的人才！我处处保护你，还把尔兰许配与你！”

单于喘了口气说：“为了胡人休养生息，你必须担当此任！阻止新单于主动和大汉动干戈。这件事只有你能做到！”

李陵想了想说：“既然单于如此说，我就试试看。”

“不是试试，而是要实施！”单于一激动又咳起来，而且咳得喘不过气来。

李陵忙上前给他抚背……待他不咳了，扶他躺下，盖好被子。

这要是放到两年前，他一定会不管不顾，主动提了他的人头。

唉！如今自己已经得靠着他来活着了。

其实他也佩服且鞮侯单于的宽宏大度，起码对他李陵是这样的。为他的伤兵治病治伤，还让他带着他们到封地；在他面临杀身之祸时，安排他逃走避难，还把公主嫁给他……

且鞮侯单于瞧着他严肃地说：“你、想好了没有？难道、你让卫律来、主宰你的命运吗？”

这句话震醒了李陵，立即跪地：“右校王遵令！”

“这，这就对了！”且鞮侯无力地微笑了。

翌日早朝上，且鞮侯单于当着众官员的面宣布：“狐鹿姑听命！”

左贤王狐鹿姑立即前站行礼！

“从今天起，你就是狐鹿姑大单于了！”且鞮侯单于命令。

“遵令！”狐鹿姑行礼后坐在且鞮侯身旁。

且鞮侯单于：“右校王听令！”

李陵立即出列上前行礼。

“从今天起，本大单于命你辅佐新单于，处理我匈奴朝中军事事务！”

“遵令！”李陵回到官员队列中。

大家的目光转向卫律，卫律的脸色一下子变了。

且鞮侯单于：“卫律听令！”

卫律立即上前行礼。

“命卫律君主管牧农事务！”

“卫律遵命！”他虽然不高兴，可也不敢抗令。

……

十多天后，且鞮侯单于去世了。按照胡人的风俗，以鹿为图腾，照单于的年龄，捉了五十四头鹿陪着单于下葬了。

卫律以前在老单于面前说一不二，要见单于随时可见。现在呢，狐鹿姑大单于不召见自己，就见不着不说，李陵成了过去的他，辅佐新单于。

他想不通，可也没有办法。不过他想，自己和狐鹿姑的关系也很不错，我不怕你李陵，我会想办法制住你李陵的。

一天早朝后，狐鹿姑大单于正要退朝，卫律忙叫住他："大单于慢走！"

他站定问："卫卿家有事吗？"

"嘿嘿……"他谄媚地笑了笑，"我想给你提个醒！"

"走，到书帐去说！"

他跟着他到单于书帐。狐鹿姑单于坐下后对他说："有事，坐下说！"

卫律拘谨地坐下后："我想给你说个事情。"

"说吧！"

"你看、这样。你刚继位，就得有个年轻的阏氏不是？咱们不如向大汉提亲，娶个大汉的公主过来，这就和大汉的关系密切了不是？"卫律谄媚地笑着出主意说。

狐鹿姑大单于一想，对呀！这也能看出大汉对我们胡人，是真心还是假心了。

卫律看他没有反对又说："那年，库车单于不是娶了大汉的细君公主吗，那公主长得漂亮，那脸上的皮肤嫩得像带露水的花儿一样！"

"真的？"狐鹿姑单于兴奋地问。

"那公主我见过，真的很漂亮！"卫律进一步谄媚地说，"汉皇上的妃子个个都漂亮，生的女儿也很漂亮的！"

"那就按你说的办！"狐鹿姑单于对卫律说，"这件事你来办！"

这样，一方面自然和大汉关系就好起来，另外自己也能有如花似玉的汉人公主做阏氏，这何乐而不为。

卫律的目的达到了。他回府立即拿出黄绢写信，信写好后给单于观看钤印，立即派了十多人的队伍，带信出发去大汉长安求婚。

七十二　於靬王来了

贝加尔海的春天来了。尽管还是比较寒冷，可地气已经上来。岸边的桦树、杨树的枝头孕育出了小小叶苞，草地已经有了些许绿色。

海面上的冰凌不住地咔嚓响着，裂成了片片的鱼鳞样，在水面上拥挤漂浮着……很快地化开着。

於维尔兰在这里生完娃娃已经快两个月了，还不见夫君李陵来接。也没有他的消息，心里很是着急，每天都要站在岸边道上翘首张望着。

这天午后，留守在老驻地的於乙呇老人打马而来，看见她在道边张望："孙女，别看了！我给你带信来了！"

"是我夫君的信吗？"

"是王爷和夫人要来看望孙子了！"

"真的？"她高兴地问。

老人点点头。把羊皮信递给她。她看后说，"阿爸阿妈来固然很好，可我夫君有消息吗？"

"李将军在王庭，王爷来后不就知道一切了吗！"

"也是。"她问，"这信是谁送来的？"

"是和衽余一起的那位吴胜。他说右校王让他送到就立即回去。"

"那就说明夫君很好！"於维尔兰自言自语后想想问，"他没说那边怎么样？"

"他把信给我，连口水都没喝就走了！"

她心里想，王庭那边一定发生了什么事情，夫君怕她担心才这样的……

自从女儿和李陵到了坚昆，於靬王老两口整天忧心忡忡，但怕卫律暗地里为难他们。

由于道路偏远，消息闭塞，他们有时只能得到一些小道消息，坚昆人生活艰难，坚昆有人暴乱……更是搞得他们心神不安，这一年来，老两口一下子老了十多岁。

这回驸马回来了，给二老说了他们的情况后报喜说，他们有了孙子。高兴得於靬王老两口子恨不得飞到贝加尔海去看望，怎奈天寒地冻不能成行，再则兄长大单于刚离世，更不能离开。

现在大侄子继位，在其权力内圈，他於靬王只是个可有可无的闲人，该去探望独生女和孙子了。他告知单于，趁着身体康健，自己想外出走走看看。

狐鹿姑大单于自从继位后，但怕自己做什么事遭叔王管教，巴不得他离开王庭，也没问去哪里，去干什么，就同意了。

临行前，於靬王把李陵叫到跟前说："我和你阿妈去看望尔兰和娃娃了，你就住回王府。叮咛你一句，遇事多动脑筋，不要和卫律硬着碰。"

夫人提醒说："保护自己才是重要的！"

李陵跪地："感谢父王和母后关照！"

两老人拉起女婿。於靬王出主意说："别这么多礼节！我还有事要说，你现在立即要做的是：利用你的权力，多培养自己身边的人！"

"小婿记下了！"李陵说，"父王母后，我已经安排好了车马，让我的随行刘勇义跟随你们！"

两位老人启动前，李陵把刘勇义拉到一旁，交代说："勇义老弟，你去后就别回来了，在那里好好保护好老人和贝加尔海的兄弟姐妹！"

"大哥放心！我的命是大哥和梅尕大姐他们给的。如今是无疾之人，武功已经恢复，几乎无人能敌！"他特意提醒，"不过，我希望大哥在这是非之地要多动心思！"

"大哥记下了！"李陵目送他们远去后，回来住进王爷府，按照王爷的意思行事了。

天上白云缥缈，阳光灿烂，照在贝加尔海住地。

高山树木草原焕然一新，处处嫩绿。

无丝毫尘物的贝加尔海无垠的海面上，太阳和白云在嬉戏，海水清澈得让人振奋。

於靬王两口子来到这里，自然大家都是一番兴奋、高兴。

於维尔兰和阿妈有说不完的话。她们母女陪着娃娃在房间里，爱意满满瞧着胖墩墩、啊啊笑着、手舞足蹈的娃娃说着笑着。

苏武和於靬王两位五年后终于见面的老朋友，坐在海岸边树荫下，吃着大钵里的鱼肉喝着酒，高兴地叙说着往事。

苏武瞧着老了许多的王爷，瞧着湖水中自己斑白的两鬓，喝了口酒，感慨地说：“呼——我们都老了！”

“你还可以，身子骨还蛮结实的！比我想象要好多了！”於靬王喝了口酒说。

“多亏有梅尕和乙峇老人的照料！谢谢你这位老王爷！”苏武给其斟满碗酒，双手递上。

於靬王接过就喝了口：“当时我还试着说服梅尕别来这里，看她意志坚决，就让老家人陪伴她过来的！”

“老人真是个忠诚的人！”苏武吃了块肉说，“看见他一天兢兢业业手脚不闲，我心也踏实了！不过，我还是要回大汉的！”

“我深知你们汉人的心！不过，我家驸马是个例外。只因汉皇帝杀了他全家，才让他无有退路！我真的有些感谢汉皇上了！”他得意地抿了口酒咂了下嘴。

“这是你命好，拾了个漏子！”苏武忧虑地说，“可怜贤弟，如今在自责和忏悔中活着！”

“哎！你这做兄长的怎能如此说话！”於靬王生气了。

“怎的？打一架？”苏武挑衅地说。

“打就打，谁怕谁！”

两个人说着，借着酒劲，脱了外面的袍子，着短装在岸边，伸手撩胳膊地比试开了。

苏武是什么都能来两下子，算是杂家。於靬王是摔跤射箭的行家里手。

两个人赤膊上阵斗了几个回合，不分胜负。

苏武听到对方肺脏中夹杂着吼吼的呼噜声，故意转身卖了破绽……

於靬王趁机飞扑上前抱起他：“哈哈哈哈……老弟，为兄终于逮着你了！”

几年前，当向导和他一路到哈拉和林，他深知苏武的睿智厉害，真想有一天两个人心平气和地交交手。多年来一直没有机会，今天终于如愿以偿，他很高兴。

“放我下来！”

他笑着放下他。

苏武不服气：“再来一次！”

“我已经累了！”於靬王坐下喝酒，挂了免战牌。

苏武坐下，想想问起他最关心的事情：“老兄，我李贤弟怎的没回来？”

“且鞮侯过世了，现在是他的大儿子狐鹿姑继位大单于。他临死前，命李陵扶持新单于，不要和大汉打仗，带着胡人休养生息。”

“老单于找对人了！”苏武站起来对天长叹，“唉——看来我苏武回汉，道路漫漫了！”

“只要胡汉修好，我看很快的。”於靬王明知很难，还是安慰说。

每年一到加尔海水开河，周围能放牧的草原也就热闹了。

现在新单于继位，有李陵辅佐。这里暂时也就安宁了。

苏武他们很快决定搬回原来的地方生活。海子那里很是偏僻，原先的驻地牧人看病不容易寻找。

梅尕要给娃娃喂奶，不能奔波劳累。外出行医只有苏武一人，如今刘勇义也回来了，就陪着苏大哥一起做伴。

这天，一百多里外坚昆和贝加尔海交界处的一个中年牧人，打马昼夜赶来，说是他的牛群前天夜里发生胀病……

梅尕当时正在给娃娃喂奶：“让我家先生去吧，他如今比我医术好！”

七十三　李广利降敌

苏武在刘勇义陪伴下，昼夜赶路和来人到目的地，苏武给十几头牛瞧了病，拿出药材，让主家熬好后，照看着给所有牲畜一一灌下，一个时辰后许多牲畜又拉又尿消胀了。

他们松了口气，他给他们留了药，叮咛主家：“三个时辰后，按量给它们统统再喝一次就好了。”

主家十六七岁的女儿伊玛，好奇地瞧着他们问：“萨满大叔，我能跟你们学习吗？”

苏武瞧着她周正健康的样子问：“你家人同意吗？”

“阿爸！你愿意我跟这叔叔学萨满医病吗？”女儿问。

听到女儿的问话，主家过来问苏武：“我听说你家的萨满是女人？”

“是啊，是我阏氏！”

“就是给娃娃喂奶的女人吗？”

“正是！”

"我同意女儿跟你们一起！"他看梅尕为人正直正派。

姑娘高兴地用汉礼跪在苏武面前拜师："师傅在上！伊玛一拜了！"

"哎！还有我呢！"刘勇义觉得这姑娘蛮有意思，故意逗她说。

苏武瞧瞧刘勇义给他们介绍："这是我们的徒弟！"

"师哥在上，伊玛小妹拜见了！"

刘勇义只是句玩笑话，搞得自己也扑通跪地行礼。

苏武瞧着他们呵呵地笑了。还真像一对。

姑娘起身收拾好衣物，牵了匹马过来准备跟他们一起走。

刘勇义瞧着苏武动开了心思，自从离开李大哥，他老担心怕大哥亲信少，不能驾驭卫律……于是他说出了想法："苏大哥，这里距坚昆只有一昼夜的路程。不如趁机到我们那里看看！"

苏武真的很想到贤弟的封地看看，一想到自己的身份又忧虑了。

"走吧！这里距坚昆和回海子的路差不多！"他诚实地说，"我得回去和赵大哥商量，给王庭的李大哥多派几位厉害的跟随！"

苏武对他说："你可千万不要说我的身份，我才跟你去！"

"我知道规矩的！"刘勇义说。

"伊玛姑娘，你在家里等着，我们回来一起走。"苏武对伊玛说。

"你们要是不要我了怎么办？我要跟你们走！"伊玛恳求地瞧着他们。

"我怕你跑不动！"苏武说。

阿爸上来说："你小瞧了我们牧人的女儿了！她从十岁起，就跟着我开始放牧。马骑得比我还好！"

"那——伊玛师妹，走吧！"刘勇义说着上马前奔，伊玛打马紧随在后。苏武瞧着他们，也催马追了上去。

他们到达坚昆后，把伊玛安排在衽余家，让衽余阏氏陪伴着她。

苏武在这里只认识衽余，在他的陪伴下参观他们开荒种粮食的大片土地，和各样的手工作坊……

他瞧着他们这多人远离大汉的同胞，在这里各尽所能地过活着……

他理解了李陵，李贤弟真是有情有义之人。

他又想起跟随自己到胡的兵士，如今分别给胡人当奴隶，自己却无能为力……

怎么想着想着又想回来了？我和贤弟的遭遇不一样，无论怎样，我的大汉气节不能丢！我一定要回大汉的！

刘勇义回来，把自己的担心报告给赵镇，这也是赵大哥所担心的。在苏武他们走后，赵镇挑选了两位武艺高强的弟兄，又在坚昆的胡人里选了三位年轻力壮、能骑善射的好手到李陵处。

大汉帝都长安，满头白发，苍老了许多的汉武帝，瞧着匈奴新继位的狐鹿姑大单于的求婚书想，这老单于死后，匈奴一定艰难重重，才来以求婚求和。

这四五年来，匈奴一直谨慎行事，很少到汉地和其他小国边境骚扰，可能是那次李陵以少胜多给他们创伤太大了……这让武帝想起了李陵，明明是自己下旨，命他带兵孤军深入……

后来他又以自己的错而杀了其全家……

回想起自己继位后，曾多次组织兵力对匈奴的征讨，把其赶到漠北极寒之地，现今还如此的嚣张，可恨！我大汉一定要灭了你！

武帝扣留了使节，命国舅李广利带十万大军，从酒泉东进北上踏平匈奴。

匈奴狐鹿姑大单于得到大汉不但不和亲，还派大军酒泉出兵征讨胡地的消息，请来右校王李陵商议。

李陵是不愿带领胡军和大汉打仗的，可他还想给骄横的李广利一个教训。

于是，他给其狐鹿姑大单于建议："启禀大单于，卫律军师很了解地形情况，不妨请他同来商议！"

狐鹿姑大单于请来卫律和李陵一起商议出兵之事。卫律怕李陵立功，毫不客气地谈了自己的想法，并且请缨亲自领兵去和李广利决一雌雄。他知道李广利以妹子为武帝宠妃上位的骄横不羁。

李陵的目的达到了，有卫律在前冲锋，一起定了作战方案就隐退了。

再说李广利带领十万大军，从酒泉东上，进入胡地山道北进，行走了近一个月，这天快到黄昏，还未见胡军，正在纳闷之时，突然，高坡上万箭齐下。

李广利命令汉军："快撤退！"

如今退得了吗？先头部队已经进入胡军的包围圈内，一时汉军损伤无数。

头一个回合赢了。卫律得意地说："嘿！真的爽快！"

李广利吃了亏，借着天色渐渐昏暗悄悄撤退。

卫律也没有组织骑兵追赶，他想这才是头次交锋，咱们慢慢地来吧。

这多年来卫律跟随且鞮侯单于一起打仗治理胡地，长了不少见识，特别是那次跟李陵部的战斗，他得到的经验和教训不少。

李陵不愧是李广将军的后辈，在定方案时提出打仗要灵活，要千方百计以弱胜强……

此次自己这居高临下的办法就是灵活的体现。不然和汉军面对面的话，自己也要吃大亏的。

因为卫律地形熟悉。他这次采取灵活的方法，夜里命一队骑兵欲悄悄迂回到汉军尾部，准备明天再给他一家伙。可是被汉军的哨兵发现，报告给李广利。

李广利得知消息，在胡骑必经地下了连环套。迂回的胡军整队损伤，人头落地。

卫律得知消息想，看来不可轻敌。第二天，双方在不战不和中等待着。

李广利心里很是不安，他地形不熟不敢贸然前进，也不敢立即后撤，只是让部下严防坚守。

卫律呢，他只有派小股军队周边骚扰，让你不得安生。

这样持续了十多天，汉将军李广利得到可靠消息，妹妹李贵妃牵扯到宫廷的巫蛊案中，李家遭满门抄斩……

多年前那次妹子被牵扯很快明了，皇上依旧喜欢妹子和李家，这次定是躲不过了。

李广利心灰意懒，想着回大汉也是头颅搬家，不如投降匈奴。于是他挂起了白旗。

七十四　奔腾的野马群

不管李广利是主动还是被动投降，总之是失败了，他卫律胜利了。卫律很是得意。

可是单于得知李广利失败的原因很是同情他，也很想利用他。于是单于想将她孀居的小姨子许配给他，好拉拢李广利死心塌地为自己匈奴服务。

卫律在汉和李广利相处过，知道其是个势利小人，在得知单于的意思后怕李广利得势对自己不利，就寻思着怎么才能除掉他。他就想起联合和他无争的李陵。

李广利投降后，李陵的极力避免和这个狗仗人势的家伙见面。可他在这里，大汉要遭殃，这该怎么办……

正在他无法时，卫律亲自来右校王府拜见。

真是及时雨。李陵立即设酒席接待，他亲自给两人斟酒。举起面前酒碗，故作恭维他："卫大将军旗开得胜，恭喜了！"

"胜了小人，有何喜的？"卫律故作深沉一饮而尽。

李陵沉思良久问："卫大人，你的意思是？"

"这人不能留！"卫律目光凶狠地瞧着面前的空酒碗。

李陵给其酒碗里斟上酒，故作怀疑地问："这恐怕不大容易吧？"

"只要你不出手，我会找机会的！"他知道李陵手下人的厉害。

"你说，这王庭里的事情，我参与过吗？"李陵瞧着他哈哈笑了。

卫律也应和着哈哈大笑起来。他明白，他要处置李广利，李陵是不会干涉的。他这就放心了。

夏季，贝加尔海真的美极了。一望无际的海水，从上到下，清澈似镜，水中各种鱼儿自由自在。

岸上绿树婆娑，周边草地牧草青青，牛、羊、马匹纵横奔走。

前晌，梅尕陪着尔兰母女温泉洗澡回来，於乙沓老人把苏武和於靬王早上打捞的鱼虾收拾好了，准备开了午饭。

老人家看到王爷和夫人到来后，高兴得天天尽着所能，为他们改善生活。

中午大家美餐过后准备休息，十五岁的巴特尔打马到来，一见梅尕说："阿叔，我们家的两头牛不吃不喝，阿爸请你去看看！"

梅尕瞧瞧丈夫，苏武瞧瞧刘勇义。

刘勇义问他："小伙子，牛怎的不吃？"

"肚子胀，不吃。"

"师傅，我那次和苏大哥到伊玛家看过这病。让我去吧！"刘勇义自告奋勇。

伊玛洗涮好锅碗，灶房出来听见说："我也要去！"

"好，你们两个一起去！"梅尕知道刘勇义是个有心人，这一年来跟着苏大哥学了不少本事。

苏武给他们准备好喝水的水葫芦，配好药，让他们带着，交代了加减的办法……

两人骑着马跟着巴特尔出发了。他们到巴特尔家驻地，发现他家的牛和伊玛家牛的病不大一样，虽说它们都是吃了不当草料，肚子发胀不吃东西，可是这牛的肚子胀得不是很要紧。

刘勇义按照师傅的加减法适当地减少了药量，让巴特尔阿妈熬了药，帮着给牛灌下。他们耐心地等待着，直到天快黑时牛才拉尿。他们给主人交代了注意事项后打马回家。

回家的路比苏武他们过去住的地方远多了，多亏夏天黑得晚。两人打马回走了一半多路，朦胧中发现对面马群嘶吼着，马蹄声如多面疾鼓，由远而近狂奔过来……

野马群来了。这声音惊得两人骑的马也嘶叫着朝前冲去。

刘勇义喊声："不好！"飞身腾起伸手抓起伊玛，翻滚在一旁的草地上，用身体护着她。

一阵奔腾的马蹄声过后，大地死一般的寂静。

良久，伊玛清醒了，觉得有东西压在自己身上。她推开身上的东西，仔细一瞧是满脸流血昏死的刘大哥。

她渐渐地回想起来，当时遇到野马群……是刘大哥救了自己，他却被野马踩伤了。

她着急地呼唤着："刘大哥，师兄……"唤不醒。

她想给他喂点水，摸摸腰间的水葫芦，已经被马蹄踩破了。

伊玛仔细检查着刘勇义流血的地方，原来他一旁耳侧被马蹄蹭破流血。她忙扯破袍子后襟，撕了块布给他包扎上。

她搂着昏迷不醒的他，瞧着朦朦胧胧的夜色，这可怎么办？才走了一半的路……

她感到他动了下，忙呼唤着："师兄，刘大哥！"

"哦、疼。"他嗫嚅着说。

"你哪里疼？"她把他平放在草地上，轻轻地抚摸着他的身子，"是这里吗？这里吗……"手挨到他的脚踝部，他大叫声："啊！"

原来是马踩坏了他的脚踝。她仔细地查看着，他脚踝处被马踩绽了层皮，流着血。她扯下袍子前襟要给他包扎伤口。

"别。先把伤口、皮肉弄好，按上、羊毛灰，再包扎、扎！"

刘勇义咬牙忍痛吩咐。

她按照他的指点，从他背的药皮囊里，拿出羊毛灰包，贴好脚踝伤处包扎好，又轻轻解下他耳畔的包布，给伤口敷上羊毛灰包好，做好一切，只听他喃喃地问："有、水、吗？"

“水葫芦被马踩坏了！”她想想说，“有了。”

她在地上拽了把草，放在嘴里嚼成糊糊，搂起他口对口递到他的嘴里。

他的双唇挨着她双唇的刹那间，刚才浑身还疼的他，立马感觉不大疼了……他将草汁咽下想，这是自己离开家十多年来，第一次跟女人如此近的接触，而且是嘴对嘴地亲近。

开始他们三百多弟兄聚在一起到坚昆，只是想能跟大家在一起，同生共死也是幸福的。如今自己还想有像伊玛一样的女人……他不由哧的一声笑了，人的心真是个无底洞。

她听见问：“你笑什么？”

他默默瞧着她笑而不答。

“你说嘛！你说呀！”她催促他说。

“我，我，”他的手抓住她的手，“我，我想和，和你。”

还没听他说完，嗵一下，她生气地把他扔在地上。

“啊——”他头疼地大声呻吟起来。

她又忙把他扶着坐起在自己怀里：“对不起，谁让你戏弄我的？”

他这次不敢造次了，老老实实靠在她胸前，听着她的心跳，闻着她特有的体香。夏季穿着本就单薄，再说她袍子已经扯破，她胸前的两个东西硬顶着他，叫他的心跳得更厉害了。

七十五　师兄师妹

男人和女儿挨在一起这感觉真好真奇怪。他一动不敢动。

天上月儿升起，星光璀璨，地上寂静无声。

伊玛看他一动不动，也不说话：“哎，师兄，你还疼吗？”

“不疼了！”他尽力离开她身子坐起，没好气地说，“扶我起来！咱们慢慢走吧！”

“你一条腿，咋走啊！”她瞧着他，“我来背你吧！”

“不用！”他在她的搀扶下，咬牙站起自言自语地说，“要是有个棍子就好了！”

“那你等着！”她跑到旁边一高地处的灌木丛，费力地折根树干过来：“给。”

他拄着棍子，好在筋骨没大伤着。他咬紧牙关忍着疼痛，一瘸一拐地朝前走着。

伊玛瞧着他艰难的样子，上前搀扶住他。

“走开！”他厉声说。他真的怕自己控制不住而胡作非为。

师兄这是怎么了？刚才还好好的……要不是他救了我，我会掉下马被野马踩成肉酱的……

回想起当时的一幕，伊玛上前拉住刘勇义：“师兄，我来背你！”

刘勇义瞧着她纯真诚实的样子想，都怪自己！她还是个没有经过世事的姑娘，他态度缓和了：“感谢了，你背不动我的！”

“谁说的！我的力气大着呢！”她夺过他手中的棍子扔了，硬是背起他。

“伊玛，你放下我，我脚踝只是被踩脱了层皮，筋骨没大伤，能走动的。你扶着我，咱们边走边说说话！”

听他温和地这么说，她放下他，扶着他：“走吧！”

北地草原夏季的气候，昼夜温差极大。夜越深越凉。

他们走得很慢，再说为了给他包扎伤口，她的袍子下面前后都扯掉了，露着光腿，冻得她浑身发抖。

她只有紧紧地依在他的身边缓慢走着。

听着她上下牙不住打战，他瞧瞧周围，要是这样走一夜，就是不病也会冻坏的。这里到苏大哥住的旧地比回海边近多了。对，回旧住地。

“伊玛，这样我们会冻死的！你敢跟我走吗？”

“怎么不敢！”

“好，咱们今晚上找个地方休息！”他对她说，“你背我一段，我下来走一段，好吗？”

“那我也就不冷了！”她背起他，按照他的指挥前进。

胡人姑娘的力气不输男子。她背着他，粗气不喘走得很快……

他感到她满身是汗喘粗气时，就自己坚持下来走一段……

就这样，两个多时辰他们赶到住地。

夜里，平时都是於乙旮老人照看着的。自从王爷到海子住地后，老人就留在那里了。

刘勇义打开他和老人住的房子，点亮蜡烛说：“我住这里！咱们去看你的住处！”

他带着她打开客房门，点着蜡烛说：“你住这间。”

她探头进门瞧瞧里面黑乎乎的回来胆怯地问：“我能和你一起住吗？”

“怎么？”

“这么大的地方，我很害怕！”伊玛惊恐地说。

“你不怕我吃了你？”他也认真起来。

“你还没有我家的一只肥羊重，不信你能吃得了我！”

他无奈只有答应说：“那好吧！”

她睡榻上。他抱来被褥铺在地上躺下，疲累得很快就睡着了。

刘勇义和伊玛两人晚上不见回来，苏武很是着急，和乙沓老人骑马赶到巴特尔家，得知他们已经离开许久，无奈赶回原住宿地。

他们开门一瞧两人狼狈的样子，明白发生了事情，不忍心叫醒他们，分别休息了。

第二天上午，乙沓老人叫他们起来吃饭，才得知晚上发生的事情。

苏武拿件梅尕的旧袍子让伊玛换上。

刘勇义抱歉地说：“苏大哥，老伯，对不起！我们把两匹马丢了！”

“只要人没事就好！”苏武安慰说，“亏得你手脚反应快，否则，现在就见不到你们了！”

“多亏师兄救了我！不然我已经被野马踩成肉泥了！”伊玛接着感激地说。

“那你可要好好报答师兄救命之恩了！”苏武一边给勇义查伤、上药包扎心里说，勇义不愧是当兵的，反应迅速。

兄弟，你要加油啊！

一顿饱餐后，苏武又给他上了伤药，周身不太疼了，刘勇义躺在榻上闭目养神。

苏武和乙沓老人怕家人担心，看刘勇义不能颠簸，让他们暂时在这里养伤，回家报平安去了。

其实也是给他们一个单独相处的机会，在初见伊玛时，苏武就有此心。

伊玛坐在榻前，瞧着眼前榻上师兄脸色蜡黄，紧闭双眼。回想着昨夜里发生的一切，后怕的眼泪滚落而下，呜呜地哭了。

听见伊玛的哭声，刘勇义睁眼问：“师妹，你怎么了？我可没有欺负你！”

"我是想，要是没有你，我这会儿早就死了！"

"傻瓜！"他伸手给她擦了泪说，"我要是不救你，我还是人吗？"

她双手紧攥住他的手："你们汉人都这样吗？"

他点点头。

他不敢睁眼瞧她，怕自己心猿意马。他紧闭双眼，用力想抽回手，她的双手硬是不放。忽然，他的嘴被她的嘴亲上了。

这样的突然，使他无所适从。

刘勇义硬是抽回自己的手，硬是紧闭着眼不敢动。胡人礼节他还不怎么明白，怕给大哥惹麻烦。

昨天夜里伊玛还没有想明白是怎么回事，现在她的心跳动加快，好像懂了。自己是个女人，女人的内心被这个男人感动了，想和他做一件事，就是生娃娃。

她问他："你不想和我一起生娃娃吗？"

"你怎么知道？"

"你不想拉我的手？"

"你说拉手就能生娃娃吗？"

"那你说怎样才能生娃娃？"

"你和其他男人在一起过吗？"

"我从小就和阿爸一起。阿爸不让我跟另外的男人一起，说男人拉女娃娃的手，女娃娃就会生娃娃！"她认真地说。

胡人真是天真。其实也是生活环境造成的。

"你想和我要娃娃吗？"他睁开眼也极其认真地问，"阿爸愿意你跟我吗？"

"阿爸说，要是他看上了那个男人，就让我跟他一起走的。"伊玛认真地说。

"你家里、就你和阿爸吗？"他问。

她点点头说："阿爸说，阿妈生下我就去世了！"

刘勇义不由得一阵心酸，眼圈红了。

"师兄，你咋的了？"她紧张地问。

七十六　於軒王的病

“那你看上我了吗？”刘勇义问。

“你救了我，我就要跟着你！”

“就这么简单？”

她认真地点着头。

刘勇义虽然没有和女人一起过，当兵的男人们在一起胡侃时，这些事他早就知道了。看她紧拽着他的手不放，他的心火烧起来了。

他最后问她：“你真的愿意让我教你生娃娃的事？”

“愿意！师兄，你就教教我吧！”

他坏笑了下，拍拍身前：“来，躺在这榻上。”

她听话地躺在他面前。

他瞧着她天真无邪的样子真的不忍下手，可是禁不住她身子的诱惑。

男人撩起女人的袍子，压在她身上问：“你真的不怕？”

“不怕！”

浪涛过后，女人躺在男人的怀里甜甜笑了。

“怎的了。”

“我终于知道，女人和男人在一起，怎么能生娃娃的事了！”

男人亲下她，瞧着可爱的女人问：“这样，感觉好吗？”

“这样也能怀娃娃？”

“对。”

女人主动地亲着男人……

刘勇义和伊玛好上了。苏武觉得他们是很好的一对。趁着夏季好干活，在旧地方的屋旁，沿着坡坎帮他们重新建了个家。

刘勇义是个好木匠，把新屋里外搞得比苏武原来的屋子好多了，在屋的前面，左右安装了两个大窗户，屋里敞亮极了。他准备利用闲时，让其余的房间门窗也焕然一新。

伊玛和男人商量过后，回家拜见阿爸伊尔得。

伊尔得看女儿有了个好的归宿，女婿还是很能干的大汉青年，高兴极了。在女儿女婿的提议下，他赶着牛羊牲畜来和他们住在一起。

伊尔得一到这里，就有了家的感觉。特别是这里的居住条件很好。这里也经常有人光顾，很快，他和这方圆百里的一些牧人成了朋友。

贝加尔海前的居住地。於维尔兰发现阿爸夜里咳嗽越来越重，问阿妈："阿妈，阿爸咳嗽你知道吗？"

"这是老毛病了，他说不要紧。"

"你好糊涂，自己的男人有病你都不在乎！"女儿不满地说。

"我有啥办法！他又不听我的！"阿妈无奈地说。

是啊，阿爸大男子气太重了，阿妈根本说不动他。就是自己一说他，他嘴上说听，可过后还是当耳旁风。她把这事告诉了梅尕姑姑。

这天一早，梅尕起来，在洞外给女儿洗尿布。

於軒王一身短装，提着苏武结的渔网出来问梅尕："苏老弟呢？"

苏武挑了两木桶水上来："我说，咱们吃过早饭再去！"

"这打鱼要趁早的！"他说着就要下台阶。

梅尕叫住了他："王爷大哥，我找你有事情商量！"

"嘿！妹子叫我，定有好事！"他站定问，"什么好事呀？"

"是这样，我家女儿不能总叫妞妞吧，你给起个名字怎么样？"

他瞧着苏武诡黠地笑了："是吗，你家的苏大哥比我懂得多多了，可算是大汉的才子，让我给你们娃娃起名字？笑话！"

"我孩儿有名字，苏贝尔，是宝贝的贝。咱不懂的胡人风俗，想取个胡名，这不就得劳驾你这位王爷了吗！"苏武微笑地说。他夫妻夜里商量好了，想办法今天不打鱼，给他查下病。

"这还差不多！"於軒王坐在石头上，不由得咳了声，让人听出肺里一声杂音。

梅尕瞧着他说："王爷大哥，我看你最近脸色怪怪的！"

"怎么个怪怪的？"

"你是不是老感到脸上发烧？"

他想想说："脸上是偶尔有，可夜里老出汗，还咳嗽。"

"要不我给你把下脉？"梅尕将娃娃尿布搭在一旁晒衣的皮绳子上。

"好吧！"

梅尕擦了手仔细地把着他两手臂的脉象，让他张口仔细看了口腔，想想问："你这样多长时间了？"

"快一年了！"

"你怎么不叫我哥给你看看！"梅尕埋怨他。

"沮渠忙得种果树，种药材，种庄稼！"他还有道理了。

"那你就跟着去找他呀！"

"嘿嘿嘿，"於軒王不好意思地笑过说，"这一年来，我的心里很乱，家里的事，单于老兄的事，哪顾得这些！"

"莫非你也想继位，落空了才到我们这里避难来了？"梅尕不客气地问。

他吃惊地问："莫非我和且鞮侯得的病一样？"

"差不多！"她生气地说。

"那你说我还能活多长时间？"他着急地问。

"好好医治，就好了！"她回答。

其实，这两年多，他老是担心女儿，担心女婿的安全……担心新单于继位动刀戈，全家性命不保等等，思虑成这样。

他说："不管怎么样，我会珍重自己的！从今天起，我要按我自己的想法生活！"

於軒王一来，觉得这里远离王庭、远离纷争。这里有山有水有树有草原，是个好地方。每天面对着贝加尔海，自己的心情也放松了，心地也清纯了。他要在这里好好地生活上几年。

他悄悄让刘勇义送信回家，让李陵趁机变卖家产，渐渐朝坚昆地撤退，李陵很理解丈人的心思，尽力为其办理着。

於軒王来这里，外出得有人陪伴。这事只有苏武这个朋友来担当了。外出看病的事，就落在了梅尕和徒弟俩身上。

这天黄昏，一年轻的牧人打马而来说是阏氏生娃娃生不出，来请萨满。梅尕二话没说，把孩子留给尔兰，在灶房拿起小罐菜油，提起药皮囊，带着两个徒弟打马出发了。

一个时辰后，他们奔驰到牧人家。帐篷里，高悬着明亮的火把下，年轻的产妇躺在地上发抖，接生婆高喊咒语在产妇身边跳转着……

梅尕把接生婆揪出门警告说："闭嘴！"回来检查产妇，发现产妇是难产，孩子的一只小脚伸在外面。

梅尕吩咐徒弟："勇义，你抱起产妇，伊玛，快抬起她的两腿，小心把她放在榻上！”

“这不成！”婆婆立即上前阻止。

梅尕怒视着她咬牙切齿地说：“你是不是女人？出去！”

梅尕对那青年说：“快架上火盆，把屋里烧暖和，不然人就冷死了！”

婆婆回答说：“不能架柴火！”

七十七　这不是骗人吗

“听萨满的！”儿子生气地把阿妈推出门。

两个徒弟抬起产妇小心地放在榻上，过会儿产妇活缓过来，有气无力地啊啊哭了。

梅尕忙用油把手搓光滑、搓热，温和地说：“妹妹，一会儿就好，你坚持住！”

梅尕让伊玛轻轻扶住产妇的双腿，自己油光的手慢慢地把娃娃伸出来的小脚动了下，产妇疼得大喊了声。

“妹妹，你疼就喊吧，就哭吧！”她一边安慰，一边用手在产妇的肚子上抚摸着，一边用油光过的手把娃娃的小脚朝产妇肚子里面递进，可是小脚卡得很紧，这样母子都会丧命的。

她对刘勇义说：“你去问那男人，再这样下去，母子俩都不保。只能保一个的话，你问他保阏氏还是要娃娃？”

刘勇义出门，看见婆婆和儿子一起正在生火，拉起儿子问：“你阏氏难产，情况你也知道，要是只能活一个人，你是要阏氏还是要娃娃？”

“要阏氏！”男的干脆地说。

他拍了下男子的肩膀，称赞说：“真爷们！我喜欢你！”

只因他们在看病时，往往遇到母子生命难保的情况下，对方大多是要求保娃娃，让他们很是难过，今听见这很是赞赏。

梅尕听说年轻人要保阏氏，也满心地高兴。

“你的男人是好样的！你要有勇气，要坚持！”她边给她安慰打气边行动。她手轻轻地把娃娃出生的道路周围慢慢扩开后，小心地把小脚递进去。

梅尕耳朵贴着她大肚子仔细听着……肚子里的娃娃好像没大的问题。

她问产妇："妹妹，你还有力气吗？"

她无力地摇摇头。梅尕朝外面问："主家，有牛奶吗？"

"有现成煮好的，刚能吃！"青年男子立即端着陶罐锅牛奶进来。

"给你阏氏喂吃一些！"

他拿了碗来，伸进锅里舀了碗。伊玛扶起产妇。

他给她喂着，她一口气喝了一碗。

男人问："还喝吗？"

她点点头。男人一连喂了三碗，她都喝光了。

梅尕问她："妹妹，有力气了吗？"

产妇点下头。

梅尕双手扶按她躺下休息。一会儿，产妇的脸渐渐有了些血色。突然，她喊着肚子疼了。

梅尕查看下身，发现了孩子的头发。

这回对头了！梅尕教她保持体力，爆发着发力……

可是产妇肚子养娃娃的水已经流完，娃娃干生不下来。产妇脸色发青，濒临死亡。

梅尕忙让刘勇义拿出银针，按她要求给女人人中和肚子扎上针，产妇脸色缓过来。

梅尕用菜油轻轻给娃娃润好通道，安慰说："妹妹，你现在咬住牙向下用力……"

梅尕用一只手猛地按下产妇的肚子，产妇惨叫一声，娃娃出来了，还是个小子！那青年高兴地搂着他的阏氏流下了眼泪。

娃娃生下来憋得浑身铁青，不哭。梅尕倒提着双腿，在小屁股上狠拍了两下，娃娃还是不哭。

梅尕把娃娃放在榻上，手按住娃娃的小额头，口对口地进行人工呼吸……

差不多半个时辰，娃娃渐渐地有了呼吸，向人世间哭喊出了迟到的第一声。

青年阿爸瞧着累得满头大汗的梅尕，跪地给梅尕磕头："感谢萨满！感谢了！"

老太太听说大人娃娃都平安，还听说是个孙子，高兴极了，立即要给萨满做吃的。

梅尕对老太太说："我屋里还有娃娃，得赶紧回家！你得好好地照看儿媳妇和孙子！"

老太太忙叫儿子给他们拿出准备好的资费——三只肥羊来。他们每人马后牵着一只回行。

回家路上，刘勇义不禁问："师傅，每个女人生娃娃都那样吗？""是啊，女人生娃娃都是和死神打交道，都是在鬼门关前挣扎，好了就回来了，不好就过去了！"梅尕说。

"我阿妈就是生我时过去的！"伊玛胆怯地说，"我可不敢生娃娃了！"

刘勇义瞧着伊玛，安慰说："别怕，咱们尽管生，这里有师傅和我，保证你平安健康！"

"伊玛，你看，勇义多爱你！"梅尕笑对伊玛。

"爱我，还叫我生娃娃？"她不满地说。

"咱们是萨满，咱们生娃娃不疼！"刘勇义逗她。

"师傅，是吗？"她问。

"对呀！"梅尕微笑着说。

"那就好！"她高兴地说，"我要生很多很多娃娃。像羊群一样多！"

"我可没有那本事，怕累死！"刘勇义风趣地说。

"你是小狗，不是人！"伊玛不高兴了。

刘勇义不理她，拍了下梅尕的马屁股，对她说："师傅，咱们快走！"

梅尕骑的马跑到最前面，他打马追上去，后面留下了伊玛。

伊玛生气地打马超过他，奔跑起来。马后的羊可遭罪了，追不上马的速度，绳子揪得咩咩地哭叫。

梅尕对刘勇义说："你别逗她！还不快去追！"

刘勇义打马追上去，把她拉到自己马上，搂起来亲了下。

"你真的很坏！"她幸福地依在男人的怀里。

梅尕在后面瞧着他们想，苏大哥做事情、说话是很有道理的……

那天，苏武和刘勇义带着伊玛回家，说是给她收了个女徒弟。

她觉得伊玛长得憨憨的，虽不难看可也看不出聪明在哪里。她不愿意收留，嫌他多管闲事不理他。

直到晚上，两人躺在榻上，她都没理他。

苏武看妻子不理睬，抱起熟睡的女儿笑了。

她生气地抢过娃娃："你别抱我的娃娃！"

"哎，这我可要跟你说道说道了！"他瞧着她，"没有我，你能生这么好的女儿吗？”

听着他的质问，抬头瞧见他含情脉脉的目光，梅尕忍不住想笑，可又不能笑，只拧了下娃娃的屁股，妞妞醒了，疼得哇哇地哭了。

他从她怀里抱过娃娃，轻轻地拍着哄着：“宝贝，乖乖，你阿妈不是亲娘，不叫宝贝睡觉……”

梅尕一听生气地说：“谁说我不是亲娘？”

“那我问你，你为啥要把娃娃弄哭？”

“我自己的娃娃，由着我！”她不服气地说。

“看，光想着你自己，鼠目寸光！”他亲昵地责备。

她不服气地说：“什么意思，说清楚！”

“就是老鼠的眼光，光瞧见自己眼前的仅一寸的光亮！”他说着还用小拇指尖比画了下。

“你才是老鼠的目光呢！”她胡搅蛮缠起来。

“怎的？你还不服气？”他问她，“你说，勇义兄弟人怎么样？”

“吃苦耐劳的好兄弟，是个好帮手！”她回答说。这也是她不得不承认的。刘勇义这一时帮他们盖房搬家，样样都叫人服气。

“这就对了！”他问，“他都二十八九了，该不该给他找个媳妇？”

“你又不是人家家人，这你未免也管得太宽了吧？”她更是不服了。

“你别管我管得宽与不宽，你先回答我的问题！”

“男大当婚。该有媳妇！”

“那给他带回来个媳妇有何不可！”

“那你也不能说是我的徒弟呀？”

“不说当徒弟，这姑娘会跟着来吗！”他白了女人一眼。

“你这不是骗人吗？”她瞪着眼睛。

七十八　帮人就是帮自己

他笑着把睡着的女儿放在榻上，搂着妻子，亲昵地说："我看你平常心胸满开阔的，怎么越活越小心眼儿了？"

"人家看你对那女的太关心了！"梅尕依在男人怀里瞧着他嘟哝说，"那天，那姑娘刚到咱家，你高兴地给她介绍这个、介绍那个！她也跟着你，师傅长、师傅短，那亲热的样子。"

"原来你怕我？"他紧紧搂住她亲了下，"我是用关心来让她安心在这里，培养她和勇义之间的感情！傻瓜，你懂吗？你看我这把年纪，都能做他们的老子了！"

他看媳妇不说话："记住，帮人就是帮自己的！你以后就知道了！"

接下来，那一夜，他们夫妻在一起缠绵了好几回，这是他们一起生活两年多来，她感到最酣畅、最痛快的一夜……

她想着想着，不由得脸红了！苏大哥不但是个好男人，还是个好大哥！他说得对，帮人就是帮自己。

如今有了他们两个年轻人帮着，外出给牧人看病，省心省力多了……

最近一月来，於軒王在苏武的陪伴下，在梅尕的药物治疗下，不咳嗽了。这天，苏武带着他参观了老住地，骑马回来到海子边。

於軒王下马，瞧着澈透清亮的海水，高兴地对苏武说："苏老弟，咱弟兄两个在入冬前这段时间，一起沿着贝加尔海周边，齐齐地勘探一番，怎么样？"

"不怎么样。"苏武即刻表态。

"为什么？"

"你的身子刚见好，还需要休养。再说，这马上秋天就到了，天气一变，怎么办？"

"其实，现在到海子结冰还有近三个月的时间，咱们能来得及的！"於鞬王一再坚持。

“你行、我不行！过一时，就要秋收了，我们在那边种了许多粟谷要收获，我一走留下老人和梅尕，怎么办？要是粮食收不回来，我们吃什么！”

他继续说：“眼看天气一凉，牧人和牲畜发病期到了。我不在家，梅尕又带着孩子，总不能让不会看病的徒弟去应付出诊吧？要是出事，就是人命关天的大事！”

於鞬王听苏武这样一说，沉思会儿说：“那就叫刘勇义陪我一起去！”

“他更不能去！”他回答说。

“为甚？”他不满地问。

“他是你家驸马留下来专门保护尔兰母子的！你知道，我们在老地方住得好好的，为啥搬到这里吗？”

“在这里风景好，夏天凉爽呀！”於鞬王瞧着周围如画风景说。

“大错特错！”苏武严肃地说，“开春时，李陵带着尔兰来这里生娃娃，在半道上遇见卫律派人去截杀他！虽未得逞，可也不得不防！”

於鞬王一听脸色铁青，不吭气了。

苏武继续说：“卫律知道我的住地，我怕他找到哪里，就搬家到这里的！你认为光你担心他们的安危？”

於鞬王被震撼了。没想到女儿和女婿也被他们暗算。他哪里也不去了，就在这里守着女儿和孙子。

他对苏武说：“苏使节，感谢你！我哪里也不去了，就在这里守着我的女儿和孙子！”

“这就对了！这是个大事情！”苏武说，“有你在这里，我们也就放心了！过一时，谷粟成熟，我们得回去收割，还得给牲畜准备过冬的干草。”

“咱们一起搬回去，冬天在哪里，眼界宽！省得在这里七八个月，面对满海子的冰凌！”於鞬王说。

“我怕，卫律找到那里。”

“有我在，他敢怎样！”於鞬王生气地说，“我有办法对付他的！”

“那是再好不过了！”苏武认真警告起来，“咱可得一言为定！可别到时候，你们胡人是一家！”

“嘿！你怎么如此看我！”於鞬王说，“做向导一路，咱们是好朋友了！如今你兄弟是我的女婿，咱们就是亲家了！”

“但愿你记住今天的话！”苏武不相信地说。

“你不相信我？”他拉着他，“来，咱们跪地，对天明誓！”

"明誓倒不必要。咱们君子一言，驷马难追！"苏武认真地伸出双手。

於軒王明白了，也伸出双手，两双手掌有力地相击在一起。

於軒王本来就很佩服苏武，来到这里一看两处的住地，及这里人的生活，就更加佩服他了。自己以后要跟着他学会种地，学会自己管理自己的生活……

深秋，天气突变，大风降温，夜里大雪纷飞。老单于且鞮侯的妻子、狐鹿姑大单于的母亲——如今的皇大阏氏，在丈夫去世后身体一直不好。这不，天气一冷更是卧床不起。

狐鹿姑大单于看自己的娘亲身体一天不如一天，很是着急。他派人请来哈拉和林城里最好萨满来给娘亲看病，都是吃药无效。他派人到药材种植地叫回沮渠格尔萨满。

沮渠来给大阏氏仔细地把脉检查后，拿出自己熬制的最新药膏，她吃过一两次觉得还行，可是再吃就失去了疗效。

狐鹿姑大单于无法，求助于服侍过父亲的卫律。卫律想，除李广利的机会来了。他立即表态说："请大单于放心！我一定把你阿妈当作我阿妈一样的照料！"

卫律也请了几位萨满给大阏氏看了病，都无济于事。他眉头一皱，计上心来。胡人很是相信迷信，于是他和一巫师密谋勾结起来，当着狐鹿姑单于的面，给单于母亲大阏氏作法治病。

大阏氏房屋帐外，搭着祭台。卫律陪着大单于坐在旁边亲眼瞧着。

巫师着狐狸怪装，在祭台前，点起代表大阏氏岁数的五十三支蜡烛，敲着手中的钵器，走进帐内，在大阏氏头上绕了几个圈后出来，口中念念有词，又蹦又跳起来……

一阵上蹿下跳，天灵灵地灵灵地装神弄鬼后，巫师发话了："这是过世的老单于在发怒！"

卫律装作吃惊地问："你怎的知道？"

"老单于是不是和汉人打过仗？"巫师问。

卫律回答说："打过呀！"

"怪然的！"巫师手持着钵给狐鹿姑单于行礼。

狐鹿姑大单于不耐烦地催问："你有什么话就说！"

"为萨满不打诳语！"巫师证明自己说话的绝对。

"你快说！"大单于生气了。

"老单于过去出兵伐汉时说过，一定要活捉汉将李广利，来祭我胡战亡的兵骑！如今李广利已在我胡，得杀他祭神，大阏氏病才能好！”巫师按照和卫律说的做。

七十九　只可意会

狐鹿姑大单于狐疑瞧着巫师：“真的吗？”

巫师收了自己的祭器：“既然大单于怀疑，我不能做了！”

“哎哎！就听你的！”狐鹿姑大单于只得说，“为了阿母，继续作法！继续作法！”

狐鹿姑大单于真的不愿意让李广利去死，他明白如今的李广利的价值要比卫律大多了，也好利用多了。

可在母亲的命和李广利的命之间，大单于想了许多。在他眼里，李广利比母亲重要，他能帮助他对付大汉……因此，在杀李广利问题上，一直拖着不下命令。

卫律看出大单于的意思，想方设法鼓动大阏氏催促儿子。大阏氏在男人刚死后，自己也想跟着男人一起去死。可这悲痛期已过，如今就是有病也要医治，也想活着。

汉人有句话说得对：好死不如赖活着。

她得知用李广利祭神后自己就能活命，只要儿子一来探望就哭哭啼啼地逼着儿子杀李广利：“李广利就是灾星，他不祭神，阿母病就好不了，我们匈奴人也不得安生。”

狐鹿姑大单于拿不定主意，想起父王的叮嘱，召李陵商议。

“右校王，母后逼着我杀降将李广利祭神，你说怎么办？”狐鹿姑大单于开门见山。

“单于的意思呢？”李陵问他。

“我不想杀，可是又怕母后的病不好！”他说出了真实想法。

“皇兄，在你的心里，是母后重要，还是李广利重要？”李陵得摸清情况。

“当、当当然、母后、重要了！”他言不由衷。他也不愿意落个不孝之名。

“我知道大单于的心思，想留下李广利对付大汉。可是伯皇在世时一再交代，为了胡地繁荣昌盛，要休养生息的！”李陵将了他一军。

在李陵心里，李广利真的该死。

“我、我明白了！”

第二天，狐鹿姑单于把处理李广利的事交给了卫律。卫律怕夜长梦多大单于变卦，立即宴请李广利。

李广利接到请柬，十分高兴地到卫律府。

卫律一见他高兴地说：“李将军别来无恙！”

“托卫大人的福！”李广利眉头一皱，随即展开，他嘴上如此说可心里骄横着。

卫律把他的表情看在心里，装作十分客气的样子：“请！”

他把李让到上座，命胡人美姬给他斟上酒，使眼色让所有人下去。

宴席上只剩下他们俩。

卫律端起酒杯微笑着对李广利：“李将军，今日卫律敬你一杯，望李将军多关照！”

“咱弟兄谁跟谁呀！哈哈哈……”李广利象征性举了下杯，一饮而尽。他想，大单于都把我当成座上宾，还要给我赐婚，你卫律不过是他手下的一位官员罢了。

卫律瞧着他想，这货还把自己真的当作宝贝了。不过看在过去同在大汉有过交情的分上，死也要让他吃饱，也要让他死个明白的。

卫律故作亲热地亲自给李广利斟上酒。

李广利端起酒杯，对卫律说：“卫兄弟，咱们以后要在一起共事了，希望咱兄弟还和在汉时一样，同心协力，辅佐大单于！”

卫律懒洋洋地举杯，奸笑着：“一定一定！来，李将军，喝！”

他给他面前放了盘羊蹄：“李将军，来，吃！这是我亲手做的。”

李广利伸手抓了只啃了起来，还别说，这羊蹄做得还真的好吃……

卫律看他吃喝得差不多了，立即变了脸，呼喊着：“来人！把李广利给我绑了！”

四位全副武装的军士如狼似虎地上来，还没等李广利回过神来，就被人家给捆了个结实。

李广利气恼地问：“为什么？”

“哼哼，难道你不知道为什么吗？”卫律傲然地说，“你来后，我们大阏氏恶病就一直不好！这都是你带来的晦气！只要杀了你，我们大阏氏的病才能好！”

“你胡说！我要面见大单于！”李广利号叫说。

“你认为大单于现在愿意见你吗！他要是愿意见你，怎么能让我来处置你！”卫律鄙视地说，“你就别枉费心思了！”

“狗卫律！你真是狼心狗肺！怪我过去瞎了眼，交了你这个狗贼！”李广利愤恨地骂。

“骂得好！索性让你死个明白吧！”卫律说出心里话，“你的到来，使我境地困顿，再说，大汉必然要来雪耻，这就增加了胡地的危险。只有除掉你，才能转危为安！”

“无耻！”李广利愤怒地说。

“推下去砍了，祭神！”卫律命令。

李广利如今很是后悔，当时自己闻听大汉朝中妹子贵妃被废诛的事，一时心血来潮投降了匈奴。要是当时和匈奴决一死战，立功回到大汉也不会遭此下场了！

在临死前，他大声对卫律喊着：“我死也必灭匈奴！”

这话本来就是一句站不住脚的话语，死了就什么都没有了，拿啥来灭匈奴？这不过是一个可笑的心理安慰罢了。

本来想活的人却死了！真的可笑、可气，却无奈。

李广利被祭神了，大阏氏也没有救活。不久，撒手人寰，就找老单于相会去了。

哈拉和林真正的冬季到来了。卫律终于闲下心来，坐在自己的府邸温暖的房间，瞧着窗外满天的飞雪，想起自己在二三月派出的句吾和几位杀手……

怎的这么长时间，生不见人死不见尸地失踪了……

他派人到他们的家里去找，家里也没有。莫非自己派去的人做事被发现，已被他们除掉？不对，总该有一个回来吧，起码跟了自己多年的句吾就该回来的，他是孤人，没有家……

他发现李陵现住的於軒王府，换了几位新的家丁及看门人，是不是他们……又一想，不对，从李陵处事的态度看，还不至于。

那么这几个活人哪里去了？

他派自己的贴身侍卫，武功高强的卫忠，深夜跃墙进入王府探究竟。谁知卫忠脚刚落地，就被吴胜摁住，捆绑到李陵面前。

李陵扯下其黑色蒙面布一瞧笑了：“这不是卫大人的侍卫吗？快松绑！”

卫忠尴尬地笑了说：“右校王，对不住了！最近赌输了，手头有些紧，想进王爷府弄两个。谁知——嘿嘿……”

“你手头紧，就来问我要。我和卫大人是不分你我的！”李陵沉着脸，话语虽冷厉却不失分寸。

他对吴胜说：“吴子，去给卫忠拿二两银子！”

卫忠接过银子，谢过李陵被送出大门。

吴胜回来不理解地问：“大哥，你怎的不闻不问就把他放了？”

“你觉得能问出什么来吗？”

“是问不出来！”

“这就对了！”李陵说，“他缺银子，咱就给、放他走，是为了显出咱们的大度。他会把这里人跟卫律的小肚鸡肠相比较的！”

“哦，我明白了！”他说，“大哥是。”

“嘘！”他打断他的话，“只可意会！”他是想用这些不起眼的做法来博得卫律身边人的好感，以后能帮自己做事的。

八十　汉人大哥

李陵现在很想妻子和孩子，他向狐鹿姑单于请假回坚昆探望家人。单于觉得现在只要卫律在，李陵在不在都行，就同意了。

他还没有忘记让他带问叔王於靬王和婶子安好。

李陵安排好府里的一切，带着吴胜和两位坚昆来的胡人兄弟出发了。

卫律得知李陵要回坚昆并且一路只带了三人，想，这李陵非等闲之辈，一定要收服住他，要让他在我卫律面前俯首帖耳，随即带着礼品和十人的护卫，抄近道在半道上雪地里等待着。

李陵瞧着远处道边的一队人马想，这是何人，在半道上做什么……他对左右说：“警惕点，操家伙时手要快！”

待他们将赶到时，卫律老远喊着：“右校王，为兄在此给你送行了！”

李陵只得下马，故作客气地说：“卫大人如此厚意，李陵受之有愧！”

卫律对卫忠说："卫忠，还不快把礼物送上！"

卫忠忙在马上拎下两筐酒肉递给吴胜，捏下他的手，把一小块羊皮塞到他手里。

李陵余光瞧见他们的动作，客气地对卫律说："卫大人，感谢了！

我替岳丈於靬王感谢卫大人！"

"应该的！应该的！"卫律说，"看你带的这几个人太少，怕道上不安全，我给你带来了一队，让他们一路上保护你！"

李陵行礼，故作伤感地说："唉！李陵现已如此的落魄，早将生死置之度外，这些护卫，恳求卫大人留下吧！"

"那右校王兄弟，慢走！多保重了！"卫律看李陵心灰意懒的样子，也没再客气，草草还礼。

"你也多多保重！"李陵将卫律给的礼物驮上马背，打躬和卫律告别，打马而去。

卫律瞧着他们走远了，才和卫队上马一起回行。

其实李陵说的是实话，他的确将生死置之度外了。不过，卫律始终弄不明白，他差遣外出行事的人为何失踪。

路上，趁其他两人不注意时，吴胜把羊皮块塞到李陵手里，他悄悄展开一瞧，用汉字歪歪斜斜地写着"小心"二字。

李陵本想先去贝加尔海看家人，立即改主意先回坚昆。

回坚昆，李陵和弟兄们一起生活了几天，详细了解他走后发生的事情，真的佩服赵大哥和弟兄们了。

赵大哥带着他检查家家粮仓丰实，手工业生意也不错，特别是自己离开这大半年，竟有十五六位弟兄成家了。

李陵很高兴，分别和赵大哥、衽余长谈了一回，让赵大哥在搞好汉人生活的同时，组织弟兄帮当地胡人改善生活环境。

李陵也称赞衽余的成绩，鼓励他多方联系，帮更多汉人兄弟成个家。

李陵安排好坚昆的事情，留下两个胡人随从和家人团聚，带着吴胜直奔贝加尔海。

当李陵和吴胜冒着大雪赶到家时，天已黑了一个多时辰，大家都睡下了。

李陵敲着苏武的房门，轻声喊着："仁兄，仁兄、小弟回来了！"

苏武和梅尕躺在黑暗里，商量着粮食和肉食的节约搭配问题，听见李陵的声音，大声回话："来了！"

这一声惊醒妞妞哭起来。

梅尕忙把娃娃搂在怀里，黑暗中把奶头塞进娃嘴里，小家伙立马不哭了。

苏武起来，火镰打火点亮蜡烛，穿好衣服开门出来，看是风尘仆仆的李贤弟，敲敲旁边的门："小向导，李贤弟回来了！"

於维尔兰一听男人回来，顾不得穿外衣就开门出来。朦胧中，扑在男人怀里呜呜哭开了。

"真是个孩子！"苏武忙对李陵说，"贤弟，快和她回屋，小心着凉！"

李陵抱起女人回到房里，於軒王两口子正在穿衣服。原来他们跟着尔兰母子同住一屋，岳父母在门口搭了个榻睡觉。

李陵一见岳父岳母，忙放下妻子，给老人请安。

岳父母瞧着懂事的女婿，高兴地说："免礼了，回家就好！"

母亲瞧着女儿看男人哀怨的目光，对女婿说，"你先休息会儿，我和你阿爸去给你们做饭。"

"不用！这外面太冷了！"李陵阻止他们，於维尔兰却拉住了他。

外面，刘勇义也闻声起来蹬上鞋子，拉起皮袍出来，一见吴胜拍了下他的肩头："你这家伙，还好吗？"

"跟着大哥，好着呢！"他捅了他一拳。

苏武对他两个说："哎，我说两位小兄弟，快些卸牲口，拉它们进圈吃草歇着，我去给他俩弄点吃的！"

於軒王两口子穿戴好走出门，被风雪激得不住地哆嗦。刘勇义从马房出来看见，把他们拉进建好不久的正在烘干着的房子里。

多亏苏武在秋天收了庄稼后，和刘勇义商量决定：趁地没上冻，在院子对面再建两间房子，以供来人住宿。当时於軒王不以为然地说："何必这样，这么多房子怎么都能住得下的！"

他们没理睬他的话，苏武和刘勇义一起砍树拉回，挖土打墙……终于把房子建起来。这不，今天前晌刚点上火塘，让烘干着，夜里就轮到自己要容身了。

於軒王不禁对老伴说："苏使节真的是料事如神哪！"

"他真是个很能干的男人！"老伴说，"在居家过日子上，胡人的男人比汉人差万里。一句话，就是心野、人懒！"

"是啊，我真的该向他学习了！"於軒王由衷地说。

"别嘴上说，要实际做！"老伴微笑说。

其实他也做了很多事情，比方挖土打墙，他都帮忙干过，都是实在的力气活，就是太累。

苏武把自己榻上的狼皮褥子拿来铺在地上，和刘勇义一起把於靬王的被褥拿来放在狼皮褥子上，笑着说："还没来得及做榻，二位今夜就在这里将就了！"

分别了将近七八个月时间里，於维尔兰一见苏武和梅尕，刘勇义两口子，高高兴兴地出出进进，就想起自己的男人李陵。担心着他的吃喝和安危。今天，自己心爱的男人终于回来了。

一阵男人女人迫切的需求过后，女人还嫌不够，搂着男人健壮的身子，亲着男人嘴唇，又爬在他的身上……

可男人呢？他一动不动，无动于衷。

女人生气地说："你怎么了？"

"让我先歇息会儿！"男人说，"这么多天，我一直处在紧张中！"

是啊，伴君如伴虎的，在新单于身边深有体会。再说，又有卫律狗贼不断地找事……真的身心太累了。

"那你不想我和娃娃吗？"女人不满地问。

"我能不想吗？不想就不心急火燎地回来了！"

"你想我，为啥没有过去的样子？"女人不满地说。

"过去啥样子？"

"我喜欢你发疯的样子！"

"我恐怕疯不起来了！"男人无奈地叹口气，"唉！"

"我不，我要你！"女人撒娇地身子蹭着男人。

"咱们说说话好吗？"男人提议。

"说啥都没有和你在一起疯狂有用！"她背过身不理他了。

李陵明白，自己在她心里就是她一个人的男人，可是自己还是三百多汉人弟兄的大哥……

八十一　有血性的男人

在回来路上，只有李陵和吴胜两个人时，吴胜给他详细地说了开春那次大雪时节，在坚昆他和袛余做的事情。

他称赞说："佩服你们！做事，要做就不留丁点痕迹。"

他们神不知鬼不觉地做掉了卫律的五个杀手，让他再怎么调查都没法查出。怪不得卫律派人夜里翻墙进王爷家……

还有得到的消息，让他小心。这让李陵更清楚卫律的心思，叫他更加警惕了。

自从自己六年前在大汉的皇帝面前领了命，当时皇上给他实派了援军的，后来不知怎的又让他孤军深入匈奴，那时起，他李陵就慢慢地开始想许多问题了……

"哎，夫君，你给儿子起个名字吧！"

他这才记起，自己走得匆忙，还没有给儿子取名字。他想想说："叫李於兴吧！"

"说说意思！"

"把我的姓和你的姓加在一起叫李於兴。就是李家和於家兴旺的意思！"李陵解释说。

"太好了！"於维尔兰亲了下男人，"咱们家一定会兴旺的！"

"你别想其他事情了！自从生了娃娃刚满月你就走了。我每次看到刘勇义小两口一起出出进进，就特想你！"女人又纠缠起来。

"怎的，勇义有媳妇了？"男人搂着女人惊讶地问。

"对，是大叔和他一起外出看病为梅尕姑姑收的徒弟！"

他高兴地说："太好了！"

她摸着他的身子："看把你高兴的！你也有我，我爱你！"

"我、也、爱你！"

"我看未必！"

"那我就真的来了！"

女人点着蜡烛，下榻看看小榻上的娃娃香甜地睡着，回来脱光身上的衣物，一丝不挂地躺在男人身边。

灯光下，男人瞧着光光溜溜的女人，瞧着瞧着，也忍不住了……

女人恨不得把男人整个吃进肚子里，用嘴咬着男人的肩头，刺激得男人疯了一样地进攻……

疯狂总有穷尽的时候，两人大汗淋漓过后，疲惫地躺在榻上，你瞧瞧我我瞧瞧你，女人满意地笑了，男人背对着女人，眼圈红了。

他每次和她在一起后，无意中总会想起自己过去的妻子如果和活着已经是大小伙子的儿子……

他们母子在九泉下是不是还在受罪？这都怪我李陵……

第二天，苏武在新建的房子里和泥，抹墙面。李陵进来，送泥帮忙。

苏武说："贤弟，你连日马上奔波劳顿，就去休息吧！"

李陵闻听这关心的话语眼圈红了，忍泪低着头说："我，干点活，心里好受点！"

苏武瞧他这样就知道他心里有事，放下手里泥抹子拉他坐在火塘前的石头上关切地问："发生了什么事？"

他把李广利投降的事给他说了。

苏武听罢说："这个李广利和卫律一样，是个奸佞小人，可不能由他胡来！"

"卫律怕他在新单于面前得宠冷落了自己，已经设计杀他祭神了！"

"这卫律还算做了件好事！"苏武嘲讽地说。

"可他接下来会对付你、我的！"李陵担心。

"我对他已经没有了意义。"苏武想想说，"不过，贤弟可要注意了！"

"他头一回没得逞，不久又派句吾带着杀手到坚昆，被衽余识破，赵大哥他们悄悄把五个人都收拾喂了野狼！"

"这可是大快人心呀！"苏武兴奋地说。

"卫律看他派去的几个人都失踪了，认为是我做的。除了李广利后，夜里让人潜进我家。"

"看来咱这里还是不安全！不过，贤弟，你们在这里都放心吧！就是卫律亲自来，咱们也有办法。"苏武安慰他说。

"卫律是想要我的命，我不能连累大家！"

"你打算怎么办？"

“我豁出去跟他拼了！”李陵愤怒地说。

“贤弟不可！绝不能用自己的生命来对抗！你死了，你的几百弟兄、你的老婆儿子怎么办？你愿意他们成匈奴的阶下囚吗？”

李陵低头不语了。

苏武鼓励说：“你是个聪明人，你的作战能力和武功可说是独一无二的，你多动点脑子，卫律就甘拜下风了！”

看他陷入沉思，苏武继续开导说：“为兄觉得你现在做事优柔寡断，拿出你的魄力来！就像你们那里赵大哥对待卫律的杀手那样，要做，就做得干净利索，不留痕迹！”

“仁兄说得对！从现在起我要振作起来！”他想想说，“不过，尔兰他们在你这里，我就能放心！”

“感谢你对为兄的信任！他们在这里，也给我们这里带来了人气，也热闹了！”苏武欣慰地说。

李陵立即叩头：“感谢兄长的关爱和支持！”

“在这北国荒漠，就你我兄弟，你说这话就见外了！”苏武忙拽起李陵。

“我一直想，如果我没有见到仁兄在这里，我李陵现在恐怕已经不在人世了！”他感慨地说。

“言重了！来，咱们干活！一个有血性的男人，不管在哪里都要坚强活下去！活着就是希望！”

苏武说着，拿起了泥抹子，铲起黑土泥，用力摔贴在新烘干的土墙上，压平抹光着……

瞧着苏武的麻利劲，李陵心里为自己加油：仁兄，我一定要像你一样做个有血性的男人，像你一样对待一切。

这天，苏武，刘勇义，吴胜正在清扫已经压光墙面的新房子。一个中年牧人冒着风雪打马而来，请萨满去出诊。

苏武出来一瞧，是熟人，他家距这里有两个时辰的路程。今年和勇义到远地看病，几次经过他家，进去喝过水吃过饭的。

他问：“兄弟，家里何人病了？”

“我娃他妈。”

“怎么了？”

“两天来，一吃饭，一喝水就呕、就吐！我很害怕！”

刘勇义一听，朝着对面屋里喊着：“伊玛，伊玛！”

伊玛从梅尕房间探出头："咋的了？"

"你过来一下！"

伊玛进去戴着帽子跑过来问："啥事？"

刘勇义指着来人说："这位大哥阏氏有病，咱们去看看怎么样？"

伊玛瞧着纷纷扬扬的大雪说："好吧，我去拿皮药包！"

伊玛进梅尕房间拿皮药包，梅尕得知要外出看病，出来问清来人病人的病情，进屋对伊玛说："看来是怀了娃娃！"

她给伊玛交代好检查的办法和药量。

刘勇义看苏武全副武装出来，对苏武说："师傅，你在家里歇息，让吴胜兄弟和我们一起去吧！"

苏武瞧瞧天气说："好吧！人多，路上有个帮手！"

苏武知道刘勇义和伊玛两人现在一般的病都能处理，也就放心了。

刘勇义、吴胜、伊玛三人穿戴好，骑着马跟着主家出发了。

两个时辰后，他们赶到一丘坡下地窝子房子里。一个四十岁左右的女人，脸色蜡黄躺在榻上，一个十六七岁的姑娘坐在旁边，拉着妈妈的手哭着："阿妈，你可不能、留下我不管！"

"哭啥呀哭的，萨满来了！"主家拉开姑娘对伊玛说，"快给看看。"

八十二　今是缘分

伊玛对刘勇义说："师哥，你先给这婶子把把脉吧。"

她对给病人把脉还真的不行。

刘勇义仔细给病人把了脉，对伊玛说："你再来一遍，咱两个对一下！"

伊玛也给病人按了脉搏，让病人张口看了舌头，对丈夫说："一起说！一、二。"两人异口同声："孕脉！"

主家男人一听阏氏怀娃娃了，高兴地对女儿说："快，快给萨满做奶茶！"

刘勇义忙说："先快给病人烧水熬药吧！"

伊玛拉着姑娘："阿妹，咱去给你阿妈熬药去。"

刘勇义对吴胜说："吴兄弟，咱两个给大姐喂点水喝！"

他拿着碗拉着吴胜到外面，舀了碗雪问：“你看那姑娘怎么样？”

“你怎么了？”

“你要是看上的话，让伊玛给你做媒人！”

“能行吗？”吴胜不相信。

“不试试，怎么知道能不能行？”

“这姑娘才多大？”

“十六了，明年十七！”

“你怎么知道？”

“我不知道能带你来吗！”

刘勇义有了伊玛后，就和苏大哥商量着借外出给牧人看病时，留神谁家有没有出嫁的姑娘，想办法给坚昆的汉人兄弟找媳妇……

这事他也和伊玛商量过，她也很愿意帮自己的男人。

伊玛帮着姑娘点好牛粪火，把陶罐里加满干净的白雪，放上药材，架在火上煎着药。

伊玛瞧着这姑娘被火映得红红的脸蛋，手拿着干草棍专心搅着药的样子，回想起夏天在她家喝水时的情景来。

夏季的一天半后晌，师傅带着勇义和她三人回家路过这里，在她家要水喝。她一人在家，伊玛问了她的年龄，提过嫁汉人的事，她同意并有了约定。

今天刚好带着年轻利落的吴胜外出看病，又是为她阿妈看病，这真是缘分。

伊玛瞧着得得纳问：“阿妹，咱两个夏天说的话，还算数吗？”

“算数！”得得纳说。

“那你看，跟我们一起来的那个汉人男人怎么样？”伊玛问。

得得纳悄悄过来，瞧瞧阿妈榻前光阿爸在。她拉开家门，看见利索的吴胜和刘勇义。她回来悄悄对伊玛说，“人家汉人那么的帅气，能看上我吗？”

“这你就别担心了！”伊玛说，“你长得也很漂亮的！你愿意跟着他走吗？”

“去大汉吗？”

“不是。是跟着他离开这里，到坚昆或者到王庭生活。”

“这——我阿爸阿妈恐怕不会同意的。”她为难了。

“你阿爸到过我们那里，你可以说是跟着我们学萨满的。”伊玛出主意说。

“我这就去跟阿爸阿妈说。”

得得纳走到阿爸阿妈跟前说：“阿爸，阿妈，这大冬天的，在家闲着也是闲着，我想跟着他们去学习，当看病的萨满。”

躺在榻上的阿妈为难地说：“娃呀，这不是你想学就能学的，人家能要你这个啥都不懂的娃娃吗？”

“我已经跟着萨满姐姐说好了，她说让我跟着她去他们那里的。”

“不行！我已经跟丁零那家人说好了，过几天人家就来下聘礼的！”阿爸不同意。

“我早就说，我不愿意！你要是逼我，我就去死！”女儿决绝地说。

“那你就去死吧！”阿爸无情地说。

得得纳哇的一声哭了。

阿妈泪流满面地挣扎着爬起来，扑通跪在男人面前，有气无力地恳求说：“咱、咱就这么、一个宝贝、女娃，她要是死了，我、我也就不活了！”

听见屋里有哭声。刘勇义和吴胜立即推门进来，瞧见病人头要撞地。吴胜一个箭步上来，抱住女人，女人号啕大哭起来。

他把女人放在榻上对主家说：“这位大叔，有什么事好好商量，阿婶有病，不能激动！”

得得纳扑跪在榻前搂着阿妈，母女俩哭作一团。

得得纳阿爸瞧着母女俩，不由得眼圈也红了，叹了口气说：“唉！我已经收了人家二两银子，如今，拿啥、啥给人家还呢！”

他们问明情况，原来是得得纳阿爸夏季在丁零卖羊被骗陷在那里，对方用二两银子摆平了事情，他许下还不了银子就把女儿许配给人家的。

吴胜一听生气地说：“明明是人家下的套！”

得得纳阿爸说：“我也知道，可是当时我不同意，就走不了，说不定人家会杀了我的！”

刘勇义问：“阿叔，他们说几时来要人的？”

“也就是这几天吧！”

刘勇义和吴胜眼神交流一下，对他说：“阿叔，别害怕！有我们在这里，看他谁敢造次！”

“就你们这三人，不行的！”

伊玛端来碗熬好的药说：“先让阿婶把药吃了，叫她好好休息！”

得得纳阿妈喝了药安静地睡着了。得得纳给他们做了手抓羊肉，他们围着木头打就粗笨的几上吃过饭，坐在门内火盆旁边闲聊。

刘勇义问：“阿叔，你想没想过离开这地方？”

得得纳阿爸摇摇头说："不容易呀！"

"那你愿意走吗？"

"你说我能走到哪里去？"

"跟着我们一起呀！"刘勇义认真地说。

"你们？"他想想说,"你、你们是萨满,凭给人畜看病生活,我只是个牧人,走到哪里都是这样的放牧。"

"你住这里太偏僻，遇事情周边无人帮忙，我们不放心！"刘勇义说。

"这、这只恨、我得里木没有儿子！"

他们正说话间，听见外面一声马嘶叫，接着有人敲门。

得里木立即恐惧地说："恐、恐怕是、丁零人到了！"他挣扎起身。

刘勇义挥手让他坐下，起身拉开门。

一个膀大腰圆的中年男人问："得里木在吗？"

刘勇义拉上门，推他到外面问："你这是——"

"我是来迎亲的！"来人骄横地说。

"就你一人吗？"

那人指着丘地后面："人马立即就到！"

"这家有病人，你等下！"刘勇义进屋关上门，低声说："伊玛，把妹子藏起来！大叔，你到外面去应付下！"

得里木忙开门出来，客气地对来人说："我阏氏有病卧榻不起。萨满正在给看病。请等一下！"

屋内。得得纳忙藏在窗帐后面，吴胜搬过几挡在外面。伊玛坐在病榻前给病人把脉，刘勇义和吴胜装作学习，躬身站在跟前瞧着。

刘勇义悄悄对吴胜说："来者讲理还则罢了，要是胡来，咱两个见机行事！"

吴胜点点头。

帐篷外。八人的彪骑下马。膀大腰圆的主人等不及了，恼怒地说："让你家女子跟着我走就是了！"

得里木赔着笑脸说："不是说，先下聘礼吗？"

"少得啰唆！"他推开他脚踹门进来，瞧着伊玛坐在榻边，给病着的女人把脉看病，无理地问，"你是这家女子吗？"

刘勇义生气地说："她是我的阏氏，给人看病的萨满！"

"这家的女子呢？"来人蛮横地问。

八十三　都是好人

“我们来后，就没见这家有什么女子。”

“那不行！”他拉着伊玛，“我要她跟我走！”

刘勇义把他的手腕狠狠抓在手里，疼得他不得不松了手。

吴胜和颜悦色地问：“你是这里女子许的男人吗？”

“不错！”他傲慢地说。

“既然是女婿，你家阿妈重病在身，你忍心在这里闹事吗？”吴胜慢条斯理地问。

那人一听，不满地问：“你是啥人，在这里多管闲事？”

“我是个专门修理人的萨满！”吴胜还是不温不火。

“你是啥东西，敢管我的事！”对方蛮横地说。

“我是修理人的人，专门管人的事！”刘勇义毫不退让，一板一眼地说。

对方一看这两人不让自己得逞，出门对来人说：“大家进来，把这两个给我宰了！”

吴胜拉着刘勇义跟出门，客气地说：“屋里有病人，咱们就在这雪地里比试一下！”

八位彪形大汉加上主人九个，面对着两个身材瘦小者，傲然地扑过来。

刘勇义和吴胜都将自己身上的皮袍腰带打紧，看膀大腰圆的对方过来对吴胜说：“分别散开！”

主家喊：“四人包围一人，给我狠狠地揍！”

一人对四人，互相周旋开了。

看来这么多人都是摔跤能手，力大威猛。

刘勇义和吴胜却是拳脚矫健的行家里手，尽管四人力大威猛，摔跤近不了人身也是白搭。

摔跤手的手脚不如拳脚家的速度快，眼看着一人猛扑上来，吴胜一个高高的跳跃，跳出包围，两对摔跤手却撞在一起。

当他们得知上当，反应过来追时，吴胜却将前面来者一脚放倒，狠踹对方命根，对方却疼得起不来了……他用此方对付第二人时，对方有了提防，飞快地抽出腰刀朝他刺来。

吴胜一跃避过。左右又拿刀刺来，吴胜猛然朝后一退，双手各扭住两人拿刀的手腕朝外一撇，两人手中刀落地。他飞脚将刀踢进雪里，很快制伏了后面一人……

刘勇义手脚更是麻利，跳跃着，木匠斜瞅着四面，瞪眼瞧着他们的包围圈在缩小，突然身子伏地钻出圈外，拍手跳着招他们近前。

当四个人朝他扑追来，快到眼前，他一跃逃脱。这样反复两次后，骑马走了长路、剽悍的胡人，已经耐不住了，拼力朝他扑过来。

刘勇义跃起一脚踢在其头上，对方当即毙命。

另外三人抽出短刀朝他刺来，他飞脚左右开弓，对方短刀落地。还有一人拿刀从背后刺来，他身子朝外一斜，伸手抓住刀刃，朝前一拽，那人刀脱手倒地，他满手的血持刀刺在那人的心脏。

主人瞧着这一幕而惊呆了。得里木吓得直哆嗦。

吴胜和刘勇义会在一起，吴胜说："免得留后患！"

他们手脚麻利地把呆傻了的主人杀了，把活着的对方一个个都宰了。

"这、这、这……"得里木吓得神不守舍。

刘勇义安慰说："大叔，这些人不除掉，他们回去后，这里会更加不得安宁的！"

"是啊，大叔，这里有掩埋他们的地方吗？"吴胜问。

得里木吓得摇着头："不、不、不知道！"

"大叔你别害怕！今天有这么多匹马，帮你搬家到我们那里去足够了！"刘勇义安慰说。

得得纳听见外面打起来，悄悄地，来到门前从门缝中瞧着外面的一切，她很佩服这两位汉人，如今十分愿意跟着他们一起走。

她跑出来拉着阿爸的手说："阿爸，我愿意跟着萨满一起走！"

伊玛见刘勇义负伤了，忙指挥吴胜拿来干净的雪，帮着擦干净他手上的血迹，从皮囊里取出羊毛灰给敷上，用医布包扎好，心疼地说："我骑马带着你回家！"

得里木想，如今也只有跟着萨满他们一起走了。从夏天他们多次外出医病路过，在他家里借水喝的情形来看，尽管他们是汉人，可都是好人。

既然决定立即搬走，也得把这里的事情不留痕迹地处理好。

刘勇义看得里木家帐篷半截子和泥土冻在一起，就是花时间起出来也不能用了。

“吴老弟，我看，把这些尸体放进帐篷里。放火把帐篷一烧了事。”刘勇义说。

“正合我意！”吴胜赞同。

这两位年轻人，李陵部队里的精英，也都是处事果断的主。

他们和得里木商量，让他把贵重的物品及紧要的吃用等等打包驮在马上，由伊玛带着他们一家三口先走，他们两人搞好这里的事情后，打马再去追赶他们。

牧人搬家很简单，除帐篷重大外，其他都是小件。他们很快把家里东西收拾好，分别驮在九匹马上。得里木和病人一马，马后拴上头羊，后面跟着羊群，伊玛带路，冒着风雪先出发了。

吴胜和刘勇义把尸体扔进帐内，将帐篷点着。帐篷都是皮质的东西，遇火立燃。他两个把栏羊的木栅栏用铁锹砸断扔进火里。烈火在风雪中雄雄，木头在大火里噼啪炸响。

刘勇义说：“我现在明白了，你们在坚昆的做法正确极了。对待这些鱼肉穷人的家伙，就得如此！”

“是啊！你要是放虎归山的话，这家人就遭殃了！”吴胜说，“看样子，这是丁零的富豪，一定和卫律有牵连。要是让他们回去一说，大哥也会受牵连的！”

火势越来越旺，半个时辰后帐篷烧尽了。他们把雪地上的血迹铲进其中，查看帐篷火烧后周围有无解冻土层。两人拉下外面的皮袍踏上土丘，用牧人的铁锹把消冻的土挖铲而下，掩埋了痕迹。

他们瞧着飞雪，等了会儿，白雪把一切都覆盖住了，才上马追赶伊玛他们。

北国的冬天白天极短。三个时辰后他们到家天已黑定，大家都睡下了。

昏黄的灯光下，苏武坐在炕上闭目等待着。有外出人没回家他是睡不着的。

听见敲门声，苏武起来拨亮油灯，拎着灯开了门。

灯光下，他瞧着得里木一家马驮行囊似搬家而来，客气地让到对面另一房间里暂歇，拉着刘勇义出门问：“怎么回事？”

刘勇义把他们到后遇到的事，给苏武说了后，歉疚地说：“师傅，对不起！

怪我做事莽撞！没回来和你商量，就把他们一家带回来了！”

苏武沉思片刻：“嗯——你做得没错！不过，可别留后患！”

八十四　助兄弟娶媳妇

“所有痕迹都灭了！你就放心吧！”刘勇义微笑说，“不过，得里木的女儿，已经相中了吴胜兄弟！”

“这可是好事情！”苏武高兴地说，“过会儿饭后，你和吴胜要勤快点，给他们一家把住的地方收拾好！”

第二天，大家起床后，发现又多了家人，伊尔得一见得里木，高兴地捶了他一拳：“得里木，你怎的来了？”

“你怎的也在这里？”他也兴奋地问。

“走，进屋里说！”他拉着他一起进到自己的房间里。

原来他们是一起长大的朋友，成家后各自带着阏氏到处放牧就失散了，如今老朋友相逢自然是很高兴的。

伊尔得说了分别后自己的遭遇：“阏氏生女儿时死了，我一直带着女儿东奔西颠放牧生活，受的苦难可想而知了！如今好了，女儿嫁了个好男人，我就跟着他们来这里！”

“唉——”得里木闻言眼圈红了，感慨地长叹一声说，“真没想到，今生咱俩还能相见！”

“是啊！没想到！”他眼圈也红了，“你怎么样？”

他想想说：“喔——女子十六七了，阏氏是个病秧子！”他没敢说出昨天发生的事情。

“咱老弟兄俩，以后就不要分开了！”伊尔得说，“咱们今天，好好地说道下你和我年轻时的往事！”

“好吧！”

李陵看又来了一家人，问苏武：“仁兄，怎的又来了一家人家？”

苏武知道李陵的心理，如今宁愿少一事也不愿多一事，故意说："为了吴胜的媳妇，刘勇义和他二人，干了件惊天的事情！"

"什么事？"

"你一问他们就知道了！"

"那你提示一下，是什么惊天的事？"

苏武手抹脖子说："九人！"

李陵一听，为一个女人，害了九条生命，这还得了？他立即把两人叫到自己的房间询问情况，想好好地教训他们一番。可是一听他们说的来龙去脉，竟然觉得他们做事比自己强。

于是，他心平气和地说："你们以后做事情不要伤人太多！"

刘勇义说："不把他们全部杀了，后患无穷！"

吴胜说："那些人看来都是丁零的富豪，一定和卫律有关系，要是放回一个，恐怕连这里都要遭殃的！"

"听说那女子是你给吴胜找的媳妇？"李陵突然问。

"还、还不知人家愿不愿意呢。"吴胜不好意思地红了脸。

"他们都愿意。"

李陵这会儿不拖泥带水了，"明天就给他们办喜事。"

于是他们立即和苏武商量，再和得得纳阿爸得里木商议同意女儿和吴胜结婚。可这里住房不宽展，只能将得里木两口住的房子帐篷隔开一半做新房。

女人准备着新郎新娘的衣服和榻上的用品，刘勇义和吴胜隔房子，伊尔得和得里木宰杀肥羊，第二天就给吴胜和得得纳办了喜事。

进入隆冬，於乙耆老人的老病犯了，整天咳嗽。梅尕尽自己所能给老人医治，却一直不见好。老人感到自己身体如蜡烛般将要燃烧完。他也深知苏武他们找药、制药不易，拒绝吃药。

苏武看老人这样，很是心疼。他想起过去和父亲在代郡时，父亲就是老咳嗽，军医把春天采的晒干的柳树叶子给父亲，让煎水喝……如今冬天没有柳叶怎么办？对，有柳枝！

刘勇义叫上吴胜，打马到河沟里折回许多柳树枝来。於乙耆老人连着半月喝了柳枝和黄芪熬的汤后，咳嗽好多了。他是闲不下的人，病见好就要起来干活。

苏武怕他累着，让吴胜在家帮他经管着二十几匹马，吴胜当然愿意了。

得得纳一家来后，梅尕给她阿妈重新检查了病情，她不是怀了娃娃而是积劳成疾，引起女人身子不调、内脏不和而不吃饭。这病要长期地将养，还得有人照看，这照看任务只有女儿胜任了。

得得纳留在家里照管阿妈，吴胜也就心甘情愿地留在家里帮老人照看牲畜。吴胜本来就很勤快，不但老人吩咐的事情做得很好，而且很有眼色，许多家里的事情只要他看见就会主动去做。

一天早上，有人来说阏氏难产要萨满去，这必须梅尕出马，她把娃娃交给於维尔兰，和丈夫苏武跟着来人去了。不久，又有人来请出诊，刘勇义和伊玛也跟着来人出发了。

中午，老人进灶房给苏武梅尕一家做饭，吴胜进来把老人搀扶着坐下："老伯，你啥事都别干，光用嘴指挥，我会干好的！"

"这做饭你恐怕不行！"

"我一定能行，不信你瞧着！"他让老人坐下看着，熟练地生火，烧水，烫苞谷面，揉团，硬是擀成小指厚的面片，刀子切成四棱子，下在羊肉汤里，做羊肉汤煮面。

於乙沓老人奇怪地问："你怎么会干这些？"

"给部落头人做了两年的奴隶学的，你不会就不给饭吃，为这常饿肚子。为活命，就用心学会了！"吴胜笑着说，"胡地寒冷不长麦子，要是在内地吃麦面，擀的面条又细又长，才叫好吃呢！"

老人叹了口气，无奈地说，"唉！你说咱们都是大夏族的子孙，如今胡、汉两弟兄竟然你死我活地打仗！咋、咋就弄成这样了？！"

得得纳推门进来，看吴胜做饭，惊异地问："你怎的还会做饭？"

"因为我也要吃饭呀！"他风趣地说。

"老伯伯，你老人家不困吗？"得得纳调皮地笑着问。

"呵，你这一说，我还真的困了！"老人明白了，识趣地起身走出门。

她忙合上门，扑在他的胸前，踮起脚亲开了他。

婚后他们的婚房是阿爸阿妈的住房中间用帐篷隔开的，两人在一起很是尴尬。

只是在他们新婚第二天，苏武叫上伊尔得和得里木打马去海子查看那里的情况，得得纳阿妈去帮梅尕看娃娃后，他们两人尽心尽意了一回。

过后，吴胜是军人倒能克制住，得得纳却不行。只要看男人在外面，就依上来纠缠。

"兄弟！"随着喊声，刘勇义闯进来瞧见一切说，"嘿！看，饭把人都淹死了！”

吴胜立即推开女人，一瞧脚下，锅里的饭汤溢流了一地。他忙揭开锅，饭糊了粘了锅底，忙舀了瓢水添进锅里，热锅遇凉水，嗞嗞啦啦冒着泡，接着陶锅也裂开了。

“坏了！这可怎么办？”他发愁地说。

刘勇义：“还不赶快重做！”

“俺来做！”得得纳看看，地上还有一好的陶锅。用水涮了下，放在灶火上，重添上水，放上一块冻羊肉煮起来。

吴胜拉着他出来问：“你们怎的回来得如此早？”

“我打搅你们了？”刘勇义有些生气了。

“没有没有。我是感谢你救了我！”他赔着笑脸。

“这还差不多！”他说，“到那里只有四里多路。只是羊吃了不洁的东西，我们帮着给处理过后，就回来了。”

刘勇义想想同情地说：“唉，我知道你们和老人住在一个屋里很憋屈。”

他为难地摇摇头。

瞧着他的样子，刘勇义想这还真是个问题。

去年，他们在这里虽然重新盖了两间房子，大哥来后就和丈人分开住了，原来吴胜和老人住一间，得得纳家人住一间刚好。

现吴胜结婚只得跟着丈人家同住一间，虽说是中间帐篷隔开，年轻人夫妻生活还是尴尬的。

刘勇义深知他们这些远离家乡正当年的男人，整天面对着自己的新媳妇，大部分时间能看不能吃的尴尬和焦躁，对他说：“咱们重新给你搭间房子怎么样？”

“这隆冬天气地冻三尺，能行吗？”

八十五　想怀娃娃

“我们住的房子，都是你苏大哥在冰天雪地里搞好的！”於乙呇老人出门听见他们说话接过说。

听老人如此一说，他们就和老人商量后看合适的地方。下午苏武两口子回来，听他们一说，极力支持。

他们在对面房后搭了个帐篷，把过冬生活用的二十多只羊赶到里面，在原先羊圈的地方沿坡坎立即动工了。

众人捡柴火焰高。在火把下，几个身强力壮的男人分工合作，连夜奋战。第二天一早，给吴胜和得得纳建好了他们自己的房子。虽然内外显得粗糙，可是比一般牧人住的帐篷温暖安全多了！

这两口子高兴极了，终于能够无拘束地在一起了。

晚上，吴胜和得得纳走进自己温暖的小家，顾不得上榻，就禁不住搂在一起狂亲起来。正热烈时，得得纳觉得肚子里阵阵翻江倒海，"哇"地吐了一地，把白天吃的东西全都吐光还干呕。

吴胜吓坏了，把她抱起放在榻上，立即拉开门出来，敲响了苏武的房门："苏大哥，苏大哥！睡了吗？"

刚躺上榻的苏武一听，忙起来披着皮袍，拉开门问："怎么了？"

"得得纳吐得一塌糊涂！"

刚哄着妞妞睡着的梅尕，穿好衣服下榻，蹬上皮靴，本能地提着药囊出门，奔进新房。

"快，把地上的脏污收拾了！"梅尕说着，就给躺在榻上的得得纳把脉……

"恭喜，你们要做阿爸阿妈了！"梅尕高兴地说。

他俩当时怔了。还是得得纳反应快，兴奋地坐起来："我要做阿妈了！"一时难受，干呕着又倒在榻上。

伊玛和刘勇义得知得得纳怀上了娃娃，坐不住了。她和刘勇义在一起已经快一年了，肚子还不见动静。他们两个人背地里嘀咕，不知是咋回事。

妞妞已经快两岁了，已经能自己到处跑。冬天出不了门，梅尕只有让她在房间里玩。前晌饭后，梅尕和苏武在房间两头站着，让女儿在他们中间跑动玩耍。

"宝贝，到阿爸这里来！"苏武俯身拍手微笑着。

"妞妞，到阿妈这里来！"梅尕高兴地说。

小妞妞站在中间，瞧瞧妈妈又看看爸爸，终于决定了。她跌跌撞撞地跑向苏武。

他怕女儿跌倒，开心地上前抱起女儿，在她红扑扑的小脸蛋上亲了下。

伊玛推门进来："师傅！"

梅尕问："有事吗？"

她瞧瞧苏武，红了脸不好意思说话。

"你们女人说话！"苏武给女儿裹上羊皮披风抱起，"咱爷俩找兴儿玩耍去！"

梅尕看着他们出去，掩上门回来："坐下说！"

伊玛随梅尕坐在榻边："师傅，你说，我们两个怎的就没有娃娃？"

"看得得纳有了，着急了？"她微笑地问。

她红了脸点下头。

"女人怀娃娃有早有晚。不必担心！"梅尕解释说，"女人还是要多清闲几年，再要娃娃才对。你们年纪小，才十七八岁。"

"那得得纳为啥就能怀上？"

"那我问你，你们俩是不是每天夜里都要在一起？"

"这重要吗？"

梅尕点下头。

伊玛问："师傅，是不是汉人男人吃了牛羊肉，也和我们胡人男人一样喜欢那样？"

"你是指男女做那事吗？"

她点着头。

"不一定。男人和女人在一起是本能的事情。你看马牛羊的公母在一起也做那事的。"梅尕无奈比喻，因为牧人一家单独外出放牧，很少几家相互一起的，因而对男女之事知之甚少。

"这我知道。不过马牛羊是有时间性的。可是男人和女人在一起就不一样了，啥时候都想在一起！"她嗫嚅地。

梅尕没想到伊玛挺内秀的，能想到这些。她想想问："要是让你和刘勇义分开一段时间，你愿意吗？"

"为啥？"

"因为人的精力是有限的，你们每夜都在一起做那事，双方的精力都损耗很大，分开一段时间，有利于恢复。再在一起后，容易怀娃娃。"梅尕分析着。

"那得得纳为啥很快就怀上了？"伊玛问。

"他们只是，体力很好，时间对了，就怀上了！"

“那、那就按师傅说的做。”伊玛勉强同意了。

梅尕和男人商量这事情，苏武一听也同意。可是怎么才能让他们分开一段时间呢……

苏武终于想出了个办法，对，让李陵给他们找个差事外出。

苏武还没顾上找贤弟商量，李陵却找他来了，为难地说：“仁兄，我、我做了件很不好的事情！”

“怎么了？”

“小兴还不到一岁半，尔兰又怀上娃娃了！”他发愁地说。

“这是好事呀！”苏武高兴地说。

“啥好事？这是作孽！”他灰心地低下头。

“已经有了一个，索性多养几个，给贤弟壮威撑腰呀！”苏武开心地笑着说，“我正要跟你商量吴胜他们的事情。”

“他们能有什么事？”

“是好事！”他给他说了得得纳怀了娃娃需要保胎，夫妻得分开；刘勇义没有娃娃很着急，夫妻要养精蓄锐也需要分开，让他给他俩找个差事。

李陵回来这两个多月，冬季休闲，黑夜悠长，妻子尔兰几乎夜夜纠缠，加上自己心里不爽，也身心疲惫正想外出躲避。于是说：“我正放心不下坚昆的弟兄，带他们两人回去看看瞧瞧。”

吴胜和刘勇义猜得没错，迎娶得得纳的那个男人是卫律在丁零的主事人。家人看他娶亲多天不回，派人到那里去找，一切全无，立即去首府报告了卫律。

卫律得知此事，觉得很是蹊跷，怎么跟自己去年派出的人一样，生不见人死不见尸地消失了……

这事情发生在李陵离开王庭后……对，亲自到坚昆走一趟！

卫律带着二十骑随行，冒着严寒向坚昆出发。

李陵带着两个随从回到坚昆的第二天半后晌，门卫报告说：“王爷，卫律将军到！”

李陵立即出府门迎接，他亲自作陪，让吴胜安排其他人到客房喝茶休息，差刘勇义立即去找赵镇杀羊办宴接风。

八十六　对付卫律

卫律坐在上房，瞧着胡汉结合，焕然一新的坚昆王府，问李陵："右校王，什么时候搞得如此阔气？"

"我想，要在这里生活下去，就得居住舒服些。"李陵客气地回答。

"说得也是！"

李陵亲自斟了碗茶，双手递上："请卫将军用茶！"

"客气了！"卫律接过抿了口，品着问，"这是什么茶，喝起来如此爽口？"

"卫将军取笑了。这是晒干的苜蓿花。草原上有的是。"李陵微笑回答。

"亏你想得出。"他又端起喝了一口。

李陵给火塘加了两捧柴，火旺了许多。他回来看他的碗里喝完了，就又给续上说："卫将军如若喜欢，走时让给你多带点回去。"

"那就却之不恭了！"卫律瞧着屋里静悄悄，问，"怎么不见尔兰公主？"

"呵，你知道她的性格。"他想想微笑说，"她呀，就不是能在家的女人。前几天听说湖对岸，有位萨满能看女人病，不顾大雪天硬是要去。"

"那就是说，你们现在还没有娃娃？"

李陵装作腼腆地笑笑。

"王爷现在哪里？"

"听说在苏使节那里。"李陵躲避不过就实说。

"哎呀！我还真的想王爷了！"卫律双眸审视着他。

这个狗贼！李陵心骂了句，可是表面平静地说："要是这样的话，你一路跋涉，先在这里休息两天，咱们一起去！"

卫律这是探他和苏武关系怎样，他未必想去探望王爷。

外面报告李陵："报告王爷，赵首找你！"

李陵忙对卫律说："我去看看就回！"

李陵拉开门出来，卫律隔着门缝向外瞧着。赵镇外穿着破烂的羊皮袍子，故意哭丧着脸说："王爷给我评理！"

"你没看屋里有人吗！"李陵装作大声责备着，拉他到门外吩咐，"快叫给勇义派个人回贝加尔，告知他们，过几天要到海子山！”

李陵吩咐后又回来陪卫律说：“真是的，这里胡人夫妻，都是冬天悠闲了，常为生活吵架！”

多天后傍晚，虽然天气晴朗，可是北风却一个劲地呼啸。

当李陵陪着卫律一行来到贝加尔海畔山坡上的苏武住地时，只见整个山地白雪覆盖，一望无际的冰面上，兀立着各种各样野兽般的庞大冰凌子，让人恐惧。

苏武，头戴破皮帽，身裹着破皮袍，脚踩着破皮靴，手拄着脱了许多毛的节杖，赶着几只公羊上坡回家。

李陵大呼一声：“苏、苏仁兄！”

苏武回头一瞧，看是李陵和卫律，没理他们。

“卫、卫将军看望你来了！”李陵接着说。

“看我死了没有？”苏武山羊胡子翘着怒气冲冲地瞪着他们，倔强地梗着脖子，毫无屈服的神色。

卫律瞧着野人般的苏武，皮笑肉不笑地说：“只要你活着，就是福气！”

“呸！”苏武啐了卫律一口，丢下羊，拄着节杖沿着台阶回到山洞，关上了门。

那天，刘勇义回来，把卫律要到这里来看王爷的情况给苏武一说。苏武想，这个狡猾的东西。绝不能让他看到这里所有的人，更不能让其知道这里人的生活情况。

他就开始行动，搞了全身的穿戴，和王爷、刘勇义及随从一起帮着，马驮着羊过来。今天，刘勇义瞧见远处有人过来，回来告诉了苏武，他才如此地应付。

李陵瞧着一脸尴尬的卫律，无奈地说：“他是个说话不会拐弯的人，别和他一般见识！”

“我不在乎！”卫律瞧着这里死一般的严寒、死一般的寂寞，对李陵说，“走，咱们回去！”

“咱们上去看看王爷吧！”李陵相邀。

“就这鬼地方，我看算了吧！”他知道於靬王是胡人的摔跤手，怕见了挨打丢人。

“眼看着天就黑了！”李陵装作关心地说。

“黑了也得走！”卫律坚决地。

自从他派的几位杀手和丁零年轻的主管多人失踪以来，卫律很是珍惜自己的命，不敢贸然在外面过夜。

“那我得给丈人留点吃的！”李陵从马背上拿下包羊肉和饼馕，走到洞口，放下食物，隔着门低声对苏武说：“仁兄，为弟回坚昆了！叫大家保重！”

苏武在里面低声叮咛说：“贤弟，遇事要冷静！你也要多多保重！”

“我会的！小弟走了！”李陵走下台阶，和卫律上马带着一行人走了。

苏武看卫律一行走了，和屋里的於靬王商量：“王爷，你说，卫律在路上会不会为难你家驸马？”

“他知道我在这里，暂时不会的。”

“不会就好！咱们明天回家。”

苏武知道自己和李陵他们在这里是弱者，就得如此这般地应付生活。

卫律从王庭到坚昆又到贝加尔海，一直没有看出李陵他们有什么破绽。看来苏武在这里真的生活艰难、很惨……谁叫他是茅房的石头又臭又硬，活该如此。

卫律一路带着随从，本想搞到失踪人的蛛丝马迹，可毫无收获，他不甘心。于是问李陵：“右校王，怎么我派的人外出，生不见人死不见尸，你不感到奇怪吗？”

“在胡地，朗朗乾坤之下，怎么有人竟敢如此？”李陵故作愤怒地说。

“还有奇怪的呢。”

“还有什么事？”

“丁零我的本家兄弟，娶亲到丈人家，连我兄弟一起去的九个人，也一起失踪了！”

“那就该去找他的丈人呀！”李陵出主意。

“他丈人一家人也失踪了，所有人都找不着！我就奇了怪了，怎的多个大活人说失踪就失踪了呢？”卫律瞧着李陵，仿佛要从他的神情上找出什么。

“要不，我派人和你们一起找！”李陵诚恳地表态。

“唉！如此大的地方，还有贝加尔海子，你怎么找？”他自我安慰，“说不定他们拐了人家女子，逃到别的地方了！这个混球！”

李陵没有答话，和吴胜跟着卫律一行回行。不过这一路上的吃用都是坚昆人出的，卫律当然无可挑剔的了。

七天后，他们一行到达分手的地方，卫律提出就此别过。李陵对卫律打躬行汉礼说："卫大人，感谢你对坚昆的关心！我这里给你行礼了！"

卫律也还了汉礼："感谢右校王的款待！告辞！"

他们瞧着卫律带着随行们渐渐远去，吴胜松了口气说："我真害怕，他在路上动手害大哥！"

"如今王爷知道我和他一起来的，他不会犯傻！"

"大哥，我们是回坚昆呢，还是回贝加尔海？"吴胜问。

"回坚昆！"

八十七　要与节制

李陵想回坚昆，一个是为了他们夫妻，更重要的得给赵大哥下个底，做事情要更加小心，要让真正信赖的人去做。做秘密事情一定要瞒着衽余，不怕一万单怕万一……

於维尔兰怀娃娃了，男人不在身边很是生气，就把气撒在王爷老两口身上，谁让人家是王爷唯一的女儿呢！

有一天，於维尔兰躺在榻上不起来，也不管儿子。

小兴兴不要老人，哭着要阿妈要吃奶，王爷两口抱着孙子到女儿房间，小兴兴硬扑在阿妈怀里，头拱着要吃奶。

於维尔兰心烦地猛推下娃娃，娃一下子跌下榻，后脑着地，杀羊般地哭了。

阿妈生气地狠拍了下女儿："你怎的对娃娃这样！"

於靬王忙抱起孙子哄着："兴兴儿乖！"

他把娃娃塞给女儿，严厉地说："快给娃娃吃奶！"

"娃娃没奶了！"女儿呜呜地哭了。

阿妈明白了，女儿又有了。

她抱起孙子哄着说："咱们找苏阿妈吃奶去！"

梅尕给小兴儿吃着奶，手摸着娃娃后脑勺有包，问："阿嫂，怎的把娃娃跌了？"

“唉！是他阿妈发脾气弄的。”老人无奈地说，“这一时，她老和我们发脾气！”

“都是你们娇惯的！”梅尕微笑说，“我一会儿过去看看她。”

梅尕抱着吃饱了的娃娃走进尔兰的房子。

於维尔兰一见梅尕忙爬起来招呼：“姑姑！”

“怎的，牛脾气犯了？”梅尕说着坐在榻上，把娃娃递给她，“心里有事就说，别老拿家里人撒气！”

“你、你说，我都这样了，他却回了坚昆！”於维尔兰不满地说。

“你得理解他才对！他不光是你的夫君，还是右校王，坚昆王，管的事情很多，不能老守着你的！”梅尕责备她。

“那他也不能说走就走吧？”

“他走到哪里，你愿意跟着他到哪里吗？”

“那还不把人累死！”於维尔兰嫌弃地说。

“这就对了！其实他也是为你好！得知你怀了娃娃，怕在一起万一娃娃没了，你要受罪的！”梅尕劝她说，“他很爱惜你，走时叮咛我们，好好地陪伴你！”

她沉思会儿自责地说：“有时也怪我，我总是缠着他，叫他心烦！”

“知道自己不对，就要改正。你阿爸阿妈身体也不好，别老叫他们生气！”梅尕笑着说，“你要是老这样，我女儿可不敢给你儿子做阏氏的！”

於维尔兰笑着说：“我改还不行吗！我就怕你不让女儿跟我家李於兴！”

“这就对了！你老生气会让肚子里的娃娃发育不好！”

“我要向你学，做个好阏氏！”

“我可要看实际行动哟！”梅尕激将。

她知道尔兰的公主脾气，可她还是很听她的话的。

其实，那天，李陵沉着脸只跟她说有事回坚昆了。她也明白他是在躲她。她只是光想着自己，霸道地把他捆在自己跟前。她从没想过他在想啥，他要做啥……

於维尔兰对照着眼前，比自己年龄大不到十岁的梅尕和比自己年龄小的伊玛和得得纳，反省着自己。开始觉得自己出身跟她们不一样，比她们高贵……

现在想，苏大叔和夫君在大汉也是人中龙，将军级的人物，如今怎样……她认真地想着男人遭遇，自己和他在一起的境遇和自己的性格……慢慢地就想开了。

於维尔兰现在悟出了一个道理：一个人走到哪一步，就要随着情况的改变改变自己，这样生活才能安宁、才能幸福。

刘勇义回来送信，没停两天，伊玛听了师傅的话，将养着自己的身体，让刘勇义快去坚昆帮李陵了，一个多月后他们才一起回来。

晚上，烛光中。刘勇义搂着媳妇说："这么多天想死我了！"

伊玛推开他问："你在那边能吃好、休息好吗？"

"你这是啥意思？"

"你知道，为啥叫你离开吗？"

"是大哥让陪他回坚昆呀！"

"师傅是为了让我们能怀上娃娃，让你养好身体，才出这个主意的！"女人实话实说。

"你说大哥也知道这事？"男人吃惊地问。

"对！"

"怪不得大哥让赵大哥给我们伙食增加了牛羊肉，今年才试种成功的麦面和保存的干菜干果！"男人明白了。

"你觉得现在你的身体比过去好些了吗？"伊玛问。

"冬天在那里，和大哥住在王府，光吃又不操心，你摸摸我的身子！"男人说。

女人手摸着男人强壮结实了许多的胸脯，不由得亲了下问：

"你看我有啥变化吗？"女人问。

"你变胖了些，身子结实了，润光了！"他说着，要亲她。

女人推开他："师傅说，怀娃娃要时间对，身子对。"

"我就觉得我们这时间很对，如今身体也都很壮实！"男人亲着女人的嘴。

女人推开他："咱得有节制，不能每天夜里都在一起。"

"好好好！就这一次！"男人急了啥事都答应。

男人嘴从女人的嘴、脸亲到胸脯……

女人也禁不住了……疯狂过后，伊玛觉得下身一热，手一摸，一看是血水，呜呜地哭了。

男人忙起来问："你怎么了？"

"这、这恐怕、是师傅说的，怀着的娃娃没了！呜呜……"

刘勇义忙穿好衣服开门出来到苏武门外敲门喊着："大姐，大哥，快，伊玛不好了！"

苏武和梅尕一听这忙起身穿衣下榻，给女儿盖好被子，出来拉上门走进他们房子。

伊玛已经穿好衣服坐在榻上哭得眼睛红红的。梅尕问明情况，给她把了脉搏说："你已经怀上娃娃了，要是这样，你们不节制的话，一激动容易流掉娃娃的！"

伊玛眼睛瞪着男人："我说不要，你偏要！"

苏武瞧着尴尬的刘勇义说："好了好了，知道了就注意了！"

梅尕对男人说："今晚你先住这里。让伊玛和我过去睡！"

苏武看梅尕搀扶着伊玛出去了，给刘勇义努努嘴："看来只有听话，咱两个一起睡了。"

黑暗中，两人躺在榻上。

八十八　是要有事做

苏武对刘勇义说："女人怀娃娃前三个月不能行房事的。"

"她也没给我说怀了娃娃。"

"现在知道了就得注意点。"

"那不把人憋死了！"刘勇义无奈地说。

"这忍不住也得忍！不然这娃娃就没了！"苏武警告说。

刘勇义想着刚才和媳妇做的事，难受地叹了口气说："唉！这人真是欲壑难平！过去没有女人也没啥想头，如今有了女人一见面就忍不住了！"

"这不是啥欲壑难平的事。"苏武认真地说，"作为男人，要爱家人爱娃娃。"

"苏大哥，你念的书多懂得多，以后可要多教教我。"

"你如今是给人看病的大夫，要用大夫的标准来约束自己，要爱自己的病人，就先要爱自己的家人。"

"这我得要好好想想。"

苏武见他不说话，于是说："睡吧，明天再想。你们这一路上已经够疲乏的了。"

梅尕给伊玛吃了保胎药后让她躺下给检查了身子："还好，不流血了。不过你要好好地躺上几天，感觉没啥不舒服的就不要紧了。"

伊玛感激地说："感谢师傅！要不是你们，我都不知怎么办！"

"现在你要平心静气好好休息，才恢复得快。咱们胡地女人要好好地怀个娃娃不容易。"

"为啥？"

"一个是咱们这里气候寒冷，还有一个最大的原因。"

"啥原因？"

"男人和女人在一起，不知道两人之间有很多该注重的道理。"

"师傅说得很对，"她想想说，"我和勇义一起给几家人看过病，他们都是不懂得这些。"

"你是个爱动脑子的人，好好学习一定能成为一个好萨满的。"梅尕鼓励说。

"那你可要好好教我。"伊玛静静地沉思了会儿笑着说，"不过师傅，我听我阿爸说，手艺人教会了徒弟，就会饿死师傅的。"

"傻瓜，咱们草原这么大，我就是再教会几个徒弟也不会饿死的！"梅尕伸手摸摸伊玛的头温和地说，"快睡觉吧，你这急需要休息的人！"

王爷两口子知道女儿怀娃了，想让女儿多多休息。老两口照看小孙子并让小小人儿跟着他们睡，夜里不辞劳苦，饿了给他热喂羊奶，哭闹了彻夜地抱着。

长夜漫漫中，李陵瞧着妻子於维尔兰裹着被子躺在身旁。这都快两个月没见的女人忍不住问："你怎的了？"

听男人主动问话没好气地说："没怎的！"

"你这样，真的叫我不习惯！"男人嗫嚅着说。

是啊，每次两口子见面，都是女人主动地贴上他，黏着他。这回可反着来了，男人当然不习惯了。

"我要像平民阏氏一样对待自己的男人！"

男人闻言伸手摸摸女人的脑门："你没有害病吧？"

"你才害病呢！"女人蹙着好看的眉嘟着好看的嘴巴，"我在试你呢！"

"为啥？"

"想不想我？"

"久别胜新婚。我怎能不想你呢！"男人撩开被子紧搂着女人，"其实久别胜新婚，并不代表着就要做那事，就这样搂着睡在一起也很惬意的。”

“可我一见你就想——”

“你没问你肚子里的娃娃要吗。？”

“我真不想要着肚子里的，咱的兴兴太碎了。”女儿脸蹭着他的胸膛说。

“真的？”

“嗯。”

“如今肚子都四个月了，这要是不好了你可要受大罪的。”男人关切地说。

“我不怕！”女人扯开男人的内衣，紧紧地肌肤相亲在一起。

男人被刺激得不能自持了。男人翻压在女人身上，觉得她肚子有些挺了，但还是小心翼翼地行动起来。

“你怎的了？”

“我不想我的娃娃为了我自己的痛快而送命。”

“不会的，我照样骑马奔腾都没事。”

女人说着故意在男人身下扭动点火，两人不管不顾疯狂起来，过后果然没事。

看来一个人从小的生活好坏能影响一切。

李陵这次在和卫律的交锋后想了很多，他不能老沉浸在过去里，要面对现实。真如苏仁兄所说，他不但有老婆娃娃，还有三百多的汉人兄弟以及他们的家他们的老婆娃娃……

如此任重道远，自己首先要真正地振作起来……

吴胜和得得纳两口也是一样，两个多月不见恨不得粘在一起。可是梅尕提前给男的和女的叮嘱过，要他们不要过分。

夜里他们也都很想和对方疯狂地亲热，可吴胜觉得自己年龄大了赶紧得有个后才对。

吴胜草草地从媳妇身上下来，瞧着女人期盼的样子，装作气喘吁吁地说：“我这一直从哈拉和林到坚昆颠簸了三回，累得不行了。”

女人心疼男人也就罢了。

吴胜搂着女人想，这漫长的寒冬无事可做，漫漫长夜长夜漫漫的，男人女人都在家，牛羊肉吃着养着旺盛的精力，在一起就是想做男女的事……

这不行，不能荒废光阴。

明天找苏大哥商量，为大伙做些实际的事情。

吴胜想了一夜，终于想出了大家冬天能干的事情。

苏大哥和梅尕大姐给牧人和牲畜看病，就需要治病药物！现在他们都是在用时才炮制一些，有时顾不上来，拿着原药给人畜治病。

如此这样临时抱佛脚，用药不准确，也不规范，还产生浪费。你看，成捆草药晾在屋檐下，干透了，手一抓掉落一地，落地脏了不能用，许多都浪费掉了。

要是叫人把这些专门炮制收拾，分门别类地装在一起，用时省力省料，还便于储存……

还有，刘勇义是木匠，我和他都年轻力壮，这里不缺木头，可以做些牧人家里用的简单家具来换取生活用品，大家生活还会好一些……

第二天，吴胜把自己的想法告诉了苏武，苏武高兴地说："兄弟的想法和提议很对。虽然外面寒冷，这些事情都能在屋里干。如此一来，咱们这里人人有事做，大家也都高高兴兴的了！"

苏武把人集合起来，跟大家谈了吴胜的想法，大家自然拥护。接着立即实施起来。

老人专门照看娃娃，年轻人只要不外出行医，妇女们挑拣药材、炮制药材。

刘勇义和吴胜两人骑马到树林里挑选木材，苏武让他们尽量地选干枯了的树木拉回来用。这样做的东西不变形不说，也废物利用，不破坏树林。

苏武拾起自己的手艺，和於靬王、李陵，用现有的毛皮，做马鞍、辔头、牛马缰绳及骑马人护膝等等。

八十九　单于的圣旨

狐鹿姑大单于很明白父亲的意思，就是现今这几年让他们休养生息，也就是养精蓄锐。只有匈奴的人口增加和牲畜增长了才有能力抗衡大汉。

可是，如今他们躲在这酷寒的北地，很是想念阴山黄河流域的温暖丰盛的草原。好在今年北地冬天不是很冷，明年再有个好的开春，自己也就渡过了父亲过世后的第一年冬季难关。

匈奴多位单于和大汉打仗，大都是失败。不过也总结了经验，引进了大汉的制陶、制铁、制铜、制兵器、纺织等等技术，这些都在各地不同地发展着。

卫律去趟坚昆回来上奏，说右校王在那里搞得很不错，种了粮食，两年都丰收，各放牧人家牲畜也在增长。他们的铁匠锻打各种农具和畜牧用具都很不错……

卫律分明是带着另外一种意思，挑唆单于要对李陵提防……

不管怎么样，在狐鹿姑大单于的心里，觉得汉人真的很聪明又很勤劳。

父亲的眼光很对，让右校王李陵来辅佐自己。他果然很尽心。

狐鹿姑大单于眼看着今年的寒冷就要过去，他要召李陵回来，安排农牧之事。其实当时自己应该让卫律负责军工，右校王主管内务及农牧才对。

狐鹿姑大单于让弟弟叫来卫律。

卫律一见大单于，行礼问："不知大单于要卑职来，有何吩咐？"

"三天后，咱们一起启程去坚昆！"单于说。

"现在正值冰天雪地，路上很是艰难的！"卫律忙说。

"你都不怕艰难，有你陪同，我也不怕！"狐鹿姑大单于进一步说，"再说，我叔王也在那里，我去看看也是情理之中的！"

"单于说得没错，卑职下去准备！"卫律尽管不想陪同，可是单于的话就是圣旨，你不想去也得去。

"不过，我只带三位随行，你跟随就是！"单于说。

卫律知道单于的本事比其父强很多，也很勇猛。他说："大单于得乘车而行，我看还是多带几位！"

卫律回府后，要卫忠先带上一人出发，立即去坚昆报信，让他们安排好接待单于的事宜。

卫忠和同伴昼夜打马而行，提前两天到达坚昆。赵镇接待了他，得知单于要来之事，立即派人跟着那次和刘勇义一起到过贝加尔海的兄弟，去接李陵和王爷。

当李陵和王爷打马跟着两位回到坚昆当天半后晌，单于的车驾到来。接风宴后，李陵陪着狐鹿姑大单于到王府正房休息。卫律自告奋勇贴身服侍。

李陵安排好随行人员在东厢房歇息后，他和王爷告辞要到外面找地方歇息。没等单于说话，卫律抢先说："王爷不可！二位就在府里一同住下！"

狐鹿姑大单于也说："这里这么多房间，能住得下的！"

李陵知道卫律的心思，怕有什么不测，用他二人为人质。其实，他留的西厢房就是他和王爷住的，外出只是一个说辞。

狐鹿姑大单于躺在温暖洁净的榻上，卫律恭敬地坐在榻前地毯上给他汇报着自己所知道这里的一切。

单于一边嗯啊地回应着，一边打量着头上方朴实的穹顶回想，刚一进镇子，几排整齐的街道房舍及这王府，很有风范。

他问："卫卿家，这次顺便也到你丁零王府看看，怎样？"

"单于，丁零府真的比不上这里。右校王这里人才济济，我那里没有得力的人！"卫律的丁零是他让胡地的卫家人把持着的，比这里差远了。

"你们要向这里看齐！你如需要，就挑选些李广利军队里能干的汉人过去。"单于说。

"听单于的话，臣卫律愿意！"卫律心口不一。他根本就不敢让汉人去他的封地，害怕一去他们卫家人就被扫出丁零了。

第二天，在李陵的陪同下，狐鹿姑大单于观看了这里的木、铁器及各种生活用品的制造作坊，看了他们新造的农耕犁铧等农具，看了他们饲养的马牛羊群等。

后晌，李陵和单于骑马一起看了湖畔大片平整，盖着白雪被的耕地。

李陵说："这里春天成功试种了麦子，获得了丰收。上次给单于带的麦面、就是这地里出产的！"

"那麦面，很好吃！"大单于问，"在哈拉和林附近可以种吗？"

"我想可以的！"李陵说，"王庭那里有水，土地也很好！"

"你说咱们这北地，能种粮食的地方都学会种粮食的话，胡地的人畜几年能养好？"单于问。

"很快的！"李陵瞧着远处的雪山。

"多快？"

"五年以后！"

"你说五年以后，咱们粮食人畜就能翻番？"单于问。

"其实，只要不打大仗，赋税少点，人心思定，很快就能翻番！"李陵认真起来。

狐鹿姑单于的心定了，问他："右校王，要是让你回王庭掌管内务和农牧，怎么样？"

"不不！"他推辞说，"我愿意留在坚昆。还是让卫将军干吧！"

"还是让他主管军务吧！他在这方面很上心的！"狐鹿姑大单于说，"我看这样吧！你和叔王把家都搬回王庭，我也便于照顾叔王！"

李陵沉思片刻行礼："谢大单于！"

尽管不愿意回王庭，可他也不能明目张胆地反对！在匈奴，大单于的话跟汉皇上的话一样，是圣旨。

李陵和妻子及王爷一家要回王庭，不能带着刘勇义和吴胜全家一起去，怕有不测而连累他们，同时也不能拆散他们两家人家。

苏仁兄待他们情深义厚，相处得亲人一样。他征求了两人的意见，他们不愿回坚昆，就留在这里生活。

再说他们一走，苏仁兄一家单独在这里，他李陵也不放心。

在李陵他们还未启程时，苏武让刘勇义和吴胜赶往坚昆，和赵镇赵大哥商量，专门挑选五位汉人同伴，跟随李陵去王庭做保卫。

为了能很好地联络大家，刘勇义吴胜带着五人来这里认道，一直到冰雪融化时，他们才打算送李陵一家到王庭哈拉和林。

九十　卫律回丁零

临走的前一天夜里，苏武手持节杖和李陵同榻而坐，促膝相谈。他们回想着在这北国几年里，各自的艰难生活及心中所想，话着他们兄弟虽然道不同，可灵犀相通，相互能够理解……

苏武对李陵说："贤弟，不管在任何艰难的情况下，你都不能灰心，你要想着你的三百多汉人弟兄，还有你自己妻儿！"

"看到仁兄决意坚守，李陵羞愧至极！我也只有这么想，这么做了！"李陵负疚地说。

"贤弟，为兄、有一个不情之请！"

"仁兄此言差矣。什么请不请的，有话就直说！"

"你回王庭主事，却不要忘了血管里流着的是汉人的血！"苏武认真地说。

"我李陵虽然无奈留在这里，但绝不做对不起大汉的事情。这是我的底线！"李陵说，"此番回王庭，我一心要为胡汉相和做事，否则我就回坚昆！"

"唉！为兄在这里，不知何年何月才能回汉。"苏武忧虑地说。

"仁兄勿忧，你在这里安心生活，小弟会时刻关注胡汉的情势的！"

"但愿如此！"

李陵回到王庭，早朝参见了狐鹿姑大单于。

单于当着众王爷的面宣布："右校王李陵，从今天起，负责王庭内务及牧人和农务之事，卫律将军负责军务和练兵之事。"

几位王爷虽然不愿意汉将担当匈奴的重任，可是他们自己的确没有办法让胡族富强起来，也只是发发牢骚罢了。

卫律主管了他熟悉的军务，心里很是得意，第一件事，就是要彻查丁零本家兄弟娶亲失踪之事。

卫忠得到此消息，避着卫律偷偷来到驸马府，直闯而进。

门卫韩玉林挡住："哎！何人乱闯！"

"我要面见右校王！"卫忠瞧瞧后面无人盯梢，着急地说。

瞧他急切的样子，韩玉林让他在门内等着，关上门进里面去了。不一会儿，李陵和韩玉林一起出来，见是卫忠。想他定有急事。

李陵客气地说："卫忠兄弟，请里面坐！"

卫忠从没有得到过如此的尊重，诚惶诚恐地跟着他进了里面会客厅。

李陵客气地指着坐几说："请坐！"又亲自斟碗热茶递给他，"请慢用！"

他看李陵如此对待下属心想，怪不得衽余要离开卫律问……

"卫忠兄弟，有什么事吗？"李陵和蔼地。

他将卫律要查本家人娶亲失踪的事情告诉李陵后说："右校王，我想你一定想知道这事！"

"你怎么知道，我想知道。"

"自从那天，我本是奉卫律命令，偷进你府暗查你的情况，结果被发现，自己却说了谎。可你明知我说了谎，却信以为真，还给了二两银子还赌债。"卫忠诚实地说。

他看李陵没有轻视他的意思继续说："我回去想了很久，想出了为啥你的士兵都愿意跟你一起出生入死的原因！"

"你说为啥？"

"你是个能体恤下属叫人信得过的将军！"他深有感触地说。

"谢谢你相信我！"李陵朝外面喊，"玉林！"

韩玉林进来："王爷，何事？"

"拿三两银子来，给这位卫忠兄弟！"

"我、我不是为了银子来的！只因你是好人！"卫忠立即拒绝。

李陵轻声说："我知道你家里生活艰难。你拿去给家人买点吃用！"

自从那次卫律送李陵回坚昆，卫忠给吴胜一字条要他们小心后，他就让自己人暗查了他家的生活情况。

卫忠接过银子千恩万谢地走了。李陵立即派韩玉林打马去贝加尔海通知吴胜和刘勇义他们。

五天后韩玉林来到贝加尔海，从马背上取下李陵给苏武带的白面后，对吴胜和刘勇义悄悄告知了卫律的事。

他们三人以去看海子为名，带着家伙骑马赶到得得纳家过去住的地方。

这里的雪已大部分融化，地上没有了任何痕迹，不过山丘坡根下埋尸地凹陷下去一块。

他们把坡丘上面的土沙挖下填平，又到远处铲了许多草皮，马驮过来放在上面。吴胜说："今晚要是能下场春雪的话，上面和地上就是一样的绿草地了。

运气很好。夜里，突然北风呼啸，下起了大雪，直到第二天后半晌才停。他们瞧着白茫茫的大地，无声地笑了。

卫律带着五十多人的队伍雄赳赳地回到丁零王府镇地，这里也是依山傍湖之地，牧人和生意人杂居在一起。两三家富户的穹楼，在众多的简单破旧的帐篷中间很不协调。

卫律带着队伍走进木栅栏围着的王府——三个旧的穹楼前，看见里面住着他不认识的人，人也更是不认识他。

一位着羊皮袄，戴着羊皮帽，一只耳朵戴着只大金环，六十多岁的老者上来问他："请问军爷，找何人？"

"哪位是卫胡里家的人？"卫律问。

"你是何人？"

"卫律！"他不由恼怒。

"呵！是贤侄！我是你最小的堂叔！卫胥山。胡里是你大堂叔的儿子！"卫胥山有些不知天高地厚。

"那大堂叔呢？"

"三年前就过世了！"

"如今谁是这里的头儿？"

"胡里娶亲一直未回，这一时，我主持这里！"卫胥山说。

"既然你是主持，快给我们安排住宿！"卫律命令说。

卫胥山瞧着身着锦衣裘袍的卫律和五十位身着羊皮军袍的军人发怵：

“这、这这，你看这里，穷得叮当，这穹楼已经住上了人，你们自己不能搭帐篷住吗？”

“我们搭帐篷？”卫律气得吹胡子瞪眼，“我回到自己的王府，还要自己搭帐篷住？这是什么道理？你们赶快搬家。我要住我这里！”

“你看春寒料峭，这天立马就黑了，你让我们往哪里搬？”卫胥山倚老卖老，瞪着眼也不让步。

卫律命令士兵：“给我把这里的人赶出去！”

卫律让随行军队持刀把卫胥山一家赶出了王府。

卫胥山当时也是敢怒不敢言，可他并不是个善茬儿。

哼！我是这里的主事，你这个名义上的王爷一来，不分长幼，就将我扫地出门。这主事的侄子不见了人，他就自觉地管起了这里的事。这也是他梦寐以求的。

九十一　逃命

他还真咽不下这口气。可当时看着人家气势汹汹的样子也就忍了。回家后，卫胥山越想越憋气，连夜联系了镇里的追随者，每人五只羊地许诺，组织起五人夜里搞事，想先给他们个下马威。

半夜里，他让这几人趁着卫律一路人困马乏，派两人悄悄地打昏了守卫，另外三人拎着羊油，分别在三座穹楼门前泼油放火后，贼喊捉贼地大声喊着：“不好了，起火了！”

谁知，这么多人一路人困马乏睡得很死，大风中三座破旧的穹庐着火后里面都无人听见……

卫律当时在最里面的穹庐里间睡着，突然被一阵难闻的气味呛醒。睁开眼一瞧，我的妈呀！火已经扑进了房间，烧着了榻前的破地毯。

他随手抽出枕下的大刀，拼着全身的力气朝榻后的木撑和皮革砍下，真是天不绝他，后面被劈开，自己纵身跳出捡了条命。

卫律悄悄奔伏在不远的小坡坎后，瞧着王府那里火光一片，无人施救也无人逃出……他想，看来大侄子卫胡里失踪之事，是自己人为了利益所为。

他想不通，自己回胡多年，当上丁零王后，遵照父亲遗愿，把家人迁在一起，弄到自己领地，他们才过上较好的生活。可是他们为各自利益互相残杀，甚至连他这恩人也要除掉……

他想着想着，不由得落了泪。

卫家，原先在水草丰盛的阴山脚下，十岁那年大汉赶走了匈奴王庭，占据了黄河南北，父亲带着一家人到了长安附近安家。

初到汉地，生活很艰难，母亲在家里做些胡汉地女人的小饰品，自己随着父亲进城销卖。小娃娃家不懂事，还经常哼着胡人的曲子，蹦蹦跳跳。

宫廷的乐师李延年见他胡歌唱得好听，就提出跟他学胡歌，后来他们两人成了忘年之交。过了几年，李延年的亲妹子成了武帝的宠妃，李延年自然成了国舅。

不久，在李国舅的荐举下，他在长安城做了个管门兵的小官。那时认识了和自己年龄差不多大的看门兵李广利。三年后汉使要出使匈奴，因他会说胡语，李国舅又荐举他以汉使的名义出使匈奴。

在他临行前，病榻上的父亲，要他想办法寻找爷爷奶奶叔叔伯伯，并且把自己的积蓄叫儿子带回家给他们。

谁知他到匈奴办完事后回汉，走到半路听说武帝的李妃因巫蛊之罪遭杀，李家满门抄斩。他怕遭遇牵连，就近投在了左贤王且鞮侯麾下。

他忠心耿耿地为且鞮侯服务，献计献策，终于帮着他坐上了大单于之位，也赢得了他的无限信任，还封为丁零王。

他成为丁零王后，想办法把卫家人迁居到封地丁零，让年轻的堂弟卫胡里帮着他管理事务。谁知他们为了各自的利益，竟然六亲不认……

天气乍暖还寒，夜里就更加寒冷。只穿着内衣袍的卫律，冻得直打哆嗦。他站起身紧了紧腰带，发现自己内衣袋里还有几颗碎银子。黑暗中，他悄悄摸进镇子头，藏在一家的草垛里。

第二天，天刚亮。他拿出颗碎银子，哆嗦着敲开了旁边牧人家的破帐篷门，递上银子说："兄弟，我投亲半道遭了贼，请给我买件破皮衣吧！"

年轻壮实的牧人，瞧着他可怜的样子说："你等等！"

他进里面拿了件旧皮袍，出来给他说："这件送给你，银子我不收！"

他硬把银子递给他说："能给我点吃的吗？"

他进屋拿了块羊肉出来递给他。

卫律看他如此的慷慨，索性拿出仅有的几颗碎银子说："兄弟，我看你是侠义心肠的人，我把这银子都给你，把你的马给我一用！我到家一定差人给你送回！"

"那这样吧，银子我先收着，你送马来，我还银子！"青年确定他是遇难之人。

"那——我看这样，请你再给马匹装上三天的草料！"

"好的！"

他帮着他备好马，驮好草料，招呼他上马，并且说："大叔，一路平安！"

"后会有期！谢了！"卫律打马疾驰回奔。他昼夜疾行，四天后的夜里，回到了卫府，就病倒了。

狐鹿姑单于得知卫律病了，差管理内务的李陵前来探望。

李陵来后瞧着卫律头缠汗巾，脸色苍白，身躯消瘦地躺在榻上，行汉礼礼貌地说："卫将军，辛苦了！"

卫律一听这话，眼泪滚滚落下。

李陵把手里的糕点放在他面前，再一次拱手说："大单于听说你病了，命李陵代他前来探视，望卫将军早日康复！"

"贤弟不必如此多的礼节！你要是这样就羞煞为兄了！"他愧疚地说。

李陵看他如此，莫非他又在要花招？我得提防。他想想说："卫将军要是没有什么，李陵就此告退！"

"别！别！我还有事和你商量。"他吩咐卫忠，"卫忠，给右校王看座！"

卫忠忙在里面端了只杌子，出来放在榻前："请！"

"谢了！"李陵坐下问："卫将军有何事吩咐，请讲！"

卫律对卫忠说："退下！"

他看卫忠退下后真诚地对李陵说："为兄错怪你了！"

李陵莫名其妙："什么意思？"

"那次丁零人娶亲失踪，为兄心中猜测是你部所为。这次我去丁零调查，才得知原委。"卫律少见地愧疚。

"究竟是谁人所为？"

"是内部人为利益而互相杀戮。"

"其实，我李陵是个人人不信任的降将！我尽管与世无争，却总是让人猜疑妒忌！"李陵放心地说出心里话。

"我知道贤弟会对我不满的！我在这里给你赔罪了！"卫律说着，挣扎起来要下榻行礼。

李陵上前阻挡说："卫将军不可，我只是说说心里话罢了！"

他扶他躺下。

卫律认真地说："我向天发誓，以后不会和贤弟有何芥蒂了！"

李陵不知道卫律为何这样，可他知道他这次一定受到了沉痛的打击。这个打击不但沉痛，而且是致命的。

卫律逃回来后在病榻上一直在反思，这件事一定是卫胥山搞的，按他的性格，就该让卫胥山一家断子绝孙！

可他是父亲遗愿中让他关心的卫家人，这卫胥山是自己的堂叔呀……却对他赶尽杀绝。反过来说，自己也姓卫，可他为何要害他性命……他连一个普通的牧民都不如！真是残忍至极！

九十二　自搬石砸自脚

李陵看他陷入沉思，拍拍他的肩头，关心地说："你现在是病人，别想了，安心养病才对！你现今把一切都放下！有什么困难就说，我会尽力的！"

李陵的关心再一次触动了他的心。他又落下了泪："我知道你是个大度的人！我对不起你！"

"别说了！要不，我让人叫沮渠萨满来，给你瞧下病怎么样？"李陵提议。

"那就麻烦王爷了！"卫律这家伙也会顺坡溜了。

第二天，李陵让韩玉林请来了沮渠格尔，沮渠一见李陵两口子，就问："你们谁不好了？"

李陵笑着回答："我们谁都好好的！"

"那你叫我来做什么？我的种植园正忙着修剪树枝呢！"开春他们忙得一塌糊涂，该种的要种，该剪枝的要剪枝，该栽的树要栽。

於维尔兰说："我家夫君请叔叔来，是给卫律治病的！"

"给他？"沮渠生气地说，"我巴不得这害人的东西立即就死！"

"哎，话可不能这么说，你老兄是萨满，就是专门给人看病的！可不能带着个人情绪呀！”李陵微笑说，“但是，这件事却非你莫属！”

他把卫律突然有病，又突然转变态度的事情跟沮渠谈了后说：“这事只有你才能叫他说出原委！”

“这很重要吗？”

“很重要！是关系到梅尕姑姑和苏大叔的事情！”於维尔兰认真地说。

沮渠一听，立即笑着答应：“要是这样的话，我这就去给他看病，还会很认真的。”

卫律一听家人通报沮渠萨满来给自己看病，立即请他进府，差退家人和左右，让他给自己诊病。

沮渠给卫律把了脉说：“你是受了极端的惊吓后，身体又着了寒气侵扰而发病的！”

“你说得太对了！”

“那——你想让自己很快好吗？”萨满问。

“当然了！”

“不过，要治好你这病，你必须把得病的原委说出来，一来我可给你开药方，更是为了给你作法，驱走妖孽！”沮渠态度很是诚恳。

“这——”他犹豫了，这许多事情是不能说出来的。

“那我只能给你开个药方，吃吃药看！这病能好不能好，关键是，看在哪里发生啥事情，作法驱赶哪里的妖孽，不让他们来纠缠你的灵魂，你就会好得快！”他知道卫律很相信这套。

为了身体能很快好起来，他只得把这次回丁零的原因和遭遇一五一十地说了出来。

“你为何能逃了出来？”

“我住在最后面的房子里，被烟火呛醒。从枕下抽出大刀砍断榻后的帐篷木撑和帐幔，跑出来的！出来寒天冻地，只穿着内衣薄袍在野地冻到天亮。”

“你当时就不该让随行人员强行赶走居住王府的人们！”沮渠故意地说。

“我知道小堂叔家住着一座不错的穹楼，才让随行人员赶他们走的，谁知他却如此歹毒！深夜放火，把我随行的五十军人全都被烧死了！我也是拼命逃出来的！”卫律咬牙切齿地恨。

“你的命真大！”

卫律问：“老兄，你说，我的病能好吗？”

“你只要想通这一切的由来，多做善事，就好得很快！”沮渠说。

“我一定听萨满的！”卫律信誓旦旦。

沮渠在药皮包里，拿出几只小药葫芦，配了几种药面，给他说：“这几种药合在一起你先吃着，要是病不见好，我就来作法！”

现在虽然还是天寒地冻，可毕竟春天到了，沮渠很忙，不能在这里耽误时间。

沮渠出卫律王府，绕了个圈子才到李陵右校王府，把卫律外出的遭遇告诉了李陵两口，他们放心了。

这个卫律，这回要是真的能吸取教训，改头换面就省心多了。

这几年来，卫律一直嫉妒怀疑着李陵，李陵也尽量不理他，不刺激他。可是卫律却一而再再而三地寻衅找事，这回却搬起石头砸了自己的脚，他也知道疼了。

初春正是北国牧人计划外出放牧的时节，也是春天耕种的时节。李陵既然负责牧农，就得解决胡地的粮食极其短缺的问题。李陵写信让部下送到贝加尔海向苏武讨要办法。

苏武看信后当夜回信说，胡人如今最缺的就是粮食，吃不上就得想办法到周边抢掠。只有教会他们选地耕种粮食，这问题才能解决，并出主意让他组织汉人去教他们。

李陵接到苏武的回信，和於维尔兰商量了个两全其美的办法。他写信让韩玉林带回坚昆。

赵镇见信后，把没有成家的汉人兄弟，五到八人分成多组，自带吃用和粮食种子，以狐鹿姑大单于的名义，派到各部落教牧人选地耕种粮食。

他们自带吃用和粮食种子，当然受欢迎了。再说这些人还年轻，正值能干之年，为人谦和、吃苦耐劳。到了秋天收获的季节，不但粮食收获了，同样也收获了阏氏。

下部落的弟兄，入冬回坚昆，基本上都带回了自己的胡人阏氏。如今，在坚昆生活的汉人，基本上都有了自己的妻子。既然回不了大汉的家，哪里有女人心疼，哪里也就是家了。

秋去冬来。刚入冬，下了场小雪。这天气一转凉，於乙峇老人的老毛病又犯了，不但咳嗽，还伴着喘起来，梅尕配的药吃了也无用。

半夜里，轮番照看老人的刘勇义，听着老人揪心的咳嗽，忙点着灯，给他抚着胸膛：“老伯伯，你好些了吗？”

老人知道自己这次熬不过去了，咳喘着，嘶哑地说：“好、好、勇义，我、恐、怕、不行了！去、叫梅、尕，苏武来、来！”

刘勇义忙下榻开门出来，敲响了苏武的房门：“苏大哥，梅尕大姐。”

苏武听见有人敲门问：“什么事？”

“老伯恐怕不行了！”

他忙摇醒妻子：“快起来！老伯不行了！”

他们两人起来穿好外衣，开门出来到老人榻前，瞧着老人刻满皱纹的脸，闭着双眼。

苏武握着他的手：“老伯，於乙沓老伯！我是苏武，你醒醒！你醒醒！”

老人听见呼唤，睁开昏黄的双眼，也不咳喘了。他微笑着拉住梅尕的手，放在苏武手里，六只手叠握在一起，清楚地说：“女儿，儿子，感谢你们！”

老人说完，微笑着，慢慢闭上了双眼。

梅尕忍不住放声痛哭：“乙沓老伯，阿爸！”

九十三　打破沉闷

老人陪她来这里的一路上仿佛就在昨天，回想着老人来后对他们的帮助，越想越难过，哭声把大家都惊动了。

“老人是高兴地走了，他没有痛苦，没有遗憾。我们也得、得、欣慰才、才、对！”苏武劝慰着妻子，眼圈也红了。

这位素不相识的胡族老人，来这里跟他们一起生活的近十年来，真是父辈样关心、爱护、帮助着他们，为他们照看家里、经管牲畜，在他们外出行医时，做好饭等待着他们。

后来他们有了妞妞，老人家更是尽心尽力。再后来，李陵和王爷一家来这里，老人一如既往，还是无怨无悔地辛劳着……这真是叫人爱戴敬佩的老人。

老人的好，他们今生都记着。苏武和梅尕商量，要像老人的儿子女儿样尽孝道。苏武叫上刘勇义、吴胜，在森林里找了棵大树运回，把树身掏空。

梅尕把给他们夫妻俩准备做衣服的新布拿出来，给老人缝了新的内衣裤及新的羊皮外袍穿上，还有褥子被子。给老人穿戴好，放进树身里封上口。

他们以汉人的丧葬方式，在海子旁住地的山上，选了个朝阳的地方，掏了个坟墓，安葬了老人家。

每天听惯了老人清早扫院，呼唤大家起床的声音，现在一下子没了老人，很是不习惯。这里的空气一下子沉默起来，人也懒惰起来。

年长者见面相互打个招呼，就各执其事。年轻人干脆借着天冷，媳妇怀娃娃身子懒，都睡懒觉。

半个月后，沉闷被得得纳打破了。

这天半夜里，她突然肚子疼得喊叫起来。吴胜忙在火塘借火点亮蜡烛，瞧着媳妇大肚子鼓着，疼得难过翻滚的样子，看起来要生了。

他外衣都顾不得穿，开门直奔苏武的房子，敲着门喊："大哥，大姐，得得纳要生了！"

熟睡的苏武和梅尕被敲门声和喊声惊醒，一听得得纳要生了，梅尕立即起来对丈夫说："你在屋里照看娃娃，我过去看看！"

当梅尕穿好衣服，收拾好接生的东西奔进他们房子，得得纳已经破水，眼看着要生了。

得得纳一把抱住梅尕，哭喊起来："啊——我、疼死了啊……"

梅尕看着褥子浸得血红，问吴胜："准备生娃娃的包裹了没有？"

他惊慌失措地说："有、有、她她、妈已经、准备好了！"

"那快拿出来呀！"

他在简易的木柜里拿出一包袱，问媳妇："是这吗？"

"你、你就笨死了！"得得纳肚子疼得哭丧着脸说，"是、羊皮袋、子！"

他拿出羊皮袋子过来打开，不知该拿什么。

梅尕催促："快，拿羊毛袋子，给她垫在屁股下面！"

他拿着袋子不敢动手。梅尕夺过给她垫上："来，你来抱着媳妇！"

吴胜过来，得得纳疼得喊叫着，抓过他的手，一口咬在男人隔着衣服的手腕上。吴胜疼得咧着嘴，但瞧着媳妇疼痛喊叫的样子硬是忍住没出声。

"长吸气，"梅尕对产妇说，"吸口气，憋住，下面用力！"

得得纳咬住男人的手腕，按照梅尕的吩咐，不一会儿，只听得得纳竭力一声："啊——"

娃娃生下来了。

梅尕一看是个男娃娃，对他们说："是个带把的！"

尽管吴胜的手腕被媳妇咬出了个深深的牙印，还渗着血，他却高兴地搂着虚弱的媳妇亲了口。

得得纳虽然脸色苍白很虚弱，可瞧见了娃娃，脸上泛出幸福的笑容。

添丁进口，三家人乐不可支，大冬天办了酒宴，庆贺了三天。梅尕瞧着得得纳生了，想起於维尔兰，她和她一前一后怀娃娃，可能也快生了吧！

得得纳年轻生得快捷，尔兰却年龄大了……

王庭哈拉和林右校王府。於维尔兰挺着大肚子坐在榻上，打开一干净的羊皮袋子，瞧着阿妈给做的娃娃裹衣和羊毛垫子，回想起在贝加尔海梅尕姑姑处生儿子的情景，甜蜜地笑了。

真要感谢苏大叔和梅尕姑姑的热情帮助！这次回到了王庭生产，不知何人接生？她一想到这里，就有些担心。

李陵回来，看媳妇坐在榻上发怔，过来关切地问："媳妇，咋的了？"

"这快要生了，没有梅尕姑姑在身边，我真有点害怕！"她担心地说。

"咱在这里，请最好的萨满接生！"

"那也没有梅尕姑姑医术好呀！"

"那咱请沮渠大夫来，他的医术是哈拉和林最好的！"

"那也只有这样了！"尔兰说着，觉着下身破水了，"快，快叫接生萨满！"

李陵忙对外喊："韩玉林！韩玉林！"

韩玉林闻声跑进门："大哥！"

"快快骑马去找沮渠大夫来，说你嫂子就要生了！"李陵吩咐。

韩玉林立即打马半个时辰飞奔到种植园。这里已经成了一望无边的果树林和药材基地。自从两年前果树和药材长起来，其中套种的粮食也丰收了，沮渠格尔一家就搬到这里住下来。

他们在这里也建了几间病室。

常会和赵根儿闲暇时帮助制药和照看病人，在沮渠大嫂的牵线下，来这儿看病的两个姑娘跟他俩分别成婚了。

沮渠格尔和常会正在药房炮制药材，一听韩玉林说夫人要生了，来请大夫，沮渠忙穿戴好外衣，把所需的东西和药物装进皮囊，叫上阏氏一起打马来到右校王府。

自从妹妹走后，沮渠格尔在给女病人看病时，尽量地让妻子参与，一是一些女人的部位自己不好动手，二是想让妻子懂得自己养家的不容易，再说，她学后还能给女儿教些生活知识。

他和妻子赶到时，於维尔兰肚子疼得在榻上翻滚着，满头大汗地哭喊着。

沮渠让她躺好，检查了下说：“还得会儿！”

一阵疼痛过去，她噙着眼泪问：“大叔，不是说、二胎生得快吗？”

“谁说的？”

“梅尕姑姑！”她刚答完肚子又疼开了，“啊……疼死我了！”

他对妻子说：“你检查下，看怎么样。”

她给她检查了下说：“娃娃头发出来了！”

他对她说：“尔兰，吸口气用力！”

於维尔兰吸了口气，抓住男人的手，用力哭喊：“生、了——”

娃娃呱的一声落地，阿妈力气用尽，无力地闭上了眼。

李陵流泪亲了下她的额头，泪滴在了她苍白的脸上。

沮渠给娃娃剪了脐带，处理好脐口，包裹好。

於维尔兰睁开疲倦的双眼。

沮渠告诉她说：“恭喜公主，是个女娃娃。按大汉人的说法：一儿一女一枝花，太好了。”

於维尔兰瞧着娃娃幸福地笑了。

李陵伸出双手紧紧握住女人的双手感激地说：“谢谢！”

九十四　贝加尔看妹

李陵紧抱着新生的女儿，自己如今是儿女双全的人，可他内心却是高兴和苦涩并存着。

突然，怀里的娃娃“嗯啊嗯啊”地哭了，他忙把娃娃放在妻子跟前，娃娃却不哭了，他不明白地瞧着自己胸前和双手。

沮渠瞧着李陵微笑说：“你是把娃娃抱得太紧，把她弄疼了！”

李陵尴尬地笑了。

於维尔兰亲昵地说：“还不快叫厨房给大叔大婶做吃的！”

沮渠忙说：“不吃了。你得赶紧给尔兰搞吃的，她刚生了娃娃，肚里空饿！我们园子里还有活计，告辞了！”

沮渠两口子说着拎着皮药包就走。

“大叔大婶，吃了饭再走！”李陵忙拦住说。

“家里活太忙，病房里还住有病人！”他们硬是走了。

李陵朝着院子喊：“玉林！”

韩玉林端碗奶酪拿着两个白面馍馍从灶房出来：“来了！我媳妇给大嫂把吃的早准备好了！”

跟着李陵来的五位青年护卫者，在来前下部落教胡人种地的同时也都找到了媳妇，都带着家眷来住在右校王府附近，便于联系。

沮渠萨满看卫律真的有了悔改之心，也就上心给其治病调养，经过整个春夏的医治，现在卫律好多了，能骑马了。

不过他还是没有完全恢复，活动时间稍微一长，就困乏并周身疼痛。沮渠格尔说：“看来，要彻底好，我还得亲自到你出事的地方去作法驱魔！”

关键是他想亲自去看看苏武和妹妹一家人。虽然李陵和於维尔兰回来说他们过得不错，但他要亲自到贝加尔海看看才能放心。

卫律要派军人护送，沮渠拒绝说：“人多，目标大！恐再发生啥事情！”

卫律把他从丁零骑回的那匹马让给沮渠，并且让他给主人带了银两表示感谢，还说主人家见马和银子会帮助他的。

沮渠带着李陵的护卫韩玉林和常会，在初冬的寒风中出发了。不过天气很好没有下雪。八天后半后晌，他们来到贝加尔海苏武他们住的地方。

沮渠兄妹俩一见面，都激动得泪流满面。

常会一见苏武，流泪喊声“大哥！”就跪地泣不成声了。

苏武瞧着沮渠兄妹俩叙别后之事，把房间火塘里柴架满，拉着常会进灶房，边煮肉筛酒，边叙后来的事情。

刘勇义和吴胜一见韩玉林，兴奋地你打我一下，我捶你一拳，高兴地闹了会儿，坐下叙说着各自的媳妇和家事。

第二天，沮渠格尔把卫律在丁零的遭遇给苏武说了，并且说了自己能来的缘由。

“这家伙搬起石头砸了自己的脚，是自作自受！”苏武风趣地说，“不过，你这萨满也够意思，竟敢把卫大将军给耍了！”

“看来他这回像是真的懊悔，要做个人了！”沮渠笑说。

"我看这狗，是改不了吃屎的！"苏武说。

"我平时不太骑马，这次长途骑马到这里，还真的有些吃不消，还要去丁零，竟有些力不从心了！"他想和他们多待几天，多说说话。

"我看这样！"苏武沉思下说，"这里距丁零只有三四天的路程，让这里的两个年轻人和韩玉林、常会他们一起去！"

"这能行吗？"

"这有啥不行的！不就是搞迷信作法吗，他们一定比你搞得好！"苏武笑着说。

沮渠格尔哈哈笑了。他很佩服苏武，这事情按他的安排做，不会有错的。

苏武把他们四人叫到一起，如此这般地叮嘱了又叮嘱后说："你们几人都是训练有素的士兵，也都会动脑筋，我只是说个大概，你们要按照临时情况来灵活对待！"

负责人刘勇义表态说："大哥放心！我们会看情况办事的！"

第二天一早，天气晴朗，可是寒风呼啸。他们收拾好行囊，带着帐篷吃用打马启程了，三天后的半后晌四人来到丁零。

这个镇子一片破败荒凉，三两家土豪穹楼立在稀疏破旧的牧人篷帐中显得很是特别。街上一人高的枯干荒草有的被压倒，有的还高昂着头。王府烧过的迹象还存在着。

他们按照苏武的安排放开沮渠骑来的马，老马识途回到了家。

他们跟着马也来到那人家，送上卫律谢银说明来意，一来是感谢主人，前来还马；二来是为那晚死的军人做法消孽。

二十五六岁的主人,人高马大的腾虎咆问:"那天一早借马的人,是何人？"

刘勇义说："是你们的丁零王爷卫律！"

"俺的阿妈呀！怎的，是他自家的人要除他？"腾虎咆眼睛瞪得鸟蛋大。

"你知道是他的家人要除掉他吗？"刘勇义问。

"那天傍晚，来了队官兵，要住王府。可是王府是这里的恶霸卫胥山在侄子娶亲失踪后才强占下的。"

"那卫胥山有家吗？"

"他的穹楼是这里最好的！"

"那他为啥还要抢占王府？"

"想当王爷呗！"腾虎咆说，"他是卫律的本家碎叔，被卫律赶出王爷府很是愤怒，夜里叫人放火烧王爷府，本是想吓唬王爷一下，谁知我的那些人却干了件天大的实事。”

“烧五十多人，就有人敢帮他吗？”刘勇义问。

“他是答应给放火人每人给五只羊的。”

“那卫胥山在这里为人怎么样？”刘勇义问。

“无恶不作！”

吴胜沉思着突然问腾虎咆：“叫你当这里的临时王爷，你愿意吗？”

“这——”腾虎咆想想说，“俺这里牧人想组织起来推倒他，可他家里有队伍搞不成！”

“是你组织的吗？”他问。

“俺们这些穷苦牧人，都是给卫家牧牛放羊的，连饭都吃不饱的！”腾虎咆控诉说。

“我看你家还有马呀！”刘勇义说。

“俺每年都是赛马射骑第一，他能用得着的！”

“那你怎的还对他不满？”刘勇义问。

“俺也是穷苦的牧人！”

“那晚上放火，你去了吗？”吴胜问。

“放火那晚吗？”

“对！”

“俺看见他来找，就悄悄藏起来了！”

刘勇义想，这小子还真鬼。有心眼儿，也有自己的想法，也能为大家着想。

他对他说：“我们的第一件任务已经完成，现在开始说第二个任务。”

腾虎咆问：“现在就作法吗？”

“对。趁着天还亮着。”

“要不要告诉卫胥山？”腾虎咆问。在他想来，应该叫卫胥山的。

“你们这里的临时王爷，卫胡里不是失踪了吗？”

“我知道了！”腾虎咆点点头问，“还需要俺做啥事吗？”

“你不怕受牵连吗？”

“俺一个人吃饱一家都不饿。俺看你们是能行人，跟着你们走还不成吗！”腾虎咆认真地说。

“好样的！”吴胜说，“你先给我们弄柴火来，先在王府废墟上架起大火。”

腾虎咆带着他们出来，掀开帐篷前石头压的一大堆干草，下面是一大摞劈柴：“够吗？”

“你一个人生活，怎的准备这么多柴？”刘勇义问。

“一个人也要吃饭呀！这里寒天很长的。”

“会生活！”刘勇义赞成地拍拍他的肩头，对三位弟兄说，“来！咱们把这柴搬到废墟上去！”

九十五　扫平道路

腾虎咆说：“这么多柴，用马驮省力！”

他进屋拿来几根皮绳子，把柴捆好，抬着搭在马鞍上，几匹马两次就驮够了。

吴胜脸上贴着白绸布画的鬼脸只露眼鼻口，穿好在家准备的毛朝里光皮朝外，上面贴缝着花花绿绿布块绸子条的袍子，真的像作法的巫人一样。

寒风中，大火啪啪地烧起来。

常会敲着铜盆，韩玉林敲着碗碟。

在嚓嚓叮叮的韵律中，吴胜围着大火堆跳着大神，呼喊着连他自己都不知道意思的话语。

腾虎咆打马在镇子里喊：“在王府看热闹了！在王府看热闹了……”

全镇的男女老少闻声出门，不怕寒冷都朝王府地奔来。

卫胥山闻声也带着儿子孙子和家人来了。

镇子里好容易有了热闹的日子，人们不怕寒冷，几乎家家倾巢出动。

刘勇义看着一大片的男女老少，以主持者的身份，挥手叫吴胜他们停下。

他宣布说：“丁零的朋友们：不知大家还记不记得，开春前，卫律卫大将军带着队伍回来，住在王府，一夜之间，人和穹楼都成了灰烬。”

有几位纷纷说：记得，记得……

“记得就好！卫将军托梦给我们，说他在这里遭遇火灾了，叫我们来给他超度！现在开始！”

碗盆敲响，吴胜呼喊着围着火奔跑，时而站定叨念，叮铃铃，零零丁，众位神仙下来听……时而奔跑呼喊：拿我们命来！淅沥沥哗啦啦，消除妖孽……

卫胥山瞧着作法的萨满，总觉得他是朝着自己方向停下呼喊的，做贼心虚却仗势怒从心起，上前恼怒质问："何方妖士，在我的地域撒野？！"

刘勇义上前拦住，和蔼地问："这位老兄，请问你是——"

"丁零的总管，卫胥山！"他反问，"你是何人？"

"丁零王卫律卫大将军的部下！"

"你们卫大将军——"

"我们卫大将军让我们来，为他死在这里的部下作法超度！"刘勇义义正词严。

"你们将军不是死了吗？"

"可他灵魂还在呀！"刘勇义将计就计，"是他冥冥之中，托梦让我们来的！"

"你们来这里，为何不报告本总管？"卫胥山傲慢地问。

"我们将军就是这里的王爷，你还得听他的。他回自己的家，为何要给你报告！"刘勇义也不客气了。

卫胥山对身边八九岁的孙子说："快回去把队伍叫来！"

腾虎咆拉马过来对卫胥山说："阿叔，我骑马快，我去！"

他走时故意用胳膊肘蛮横地碰了下刘勇义，刘勇义对他眨下眼睛。他打马走去了。

吴胜三人各干各的，没有停下来。

不一会儿，卫家的家丁三十多人拿着大刀斧子，凶神恶煞地奔来。

卫胥山命令："给我把这几个外乡人收拾了！"

他们蜂拥而上。刘勇义一声口哨，从肩背后抽出大刀，吴胜他们三人扔掉手中的东西从腰里也抽出大刀，四人迎着他们而上，灵活地跟他们砍杀起来，人们见状，都纷纷逃离回家了。

卫胥山也让儿子带着孙子回家了，自己留下督阵。

场子腾开了，他们四人大展身手。训练有素，就是训练有素。人虽少，对付这些乌合之众却不在话下。

四个人左砍右杀，刀刀不虚……不到半个时辰，太阳还未落下，就结束了战斗。

卫胥山一看自己的队伍被解决，想悄悄溜走。早就注意他的腾虎咆，一个箭步上去抓住他，朝吴胜面前一扔，吴胜一刀砍了他。

刘勇义问腾虎咆："他家还有什么人？"

"一个儿子，儿子的阏氏，一个不到十岁的孙子，还有一个小孙女。"

"那——这样吧，他们家现今暂时也不会，也不敢再像过去一样霸道了。

我们也该给卫将军家留下后人不是。”刘勇义讥讽地说。

因为这次是奉了卫律之命明目张胆前来作法的，是不怕卫律亲自调查的。

刘勇义对腾虎咆说，“我们以卫将军的名义出个告示：宣布你为这里的总管，你可要为大多数的牧人做事呀！”

腾虎咆立即答应：“好！”

刘勇义想想问：“咱们在一起把大事都做了，我们还不知道你的名字？”

“腾虎咆！”

“是老虎咆哮的意思吧！”

“好像是吧！这是俺小时候，阿爸带我到海子边放牧，遇到一汉人阿叔给起的名字！他还说，要俺长大多为牧人做事！”

“太好了！我们这几人，都是你的汉人阿叔！”吴胜问，“你有信心干好这总管吗？”

“有。”腾虎咆想了下说，“可这也得王庭有人支持才成。”

“我们几个王庭人都支持你！”刘勇义说，“今天晚上我们住在这里，给你撑腰、壮胆！”

“俺家也住不下呀！”他担心地。

“我们自己有帐篷！”

“那你们夜里睡觉，我给你们站岗！”腾虎咆沉思会儿，高兴地问，“我能把镇里的朋友们，带来见见阿叔们吗？”

“能！”吴胜说。

腾虎咆瞧着面前横七竖八的死者沉思地说：“我看现在得把这里清理一下。”

刘勇义冷厉的目光直视着他：“你现在是这里的主管，怎么处理由你！”

腾虎咆二话不说，把柴都加在火上，粗壮的双臂用力地把死人一一拉来扔在火里，大火随着风势更加旺了。风和火能打扫战场。明天这里仍旧是和过去一样的废墟。

刘勇义瞧着腾虎咆如此地干脆利落很是欣赏。这小子是个能干大事的人，也能叫这里牧民的日子红火起来，让这里好起来。

腾虎咆收拾好战场。

刘勇义他们拉马回来，在腾家旁边搭好帐篷。常会做饭，另外三人把帐篷周围围结实，铺好狼皮褥子，躺下休息。

这一折腾，人也困了，马也乏了。

接着他们做饭的做饭、喂马的喂马，自觉分工合作。

饭后，他们将要睡觉时，腾虎咆带着十几个年轻的牧人来给他们介绍说：“这几位弟兄都是我的好朋友，也都是想过好日子的好朋友！”

“其实大家都想过好日子，卫家人太残忍霸道，牧人都得给他们干活！”他们其中一位年轻人伤心地说，“为了我能长大，阿爸阿妈经常饿肚子，后来慢慢病就死了！”

大家纷纷说的几乎都是一样的悲惨。

有一位说：“我今年夏天去了坚昆，坚昆汉人大叔自己种地放牧，还帮助胡人种地，我们也想做这种人！”

听了他们的叙说，刘勇义明白了。他问他们：“叫腾虎咆做这里的总管，你们愿意吗？”

“愿意！”他们异口同声。

“那，你们要支持他！我们也会支持他的！我们几位都是坚昆的汉人。咱们是隔壁的。明年开春，我们会派人来帮着你们种粮食的！”刘勇义诚恳地说。

这是苏武的一个策略，让这里的汉人扩大影响，和这里的人齐心协力才能站稳脚跟不受欺负。

他深知李陵的境遇和性格，既然无奈和大家沦落在胡地生活，就是以后大汉请他回他都不会回去的。

世事难料，要是匈奴换了大单于，也不能保证他在王庭讨得平安生活。苏武想借着沮渠萨满带人去丁零为卫律作法驱魔，为贤弟扫平以后的道路。

九十六　怎么办

如果，匈奴北方这相连着的坚昆和丁零，两个最大的封地都归李贤弟指挥的话，这里就是最大的退路。这地方西面就是张骞出使西域之口岸地，以后说不定就可回归汉地了……

沮渠格尔来这里，看了妹妹和苏武的生活比他想象的好多了，和平常的牧人生活没有多大的区别，甚至比他们生活还好，也就不牵肠挂肚了。

这里，尽管是寒天，太阳依然凄清，到处都是白雪。只要是晴天，没有大风是阻挡不住人畜行走的。

苏武两口把近三岁的妞妞托付给得得纳和伊玛照看，陪着沮渠格尔来到贝加尔海。他们把海边坡上的住屋清扫干净，加柴点燃火塘，在温泉泡过澡后，就住下看海景。

最近正是贝加尔海将要冰封的时节，太震撼了。第一天来，看见的是一望无际的清澈透亮，深不见底的海水。太阳、蓝天、白云在里面游弋嬉戏。

第二天一早起来，无际的水面，变成了白色纱绸般的无尽皱褶。太阳照在纱绸的皱褶上，反射成五光十色魔幻般的画面……

沮渠格尔在苏武两口子的陪伴下，欣赏着这美妙的一切，高兴极了。他指着远处晶莹剔透的冰块，在阳光下泛着淡红色的动物形象，兴奋地说："看！那头牛多健壮，真像活的一样！"

不一会儿，他又指着另一处泛着紫色的大树说："看，快看！那边的大树，开着紫色的花，长着紫色的叶子！"

他每转一个角度瞧着都是不同的东西，兴奋地说："自然真是奇妙的。"

苏武说："夏天才好呢，有机会把家里人都带来，住段时间好好欣赏下！"

"这里夏天凉爽不说，能吃上海子里的好多种鱼虾和海菜，真的是美味！"梅尕对哥哥说。

"这里真的不错！我在家还担心你们会饿死呢！"沮渠笑着说。

"我刚来的那个冬天，这里荒无人烟；每天都是寒风怒吼，雪大如席，地里陌生，无衣无食的，我想，我真的要饿死了！"苏武伤感地说。

"你现在觉得怎么样？"沮渠问。

"现在觉得这里就是家，是自己的家！"

"那你还回大汉吗？"沮渠微笑着问。

"回大汉是我的宗旨！要是有机会，是定要争取回去的！"他瞧着远方沉思。

梅尕瞧着自己的男人："你回了，我们怎么办？"

他没吭气。

梅尕看男人不回答，刚要开口。

沮渠截住妹妹的话："人都是爱自己的家乡的！"

苏武看见薄冰下鱼在游动，在马上拿下自制的小渔网，马鞭戳破薄透的冰面，下了网，把网绳拴在岸边的小树上。

"这样能成吗？"沮渠问。

“咱们一会儿过来，就有鱼吃了！”

沮渠想，这里除了偏远极寒荒凉、人烟稀缺外，有山有水，还真是个不错的地方。再说，这里风不是很大，海子水深，空气湿润，好像比此时的哈拉和林温暖一些。

“哎！梅尕，你发现没有，这里冬天比哈拉和林温暖一些！”

沮渠说。

“好像是吧！这里有遮挡，风不是太大，可是深冬也是冻死人的。”

晚上，他们安排好沮渠休息后回到自己的房子。苏武给火塘里加了几捧劈柴，脱衣上榻。

梅尕已经脱了衣裳在被窝里等待着。

他躺下后沉思地说：“哎，我一到这里就想起了老伯，咱们明天去他老人家坟上看看吧！”

“我也想他老人家了！他为我们做了好多事情。”她蹭在他的胸前说，“我也想你！”

“我不是在你眼前吗！”男人说。

“这可是你说的，那我就不客气了！”她亲了下他，“呵！你这胡子真扎人！”

“有没胡子的地方呀！”

“好容易娃娃不在，就是扎我也要和你一起！”她起身亲开了他的胸脯。

他忍不住把她搬倒，压在身下就开始了。

“你咋变得如此的粗鲁？”

“你不是等待着吗？”

是啊，她是时刻等待着他这样的！自从第一次就怀了娃娃后，她就常提醒他要克制；有了娃娃后，自己经常为了娃娃而忽视了男人；再后来李陵来访，他都是在情绪压抑中发泄……

这次难得男人主动！女人想到这里，双手抓挠着他的身子。刺激得他的嘴亲蹭着她的脖子……

女人也仿佛跟男人打仗似的，你来我往地对着干开了……

当男人和女人大汗淋漓地躺在榻上，男人问女人：“够了吗？”

“能够吗？”她乜斜着他，“你真的很男人！”

“是啊！我以前总是光想着自己心情郁闷，在你身上发泄，没想到你的感受！”

“你就是那样，我也愿意。”女人爱一个男人就是这样的。

“那今天呢？”

“你高兴这样，我也高兴！”女人说。

“我要你的真实感受！”他有些生气了，“你不能老是讨好我，你是你自己！”

“那好，我就说了。”她说，“刚才不是你的本性！”

“人，也是动物，也是有兽性的，我也一样！”男人说，“我今天真的忍不住了！”

“我喜欢你这样！”女人依在男人的怀里，“不过我觉得，牛羊肉使你很受用的！”

“你喜欢就好！”他亲了下她。

“我还要！”

他们两个又无拘无束地镶嵌在一起……

苏武他们从贝加尔海回来的第二天，刘勇义他们也回来了。

他得知他们干得很顺利，酒肉款待着几位年轻人。

苏武从常会口中得知，跟着他一起来的百十位军士，如今沦落为各部落的奴隶，心里很难受。他无自由更无能为力，怎样才能让他们的境况改变些呢？

他瞧着刘勇义他们，对，求李贤弟想办法帮助他们改变生活状况。

沮渠格尔和韩玉林、常会他们要起程回哈拉和林，苏武写了封信让韩玉林直接捎给李陵，为不给别人留口实，最后注明：看后毁！

李陵看了苏武的来信，得知内容立即烧了信。

如何才能把苏大哥带来的士兵，做奴隶的境况改变一下……这是个敏感的事情，还不能让大单于和卫律知道，怎么办？

九十七　男人想通了

李陵绞尽脑汁，不管怎么想，现在是一点办法也没有。唯一的办法就是等待明年开春，自己再派一拨人到各部落去指导种粮，想办法把这些人弄出来教牧人种粮食，境遇也能改变些。

天整整阴了一天，第二天后晌，起风了，大雪铺天盖地而来。

苏武和刘勇义给人看病未回。伊玛快生了，肚子大得站起瞧不见自己的脚尖，身子笨重走路都有些困难。她没有阿妈，生娃娃用的都要自己准备。好在她常和师傅外出接生，知道该用什么。

伊玛在榻上坐着，撕扯着夏天洗干净晒干了的羊毛，忽然肚子疼了。

这许是就要生了。

伊玛下榻沉重地走到门前拉开门，被风雪击倒滚在地上，她对外面大声喊着："师傅，师傅！救命！"

伊尔得正在隔壁喂牲口，听见女儿的喊声，扔下手里的东西，奔回来瞧见女儿倒在血水中，忙搀扶女儿："我扶你到榻上！"

伊玛咬牙忍痛："我要生了！快叫我师傅！"

伊得尔奔出门，敲开梅尕家门："快！伊玛要生了！"

"大哥，你先给我看着娃娃！"梅尕抓起药囊奔出门。

梅尕进门把伊玛用力搀扯到榻上，垫上羊毛垫子，让她躺好；关上门，给火塘加了几捧劈柴回来，只听伊玛拼力喊了声："啊——"

接着娃娃就出生了。

梅尕抱起娃娃一瞧，高兴地说："是个女娃娃！伊玛，你看，长得多好看。"

按理说娃娃一落地，阿妈肚子里没东西了，就轻松不疼了，可是伊玛肚子继续疼着，比原来还疼。

她疼得哭喊起来："啊——师傅，肚、肚子疼、疼！啊……"

生下了一个伊玛的肚子并没有小多少，仔细一检查，梅尕发现同衣胞还有一只管子连在伊玛肚子里，双生子！

她鼓励她说："伊玛，还有一个！你吸口气，憋住气，朝下用力！"

谁知，她刚才跌了一跤，水破了，已经流得差不多了，第一个娃娃随着水流下来，肚子里水很少，要干生。

这干生，产妇就疼得生不下来。这要是时间一长，大人和娃娃性命就难保。

伊玛疼得嗓子都哭喊哑了……

这怎么办？梅尕没遇见过这种情况，急得头上冒汗，奔出门叫得得纳过来帮忙照看娃娃和产妇。她进灶房提罐菜籽油过来，右手抹上油，小心地伸进伊玛的下身，她疼得惨叫一声。

她安慰说："忍着点，这就好！"

梅尕手抓了把油缩手伸进，用油润了润通道，压住心里的慌乱说："伊玛，吸气憋住，用力！对，就这样！用力！"

她的另一只手按在产妇的肚子上朝下用力推着，满头大汗却告诉自己不能慌乱。

她硬是沉静地不住地叮嘱着伊玛："伊玛不敢迷糊！吸气……出气时朝下用力！眼看娃娃就出来了……"

听到师傅的鼓励，伊玛咬着牙憋着气狠狠向下用力，一阵撕心裂肺的疼痛后突然轻松了。

"好好，生出来了！"梅尕双手接住娃娃。

满身汗湿的伊玛竭尽了全身力气，脸上毫无血色地昏迷了。

梅尕吩咐得得纳："去给伊玛做点吃的！"

第二个是个男娃娃，落地不哭，梅尕倒提双脚，在屁股上拍了两下，小家伙嗯啊嗯啊地哭了。她接着给两个娃娃剪了脐带，把脐口贴上羊毛灰包好。

梅尕把两个娃娃包裹好，放在伊玛面前："伊玛，睁开眼瞧下，你看，这两个小人儿睁着眼睛，看你这个阿妈呢！"

伊玛闻言拼力睁开无神的双眼，一瞧面前的两个娃娃，眼睛发出神奇的光，咧着嘴无力地笑了。

梅尕怕伊玛大出血，给她喂了颗自己配的女人生娃娃后用的止血药，收拾好一切，叫醒伊玛，和得得纳给她喂着羊奶和麦面馍馍。

这还是刘勇义那次去坚昆拿回来的麦面，她一直舍不得吃。

天黑时，苏武和刘勇义冒着大雪回来。刘勇义一进家门，看见烛光下，伊玛躺在榻上，师傅梅尕给她喂吃的，吃惊地问："伊玛，你咋的了？"

梅尕说："快来瞧瞧！"

刘勇义来到榻前，看见榻上还有两个小人儿，瞧瞧伊玛的肚子，惊异地问："怎么，一下子生了两个！"

"还是一女一男！龙凤胎！"梅尕兴奋地回答。

他高兴地抱着媳妇亲了下，伸手想摸娃娃，手在自己脸上试下还是很凉不敢摸，只是开心地对着两个小家伙轻轻地吹口哨，逗他们。

梅尕推了下他说："快去吃饭！回来继续高兴！"

"听师傅的！"刘勇义抑制不住高兴地在媳妇的脑门上狠亲了下，出去吃饭了。

饭后，苏武躺在榻上，今天真的累了，整整地跑了一天。后晌又是风雪，回来时真的很难行走。

梅尕收拾好锅碗回来说：“我给你捏捏背吧！”

苏武趴在榻上，梅尕给他捶捏着肩背。

“真舒服！”他不禁高兴地问，“哎，你说伊玛怎么这么争气，一下子就生了两个，儿女都有了！”

“怎么，你也想生？”女人笑着。

“希望寄在你身上！”男人问，“咱们陪着沮渠从海子回来，有一个多月了吧？”

“啥意思？”

“我想，你该有动静了！”

“啥动静？”

“你也该怀上了吧！”

“怎么，想要儿子了？”

“是啊，李贤弟都两个娃娃了！”

“我年龄大了！”女人说，“我现在发现，女人越年轻，生娃疼的时间就越短，生娃娃就越快。”

“那就是说，你不想生了？”男人有些失望。

“我巴不得多生几个，一家人多热闹！”梅尕想想，忧虑地说，“你终究是要回大汉的人。”

“这不是还没回吗！”

“你要是不回，咱就生！”梅尕不给他捏了，冷着脸说，“睡觉！”

女人躺在一旁背对着男人闭上了眼睛。

男人看女人不高兴的样子，在背后搂住她说：“咱不生就不生，有一个娃娃就行了！”

“其实，冬天漫长严寒，外出不成，就是睡觉怀娃娃的时候。”梅尕感到口渴，“我想喝水！”

男人起来，在火塘边的陶罐里倒了碗水：“来，喝。”

女人起来，男人给喂着，不知咋的女人呛着咳了几声，接着干呕起来。

女人右手把着自己左手腕的脉搏，过会儿左手又把把右手腕的脉搏：“不对，我怎的如此？”

“怀上了吧！”

“你怎么知道？”

“别忘了，我也是萨满，你已经快两个月没来那个了！”苏武笑着说。

她表情怪怪地注视着他。

“你这样干什么？”

“我感到你这人太可怕了！”

“我只是善于观察和总结罢了！”苏武搂着梅尕说，“我爱你，也爱娃娃！不过，我现在很想和你睡觉！”

她惊讶地盯着他。

“你这么看我干啥？”

“我觉得你今天，一定受了啥打击？”梅尕怪怪地瞧着男人。

“怎的，男人只有受了打击，才要睡自己的女人？”男人不解。

“对于你来说，是这样的！”女人反击。

“以后只要你愿意，随时都行！”男人说，“可是今天不行，我要保证媳妇和娃娃的安康。”

女人想，这男人终于想通了，既然回不了家乡，还不如在这里高兴痛快地生活。

“今晚上我也不愿意！”

女人把娃娃放在中间，隔着三岁的女儿，男人和女人的手紧紧地牵在一起安静地睡着了。

九十八　遇遭难同伴

开春了，沮渠的果树、药材基地忙开了，自从去年梨树结果以来，这里忙了许多，光开春修剪果枝就是个时间很紧的事情。

这两年，常会和赵根儿分别成了家，和沮渠家，成了三家人。

他们还盖了几间房子，做医馆，并且养了百十头牛羊和马匹。

沮渠格尔的儿子十六岁也成人了，父亲给他给取家名和汉的谐音名为胡犴，希望儿子像胡地的犴鹿一般强大，敏锐。

沮渠胡犴长得快和父亲一样高了，也继承了胡汉男子的优点，既有胡人的彪悍又有汉人的文静，很是帅气。

他的记忆力很强，常会教的汉字和汉文，既能写又能背诵。现在，他不但跟着常会和赵根儿学习栽培嫁接果树和种植药材、粮食，还跟着父亲学习给人畜看病，且很用功用心。

这天，早饭后，沮渠格尔送十多岁的女儿到右校王府，让於维尔兰给女儿教习武艺。其实，他是想让女儿顺便跟着李陵习武。沮渠觉得女人学了武艺，就能独立，以后不会被人欺负。

他送女儿走后不久，常会、赵根儿和沮渠胡犴放好牛羊，拿着剪刀和斧子准备下地给果树剪枝。

一胡人骑着马，前面抱驮着位满脸是血的病人，飞奔而来抱人跳下马："请沮渠萨满，快给医治！"

沮渠妻子瞧着满脸、满胸全是血的伤者，男人不在家，吓得说："我们这里医不了，请到首府找大萨满吧！"

"遭狼咬伤，首府无人可治，俺是慕名而来！"胡人着急地说。

胡犴一听忙对他们说："阿叔，帮忙把伤者抬进医房暖和着！"

阿妈忙阻挡："不行！你阿爸不在家！"

"你没看伤者已经奄奄一息，再折腾到首府，就没命了！"他吩咐说，"常叔，你去搞盆盐巴水！"

常会知道这是洗伤口和消毒用的，必须是开水加上适量的盐巴。他洗干净铜盆，放上盐巴，提起火塘边烧水陶罐，倒了小半盆开水，端在外面凉着。

伤者骨瘦如柴死人一般，身着破羊皮袍子光皮没毛，光着双枯瘦如柴的脚。

胡犴摸摸他的脉搏，耳贴在他的胸膛仔细听着……脉搏微弱得几乎摸不到，心脏还在微微跳动着。

人没死，就是折腾时间长，失血过多，深度昏迷。

胡犴取出父亲亲自炮制的消毒丸，用开水和成糊糊，给伤者轻轻擦洗了伤口……伤者原来是位瘦弱的中年男子。狼一口咬住了脸和耳畔，只是咬撕下皮肉，没有伤着血管。

看来，他是侧身睡着遭狼咬的。多亏发现得早，狼还没顾得上换口。要是发现迟些的话，狼一换口叼着脖子，咬断气管或者血管，就没命了！

其实他并没有见过狼，这都是听父亲讲的。他用羊骨针、羊肠线给伤者缝合了伤口，糊上药，用白葛布包缠好后，给他嘴里塞了颗父亲做的救命丹，坐在他跟前观察着。

伤者在温暖的房间里，慢慢地苏醒了，睁开已经肿得只剩下一条缝隙的眼睛，瞧着陌生的人陌生的地方……他发现了常会，嘴唇动了动。

胡犴朝外面喊着："送人的人进来，你家人醒了！"

没人回应。赵根儿出门一瞧，送人来的胡人，连人带马都不见了。

看人醒了，常会回家端了碗热羊奶来，拿了只细草管喂他喝着。伤者的眼里涌出了泪水。

常会拿了块包扎带，轻轻给他擦了泪说："在这里好好治伤！"

他瞧着他，眼泪泉涌，说不出话，手无力地抓住他的手。

常会奇怪地问："你认识我？"

他头动了下。

莫非是我们一起来的士兵？常会轻轻扒开他的上身，里面是破烂不堪，分不清颜色的葛麻布内衣。破衣胸前有用针绣的汉字，隐约能看清是"兵"字。

真的是我们的人，只因很消瘦，头发脱光了，头脸肿着，看不清是谁，知道是同伴就够了。常会不由得鼻子一酸，搂抱着他泪如雨下。

赵根儿忙出去拿来自己的衣服，拿了只木桶，兑了热水要给他擦洗换衣服，他不洗不换兵内衣。

常会含泪说："我知道你的意思，只有这衣服代表着我们是汉人、是汉兵！不过这里暖和，给你擦洗下身子，换下内衣，洗干净，还你就是了。"

他才同意擦身子换衣服。

第二天伤者好些了，断断续续地给他们讲了自己的遭遇：

他名叫陈谦，是一起跟着苏武出使匈奴的兵士。苏武被流放后，他们都被打散到匈奴各部落做奴隶，他被分到胥山里的一部落，由于语言不通，主家让他放羊。

五年来，自己都是不辞劳苦地赶着羊群，到距王庭近的地方来放牧，想借机遇见同来的伙伴或大汉的人，却一直没见到过。他不死心，今年开春早早就做准备了。

这不，他赶着羊群走了十几天，刚到牧地圈好羊群。晚上在道边搭好帐篷睡到半夜，就听见牧羊犬吠声急剧。惊醒了他。

原来遭遇到狼群。

自己起来提上木棍和羊鞭来救羊。这羊要是少了一只就得赔，没法赔就得受主人非人的打骂责罚，不给饭吃，自己已经有过一回教训了。

狗被狼群咬死，自己拼命救羊，被一只狼压倒……多亏有一胡人兄弟赶夜路经过，才救了他一命。

陈谦含着泪说："多亏遇到了狼群，不然的话，我恐怕到死也见、见、见不到兄弟们了！"

他们三人回想着来后的遭遇，抱头痛哭。

自己出了事，一群百十只羊成了没主的物怎么办？陈谦很着急，常会跟沮渠说了情况。沮渠想想，让常会和赵根儿去，道路不熟悉不行，他决定和常会一起立即出发。

他两人按照陈谦的叙述，经过一整天的寻找，终于找到有一条道路能到的地方，找到羊圈，找到了已经失散了一半的羊群，两天后他们把五十多只羊赶了回来。

陈谦在这里养伤，很是愉快，特别是听说苏使节还活着，有了能回大汉的希望，他的伤好得更快了。伤好后，脸到耳畔留下了一条疤痕。

这条疤痕，几乎占据了陈谦的半个脸。多亏胡犴缝合得很细心，每次换药消毒到位，疤痕虽长，拉扯得不是很皱，比较平展，没有失掉原貌。

瞧着陈谦的脸面，沮渠格尔夸儿子说："儿子，好样的！医技比阿爸好！"

"这也是狼扑倒人后，遇救得及时！"儿子谦虚地说，"第一次遇见这样的重伤，我怕自己搞不好，遭阿爸训斥，才很用心！"

"臭小子！长大了！"儿子的医技见长，沮渠高兴极了。

九十九　丁零新主管

初春，李陵带着韩玉林等三护卫回到坚昆，看到连腿瘸走路困难的两位弟兄都有了媳妇，有了自己的家，很是欣慰。这都是苏仁兄支持鼓励的结果。

他跟大哥赵镇商量，今年让人到各个部落去指导种麦子，还有个重要的任务，就是要找到苏使节的部下，想办法把这些人带回来，负责指导种粮食。

安排好春种事宜，李陵带着韩玉林和护卫，马驮着去年坚昆丰收的麦种子，到贝加尔海看望苏武。

见到李陵的到来，大家很是高兴了一番。

苏武两口子得知於维尔兰顺利地生了个女娃娃，高兴地夸赞尔兰会生。

深夜，烛光下。苏武和李陵兄弟坐在热炕上促膝相谈。

苏武给李陵谈了以后要收纳丁零的建议和打算。

李陵感慨地说：“还是仁兄想问题全面深远，小弟这里感谢了！”忙下炕跪谢。

苏武跳下炕搀扶起他，生气地说：“你是我兄弟，不要动不动就下跪！”

“虽说胡汉两族都是大夏子孙，胡人和汉人是兄弟。如今的争斗是属两兄弟间打架，可你已经不能回汉了。再说，你在王庭做事也是暂时的，要想办法扩大自己的实力！”苏武沉思着说。

“那卫律未必会相让，我不想跟他争斗！”李陵无奈地说。

“卫律的势力在丁零已经全部丧失，上次刘勇义去作法，重新起用了新的总管，是个年轻人，叫腾虎咆，并且答应今春带着种子去帮助他们种粮食的，你来了，就省得他们跑坚昆一趟。”

“我带的种子是给你们的！”

“我们少留点，再从这里给他们带些苞谷、粟谷种子。”

“那你们的粮食能吃到秋天吗？”

“赶季节种粮要紧。我们吃的要是不够，我会让他两个去坚昆要的！”苏武说，“我说你也随着去趟丁零，表示自己的重视态度，顺便看看那个青年人。”

“好！”

两天后的大清早，刘勇义陪着李陵他们驮着粮食种子朝丁零进发。

李陵一行来到丁零，和腾虎咆相谈后，就喜欢上了这个干练的年轻人。

腾虎咆也很兴奋，真是名不虚传，李将军果真是爱兵爱民的将军，还亲自为丁零送来粮食种子和教种地的人。

去年夏天，他和朋友去了趟坚昆，看到那里汉人和胡人生活安稳，并且相处得跟兄弟一样。特别听到李将军为胡人着想，让汉人帮助胡人种粮、饲养的事情想，丁零啥时能这样就好了。

现在李将军和帮助的人就在眼前，他能不兴奋、能不高兴吗！

他立即向李陵表态说：“李将军，俺们这里的人一定听你的，跟着你干！”

说干就干，腾虎咆找来没有来得及外出放牧的人家，选地种粮食。这里的粮食实在是太缺了，牧人们不会种，过去想吃就得拿皮子到卫总管家去换。

粮食太贵了，大部分人都换不起。

如今自己会种就好了，今年要是有了收成，大部牧人生活也就会好些。再坚持两年，大家会好起来的。

卫律病好了，人变得大度了些，见了同僚没有了过去那般强势的盛气凌人。不过在他内心里还是想不通，为了父亲的遗愿，帮助自己的卫家人，到最后却遭他们的暗算，几乎送命？

他越想越想不通，就越生气。借着练兵，亲自带三位打手到丁零处理卫家人。他刚一到镇外，腾虎咆接到报告，骑上那匹马前来迎接。

腾虎咆他一见卫律立即下马行礼：“丁零总管，腾虎咆前来迎接卫王爷回家！”

卫律一看救命的马，知道这年轻人就是送马的救命恩人。他忙下马行礼说：“卫律前来感谢恩人！”

“小的不敢！请王爷到家里一叙！”腾虎咆礼貌地说。

卫律跟着到他家一看，还是过去的破帐篷，不同的是，破了的地方打上了补丁，问：“既然当了总管，怎么还住这样的地方？”

“这里人实在是太穷了。”他知道卫律为人狡诈，于是说，“王爷府被烧毁后，去年冬，王庭来人给王爷驱魔作法时，卫胥山带家兵前来阻挡，被作法者除掉了，卫家儿子带着财物和一家人连夜逃走了。”

“不知他们去了哪里？”

“有人说回到过去住的地方了！”腾虎咆说，“这里一时无人管理，牧人人心恐慌，俺就站出来为牧人安心、办事。王爷，你不怪罪吧？”

“不怪罪的！我来也是想让你出来管事的！”卫律一看他的救命恩人这小伙还是很懂事的，只是顺口一说罢了。其实来时并没有想到让外人来管理丁零的。

如今一看自己这封地一片狼藉萧条，也就不再追究啥了。

腾虎咆多了个心眼儿，他说：“王爷，这封地是你的，你回来出面主持，俺鞍前马后伺候你！”

“你在这里经管，我放心！不过，你可要按时缴纳贡税的！”卫律严厉地说。

“就这被刮了地皮一样的穷地方，还要缴纳贡税？”腾虎咆推辞说，“这我可不敢干了！我这人不会欺人，还是外出帮人放牛羊省心！”

卫律忙说：“腾虎咆，你先干着。我给你两年免贡税！从第三年开始缴纳。”

卫律看着这鸟不拉屎的穷地方，他才不愿意回来主事呢。

“那我先试试看，要是不行，你另派人来！”腾虎咆讨价还价。

卫律没吭气，出门带着随从在镇子里走了一圈，卫家的两座穹楼不见了，牧人们住的帐篷破旧不堪……这地方怎样才能治理好呢？或许交给这里土生土长的牧人管理，是个上策……

腾虎咆给卫律他们做了锅羊肉汤，只是汤，每人碗里只有一小块肉，他是主人，只有喝汤。

卫律吃着腥膻无盐巴、清汤寡味的羊肉汤，实在是难以下咽，放下碗问：“你平时就吃这个？”

“帮人放牧的奴才，能有这吃就不错了！”他喝着汤，“你看镇子里的牧人，哪个人不是青面寡色？我家里有这吃，还算我有本事！”

随从们看主人放下碗，他们也放下碗不吃了。他们一行告辞出了镇子，从马鞍上的褡子里拿出馕吃起来。

卫律嘴里嚼着馕想，看来这里人生活很苦……可在这严寒之地，物产贫乏至极，牧人的生活怎样才能好起来呢？

腾虎咆骑马赶上卫律他们，想礼貌地送他们一程，顺便为牧人要点支持，瞧着他们吃着干粮，没说什么打马回来了。他想，这个卫律和李将军他们不是一路人……

他本想带他们到湖边河边看下他们已经下种出了苗的庄稼，踌躇着，终究没有。

一〇〇　有儿子了

腾虎咆胸中有数了，要想让大家吃上饭，过上好日子，就不能指望卫律这样做官的。

他们在刘勇义和吴胜的指导下，在镇子周围，沿着河流两岸，湖泊旁边肥沃的地方挖整土地，分别种上麦子、苞谷、粟谷等种子，由于春季天气一天天变暖，都已出苗，且油绿茁壮。

腾虎咆赶着自己的三十多头羊不敢远去，只是在周围放牧。

他的主要任务是，看管好大家的辛勤成果——庄稼不受动物侵害。

瞧着一天天长高的庄稼，他心里升起了希望，以后牧人们吃饭问题解决了，镇子也就变活了……

时间过得飞快，转眼就又是冬季。梅尕快要生了，身子很笨重。

苏武把对外看病的事情交给了刘勇义和吴胜他们，自己在家照顾着妻子和女儿。

妞妞三岁多了，个儿比同龄娃娃高些，胖乎乎的。高鼻梁大眼睛，不大爱说话，脑子里却装着许多问题，经常问些不是她自己这小娃娃想的问题。

梅尕自从怀了娃娃后，男人不让她外出干活，她也闲不下，在家里不是做这就是干那忙碌着。妞妞也跟着阿妈后面屁颠颠地跑来跑去，问这问那的。

这天，天气尽管晴朗，可白雪封地、冷风飕飕，很是寒冷。

屋里火塘烧着，很暖和。

梅尕累了，躺在榻上休息。

这回怀娃娃的肚子比怀贝尔时大多了，还经常很乏累。她想真的是自己年龄大了。

女儿爬上榻，坐在她面前，摸摸她鼓鼓的大肚子，想想问："阿妈，你肚子里是啥？"

"是娃娃。"梅尕笑着说。

"我也是你肚子里的娃娃吗？"

"是的。"

"那我咋不在、你肚子里？"她稚气地问。

阿妈瞧女儿的样子笑了。

"阿妈，你怎的不说话？"女儿歪着脑袋瞪着大眼睛问。

"过几天你就知道了！"

"我不，我现在就要知道！"她噘着小嘴执拗地说。

"是这样的。"阿妈想想，双手比着说，"娃娃在阿妈肚子里要生长到这么长的时候，就钻出阿妈的肚子。你也是这么长时钻出阿妈肚子的。"

她懵懂地瞧着妈妈的肚子，小手轻轻地拍打着。

阿妈对女儿说："你来，耳朵贴在这肚子上听听，看里面在干啥。"

她耳朵贴在阿妈肚子上听着："阿妈，里面有脚在踢踏！"

"是啊。这是娃娃在活动。"

突然，梅尕觉得一阵难受，忙起身下榻站起来，只觉得肚子里一阵翻腾，突然肚子上方空落了，娃娃掉到了下面，看来就要生了。

她对女儿说：“快去叫你阿爸！”

妞妞溜下榻，开门跑到外面喊：“阿爸！阿爸！娃娃要钻出来了！”

苏武在对面房子里和吴胜闲聊，听见女儿喊他，立即起身出来抱起女儿跑进家门，瞧着妻子悠闲地在扫地，笑着问女儿：“妞子，你怎么会知道这？”

“阿妈说的！”女儿嗫嚅地说。

女儿话音刚落，梅尕就肚子疼了。忙对男人说：“送她去得得纳那耍去！你快回来，我要生了！”

苏武把女儿送到得得纳家和小弟弟玩，立即回家照看妻子。

第二胎比第一胎有经验了，梅尕尽管肚子疼却能坚持。她给自己身下垫上羊毛垫子，躺在上面深呼吸，攒着力气。

男人已经把剪脐带的刀用开水煮过放在眼前，把包裹娃娃的东西也放在顺手处，等待着女人的动静。

女人咬着嘴唇忍着疼痛，满脸是汗，尽量向下用力……

男人瞧着女人嘴唇咬出血，把自己的手臂递上，心疼地说：“别咬自己了！疼了，来咬这里！”

女人隔着衣服一口咬住男人的胳膊，用力地“哈——”一声，娃娃出来，呱呱地哭着。

苏武忙一瞧，是个男娃娃，兴奋地说：“带把的！”他忙给娃剪了脐带，给脐口敷羊毛灰。

女人感觉不对，肚子还是很疼：“哎，可能还有一个！”

男人，忙把娃娃包好放下，仔细检查女人的下身，是的，还有一个。

女人感觉到娃娃快要出来了。她猛地吸口气，咬着牙向下运着劲，一声大喊：“生了！”

第二个娃娃出来了，女人疲惫地闭上了眼睛。

男人怕女人昏死过去，顾不得娃娃，忙呼唤着女人：“梅尕！梅尕！”

“快，快看看、不哭的、娃娃！”女人睁开眼无力地说过又闭上了眼。

男人看着娃娃憋得满脸青紫，学着女人给别人接生处理不哭娃娃的样子，倒提着娃娃的双脚，在小屁股上拍了两下，娃娃还是不哭。着急地嘟哝：“这可咋办呢？”

女人对他说：“用劲拍！”

男人瞧着手里的娃娃，不敢下手。女人挣扎坐起：“给我！”

她咬着牙接过娃娃，倒拎着双脚，狠拍了两下，娃娃哭出了声。

男人小心地接过娃娃剪了脐带，敷好脐口，这是两胞同胎的双生。女人递过自己的一件内衣，男人把娃娃裹好。

夫妻俩瞧着眼前的两个带把的，相视笑了。苏武更是笑得合不拢嘴，我有儿子了，真高兴！

梅尕想，我为他生了两个儿子，我也真的高兴。

今年种粮食大丰收，试种的麦子也是大丰收。几家吃用的粮食和牲畜的饲料都不缺了，梅尕又添了双胞胎的儿子，大家都兴奋地嚷嚷叫苏武请客。

苏武高兴地酿好粟米酒，在娃娃满月这天，宰了两只羊一头牛，在伊玛阿爸伊尔得的指导下，挖坑灶烤全羊、办酒宴，给娃娃过满月。

酒宴前，苏武讲话说："前两年，咱们大家刚在一起，日子过得紧巴，吴胜和勇义都没有给娃娃过满月，今天，都给补上！咱们三家人在一起，好好地庆祝庆祝！"

伊玛阿爸端起酒碗，激动得热泪盈眶："俺伊尔得，做梦也没想到能过上今天的好日子！俺如今女儿女婿孝顺，还添了孙子孙女。俺真的很高兴！祝苏大哥长寿！祝咱们日子越来越红火！"

得得纳阿爸也端起酒碗，感慨地说："尔得大哥说出了俺得里木的心里话，俺高兴，很高兴！都端起酒来，为咱们的好日子，干！"

在座者都端起酒碗碰在一起，异口同声："为好日子，干！"

三家胡汉人家，亲人一样，一连庆祝了三天。

苏武瞧着一天天变着样子成长的三个娃娃想，我一定要把自己的全部所学教给他们，把他们培养成能文能武的全才，以后就是自己回汉了，他们回不去在这里也能保护好自己的阿妈。

一〇一　只有忍耐等待

右校王李陵派人自带衣食种子到各部落，用扶助牧人种粮食的办法，也把和苏武一起来的一些汉使兵，想办法交换到部落头人那里，让他们帮着地方指导种粮。

如此这样，三年后在各部落取得了成效，牧人又牧又农，吃饭的问题得到很大的解决，也改善了牧人的生活环境。

各部落王爷也高兴，也不为每年为王庭上交贡税发愁了，且还有增长，狐鹿姑大单于更佩服李陵了。

腾虎咆也真是个人物，他勤劳，脑子灵活爱学习。在刘勇义他们的指导下，他们的粮食三年获得了大丰收。

这里地域宽广、土地肥沃，能种粮食的地方渐渐扩大不说，还组织大家把过去住的破帐篷变成了坚昆人住的连火墙的木头房子。腾虎咆本人也娶妻生子。当丁零王多年来，卫律第一次得到封地丁零上交的粮食和牛羊也很高兴，也就不太寻李陵的事了。李陵也自由多了。

哈拉和林周围的树木绿叶灿开了。於维尔兰站在门口，呆呆地瞧着院子里，五岁的儿子和四岁的女儿扔着沙包玩耍。

娃娃们要是在贝加尔海住地多好……我要带着娃娃去看看。

李陵走进家门，瞧着发怔的妻子：“哎，你怎的了？”

“我想去看梅尕姑姑！”她仍旧瞧着玩耍的一双儿女。

“去就去呗，我也正好想去看看！”李陵搂住女人的肩膀说，“正好趁视察各部种庄稼情况到那里住段时间。”

“太好了！”她焦急地说，“那咱们明天就启程！”

李陵向大单于告假说，要回坚昆，把那里作坊学徒带几个回来，在哈拉和林办酒坊。单于立即同意，如今只要是右校王提的主意，他基本上都同意。

李陵带着韩玉林和两个侍卫，赶着坐了妻子儿女的马车出发了。他们直奔贝加尔海苏武的住地。

几家人一见面，高兴得不得了。

特别是李陵他们的两个娃娃，见了这里的娃娃们，一起高兴地在院子里追玩起来。

苏武他们怕娃娃们跑丢，把大院子周围用木栅栏围起来，还做了栅栏门。

於维尔兰和梅尕高兴地瞧着孩子们，她问："亲家，看，你家的女婿怎么样？"

"不错！"梅尕说，"不过，比我家妞妞矮半个头。"

"男娃娃后长。"

"但愿吧！"

"怎么是但愿吧？"於维尔兰娇昵地说，"可不准你反悔！"

"你这个婆婆也太霸道了！走，回屋里歇歇！"梅尕拉着於维尔兰进了屋。

韩玉林他们和刘勇义吴胜相见，同伴们在一起高兴地问东问西，互相说着自己的媳妇……

李陵和苏武相见，总是有许多难言的苦楚。但是见不到时，他却很想见这位仁兄的。

几上放着酒菜，苏武和李陵面对面坐着。

苏武斟碗酒递给李陵："贤弟，请！"

"感谢仁兄！"李陵端起酒碗一饮而尽。

苏武瞧着他拘谨自卑的样子无奈地说："哎，你怎么一见我就只会说'感谢'二字。"

"看不见你很想你！一见你，我就觉得自己是个罪人！"他说出了自己的心境。

"贤弟不许如此！为兄体谅你的心境。"苏武给他们都斟上酒，"端起来！来，为在异乡，兄弟能常相见，干！"

两杯相碰，一饮而尽。苏武说："你看这样多好！"

"仁，仁兄，"李陵低头不说了。

"有话就说！"

"我、我觉得卫律真的变好了！"他嗫嚅着说。

"好了就好！他不寻事你就省事多了！"苏武瞧着碗中酒提醒说，"我提醒你，不好跟他交往过甚！”

“我知道！”李陵喝了口酒。

“别光喝酒，来，吃菜！”苏武用筷子指着面前盘子里的菜，“这是女人们夏天在院子外面种的菜。”

李陵尝口菜称赞说：“好吃。”

“这两年各部落的粮食怎么样？”苏武问。

“天气也很帮忙。年年粮食丰收，人畜不断增加。”李陵说，“我很害怕，匈奴人强马壮后，又和大汉打仗！”

“这取决于双方的家长，大汉皇帝和匈奴的单于。”他问，“有大汉的消息吗？”

“听说汉皇上又纳了个年轻的妃子，只有十七八岁。”李陵回答。

苏武不吭气了，自斟碗酒，一饮而尽。

李陵知道苏武的心思，可也不敢再说什么，自己也斟了碗酒，咕咚下肚。

妞妞跑进门说：“阿爸，阿妈叫你！”

原来是有人来请看病，梅尕要给娃娃喂奶去不了，只得叫苏武和刘勇义一起去，给病人看完病回来时天都黑了。

天上，星月辉映，地上一片朦胧，四周一片沉寂。嘚嘚的马蹄声格外响亮。

平常师傅和他一起外出回来，路上总是给他叙说着病人的情况，可今天他却默然不语。

刘勇义忍不住关切地问：“师傅，你不舒服吗？”

“没有。”师傅再没有了下文，打马前行。

“不对。”他追上问：“师傅，是我哪里做错了吗？”

“没有！”

“那你为啥不说话？”刘勇义不解地问。

“你不是在说吗！”苏武不耐烦地说。

刘勇义不说话了，他想，师傅今天是怎的了……无意中落在了后面。

苏武听见后面的马蹄声越来越远，转身朝后一瞧，只得勒马等待着他。待他到来问：“你不想回家了？”

“我在想我自己到底做错了什么。”他故意落在后面要引起师傅的话语。

“你没做错事，是我的心情不好！走吧！”

刘勇义和师傅打马并肩而行，想想问：“是李将军来后说了什么吗？”

“你知道他说了什么？”

“听韩玉林说，大汉六十多岁的皇上，又纳了个十七八岁孙女辈的妃子，真是造孽！”刘勇义愤愤地说。

“不许你这样说皇上！”苏武忙阻止。

“他是你的皇上，现在已不是我的皇上了！”他继续说，“他为所欲为，不分青红皂白，杀了李将军全家，让我们这么多人有家不能回！”

苏武无话可说了。

刘勇义一吐为快：“你来这里已经七八年了，汉皇帝不闻不问不说，如今汉宫里，今天诛灭这个，明天斩杀那个，连身边最信任的太史令司马迁都不饶过，难道你没有想过这些吗？”

听了徒弟这样地说、如此地问，苏武更是无话可说了。平心而论，他也有怨气，也有和他一致的想法看法，可是他不能说，只能埋在心里。

其实今天，听了李陵说皇上纳妃的事，他心里想，年老的皇上，顾不得他这个小人物的事情了！自己回汉又是遥遥无期……

无论怎样，我都要坚守自己的信念回大汉的。

“唉！”他叹口气，对徒弟说，“咱们不说这些事情了，说说今天病人的事情吧！”

刘勇义对师傅说：“师傅，对不起！我只是想和你说说话，让你有事别憋在心里！”

“你是个好人！”苏武说，“师傅只是想早日回大汉！”

“我知道你的心思。可遇到这种事情，作为我们也只有忍耐等待！”他安慰说，“师傅，我刘勇义认你这个师傅，是一日为师终生为父的，你就放心吧！”

“你们这么多人无奈留在匈奴，能团结一心，是难能可贵的！我很放心！”苏武说，“走，夜深了，咱们赶快回家！要不家里人会着急的！”

月光下，嘚嘚嘚……马蹄声疾。

一〇二　卫律疑试李陵

这几年不打仗，丁零王卫律过得很是滋润。他听单于说右校王回坚昆去了，自己也想到丁零看看。可是以前回丁零那夜发生的事情让他心有余悸。干脆先到坚昆，撺掇李陵和他一起去。

他带着两个随从到坚昆都三天了，住在王府，还没见李陵的影子。总管王镇一边对卫律说他们王爷带人到边地去查访庄稼生长情况，一边差人到贝加尔海去叫李陵。

王镇还专门派人，给卫律他们做着牛羊肉、麦面馍馍、面条，换着花样招待着。直到第五天，李陵和随从才从贝加尔海回来。

他没有回王府，直奔王大哥家里来，知道卫律等待的情况，按王大哥的说法回到王府。

李陵一见卫律，客气地说："卫大将军久等了，本人不知大人到来，有失礼节！"

"右校王真不愧是爱民的楷模！"卫律拍马屁。

"卫将军可别这么说！"他客气地问，"将军到此找在下，有何贵干？"

"说来也是闲事情。"但他还是说，"我听你回坚昆了，就来找你，咱们一起去丁零看看！"

"那是你的家乡，你的家人都在那里，我去恐怕不方便吧？"他假装不知那里所发生的一切。

"没有啥不方便的，右校王派人到各地去种庄稼，丁零粮食也丰收了。我对种粮是门外汉，想请你一起去给我介绍介绍！"

"那——我看这样吧！这里总管派人去那里教过种粮食，那人比较熟悉，就让他陪你一起去！"

"我来这里，就是想咱们两个一起去，咱们是同僚，有话好说！"卫律坚持。

李陵知道他心有余悸，这次是硬要叫他一起去的。看来是不去不行的了。

李陵沉思地说："嗯——既然卫将军瞧得起我，那我就陪你走一回。咱们什么时候出发？"

"你在下面奔忙了几天，也累了，休息一天，后天出发。"卫律说，"你们这里的饭菜很好吃！"

李陵想想，起身对卫律说："那卫将军失陪了！我得立即跟赵总管交代下作坊学徒的事情，走时一并带着回王庭，咱们也就不绕行，直接回去了。"

李陵打马回镇里，跟赵大哥商量，派人到贝加尔海找刘勇义，让他们立即到丁零去给腾虎咆送信，说卫律要到，做好招待……

坚昆跟丁零是邻居，都是匈奴最北方的封地，当时且鞮侯单于把两位大汉降将分封到北方两个人烟稀少最蛮荒的地方，是防止他们和大汉接触，防止他们反水。

且鞮侯单于还有更深的一层意思，这北方之地虽然冬季严寒，可是水源丰富土地肥沃，春夏炎热适种粮食。胡人世代放牧随草而居，性格粗野不羁，让汉人在这里改造胡人，教种粮食……

五天后的半后晌，李陵带着在坚昆各手工作坊挑选的十多名年轻的胡人师傅和随从跟着卫律一行到达丁零。

腾虎咆已经搭好一顶半新的帐篷和两顶旧帐篷。看他们人一到，立即让厨师做饭招待他们。

吃的还是羊肉汤，不过这次肉相应地多了两块，有了盐巴味道比上次好了些，还配有苞谷面馕。

卫律瞧着李陵一行吃得津津有味，自己却如同嚼蜡，难以下咽，问："右校王，味道怎么样？"

"有肉有粮食搭配，这比过去在住地吃的东西好得多了！"李陵看也不看他说。

他知道卫律对这吃的难以下咽。因为他一直高高在上，吃的用的都是匈奴最好的。再说，这个贪心狡诈的东西，如果腾虎咆给他吃好的话，今年又嫌弃这里给他进贡得少。

卫律以主人的身份对腾虎咆说："丁零总管，搞点麦子面来吃！"

腾虎咆无奈地瞧着他为难地说："去年种的麦子，今年初春都成种子种下地了。刚出苗，秋天才能收获！"

"难道没有一点了吗？"

"没有了。咱们这里现在正是缺粮季节，牧人能吃到这样的饭菜，就是很好很好的了。现在大多数牧人都是和牛羊一样，吃草吃树叶子过日子的。"腾虎咆大口香香地吃着。

"真是！你们比坚昆差远了，你们要好好努力哟！"卫律一脸的不高兴。

"是！王爷说的是！"腾虎咆看似一脸认真地应承着。

他跟卫律接触这是第三次，这人真的不知百姓的死活。这次给他吃的好了，今年的贡税他会要得更多。多亏刘大哥来报信，让他做好准备接待卫律的……

这两年，卫律老嫌弃丁零送的牛羊及粮食少，贡税少。腾虎咆曾找过刘勇义，谈了此事，刘勇义也和李陵私下提起过，李陵也不能直接说什么。

刚好这次卫律要他和他一起来丁零。借此李陵差刘勇义提前来安排此事的，想教训下卫律心别太黑。

腾虎咆按照刘勇义的安排，跟李陵装作不认识，饭后对卫律说：“卫王爷，我看这位也是王爷，你们两位王爷住这顶最好的帐篷，夜里专门有人站岗放哨，很安全的！”

卫律瞧着三顶帐篷，无奈同意了。

帐篷内，昏暗的羊油灯下。

李陵头枕着双臂仰躺在榻上闭目养神。

卫律躺在对面的榻上想，这次来，这里环境明显比过去干净整洁了。

虽然牧人住宿情况没有坚昆好，可也都住上了大而宽敞的木屋土墙房子，冬天防寒夏季防热。

平心而论，这个腾虎咆还是个不赖的总管，比前两任卫家的总管能干多了。

他坐起来问李陵：“右校王，你觉得这里变化大吗？”

“哦，我没来过这里，不知原来是啥样子。不过，我们一来就有地方吃住。看来主管还是不错的！”李陵慢条斯理地说。

卫律想想问：“这里种粮食的事，是你安排的吗？”

李陵知道卫律怕他插手丁零，沉思地说：“教各地试着种粮的事情，是大单于同意的，也是我本分的工作。我一个人没有这么大的能力，也不能一地一地地走访。”

李陵用眼睛余光扫了他一眼，见他一脸的疑惑，严肃地说：“我只有委托坚昆的总管来实施这事情。我还不知他派何人来丁零教种粮的！”

他提防着卫律。

“你真的没来过吗？”卫律的企图赤裸裸地暴露了。

“除过这次你要我陪你来，你见过我来过这里吗？”李陵认真地问。

“哈哈哈哈！”卫律大笑后，“我只是、只是——”

李陵躺着一动都没动，没理他。

“哎，右校王，见笑了！我只是想，丁零有如此大的变化，你一定出了不少力！”卫律奸狡地说。

“你这么说，可就是对大单于的不敬了！”李陵堵住了他的嘴，也堵住了他的心。

“卫律不敢！”他想想说，“哦，右校王，我能问你一件事吗？”

“啥事？”

“你说，胡人这几年，人畜大增了，该怎么办？”他故意问。

“你说呢？”李陵还是一动不动。

“我说，我说？嗯，单于可能也是这么想的。”卫律注视着李陵。

李陵还是一动不动。

他试探地说："匈奴人野性，有了积蓄就要打仗！"

李陵不愿和他再说什么，装作睡着了。

卫律喊着："右校王！右校王！"

李陵装睡没有答应。

卫律想，这个人，怎么对要发生的大事如此的不在乎，竟然还能睡着觉？

卫律这次来的目的是：查一下这里牧人的积蓄。这几年老天降福，粮食连年丰收，丁零给他缴纳的贡税却没有增加多少……

一〇三　事实教育有成效

由于土地已经耕种过了，等着庄稼出苗成长。大多数年轻的牧人两口子赶着牛羊，到水草丰盛的地方安营放牧去了，家里剩下的只是老人和娃娃。

腾虎咆陪着卫律及其随从，在镇子里各家看望，遇见的人，大都是不管家事的老人和娃娃，也查不出啥来。进到牧民家里一看，尽管外面看似很不错的住房，屋内却很是简陋，家家都是一样，进门一切尽在眼底。

卫律怀疑地问腾虎咆："镇子里就这些吗？有没有储存物资的地方？"

"有啊，就是你们来住的帐篷呀！"

"你们这多年来，就没有镇子里公用的东西吗？"

"有啊，还是你们来住的帐篷呀！"腾虎咆仍然回答。

"这里也该建有王爷府呀！"

"自从王爷府那年被大火烧了后，王爷都不回来了，谁建造王爷府？"腾虎咆苦笑着。

"你们得给王爷建立府邸的！"卫律严肃地说。

"哦——明白了！"腾虎咆豁然开朗地对卫律说，"原来王爷府归我们牧人来建造。那这样吧，今年免贡税一年，冬季我组织牧人来建造就是了！"

这个狡猾的主管，一点亏都不吃。卫律看了坚昆王爷府的舒适，他也想在这里也有一个舒适的住地，就是自己不常回来居住，对外他这个卫王爷也是有面子的。

自己这次亲自回来，看这里人的生活状况也不大好，建王爷府也得花费人力物力的……

卫律纠结权衡良久同意了腾虎咆的条件。

腾虎咆陪着卫律在镇子里访查时，他已经安排好手下孤独林赞陪着李陵一行，查看今年丁零种植的粮食了。

李陵下马检查着麦子的出苗情况，他瞧着一片地里麦苗出得不整齐，长得也不欢实，问："这片麦地去年种的是什么？"

"麦子。"

"你们这么广阔的土地，为何不轮换着耕种？"李陵立即介绍说，"轮换耕种，就可避免粮食作物出苗和成长不好的问题！还可以预防土壤退化。这块地今年应该种豆子或粟谷。"

"去年这的麦子丰收了，前一时这家人开始种麦子，俺们指导的人来阻止过，给他讲过这道理，这家人不听。"孤独林赞无奈地说。

"今年这片儿地收成一定不好！"跟随的韩玉林说，"这两年，在检查下面一些地方时，也有这种情况。当收成减少时，他们就知道该怎样做了。其实，事实教训比说教见成效得多！"

孤独林赞忙赞同："对对，说得很对！"

韩玉林无形中说的话戳痛了李陵的心。李陵深有感触："唉！事实教训往往是很沉痛的！"

"走吧！"韩玉林瞧着大哥的神态，知道自己说错了。他指着前面山下的湖泊，岔开话题，"看前面的大湖，咱们去看有鱼没有。"

一听说鱼，孤独林赞兴奋起来："这湖名叫丁零湖。俺们这地方的名字就是以湖名而起的。湖里的鱼很好吃！比贝加尔海里的鱼好吃，肉细嫩、刺儿少！"

"你们经常吃吗？"李陵问。

"老一辈人不让吃，说这湖水是俺们这里的守护神，守护着我们这里的安宁。湖里的鱼呀啥的，是神的娃娃不能吃，吃了要受惩罚的！"

韩玉林笑着问："那你怎么知道湖里的鱼好吃？"

"前几年，生活艰难。俺们一些娃娃们，饿得实在受不住了，就偷偷抓鱼来吃！"他不好意思地笑着说。

阳光明媚，春风和煦。

这里方圆十多里地外，都是不高的山丘围绕着，最后面远处才是大山雪山。

周边山地牧草丰盛，树木葱茏。

中间地带，河流、湖泊交错，沿河湖边上土地肥沃。就是常年不下雨雪，夏天白天炎热，夜晚凉爽至极，可也不缺水分。在这里耕地种粮，一定丰收！

李陵瞧着这一切想，怪不得这里人称湖泊是守护神，有了水，这里就是宝地，人们就能在这里安稳地生活。

他们打马来到湖边，湖水幽深清澈，有些许薄冰在其中游弋。一尺多长的鱼儿带着儿女们，毫无警惕地在湖岸边温暖些的地方游着。

李陵瞧着这些，对孤独林赞说："你们这里气候很好，真是个好地方！"

"是啊，老辈人说，这里从未有过杀戮战乱！"他愤恨地说，"自从卫家人到这里来后，牧人都成了他们的家奴，都过着奴役的生活，日子越过越难，有几家都偷偷地逃走了。"

"要好好守护自己的家园！"李陵说，"走，我们到别处去看看！"

"王爷，俺们总管说，要给你逮几条鱼吃吃！"孤独林赞说着，伸手抓鱼。

李陵把拉住他说："走吧！牧人的守护神，不能吃的！"

卫律和随从在腾虎咆的陪同下回到住地，走进帐篷没有看见李陵，问腾虎咆："那位王爷呢？"

"或许他出外方便去了。"腾虎咆说，"卫王爷，你先休息会儿，我去让人给你送奶茶来！"

卫律倒在榻上说："快点，我已经渴了！"

卫律喝过奶茶不久，李陵走进帐篷问："卫将军，回来了！"

"你干什么去了？我怎么回来没见你？"卫律狐疑地问。

"你有人陪着，我一个人太寂寞，出去随便看看。"李陵躺在对面榻上问，"你这王爷，看自己这里还不错吧？"

"什么不错！家家穷得叮当响！"卫律不满地说。

"你不是说这里变化大吗？我看挺不错的！"李陵随意地说。

"那——叫你管这里怎么样？"

李陵瞧着帐篷棚顶撑子，装作没听见。

"哎！我跟你说话呢。"

"哦！你说什么？"他一惊问。

"我说，托你代管这里怎么样？"卫律不悦。

"不怎么样！君子不夺人之美！"他还是没动。

"我说的是真心话。咱们两个的封地是邻居，你帮我代管这里。"

“为什么？”

“我、我、我，”卫律不好说出口。

自从遭遇那晚上卫家人了烧王爷府，自己死里逃生后，总觉得这里人人对他这王爷都不友好。有种预感，这里就是自己的坟墓……

这又使他想起了句吾五人的失踪；堂弟迎亲，九个膀大腰圆的弟兄一起失踪……要是说堂弟的失踪与卫胥山抢总管位有关的话，那么句吾几人呢……他越想越害怕。

“你有什么就直说，让我听听，看值不值得！”李陵坐起来注视着他。

卫律也坐起来说：“我主管军队，练兵，对种粮食不熟悉。对这里也不熟悉！”

“就这？”李陵说，“谁也不是生下来就会做这做那的。这不是理由！”

“你要是不接受，我就托别人来管理了！”

“这里不是有腾虎咆管理吗？”李陵故意问。

“我总觉得他另有图谋！”卫律是谁也不相信只相信自己的人，可他又是狡诈的人。

“那我，你就放心吗？”李陵呛他说。

“咱们一起共事多年，我对你还是了解的！”

“既然如此，我也就不推辞了！”李陵警告说，“君子一言，驷马难追！你可不要后悔！”

“只要你每年能给我交够贡税就成！”他狡猾地说。

“那我也得按王庭的规定，按每年牧人的收成来计算呀！”李陵和他较真起来。

“可你也得保证我家的费用呀！”

“只要你不是贪得无厌就行！”李陵认真地说，“咱们必须当着这里总管的面，商讨好规矩、写好条款，拿回王庭让大单于做证后，各人手执一份！否则，本人拒不接受！”

“行！”卫律嘴上答应着心里却想，以后的事情，就是有条文，我也有办法对付你！

李陵明知道卫律的奸诈，单于的不放心自己，为了保全卫律的面子他暂且应承下来。

一〇四　练兵种地

卫律在丁零住了三天。在腾虎咆的陪同下，骑马看了丁零周围的景色，还比较舒心。就是在这里生活他不习惯，住得简陋不说，每餐都是牛羊肉汤，苞谷面馕、粟米面片，真的吃烦了。

第四天早饭后，他要回哈拉和林。

李陵跟他商量说："卫将军，你已让我帮你管理这里，可我也得和这里的总管沟通一下，你看如何？"

他不耐烦地说："去吧去吧，只给你半个时辰！"

"用不了。半个时辰的一半就够了！"李陵想想问，"要不，你也跟我一起去？"

他知道卫律心眼儿多。

"你去吧！"卫律不耐烦地说。他对这里种不种粮食根本就不感兴趣，只是来看看这里的人有没有欺骗自己。

李陵出了帐篷，看见腾虎咆对面过来，拉他到街上问："卫将军要走了，你们还有什么事情要解决的？"

"你看，俺们这里地种得怎么样？"腾虎咆高兴地问。

"不错！照这样下去，你们这里就会成为下一个坚昆。"李陵赞赏地说，"感谢你这位为牧人着想的总管！"

"下一步俺们怎么办？将军府还建吗？"腾虎咆问。

"要建！"李陵说，"为了你们这些人有个相聚的地方，也就是商量事情的地方也要建。卫将军一回来，你们就各回各家，再说，他也不会常住这里的。就是王府建好，也是你们用的。"

腾虎咆笑着说："多亏右校王你让人来通知。不然的话，我们真的不知道该怎么对付他这王爷！"

"我给你们留下两位胡人师傅，一位是铁匠，可以给你们改进生产工具，一位是木匠，可以教给你们盖房子什么的。"他叮嘱说，"你们可要尊重人家，要照顾其生活，再给安排两个徒弟。"

“你为俺们想得很是周到！”他给李陵行礼，“感谢王爷了！不过，我们这里大家埋藏的粮食怎么办？”

李陵想想说：“我回去和大单于商量一下，想办法让王庭出银子来买，你看如何？”

“要是这样就太好了！大家就更有信心了！”他兴奋地说，“坚昆王爷，我能到坚昆看看吗？”

“能！我让你刘大哥安排！”李陵爽快地说。

李陵和卫律回到哈拉和林，他把带回的几位匠人、住宿地安排好后，拜见大单于，谈了要这些人来这里加工农用工具来出售以及改建王庭酒坊的想法，单于十分赞同。

他问李陵：“右校王，你在大汉种过地吗？”

“种过。”

“大汉的将军还种地？”

李陵沉思会儿，字斟句酌：“军队不是每天都打仗练兵的。让他们守卫边疆，连带种地，这样减轻王庭的吃用负担，这叫屯垦边疆。”

“我知道了！”单于问，“那我现在让卫律将军，组织军队如此做，怎么样？”

“大单于英明！卫将军一定能成的！”李陵极力赞成。做这事只要不是自己，谁他都赞成。

卫律回来向狐鹿姑大单于汇报了丁零的情况，并且谈了自己要将丁零交给坚昆王李陵来管的事。

大单于立即反对：“将军不可！这本是先前单于对你的封赏！”

其实狐鹿姑大单于怕李陵的封地过大以后，难以服管而遭祸患。

卫律也明白大单于的意思。他也是同李陵说过后，想想就有些后悔了。天下没有不散的宴席，真正自己在王庭待不下去后得有个地方来休养生息。单于不同意正合他意。

两天后，大单于在早朝时宣布：“大将军卫律听令：本单于命你，带领军队驻扎余吾水和居水的三角区地带，一边耕种一边练兵，以减轻王庭军资投入！”

卫律立即行礼：“卫律遵命！”

可他心里想，这是啥意思？他第一个想到的，就是李陵在背后捣鬼，这我可饶不了他！

早朝散后，王爷和官员们走出大帐。

李陵在前面走着，卫律后面追上来：“右校王，慢走！”

李陵站定问：“有事吗？”

“我想和你聊聊！”卫律一脸的妒疑。

“是啥事情，这样的严肃？”李陵说，“走，我请你喝茶去！”

他必须知道卫律的心思，以便很好地应对。

李陵带着卫律来到街上，走进一个装潢雅致的小茶馆。身着漂亮细羊毛胡服袍，银耳环头饰别致的年轻女老板，迎上来热情地说：“二位王爷，请！”

李陵客气地让卫律上座，吩咐说：“老板，来两份奶茶！”

“来了！”老板进后厨，端着大铜盘，上面放着两细瓷碗热腾腾的奶茶和几个香喷喷的麦面酥油饼，袅袅婷婷走来，可人地笑着：“二位请慢用！”

卫律接过奶茶，抿了口咂咂嘴称道：“清香爽口！”

“这是我的一位朋友的阏氏开的，奶茶里的茶叶是南国上等龙井！”

卫律意味深长地问：“你真的有这门道？”

李陵一听这话味不对，立即黑了脸不客气地说：“我一个有家不能回、左右脸色都得看的降人，能有啥门道？这是有人从沮渠萨满那里搞来的！”

“这几年，沮渠栽种果树、种药材搞得很不错！”卫律终于说出自己的看法，“右校王，你说单于今天的命令是啥意思？”

“你不知道意思，就能遵命谢恩吗？”李陵反击。

“不过，我很纳闷，单于怎的就突然让我带兵去种地呢？”卫律狐疑地瞧着李陵。

“这我怎么能知道？你应该去问大单于呀！”李陵脸色平静地喝了口奶茶。

卫律看李陵真不知道单于的意思也就没再追问。他喝口茶品着说：“大单于不应允我转让丁零。”

“这就是我要大单于做证的意思。”李陵顺着他的话认真地说，“其实，卫将军，我也没有想管的意思！”

卫律看对话要陷入僵局，喝了碗里的茶叫老板娘过来，要买这里的茶叶。

“我请客！”李陵说着付了银子，拿了包茶叶递给卫律，一起走出门，两人分手各回各家。

卫律回家后思想了很久，这种地不是自己的强项。如今大单于要让自己带兵种地，必须得有会耕种的能人指导才行。这事情必须李陵帮忙。

第二天，他差卫忠请李陵到府里喝酒，谈到帮忙之事。

李陵一口答应说："季节不等人，现在种麦子还不太晚。我立即派人去找赵大哥，给你派两位得力的干将，教种粮食！"

"我们还没有种子和农具，怎么办？"

"那好说，坚昆可借给你们种子和耕种农具。那里的土地是胡地最肥沃的地方，只要种子下地，你就等着秋天丰收吧！"

既然是单于的意思，自己就得服从。卫律立即做准备，带着队伍，马驮车拉着吃用辎重出发到目的地。

这里两河平地，牧草丰盛，树林不少，比哈拉和林的气候好，首先空气湿润，风沙少。

这里还有个优点，就是昼夜温差大，当在白天温度下滋生的小虫子啥的，夜里就给冻死了。所以这里也没有太多的蚊虫苍蝇之类骚扰。

卫律安排一部分人种地，一部分人搭建住宿的帐篷和牲畜圈等等。这一切都在半个月内很好地完成了。

地里庄稼长着，队伍除过每天训练外，这里的日子还比较清闲。卫律想起了家人，干脆把阏氏和娃娃们也都接来了。

一〇五　教育娃娃们

这里碎娃娃多了，娃们吃糙米原粮咽不下，也很难消化。

苏武让铁匠吴胜打了几把铁錾子，和两位年轻人带上家伙马车在贝加尔南山找到了大块的白麻石拉回住地，按照自己心中磨面石磨的样子，半个月锻了盘石磨拉回家安装起来，几经改造试验成功。

在得得纳阿妈的指导下，女人们用马尾毛一根根接起来用编织毛毡的办法做成了罗面的面罗。麦子苞谷经过马拉的石磨磨细，面罗过筛成细面，大人娃娃吃着细面面条、细面馍馍别提有多高兴了。

周围的人家知道，也来他们这里磨面。这里有磨面磨子的消息很快地传开了，一些部落的人家来要买磨面的磨子，苏武他们又有了项生活的进项。

苏武看着这几家的娃娃一天天长大，就将他们集合起来，教他们学习汉字，从小教习他们武艺。

於维尔兰带着娃娃来后，闲暇时间，帮着苏武和梅尕教娃娃们识字学习，日子过得很快。

这天，大些的娃娃们在栅栏圈着的院子里，手拿着小树枝在地上学写字。

苏武的两个双胞胎儿子，刚学会走路的国儿和海儿，见姐姐贝尔在地上写字，蹒跚过来在跟前蹲下，要夺她手中的树枝，五岁的贝尔站起跑了。

国儿和海儿哭了追着，跌倒了。

梅尕拿了两根小草枝过来，拉起他们，递给儿子："国儿，海儿，咱用这写字，乖！"

两个小家伙不要，挣开阿妈手去追姐姐。

梅尕笑着说："这两个家伙，只要看见贝尔手里的东西，就硬要，不给都不行！"

小贝尔没有办法，把自己手里的树枝，折成很短很短的两个，给他们一人一个，两个人在地上画着，这才好了。

於维尔兰看见这些，问梅尕："姑姑，你为啥不喊贝尔给他们呢？"

"我不想让女儿在不愿意的情况下给他们。"

"为啥？"

"同样是娃娃，我不想为了我的话，委屈我女儿！"

"要是我的话，我就叫大的让着小的！"

这时兴兴看妹妹字写错了，说："我来帮你！"

"谁让你帮？"比他小一岁多点的妹妹真真，不愿意。

"你这个王字写错了！"兴兴指着妹妹写的字说。

"我写得没错，三横一竖！"真真争辩。

"王字不出头，你出头就错了！"兴兴纠正说。

"我就是没错！"

"你就是错了！"

"咱叫贝尔姐姐评理，看谁写得对？"兴兴喊着，"贝尔姐姐，你来看，真真写的王字对不对？"

小贝尔过来一瞧说："真真写错了，王字不出头的！"

兴兴说妹妹："看错了吧！"

真真瞧着他们想想，指着贝尔说："他是你媳妇，当然向着你！"

贝尔一听，就用脚钩了下真真，真真倒地哇哇哭了。

於维尔兰忙过来抱起女儿，厉声呵斥："贝尔，你怎的这样厉害？"

兴兴不满地说："真真字写错了，不承认不说，还欺负人！"

於维尔兰瞪了儿子一眼，拉着女儿进了房子。

梅尕过来，摸着两个孩子的小脑袋，心平气和地说："一个是哥哥，一个是姐姐，就要给弟弟妹妹做好样子，可不能动脚动手欺负他们！"

"知道了！"女儿低下头说。

"先生，我也知道了！"兴兴乖乖地说。

"都是好娃娃！"梅尕拉着他们，对另外三个说："都进学堂，开始教画画了！"

於维尔兰想，梅尕就是偏心自己的女儿。

晚上，她看儿子在对面的分榻上躺下，过来坐在跟前，对儿子说："兴兴，以后谁要是欺负你妹妹，你就要出手打他！"

"是妹妹的错，我也要打吗？"儿子见妈妈不表态说，"这可不能！"

"为啥？"

"是妹妹的错。"小兴兴不高兴地说，"那妹妹要是欺负我，怎么办？"

"你妹妹欺负你，你也不能动手！"

儿子想想不平地说："阿妈，你偏心眼儿！"

"我咋的偏心眼儿？"

"今天，是妹妹不对！胡说八道的！"儿子不客气地说。

"那你说，贝尔脚踢真真是对的？"

"她不是踢，是用脚钩了一下！可你不分对错，也不对！"儿子跟阿妈争辩起来。

於维尔兰无话可说了。她觉得儿子在这里，这段时间会想问题了。

其实自己在这里也学会许多生活的常识。於维尔兰躺在榻上，回想着自己看到苏武和梅尕在这里能和两大家人和睦相处，都是本着吃亏的原则。

比如，有两次苏大哥和刘勇义、吴胜三人，晚上出诊回来，带回的酬资，自己留很少一点，大都分给他们两家。梅尕姑姑看见也不过问。

这要是在自己身上，一定要和夫君讲清楚说明白的，自己可不能吃亏。可是她这样搞得夫君有什么事情都背着她，不让她知道。在生活上尽量满足她的需要，却不让她参与他的所有事务。

她很不理解，为什么夫君让刘勇义和吴胜两家，连同他们的丈人家住在这里，加重苏武和梅尕的负担？再说，两家的丈人还能放牧，却在家里享清闲……

一天晌午前，得得纳阿爸把八匹马赶到后面坡坎上的草地放牧，自己却回家帮阏氏干活。到后晌赶马儿回家时，跟着梅尕来的两匹老马不见了。急得他赶着其余马回来报信。

苏武和梅尕得知此事，没有责备他反而安慰说：“兄弟，别着急！老马识途，说不定天黑就回来了！”

可是天黑了，马儿仍然没有回家。这两匹马是他们夫妻爱的见证，是他们的最爱。他们两口子和刘勇义、吴胜打马分头去找，找到半夜也没找着。

得得纳阿爸知道两匹马的价值，后悔不迭地对苏武说：“都怪我，这都怪我！苏大哥，我和吴胜两口商量，让他们给你做终身奴才！”

苏武宽厚地笑了，问妻子：“梅尕，你同意吗？”

梅尕也笑着说：“得得纳阿爸，这话说得见外了！我们是共患难的弟兄，两匹马能抵我们的情谊吗？放心吧！马没了，人还在，情谊还在！”

第二天一早，苏武打开门准备去找马。看见两匹马嘴里叼抬着受伤的棕熊——胜儿站在篱笆外面。

苏武奔上去打开栅栏门，激动地抱抱这个，又抱抱那个，热泪滚滚落下。

昨天午后，梅尕骑来的红棕马和驮东西来的大灰马，丢下马群，结伴到远处的小森林边吃草。红棕马忽然看见林中一只花豹叼拽着一只棕熊艰难地拖着走。

它仔细一瞧，花豹拉着的像是胜儿，它猛然嘶吼起来。同伴也跟着嘶叫着，朝花豹扑踢过来。

两匹大马朝花豹进攻，惊吓得花豹丢下棕熊跑了。

一〇六　情谊在

它们瞧着负伤流血的胜儿，呼喊着叫人，好长时间却无人来帮忙。用头轻抵了下胜儿，胜儿轻吼了一声动动爪子，还活着。得想办法把它弄回家。

当时，红棕马卧倒，让灰马把棕熊弄到背上，可是棕熊太大，没有办法。它两个只得用嘴叼抬着，走走歇歇停停一夜才回到家。

大家听说马回来了，都高兴地起来跑出门，得知马救胜儿，感动极了！

得得纳阿爸忙把两匹马拉进马房，好料好草优待不说，边高兴地给它俩梳理着毛发，边给它们按摩着全身，爱意满满地瞧着它俩说："你两个真是宝贝！"

折腾了一夜，胜儿已经奄奄一息，苏武检查了下它的伤处，是在屁股后面。

多数豹子追逐猎物是从后面下口，口抓并用掏肠挖肚。这次好像刚得手，还没有来得及动爪，就被马儿嘶鸣惊扰，放下猎物跑了。棕熊肠子要是被拉出来，早就完了。

苏武耳朵附在它的心脏处听着，感到细微的跳动，说不定还有救。回家路上时间太长，流血也真的过多了。

他让刘勇义拿来块木板，和吴胜三人把它小心翼翼地抬到木板上，给它清理了伤口，敷上药，用毛布裹扎好。吩咐他们两人，把熊住的房子打扫干净铺上干草。

他进屋取了两颗救命丸塞进它口中。大家把它抬进房子，轻轻放在干草上。苏武进灶房端了几块羊杂碎，放在它面前的地上。他们一起出来，关挡好门窗。

苏武叫出各家人，叮咛说："这几天，大家都看好各自的娃娃。这只棕熊尽管通人性，可毕竟是野兽！"

苏武白天看了多次，胜儿都是像死了一样，一动不动。晚上临睡觉时，他开门又看了看，摸摸它的身子，还是跟刚回来时一样。

他不敢用手搬开它的口，看早上的药咽下没有。只有死马当作活马医，他又给它嘴里塞颗还魂丹，希望它能缓活过来。

第二天一早，胜儿终于睁开了眼睛。它无力地打量着既陌生又熟悉的一切，回想着，回想着……哦，这原来是自己和妈妈住过的家！好长时间没回来，生疏了。

它挣扎了下，还能动。想站起来，头抬起前腿站起，后面两只腿却发软。它觉得好饿，闻到有吃的东西，抬头寻找着……发现前边地上有吃的。

它伸长脖子吃了块肉，这味道很熟悉……这是小时候那回饿极了吃的东西。

它回想着……是又高又大的朋友救了我……都怪自己，不听娃娃妈阻拦，硬带着娃娃出门玩耍，结果遇见大花豹。为了救两个娃娃，自己引跑了花豹遭了难……

苏武隔着窗户缝隙瞧见，胜儿在吃东西，高兴地喊："胜儿！"是救命恩人的声音，这声音到任何时候都能听出来。它温和地嗷了声。

苏武一手拿着条铁链子，一手拎只装着食物的大口陶罐，打开门进来，脚踢关上门。他提防地走过来，伸长手臂把陶罐轻放在它面前地上。

"吃吧，吃饱了，好得快！"他伸手摸了下它，急速缩回手，看它没有发怒，就胆大起来。他走到它跟前拍拍它的身子，它还没发怒。

他胆子更大起来，飞快地把铁链子套在它脖子上扣好。他说："我把这链子链在屋顶木头上，你可借着它的拉力站起来。"

其实，苏武是怕它兽性大发，跑出去吓人和娃娃。

嘿！还真的行！

苏武把铁链子从房顶木头架上穿过，拽着头慢慢用力，胜儿的后腿尽管发软，可还硬是给拉着站起来。

他把陶罐里的汤和肉放在它的跟前，它伸着脖子吃着。

吴胜推门进来瞧见，高兴地说："活了！能站起来吃东西了！"

当它吃完了陶罐里的食物，苏武又轻轻地松着链子，胜儿只得又躺下。苏武把链子放到最长，把链子头扣在木架子上，熊就是能走动了，可也走不出门。苏武按时给胜儿换药，并且宰了一只羊给它加强营养。第三天，它就能自己站起走动了。

如此一来，胜儿也不能老实待在屋里了，门关着，它戴着链子在屋里着急地走动，只要是门一开，就戴着链向外扑。

苏武怕这家伙搞出什么事情，只得把它牵在篱笆外面，把铁链子固定在一大木头桩子上。它看走不了，就躺在地上晒太阳。

大人们怕娃娃在院子里出事，把他们都关在屋里不让出来。三岁多的海儿，身着宽大的布衣裤，小身子摇摇晃晃地走出门，站在距胜儿很近的篱笆墙内，用树枝逗着它。

嘴里嘟哝着问："你，叫哈（啥）名字呀！"

七岁的贝尔屋里跑过来，拉着弟弟："这里很危险，它会咬人的！"

他挣脱姐姐硬要跟它玩。贝尔朝屋里喊着："阿妈，快来管管你海儿！"

梅尕跑出来看儿子执拗的样子，只得说："贝尔，你回屋里看着国儿，这里我来！"

"看妈打你！"姐姐噘着嘴对小弟弟说着回屋了。

这对兄弟，苏武给出生的老大起名苏国通，小名干脆叫国儿；迟出生会儿的小儿子，起名叫苏国海，小名叫海儿。老大比较文静，小的比较执拗，姐姐往往管不了，得让阿妈出面。

梅尕瞧着海儿看着棕熊奇特的眼神，蹲下笑了问："奇怪了吧？"

"阿妈，它叫啥名字？"儿子拽着阿妈的手。

"它是和马、牛、羊一样的动物，叫棕熊。是你阿爸给他起的名字叫胜儿。"

"它、咋长得、跟人、扑（不）、里（一）样？"儿子说话有些咬不清字句。

"你喜欢它吗？"

儿子摇摇头又点点头。

她瞧着这小家伙迷惑的样子说："咱们回屋吧！"

儿子挣脱她的手："我能摸摸它吗？"

梅尕拉开栅栏门走出去，胆怯地蹲下问胜儿："胜儿，海儿想摸摸你，行吗？"

胜儿仿佛能听懂梅尕的话，温和地瞧着她。她伸手摸摸它的头，它温顺地一动不动。梅尕起身进来拉着儿子的手出门，蹲在胜儿跟前，手摸着它对儿子说："它很听话，来摸摸！"

海儿伸出胖乎乎的小手挨了下棕熊的耳朵吓得立即缩回来。

一〇七　有人有路聚人气

阿妈抓着儿子的手，在棕熊的头上摸了下："胜儿是咱们家的朋友，不会伤害你的！"

儿子的目的达到了，拽着阿妈的手往回走。

晌午饭后，海儿拉着哥哥国儿的手。弟兄两个，一个手里拿着块白面馍馍，一个手里拿着块羊肉，出来直奔胜儿。

苏武跟出来，拉着两个儿子一起到门外，对胜儿说："胜儿，两位小弟给你送吃的来了！"

棕熊站起身，友好地瞧着他们，苏武对儿子说："把吃的放在地上！"

国儿听话地把手里的羊肉放在地上，海儿伸出手递给胜儿。

胜儿一口吃了地上的羊肉后，瞧着海儿手里的东西不动。

海儿不满地问："咋、不吃、喏的？"

苏武问："你就不怕他咬了你的手？"

"我摸过它了！"儿子理直气壮地说。

这小子以后定是个什么都不怕的主！苏武对胜儿说："胜儿，你来吃海儿手上东西吧。"

胜儿顺从地瞧着苏武。

苏武抓住小娃娃的小手，一起把白面馍馍递到它跟前。

胜儿像过去小时候苏武喂它时那样，小心地伸出舌头，把父子手里的馍馍卷进口中。

苏武感动地想，动物也和人一样，也知道好与坏。这三年来的冬天，熊妈妈和胜儿没有回来过。可他每年冬天，都把它们的家打扫干净，铺上厚厚的干草，等待着母子回来过冬。

他问它："胜儿，你妈妈好吗？"

胜儿嘴里呜呜地头拱着他的脚。他明白了，这是让他去看看。

多天后，胜儿伤好了，身子恢复了。苏武解开铁链子，它却不走。

他知道是在等他。

苏武从圈里牵出红棕马，架上马鞍子，对胜儿说："走吧！"

胜儿在前面跑着，苏武骑马在后面跟着。他们走过了坡坎上的树林，走过了那次它和妈妈抓鱼的河岸，两个多时辰后，到达一片大树后的山丘前。

胜儿一声呼叫，熊妈妈带着两只熊崽从丘坡上下来。一见胜儿，一家四口拥在一起。

苏武骑的红棕马见到好朋友雪英，一声嘶叫。

雪英一惊，站定一瞧，是恩人和老朋友，高兴地跑过来，舔了下马的鼻子接着舔着苏武的皮靴。两只小熊崽在胜儿的身上抓闹起来。

苏武明白了，他们现在是一家人，熊妈妈雪英和儿子胜儿在一起，如今还有了娃娃。野兽嘛，只讲究凶猛。胜儿是英雄。能在这里众多公熊中获胜，得到自己的所爱。

他过去听说胡人婚姻比较乱，哥哥死了兄弟娶嫂子还好说得过去，甚至公公娶儿媳，这倒情有可原，没有血缘关系。

可在王庭，老单于死了，小单于可以娶老单于的阏氏为自己的阏氏，甚至小单于可以娶自己的母亲……

苏武想，在自己曾经看过的一些医书上，讲过近亲结婚，会使家族退化的……不过自己并没有研究过这些。

他知道它们还活着，而且生活得不错，这就够了。他对它们说："冬天要是不安全，就回家过冬！房子给你们留着。"

苏武拥抱了它们："我第一次来这里，要赶快回家。怕天黑迷路！"

他告辞上马回行，雪英和胜儿一直目送着他到看不见为止。

哪里有了人，哪里就有了路。有了人有了路，也就聚集起了人气。

苏武他们这里，有看病的萨满，有磨面粉的石磨，有吃水的水井。

入冬，四海为家的牧人们，看到这里生活十分方便，都陆续来居住过冬，这里一下子变成一个周围百十里唯一的小集镇。

住的人多了，就得有人管理。否则就会变成脏乱之地。

苏武让伊玛阿爸伊尔得负责这事情。他是胡人，年纪又比较大，说话做事比较有分寸，做这事得心应手。

人多，娃娃们和年轻人也就多了。苏武想，在这漫长的冬季，娃娃们和大人们都是无所事事，聚在一起容易滋生事端。他和梅尕商量，在这里搞个私塾学堂，再办个牲畜病防治班。

这样，不但适龄的娃娃们能来学习，就连年轻人也能接受教育。他们商量，要是不收学费，就不会有人重视学习，还是得相应地收些学费才对。实在困难的家庭可免学费。

告示一贴出，不但娃娃们和青年人报名来学习，还有一些中年人也要来学习牲畜防病知识，这就得有相应的先生来教学才成。

刘勇义和吴胜只会汉文，刚好於维尔兰在这里，让她和梅尕教娃娃学堂。她本来想在入冬前回哈拉和林的，可看到两个娃娃和这里的几个娃娃玩得很开心，就没提回家。

如今办了学堂，自己有事情做了不说，娃娃还能在这里上学。

苏大叔和梅尕姑姑待他们亲人一样，好吃好喝相待着，她就更不想走了。

娃娃们光前晌上学，五天休一天。大人是隔天晚上上一个时辰课。苏武既负责出诊又负责给大人们上牲畜防病课，两不相误。

半个月后的一天，夜里刮大风，早上大雪纷飞。学校通知，大风雪天停课。

晌午饭后，苏武出来到篱笆墙角的干草摞前，刚伸手抱草准备喂羊。

浑身滚圆的雪英和胜儿带着两个肥嘟嘟的熊娃娃从后面的坡上噗沓噗沓走下来。

胜儿老远瞧见苏武，温和地"嗷"了一声。

苏武一看，是它们一家子回来过冬了，高兴地打开栅栏门，出门欢迎：

"欢迎你们一家回来！"他说着把它们让回院子，解开固定它们屋门的绳索，推开门："快进屋吧！"

雪英和胜儿一进房间，瞧着地上铺满干净厚实的干草，感激得后腿站立起来，前掌合在一起，晃晃悠悠地给他行礼。

苏武瞧着它们的样子笑了："别客气，你们走了很长的路，快歇息吧！"

他瞧着它们疲乏地躺下后，出来用绳子固定好门，抱了抱干草放进羊圈后回到屋里。

火塘里的干柴噼啪欢笑，屋里暖和和的。

三个娃娃爬在地毯上，拿着自制的木炭笔，在桦树皮上写字。阿妈坐在榻上监视着他们。

苏武蹑手蹑脚地走到妻子跟前，在她耳边悄悄说："胜儿带着一家四口，回来过冬了！"

梅尕惊喜地："真的？"男人点点头。

耳尖的海儿停下写字，抬头问："阿妈，咋的了？"

"快写字！"梅尕沉着脸。

"你不说，俺就不写！"他扔下笔端坐起。

国儿看弟弟不写了，也放下笔跟他坐在一起。

两个一模一样的小家伙一动不动地坐在一起，就连噘着小嘴巴都是一个方向一个样子，让人恨不得亲亲他们。

贝尔看阿爸阿妈没说话，生气地："你们怎的都不写了！该罚站墙角！"

一〇八　人多力量大

站墙角就站墙角。两个小家伙走到墙角，端端正正地站好。

两口子瞧着一对宝贝，都忍不住笑了。

阿爸说："告诉你们个好消息：胜儿带着他的两个熊宝宝回来了！"

海儿兴奋地问："在哪里？"

国儿问："他们回来干啥？"

"你们仨说都过来，阿爸告诉你们。"苏武把三个孩子搂在怀里说，"它们回来是冬眠的。"

"啥叫冬眠？"国儿问。

"别打岔！"海儿阻挡说。

国儿不满地说："就你能！"

苏武抚摸下两个小家伙起身："都听我说。眠、就是睡眠、睡觉！冬眠，就是冬天睡觉！"

贝尔问："那它们不吃饭吗？"

苏武解释："冰天雪地，食物少。熊就养成了个习惯，冬天回家睡觉；天热了，草呀树呀小鸟呀，许多动物都出来了。它们也睡醒了，起来就猛吃。现在，咱们先看看胜儿它们去！"

梅尕给娃娃们穿戴好外衣、皮帽子、皮靴子，他们一家五口出门来到熊的家门外。苏武打开门带着他们进屋。

胜儿听见惊动，睁开眼睛看苏武梅尕，轻轻嗷了声。雪英和两个娃娃都站起来瞧着他们。

苏武对它们说："得打搅你们一下！"

苏武对娃娃们说；"你们瞧瞧，它们现在的样子，个个滚圆滚圆，肥嘟嘟的。走，咱们回咱屋里再说！"

梅尕带着娃娃们出去了。苏武对它们说："胜儿、雪英，现在你们好好地睡吧！不打扰了！"

苏武一家回到屋里，梅尕搂着女儿，他搂着两个儿子说："贝尔问得对。我现在回答说：他们冬眠就是不吃饭，光睡觉。"

"那为啥？"女儿问。

"咱们刚才不是看它们个个肥胖滚圆。它们一冬天睡觉不吃不喝，要把身上的肉和肥油消掉，春天再出门找东西吃。这样冬天消耗，热天吃，一年年就长大了！"

女儿不解地问："那要是把身上的肉和油都消完了，冬天还没完咋办？"

"还是我女儿会想问题！"苏武称赞说。

国儿和海儿看阿爸表扬姐姐，异口同声地说："我也会想问题。"

苏武亲了亲两个儿子的小脸蛋："对。我家国儿和海儿跟姐姐一样，都会想问题！"

苏武故意问："我刚才说到啥地方了？"

小小的国儿和海儿一脸的懵懂。

女儿说："阿爸，你说到它们身上的肉和油消完了，冬天还没过完，外面没吃的咋办？"

"你们发现没有，它们都有四条肥腿和四只又大又肥的脚掌？"苏武神秘地问。

国儿抢着说："我看见了！"海儿忙跟着说："我也看见了！"

女儿忽闪着大眼睛问："莫非他们吃自己的脚呀？"

"对。"苏武解释说，"不是吃，是用舌头舔。他们实在饿了的时候，就舔自己的脚掌，解饿。"

"那我们给它们送东西吃，它们吃吗？"女儿问。

"吃。它们今年有了小熊仔，怕冬天没过完，熊仔没有东西吃，会饿死的。他们才回这里过冬。在咱这里，它们要是没东西吃的话，我们会给的。"苏武对娃娃们说。

"哦，原是这样。"尽管贝尔还有些懵懂，可她相信爸爸说得很对。

苏国海说："阿姐，咱们拿些东西去喂它们吧。"

苏武瞪着眼睛警告说："不准你们过去喂它们，它们会伤人的。"

苏贝尔乖乖地："阿爸，那你喂他们的时候，带上我们。"

苏武严肃地说："可以。可不准你们单独去熊住的地方！"

看阿爸严肃的样子，三人干脆地说："阿爸放心，我们知道了！"

苏武亲昵地摸摸三姐弟的脑袋，认真地对贝尔说："你是姐姐，要管住院子里的娃娃们！"

女儿清澈的大眼睛瞧着阿爸，认真地点着头："我知道。"

别看女儿只有七八岁，是个认真负责任的娃娃，他很欣慰。

到冬天，右校王李陵把各部落、各王爷缴纳的贡税给主管钱财的官员移交后，也就基本上没事情了。他很想娃娃们，就请假说是回坚昆，回到坚昆交代下情况就奔贝加尔海来了。

李陵一见两个娃娃，高兴地双手臂一边一个抱着，问这问那的。於维尔兰瞧着男人的样子想，看来这一时期，他变得开朗多了。

夜里，两个娃娃睡在对面的一张榻上。夫妻俩躺在炕上，说着心里话。於维尔兰问："你想我吗？"

"不想是假的。"男人搂住女人说，"你不在家，我就一直吃住在阿爸阿妈那里！咱家让韩玉林他们几个分别住着照看。"

"我阿爸阿妈好吗？"

"如今国库充实！俸禄照常，两位老人很好。"

"你看我变了吗？"

"让我说实话吗？"

"谁叫你说假话来着！"女人亲昵地轻轻捶了他一拳。

"那我就说了！"

"说吧！"

"嗯——少了过去的公主脾、脾气！"男人斟酌地说。

"在这里，看到梅尕姑姑处事的样子，我就反省自己。"

"比如——"

"嗯——比如，你把刘勇义和吴胜放在这里，我认为是增加了苏大叔和梅尕姑姑的负担！"

"现在呢？"男人问。

"我现在认为：谁也不是谁的负担。刘勇义和吴胜都很勤劳，借着苏大叔和梅尕姑姑的本事，在这里生活，互相帮助，都能过上好日子。体现了人多力量大！几位老人也很勤劳，饲养着牲口。”

“也对，也不对！”李陵搂着妻子。

“为啥？”

“我留他们在这里是为了保卫苏仁兄的！”

“哦，我明白了！”

“算你聪明！”

“怎么是算。本来我就聪明！”她撒娇地说。

“我要和聪明女人做事了！”他亲吻着她……

男人和女人尽心尽意起来……

今年刚到这里，秋季粮食就丰收了，卫律很高兴。

如今全家人在训练基地住着，挺惬意的。王庭有重要事情商量，召见他时，才带着随从回一次，他也已习惯了。

这不，冬天里他喝着酒吃着肉，面对着飞雪，突然想起了还在贝加尔海流放的大汉使节苏武。三年前，他和李陵一起去看他，那狼狈的样子，不知如今怎么样？

今年粮食丰收，给他送点去。这多年的生死教训，让他明白了人的不容易。他也在重新反省自己。

其实苏武是他认识的所有胡、汉族人中，最使他佩服的硬汉子！

他叫来了卫忠，让他带着两个护卫，三人骑马驮着粮食给苏武送去。

卫忠听说是去贝加尔海送粮食，当然愿意了。自己可以想办法见到李陵部的几位汉人朋友。再说，这里距贝加尔海不远，一路上打马不休只有三五天的时间。

为啥说三五天的时间，夏天路好走，三到五天就能到达；冬季大雪天路难走，就不拘时间了。

他们等待雪停了，三人骑马驮着粮食和路上吃住行囊出发了。

茫茫雪原上，寒风刮着，就像口无际的大棺材一样冰冷。

三人虽然全副武装得暖暖和和的，打马前进着，可是寒风还是贯彻心扉，不由自主地瑟瑟发抖。

一〇九　英雄聚会

他们晓行夜宿走了四天多连一个活物都没遇见过。一随从不禁发牢骚:“咱们要是能遇见几只狼就好了！”

卫忠说：“这几年各部粮食丰收了，冬天饿狼也少了！”

随从：“为啥？”

“人有粮食吃了，狼相应地也就不缺吃的了！”

突然，一随从指着左边远处喊着:“看，那边有几个活着的东西过来了！”

他们停下等待着，对方走近了些。他们仔细一瞧，原来是几位骑马者打马奔来。

等他们越来越近，卫忠喊问：“朋友好！你们去哪里？”

为首的腾虎咆：“你们是何人？”

“我们是送粮食的！”

“俺问你们是何人？”

对方一走近，卫忠看清楚了：“你不是丁零的总管吗？我是卫忠！”

“噢——是卫王爷的人啊！你们给哪里送粮食？”腾虎咆怀疑地问。

“给贝加尔海子的一位汉人。”

“是大汉的苏使节吧！”

“你认识他？”

“多的不说了。既然是一路，咱们一起走吧！”他想想说。

腾虎咆瞧着他们三个人，又看看他们几个，自己人多，就是他们不老实也不怕，再说那里还有李将军的人，不怕卫律的人作妖。

在腾虎咆的带领下，他们又走了整整三天，半夜里他们到了苏武的住地。

李陵来后，让刘勇义和吴胜去了趟丁零，叫腾虎咆来汇报丁零的现况。腾虎咆看到这里办有预防牲畜病的学堂，回去和同伴们带着吃用前来学习。半道上，遇见了卫忠一行。

他们没有打搅主人，而是在他们的篱笆外面的雪地里搭好帐篷睡下了。

第二天早上，苏武起来抱着柴准备给学堂里的火塘生火，腾虎咆推开栅栏门进来问：“大叔好！”

他一看是他问：“你什么时候来的？”

他指指帐篷：“夜黑里。”

“那你们怎的不说一声，住屋里暖和！”

腾虎咆把他拉进房子，帮着生火说：“半道上遇见了，卫律差来给你送粮食的三人。我怕有啥猫腻，就搭帐篷和他们住一起！”

苏武平静地说：“夜里很冷的，叫他们进来缓和暖和！”

他把帐篷里的人都叫进屋来，给卫忠介绍说：“这位就是大汉苏大人！”

卫忠立即行礼：“苏大人好！我是卫律的随从卫忠。奉卫大人之命，前来给大人送粮食！”

苏武瞧着他，想想问：“你认识句吾和袄余吗？他们现在哪里？”

“袄余现在坚昆已经成家，句吾奉卫大人之命外出，至今失踪！”

刘勇义起来给苏武帮忙，进屋一瞧这么多人怔了下。

腾虎咆一见他高兴地说：“刘大哥，俺们几个来了！”

“好好！太好了！”刘勇义拍拍腾虎咆的肩头热情地说。

卫忠一见刘勇义也过来招呼：“刘大哥！”

“哎，你怎的也来这里了？”他拍了下卫忠的肩头，惊讶地问。

“我就是想你们！这不，卫大人让给苏大人送粮食，我就想办法来了！”卫忠诚恳地说。

苏武吃惊地问：“原来你们认识？”

刘勇义笑着说：“卫忠，是个有良心的人！”

吴胜也起榻了，大家见面互相打着招呼真是高兴。

跟着卫忠一起来的两个随从见状，一个对另一个悄悄说：“这好像英雄聚会似的！”

另一个赞同地说：“我想也是！”

卫忠听见他们的对话，黑着脸警告说：“回去不能乱讲，小心舌头！”

两人听话地点点头。

卫忠他们在这里住了两天，自由自在地参观了小镇，这里有粮食加工和磨面的地方，还有吃水的水井。

镇子每家住得虽然不能紧挨着，可是穹帐搭得很规范，每家外面连着帐篷，用石头砌有烟囱，里面是火塘取暖，牛羊马圈各家都管理得井井有条，而且干净。

这里娃娃们不但有学上，而且大人们也有学上。

卫忠想，怪不得单于不放苏使节回汉，因为他是个很了不起的能人。在这荒凉的极寒地，都能引来这么多的人居住，真的很了不起！

他们三人也真的不想回去了，可却身不由己。

卫忠他们要回去了，李陵照苏武的意思专门和他谈过话，告诉他回去如何跟卫律汇报情况，并且让他和两位随从口径一致。

当然了，他们走时，苏武磨了麦面给他们，叫他们分别带回给自己的家里人。这麦面对他们来说真的是稀罕之物，一般人家是吃不到的。

卫忠和随从把苏武给他们的麦面送回家里，三人才集合回到军队。

卫忠向卫律汇报情况说："境遇凄惨的苏武收到了粮食，对卫将军你很是感谢！他说，他如今最期盼的就是能回大汉，见到家人！"

想回大汉？没那么便宜！卫律却嘴上说："我也佩服他的气节！也盼大汉能早日主动接回他们！可是大汉如今仿佛把他们忘了似的！"

他对卫忠说："卫忠，去给火塘加点柴！"

"哎！"卫忠答应着出门抱柴去了。这也是卫律结束谈话的意思。

后来，卫律又分别叫来跟随卫忠的两位随从，问了苏武的情况，两人说的跟卫忠说的差不多，也就再没有怀疑什么。

今年丁零腾虎咆给他贡税缴了五担麦子、十担苞谷和五担粟谷。牲畜方面，给他缴了一百只羊、十头牛、五匹马。这些虽说不多，可是丁零总算有了缴税的能力了。

这些财物按规定得给王庭上缴，还缺一点。按理说丁零是他卫律封地，封地里的所有人都是他的奴才，所收获的一切都是他卫律的。

他前些年，让卫家自己的同门兄弟管理丁零，他们不但不上交贡税，还要害他的命。那晚要不是自己机智跑得及时，恐怕这世上就没有卫律这个人了……

他庆幸老天的帮助，自我安慰着也就不大计较了。

今年的练兵地粮食获得丰收，他觉得种地也没有什么难的。只要自己腰包鼓鼓的，还是要亲自管理丁零才对。卫律主意已定，要回丁零，就要趁早做准备。如今自己带着军队在外方便多了。

虽然多天没下雪，凄清阳光照在地上，可是地上的雪一点都没有融化的意思。毕竟天气晴着，人们的心情总是好些。两只小熊的心情也很好。

它们在屋里听着娃娃们朗朗的念书声，好奇地扒在门缝朝外瞧着听着。

下课了，小娃娃们出来在院子里玩耍，一个调皮的男娃娃发现了挡着的门缝里面有滴溜溜的眼睛，就趴在外面朝里面瞧。原来里面是两只小动物。

一一〇　避祸迁家

这娃娃回家后，给阿爸胡图云扎说了这事情，只说是里面有两个很好玩的小动物。二十来岁的胡图云扎，正是对啥事都好奇的年龄。

他装作来看娃娃念书，悄悄到矮门的屋前，朝里面偷偷地张望，原来里面是两只熊仔！这可是个好东西，不但肉养人，熊掌更是养人！刚好阏氏身子不好……

半夜里，胡图云扎带着腰刀走出门。没走几步，一家牧人家的牧羊犬惊叫起来。一只叫了，所有家的牧羊犬都应和起来。一时间，汪汪汪的狗叫声此起彼伏。他看不行，就悄悄回到家里。

两天后的夜里，天气突变，寒风呼啸，唤来了大雪。第二天早饭后，雪大得对面看不清人，天地一片混沌。

胡图云扎借着黑夜，街上无人出了门。

他背着一只大羊皮袋子，别好腰刀，来到苏武家院门前，隔个雪帘一瞧，整个院子被雪封盖，无人看守。

他蹑手蹑脚地来到矮门前，拿出刀子割断捆门皮绳索，推门进来。白雪映着的朦胧中，两只大物中间是两只小物。他张开皮袋子，对着睡梦中的一个小物扣下，撞着了旁边的大物。

熊爸爸胜儿猛然惊醒，睁开眼睛看是陌生人，一口叼住他的一只胳膊。疼得胡图云扎大叫一声："啊！"

这声音惊醒了另外三口。熊妈妈雪英爬起来叼住他的另一只胳膊！

胡图云扎吓得大声喊叫起来："救命！救命！"

屋里人一听喊声，纷纷出来，到熊的屋门前往里一瞧，谁也不敢进去救人。苏武出诊不在家。

家里只有梅尕和棕熊一家熟悉。

绝不能让雪英、胜儿在这里伤人。梅尕在门口温和地对雪英和胜儿说："雪英、胜儿，他是咱们这里的朋友，是我们的朋友！"

胜儿和雪英还是不松口。

怎么办？刘勇义和吴胜也不敢进去，怕刺激熊把对方的胳膊咬断。

梅尕继续说："胜儿，松口！他是朋友！是朋友，是自己人！"

胜儿和雪英瞧着梅尕，还是不松口。

刘勇义问："大姐，大哥在镇里谁家？"

"好像是路口那家吧！"

"我去叫大哥！"他在马圈里牵了匹马出来，直奔镇头一家。刘勇义到那家一问，没有，就在街上喊开了："苏大哥，苏大哥……"

苏武闻声从村中一家出来，看到勇义在马上着急的样子，马上问："什么事？"

"快回家，出事了！"

苏武立即翻身跳在勇义背后，打马回家。苏武分开大家，进了熊的房子，见状，明白了。无论如何都要先救人。

苏武上前用手抚摸会儿胜儿，又抚摸着雪英温和地说："胜儿、雪英，你两个先松口！松了口咱再处理他！"

它两个还是不松口，吓得胡图云扎浑身哆嗦。

苏武对大家说："李贤弟、吴胜、刘勇义你们留下，这么冷的天，大家都回屋去吧！"

苏武看大家离去后，一手抚摸着胜儿，一手拉着胡图云扎的衣袖说："胜儿，你先松开口！他是朋友，是来和你们玩耍的。我知道你不是真心咬人，是生气，对不对？别生气，松开口吧！"

胜儿不情愿地松了口。雪英看胜儿松了口，自己也松了口。苏武笑着说："真是夫唱妇随！"

李陵瞧着也笑了。

胡图云扎忙跪地给苏武磕头："谢谢萨满！谢谢苏阿伯！都怪我鬼迷心窍，想弄个熊仔来养人！"

"你知道吗，这对老棕熊是我多年前的冬天从饿狼口里救下的。他们有了娃娃，在外面冬眠害怕有难，才回到这里的！可你倒好，装起饿狼来了！"苏武严厉地说。

胡图云扎又给熊磕头："感谢你没有咬掉我的胳膊！我以后再也不敢了！"

“知道错了，改了就好！这大冷的天，快回去吧！”苏武对他说。

胡图云扎躬下身给他深深地，行了个胡礼，退出门走了。

苏武拍拍胜儿又拍拍雪英：“感谢你们没有真的咬他！”

刘勇义出门大声喊着：“苏大哥，你也真是的！要是我，我今天就让棕熊吃掉他的两只胳膊！”

胡图云扎听着不敢回头，灰溜溜地溜了！

李陵瞧着苏武：“仁兄，真厉害，这棕熊都和你是朋友！”

“这叫善心有好报！”苏武对吴胜说，“你去灶房储藏室拿上副羊杂碎来，放在这里，把门搞结实！”

这次偷熊未遂事件发生后，镇里的娃娃和大人都不敢来上学了。

苏武让负责人伊尔得去打听：人们纷纷传说着，苏萨满是汉人，他养着一窝棕熊。这棕熊成了精，能听懂汉话。娃娃们和大人们来这里学习的话，恐怕要被熊精吃掉的。

刘勇义和吴胜一听气得火冒三丈，对苏武说：“苏大哥，这个胡图云扎得好好地教训一番。”

苏武问李陵：“你看呢？”

李陵想想说：“苏大哥是王庭流放在这荒无人烟的地方的汉使节。目的是让他在这里受苦，在这里受到惩罚，来击垮他的意志，要逼他为胡人做事。”

苏武听这话不住地点头。

李陵继续说：“我到这里来和苏仁兄相聚，没有王庭的准许，也是不可能的。卫律知道，会说我们图谋不轨的。”

苏武说：“贤弟你只说对了一半，另一半是王庭得知贤弟你和我来往密切，会对贤弟不利的！”

“那怎么办？总不能容这些谣言满天飞吧？”刘勇义生气地说。

吴胜出主意说：“要不，咱们把棕熊安顿到没人知道的地方！”

“这是个办法！不过得找个很安全的地方才对！”苏武沉思会儿说，“最好咱们立即搬家，离开这是非之地！”

“你说，离开咱们这多年辛辛苦苦建立的家？人和其他都好说，咱们的石磨子怎么搬动？”刘勇义说。

“只要人都安全，磨子咱们自己再锻打，不就行了！”吴胜说。

他们商量决定：先把熊一家搬走。再是苏大哥和李陵两家，最后几家再慢慢撤走。不过这都得神不觉鬼不知地进行。

第二天一早，天还未亮时，刘勇义和吴胜赶着马车装着熊一家和磨好的全部的面粉和粟米，打马到贝加尔海岸边山坡住地。

他俩先查看洞的最里面，用石头围墙堵存的粮食一切都好，放心了。

他们不愧是训练有素的军人，什么生存技能都有，两人把要住的几间房子收拾好，生好火塘烘烤着。在洞旁边的牲口圈后面，给熊一家搭了个隐蔽安全的窝，安顿好它们。

他们肚子饿了，拿出带的食物，放在火塘边热了吃饱后，收拾着洞里洞外的卫生。趁着天黑回到了家。

两天后的清晨，苏武、李陵、梅尕和於维尔兰、刘勇义、吴胜，他们骑马护送着马车上睡的五个娃娃，悄悄地离开了小镇。五个时辰后，来到贝加尔海岸边住地。

一一一　这就是人心

刘勇义和吴胜安顿好这里的一切，回到镇子的家，已经是半夜了。

第二天上午，一位村里人来请萨满给家人看病，一瞧苏武家门已被木板钉住了。

那人敲开了得得纳家的门问：“萨满家人去哪里了？”

“不知道！”得得纳说着关了门。

不一会儿，胡图云扎来请萨满给阏氏看病，看苏武家门封着，过来敲了刘勇义家的门。伊玛开门问：“啥事？”

“阿姐，萨满家人到哪里去了？”

伊玛探头朝对面房子大声喊问：“阿爸，你知道萨满一家去哪里了吗？”

伊尔得开门探头出来：“他们看这里人不友好，带着熊一家，连夜走了！”

胡图云扎无奈地回到家，瞧着两天水米未下，本来身子就虚弱的阏氏，躺在榻上如死人一般。娃娃在一旁吓得哭着喊妈妈。

他着急地来到这里，敲开了刘勇义家的门。伊玛开门一见是他，生气地问：“又来干啥？”

“刘大哥在不在？”

“在睡觉！”

胡图云扎挤进门，恭敬地站在榻前，对躺着的刘勇义恳求说：“刘大哥，求求你！给我阏氏瞧瞧吧，她已经两天没吃东西了！”

“我不会看病！”他没起来。

“你整天陪着萨满给人看病，总懂些的，比俺们强吧！我求求你了！”他给他跪下了。

刘勇义想，我得去看看，关键是得教训他一下。他懒洋洋地起来，穿戴好外衣、帽子、靴子，拎着皮药包：“走吧！”

原来，胡图云扎的阏氏是怀娃娃反应太强烈，他给了几粒药丸叮嘱：“这按时一天吃一个！最近不要给她吃油多的东西！”

“谢谢！”胡图云扎忙拿出一张羊皮送上，“这是酬资。”

刘勇义拽着他到门外，严肃地问：“村里人除了你，谁还见过熊？”

“这这，我不知道！”他心虚地说。

他手用力一推，他一个屁股蹲儿。

刘勇义咬牙切齿地说：“你是活得不耐烦了！”他拉起他又一推，他又一个屁股蹲儿，且一次比一次更重地着地。

胡图云扎感到他的手力，要是再来一次的话，肚里的肠子就要断了。他只得说：“我我我，那天被吓糊涂了，路上遇见，一起放过牧的大哥、给他说了，再没给谁说过！”

“那怎的镇上传出了许多谣言？”刘勇义瞪着吃人的眼睛。

“不是我我我说，的！”

“怎么证明不是你说的？”

“我，阏氏有有病，我还，哪有心胡说八道！”

他说的也是。刘勇义饶了他：“算你说的是实话！”

几天后，刘勇义和吴胜两家人和娃娃们也都悄悄地离开镇子，来到贝加尔海旁的山坡住地。

小镇的原住户几天时间突然不见了。这里的谣言更是疯传起来。

有的说，苏萨满一家是棕熊精变的，说不见就不见了……

这里人突然都不见后，还传出这里原来的住户都叫熊精吃了……还有的人说，这里的人都让棕熊精给接走了……

这消息很快传到丁零，腾虎咆听了感到很奇怪。他和两位同伴亲自到小镇一看，这里几家屋门钉挡着，人全部不见。他们冒着大雪赶到坚昆一看，李陵一家人也没回坚昆。

他把听到的谣言和总管赵镇一说，赵镇平静地说："他们说的可能是真的！"

腾虎咆是个聪明人，跪在赵镇面前恳求说："赵大爷，你一定知道他们在哪里。你不告诉我，是不相信我！我对天发誓：我腾虎咆要是做对不起恩人的事情，就遭天雷劈！"

赵总管瞧这可爱的年轻人，就让这里到过贝加尔海的汉军士带着他们去找苏武和李陵。

腾虎咆一见李陵和苏武他们，孩子般呜呜地哭了。

那次，他带着几个伙伴在小镇住了几天，苏武和梅尕集中给他们现场示范，并讲解牲畜疾病的一些治疗方法。

他们回家后，立即就对牛羊马和骆驼进行了一次检查，还真的发现了一些病症，并且给予处理，使它们免于病痛，也免了主人的心焦和无奈。

这次他们听到谣言，到那里一看，他们都失踪了，他的心慌了。这几年来，多亏了右校王、苏大叔他们的帮助，丁零才有了希望，才有了今天。

要是这些朋友都走了，他们没有了主心骨，以后的日子都不知该咋过。要是卫律主管了丁零，大家的苦日子就要来了……一想到这些，腾虎咆难受极了。

李陵拍着他的肩头："你看我们不是都好好的吗！"

"我一想到你们走了，没人关照了，我就很难受！"他擦着眼泪。

苏武拍下李陵的肩头说："贤弟，你现在知道，我劝你的价值了吧！这就是人心！你付出的，终究人会知道的！"

苏武拍拍腾虎咆的肩膀说："我们不便在那里生活了。在这里也只有你们几位知道就行。"

他虽然不明白为什么，人家能搬到这无人之地，就有一定的道理。

他表示："我明白！"

"我们离开时，给羊圈里丢了有半个多月吃的，估计已经吃完了。让你的同伴到那里把那群羊赶回去。你先留下，帮着我们干几天活！"

苏武他们准备在石洞旁边的空地上盖几间房子，让大家能分开居住，缺人赶马运木头。

"让他们把羊赶到这里不就行了！"

“羊以后会有的，关键是我们在这里暂时无法养！”苏武说。

添了一个能干活的主，和刘勇义、吴胜在树林里砍伐木头，就地按尺寸搞全，三天就都运回来了。他们按照圆顶帐篷的样子，全部用木头围盖成房子。

冬天和泥不容易，就暂时用毛皮在里面整个装糊了一遍，再烧起火塘，屋里也暖和多了，这样四家人就都够住了。

这些天，腾虎咆在这里学到了许多干活的本事，他更加佩服汉人的聪明和勤劳了。

他回到丁零后，找来去年到坚昆学艺回来的两个匠人，让他们用羊皮来制作牧人用的缰绳。他们比人家差太远了。

腾虎咆借着冬天，带着阏氏和另外的几个青年到坚昆学习制作牧人工具和农具的技术，准备回来后办个铁匠、木匠的作坊，一个方便大家，再一个也能给公用积攒些财产。

一一二　时刻为回汉打算

安顿好各家人吃住后，清闲下来。苏武把学堂办起来了。他规定，几个四岁以上的娃娃，每天前后晌必须得分别上一个时辰的课，主要是学汉字写汉字。

进入冬天已经两个多月了，无边无际的贝加尔海，被无边无际的厚冰封得严严实实，马都能在上面奔跑，小娃娃们更是不在话下了。

这天，刘勇义和吴胜陪着李陵外出了。苏武给娃娃们上完了前晌的课后，让他们各自回家练习写字。

到吃晌午饭时，於维尔兰发现儿子带着妹妹不见了。他到吴胜家去找，得得纳说：“我家吴得中也没在家。我当他在你家呢！”

她俩到隔壁刘勇义家去找，伊玛说：“我家的刘伊心和刘伊中也没在家。”

她们到苏武家，看见苏武一家在吃饭。苏武得知几个娃娃不见了，扔下碗一起帮着寻找。

他们找遍了住屋前后、院子前后都不见人影。苏武回家怒问女儿：“你是姐姐，知道他们干啥去了吗？”

"可、可能在、海子里玩耍。"女儿胆怯得结巴了。

苏武一听，立即出门奔下台阶，踩着厚厚的雪，艰难地跑到湖边，几个娃娃在冰上笑着玩耍。

苏武喊着："李於兴，快带着弟弟妹妹回家吃饭了！"

娃娃们一听先生喊他们，都乖乖地爬上来不吭气朝回走。

后晌上课后，先生苏武严厉地问："放学后，是谁带着弟妹们下海子溜冰了？"

在座的都低着头站起了来。

先生又问："谁带的头？"

没人吭气。

先生拿着木板子："要是没人承认，我就一个个地打！"

大家目光转向五岁的吴得汉。他只得胆怯地站起："我带的头。"

"那我问你，你怎么知道海子的冰上面能玩耍？"

"那天，我听我爸给我妈说，海子冰封住了，上面能打马。我妈说，小心冰破了，掉进海子喂了鱼。"

大家一听忍不住地笑了。

苏武恼怒地说："笑什么笑！"

大家都憋住笑，低头不吭气了。

"难道说喂鱼是假的吗？要是在一个月前，看着海子上已经结冰，下去玩耍，一定会掉下去没命的！"先生严厉地说，"以后坚决不准下海子在冰上玩耍！听见了吗？"

娃娃们异口同声："听见了！"

"咱们住这里，周围没有人家。海子周围有白熊，有饿狼经常出来，

大人遇着，连命都没有了！你们碎娃娃那就更是逃不掉了！"

先生严厉地威胁："以后不准你们任何人下台阶，要是谁不听话下了台阶，我就打断他的腿！夜里再把他扔到外面喂饿狼！"

这些娃娃爱惜都爱惜不过来，怎么舍得打骂喂饿狼呢！不过不这样威胁是不行的，这些娃娃无论哪个出了啥不好的事，人们的心都会疼烂的。

"我们不敢了！"娃娃们胆怯地低着头。

苏武瞧着女儿严厉地叫："苏贝尔！"

"到！"

"你是大姐姐，以后要管好他们！谁要是不听话，你不报告，我拿你是

问！”先生威严地问，“听见了吗？”

“听见了！”苏贝尔回答。

其实女儿也只是个不到八岁的娃娃，他这样严厉也是说给娃娃们听的。

晚上，李陵他们回来，苏武把今天娃娃们偷偷下海子，在冰上玩耍的事情告诉他们，让他们回家一定要管教好自己的娃娃。

各家的父母在家里把各自的娃娃认真地批评加威胁了一顿，并且处处留心管束住他们。这儿保护娃娃第一重要。

夜里。苏武忙完躺在榻上，瞧着对面榻上的甜睡着的女儿，女儿转眼都八岁了，时间过得真快呀，自己来这里已经快十年了！

这么多年里，多亏了妻子梅尕和於乙沓老人到来，给了他生活的勇气和帮助。后来，李贤弟又让刘勇义和吴胜在这里和他一家人在一起，既安全也避免了孤独。

自己和李陵虽然道不同，可都是大汉人，也是亲如手足的兄弟。他无奈留在这胡地，心里比自己痛苦多了，还是割肠剜心的苦痛。两个好朋友能在这里相逢，并能互相理解互相安慰，这也算是老天的安排了……

梅尕轻轻地问："你想啥呢？"

“没、没想啥。”

“你说话的语气，就是想来着。”她紧挨在他胸前，“能告诉我吗？”

男人沉思会儿："咱们妞妞八岁了吧？"

“是啊！”

“咱得让她好好念书了！”苏武说。

“那还教她习武吗？”女人问。

“念书和习武一起来。”

“我觉得她还太小！”

“从小开始边玩边学，这样才能学好的！”

“你是先生，你看着办。”妻子顺从地说。

“咱从明天开始，白天叫他们念书写字，冬季夜里时间长，我给贝尔再教一个时辰的武功基础知识。”

“那你以前教她的是啥？”

“以前只是给她比画着一些动作，叫娃娃有个印象。”

“你是说正式学习？”

“现在她个儿高了些，应该能提起架势了。”

“我觉得学这个很苦的！”

“总比以后受人欺负好吧。”男人不耐烦地说。

“你这人怎的说着说着，就给人摆开脸子了！”她推开他，背对着他不理他了。

他知道女人心疼自己的娃娃，可他得为自己的离开打算。

苏贝尔是个听话的娃娃，她也很聪明，爱学习。她白天跟着娃娃们一起念书，晚上跟着阿爸学蹲马步。

六七岁的娃娃蹲马步，真的是太难了，而且一开始就要蹲就一炷香的时间，苏武提前就用艾叶加牛粪做了计时香。

阿爸带着女儿到屋内的另一隔间，他点着香后，示范说：“双手下垂，双腿左右分开与肩同宽，双臂胸前伸直，双腿前弓下蹲，抬头挺胸。膝盖和脚面一样平直。”

女儿学着阿爸的样子，阿爸看女儿做得不对，手扶着女儿的双腿和脚：“不对，双腿下蹲，对，就这样！”

贝尔学着阿爸的样子，双臂伸直弓腿蹲站着。开始觉得好玩，可是过了一小会儿，小腿就累得撑不住了。她刚一站直，阿爸严厉地：“马步！”

她只得颤颤巍巍，双手臂伸直弓腿半蹲着，不一会儿，竟然坐在地上。

“阿爸，能歇会儿吗？”女儿可怜巴巴地问。

“不行，站好！”他拉起女儿，“第一次就是这样，以后慢慢就好了。”

贝尔只得又以颤巍巍的马步站着。不过比刚才强了点，尽管颤抖着，可比上次站的时间长了点儿。

阿爸高兴地对女儿说：“不管做什么事情，只要坚持就能做好。”

头天晚上，贝尔站了不到半炷香的时间，就坐在地上流着眼泪呜呜地哭开了。

梅尕在炕上陪着两个小儿子玩着，听着女儿哭声过来，见状拉起女儿就走。

其实男人也心疼自己的女儿，可是学习就是这样，不刻苦是学不好的！

一一三　卫律又在算计

第二天晚上，阿爸又叫女儿练习蹲马步，女儿说腿疼硬是不站了。

阿爸耐心地对女儿说："咱们今天站半炷香的时间，这样每天站一会儿，三天后习惯了，腿就不疼了。"

海儿和国儿听阿爸这样说，拉着姐姐："姐，我两个陪你！"

三个娃娃站在面前，苏武折了半截香点着，对娃娃们说："都来瞧着，站马步。"

……

阿爸说：双手臂伸直，双腿左右分开与肩同宽，双腿前弓下蹲，抬头挺胸，膝盖和脚面一样平直。

贝尔昨夜躺在榻上，尽管腿疼，还是把阿爸说的要领好好地回想了回想。

她有了昨天的经验，今天在两个弟弟面前要做个榜样。阿爸夸女儿："我女儿今天进步很大！"

阿爸一夸女儿，两个儿子也学着姐姐的样子，都摔倒了。阿爸忙拉着两个儿子："你们两个还小，明年就能学了！现在，咱们三个给姐姐当先生，教她好不好？"

"好！"两个调皮蛋异口同声。

贝尔站着，瞧着弟弟们的调皮样子笑了。

阿爸忙说："贝尔，来，再练下！"

阿爸站着马步，女儿也学习站着。阿爸瞧女儿不对，过来正了下她的腰身："挺胸抬头！"

两个小家伙也过来，拉扯姐姐，姐弟三个都倒在地上哈哈笑起来。阿爸也不由得跟着笑了。

一连练了五个晚上，妞妞腿也不疼了，也慢慢入门了，不休息可站一炷香的时间。

梅尕怕女儿这样伤了身子，每晚上睡觉前给女儿做一碗羊肉面。当然两个儿子也是有份的，不然他们不愿意。

於维尔兰得知每晚上苏武教贝尔蹲马步，就让儿子李於兴也跟着学。兴兴到底是个男娃娃，不但调皮，还力气大。学习蹲马步倒没有什么不适的反应，也爱学。

他和贝尔一起也是个伴儿，两个人互相监督也能促进学习。兴兴虽然调皮可贝尔却能制住他。

一天，上写字课。先生让大家练习写字后出去了。

兴兴拿着他阿妈给缝的小布沙包，砸在前面吴得汉的头上。

吴得汉气得扑过来打他，两个人扭在一起。

李於兴借个儿大把吴得汉推倒在地骑在他身上："我在骑马！"

"别打了！"苏贝尔上来拉起他，"你们为啥打架！"

吴得汉说："他欺负人！骑马打我！"

"李於兴，你给吴得汉赔礼道歉！"苏贝尔命令。

李於兴扭着头不吭气。

"你不道歉？好，今天我告诉你阿爸和你阿妈，叫他们来收拾你！"苏贝尔大人一样。

他一听，说："你别告诉他们，我道歉还不行吗！"

"那你要认真些！不认真可不行！"

李於兴端正地站在吴得汉面前，鞠个躬说："对不起！都怪我，上课调皮！"

"没事！自己人！"吴得汉大度地说。他在家里，阿爸常告诉他要让着李於兴。

一天晚上，刘勇义来找师傅商量想回原住地看看的事，发现师傅给贝尔和兴兴还有国儿、海儿教习功夫基础。他立即找吴胜，一起把四岁的双胞胎姐弟刘伊心和刘伊中、五岁的吴得汉都送来学习。

这样小伙伴们在一起站马步时，你逗我一下，我撞他一下，不是你倒地，就是我骨碌坐在地。特别是两个四岁多的双胞胎，认真站的时间长一点都不行，更别说马步了。

苏武只得教几个年龄小点的，按要求练习站桩。不过这几个小的还真是听话，每天站半炷香的时间，半个月后，站得还有模有样的。

苏武想，自己一定要把这几个娃娃教好，不说别的，起码要让娃娃们长大后，不欺负别人，也不被别人欺负。

谣言仿佛长上了翅膀，很快飞到了卫律耳朵里……

一天晚上，他叫来卫忠问："你在苏武那里，看见什么棕熊没有？"

"没有。"卫忠说，"那里根本是一个极寒又荒凉的地方，有熊，野狼，驯鹿，这些家伙出没是天经地义的！"

"怎么传言说，苏武养几只熊什么的，还说他是个熊精，他人突然不见了什么的。"

"你相信熊能变成人吗？我在那里看见的是：他拄着节杖，披着自己缝制的羊皮袍子，又宽又大的。莫非说他穿得很厚很多，像熊一样！"

"也有可能，他冬季怕冷，穿得又多又臃肿罢了。"卫律沉思着。

卫忠看他有些不相信："要不，我陪王爷，咱们带着兵一起去看看？"

他知道卫律不会在冰天雪地外出。

"这冰天雪地的，算了！"卫律想想问，"卫忠，你说我把丁零收回来，自己管理怎么样？"

"你常住那里？"

"不，我重新派人去管理。"

怎么这卫王爷老是在算计着。

卫忠说出了心里话："那还不如让腾虎咆管理呢！他是土生土长的地头蛇，管理那里的人，得心应手的。你要是另派人去，那人得带上部队驻扎才成。"

"有如此复杂吗？那右校王怎的就能搞好呢？"卫律问。

"人家有三百弟兄保驾，再说人家知道如何种地，如何管理治理地方！"卫忠无心地说。

"那你说，我就不行？"卫律瞪着眼睛生气地。

"不不、不是的！"卫忠觉得自己说漏嘴了，打了下自己的嘴巴忙更正说，"王爷，我的意思是，这要你亲力亲为的！"

"你说得对。可我由于军务在身，不能不在军中。要不这样，我派你去管理丁零怎么样？"卫律注视着卫忠，要将他看穿一样。

卫忠一下傻了眼，紧张惊恐地说："王爷，你你你、就饶了我吧！我一个人去，本地人还不把我给宰了！"

"我给你军队呀！"卫律说。

"可军队也是人组成的呀，要吃要喝要补给，我拿啥养这些人呀！"卫忠为难地说。

"丁零地方那么大，我给你们划一条河谷，你们在那里耕种操练，这不就行了！"卫律说，"三年后，你们给我按地亩缴贡税就行！"

"我、我卫忠，不、不会带兵的，更不是带、兵、的人！"他惊恐地推辞。

"那你说，谁生下来就是带兵的人？"卫律鼓励说，"你还年轻，要好好学习才对。"

卫忠只得说，"那我想想！"

卫律瞧着他走后想，这个卫忠，我看你能办事，才让你如此做的，别人想干还干不成呢……

卫忠躺在榻上，一夜都没睡着，想着卫律说的这件事情……这是件大事，得找个人商量商量，他想起了右校王，可他没在这里……有了，找他管家韩大哥。

他和韩玉林打过几次交道，虽然他是个汉人，可他和他的上司李将军一样，是个能靠得住信得过大哥样的人。

第二天前晌，他安排好府里的一切到右校王府，把卫律同他说的事情，和韩玉林说了后问："韩大哥，你说我能行吗？"

韩玉林想想问："你不在意我问不该问的吗？"

"韩大哥，你要问啥都行！"

"你愿意一辈子给卫律当下人吗？"

"我还没想过这事。"

"那你先回去好好想想，想好了咱再说！"

"我就在这里想，行吗？"

"行！"韩玉林说，"走，帮我边打皮绳子边想。"

一一四　心老不安定

卫忠跟着他到了后面的暖房，瞧着他认真用刀子划着皮条子，听见他屋里阏氏哄娃娃的声音想，我也想和韩大哥一样有家，有阏氏和娃娃。可是要是在卫律眼前一辈子都不会有的。

卫忠对韩玉林说："我想好了，不想给他当一辈子下人！"

"那这就好说了！"韩玉林说，"这是你脱离开他的唯一办法。这也说明卫将军赏识你！”

“那你说，我答应他？”

“对！”

“他让我带着军队去丁零种地，这不是跟腾虎咆争地盘吗？”卫忠担心地问。因为前一时去贝加尔海遇见过他，觉得自己不是他的对手。

“丁零那么大的地方是卫律的，不是他腾虎咆的。再说你去了，对他也有好处。”

“抢人家的地盘，有啥好处？”

“丁零人多了，力量就大了！”韩玉林说，“你们卫将军也不会让你带太多的军人过去的，最多给你一百人左右，叫你试试！”

“其实，我心里很是害怕，干不好，卫律对我下毒手！”他担心地说。

他这几年跟着卫律，看到他的心狠手辣，真怕自己不知不觉地丢了小命。

“那你在他眼皮底下，他就不会害你？”他用手比画了个杀头的动作。

他想想说：“嗯——也是。我主意定了！不过，我不会种地咋办？”

“腾虎咆教你们！”

“他能教吗？”

韩玉林坚定地说：“能，只要你听从他的话，一定能！”

“这你可要帮我！”卫忠一脸的恳求。

“一定！”韩玉林叮嘱说，“你回去，更要认真地做好你家王爷交代的事情。”

“那他要是问我想好了没有，怎么办？”

“你就对他说，只要王爷支持我，我就有信心去干，而且我要干好，来报答王爷的恩情！”韩玉林教他说。

“好！谢谢韩大哥！”他起身告辞。

“有啥不明白的，或者有啥困难，就过来一起商量！”韩玉林叮嘱说。

韩玉林瞧着卫忠的背影想，这事情得赶快告诉大哥。

韩玉林立即让同伴帮着照看家里，自己带着一人立即到贝加尔海告诉李陵和苏武。在他们和腾虎咆的运作下，开春卫律让卫忠带着张口要吃饭的一百名军人来到了丁零。

腾虎咆给了他们块虽然偏远，可是有水有草的大河谷。腾虎咆按照大汉军队屯垦的办法，给他们建了住宿地，给了他们粮食种子和二十多只搭配好的牛羊，让他们在这里生活，定下条件两年后归还本利。

虽然卫律是铁公鸡一毛不拔，可是这百十个年轻人的军队在这里开始了种地放牧的生活。

有苏武和刘勇义他们给腾虎咆出谋划策，百十人的军队有腾虎咆的帮助和指导，这些年轻人艰苦了一年就有了稳定的生活不说，后来还陆续地成了家。

在多年后匈奴内部分裂，这支百十人的军队成长壮大为一支保护丁零和坚昆的队伍。这是后话。

夏季夜晚，梅尕和苏武给人看病回来，吃过饭疲乏地躺在炕上。

梅尕叹了口气："唉！"

苏武问："怎么了？"

"哎！你说胡人、人少的原因是啥？"女人问。

"打仗伤人呗！"男人回答。

"还有呢？"

"地域寒冷！"

"还有呢？"

"我就不知道了。"男人说着打了个哈欠，"睡觉吧！"

"你怎的老是这样敷衍我？"女人生气地摇晃着男人。

"别别，我真的不知道！"男人搂着女人，"你说，我洗耳恭听！"

"没兴趣了！"她推开男人，背对着他。

男人瞧着妻子心里问自己，苏武，怎么动不动就这样了呢……

原来是，自己的心老不安定，老想着回大汉……可妻子是你的亲人呀，你不该这样对她……

男人搂住女人说："说心里话，我的心。"

背对着男人的女人，呛男人："我知道你的心，一直是大汉！"

"不不，不是的！"他怕她生气只得说，"我今天很累的！"

"你累，我不累吗？"女人落下了泪，"我一直在安慰我自己：梅尕，你是心甘情愿和这个男人一起过的，你不能说累的！"

女人呜呜地哭了。

男人搂紧女人说："对不起！你是我在这里最亲的人，我爱你！"

女人回过身，拳头狠狠地捶着男人。

男人强悍地亲着女人，女人的心融化了，跟着同步起来。男人被刺激得爬到女人身上。女人用力推开他："你不是累吗？"

"干这事天经地义，就不累了！"男人强悍地压在女人身上，两个人正在紧要处。

对面榻上的海儿喊："阿妈，我要尿尿！"

“来了！”两人立即停止。梅尕忙裹着袍子下榻，点灯，把尿罐放在儿子跟前。小家伙站起尿了，睡下，梅尕给他盖好被子，又叫醒国儿起来尿了后，回到榻上。

苏武搂着梅尕。

她笑了问：“你还要吗？”

“唉！这小家伙！”他亲了下她，“睡吧！”

“好容易在一起了，我还想！”这两年女儿大了，在屋里给隔了间房子单独住了。这两个小的住在姐姐过去的榻上，有娃娃在一个房间里住，夫妻两个在一起的时间就少得多了。

“巴不得！”男人扯开女人的袍子……

两人就是再怎么舒服都不敢出声，不过他们你来我往疯狂着。

一阵儿过后，男人搂着女人，痛快地问：“你不是说，还有个胡人人少的原因吗？”

女人说：“就是咱刚才做的事。”

“这与生娃有什么关系？”

“关系可大了！”梅尕说，“你知道今天看病的那对年轻人为啥三年都没有娃娃吗？”

“为啥？”

“他们两个看起来很聪明的，却不会这样！”

“不会男人和女人睡觉？我不相信！”

“是真的！”

“现在会了吗？”

“我教他媳妇了。”

“是啊，在外面出诊也遇到过这中情况。我也教过男人的！”

“你说，这胡人都是单独放牧，接触的外人很少的。胡人又没有学堂。”

“这办学的事情要王庭批准才行。咱们个人办的话，就会像冬天一样冰冷。”

“我只是说说罢了！干这事，我还真的困了！”女人背过身睡着了。

苏武听着妻子的酣睡声，自己却睡不着了！不知大汉情况怎么样？如今皇上纳了年轻的妃子，应该大汉皇宫里安宁了吧？儿子和兄弟的家人都好吗……

他心里想着这些，意思是，皇上该想到他们这些被胡人扣押的人了吧……

前一时腾虎咆来，要给他们那里加工两合石磨子，苏武、刘勇义和吴胜一起和他去了贝加尔海。他力气大，也肯干，深得苏武他们的欢心。

晚饭后，他们几人在温泉洗了澡，回来躺在榻上。苏武问："虎咆，你如做不成丁零的管家，想做啥事？"

"我就带着一家人到这里来，和大叔一起干！"他想都没想回答。

"我要是不在这里了？"

"还有刘大哥，吴大哥，右校王和坚昆。再说，我有力气，到哪里都是讨生活！"

经过这一时的相处和今天的谈话，苏武觉得他是个耿直可靠的胡人。要是李贤弟跟前有如此可靠的胡人帮手，就能团结一批胡人，以后这里要是改朝换代的话……

他坐起来，拍下脑袋心里责备自己：你这人，怎么越想越远了……

一一五　色诱单于

一个多月后，石磨锻凿成功了，腾虎咆回丁零叫来十多人的马队，硬是把石磨子和石碾子拉回丁零，安装了起来，这可轰动了整个丁零。

如今丁零人也能吃上白面了，大家对腾虎咆更相信爱戴了。特别卫忠对他很是崇拜。

自己带着一百多士兵来这里，要不是腾虎咆帮助他们，指导他们种庄稼、放牧的话，靠卫律军饷的供给，早就饿死了。

这两年，自己的地盘巩固了，粮食和牛羊在不断地增，他很有信心，只要大家有力气一鼓劲就能过上好的生活。

进入夏季，狐鹿姑单于在李陵的陪同下，巡视了各部落和各封地的情况，看到各处生气勃勃，人畜增加，高兴极了。

他和李陵走在绿油油的麦田埂上，兴奋地问道："右校王，这里和大汉相比，怎么样？"

"只是不饿肚子而已！"李陵低头走着回答。

“就这样的草原，在我的记忆中，是最好的了！”单于兴奋地说。

“你冬天出巡过吗？”

“没有。”

“这里一年只种一季粮食，仅够漫长的冬季人畜吃用。要想富起来还得努力多年！”李陵怕这秉性难改的胡人，又起打仗之心。

唉，自己的本事也只能做到如此了。

“可我检查了国库，已经比过去充盈多了！”

“这远不够！再过几年，你再看！会更好的！”李陵郁郁地走在比自己小几岁的单于身旁。

“听你的！我相信你！”他高兴地想，父皇给他举荐的这位右校王，真是大能人！

一天午饭时，他们一行赶到卫律种植练兵的军府，瞧着军人们高兴地吃着羊肉拌面条。

狐鹿姑大单于感慨且自豪地对李陵说：“我说怎么样，让军队边种地边训练，生活改善了吧！”

李陵没答话，对跟随身边的韩玉林说：“去告知卫将军，大单于到！”

军帐中的卫律，正在一位美女陪伴下高兴地喝酒吃肉。一听说大单于到，立即吩咐女人下去，拉起军服穿着出门迎接。

单于已经走到门前。

卫律衣衫不整地行礼：“不知大单于驾到，有失远迎！”

大单于没说话，直接走进门，瞧着榻几上的酒肉坐下。

卫律忙对后面喊：“快给大单于端上洗面水来！”

刚才陪卫律的美女，端上洗面水和新的葛布巾出来，声音柔嫩地说：“单于陛下：请！”

单于洗着手，眼睛却注视着美女。

真是漂亮，头上淡粉丝巾绾着水润长发，长长的眼睫毛中，一双深幽水灵的大眼睛，透着勾魂的妩媚，小脸白嫩而光亮，嘴巴仿佛是成熟的香梨，让人恨不得想咬上一口。

她着了件合身的印花丝袍，丝绦紧束着腰，前胸凸着双峰，让人想探个究竟。单于手放到水里一动不动地瞧着她。

美女的手故意碰了下单于，甜腻地笑了。

狐鹿姑单于呆瞧着眼前的美女，摸着美女端着水盆的白皙的手。

美女扭着腰肢笑盈盈娇媚地说："单于，快洗手呀！"

"啊，呵呵……"单于回过神讪笑着洗起了手。

卫律把这些瞧在眼其里，对男侍说："卫子，持水盆。非玛，你给大单于拿布巾！"

美女非玛把水盆递给男侍，自己拿起布巾给单于擦手，单于抓住她粉嫩软绵的手，一起坐在了几前。

单于看看周围喊着："右校王！"

韩玉林进来，右手抚胸行礼："禀单于，右校王方便去了！"

卫律忙吩咐手下："卫里，去给右校王他们在帐房另摆一席！"

按理说，大单于探望了这里，就该到别处去了。可他却没有走的意思。这里有好菜好酒款待，特别是有美女非玛伺候。

十天前，十七岁的非玛和姐姐在哈拉和林街上买头饰，被经过的卫律瞧见。他差随行卫子跟踪到她家。原来她父亲在哈拉和林做生意，姐妹俩是来玩的。

得知情况，卫律亲自出面，把军队里的一些生意让她家做，换来了美女非玛来陪自己。可是阏氏在跟前，他不敢造次，只让她陪自己喝喝酒，还没有敢在一起过夜。

其实，只要单于开心，卫律什么都舍得，一个女人算什么。

头一天，卫律将军人议事厅精心地收拾一番，让单于住下，并且叫非玛陪伴。胡人的女子本就开放，特别是情窦初开的女子更是如此。

由于外出多日，没有女人，狐鹿姑大单于已经迫不及待了。看她进来，扑上前搂住她要亲。

她用力推开他，瞧着他问："你多大年纪了？"

"男人和女人在一起，是不论年纪的！"单于色眯眯瞧着美女。

"你是大单于，家里有阏氏的。"

"你也可以做阏氏呀！"

"那我就要做你真正的阏氏！"她噘着嘴，撒着娇说。

"只要你今夜里让我满意，会的！"

"我咋样，你才能满意呢？"

"先脱了衣服。"

"不行！"

"我会让你自动脱了的！"

"我不信！"她背靠着榻坐在地毯上。她本来不想来陪伴单于的，她明白这样跟了大单于自己就没了人身自由。可跟了卫律更是一样。那还不如跟了年轻点的单于。

他坐在她身边，拉住她的手抚摸着，看她没反对，把手伸进她的衣袍里。胡人女子为骑马方便，上身系腰带不穿内衣，却要穿长内裤甚至皮裤。再说她晚上把上下带系得紧紧的。

这小东西！他起身瞧着几上的大碗奶茶已经不烫了，他端起来，趁她低头时，倒在她身上。

她生气地站起抖衣袍，可是衣袍湿了贴在身上黏腻得很不舒服。她无奈解开袍带，他趁机拉下她的袍子把她扔在榻上，撕开她的衣物，山一样地压上去。

非玛不甘心，她想挣脱，越是挣扎，越刺激得他疯狂。

他不但下面凶狠，上面同样凶狠。他瞧着她健康紧挺的双峰，咬着一只不放，疼得她哭喊着："救命！"

这时候谁敢干涉单于。卫律听见也全当没听见。非玛只得流着泪恳求说："俺，俺，疼！你饶了俺吧！"

"谁叫你如此的诱人！"

不过，非玛哭叫过后，单于轻柔了许多……他亲着她，她渐渐觉得有点感觉了……

在后来的几天里，非玛不再挣扎了，知道自己越挣扎，得到的是越痛苦。不过，她想，自己已经付出了，就要想办法得到想得到的一切！

一一六　李陵装病

狐鹿姑大单于在这里住了六天，和非玛缠绵了六天，到第七天大阏氏以王庭出事派人来叫他，不得不回时带着非玛回王庭了。

单于的阏氏，一看男人带回了一个年轻漂亮的小女人很是生气，闹了几次，得到男人的鞭打也乖了。单于多纳阏氏的规矩让她也没办法，倒也省心，由着他去吧。

狐鹿姑大单于除过每天早上和各王爷官员例行公事见面外，就是和非玛在一起花天酒地。

他念卫律给自己献了位真正的黄花美女，让自己的儿子二十多岁的日逐王为军队首领驻扎屯垦地，命令卫律回来为军师。

卫律二次当上了军师，右校王的好多事务就被他硬是揽下了。李陵倒落个清闲。

岳父於鞬王看侄子迷恋酒色，又和卫律搅在一起，恐自己一家受害。他和女婿商量，让女婿留在哈拉和林，自己要带着老伴和女儿及两个娃娃到坚昆生活。

李陵很支持这一决定，亲自把他们送回坚昆安排好一切，自己才回来。

初冬时节，天气渐渐寒冷，於鞬王的老毛病犯了。坚昆的汉医看不了，赵镇派人叫回了李陵。李陵满足老人的想法，把他送到了贝加尔海苏仁兄处。当然一家子都跟着来了。

苏武看老朋友来很是高兴，立即给他们安排住处，把最好最暖和的房间腾出来给有病的王爷住。梅尕每天按时给王爷大哥熬药调理，病也慢慢减轻了。

於鞬王一到这里首先心情放松了，他想，这里有妹子萨满，有汉人朋友苏武，还有两位胡人兄弟——伊尔得和得里木陪着热闹，即使病治不好，死在这里也很值得。

李陵一见苏武，有说不完的话。如今只有仁兄才是他的主心骨。

两人坐在榻上，面对着几上的酒菜，边吃边聊。李陵把这几年来，特别是最近王庭发生的事情，统统地告诉了仁兄。

李陵说："现在单于只顾和那女人花天酒地，顾不得其他了！"

"更可怕的是卫律手握大权，你可不能小觑！"苏武提醒说，"你岳父想得对。王庭乃是非之地，再说卫律又得宠，还是离开为好！"

"是啊，我暂时还离不开，只有先瞧着这些！"李陵呷了口酒苦着脸说。他如今真是很为难的，走也不能，留也不得。只有先瞧着。

"不是先瞧着，而是要，边瞧边小心！"苏武吃着羊肉说。

"仁兄说得是！"

"要提防着：胡人本性难改，有了积蓄就要犯汉，想得到更大的利益！"

"我知道，我尽力来阻止事情发生。"

"你阻止不了的！"苏武沉思地说，"恐怕他们要你带兵出征！"

“我会推脱的！”

“要是推脱不了，怎么办？”苏武问。

这个问题是很难的。再说在人屋檐下，不是你说不做就能行的。

“我就让他们受到教训！”李陵想想说。

如今陷在匈奴，身不由己，就得想办法避祸才对……

果不其然，李陵回到王庭，单于命他带兵抢掠西域通道乌孙。李陵不去不成，可是冰天雪地如何出征……

李陵想了整整两天，自己服了泻药，装病不起，派人告知单于。

单于知道卫律和李陵不和，就差卫律前来探访。

卫律一见李陵面如土色卧病在榻，着急地问：“右校王，你这是怎么了？”

“不知、咋的，昨夜、就浑身无力，起不、来榻！”李陵痛苦地说。

“看来这病来势凶猛，可别是不好的病！”卫律知道草原流行一种怪病，不知不觉地人就猝死了。

“我、想、也是。晚饭时、还好好的，睡觉时、突然就、浑身无力了！”他喘着说。

“我去请王庭萨满！”

“不用、了，我让人去、请沮渠、萨满了。”李陵有气无力地说。

这时，韩玉林带着沮渠格尔和年轻的沮渠胡犴进来。

沮渠一见卫律招呼道：“卫大将军也在！”

“快，快给右校王诊病！”卫律忙说。

韩玉林和沮渠格尔他们已经在来的路上通了气，沮渠先让儿子给李陵把脉。

胡犴诊了脉说：“脉象——好像是瘟病！”

卫律一听，忙告辞说：“右校王，你好好养病，我事务繁忙，先告辞了！”

一听瘟病，卫律真的怕自己染上一命呜呼，溜得比兔子还快。

“玉、玉林、送，大将军！”李陵声音沙哑无力地说。

“是！”韩玉林答应着跟出去，“卫将军，右校王让我送你。”

“不用不用。”卫律头也不回地说着，上马和随从走了。

卫律一走，李陵起身笑了。

沮渠说：“在路上，玉林把情况告诉了我！”

胡犴说：“姑父，我听韩叔叔一说，就知道怎么回事了！”

“你知道是怎么回事？”李陵问。

“是单于让你干你不愿意干的事情！”沮渠胡犴说。

“聪明！”李陵对他说，“你去韩叔屋里玩会儿，我和你阿爸有话说。”

“好！我正想要韩叔教我两招呢！”胡犴高兴地走出去。

沮渠看儿子离开后问李陵：“啥事？”

他下榻，在里面柜子里拿了袋东西递给他。

“啥？”

“打开看看就知道了！”

沮渠打开一看：“鹿茸！哪儿来的？”

“贝加尔海带给你的！”

“他们还好吗？”

“现在王爷都在那里，你说好不好？”

“这我就放心了！不过，得感谢你给他们派的两位保护者！”沮渠恳切地说。

“你妹妹他们夫妻帮他两人成了家，安了心！”

“苏大哥真是个置家、治国的能人！”沮渠钦佩地说。

“是啊！”李陵赞同。

“感谢了！你再去时说一声，我给他们带些好东西！”

“好！”李陵拿出自做的一副象棋，“来，咱们走几盘！”

那次，沮渠以给吓病了的卫律作法为名，李陵派人护送他到贝加尔海。看望妹妹他们回来后，如若说过去沮渠对李陵还有些芥蒂，这次两人就成了真正的好朋友。

沮渠只要一进京城，就在李陵这里落脚，相谈、下棋。

三天后，单于让卫律荐的人，带骑兵千人出兵骚扰了一回西域道，损失半数而归，老实了些。

今年寒冬，苏武他们这里没有聚集多少住家，只来了三户，还是住在巴特尔家附近。

於靬王在这里，没有了吵嚷，心里也没恐惧。他的病在苏武两口子的照料下渐渐轻了，不大咳喘了。

他从坚昆带来副象棋，在苏武的教导下慢慢地懂得了其中的道理，会下了。

苏武是忙人，不能每天都陪他下棋，於靬王就教两位胡人兄弟。伊尔得和得里木解不开其中之理，老是教不上道，他一发急就咳嗽。

苏武瞧着他着急咳嗽，气得收了他的象棋。给他弄了把裁刀，裁割薄羊皮。

目的不是让他干活，而是让他慢慢静心。

一一七　致命一击

於軒王从小就没有干过这样的活，不过羊皮不厚，裁得不匀称，可还是不算很差。

苏武称赞说："不错，胡人的王爷手艺还行！"

"你们汉人，人人都能干这活吗？"

"不是，我们那里用的皮绳子，都是黄河北面购得的！"

"你们汉人那里地方好！"

"不过胡人游牧，性野！"苏武指出了胡人的致命点。

於軒王总是说不过苏武，瞧着他哈哈笑了。

苏武也随着哈哈笑了。

他佩服苏武的睿智，更佩服他的气节和勤劳为人。在这里，什么活计都难不倒他，马上用的辔头鞍具，水中捕捞的用具等他都能做得来。

不过，最近於軒王经常干这活计，心静下来了，头脑也清醒些了。看来人还是要有事情做，不能老是无所事事。他瞧着苏武已经花白的头发计算着。

他在这里生活，明年就十一年了，在这些年里，大汉怎的就没有提说过让他们回汉呢？是不知他还活着还是怎的……

苏武见他发呆问："王爷，你怎的了？"

"我能问一个让你难堪的问题吗？"

"咱俩之间还有啥难不难堪的，问吧！"苏武大度地说。

"大汉仿佛把你给忘了？"於軒王裁着皮子。

"母亲是忘不了儿子的！"苏武这句话堵得於軒王无话可回了。

他说过这句后觉得自己说得太呛人，于是笑着补充说："不管母亲怎么样，作为儿子，绝不能不忠于母亲！"

"对，你说得对！"於軒王说着站起身，一阵天旋地转，跌坐在地。

苏武忙把他搀扶到榻上，摸着脉搏，仿佛停止了跳动。忙给他抚按着胸口。

过了会儿，於軒王缓了过来："谢、谢！"

苏武回房间拿出药皮囊，取了丸药过来，给他塞放进嘴里：“这是我和梅尕熬制的救心药。你含着让慢慢地化咽下、这样效果很好。”

於軒王口中含着药,这味药中有人参,有冰片,一时间心里舒服许多。他说：“我这病，在你这里就能多活两年！”

“你这样多长时间了？”

“已经有两年多了，开始很轻，我感到头昏晕，身无力，闭上眼睛一会儿就过去了。我知道得了这种病，很快就会永远睡着的！”

“不会的！你只要保好暖，就不大要紧！”苏武说。

“所以，我就来这里，赖着你和梅尕了！”

“只要能办到，一定竭力！”

他握着他的手感激地说：“谢了！”

於軒王认为自己会早早过去的，可是万没想到，几天后的夜里，身子一直不好的老伴，睡了过去。早上发现时，她双手压在胸部，可能是做噩梦睡魇过去的。

老伴陪着他，担心受惊地过了这么多年，总是怕一家人受大单于大伯子的暗算……几年前侄子做了大单于，她又是担心害怕大单于对叔叔、对女婿下毒手……

於軒王在外面人看来心理很是强大，活得滋润，只有他自己知道自己的心情。

老伴身体比自己好却走在了自己的前面。真是人生难料。

他心里很是难受，不过脑袋还很清醒。苏武和他商量下葬的问题，他说：“我们不回王庭了，就葬在这里，我相信老弟！”

苏武让伊尔得和得里木轮换着陪伴王爷，梅尕在家里照看着他。

他让吴胜到哈拉和林去给李陵报信；自己和刘勇义准备棺木，他还是准备用原木来解决这件事情。

半月后，李陵到来，他们一起商量，怕以后改朝换代死人遭受难堪，在於乙砻老人安葬之地的旁边，秘密埋葬了王爷的阏氏。

老伴去后，於軒王旧病复发，瞧着这么多不是亲人的亲人，都扔下手里的事情围着他转，他很是歉疚，深知自己是不久人世的人了，硬是不吃药，不吃饭，不喝水，几天后也去世了。

苏武和李陵他们还是用原木做棺，把王爷和阏氏合葬一处。

於軒王两口子去世后，李陵单人到王庭，告知了狐鹿姑大单于叔王两口子去世的事情。他只说了声知道了，就没有了下文。

李陵把王爷府交与王庭，自己带着所有的护卫和家人回到了右校王府。

大单于还是每天和王爷官员们见面后，继续和美人花天酒地，军师卫律也参与在其中。

各部落王爷看王庭如此的样子，虽看起来还各执其事却都想着自身的利益。加上这么多年农牧的丰收，各地粮食和人畜增长，多有储蓄，就都你想趁机灭我、我想借机收拾他的忙开了。

匈奴内部较开了劲，部落间的争斗时有发生。

一年后的开春，李陵带人到部落，检查完庄稼的耕种情况回到王庭，确切地得知七十一岁的汉武帝驾崩的消息，心想，得赶快把这事告诉给苏仁兄。

李陵对单于说，自己得回坚昆督促他们多种麦子，准备给王庭多进贡粮食。单于准许。他和韩玉林打马直奔贝加尔海。

苏武一听汉武帝驾崩的消息，手持节杖，面对大汉方向，放声大哭……

李陵得知仁兄的心思，可也不能明着说什么，他只是陪着他流泪。

可是这泪的意思不一样。苏武流泪是为大汉的社稷担心，为自己回不了大汉担心……

李陵呢，他为自己委屈，为仁兄委屈……

三天来，这致命的打击使苏武吃不下饭睡不着觉，昼夜手持节杖，肃穆地面对大汉方向矗立着，谁劝说也不起作用。

李陵很后悔自己做的事。他本来想着把这事告诉他，他了解了大汉的情况心情会好些，谁知他变成这样。

李陵负疚地对梅尕说："大姐，这都怪我！"

"你别责怪自己了！"梅尕说，"就是你不告诉他，他以后知道了，不但还会怪你，也会这样的。"

大家看着苏武这样，尽管很心疼，可是也没办法，没有人能说得动他。

梅尕做了碗面条，叫十岁的女儿苏贝尔端着和七岁的国儿和海儿，跪在阿爸面前。

三个娃娃哭喊着："阿爸，吃饭吧！"

苏武无动于衷。

海儿起来，抱着阿爸的双腿："阿爸，吃饭吧！阿妈给你做的，你最爱吃的面条！"

苏武还是一动不动。

调皮的海儿想了想，倒地紧闭双眼，死了一样的吓人。

贝尔看弟弟的样子，哭着喊："海儿！阿妈，海儿死了！"

一一八　医心病难

苏武一听儿子死了，立即身子一软，跌坐在地，伸出颤巍巍的双手把海儿搂在怀里，哇的一声哭了。

海儿忙睁开眼睛，喊着："阿爸！"

国儿也上来抱住他，贝尔递上饭碗，三个孩子流着泪异口同声："阿爸，吃饭吧！"

苏武瞧着三个娃娃，禁住哭声，流着泪想站起来。可是，浑身僵硬起不来。海儿和国儿也拉不起他。

刘勇义、吴胜、韩玉林打马外出回来，立即下马扔了手里的马缰绳上来一起搀扶起他，回到屋坐在炕上。吴胜把被子放在他背后垫着。

刘勇义接过师傅梅尕手里的水碗，递到他跟前："苏大哥，你先喝口水，再吃饭。"

他伸出发颤的手，把着他的手喝了口水。

梅尕对男人说："你先躺会儿，我给你做面汤去！"

刘勇义扶他躺下，吴胜给他盖上被子。

苏武一动不动，目光呆滞地瞧着屋顶。

吴胜含泪拉拉刘勇义和韩玉林，三人默默地走出门。

吴胜叹口气："唉！我看苏大哥这回伤得不轻！"

"心病难医！"刘勇义擦眼泪。

韩玉林说："我们能理解他的心！"

苏大哥来匈奴守节立志已经十多年了，大汉朝一直没管没问，现今老皇上一升天，还有谁还来管这老臣子呢？这怎能不叫他委屈，怎能不叫他伤心欲绝……

"走，咱们到我屋里坐坐！"吴胜对同伴说。

苏武在榻上躺了三天，喝了三天麦面糊糊，身子渐渐恢复过来。他摸着自己的脉象，瞧着妻子和三个娃娃陪伴着自己，轻声地说："对不起！"

"别说这些了！人好了，比啥都好！"梅尕温柔地说，"你不是老说，活着，就是希望。"

苏武不但这样说也是这样做的，可这事到临头却不由得自己。

他瞧着娃娃们在跟前说话不便，对女儿说："贝尔，带着弟弟们到你房间写字去，阿爸和阿妈有话说！"

女儿拉着弟弟们走了。

苏武拉着妻子的手不说话。

"说话呀！"女人着急地说。

"我这回恐怕要走了！"他觉得自己现在脉象和於靬王死时的脉象差不多。

"回大汉吗？"

他摇摇头。

"你要到哪里去？"

"天上。"

她摸摸他的脉搏生气且亲昵地说："不就是脉搏有点问题吗！你不会走的！"

"我跟王爷走时的脉搏差不多的。"他忧虑地说。

"那你现在就去吧！"女人噘着嘴推了下男人。

"我也舍不得你和娃娃们。"苏武尴尬地微笑说，"这几天躺在榻上，我想了很多。我真傻，怎么就为了一个大汉的老皇上去世而如此不堪呢！"

女人抚摸着他的手说："我说也是。不过你意识到了就好，别再作践自己了！"

"听到你的话，明天起，外出干活！"他要坐起身，一下子没起来。

女人扶起他。他趁机把她拽在怀里："你真是我的好女人！"

"都不怕娃娃看见！"她推开他，"我去给你拿水，吃药。"

"给我两颗救心丹吧！"

"你的心不用救，你的心需要补。你现在需要补心、补肺、补肝、补一切。看我的！"梅尕麻利地推开男人进了灶房为男人做着吃的喝的。

经过半月多的调养，苏武身子恢复得差不多了。李陵看他恢复过来，告辞要回王庭。苏武晚上安排刘勇义，吴胜明早护送他们一程。

第二天早饭后。苏武拄着节杖送他们到院子外面的道上。

李陵歉疚地说："仁兄，贤弟罪大至极，害了你！"

"别这么说。你也是为了我才告诉我的！怪我用情太专，寄托的希望太大的缘故！"

"仁兄能如此想，小弟也就放心了！"

梅尕拿着一鼓鼓囊囊的羊皮包追上来，递给李陵说："这是我带给尔兰的东西。"

"谢了！"李陵接过放在马鞍前的羊皮袋子里。

"仁兄，请留步！"李陵告辞。

"上马吧！"苏武对他们说，"一路顺风！"

苏武眼巴巴地瞧着他离去，直到瞧不见踪影还不走。

这贤弟一走，自己这身子很是糟糕，不知还能不能再见面……苏武心里很是忧虑。

梅尕拉着他说："我们该回家了！"

苏武和妻子回到家里，娃娃们还在熟睡。

苏武对梅尕说："这多天烦劳你了，再睡会儿吧！"

是啊，梅尕也感到，最近自己真的太累了，躺在榻上就又睡着了。

五天后李陵回到哈拉和林家里，把梅尕给的小包递给於维尔兰："这是你姑姑给你的！"

於维尔兰打开一看，是包干红果，还有一个小布包，她打开小布包，是块玉佩。这是阿爸的，怎么在她手里……她仔细检查，还有一封白丝帛写的信。

她一看是梅尕姑姑写的：

尔兰，原物奉还。这是你阿爸在最后时刻，悄悄给我的。他说，是酬谢我们的。他认为在这里麻烦了我们。我当时要是不收的话，他会难受的。

要是当时给你的话，你一定不会收的。所以这次让你夫君带回！

欢迎你常回贝加尔海来！

梅尕

於维尔兰手捧着丝帛短信，泪如泉涌。梅尕和苏武对待他们亲如兄弟姐妹的往事，一桩桩、一件件浮现在眼前……

十一岁的李於兴跑进来瞧着阿妈难过的样子问："阿妈，你咋的了？"

“你爱去贝加尔海吗？”她擦着眼泪，微笑问儿子。

“爱！”

妹妹跑进门：“我也爱！”

“你知道什么？”哥哥不耐烦地说。

“不是去贝加尔海吗，我早就想去了！”李维一说。

“好，找机会去！”

现在到贝加尔海，不像以前那么容易了。关键是匈奴各部落间已经有了矛盾，一路上不太安全。

苏武身体虽然没大碍了，可他心情一直不太好，头发比过去白得多了，多一半都白了。梅尕看在眼里，每天都给他调理着身子，可这心病却无法医治。

一天，苏武和伊尔得去后坡放马，梅尕叫上刘勇义和吴胜在学堂的房子里商量。

梅尕说：“二位兄弟，你们都是汉人，能理解你苏大哥的心。我想叫你们多和他说说话，让他开心一些。”

“师傅，这我们知道。我们也想多和他说说，可他却很少敞开心底的！”刘勇义说。

吴胜为难地说：“大姐，他心中光有他的节杖。这让我们无法说，我们都是回不了大汉的人。”

“你们就找他说，你们用家里的事情来淡化他的心思。”

刘勇义想想说：“咱们现在生活好了，有粮有酒有肉，每天咱两个缠他喝酒怎么样？”

“这当然好，咱还得叫两位老人一起来，每天各家轮流着来，今天在你家，明天在我家。这样一来，大家在一起热闹，心情自然就好了！”吴胜出主意。

“对。就这样！”梅尕说，“以后对外出诊。首先，让你大哥去，你们两个相陪着！让他在外面多走走，多看看！不能让他一人闷着！”

一一九　人命关天

这里夏天雨少干旱，可是昼夜温差大，也不显得干旱，庄稼长得很不错。

一天晌午饭后，苏武正在榻上休息。二十多岁的巴特尔带着一同龄的牧人小伙子来请萨满，那小伙说是他阿爸被毒蛇咬了，生命垂危。

梅尕对男人说："快起来，带着刘勇义和吴胜一起去！"

"我没有看过这病！"男人不想去。

"我知道你能行！人命关天！我今天那个来了很难受。"她知道他不想动故意说。

梅尕在门外喊着："勇义，吴胜，出诊了！"

他们两人穿好外衣出门，到圈里牵出三匹马。

苏武拿着皮药包慵懒地走出门，接过吴胜手里的马缰绳。

三人出了院子，上马跟着来人出发了。

一路上苏武不吭气，刘勇义问小伙："多长时间了！"

小伙回答说："一个时辰了！"

刘勇义对苏武说："师傅，咱们得飞快赶路！"

几人快马加鞭，跟在小伙子后面，在半腿高的草地上奔驰起来。

当他们赶到小伙家的放牧地，四十来岁的伤者，已经倒在羊皮垫子上面昏迷不醒了。

苏武看见伤者生命垂危，忙利索地检查他被蛇咬过的脚踝处，多毛的胡人腿，不但肿得铮亮，而且已经呈现出黑色，他撩开其皮袍朝上检查，青红毒线已经蔓延到了膝头。

"真的愚昧！都不知道把毒蛇咬的上方用带子扎紧！以免毒血攻心！"苏武皱着眉头说。

刘勇义忙解下腰带："师傅，我来先把膝盖上方扎紧，免得剧毒攻心！"

他扎紧膝盖上方后。苏武给伤者嘴里塞了两颗解毒丹："小伙子，拿碗水来！"

小伙焦急地摇摇自己身上的水袋是空的。吴胜忙拿下自己腰上的水袋递给他。苏武接过打开噙了口水，喷在伤者脚踝处，在毛发中寻找着伤处……

终于找到了。他拿出银针在伤口周围扎了几下，用嘴吸起来。吸一口，将口中的毒唾液吐掉，再吸……直到伤口现出红色。

吴胜提醒："师傅，你快噙个解毒丸吧！"

苏武漱了口，给嘴里放个解毒丸嚼碎成糊，吐出贴在伤者伤口上，拿出用来贴伤口薄薄的桦树皮护住，再拿出块煮过的羊毛布裹好，收拾家伙时突然感到胸部难受，想吐，干呕了几下又吐不出。

吴胜递上水袋："师傅，快，漱漱口！"

苏武接过水噙了口，咕嘟了几下吐在地上，地上的草立即变黄了。他又噙了口，咕嘟了几下吐在旁边，好些了……他一直漱口了多次，才感到好多了。

刘勇义看师傅中毒了，把马鞍子解下来放在地上铺好："师傅快躺下休息会儿！"

苏武给嘴里噙了颗解毒丸躺下闭目养神。

一个时辰过去了，两个时辰过去了……直到天黑，伤者才慢慢苏醒过来。

这里是极昼地，夜里到子时才能黑定。他们瞧着伤者已苏醒，留下药，叮嘱了小伙子和伤者，按时服药后，带着三只羊的酬资朝回赶。

路上，刘勇义高兴地对苏武说："师傅，咱们又有了一笔进项。"

"说说看。"苏武这才平和地跟徒弟说开了话。

"咱们可配置一种防治虫蛇的药，牧人们一定喜欢！"

"吴胜，你说呢？"苏武问。

"我说，勇义说得对！"

"那我就把这任务，交给你们两个了。"苏武对他们说。

"师傅，我们两个学识有限，可以说懂得太少，你得教我们一起搞才成！"

"好吧，咱们回去就弄！"苏武心情不错地说。

第二天，苏武带着两位徒弟，只要不出诊，三个人就在一起，配药实验。实验没有蛇怎么办？这里有草原，草原上有老鼠。

苏武指挥者两徒弟挖鼠洞捉老鼠实验。

他们给老鼠喂上剧毒药物，再想办法解毒治疗。死了活了，活了又死了，又死了活了……进行了无数次的实践，防毒蛇虫的药终于实验成功了。

药品实验成功大家很高兴，可是天气已经转凉只有等到明年夏季才能售出。

经过夏季如此的合作，苏武和两位兄弟的关系更近了一步，有什么事情也爱跟他们商量了。原先是他和梅尕两个人研究配药，熬制药丸，这回有了两位新得力的帮手。

借着各部落收粮食，顾不得打闹争斗，於维尔兰和夫君李陵商量，要到贝加尔海去，准备给父母过周年。

李陵也想看看仁兄，就安排好家里的事情，以外出督导各地收获庄稼为名，带着韩玉林和两位随从，亲自护送尔兰母子三人回到这里。

一回到贝加尔海，大家的心情放松了许多。也给苏武他们送来了收割麦子的劳力。

每年都是十天割运回麦子，今年五天就割完运回来了。

只要收回来摞好，这里干旱天凉，麦粒不会捂坏，就是下雪天都能脱粒的！

苏武和李陵坐在院子里，瞧着小山一样的麦垛高兴地聊开了。

“贤弟，有大汉的消息吗？”苏武问。

“据说是八岁皇子已登基。皇上在临死前，残忍地把其年轻的母后给赐死了！”

苏武沉思良久说：“武帝就是武帝，想得远！”

“何以见得？”

“免得像先皇吕后一样，皇母当政乱朝！”他问，“谁在辅佐皇上？”

“听说是，皇上托孤于大将军霍光和上官桀！”

“不知家里情况怎么样！”苏武忧心地说。

“仁兄，那边有了新消息，我会想办法告诉你的。”李陵真诚地说。

李陵知道苏武的心思，一朝天子一朝臣。仁兄很关心家里儿子和兄弟家的孩子。

“感谢贤弟了！”

“应该的！你是我在这里最亲的亲人！”李陵动情地说。

接着两人又谈开了王庭的事情。李陵说了各部落之间的一些矛盾，说了卫律对单于的纵容。

苏武想想提醒李陵说：“我看卫律如此必有企图！你要小心！”

“你说他会在暗中做事？”李陵问。

“如今各部落争霸，卫律睁只眼闭只眼，就证明你说的，一定在暗中做事！”

“我想狐鹿姑该要小心了！”李陵明白了。

苏武点下头问；“坚昆怎么样？”

“赵大哥一直在管理，搞得很好！”

“你要想办法把腾虎咆赚到手里，他可是个得力的助手！”苏武认为自己终要回大汉的，李陵得在这里生活，他得让贤弟和他的部下日子过得更好。

“我知道！如今他也和赵大哥联系着。”李陵说完低头沉思。

他想劝说苏武暂时放弃回汉，和他一起治理这里，等待机会反了匈奴……可他不敢说出，怕从此弟兄翻脸。

苏武问；“贤弟，在想什么？”

“阿爸，吃饭了！”贝尔的喊声给不会撒谎的李陵解了围。

一二〇　人生的学问

於维尔兰一来到这里，心情就特好。这里有能说得来的梅尕姑姑，还有同龄的两位妹妹，在一起能说说女人的事情；再则两个娃娃到这里，有小伙伴玩耍，还能一起学习写字。

晚上娃娃们在隔的另一房间睡着了。她依在男人的怀里说：“一到这里，我的心情就特愉快！”

“为啥？”男人揽着她。

“娃娃们在一起写字念书、玩耍，这是第一件高兴事吧。”

“第二件是什么？”

“这里有梅尕姑姑，有伊玛、得得纳她们，可以在一起搓线、织布、干活，还能说说女人自己的事情。”

“女人有啥事可在一起说的！”男人不屑地说。

“你光认为你们男人有，女人生来就是服侍你们的？”女人白了男人一眼说，“错。我们也有可在一起说的事情。比如，说自己的男人，说自己的娃娃，还说、还说……”

女人不说了，却咯咯笑了。

“怎么没有下文，却如此高兴？”男人搂着女人。

女人红了脸说：“还说和男人一起睡觉的事情！”

“睡觉不都是一样，有啥说的。”男人推开女人，起身吹熄了油灯躺下。

女人把男人的胳膊拉来枕着：“其实，男人和女人在一起，还是门学问。”

“这有啥学问的？”

“想听吗？”

“说吧！”

“就拿咱们两个来说吧，从开始到如今，后来，又有了娃娃，你我之间的变化，不都是学问吗！”

“还真是的。真是要刮目相看你们女人了！”

“你得感谢我！”女人撒娇地说。

“好！感谢！”男人亲了下女人。

“我要你来真的！”女人亲住了男人的嘴。

男人也亲住女人，很快他们进入到一起……

暴风雨过后，男人尽兴地躺在炕上，女人蹭着他：“你一来这里，比在家里有力多了！”

“我觉得也是！在这里，我自己就是自己！”

“这就是学问。你没想想，在这里和家里吃同样的饭，为啥在这里就能行？”

“在这里心情愉快！”

“说得对！我还要你！”

男人和女人又疯狂在一起……

人只要心情愉快做啥事都很精心舒心的。

李陵在这里住了近一个月，天气凉了，也该回王庭了。临行的前一天，苏武设宴为他送行，接下来两兄弟谈了整整一个后晌，直到天黑。

他们一起回忆了过去的友谊，如今的友情，谈了大汉和匈奴的现状，可是互相都避免对方的敏感身份。

李陵听着苏武给他说如何治理坚昆，为何要和腾虎咆联络的道理。他几次欲开口，劝他留下和自己一起在这里组织军队抗衡匈奴，可始终都没敢说出。

他知道仁兄心思，坚决回大汉。那里是他的国，是他的家。自己只能想，却是不能回的国和家。

李陵只得说：“小弟一定记住仁兄的话！尔兰他们母子在这里，还请仁兄关心照顾！”

“一定！贤弟一定要保重才对！”

“仁兄也要保重！”

第二天一早，李陵带着随从打马离开了这里。

第一场雪下过，地上到处白茫茫的。

按苏武的说法：“瑞雪兆丰年。”可是这天一冷，他们出诊就困难多了。

这天，苏武带着刘勇义和吴胜一早出诊去了，到天黑还没回来。这里冬天白天很短，只有三四个时辰。他们不回来，几家人都做好饭，心急如火地等待着。

苏武三人给一家牧人看完病，晌午时往回赶，半道上遇见一急匆匆打马的年轻行者。

他问：“阿哥，到贝加尔海找萨满怎么走？”

苏武问：“谁有病？”

“我阏氏，生娃娃难产！”

“我们就是那里的萨满，出诊归来！”刘勇义说。

对方喜出望外，立即下马行礼：“今天是个大喜日子！”

“快上马，救人要紧！”苏武立即催促对方。

他们家距这里不远，小半个时辰赶到。

产妇脸色苍白，目光呆散，呼喊无力。

接生婆还一再催促着：“快加把劲……”

看到这情况，苏武也顾不得男女避嫌了。他一看女的下身，娃娃下来一只手，小手已经变成紫色。

有了梅尕生第一个娃娃难产的经验，苏武镇定地洗了手，他知道平常人家没有菜油，让主家赶快拿来碗奶油，给手上抹着问主人：

“兄弟，要是只能救一条命，救哪个？”

“阏氏！”

“好兄弟，听你的！”

苏武一手轻轻地按在产妇凸起的小腹部，一手小心地把娃娃的一只手朝里面推，推不进。他无奈地用奶油顺小手臂周围朝里面润着塞着……突然，娃娃手进去了。

产妇“啊”地疼出了声。由于产妇生娃娃时间太长，里面的水已经基本流完。苏武手由上到下，轻轻推抚着产妇凸起的腹部……

产妇呼喊起来："疼死了！啊——"

终于，娃娃满身青紫地生出来了。

"勇义，快给产妇处理一下！"苏武说着，倒拎起娃娃，在他的小屁股上，匀着力气拍了两下，娃娃口吐着水，不一会儿低声呱呱哭了。

吴胜拿出在家里消过毒的刀子，飞快地给娃娃剪断脐带，给脐口抹羊毛灰包裹好，放在产妇身边。

苏武对主家说："兄弟，快给阏氏搞吃的！"

苏武洗了手，瞧着黑了的外面，对两徒弟说："快收拾，咱们得赶快回家！"

主家人忙说："酬资！我这就去拉羊！"

苏武说："这大黑的天，今天不带了！等你阏氏和娃娃身子好了，给我们送去！"

他们三人借着雪光，在雪地里朝着家的方向打马回行。

吴胜问："师傅，你怎么还会接生？"

"你大姐第一个娃娃也是难产。那时在住地只有我和她，还有於乙咨老人。当时这情况，是你大姐指挥，我行动做的。"

"你和梅尕大姐是我们的恩人！"刘勇义由衷地说，"我们俩，多亏有你和大姐的帮助，才成了家。现今还在照顾我们，不然的话，许多事情我们真的不懂！"

"可你们在这里一起生活，也帮了我们！"苏武想到自己走了以后的事说，"说不定以后还要有大事让你们帮忙的！"

"我俩一定竭尽全力！"吴胜说。

"那我先感谢了！"

三人快马加鞭，马蹄下的白雪腾起。

一二一　女人的事

於维尔兰浑身无力，躺在榻上。十岁的儿子回来向妈妈告状：“阿妈，维一和刘大叔家的伊心打架！”

她一听忙爬起来，一下榻跌倒在地。

儿子哭喊着搀扶阿妈：“阿妈，你咋的了？”

“头晕！快去叫萨满妈妈！”

兴兴跑出门，到对面学馆喊着：“维一，阿妈病倒了！”

接着回身到对门推开苏武家的门：“萨满妈妈，阿妈跌倒了！”

梅尕正在和男人说着制药的事，一听兴兴的话，拉着苏武出门，奔进旁边的房子。

於维尔兰已经挣扎着躺在炕上，看他们进来：“我今天头很晕！”

梅尕忙给她把脉，把了右手腕又把左手腕，来回把了三次说：

“你是怀娃娃了！”

“不可能！”於维尔兰说。

“我来！”苏武给她把了脉搏说，“真的！”

她眼泪一下子流出来了：“这几年，我在王庭那边，很想为夫君再要一个娃娃，可是怎么也怀不上。我还当我到了不能生育的年纪了。”

“你才三十岁。我快到你这年纪还没结婚呢！”梅尕白了苏武一眼。

“你这样看我干什么！”苏武不好意思地笑着。

“感谢你和我结婚！”梅尕不满且亲昵地回了一句。

於维尔兰瞧着他们两个：“大叔，姑姑，你们两个别这样了！你俩说，我该怎么办？”

梅尕说：“好好养着，生啊！”

“最近，你身子不舒服。让你姑姑晚上过来陪你！”苏武说。

“那——大叔，你怎么办？”

“我呀，我在我的炕上享受一个人睡觉的快乐！”苏武说着，到外边抱了抱劈柴，给火塘里添了两捧，出去了。

於维尔兰瞧着梅尕笑了。

“想吃点啥，我给你弄去！”

“我啥都不想吃。这会儿很高兴，想和你说说话。”她问，“姑姑你们两个还那个吗？”

“啥呀？”

“嗯——就是和苏大叔在一起。”

“噢——”梅尕说，“有娃娃们后，就不像以前那么多了。”

她指指外面：“那他不生气吗？”

“还好。”

“那你，不想他吗？”

“你怎的问这事情？”

“我呀，”她想想说，“我老想夫君！”

“那是你闲得没事做。”梅尕说，“我们有时候整天忙得脚不挨地，夜里困得话都不想说，谁还顾得这些！”

“或许是吧！”

“不是或许，就是的！”她问，“那你现在想夫君吗？”

“现在是想让他陪我，不是想做那事。”她说，“现在想也是白想！他有他的事！”

“能这么想就对了！有这里的人陪你，你会高兴的！”梅尕温和地拍拍於维尔兰的肩头。

“姑姑，你说怪不怪，我的娃娃都是在这里怀上的！”

“因为这里有姑姑我呀！”梅尕捏了捏於维尔兰的鼻子亲切地说。

“对！这里有你，有苏大叔，夫君一来这里，心情就愉快，我也是！”她真心地笑了。

伊玛和得得纳一听於维尔兰怀娃娃了，就来取经。他们的大娃娃都快六岁了，想再要二胎一直没有。

房间里暖和极了。伊玛、得得纳两人商量好，拿着自己做的白面馕和蒸的馍馍，给於维尔兰送过来，瞧着她气色好多了，坐下不走了。

得得纳沉思会儿红了脸：“阿姐，能问事情吗？”

於维尔兰温和地说：“啥事？说吧！”

得得纳手捅了下伊玛：“你说吧！”

伊玛的脸也红了："这事——真的很难说出来！"

"咱们都是女人，还有啥说不出口的！有啥事就说、就问，我保证说清楚！"於维尔兰鼓励她们。

"是是、是这样。俺俩、也想生娃娃，就是、老怀不上！"得得纳终于说出了口。

"是这呀！"她笑了说，"你们两个守着萨满，却来问我？"

"你不说刚怀上了吗！"伊玛说。

"好！我告诉你两个！"於维尔兰认真地说，"我也想再生一个娃娃，在家里老怀不上。这不，一来这里倒怀上了。关键是你们这里人好，我和夫君一来心情就轻松了，在一起就怀上了！"

"那我们怎么就老怀不上？"得得纳纳闷地问。

"你们是不是每夜都在一起？"

"男人和女人就是要在一起的呀！男人不和我在一起，我就睡不着觉！"伊玛说。

"我也是。"

"那你们在一起，他那东西怎么样？"尔兰问。

"啥怎么样？"得得纳不解地问。

"就是那进你身子里的东西，好使吗？"

"他很快就结束了。"

"那你家的呢？"

"也就那样。"

"和你和他第一回一样吗？"

"没有。"

"这就对了！"於维尔兰说，"我和萨满商量一下，再回答你俩。"

晚上，梅尕过来陪於维尔兰，她把伊玛和得得纳问的事情告诉了萨满："她两个看我怀了娃娃，来取经的！"

"我和苏大哥商量一下，让他们两家男人外出几天，说不定回来就好了！"梅尕说。

"你这么多天晚上陪我，大叔怎么办？"尔兰笑着问。

"一个人呗！"

"我已经好了，你回去睡吧！"

"我再陪你两天。"

“不用了，你在我跟前，我倒很不舒服！”她朝对面房子大声喊着：“维一，你来和阿妈一起睡！”

“哎！”已经九岁的女儿答应着，抱着小枕头过来，钻进阿妈的被窝里。

梅尕只得说：“那我回家了！”

维一高兴地说：“萨满妈妈，明儿个见！”

苏武已经脱衣躺下了，刚要吹灯，听见敲门，裹着袍子下炕开门，一看是妻子：“怎的，回来了？”

梅尕关上门说：“人家不要我陪了！”

“怎么，闹不愉快了？”

“你才不愉快呢！”梅尕脱衣上榻，躺进男人暖好的被窝里。

男人拉开另一条被子躺下，盖上问：“到底怎么了？”

“我回来不好吗？”女人问。

“好！”男人不放心地问，“你不会是和尔兰发生了啥口角吧？”

“没有！”女人对男人说，“哎，你能不能让勇义和吴胜两人外出几天？”

“为啥？”

女人把伊玛和得得纳找於维尔兰，讨教如何怀娃娃的事告诉了男人：“她们怀不上的原因，就是过度地在一起，使男人的身子老处于疲累、受伤的状况。”

“要是这样的话，海子家的坡下放了一副磨子的石料，让他俩去锻凿。那儿屋里吃的用的取暖的都有。”男人说，“离家又不远，有事三四个时辰就到，方便。”

一二二　单于的烦心事

“这倒是个好主意！不过你要是不去，怕他们不高兴。”

“我一走，这娃娃们上学的事就要耽误，他们知道的。再说还有出诊的事情。”

“这么多天，我晚上不在你跟前，你想我吗？”女人问。

“能不想吗！”

“那你怎么另拉被子呢？”女人追问。

男人钻到女人的被窝里：“这行了吗？”

“不行！”女人撒娇地噘着嘴。

男人亲了上去。

“哎，吹灯！”

男人吹熄了灯……

按照苏武的安排，刘勇义和吴胜在海子，把一合石磨子锻磙凿好回来后，不久就有了好消息，伊玛和得得纳都怀了娃娃。

夜里，伊玛躺在男人怀里高兴地问：“你说咱两个怀不上娃娃的原因是啥？”

“怀上了就怀上了，这还有啥原因呢！”男人无所谓。

“你就不想知道吗？”

“睡觉。我困死了！”刘勇义当然知道其中的原因，这原因是不能自己和老婆说的。不然的话，自己想要和老婆亲热老婆就有了阻止的理由。

得得纳怀娃娃了，两口子真的高兴极了。吴胜高兴地说：“我又要当阿爸了！”

得得纳瞧着他高兴的样子说：“得汉都七岁了，我才怀上这娃娃，你知道多难吗？”

“咋的了？”

“你知道，为啥大寒天，冰天雪地的，苏大哥派你两个去海子吗？”

“有人买石磨子，叫我两个去锻凿石磨子呀！”

“错！”得得纳说，“是为了我能怀上娃娃！”

“怎么还有这一说！”

“这是学问。”女人卖关子。

“说说看！”男人感兴趣地说。

“不能告诉你，怕你学去了！”

“你不说，我就要！”他胳肢她。

她咯咯笑了。

“小心得汉醒了！”男人提醒。

女人捂住嘴。

男人搂住女人：“你不说，我就要你！”

“我说我说！”女人说，“咱们两个几乎每天夜里都在一起，这就是我怀不上娃娃的原因。”

“为啥？”

“梅尕大姐说，男人和女人经常做那事，男人的身体就会不好，女人就怀不上。”

“我想是这样。”男人说，“女人是地，男人是种子。男人的种子不好，地再好，种子出不来也是白搭！”

“对，我想也是这意思！”

“这么多天没在一起，今天给你再种一回。”

“去去去！”女人推开男人背对着他。

“我给你耍笑呢。别在意！我很爱娃娃的！”他搂媳妇睡着了。

粮食丰收了，仓储成了问题。卫律劝单于学习汉人，挖地道建城池，建房屋储存，这倒也有用。

狐鹿姑单于瞧着满仓粮食，满草原牛羊很是高兴。

宜种粮食的部落，粮食畜牧同时发展，一年完成贡税后，人畜食用不成问题。不宜种粮的部落，他们每年用牛羊完成贡税后，漫长的冬季最难熬。

人要吃饭，牲畜也要饲料，王庭不给调剂。再加上天气严寒，大雪封道，这就难坏了他们。过去距大汉近可以去抢，如今在这极寒北地，他们对有粮食部落动开了心思。

雪夜里，一十多人骑，悄悄摸进坚昆王爷府，他们杀了两个看门的胡人，查看各个房间，啥也没有，就放火烧了王爷府跑了。

当赵镇带着人来救火，一看无法可救，指挥五人骑马追赶。这些汉人可是骑马射箭的老手，拉弓搭箭对准着跑在前面雪地;里的黑影射去，一人落马。

他们打马飞驰过去一瞧，此人后肩中箭，拉他上马和大家回来，给其上药包扎好伤口立即审问。

原来他们是丁零东北小部落的图阿人。那里尽是沙漠，不宜种粮。今年冬季来得早，没来得及储存粮草就下雪了。如今人畜无食，即将饿死……

赵镇严厉地说：“那你们抢粮，也不该杀人放火呀！”

“那是俺部落头人干的！”

“你是干什么的？”

“我是他家牧奴。”

“说清楚！”

“就是给他家放牧的奴才。”

“你家里有什么人？”

“阿爸阿妈，两年前就死了，就我一人。”

赵镇想想说：“你先住在这里养伤，养好伤再说。”

赵总管让他住在手脚不灵便的单身胡人的家里。

发生了这件事后，赵总管每晚上安排两位年轻力壮的值班巡逻。直到俘获的人伤好后，让他回图阿牵线，支援给了他们粮食救急。对方感恩诺许，以后用皮毛和牲畜前来换粮，绝不进犯。

匈奴不仅是边境图阿不能种粮，哈拉和林以南及俨然山外的一些沙漠周边的少数部落也为粮食发愁。大风雪中眼看着人畜即将断粮，还不如反了！

这些不能耕种的各部落联合起来，对哈拉和林周围的部落进行抢掠，只要一见高墙圈盖的房屋，就想办法杀了看守人员，进去抢粮后立即逃遁。

要是被官军发现，他们就放火烧粮仓。待官军救火时飞速逃离……

如此的事情发生得多了。让单于不得不对自己的决定发生怀疑，觉得他们胡人性野，没有管理能力，只得恢复到原先各地的样子。

各部落呢，既然单于让自储，他们凭着自身的优势发展着各自的实力。

这几天，狂风呼啸，大雪如席。狐鹿姑大单取消了晨会，正和非玛在榻上云雨欢愉，忽听禀报；“大阏氏到！”

这是自己父亲的二阏氏，母亲大阏氏去世后，她就是自己的大阏氏。

他忙起身穿戴整齐来到议事厅，一见她坐在几前，沉着脸不高兴地问：“你来做甚？”

大阏氏：“来问你，你眼里还有我吗？”

大单于恼怒地说：“你没资格和我如此说话！”

“我来和你商量立储之事。”她说，“你已经继位快五年了，也该对这大事有所打算了！”

“那你的意思是——”

“你看，你那兄弟左大都尉，贤为族人所重——”

“我明白了，这不难，我得和军师商议一下！”单于推托说。

“有你这话，我就安心了！”她起身冷漠地说，“告辞！”

狐鹿姑单于看她走了，陷入沉思中。

按理说，匈奴王储首先得立左贤王。狐鹿姑单于即位以后，他想立自己的儿子为储，要废左贤王。左贤王一方不服闹事，也就把这事放下了。如今又冒出自己同父异母的兄弟……

在匈奴，老单于过世后新单于可以继承老单于的一切，连老单于的阏氏都可以继承为自己的女人。这位大阏氏就是父王的小阏氏也是自己现在的大阏氏。

狐鹿姑单于不喜欢不爱她也没办法，可她和自己弟弟左大都尉搞在一起，要立其为储……这是他最烦心、最恼火的事情。

唉！想这烦心的事做甚？狐鹿姑大单于把大阏氏打发走后，回到寝屋，又和非玛粘在一起……

一二三　为后辈铺路

李陵在这里眼瞧着耳听着这匈奴王庭内外乌七八糟的事情，自己一个外人，绝不能夹在他们中间，得先想办法离开一段时间……

开春，各部庄稼种子种下后，他向单于告假，言说自己身体不适，得回坚昆养病。单于也不想让外人知道王庭的这些事情，就准许了。

李陵把府邸托付给自己的胡人管家，带着汉人弟兄各家回到坚昆。他看王府被毁，弟兄们正在清理现场，和总管赵大哥商议，不用单独建造王府了。

为了安全起见，自己也要建和各家一样挨在一起屋连着屋的原木顶房子，能住一家人就行。

这里没有王府也不行，就在原地简单地建起大小两座原木房子，做大家议事公用。如若外面来了客人住不下，就临时搭建穹帐居住，人走拆除，简捷方便。

李陵在坚昆和大家一起把房子建好，收拾好屋内的一切，人回来就能居住。他还和赵大哥检查了整个庄稼地，安排好农闲时的事情启程到贝加尔海探望仁兄和妻儿。

三天后的晌午前，天气晴朗，天上白云飘飘阳光灿烂，地上青草冒尖，嫩绿无限，让人心醉。

和煦的阳光下，大院对面的学堂里，苏武给娃娃们教字。苏武念一字：汉。娃娃们跟着：汉……

快要生娃娃的伊玛和得得纳，挺着大肚子，坐在院子里的原木上，搓着毛线。於维尔兰撩起衣襟，给满月的娃娃喂奶。

“阿姐，我发现你生过娃娃后，越发漂亮了！”伊玛微笑说。

於维尔兰笑了：“你们生了娃娃后，放下重担，养好身子，会更漂亮的！”

得得纳羡慕地说：“我们两个，养得再好，也没有你好看！”

眼尖的伊玛，瞧着对面路上一骑奔驰而来：“大姐，你瞧，好像是你的夫君来了！”

近了，近了……就是夫君李陵。

於维尔兰抱起娃娃迎到门外。

李陵下马瞧着她怔了！

“咋的？傻了！”女人问。

“你这是——”

“咱的小三呀！”

李陵扔下马缰绳，把妻子紧紧搂在怀里。

苏武一听外面是贤弟的声音，对学生说：“晌午了，放学！”

娃娃们高兴地跑出学堂。

李於兴和李维一看见了阿爸，高兴地上前喊着：“阿爸！”

李陵忙松开妻子，兴奋地说：“都长高了！”拉着一双儿女走进院子。

苏武走出学堂，招呼说：“贤弟回来了！”

李陵高兴得不知怎么回答才是，只是瞧着他傻呵呵地笑着。

妻子和娃娃们在这里，尔兰怀上娃娃自己都不知道，生娃娃坐月子，真的给仁兄和大嫂添麻烦了。

“快，回家吧！”苏武也笑了。

梅尕已经做好了面条，可是一看李陵到家，又忙着温酒热肉。

於维尔兰把娃娃放在榻上，让女儿操心着也过来帮忙。

梅尕不让她做，推开她说：“你刚满月，身子骨还弱，快去歇着吧！”

“我们一家几口在这里，一直搅闹着。我不动就真的不好意思了！”

於维尔兰也知道他们母子长期在这里，梅尕两口子也不容易。只要自己能动，就帮着她在灶房忙活着。平时梅尕和苏武出诊，都是她经管娃娃们。这也强迫她学会了做饭。

“去吧！过一时再来帮忙！”她推她说。

“我偏不走！这一个月子，你就像阿妈一样服侍我，照看我们一家！”於维尔兰感恩地说。

“那你在灶下烧火。”

“哎！”她高兴地坐在木几上，给灶下搭着柴火。

自己的本家人，都是钩心斗角的，互相倾轧，作为外人的梅尕和苏大叔却像亲人一样对待自己和家人。这恩情永远都得记住。

苏武看李陵一来，两人就有说不完话。除过各自认为的敏感话题外，真是有啥说啥。

这天早饭后，两人打马到河边庄稼地头下马，检查麦子、苞谷、粟谷的出苗情况。

李陵的苏武说了匈奴王庭的各方情形，谈了自己的想法，说了他如今已经请假回坚昆回避之事。

苏武觉得贤弟现在会想问题，心变得宽阔了。按照贤弟的秉性，如今就是大汉请他回，他都不会回的。不是不想回，而是在他身上发生的事情，使他左右前后都是致命的为难。

他只有在这里弄上个一席之地，带着自己的三百多弟兄和他们的家人一起生活。自己得给他把其中的事情点透。

苏武问：“你一直在坚昆，不回王庭了吗？”

李陵想想说：“不是，只得避一时是一时。为了保存自己，我得时刻得知王庭和大汉的情况。”

他想帮仁兄一把，找机会让他带着家人和弟兄们回大汉的。可这不能向仁兄直接说明，君子报恩不言谢。

“这就是说，你暂时不能脱离王庭的？”苏武直接地问。

“王庭现在只是在暗斗之中，斗争各方还没有明朗化，我不好脱身！”李陵手提马鞭点数着地上的苞谷苗。

“说得也是！”

“那咱两个先把这里的地理位置探讨一下！”

苏武给李陵分析了东西方的地域情况，匈奴的东面是偏僻、极寒之地，人烟稀少。

西面是多年前，张骞出使西域之地，如今通往西域道路开通，各个小国都和大汉交好。那里气候相对较好，人口相对稠密一些。

大汉人勤劳志坚，无论在哪里生活，都是不成问题的。

苏武对李陵说："贤弟，听你的说法，看来匈奴王庭情势不稳，你得早作打算才是！"

"作何打算？"

"如果匈奴内部分裂，你回坚昆跟他们决裂，建立自己的领地，往西南移动。在那里，既能联系上大汉又可以和西域各国打交道！多年以后，后辈们也会回大汉的。"

"你说得有道理！"李陵沉思会儿不由心一酸眼圈红了，低头说，"那时，我不如一死，也就没有如今的不堪了！"

"那时你若一死，你的三百多伤兵弟兄就会人头落地！"

苏武不能说皇上的不是，只是劝慰李陵："你没有何不堪的，也没有对不起任何人！世事可以毁灭一个人，也可以造就一个人。无论怎样，为了他人的生命，你的做法问心无愧！"

"可我愧对家人，愧对先祖！我真的该死！"李陵又落下了难言的泪。

"知道就好！以后你就不会做错事了！"

"可我一步错，这步步都错了！"他只有在苏武面前能坦露心声。

"不会步步都错的！如今好好地培育娃娃们，让他们记住自己是大汉的子孙。想办法给娃娃铺条道，让他们以后能立功回大汉！我如今想的也是这个！"苏武说出了自己的心里话。

苏武如今教娃娃们读书写字就是这个意思。这十多年来，真的很不容易。自己本该想着汉皇上是不会让他们在这里待多久的，可是却一直无有消息。

如今大汉换了皇上，且年纪又小，还有谁能记得你这个老家伙！他感到回汉遥遥无期，把希望寄托在后代身上。

苏武看李陵低头不语："你光知道你心里很苦，其实，为兄心里比你还苦！"

李陵无奈地说："这我明白！小弟也只能在你这里，给你坦露心声罢了！"

"为兄理解！"

两个落难者，又都难言地抹开了泪。

良久，苏武擦干眼泪，瞧瞧晴朗的天空，看看满目的嫩绿，还有近处野树上的朵朵花儿说："咱们到海子去看看！"

他们快马加鞭抄捷径两个多时辰就到达贝加尔海边。

海子里的冰正在融化着。冰凌把太阳劈成无数个，大大小小的光点闪闪烁烁，和天上的太阳比美，耀得人眼花。

撕裂的大冰缝，仿佛是奇特的超大托盘，盛满着清澈纯净、没有一丝灰尘的清水，水随春风在其中晃荡着，晃荡着……

突然，雷鸣般的哗嚓一声，托盘粉碎了，无数碎冰凌冲进，和阳光比着光芒。

苏武指着这样的情景："希望，就像冰缝中的水，时时都存在着，也时时都有破灭的可能。你只要抓住时机，希望或许就能实现！"

"我知道了，仁兄比我想得长远。在这长远中，有时机，有希望。"

"对！"

"如若，我说的如若！"李陵斟酌说，"嗯——如若在匈奴分裂崩溃后，仁兄还未回汉，你会和我一起干吗？"

"匈奴既然崩溃，我就无人管了！我会想办法回大汉的！"苏武坚决地说。

"仁兄回汉，堪称楷模！英雄气节流芳后世！"李陵羞愧地说，"我李陵只有、愧葬异乡了！"

"贤弟休出此言！你的心思苍天可鉴，后世自有评说！"苏武宽慰他。

李陵尴尬地笑着："仁兄可真会宽慰人！"

"走，咱们回家拿上布巾，去泡温泉！"

李陵在苏武的开导下有了自己的打算，匈奴分裂，自己就趁机重整旗鼓……下一步如何，那就看王庭的情况，走一步，说一步了。

都等了一年了，大阏氏看单于依然不理朝政沉溺女色，对于立左大都尉为储之事只字不提。她怕单于立其子为储，悄悄派人去杀单于儿子，被其随从擒拿而诛。

大阏氏闻知失败，带着左大都尉和亲兵回到封地坚守，发誓不参加王庭的盟会。

匈奴总王庭养的兵不多，打仗时才召集各部王爷来王庭参加盟会，由总盟长大单于调兵遣将。因而各王爷辖下兵力基本都差不多，按盟约谁也不敢动谁，也不能动谁。

狐鹿姑大单于不大理朝政，王庭的事基本上都是卫律处理，单于点头。各王爷觉得卫律是先前大单于的旧臣，也就对卫律恭敬有加，可背后加紧练兵。

卫律想让李陵回来助他一臂之力，他也知道他的心思，不愿陷进王庭的各方的争斗之中。

你不愿意我非要拉你回来。

一二四　心照不宣

卫律这么多年把丁零的事情交给了腾虎咆，腾虎咆按照规定每年缴纳贡税。如今他也不想多插手那里，自己要在哈拉和林发展了。

可他觉得李陵长驻坚昆不是好事，以商议征讨乌桓为名，派人到坚昆召昭李陵回王庭。赵镇安排好来人，派韩玉林两人到贝加尔海送信。李陵知信后，立即跟苏武他们和妻儿告辞，打马回到哈拉和林府邸。

他按时到议事厅，只有卫律一人在。

卫律一见他，立即起身笑脸相迎行礼："右校王久违了！请坐！"

两人坐定后，李陵问："卫将军，何事召在下？"

"也没什么事，只是许久不见，很是想念罢了！"卫律假意微笑。

李陵一听，这分明是戏弄人，不由怒从中起。可想到自己的身份，只得压下怒火，若有所思地："噢——既然如此，面也见了。我刚到家，得休整一下！"

"好好！连日奔波，也很疲累！你回家好好休息休息。我有事就去拜访！"卫律嘴上谦恭，心里想，我是不能让你这右校王轻松的。

两天后，卫律亲自到右校王府看望李陵。

韩玉林在院子里劈柴，一看卫律到来，朝里面喊："卫将军到！"

李陵身着汉服，足蹬双布鞋出来，礼貌地说："不知卫将军到来，有失远迎！"

"自己人，不必客气！"卫律真的把自己不当外人，直接走进门，坐在李陵自制的木杌子上。

他瞧着没铺地毯的地面，只有两只自制的木杌子："老弟也太简朴了！"

"胡人的东西使用不惯！"李陵说着坐在他对面。

"夫人和娃娃呢？"卫律瞧着静悄悄的房子问。

"都在坚昆。这次行得急促未回来！"李陵面无表情。

"要不，我派人去接他们回来？"

"不用了！过一时，就有人送回来了！"他知道他的意思，说不定将他家人做人质，来达到其小人的目的。

这时，卫律家人小卫子，拎着酒肉进院。

韩玉林不认识轰他走："去去！我们这里不买东西！"

卫子大声喊说："我是给卫将军和右校王，送酒菜来的！"

卫律在里面一听，立即出门："位子，在这里！"这是他特意安排好了的。

李陵见状也不能推辞，只得对韩玉林说："玉林，我和卫将军喝酒，你好好招待这位小弟！"

韩玉林跟着李陵这多年，知道他的意思。他招呼小卫子到自己的门房里，弄了一盘自制的腌菜、一盘牛肉和酒招待。

这位在卫律家里顿顿吃剩饭的人，今天得到这样的款待，惊讶地问："大叔，你每天都吃这么干净、这么好的酒菜吗？"

"对呀！"

"那你和王爷一起吃饭吗？"卫子奇怪地问。

"一起吃呀！"

他一听羡慕地说："你在这里真好！"

"为啥？"韩玉林问。

卫子失落地说："我都是吃王爷一家剩下的饭菜，有时没饭了，就饿着肚子。"

"那你快点吃吧！"韩玉林拥促说。

"你也吃呀！"

"我呀，晌午刚吃过牛肉饭，你没看我正在劈柴！现在是我干活消食的时间！"韩玉林给他倒了碗酒，瞧着他狼吞虎咽的样子说，"以后饿了想吃饭，就到这里来，老叔管饱！"

"这不合适吧？"他嚼着牛肉抬头问。

"你要是觉得不合适的话，我在这里也是一个人，你就叫我阿叔吧！"

"阿叔在上，小侄拜了！"这小子脑袋够快的，立即给他跪地行礼。

韩玉林忙拉起他："别这样！叫外人瞧见不好！这事，只有你我知道就成，你知道意思吗？"

他点点头说："我知道，要是卫将军知道这事，我就会死的！"

"聪明！以后若不是卫将军让你来，你想来的话，就偷偷地来，我给你做好吃的！"

他瞧着他真诚的样子点头说："我知道！"

"吃吧！"韩玉林想想问，"你家里还有谁？"

他摇摇头，难过地说："我八岁那年，草原冬季特别严寒，牛羊没吃的，阿爸外出给它们找草，冻死在雪地里。阿妈得知后一病不起！"

他哽咽着："阿妈看我冷，把自己所有衣服都给我穿上，然后将我送到阿舅家，自己、就就死了。"

"那你后来，怎么跟了卫将军？"

"阿舅家里也很穷，他把我卖给部落王爷做家奴。三年前，王爷为了巴结卫将军、把我送给了他。"

"真是个苦命的娃娃！"他问，"你今年多大了？"

"十七岁了！"

真是个苦命的娃娃……

李陵陪着卫律喝酒，李陵端起酒杯："卫将军，端起来，我借花献佛，干！"

卫律端酒一饮而尽。

李陵摇摇小陶罐，里面没酒了，进储藏室端出了一坛酒来："这酒是坚昆自己做的，尝尝！"

他给他倒了碗酒。

卫律端起品了下："不错。"

"这是全麦做的。"

"你们那里人才济济！"

"你要是觉得好，就叫人去学习。我保证包教包会！"李陵低头吃着牛肉说。

"那你给我举荐个师傅来，不就得了！"卫律高兴地说。

"这可是你说的！"李陵认真起来。

"你可不能给我弄个不好管教的人来！"卫律也认真了。

"包你满意！"李陵想，你不是要找衽余吗，他如今也是酿酒的好手。

几天后，李陵让韩玉林带着两人回到坚昆，把意思告诉赵镇。赵总管让人叫来衽余，让他去给卫律酿酒。

衽余一听，吓得浑身哆嗦："这、这、我不去！"

"这是给你的任务！卫律如今不敢对你怎么样的！再说，他只知道你在这里，自从发生了那次几人失踪的事件后，他来过一次，我们告诉他，你早就离开了！”

“我，我不能回去！”祆余心有余悸。

“你就放心吧！你也是我们花银子雇来的酿酒师傅。雇来以前的事情，还不是你说了算的！”赵镇给他递话。

祆余低头沉思。

“我已经帮你想好了，你这几年经历。”

他如此这般对他说完，解释说：“这是咱坚昆王爷点名要你去的！有王爷在，你怕啥呀！”

祆余脑袋瓜子转着想，自己不能老这么藏着，以后让他发现了不得了的。这样出现在卫律面前也是不错的，于是他同意了。

当卫律一见李陵给自己派的酿酒师傅是祆余时，惊呆了。良久他缓过神来问：“你这么多年都干啥去了，我怎么找都没见你人影？”

他回答说：“一言难尽！”

他按照赵镇给的版本，说了自己到坚昆后的事情：“那年，王爷，你，叫我跟着他们去坚昆监视那些汉人。可他们一到地方就种地，种完地后就建房子准备过冬。”

“那你也跟他们一起干呀！”卫律说。

“是啊，我就跟着忙活。直到冬季下雪前，他们每个人都有了自己的新居。李陵还给他们安排了工作，有手艺的人还得干活，换取吃用。”

祆余不满地说：“我们胡人游荡惯了，弄得人一点都不自在。我就想办法离开。”

“那你怎的不回来？”卫律问。

“你交给的任务没完成，我想，回来你一定要责罚我。第二年初夏，我遇见一贩卖粮食胡人。天黑后，我偷了匹好马，驮着自己的行囊跟着他走了。”

“你跟着他到了哪里？”

“当时，他说带我去好地方！我就跟着他翻山越岭，半个月后出山，一个月后到了酒泉。那人说他把我带出胡地，任务完成了，扔下我走了。当时，我已经无衣无食，沿街乞讨。”

“够惨的！”

“几天后，被一酿酒的汉人师傅收留，看我利索能干，两年后，把女儿许配与我。”

“那你就在那里好好过日子，回来做甚？”

“两年前，有一恶霸调戏我老婆，我一怒之下打死了那人，怕官府捉拿，连夜收拾行李，带着家人千辛万苦回到坚昆。刚好遇见招酿酒的师傅，我就在那里生活了！”

“怪不得，一直找不见你人！”卫律若有所思地说。

“句吾还好吗？”他明知故问。

“我让他去寻找你，多年都没回来！”卫律遗憾地说。

“放心吧，说不定像我一样不安分。这是我们胡人的天性！”

“你说你有这天性，我能用你吗？”卫律狡黠地瞧着他说。

“我如今已经有家室了，收心了！不然我有了麻烦，妻儿咋办？”

“既然是老熟人，就好好做事，我是不会亏待你的！”

“王爷说得是，我一定好好干！”

于是，衽余成了卫律家的酿酒师傅。

一二五　要懂得克制

衽余是个聪明人，做了卫律家的酿酒师傅后，几个月来不敢明目张胆地到右校王府去看李陵。一天休息时，他看前后左右没人监视跟随，才到右校王府。

王府大门开着，他进门喊：“玉林老弟，在吗？”

韩玉林屋里出来看是衽余，高兴地说：“稀客，快进来坐！”

他悄悄问：“王爷在吗？”

“刚好不在。你有事吗？”

“也没啥大事，就是想来看看王爷！”他坐在韩玉林房里担心地说，“在卫律那里做事，一想到那家伙的残忍，我总怕他……”做了个手砍脖子的样子。

“不至于。既然王爷能让你去，就不会叫你有生命危险的。”韩玉林给他倒了碗水递给他笑了说，“再说，你老兄脑子活泛，也不会吃亏的。”“这你可不知道，这几个月一文的工钱都不开，当着客人的面光夸我做得好。”

他将前天问卫律要工钱时，卫律说他过去买他是做奴才的事对韩玉林说完生气地或：“我现在也是要养家糊口的人！”

“这我知道了会和王爷说的。”韩玉林对他说，“卫律疑心重，你以后不要经常来。王爷有事找你会托人捎信的。”

“知道了。感谢老弟！告辞！”衽余边往外走边叮嘱，“我也是坚昆人，你可一定要将我的事告诉王爷！”

韩玉林送衽余刚走出房门，见李陵后面跟着随从推大门进来。

衽余招呼：“王爷回来了！”

“我还有事！”李陵说着就进了后房。

衽余瞧着李陵进了房子，对韩玉林说：“王爷好像不高兴？”

“他今天有事情要办！”韩玉林送他出门，“慢走！”

“回见！”衽余说着走了。

几天后，衽余为了这事又来找了李陵一回，还委屈地流了泪。

李陵觉得这事急需解决，搞不好卫律以处理家奴为名杀了衽余他也不好说话。

按照胡人不是规矩的规矩，买的终身奴才要出籍，就得交够赎金。再说他们在坚昆能站住脚，衽余起了不可替代的作用。

这事必须回去跟赵大哥商量下才能作决定。

李陵以检查青苗生长情况为由带着韩玉林和另外两位汉人随从出发了，路过距军队垦地有一里多地的岔道口时，一队背着弓箭持大刀的士兵挡在道上：“各位下马接受检查！”

韩玉林问：“为什么？”

“近日有小股人骑骚扰，我们军帅要求盘查过路人！”

“那我们要求见你们的军帅逐日王！”

士兵傲慢地说：“军帅是你想见就能见的吗？”

随从王立中下马上前说：“朋友，回去报告你家军帅，就说是坚昆王回坚昆从此路过，请求放行！”

士兵严厉地说：“我们军帅说过！谁也不能通过！”

李陵不想惹事：“咱们绕道走吧！”

他们正要打马回行，可是士兵却不让：“你们已经来了，想走可以，必须留下马匹和所有一切！”

这不是明着抢劫吗？韩玉林下马上前怒问：“怎的，我们路过不行，回王庭也不行，这不是胡闹吗？”

士兵用力推了下韩玉林：“怎的，你还想打人不行？”

韩玉林伸一只手拧住士兵的胳膊，疼得他嗷嗷叫起来。

众士兵见状拿着刀就围上来。没等李陵说话，韩玉林推倒手中的这位，魔术般地抽出腰上的佩剑，左右前后一阵砍杀推挡，十几人一半都倒在地上。

有人看打不过，喊：“快撤！”

李陵瞧着他们抱头鼠窜了，沉思会儿说：“咱们得过去，给逐日王一个交代。”

李陵不想得罪道上的官兵，因为自己人常要从他们的地盘上过往。

李陵他们四位打马来到军垦之地，见到了单于的儿子逐日王。李陵礼貌地说：“右校王拜见逐日王！”

年轻的逐日王忙行大礼：“姑父折煞侄儿了！不知姑父到来，有失远迎！”

李陵实话实说，他把路上被阻挡的事情说了后，谦恭地说：“只因动起了家伙，我的随从不得不自卫，伤了你的兵士。我将他留在这里，任凭逐日王处置！”

右校王何许人也，自己哪敢留他的人马？最近，些许部落的人骑骚扰就够闹心的了。他忙赔着笑脸：“姑父说的哪里话？都怪我治军不严，才发生此事！”

李陵笑着说：“今天这事，也怪我们克制不够，罚还是要罚的！我看这样吧，我从坚昆回来，给你们带点那里的麦面来，改善下伙食，怎么样？”

“那就太感谢了！”逐日王立即拿出锦帛写了手谕，盖上戳子，双手递给李陵：“姑父，你以后带上这个行走方便！”

“那就谢了！”

他们打马踏上回坚昆的道路。随从王立中问：“大哥，我真的怕你把韩哥留下受苦？”

“这是处理问题的办法，不然的话，这事情就无法解决了！”李陵说。

“他们要是留下我，我就把他们弄个天翻地覆，死了也值！”韩玉林说。

“没有必要如此，咱们在人家屋檐下，该懂得自律！懂得保存自己！咱们这么多人能活下来是很不容易的，一定要懂得克制！”

“知道了！”

李陵回到坚昆，把袥余的事和总管赵大哥商量了下，赵大哥建议说：“袥余是胡人懂胡语，脑子灵活，这么多年来，跟胡人打交道都靠他的！他有功于咱，咱要尽力相救！”

再说，这多年坚昆的积累已经不少，为袥余赎身算不了什么。李陵把在道上遇的事情和想法和大哥说了。

赵大哥很同意："咱们以后有事情要求他们，一定要搞好关系！"

赵大哥立即安排人套磨子磨面。

李陵在坚昆住了三天后，待麦面磨好后，带人赶着马车给逐日王的军垦地送去。

逐日王害怕又发生什么纠葛，亲自把他们的车和人送出军队的辖地。

李陵和他们告辞，打马直奔贝加尔海。

不知咋的，最近苏武晚上老做梦，老是在蒙眬中做着大汉的梦。儿子苏元在他梦中出现的时候最多，大都是儿子在躲避着什么，每每将要问儿子话时，自己就醒了。

不知这到底预示着什么意思……他盼望着李陵很快到来，能带来大汉的一些消息。这近一年了，他都没有回来看望他的妻儿，不知他在王庭怎么样……

夜里，苏武沉睡中，迷迷糊糊地回到了大汉的家。家还和过去一样，母亲和丑儿都在。突然，苏元提个人头回来扔在地上："奶奶，我给咱家报仇了！"他恼怒地喊："苏元！"

梅尕被惊醒，摇醒了男人："苏大哥，苏大哥，你咋的了？"

"没啥，就是做了个梦。"

一二六　我已回不去了

"你喊苏元，他是谁？"

"是我在大汉唯一的儿子。我梦见他横行乡里，在、在挥拳打人！"苏武忧虑地说，"这小子在福中长大，我很担心他走错道！"

"家里还有啥亲人吗？"女人问。

"家里有我弟媳妇和比苏元小两岁的侄子。听李贤弟说，我母亲去世后，由他做主，让我弟媳妇来管教他的。"

"他阿婶人咋样？"

"大家闺秀，很能干的，心地也很好！"

“这你就放心吧！有如此的阿婶，娃娃是不会走错道的！”女人安慰说。

“不过这小子已经快三十岁了，是个大人了！不知弟媳还健在否。”他担心地说。

“做梦大都是反的！”女人紧紧地依在男人怀里，“睡吧！”

男人闭着眼睛，惊恐地紧搂着女人，真盼李贤弟赶快到来，

给我捎来大汉的一些消息……

果然心有灵犀。第二天后晌，李陵打马到来。

苏武一见他问：“有家里的消息吗？”

“有！”李陵说，“霍光和上官桀两人不负众望，小昭帝也很聪明。大汉如今，人心思定，国泰民安！”

“这我就放心了！”他长叹了口气。

於维尔兰一见男人到来，高兴地带着娃娃们出来迎接。

大将军霍光和上官桀，辅佐八岁的汉昭帝登基三年来，大汉基业稳固，人民安居乐业。

两位辅佐者也曾是李陵和苏武的好朋友。这十多年来，随着公孙敖死前的交代和多年的调查，李陵投降的事情已经真相大白。

他们两人奏明皇上说，我汉如今正值用人之时，应该到匈奴接请李陵回汉。

宣帝虽然年幼，却赏识英雄。特别是听霍光大将军给他讲过，李陵以五千步卒，血战中斩杀匈奴单于带领八万兵骑的三万多人马……很想见识这位英雄，就让他们去办。

霍光和上官桀商议，定要请李陵回汉。

他们都和李陵从小一起长大的好朋友。两人推荐陇西长纪名人任立政，这位从小和李陵一起长大的朋友，以大汉的特使身份和文武双全的苏记恩，带着几位随从出发去匈奴交涉，接李陵回汉。

苏记恩是十四年前苏武出使匈奴，半路上救下的老人的那个孙子。常会和赵根儿把祖孙俩送回云中郡，经过官家审查后，按照老人的意愿，送他们回河南老家生活。

奶奶为感谢苏武的救命之恩，给孙子取名苏记恩。老人拿着安家费和常会当时给的银子，省吃俭用供孙子念了三年私塾，休学后又让跟着当地生意人当了三年学徒增长见识。

在孙子十六岁时，奶奶带着他到云中郡府当兵，郡官查得他的身世，得知苏武为所救，立即告知朝廷。朝廷就安排苏记恩在长安当亲兵，学习各种武艺，并补习胡语。

苏记恩不但聪明，有文化还能吃苦且耐劳，三年后成了位能文能武的外交人才。

苏记恩作为向导和护卫，带着几人跟随任立政来到匈奴王庭，拜见单于并呈上礼品和文书。

单于一看文书，得知汉使到来，是劝接李陵回大汉的。

这足以说明，大汉人很赏识李陵，需要他。

我们这里也很赏识很需要他的。

狐鹿姑大单很不高兴。可他们的国力如今是抵不过大汉的，要是不让他们见面的话，说不定大汉要出兵征讨胡地……

单于让卫律安排汉使先住下，下来和卫律商量对策，商量来商量去，都觉得不准许双方见面是不行的。既准许他们见面的话，卫律必须在场作陪。

卫律和李陵设宴，为汉使任立政接风。李陵和任立政见面后，互相寒暄而坐敬酒。

酒宴中，任立政和李陵互相回忆了小时候用自制的木刀木枪，闹着打仗玩耍……卫律也不时地插上两句趣话，三人竟然开心地笑了。

任立政说："拿着木头刀枪玩耍的事，仿佛发生在昨天。自从李贤弟不在身边后，很是想念。霍光和上官桀两位大将军，也常叨念你这位老朋友！"

他看李陵低头不语说："我这次就是奉皇上和两位大将军之命，来接你回汉的！"

李陵沉思良久，表明态度说："我已经回不去了！"

"为什么？"

"我的全家被杀，连累了李家三族被诛，害怕再次惨遭侮辱！"李陵真是怕了，如若回到大汉，名誉免不了被人诟病不说，留在这里的儿女也会被匈奴轻鄙甚至追杀。自己再傻，这样的事情也不能再发生了。

任立政对他讲了当时公孙敖调查是错误的："这是公孙敖犯的罪，被斩处时承认了的。"

李陵当着卫律的面也不能再说什么，只是指着自己身上的胡服说："我已不是从前的李陵了，如今是胡人，回不去了！请你不要再费口舌了！"

李陵起身离开。这次会见不欢而散。

卫律把李陵不回大汉的态度告诉了单于，单于佩服地说："右校王，大丈夫也！"

他们知道了李陵的态度，也就没有必要对他过分地戒备了。李陵为了避嫌，向单于请示，要以朋友的身份宴请汉使，单于同意了。

李陵在右校王府宴请汉使任立政和随行几人。当然是李陵和任立政单独会面。韩玉林另外宴请随行人员。

酒宴上，任立政一再劝说李陵回大汉。李陵无奈说了当时出征的事情：武帝当朝让路博得将军给他作接应，可是，刚吃了午饭后却下圣旨，没有了接应，让他孤军作战。

李陵说："当时，司马迁大人还在我府上，他觉得很奇怪，叮嘱我要格外小心！"

"这事，我不知情。"任立政说，"怪不得司马迁大人为你求情被关押，后来被处了腐刑。"

李陵又向他讲述了自己率五千步卒，跟且鞮侯单于率领的八万多兵骑，半个多月血战的经过……自己被围困将要自杀时，单于用大汉三百多伤兵性命来胁迫他投降之事……

"我真幼稚！当时想，自己假借投降，让单于给三百多受伤的士兵看好伤。再麻痹单于，借机提了他的人头，为家、国报仇后，为大汉尽忠。"

李陵说着说着泪流满面万分悔恨："是我害了母亲，害了妻儿全家人的生命！我虽然杀了为匈奴练兵的李绪，可永远也洗不掉心中的痛苦和自责！朋友，你说，我如今能回大汉吗？"

任立政站在李陵的立场上想，他是对的！遭了如此身心的侮辱，是不能走回头的路了！

韩玉林督促着几人喝酒，他瞧着年轻帅气的苏记恩问："小兄弟，你名叫什么？"

"回大叔的话，我叫苏记恩！"他礼貌地答。

"莫非你是苏武家的后人？"

"苏武是我的救命恩人！"

一二七　恩人还活着

苏记恩他把自己六岁那年，跟着奶奶悄悄回大汉，在半道上被胡人抓回，遇见恩人苏武被救之事之后告诉了他："为了感谢救命之恩，奶奶给我起名，苏记恩。"

"苏大哥真是好人！"韩玉林感慨。

"大叔，你认识苏恩人吗？"

"认识。"

"他现在哪里？"

"他还活着，在咱们说的北海流放着。"韩玉林按照李陵的吩咐对跟随者说明苏武活着的事情

"这就好了！"苏记恩问，"大叔，你认识常会吗？"

"认识。他就在哈拉和林的郊外。"

苏记恩一听，忙跪地给韩玉林叩头："大叔，你能带我去看下常会叔叔吗？"

韩玉林拉起他说："成！不过，你要打扮成胡人！"

"那就说定了！明天，你带我一起去！"

晚上，韩玉林把苏记恩的事情给李陵说了。李陵听后说："我今天光顾着跟任先生叙旧，把苏仁兄活着的事情，还没有顾得上提说！"

"大哥，你说，苏大哥能回大汉吗？"

"按道理说，苏仁兄能回的。"他沉思良久，"不过，这要有朝廷旨意，要来人交涉，让匈奴不得不放苏仁兄回汉。"

"那咱们得商量个办法，让单于不得不放他回汉！"

"这得从长计议！我这几天不能出门，卫律一定派人在暗中监视着。你想办法把常会约来家里。

"这你得趁此装病，我去请沮渠萨满来！"韩玉林想想说。

第二天，李陵就病了，发烧昏迷不醒。韩玉林拉马走出大门，看见卫子

在对面坐着。他喊："卫子，过来！"

"阿叔，啥事？"卫子过来。

"你是有任务吧？"

他不好意思地说："卫将军让我在这里看着，要是有大汉来的人到你家，和他汇报！"

"你坐这里看着门，我去给王爷叫萨满！"

"王爷咋的了？"

"受了刺激，发烧昏迷！"

"那我就在这里操心着，你快去请萨满吧！"卫子现在暗地里拜了韩玉林为叔叔，叔叔的话他也是要听的。

韩玉林换上要外出时穿的胡人衣服又拿了套。他打马到驿馆，把马拴在门前的拴马桩上，奔进汉使住的地方，让苏记恩换上胡服，和他一起出来，两人骑着一匹马出了城。

苏记恩一见常会，跪地就拜："恩人叔在上，受小的苏记恩拜上了！"

韩玉林微笑瞧着常会不言语。搞得常会莫名其妙："这这，这是什么意思？"

韩玉林问他："你还记得来胡时，半道上送回去的奶奶和孙子吗？"

常会立即忙拉起苏记恩："你就是那个男孩子？"

"对！"

"你为何到此？"常会急切地说。

苏记恩说了他陪任立政来的任务后说："得知恩人还活着，咱们得商量个办法！"

……

几天后，任立政准备回汉时，单于亲自办酒宴为他们饯行。在宴会上，李陵和卫律作陪。双方互相说了许多恭维的话。

酒宴快结束时，任立政终于问："尊敬的单于陛下，请问，我们前朝来的使节苏武，现在何处？"

卫律立即抢先回答说："在来的那年，就暴病身亡了！"

任立政问："那他的墓冢现在何处？我们临行回汉时也该祭拜一下！"

"都近二十年了，早都被黄沙掩埋了！"卫律说。

"看来，我们得在道路上祭拜了！"任立政装作遗憾地说。

正如李陵所说，他们不会承认苏武健在，也不愿意让他回大汉的。不过他们已经商量好了办法，只等任立政他们回汉后，禀明皇上和大将军再作决定。

任立政回到长安，即刻向大将军霍光和上官桀汇报了李陵的情况，他们为李陵而痛心、遗憾。不过得知苏武还活着，也是件值得兴奋的事情。

他们把这些立即禀知皇上，十三岁的宣帝很是高兴。和两位辅臣屈指算着，老臣苏武出使匈奴已经十六七年了。

他们找来了出使匈奴，勘察地况的老臣路充国，了解苏武流放地北海的情况，得知那里是匈奴最北面的极寒之地，荒漠无人烟。食物极其缺乏，很是担忧苏武的情况。

北海那里一年有七到八个月都是风雪天气，冷的时候在外面方便，尿一出来就冻成冰棒。一望无际的北海，冬天冰厚得能行车、跑马……

还有北海的冰先一年九十月封冻，第二年五六月才能开始融化。

皇上说："他能在那里活下来，真是神人！"

霍光、上官桀和跟皇上商量，立即决定接老臣苏武回来。

可是单于说他已经死了，看起来，匈奴是不想让他回大汉的。如此说来，咱们这边还不能有任何动静。

这事情得慢慢来，得寻找个好机会。不然的话，匈奴会谋害老臣苏武的。

不久到了冬季。李陵回到贝加尔海，就下起了大雪。他说自己很累，在榻上躺了两天。其实，他在想，该不该把任立政来的事情，得知他活着的消息，告诉苏武。

告诉吧，他一家就不得安宁，不告诉吧，仁兄一心想着大汉。

按照胡人的规矩，苏武回汉，女人和娃娃都是这里人，不能跟着一起走……

苏武看李陵这次回来话很少，好像有心事的样子。这天，他看着雪后天气晴朗，牵出来两匹马来。

他敲着他家的门："贤弟，今天天气很好，咱俩出去溜达溜达！"

於维尔兰当丈夫真的很累，开门出来说："大叔，他说累，在榻上躺着！"

苏武进来拉起他："咱兄弟俩，外出走走就不累了！"

李陵无奈穿戴好衣袍，跟着出来。苏武把马缰绳递给他："上马！"

他们两人骑着马一前一后地走着。

走了有二里多路，苏武勒马等到和他并排问李陵："哎，你咋的了？"

"没咋的呀！"他故作轻松地说。

"我看你有心事！"他问，"是不是和卫律怄气了？"

“没有。”

“咱们回海子去，好好泡下澡，夜里一起好好地聊一聊！”苏武说。

“我还有没和尔兰说晚上不回去！”

“我跟梅尕说了，她会和她说的！”苏武早就盼着贤弟来，能给他带来长安的新消息。

苏武和李陵打马到海子，给火塘生好火，烧上水、热上带来的饼子和腌菜，将铺盖放在火塘前去潮湿，两人就去温泉泡澡。

他们舒服地泡了澡回来，吃了热饼子和菜，喝了热茶躺在炕上。

苏武瞧着李陵若有所思的样子：“还在纠结吧！”

“你怎么知道？”

“我有千里眼。”其实他是在诈他，让他说出实话。

“哎！我就实说了吧！”他把任立政奉皇上和大将军霍光、上官桀之命，来劝他回汉的事告诉了他。

“你回吗？”

李陵心酸地说：“我已经是胡人，过去的李陵已经死了，回不去了！”

苏武听后坐起，喝了口茶，瞧着手中的茶碗中的茶水没有吭气。

李陵呆呆地瞧着原木搭的屋顶。

这样沉闷了好长时间，苏武干咳了声：“咳！这真是个难事情！”

“不难！我如今在这里娶妻生子，我单人一走，我的老婆娃娃在这里又得遭受磨难、遭受侮辱！我的心里虽然想着家乡大汉，可我回去心里会更加疼痛！”他瞧着屋顶说。

“你说得对！”苏武终于问，“他们就这样回汉了吗？”

一二八　苏大叔救了我

“你知道，这次保护任立政来的小伙子是谁吗？”李陵不愿回答仁兄提的难题转移话题。

“谁呀？”

“是你来时在半道上救的小男娃，如今的名字叫苏记恩。”李陵解释说，“是那娃娃奶奶给起的名字。”

“那娃娃如今有二十三四了吧！”

“小伙子文武双全，长得很帅气！”李陵说，“他得知你还活着高兴极了。他还见过常会。”

“这娃娃很有出息！”他们两个一直躺在榻上，谁也不看谁说着。

“这都是你的功劳！”李陵醋意地说。

“是人家奶奶教育得好！”

“也是！”李陵说，“我们谈了你的事情。他们回去请示朝廷。不过，他们向单于打问你的情况，卫律回答说，你在来后，就暴病身亡了。”

“他们说得很对！”苏武想了会儿说。

“何以见得？”

“你说，他们得知大汉知道我还活着，还不提前解决了我！”苏武头枕着双臂沉思。

“你说得对！”李陵立即坐起身来，紧张地说，“仁兄，从现在起，我要让刘勇义和吴胜寸步不离跟着你一起行动！”

“别这么紧张！他们现在认为，大汉已经知道我死了。我现在还是安全的！”苏武坐起来。

他们两个人促膝相谈，一起商量着以后的事情。

苏武想想对李陵说：“贝尔和於兴都已经十三岁了，我想咱们应该给他们把婚定下。”

自己终究要回大汉的，得让妻子儿女有个依靠，这依靠就是留在这里的贤弟李陵。只有两家结成亲家，李陵在他回汉后才能名正言顺地保护他的家人。

李陵对苏武说：“仁兄，不管你以后在哪里，梅尕就是我亲大姐，娃娃们就是我的亲外甥！”

“一言为定！”

“君子一言，驷马难追！”李陵真诚感慨，“仁兄，有你在这里，真是我李陵的福气！”

有苏武在这里，虽然道路相距不近，可是他李陵还能借机来往，叙说自己的郁闷。他都不敢想，要是仁兄回汉自己该怎么办……

李陵不由得眼泪汪汪的了。

苏武眼圈也红了，他掩饰地躺下说：“太困了，睡觉！”

这年入冬后，狐鹿姑大单于陷入风寒症之中，由于纵色贪欲，病入膏肓，全哈拉和林的萨满都医治不好他的病。

他知道自己将不久人世，觉得两个儿子，大儿子左谷蠡王和二儿子逐日王在和平中长大，再说他们的年纪才二十来岁，不能担当单于大位。立遗嘱让其亲弟右谷蠡王继单于位。

非玛父姓颛渠，名为颛渠非玛。

那年卫律把她送给单于，她就想做单于的小阏氏。这几年，她使尽浑身的魅力和单于在一起。终于感动了单于，去年给了颛渠阏氏的名分。

得到名分的非玛，看到单于身子日益渐衰，满足不了她的需求，就和单于的大儿子左谷蠡王眉来眼去，偷偷地粘在了一起。

单于死后，颛渠阏氏和卫律密谋，更改了单于遗嘱，立狐鹿姑单于的大儿子二十六岁左谷蠡王继单于位，为壶衍鞮单于。

不久，颛渠非玛成了壶衍鞮单于的大阏氏，很快给其生了个儿子，地位更加稳固。

大汉的机会终于来了。消息传来，去年冬天，狐鹿姑大单于去世，新单于是他二十六岁的大儿子左谷蠡王，如今称壶衍鞮单于。

据酒泉张掖两郡报告，如今左贤王和右谷蠡王对壶衍鞮单于不满，捎话想投靠汉地。大将军霍光命令：“不能接受！”其实他是想逼着他们内乱。

左贤王和右谷蠡王目的没有达到，胁迫一位王爷和他们一起共投乌孙。该王爷不从，把此事告诉了单于。单于让卫律去审问二人，二人嫁祸于这位王爷。

左贤王和右谷蠡王害怕单于报复，离开旧封地，在外地各霸一方，不参加盟会，不受王庭管制。接着，各部落王爷也在纠集自己的势力。

大将军霍光禀明皇上，说如今去接苏武的时机已到。皇上准许后，霍光和上官桀亲自出马，任立政和苏记恩带路做随从，他们这五十人的队伍出发匈奴接苏武回大汉，顺便看看好朋友李陵。

他们几人刚走进沙漠不久，就遇见漫天的大风沙。苏记恩带着大家，躲避到前面的坡坎下，遇见了六匹骆驼的驼队也在此躲避风沙。

主人就是十八年前苏武经过沙漠，夜里遇到一队人骑袭击，消灭了整个人骑，发现一小青年没死，带着他到沮渠格尔那里的得肯特。

三十多岁的得肯特，见他们是当官的汉人，热情地招呼："朋友好！我是得肯特。"

苏记恩用胡语客气地说："你是做生意的？"

"对。"

"你这骆驼上驮的是啥？"

"都是药材！"

"这药材到王庭地，很火吗？"

"再火我也不卖！"

"为什么？"

"我是专门帮恩人，在云中地采购的！"得肯特说。

"你的恩人是治病的大夫？"

"对。他是俺们那里最名气的萨满！"

"最有名气？"苏记恩笑着说，"我也在你们那里认识了位，最有名气的萨满。"

"你？"得肯特不相信。

"我知道你给谁驮回的药材！"

"谁？"

"哈拉和林最富有的萨满，沮渠格尔！"苏记恩瞧着一羊皮袋子上模模糊糊的沮渠二字说，"他不但有大片药材基地，而且还种植着大片的果木林。"

"我就是为他专职采购药材的。"得肯特说，"他是个好人，是个很能干的人，也是个好萨满！"

苏记恩一听，如此说："他是咱两个人都认识的人。那我问你，沮渠萨满怎么救了你的命？"

得肯特沉思地说："其实，救我命的是一位汉人。"

他把过去他们部落头人带着他们打劫大汉使节的事情，原原本本地说了："你们那位使节真的很厉害，他的名字叫苏武，是他救了我。"

"那你怎么和沮渠认识的？"

他把苏武带着他到沮渠住的镇子后，自己知道的事情告诉了苏记恩："他们去哈拉和林走时，沮渠萨满把家留给了我，还托乡亲们照顾我，才有了我的今天！"

"你知道苏使节现在哪里？人还活着吗？"苏记恩问。

"这、我一概不知。"

"大哥，你是个好人！"苏记恩拍拍他的肩头说。

不久，风沙停了。他们都起身，本来一起走着，得肯特的驼队走得慢，只有各自前行了。

得肯特回到哈拉和林沮渠处，把遇到汉人官员到王庭的事告诉了沮渠格尔。沮渠立即打马到城里把这事告诉了李陵。

李陵想，这一定与苏武苏仁兄有关。有卫律狗贼在，苏仁兄要是回大汉的话，家里人都带不走的，绝对是他一人走的。

已故的且鞮侯单于同意梅尕去找苏武，却不知他们有后代。苏仁兄有儿女之事，王庭只有於靬王和他李陵一情尽知。

这事千万不能让卫律知道……可也不能让大汉使臣知道他有儿女之事……他正想着，韩玉林进来说："苏记恩来了！"

李陵让苏记恩进来，一瞧他是着胡人服装进来的，放心地打问情况，才得知这次一定要接苏武回汉。

李陵对他如此这般地交代后说："你们一定等我回来，给消息后，再找单于行动！"

一二九　神人的血书

李陵向壶衍鞮单于告假回坚昆。由于汉使到来，以为还是要接李陵回汉。单于怕李陵动心，就同意了。

李陵带着随从韩玉林打马昼夜疾行。第三天夜里到了贝加尔海苏武住处。

第二天一早，李陵就约苏武外出，说是奉命检查庄稼长势，两人沿门前的路步行上了后坡。

刚升起的朝阳，温柔地给地上绿油油的麦苗涂上了金色，使其更加的生机勃勃。

苏武和李陵默默地走在麦地间。

苏武知道李陵匆匆而来，定有要事相谈，首先打破沉默："是大汉来人了吧！"

李陵把这次来的是大将军霍光和上官桀的事，告诉了他，“这次名义上是一定要叫我回去，实际上是接你来的！”

他看苏武沉思，继续说：“有卫律在，一定是你一人回大汉。你回去后，看情况再想办法接大姐他们母子。不过卫律和单于都不知道你在这里有儿女，咱们得想办继续隐瞒。”

“为了他们母子的人身安全，隐瞒是对的！”苏武立即打躬行礼，“那就要多多麻烦贤弟了！”

“仁兄不要这样，这是为弟应该做的！”李陵忙还礼，“我来给你送个信，让你和大姐都有个思想准备！”

“感谢贤弟！”苏武又打躬行礼。

李陵尴尬地说：“仁兄你要是这样，我可就要哭了！”

苏武说：“我还是担心你在这里的以后！”

苏武还在担心着李陵和三百多汉人及家眷的以后。

“自从狐鹿姑单于死后，卫律和颛渠阏氏私改单于遗嘱，立单于大儿子左谷蠡王为壶衍鞮单于，单于兄弟右谷蠡王和左贤王就和王庭抗衡起来，不参加盟会不说，还在下面扩充着自己的势力。”

李陵瞧着已经出土油绿油绿的麦苗向苏武说了单于王庭的事情。

“你怎么办？”苏武担心地说。

“我已和赵大哥约好了，等待时机，按你说的向西靠拢！”

“带上腾虎咆所部！”

“那是一定的！”

李陵在这里只待了一天，就带着韩玉林赶紧回王庭了，这时自己更要时刻得知王庭的情况。

大将军霍光和上官桀上书单于，一定要见到李陵，单于直推说李陵不在王庭。

这不，李陵回来了，单于亲自设宴招待，两位大汉天子身边的大将军和李陵会面。

宴会上，单于端起酒杯，客气地感谢两位大汉将军的来访。霍光也端起酒杯，感谢壶衍鞮大单于的热情招待后，进入了正题。

霍光对李陵说：“李兄长，我们这次来，是诚心接你回家的！”

李陵抖抖自己的衣服，摇摇头：“我已经不是过去的李陵了，我现在是胡人。回不去了！”

壶衍鞮单于忙说："如今的右校王，是我们的功臣，他主管的农牧业，解决了许多牧人的吃粮问题！他就是要回，我们也不允许！"

霍光接茬说："既然如此，我方也不必强求。请单于答应另一件事！"

"大将军请讲！"单于痛快地说。

"我们要接，十九年前来的汉使节苏武回家！"

"这人已经不在人世了！"壶衍鞮单于立即说。

卫律接着说明："两年前汉使来，就知道苏使节已经去世了！"

霍光从衣袋里拿出封血书说："这是苏武从北海，让大雁带回的血书！上面用他的血写着：我活着！在北海！汉使苏武。"

两人一见血书，无话可说了。

其实这血书还是上次苏记恩看常会时，由常会提出来的！他知道匈奴不会主动让苏武他们回汉的，也就不会承认苏大哥还活着的事实。

可匈奴人迷信，上次认为苏大哥在地窖中，十多天无吃无喝不死，是神人。这次还得用神人的办法，让他们承认他还活着。常会想起古人有鸿雁传书的故事……

"对，苏大哥写血书！"常会立即用刀割下衣襟，咬破手指，学着苏武的字迹，在上面写着："我活着！在北海！汉使苏武。"

他将血书交给苏记恩叮嘱说："以后要是接苏使节回汉，匈奴单于一定说他已经死了。就拿出这血书证明，他还活着！"

他还对苏记恩交代：这血书是苏武看到秋天大雁南飞，将血书拴在大雁翅膀下，叮嘱大雁带信到长安皇宫……果然大雁不负苏武之托，大汉才知使节苏武还活着……

此次霍光如法炮制，果然匈奴不牛了。

霍光义正言词严地说："汉使苏武，被前单于以莫须有的罪名，流放北海！这次我们一定要接他回汉！"

"我们已经得知他死在那里了！"壶衍鞮单于冷着脸，"既然如此，我们就去接人，哪怕接回来的是遗骨，也会回来交还贵方！"

他即刻命令卫律，"卫卿家，这事由你亲自去办！"

"臣，卫律领命！"

狡猾的卫律闻听壶衍鞮单于提出送遗骨的意思，明白了。他要亲自出马杀了苏武，让汉人将他的尸骨运回。

年轻的壶衍鞮单于，知道自己的能力和如今匈奴的国力不行，不能和大汉硬着对抗，只得顺势让苏武和一起活着的随行回汉。

这个苏武真是位神人，自己小时候听说他在地窖里无吃无喝十几天竟然不死，这十九年在那种极寒之地能活下来，不是神人是什么！我们应该顺应神的力量。

李陵得知卫律要亲自到贝加尔海接回苏武，这必有蹊跷。一想到宴会上单于对来接苏使节的两位大将军说苏武已死……李陵深感不妙。

必须赶紧给苏仁兄送消息，叫他特别注意自己和家人的安全。

在这非常时期自己又不能离开。

李陵让韩玉林带上逐日王的手谕，和王立中两人到了贝加尔海苏武住地，让他做好回汉的准备。

韩玉林是个很会办事的人。他以给於维尔兰送东西的名义而来，先跟她通了消息，商量好了办法。让於维尔兰跟苏武悄悄沟通。

时间急迫不敢怠慢。第二天早饭后，於维尔兰让苏贝尔和李於兴照看着弟弟妹妹们。她约上苏武和梅尕两口子，说商量两个娃娃的亲事，一起走上屋后面的坡坎。

他们坐在阳光中的一树荫下瞧着坡下的房屋，房屋前面是白杨树和绿油油的草原，和一片菜地。

於维尔兰说："大叔，姑姑，我想现在给贝尔和於兴把婚事办了！"

"这可不成！他们都才十五岁！"梅尕一口回绝。

苏武知道韩玉林来一定是有大事情，而且是关乎自己回汉的事。

他沉思地说："办就办吧！咱们两家人，本就是一家！"

梅尕生气地对男人说："你没有资格这样说！"

於维尔兰说："姑姑，我实话说了吧！给娃娃们喜事办了，让大叔回汉放心！"

梅尕瞧着丈夫一下子怔了，不一会儿眼泪滚滚落下。

都近二十年了，他想回，一直都没有大汉的任何动静。想着这辈子能白头到老，谁知分别却在眼前……

苏武瞧着妻子，眼圈一下子红了，心一酸，眼泪蒙住了双目。

於维尔兰眼泪也禁不住涌出了眼眶，起身说："你们想想吧！"她低头擦着泪朝下走去。

苏武流着泪，紧攥着妻子的手：“对，对不起！”

梅尕忍不住哭出了声。

一三〇　临别的一家

“别，小心下面人听见！”苏武对妻子说。

梅尕咬住嘴唇忍住哭声。回想起自己来后的想法，就是想跟他生个娃娃，就是分离都不在乎。后来他们一起有了一个两个三个娃娃，苏大哥回汉毫无音信，实想说白头到老，可如今……

梅尕自我安慰着：梅尕，这是你自己找的。

你明知他要回汉的，现在三个娃娃都长大了，大女儿快十六了。两个儿子都十三岁了，个儿都快和他阿爸一样高了，这也该知足了吧……

“梅尕，我、我对不起你们、母子三人！”苏武歉疚地说。

“不，你是大汉的人，你没有对不起我们！”梅尕抽泣地说，“是，是我想得太好，期望太高。”

女人头伏在膝头呜呜哭了。

许久，苏武不知该说什么才好，只是挪坐在妻子身旁，握住她的手，低头默默地掉着眼泪想，现在娃娃们都大了，他们都很懂事。

女儿苏贝尔和她妈一样能干，学习用功，在李贤弟点拨下，武艺以后就会更上层楼。她还懂得一些医药知识，虽然实践不多，对女娃娃来说也就不错了。

女儿这一结婚，就跟着李陵一家生活在一起，他比较放心。

就是两个双胞胎的儿子，如今十三岁，虽说个子不小了，武艺有待提高，学习医术也可以，毕竟年小，正是在懵懂的成长阶段，得有人经常敲打才是……

梅尕哭了会儿，心里也想了很多。

既然命运如此，就要坦然面对，只是这分别太难了。王庭有卫律在，自己和娃娃就不能露面，这后续的事情还多着呢……

她决然地擦了眼泪说：“走，咱们没事样地回家。我做几个好菜，晌午和娃娃们好好地吃顿团圆饭！”

苏武擦了眼泪：“那，贝尔的事情怎么办？”

“我想不必让娃娃草草结婚，在你走之前给他们先订个婚，结婚的事情以后再说！”

“那以后的事，就烦劳你了！”他起身给妻子双手打躬行礼。

“这又有啥呢！这里不是还有李陵两口子，有刘勇义、吴胜两家吗，还有坚昆的几百汉人，我们不会倒下的！”梅尕说着眼泪又涌出了眼眶。

前晌，梅尕在灶房一直忙碌着。苏武和韩玉林赶着八匹马，在门前不远处的草原上放牧。他瞧着马儿在吃草问：“兄弟，你为李贤弟来报信，真的感谢了！”

“谁叫我们都是汉人呢！为了苏仁兄一家人的安全，这是应该的！”韩玉林说。

“是啊！”苏武感慨地说，“你们在这里要受苦了！”

“既然回不了家，在哪里都是生活！”韩玉林达观地说，“李大哥救了我们三百多人的命，我们在这里也要对他报恩的！”

“再说，我们也都有了家人和娃娃，男人嘛，老婆娃娃在哪里哪里就是家！”

“你说得对，好男儿四海为家。”

“那苏大哥，我李大哥说你是治国之才。我问你个问题，假若，我们汉人要是在这里建立一个汉人的国家，你可以不回大汉吗？”韩玉林问。

“这个——”苏武想想说，“我是大汉派来的使臣，如今要是来人接都不回家的话，我在大汉家里的儿子、侄子，嫂子、弟媳妇多家人就要遭难的！”

“你说得也是！”韩玉林想想说，“李大哥让我在这里，悄悄地保护你到王庭！”

“他还说什么？”

“他还说，要你一个人或者和夫人一起住在海子那边，等待卫律。让刘勇义他们在这里保护大家和娃娃们！”韩玉林转达李陵的意思。

“这也是我想到的事情。咱们这里的家，一定要暂时保护起来！”苏武说，“明天，我就住到海子去。”

“我会暗中保护你的！”

晌午，丰盛的饭儿上，有酒，有肉，有菜还有面条。苏武一家五口和於维尔兰家四口，还有韩玉林、王立中他们围坐在一起。

梅尕给大家面前碗里斟上米酒："今天娃娃们也准许喝酒，不过，每人只喝半碗！"

苏武端起酒碗，提起精神高兴地说："今天，我给大家说个好消息：我们的苏贝尔和李於兴，即将长大成人了。今天，我们两家在一起宣布：他们两个订婚了！"

苏贝尔和李於兴，两人红着脸低下了头，其他娃娃们都瞧着他们笑了。

苏武问："贝尔和於兴，我们做阿爸阿妈的作这决定没和你们商量，你俩要是不愿意的话，现在就表态！"

李於兴站起身抬起头，红着脸说："我愿意！"

苏贝尔红着脸白了他一眼："就你能！"

李於兴不吭气笑着坐下。

於维尔兰笑着问："贝尔，你不是愿意给我做儿媳妇吗！"

苏贝尔红着脸头埋在了胸前羞羞地笑了。

韩玉林和王立中两人端起酒来，异口同声："恭贺苏大哥，李大哥两家喜结亲家！"

"谢了！来，大家端起酒来，干！"苏武提议，自己先一饮而尽。

"大家随意，"苏武举酒碗对大家说。

大人们心中有事，只是默默喝着酒，吃着饭菜。

李维一看着哥哥喝了一碗酒，还给自己碗里倒酒，噘着嘴告状："阿妈，你看，阿哥喝了一大碗酒，还要喝！"

李於兴对妹妹说："你管得着吗！我现在是大人了！"

李维一手推了下苏贝尔："贝尔姐姐，你也管管你的男人！"

"你胡说什么？"贝尔红着脸呛了句。

"他就是你男人嘛！"

於维尔兰生气地说："维一，你不吃饭出去！"

李维一委屈地擦着眼泪，拉开门出去了。

梅尕忙放下筷子追出门拉回她，把筷子递给说："宝贝，今天是你哥的喜日子，你可不敢生气。女娃娃好日子里一生气，就找不到婆家了！"

十三岁的苏国海高兴地说："我娶唯一！"

大家忍不住都笑了。

苏武说："今天这么好的饭菜不吃，就吃不上了！都快吃吧！"

晚上，苏武家。

苏武当着妻子的面，把要回大汉的事情告诉了三个孩子后说："你们都长大了，要好好地照顾和孝敬阿妈！"

一听父亲要回大汉，娃娃们都哭了。苏贝尔哽咽地说："阿爸，我、我们以后，还会、见面吗？"

"能！"苏武眼圈红红地，"我回去和皇上商量，说不定，不久就有人接你们回汉去的！"

"那，李、李於兴怎么办？"

"到那时，想办法也让他跟着一起回去。"

其实，苏武心里明白，这只是安慰安慰孩子们罢了。不管在哪里，他只希望娃娃们能平安地生活下去。

苏国海擦着眼泪问："阿爸，你是不是知道要回大汉，早早教我们生活本事？"

"有这个意思。不过，你们现在比阿爸那时候好得多了！我回汉后，还有你李叔叔和他的弟兄们在帮助你们，你们生活不成问题的！"

国儿擦了眼泪说："阿爸，我们会照顾好阿妈的！我们已经能骑马，会武艺，能跟着阿妈给牧人看病，生活会过得好的！"

一三一　为对方平安祈祷

"有你们在阿妈跟前，阿爸放、放心！"苏武也禁不住哽咽了。

苏贝尔流着泪，上前给阿爸擦着眼泪："阿爸，你放心，回去照看大汉的哥哥他们。我们在这里好好地积攒，到时候回去看望你们！"

梅尕始终低头没吭气，她心里滴血。这次分别，恐怕是永别。

特别是改朝换代后，先臣都是活在提心吊胆中的，就像於靬王大哥……

海儿看阿妈低头不说话，搂着她的胳膊说："阿妈，你放心！阿爸走后，我们不会叫你受半点委屈的！"

国儿也照着弟弟的样子，搂着阿妈另一只胳膊，依在她的身边说："阿妈，我和海儿一定会孝敬你的！"

苏贝尔依在阿妈的胸前说："阿妈，我是你的小棉袄！"

梅尕终于哭出了声，把娃娃们紧紧地搂在怀里。

这一夜，这一家人，一直哭着说着，说着哭着，苏武给娃娃们讲了家事，讲了爷爷苏建一生的勇敢和忠诚，讲了奶奶的大度和勤劳……让后辈记住祖先。

这里的几家人都知道苏萨满要回大汉了，大人和娃娃们心里不舍，可又无法改变什么，都默默地做着各自的事。

大人们都悄悄地给苏武准备着路上的吃用。娃娃们仿佛长大了许多，认真地写字、念书。

在预计卫律即将到来的前一天，韩玉林给刘勇义和吴胜传达了李陵的安排，让他们照顾好於维尔兰母子和苏武的几个娃娃以及这里的一切，保证他们的安全。

他和王立中两个人到海子去陪苏武两口子。保证苏使节回哈拉和林一路上的安全。

他们一行四人到达海子后，一起把前面房子的东西，搬进后面山洞里面的储藏室藏好，只留下破衣旧被。

夏季的夜晚，天空的白云、灰云、红云、黑云，有的相间，有的夹杂，有的相叠在一起，游弋在空中。

星星一会儿钻进云中，一会儿露脸相视，闪闪烁烁。

朦胧的极光下，深邃的贝加尔海敞开胸怀，把天空中的各种云儿和地上的群山，树林揽进怀里，倒影光怪陆离，神秘莫测，梦中一般。

梅尕陪着满头白发的男人苏武，雕塑般地依坐在岸边的黑山石上，想着多年的夫妻，明天就要分别，不由得泪如泉涌。

丈夫就要踏上回归大汉的路了，十八年的相濡以沫，如今不得不天各一方，而且是无限期的天各一方，不由得呜呜地哭了。

良久，苏武给女人擦着眼泪，哽咽地说："梅子，你别、别这样！你这样、我、心里难受！"

她搂住他的脖子泣不成声："我、我、不让你走！呜……"

"这，这这……"苏武忍住悲痛，给女人擦着眼泪，"我是大汉使节，必须得回大汉的！回汉是我的使命！"

"我、我、我知道！我也，也知道、你、你的心，是大汉的！"她瞧着男人，泣不成声，"我、我、我和娃、娃，也想、跟你回去！回到、母、母亲、家乡！"

十八年前的冬春，大雪两尺多厚。梅尕在於乙菩老人的陪伴下冒着生命危险到这里来，就是为了嫁给自己敬重的苏大哥。

嫁给这位不为匈奴名利诱惑所动的大汉使节。她也梦想着有朝一日，能和他一起回到母亲的家乡——大汉生活。

如今虽然匈奴和大汉和好，可是双方出使使节，按照各自的规定，任务完后都是使节一人回国。这就是说，如今苏武只能一人回汉，她和三个娃娃是匈奴人，必须留下。

恐怕今生今世夫妻父子再也难相见了！这怎能不让四十五岁的沮渠梅尕伤心，怎能不哭得死去活来，怎能不悲痛欲绝！

苏武抚摸着妻子，是她温暖的胸怀和真爱，让他这位大汉的流放者，在这极度严寒的洪荒之地，十九年还能活着。如今的分别，他也是万万的不舍。

他的泪眼瞧着她的泪眼："我、我也，舍不得，你、和、和三个、娃娃！"

两人相拥大哭。哭声在贝加尔海面上激起了浪花，浪花拍打着石岸，哗哗地屈诉，为他们抱着不平。

天上的乌云越聚越多，不一会儿吞下各色云儿，占据了整个天空，霎时，大雨滂沱。

瓢泼的大雨和着苏武梅尕的别泪，一起落在了贝加尔海里。

韩玉林和王立中在不远处为他们站岗，看下大雨了，两人奔跑过来搀扶着他们回到家里。

这里夏季昼夜温差很大，晚上还是比较冷的。再加上下了雨，还有这屋久不住人，里面阴冷。两人给他们房间里生着火塘出来，躺在旁边的房间里，盖上羊皮被子休息。

"唉！你说这两位，真够惨的了，活生生地分离！"黑暗中，王立中叹口气说。

"是啊！"

他们两人听着外面哗哗的雨声，都沉默了。

昏暗的烛光下。榻上，夫妻俩紧紧依偎在一起。

苏武瞧着眼睛哭得红肿的爱妻，现在很是后悔，真不该在这里成家，害了梅尕……

可是没有她，能有如今的自己吗……

他瞧着火塘里燃烧着的劈柴，心中浮起了希望。我先回大汉看看，如今双方先王去世，都是后辈登基掌管，多年无战事……

他回想着父辈和自己一生尽力为国，回汉后一定效忠圣上，为国建功，说不定皇上看在他忠心耿耿的分上和匈奴交涉，他们一家今生还能团圆的。

苏武想到此，绷住泪对女人说："梅子，我想我回去后，努力效忠大汉皇朝，说、说不定我们一、一家，今生还能团聚、聚的。"

梅尕明知道这很难，至少在卫律活着的时候。可这也是一个活下去的希望："但、但愿！"

"我、我一定努力！"夫妻俩互相安慰着。

於维尔兰在家里陪着孩子们。晚饭后，苏贝尔对於维尔兰说："阿婶，你们回去休息吧，我会照看好弟弟的！"

国儿和海儿也对她说："阿婶，我们都长大了，能照顾自己的！"

"那你们有事，喊我！"她叮嘱后回去了。

苏贝尔关上门，和两个弟弟坐在炕上。

海儿说："阿姐，阿爸一走，咱们一定好好地干，要过上比现在更好的生活！"

国儿接着说："阿姐，咱们一定听阿妈的话，少叫阿妈操心！"

苏贝尔问："你们想过回大汉吗？"

"走到哪里都得有本事，才能活得更好！"海儿说，"你看勇义阿叔，做得一手木匠活，这就不错！吴胜阿叔，会打铁，做出的铁器也是上等的！人要活，就要这样！"

"我觉得书念得好，也是本事！"国儿说。

"那你就办学堂，当教书先生吧！我支持你！"海儿跟哥哥说。

"你们两个能这么想就对了，这样阿妈一定会高兴的！"

"姐，你说说你的想法吧！"海儿说。

"我呀，和阿妈给人看病，再学好武艺，不被外人欺负！"

"对，姐，我刚才还想说习武之事。咱们三个一定要学好武艺！"国儿说。

"对！只有自己变得强大，外人才不敢轻视！"海儿对哥哥说，"阿哥，咱两个互相监督学习！"

三个娃娃一下子长大了，像大人一样互相安慰着。

国儿对姐姐说："姐，咱们明个送送阿爸吧！"

"阿妈说，卫律明天来接阿爸，为了咱们的安全，不让咱们出现！"贝尔叮嘱，"明天，咱们就在家里好好地待着！现在睡觉！"

他们紧紧地抱在一起坐在榻上，谁也睡不着。他们为父亲安全离别祈祷，为自己以后能有好命运祈祷……

一三二　贝加尔海子离别（一）

火塘里火光闪烁。朦胧中，男人和女人经过了哭泣和在一起疯狂过后，光裸着全身躺在榻上，泪眼瞧着泪眼。

“我爱你！”男人说。

一听这话，女人的眼泪汩汩地涌出了眼眶，哭泣起来。

就这样，苏武夫妻两人整整一夜未合眼。

第二天清晨，胜儿和老了的熊妈妈雪英路过海子，瞧见它们的家，沿着台阶朝海子坡上的家走着。

自从那年苏武他们把它们和娃娃们藏在这里过冬后，它们就在这一带活动。这里夏天有吃不完的水鲜，冬天有恩人给准备好安全的家，再说这里还有它们吃用无尽的大森林。

这些年，它们大都回这里冬眠，后来娃娃们都有了自己的家，相伴着的它们都回这里。天热了，有时也会回到这里歇息歇息。

平常回来都很少见到家里有人，今天回来闻到了恩人身上特有的味道。胜儿加快脚步，奔到木头门外前掌啪啪地拍着门。

韩玉林被惊醒，忙拉起王立忠，两人轻快地飞跳下炕，各站在门后双手握刀，一人双手猛地打开门，两只大棕熊嗷嗷叫着扑进来。

韩玉林举刀要砍。

苏武听见叫声忙跳下炕拉开房门，大声喊着：“兄弟不可！”

他扑上来将两只熊紧紧地护在怀里。

两只熊分别亲热地舔着他两边的脸颊……接着梅尕出来，双手颤巍巍地抚摸着两只熊的脑袋，双目含泪哽咽：“谢谢，谢谢雪英和胜儿给苏大恩人送行！”

韩玉林和王立忠瞧着眼前这些，一下子怔了。怎么苏使节两口子和熊如此地相处……

苏武忙吩咐说："梅尕，宰只羊喂雪英、胜儿。"

韩玉林和王立忠回过神，说："我两个来做！"

他们从门外一旁的羊圈里拉出只大肥羊，利索地宰杀剥皮……这羊是他们昨夜里从原住地驮来准备应付卫律狗贼的。

苏武瞧着他两个一边疑惑干着活一边吃惊地瞧着两只熊在他怀里温顺的样子，笑了说："我那年冰雪寒天，来到荒无人迹的贝加尔海后，王庭一直没有送粮来，多亏有这对母子相伴而没有饿死。"

苏武给他们讲了十九年前，在这蛮荒的冰天雪地，吃野鼠草籽的艰辛生活，和后来救了熊母子后和它们相依为命的事情。

他感恩地说："与其说我是它们的救命恩人，倒不如说它们也是我的救命恩人。"

梅尕做好早饭。他们一起吃了饭，韩玉林打马前去打探卫律，没有发现什么。他回来飞快地吃了午饭，又打马道边，爬上高树眺望，发现远处有大队人马而来。还发现吴胜已经打马过来。

他飞溜下树和吴胜一起回来。

原来早上，有人请出诊看病。刘勇义和吴胜出诊回来，瞧见前来接人的卫律的队伍。刘勇义对吴胜说："卫律不认识你，快去给海子送信！说不定你还能帮上什么忙的！"

他们回来，立即帮着六十岁满头白发的苏武换装，帮他换上十九年前来时所穿、现已破烂了的大汉使节服装，手持着脱了毛光秃秃的节杖。

梅尕换上破旧的胡妇衣袍，两人平静地坐在海子边黑山石上，左右两只棕熊护卫着两人。

清澈的海子水，倒映着这对眼睛被泪水浸得血红，四目相对的夫妻，倒映着这位大汉使节，来时黑发壮颜，生机勃勃，如今已经白发苍苍的老年人。

苏武时刻盼望着能回到大汉，可这天终于盼到了。他真的舍不得和自己相亲相爱十八年的妻子和三个孩子分别，可是自己是大汉使节，命运注定是要回大汉的……

清澈的湖水倒映着胡妇梅尕，她年轻时的健硕和美丽滋润着这位汉人男人的心身，虽然如今已经中年，身着破皮衣袍仍然不输当年的硕美。

她爱他的睿智宽宏，英勇气节。他爱她的坚强，温柔、心地善良……

两人雕塑般平静地依偎在一起，真叫人心酸。

这时两只小海豹相伴扒着湖岸出水，蹭上光溜溜的万年黑山石，圆圆的小眼睛瞧着面前两个流泪的人类，一只前鳍拉拉同伴的前鳍仿佛在问：他们怎么啦?

梅尕发发现了它们，泪眼瞧着两宝贝，胳膊肘蹭蹭男人在他耳畔悄声说：“看，这俩家伙也来送你！”

苏武一瞧，苦笑着忙伸手抱住两只，递给梅尕一只。它们也不逃不离，乖乖地、舒舒服服地躺在两人的怀里。

按理说海豹的天敌是大熊，可是，今天怪了。这两只大熊却温和地瞧着苏武和梅尕怀里的两只海豹，没有丝毫侵犯的意思，它们分明是朋友。

韩玉林和王立中、吴胜三人，隐藏在坡上的树林里，朝这边眺望着。

吴胜说：“苏大哥这一回汉，恐怕他们夫妻这一生就难相逢了！”

王立中说：“唉！咱们不也是远离家乡的人吗！”

韩玉林沉思着无奈地感叹：“吁！男子汉，大丈夫四海为家是常事！”

其实，他们何尝能不想大汉不想大家，可他们这是无奈的无奈，是百般的无奈。三人含着泪六只手握在一起，异口同声：“四海为家！”

卫律一行二十多人的队伍，后面跟着多骑的牧人男女队伍，行进到这里。

如今二十七岁的巴特尔，已结婚生子。今年开春，他把六岁的儿子送来苏武家这里上学。

昨天来接娃娃放学，得知苏大伯今天要回大汉了，他把娃娃放回家，连夜打马和沿途的牧民打了招呼，第二天牧民们都来到大道旁恭送苏武。看见接人的队伍来了，他们也跟着来到了海子。

卫律瞧着苏武和梅尕怀抱着两只海豹，坐在海子边的黑山石上，旁边还蹲着两头大棕熊。

他吃了一惊，滚鞍下马，赔着奸笑行礼：“苏大人，久违了！恭喜了！”

苏武不卑不亢：“我有何喜？”

“如今，我前来亲自接你，你将要回大汉了！”

苏武和梅尕起身将海豹放在海子岸边说：“既然是回大汉，现在就走！”

卫律对随行说：“把岸边两小家伙逮住带走！”

苏武忙赶它们：“去去！”

两只小海豹在来人将要捉住自己时，哧溜一声滑下海水不见了。卫律的跟随者伸着空手，回身瞧着岸上不解的一幕。

贝加尔海子离别（二）

卫律看没有捉住海豹，又双目放光贪婪地瞧着面前两头大熊，口中念叨着："这可是好东西！这可是好东西！"

他抽出腰刀朝胜儿刺来，苏武忙持节杖将其手中腰刀打掉，对它们说："胜儿，雪英快逃！"

胜儿和雪英得到命令，立即扑倒卫律飞遁进了岸边的树林。

苏武深情地瞧了眼海子及四下里的一切，回头面无表情地对卫律说："走。"

"别急！"卫律打量着梅尕许久，讥讽地说："这不是女萨满吗？我说怎么这多年没见你的面，原来在这里陪伴着汉使节！"

梅尕仰面朝天没理他。

"听说你在这里有了娃娃，那娃娃呢？"他马鞭指着梅尕。

"你说我有娃娃，我还要问你要娃娃呢！"苏武没好气地说。

卫律咬牙切齿地对手下人说："到上面去，给我仔细搜查！"

手下的队伍奔到台阶上的房子搜查，屋里一片狼藉。忙跑下来说："家里一脸狼藉！"

卫律说："你们看着他们，我去看看！"

他亲自到上面查看，屋里到处是破烂不堪的皮毛，啥值银子的东西都没有。屋外一旁的羊圈里有十几只瘦弱的老羊，味儿难闻。

他手捂住鼻口打开羊圈，饥饿瘦弱的羊儿一下子涌了出来，咩咩叫着。

卫律下了台阶后说："省事多了，既然如此，你们夫妻一起回王庭！"

巴特尔立即说："沮渠萨满不能走，我们这里需要她！"

大家听巴特尔这样一说，都纷纷喊了起来：

女萨满不能走！

女萨满不能走！

……

一时，跟着来的百多牧人男女愤怒的喊声震天。

卫律瞧着比自己队伍多多了的人骑，也就不勉强梅尕了。

他对人群假惺惺地说：“牧人朋友们：既然大家都很喜欢女萨满，那就留下吧！”

卫律又对手下说：“放火烧了这里！”

梅尕站起来，平静而带着恼怒说：“既然我留下来，这房子我也要住！”

巴特尔接着说：“这里是我们看病的地方，看今天谁敢烧？”

众人挥舞马鞭愤怒地喊着：“看谁敢烧！”

“谁烧烧试一试！”

……

愤怒的呼声一片。

卫律看众怒难犯，恼怒地说：“苏大人上马！走！”

众人纷纷下马从马背上拿出吃的东西，围着苏武叫他带上：

好人，带着路上吃吧！

神人，带上吧……

苏武立即跪地磕头行礼说：“感谢大家了！你们也都不富裕，拿回去自己吃吧！我在路上有吃的，他们不会让我死的！”

是啊！他是神人！在这里十九年能健康地活下来，真是神人！卫律假意地搀扶起苏武，对大家假意温和地说：“苏大人一路上有我们照应！大家放心吧！”

苏武被搀扶上马，他拱手对大家说：“各位保重！”

苏武和梅尕目光相遇，互相含泪点下头。

卫律发现，狠毒地拍了下苏武马的屁股，马儿驮着苏武前行了。

卫律随后催马紧跟苏武，马鞭点着前后，跟随者自觉地将卫律和苏武拥在中间，一行打马沿着来路走了……

梅尕泪眼瞧着男人跟着他们走了，众人骑马也跟着散了，她扑跪在地哇地放声哭起来。

韩玉林、王立忠、吴胜他们从山上树林里下来。

韩玉林、王立忠匆匆给梅尕和吴胜行礼告辞：“大姐，吴胜，后会有期！我俩跟踪卫律去了。”

他们从对面树林的隐蔽处牵出自己驮着行李的两匹马，翻身上马奔腾而去。

吴胜瞧着哭得昏天黑地的梅尕说：“师傅，你在这儿休息着，我把家里收拾下，咱们一起回去。”

吴胜回到坡上的家，收拾好内外，把房门用锁锁好，用自做的山石门挡好。

他下来跑进对面的树林里，牵出匹马。看师傅还在痛哭说："师傅，有韩玉林和王立忠一路上照顾苏大哥，你就放心吧。咱们赶紧回家吧！"

对，得赶紧回家，再作打算。梅尕擦了眼泪，在吴胜的搀扶下上马。吴胜坐在她后面保护着，打马匆匆回家。

晚上，大家怕梅尕母子们难过不吃饭，是几家人在一起吃的晚饭。

饭后，梅尕母子四人，抱着苏武的衣物，呆呆地静坐在自己家里炕上，沉默着。

这样直到一支蜡烛点完，贝尔又换上一支对弟弟说："国儿，海儿，你们两个睡觉去，我在这里陪阿妈！"

"我不！"两个小的不走。

梅尕发话说："你们两个去睡吧！今夜你姐陪我，明个黑里，你们两个陪我！"

两个儿子走了，她对女儿说："都睡吧！"

梅尕躺在榻上，女儿躺在旁边。女儿担心地问："阿妈，他们不会害了阿爸吧？"

"不会的，有韩玉林叔叔两人暗地里跟着保护。再说，他们都说你阿爸是神人！卫律迷信着呢！"阿妈给女儿宽心，可自己还真的不放心。

"阿妈，你放心吧！我和弟弟都商量好了，一定要孝敬你的！"女儿贴在阿妈身边说。

"我知道！"她竭力装作没事一样，可是眼睛不听话，眼泪滚落下来。

女儿一看妈妈在默默流泪，不由得呜呜哭了："阿妈，我们还能再见阿爸吗？"

"能，一定能！"她擦了泪，给女儿擦着泪，自己的眼睛又涌出了泪。

其实她心里明白，这次离别恐怕就再也见不到他了。

今天，卫律在牧人们的呼号下，自己没有和他一起被带回，要是一起回王庭的话，苏大哥一走，自己恐怕凶多吉少。

这个狗卫律！如此看来，为了生命安全，大家不能在此一直生活下去了……

她回想起这么多年，每次到了性命攸关时刻，苏大哥都是当机立断带着一家人迁移避难……

对，回哈拉和林一趟，再见他一面！梅尕瞧着女儿已经睡着，悄悄起来穿好衣服。到儿子房间一看，两个都沉睡着，轻轻开房门出来。

对面学堂的屋里，窗前坐着的刘勇义，隔窗瞧见梅尕出门，起身拉开门出来，把她拉进屋里："师傅，你这是——"

"你怎么不睡觉？"梅尕问。

"我知道你的心事，夜里值班！"他点亮了羊油灯。

"我想到王庭去再看看他！"

"如今道上不大安全！"

"怕啥？大不了一死！"

一三三　道上暗杀苏武

"那娃娃们怎么办？"刘勇义劝她说，"吴胜回来跟我说了，卫律要带你一起回的事。亏得众牧人呼号，他看众怒难犯，就没有带你回去。你说咱们还能在这里生活吗？"

"那你说怎么办？"

"你一家跟着我们回坚昆，那里咱们人多！"

"这是你想的吗？"

"是苏大哥安排的！"刘勇义说，"苏大哥是为了你和娃娃们的安全着想。"

梅尕眼泪忍不住汩汩地流下来，他想得可真周到。

"师傅，苏大哥是个能人，他回大汉一定想办法，会来接你们的。你们要是能回大汉的话，李大哥也会安排好的！"刘勇义真诚地说。

"是啊！他们兄弟胜似亲人！"梅尕由衷地。

"其实苏大哥这一走，我心里也像没有了主心骨似的！"刘勇义眼圈红了。

"我也是！"

今夜，各家大人都睡不着，瞧见对面学堂屋里灯亮着，都出来到这里安慰着梅尕……

第二天一早，收拾好帐篷启程时，卫律瞧着一行都是锦衣胡服，单独苏武一身破烂不堪觉得很没面子，拿出一件胡军锦衣递给苏武鄙弃地说："苏大人，请更衣再行！”

“呸！”苏武啐了口说，“我不是你！”

卫律想发脾气，想想咽下怒气：“不换就不换！走吧！”

这个人如此的臭硬，回汉后就是匈奴的死敌，不如在路上解决了他……这是他的意思，也是单于的意思。

白天当着兵士的面行事当然是不成的。叫你苏武多活一天。他想好了夜里行事。

夜宿时，卫律专门找了在距道边不远的沙坎下搭帐篷休息。按照昨晚的程式，苏武一人睡一小帐篷，其余军士睡一大帐篷。卫律和一武艺高强的亲兵卫正睡在苏武身边的同一帐篷，便于其随时伺候。

由于白天赶路疲乏，大家吃过干粮喝过水后就都睡着了，只留下一兵士站岗放哨。

半夜里，到处死一般的寂静。卫律轻轻起来拿着匕首走出帐篷，毫无声息地钻进苏武睡的帐篷。对着鼓起的羊毛毡被中心脏的地方准确地刺下搅了下抽出。

怎么不对，朦胧中匕首豁口处带出的是毛絮不是血？

卫律扯开被子，哪还有人影，下面只是铺着的毡毯卷起。

怎的，苏武不在了？他不敢张声，只得乖乖地进了自己帐篷躺下。

原来，这是苏武和韩玉林及王立中商量好的。

李陵断定卫律亲自出马接苏武回王庭，定要暗害苏武，不让他活着回汉，让韩玉林告知苏武要小心。

苏武断定头一天晚上休息不会出什么事情，可后几天就不能保证了。

三人商定：在苏武跟随卫律走后，韩玉林和王立忠扮成胡人生意一路悄悄跟随保护。

他们发现晚上卫律狗贼队伍休息的地方不对，趁着他们熟睡之时，敲昏哨兵，暗中悄悄救走苏武，一起在不远处的草地上马，直奔哈拉和林。这才让卫律扑了空。

第二天一早，卫律起来假意差亲随卫正叫苏武出来吃饭。卫正进苏武夜睡的帐篷里一瞧，空无一人，只有散乱的铺盖……

卫律假装失职悔恨地说：“都怪我大意，来接的苏使节失踪，咱们得赶快回王庭报告大单于！”

可他心里想，这可能是道上的牧人，需给人和牛羊看病的萨满，不想让他回汉而劫了他。不过，我以后有机会查着一定灭了他！

壶衍鞮单于知道李陵铁心不回大汉放心了。在派卫律到贝加尔海接苏武回来的十多天里，他没有派亲信专门监视李陵在王庭地的活动行踪。

卫律走时让卫子监视李陵，他哪知道自己的奴才卫子已经对他是阳奉阴违了。

李陵在这十多天里，以右校王的身份，宴请了两位大汉的将军朋友，在宴会上，朋友还是一再劝说他回大汉，并且说当今的皇上很想见他并想让他带兵等……

他说了李家和自己的遭遇，说了自己不是不想回去，而是不能，也不敢再一次遭受侮辱的理由。

霍光和上官桀，他们如今是辅佐大汉皇上的大将军，也深知政治斗争的残酷，表示理解了朋友而不再劝说。李陵还带着他们参观了哈拉和林，还到沮渠格尔那里会见了常会和赵根儿及救下的陈谦。

卫律回来向壶衍鞮单于汇报了苏武失踪的消息，单于很是高兴，这回大汉来接的人没有了，是苏武不愿意回大汉的。对方可不能怪自己。

第二天早朝后，大汉朝的霍光和上官桀来拜见大单于商谈关于苏武的事。

他们一见面，壶衍鞮单于对他们说：“苏使节不愿意回汉，半道上被牧人劫走了。”

霍光微笑地瞧着壶衍鞮单于。

这时亲兵进来报告说：“禀大单于，苏武苏使节求见。”

壶衍鞮单于一怔，可立即反应过来：“有请苏使节！”自己不由得站起身。

苏武满头白发，一身褴褛的汉军官袍，手拄光秃秃的节杖，一摇一摆地走进大帐躬身行汉礼：“苏武拜见大单于！”

那天夜里，韩玉林和王立中按照和苏武定出的计策，救出苏武，他们一行打马疾驰两天后到达哈拉和林悄悄住进右校王府。

李陵害怕卫律加害苏仁兄，趁着大汉将军来拜见匈奴单于之际，让苏武当着大汉将军面现身。

当着霍光和上官桀两位大汉将军的面，年轻的壶衍鞮大单于只得派人服侍苏武沐浴更衣，设宴款待。

苏武沐浴后，穿上新的大汉将军服，虽然头发全白却是精神精神矍铄，手持着光了头的节杖，依然威风凛凛。

宴会只有卫律陪同。

壶衍鞮单于举酒杯，诚恳地说："苏使节，这碗酒，敬你这位无畏的爷爷辈人！"

苏武端起面前的酒杯，礼节性地点了下头，口象征性地挨了下酒杯边沿。

壶衍鞮单于接着说："你是我爷爷敬佩的人。在我幼年时，爷爷就跟我讲过，他敬佩你的胆识敬佩你的骨气！如今一见果然不凡！

望你回汉后，能为胡汉的和睦出力！"

"一定！"苏武铿锵地说，"当初，我带着百名军士，安全护送回本国的全部使节，就是诚心为两家和平而来的。"苏武乜斜了下卫律。

卫律笑了，举起酒杯打断他的话："如今你苦尽甘来，完成使命，要回大汉了！祝贺你，大英雄！干！"

苏武瞪了他一眼，没动酒杯。单于忙圆场："苏使节，来，端起酒，干！"

苏武端起酒杯，看都不看卫律喝了口。

壶衍鞮单于知道卫律和苏武之间的事情，苏武鄙视卫律，鄙视他奸诈、没骨气。

可是卫律对他们胡人来说，为匈奴几代忠心耿耿。为了避免使自己尴尬和不快，宴会早早散了。

李陵请示单于后，召开各部落首领盟会，检查和苏武一起来的汉军人，召他们回哈拉和林。

十九年前，他们被迫分别到各部落为奴，如今活着的，连同苏武只有九人。

除过在沮渠地生活的常会、赵根儿以及那次救下的陈谦外，其中五人，还都是李陵在各部落抽出的，帮着指导牧人耕种粮食者。

这几位一见常会，难过委屈地抱头哭作一团……他们各自叙说着十九年来，在异乡过的非人的生活，说着哭着，哭着说着……

一三四　舍得值得

苏仁兄和他同来的几人要回汉了，李陵设宴招待他们。来时足足百人之多的强健之士，经过十九年的非人待遇，如今只有九人了。

李陵瞧着他们，回想起自己的闹心遭遇，心里很是难受，扑通一声双膝跪倒在大家面前："罪人李陵，在这里给诸位兄长行礼了！"

苏武忙起来拽他："贤弟不可！"

"我要说，让我说！不然的话，我、我就要憋死了！"李陵珠泪潸然地忏悔："想我李家，一门忠烈，葬送在我李陵手中！如今兄弟们落叶归根，都是家家团圆。我、李陵只有老死他乡了！"

他磕了三个响头："各位仁兄、回汉，多帮我这不忠不孝的人，为大汉效力！好好为亲人尽孝！"

李陵难受地起身进了后堂。

"大家随意！"苏武叮嘱大家后跟进来，两人跪地抱头痛哭。

"苏、大人你鄙视、我吧！我——"李陵哭泣着。

"你我，兄弟情分，是谁也分不开的！你无论在哪里，你都是我的好贤弟！"苏武流泪安慰说，"这一切不过是人的遭际不同罢了！"

"仁兄，我李陵真、真的是无法回头了！"他摇着头哭泣。

"为兄、理解你！为，为兄、知道你的心！"苏武知道自己这次和家人，和李陵他们分别后，恐怕是诀别了。他对他说，"为兄离开后，梅尕母子就托付给你们了！"

"为弟知道，就是兄不说，小弟也要竭尽全力！"

"我怕，怕卫律贼子，伤害他们！"苏武把卫律在海子要带梅尕一起回来的事情，跟李陵叙说了。

"这，为弟心里明白！请仁兄放心！嫂夫人和娃娃，现正在向安全地方转移！"

原来，韩玉林回来汇报了情况，李陵立即让他着十几人骑，以接夫人为名，秘密到贝加尔海居住地接梅尕母子和尔兰他们一起回来，沮渠格尔找好地方，让他们全家再见一面。

这事，他现在不能立即告诉他。他只是说："我在这里，只是王庭有事，象征性地被知会一下，大多数时间都是在坚昆。我会安排嫂子和孩子们在我身边生活的！这你就放心吧！"

"我还是那句话，你带着坚昆人，尽量朝西南边移动，那里有通西域之路，可以生活得很好。说不定多年后可回大汉！"苏武抹了把泪，认真叮嘱。

"小弟，已经做好了准备，会趁机行事的！谢仁兄了！"李陵叩头。

"请兄弟，常捎信给为兄！"苏武对着他叩头。

李陵还礼叩头说："小弟知道，小弟会找机会，定捎信给仁兄的！"

苏武和李陵，互相叩头叮嘱着，互相期望着，在大汉重逢的一天。

苏武在哈拉和林休息了三天，霍光和上官桀怕匈奴单于变卦，准备第二天辞别，带着苏武他们回汉。

傍晚，韩玉林回来说："一切安排妥当！"

李陵带着韩玉林，带着酒菜和套胡军服，打马到驿馆门前下马，向看守门的军士打招呼，说是看望朋友。军士一看是右校王，巴结地让他们进了门。

李陵和霍光、上官桀三人喝酒叙旧。韩玉林到苏武房间，让他换上胡军服，韩玉林说是带人回去拿酒菜，两人走出驿馆翻身上马而去。

韩玉林带着苏武来到城里胡商贸栈门前下马，有人将马牵到偏院，韩玉林和苏武走进门。

老板得肯特上来行礼："恩人在上，得肯特行礼了！"

苏武莫名其妙地还礼："你是——"

"我是你那年救的胡人青年，得肯特。"

"哦。记起来了，那年，我们在小镇走时，沮渠留家于你的！"

"对呀，我如今都三十五了！"得肯特介绍说。

韩玉林对得肯特说："兄弟，说正事！"

"噢。梅尕大姐他们在后面房里！你们去，我在这里看门！"

梅尕和三个孩子一见苏武，全家人紧紧地抱在一起，默默地流着眼泪。

许久，梅尕擦了眼泪说："咱们现在都擦干眼泪，说说高兴的事情。"

"对，咱们说说高兴的事情。"苏武绷住泪，微笑对孩子们说，"海儿在你们里面是最调皮的一个，不过也是最聪明的！"

得到父亲的称赞，苏国海骄傲地对姐姐和哥哥说："阿爸说我很聪明的！"

国儿说："阿爸说，为人要虚心！"

"你说，我哪里不虚心了？"

"就在刚才！"哥哥不相让。

苏贝尔阻止说："你们两个别吵了，咱们听阿爸说话。"

苏武给他们讲了苏记恩和他的阿婆，千方百计想回大汉的事情，最后说："一个人不管以后在哪里生活做事，都要记住自己的国家。你们要向苏记恩学习！"

"阿爸，我知道你不回大汉不行，可你别忘了我们在这里！"国儿对阿爸说。

"你说，哪个做阿爸阿妈的，能忘了自己的娃娃？他们就是忘了自己，也忘不了自己娃娃的！"梅尕替男人说。

国儿："我要阿爸亲口说！"

苏武只得说："你阿妈说得对！阿爸就是忘了自己，也忘不了你们的！"

"这可是你亲口说的！"海儿说，"那——我们在海子等着，你来接我们！"

"好！"苏武说。

"咱们一言为定！"两个儿子和父亲叫开了板。

"好，一言为定！"苏武虽然跟孩子这样说，可是他的心里很明白，许多事情是不能以自己的意志而行的。

他的心里在流血在哭泣。可是面对即将分别的孩子们，还得强颜欢笑而善意地撒谎。

梅尕瞧着他们，也是有苦不能说。她知道明天男人就要起程了，今天对他们夫妻来说，时间是很重要的，再说他过会儿就要回驿馆的。

她对女儿说："贝尔，你带着他们两个，到外面去玩会儿，我和你阿爸有话要说！"

"走，咱们出去吧！"

瞧着儿女们出去后，梅尕问："是你决定，让我们跟着刘勇义他们去坚昆？"

他回答说："卫律是不会放过我的家人的！你跟着他们，还有尔兰和孩子们在一起，我放心！"

"那你要是和我们失去了联系怎么办？"梅尕问。

"这个，李贤弟会安排的！"苏武压抑着痛苦说，"他们那么多汉人，都是经过特别训练的军人，个个身怀绝技，你母子和他们在一起我放心！再说，娃娃跟着他们，也会成为那样的人。"

“我还真的舍不得贝加尔海子的住地！”梅尕无奈地说。

“是啊，在那里生活了十九年已经熟悉了！”苏武说，“不过，现在的舍会换来生命的安全，值得！”

“你回去要多保重自己！”梅尕紧紧握住男人的手。

“你们在这里也要保重！”苏武眼圈红了。

“我们会的！你都为我们安排好了！牧人的生活，是哪里有草原哪里就是家！”梅尕忍痛松开男人的手，绷住眼泪说：“快回去吧！小心卫律发现！”

一三五　卫律的监视

卫律派人在李陵家门外和驿馆周围监视着，怕李陵跟汉使过密接触。李陵带着酒菜进了驿馆，就有人打马回府向卫律汇报。

卫律立即骑马到驿站，走进汉将军下榻的馆房。

他看李陵在，装作亲近而客气地说：“右校王，你怎的一个人来，也不叫上我陪两位将军喝几杯。”

李陵虽然不高兴，仍客气地说：“来来来，卫大将军请上座，喝酒！”

他给卫律让了座给其斟上酒，卫律接过一饮而尽：“我发现，右校王家的酒，比我家酒坊的酒好喝！”

“我家的酒都是自己喝的，你家的酒是要换银子的！所以——”

霍光听李陵这么一说，立即微笑地说：“卫大将军家有酒坊呀！何不让我们尝尝！”

卫律立即到驿馆门外喊：“卫正，到酒坊，拿上等好酒来！”

躲在暗处的监视人答应声走了。

不一会儿，韩玉林和苏武骑马回来，下马拴好马匹，两人从马背上拿下两个盛着酒菜的篮子进门。韩玉林把酒菜篮子递给守门人：“这是给你们的！请包涵！”

李陵看韩玉林拎酒菜篮子进来，知道任务完成了，吩咐他：“玉林，去叫苏使节一起来！”

韩玉林出门到苏武房间，看他躺在榻上，对他说：“苏大哥，卫律也来添热闹，李大哥叫你过去吃酒！”

苏武正在愁自己的烦躁心绪无处发泄，一听立即起身换上汉服跟随着到两位大将军房间：“怎的，都吃喝上了！”

霍光和上官桀立即站起：“苏大哥，快上座！”

“同坐了！”苏武坐下后鄙视着卫律，“原来卫大将军也在这里，失敬了！”

李陵给苏武倒了碗酒，苏武端起来提议：“来，为卫大将军，十九年来对本人的照顾，干！”

卫律也很聪明，更是圆滑，知道苏武是在给他难堪，端起酒碗：“来，大家都端起来，为大汉不屈的英雄，胜利回大汉，干！”

他如此提议，大家不得不都端起酒碗。

卫律喝口酒言不由衷地说：“实不相瞒，弟在这里也是身不由己，的确对兄长关怀太少！在这里，弟赔罪了！”

他喝完碗里的酒，又亲自倒了两碗下肚：“我自罚了，请苏兄长谅解！”

苏武还能说什么呢！自己本来是想让他难堪，让他知道自己错了，可这家伙，真是聪明狡猾。他苦笑下：“我说句话，不知卫大将军愿听否？”

“弟愿听！”

“我说你也曾是大汉的臣子，在这里帮着胡人为非作歹，你以后能不能做点好事情，减减自己的罪孽？”苏武毫不客气地说。

卫律立即无耻地回答：“仁兄说的是！我记下了！”

卫律是本着好汉不吃眼前亏的原则，今天苏武说什么我都先应承着。接着，卫正送来了大坛的卫家酒坊的酒。

卫律立即让他打开酒坛，一时房间里酒香四溢。卫律指挥卫正给大家碗里一一添酒。

大家端起酒碗品尝起来。霍光咂着嘴赞道：“真是好酒，这酒起码在地下窖了五年了！”

卫律高兴地说：“这酿酒师傅，还是右校王给物色的！”

李陵只是敷衍地说：“这衽余是很用心的！”

苏武一听衽余是卫律酒坊的酿酒师傅，瞧了李陵一眼。李陵给他一个不易觉察的点头。他明白了其中一定有故事。

那年，卫律以衽余是他家奴才的理由不给工钱。他找坚昆王爷李陵。李陵亲自回了趟坚昆，和大哥赵镇商量后，以十担麦子的赎金为他赎身。

如今，他以正常人的身份在卫律那里当酿酒师傅，每年工钱还不少。再说卫律也不愿为个奴才和右校王失和。

今天，衽余听卫正说要好酒，宴请右校王和两位大汉的大将军，就把自己私藏的酒拿了出来。

“是啊，他给我也挣了不少的银子！”卫律深有感触。

“望你善待他！”李陵低头吃着菜。

“右校王荐来的人，我是不会亏待的！”卫律巴结地瞧着他说。

这些年来，李陵以胡汉少打仗，自己不惹事为目的。主要是指导牧人种粮食，人有了吃的，牲畜也就有了吃的。在与卫律交往上，本着既有交锋又有忍让的原则。

自己和家人，还有三百多弟兄及家人上千口人，以后还要在这里生活，不能跟卫律关系搞得很僵的。

于是李陵提议说:“大汉的大将军及臣子和匈奴的臣子一样都是各为其主。不过，今天能罕见地坐在一起喝酒，希望我们能为双方的和睦而努力！干！”

“右校王说得对！干！”卫律赞成地端起酒碗，大家也端起酒碗一饮而尽！

酒到亥时才罢。卫律要和李陵一起走，李陵只得对他们行礼说：“明天，霍大将军、上官大将军和苏使节，就要回大汉了，我李陵，在此别过！”

苏武忙说：“李贤弟保重！”

“大家都保重！”李陵跟他们互相行礼而别。

李陵和韩玉林回府，於维尔兰和孩子们还在等着他。一家人见面，自然是很高兴了。李陵和娃娃们说了会儿话，就打发他们睡觉了。

孩子们睡后，於维尔兰对男人叙说了苏武走时给兴儿和贝尔订婚的事情，说了贝加尔海各家的打算。

她问：“真的要放弃那里到坚昆生活吗？”

李陵说：“为了苏仁兄妻儿的安全，是的。”

“我觉得贝加尔海子那里很好，既清静空气又好！”

“如今胡地各部落封地都在动荡，还是到坚昆比较安稳！”

“那就听夫君的安排！”女人说。

“你先休息，我跟玉林交代个事情就回来！”

李陵出来到前院，敲着韩玉林房门：“玉林！”

韩玉林一听是大哥的声音，忙从榻上爬起来，点亮油灯，拉开门:“请进！”

原先，这房子是他们一家住，后来阏氏和娃娃回坚昆后，就他一人。

李陵榻边坐下，瞧他站着说：“咱们兄弟，不用客气，坐吧！”

韩玉林拘谨地坐下后问：“大哥，有事吗？”

“明天的事情，安排好了没有？”李陵问。

尽管不能让大汉的将军得知苏武有妻子儿女在这里，可也要让孩子们送父亲一程的。

一三六　悲伤的别离

“我已经和梅尕大姐商量好了！让三个孩子以孤儿的名义给苏大哥送东西！”韩玉林问，“为何不让大汉人知道，苏大哥在这里娶妻生子？”

“这是双方很难解决的问题！苏大哥也不希望他们知道！”

“那三个娃娃和他相像，汉人怀疑怎么办？”

“那只是怀疑！”李陵说，“不到万不得已，不能透露消息！这是为了他们母子的安全着想。”

第二天匈奴单于朝会，大汉将军霍光和上官桀前来辞行。壶衍鞮单于让卫律拿出送给大汉皇帝的礼物和通关文书交给他们，亲自把他们送出王庭大门。

霍光和上官桀、苏武、任立政、苏记恩还有二十多人的随行以及八位使节军士的骑队打马出发了。晌午，他们到达三十里外的驿站，梅尕带着三个孩子，已经在那里等候了。

这里的驿站，是篱笆围着的大院子。院子后面是三顶原木围建的大木屋。今天没有过往客人，院子里面空着。再说，这里距王庭地哈拉和林很近，过往人中吃午饭者居多，便于有力气赶路。

院子外面，梅尕打扮成牧人妇女，和母亲差不多高的苏贝尔当然是牧人姑娘了，两个帅小子打扮成牧人。四个人抹着满脸的灶灰，都拉着马站立等候着。

梅尕拉着的马，瞧着苏武过来，首先嘶叫着打招呼。

苏武瞧着他们，勒住马怔了！

海儿首先喊着:“苏阿伯,为了感谢你的救命之恩,我们一家前来送行了！”

苏武回过神来，忙跳下马眼圈发红地低头说：“感谢了！”

梅尕硬是绷住眼泪，对他们说：“你们、快给恩人磕头！”

三个孩子叩头在地。

霍光见状，对大家说：“大家赶快吃饭，饭后还要赶路！今天要赶到前面一站才能休息！”其实，他是害怕胡人出尔反尔，出什么事情。

苏武看着他们拉马进了院子拴马在马槽，瞧着一行人都进了屋厅，放下马缰绳忙拽起女儿和儿子：“你们怎的来了？”

“是李叔叔安排我们来的！”国儿含泪说。

梅尕从马上拿了一大羊皮包东西交给他，流着眼泪说：“带上吧！留个念想！”

贝尔和弟弟们各自从马上拿下吃的东西递给他，低声说：“阿爸，这都是阿妈给你做的、你爱吃的！我们会常常想你的！”

苏武不能很亲近梅尕和女儿，只是低头接过他们递过的东西放在脚下，紧紧搂抱了下两个儿子，悄声说：“我也想你们！放心吧！阿爸会想办法，名正言顺接你们回大汉的！”

梅尕害怕娃娃们失态让其他同行者看破，对丈夫不利。

她含着泪对娃娃们说：“东西送到，咱们回吧！”

苏武只得松开两个儿子，泪眼瞧着他们拉着马一步一回头地离去，心如刀绞，可还得硬挺住。他把地上的大包小袋搭在马鞍子上，低头拉马进了院子。

梅尕和娃娃们骑在马上，眼泪不住地淌着。

苏贝尔瞧着阿妈流泪，抹着眼泪说：“阿妈，阿爸不会忘了我们的！”

“我知道！”梅尕擦着泪。

海儿说：“阿妈，你还有我们几个娃娃！我们会听你的话，会孝敬你的！”

“阿妈，我们现在都长大了，跟着你当萨满，日子一定会过得很好的！”国儿说。

梅尕擦干眼泪说：“你们都是好娃娃！阿妈相信你们！咱们的日子一定会过得很好的！”

如今离别，心里再苦也得挺着。他们还有一线希望，

苏大哥回汉后，能想办法接他们回汉团圆。

晌午饭后，一行人立即上马赶路。这里夏天，白天特别长。一天十二个时辰，白天几乎十个时辰。他们快马加鞭地疾行着，直到天黑了，他们已经赶到了余吾水，过去的沮渠家。

一进驿站，吃了顿羊肉烩馕，就都分头睡下了。

木屋两个房间，分别是霍光和任立政住一房间，上官桀和苏记恩住一房间。

苏武和常会他们多人住在帐篷里的通铺上，他听着大家此起彼伏的鼾声，就是睡不着，满脑子都是孩子和妻子。他们现住在哪里？住在得肯特家还是李贤弟家还是娘舅家？住得安全吗……

他知道李陵的想法和自己的想法一样，不能让大汉知道自己在这里有妻儿的，害怕对双方都不利，更怕梅尕母子不安全。

挨着苏武睡的常会也睡不着。他和苏大哥有许多话要说。可他经过这十九年的磨炼，知道人心隔肚皮，不敢吐露心声。自己在胡地也有妻子和一个八岁的女儿。

今天他看到几人来送苏大哥，看年纪大的女人像梅尕大姐，可又不像，毕竟十多年没有见面了。自己观察他们，又不像是大哥的家人……

大哥为人宽厚，乐于助人，说不定那几人是临危时大哥救下的母子们……常会烦躁地翻了个身，轻轻地叹了口气。

苏武拉了下他，两人悄悄起来，小心翼翼地出来坐在帐篷外面的土地上。

“大哥，我心里很难受！”常会低头说。

“怎么？有啥心事说出来！”

“我看见今天送你的人，想起了我的女人和女儿！”常会忍不住轻声哭了。

苏武拍着他的肩头：“已经如此了，想也无益！还在我们终于活了下来，如今能回汉，回家乡！想想那些和咱们一起来的、无辜死去的近百军士，我们就不该哭，不该难受的！”

苏武虽然劝着常会，可他的眼泪也涌出眼眶。只不过在夜里，别人看不见罢了。

“大哥说得也是！好在我们还活、活着，能回大汉，能回家乡！”

“这样想就对了，自己也就不感到太难受了！”苏武也是在安慰自己。

“大哥，你说，我以后还能见到自己的女儿吗？”

“你怎么光想着能不能见自己的女儿而不是媳妇？是不是男人，都是看自己的娃娃亲，别人的老婆好？”苏武缓和下气氛。

“是胡人的女人，没有男人就要受人欺负的。我走时跟她说，要是别的男人看上你，你愿意跟他走就走吧！可要好好地待我的女儿！”

常会流着泪说："她发誓说，她这辈子就带着女儿跟着沮渠萨满种药，制药！"

"一个好女人！"苏武感叹。

一三七　都要提起精神

苏武心里也很想自己的好女人梅尕。

"大哥，沮渠兄妹对咱们真是恩重如山！"常会感慨。

苏武没有说自己和梅尕的事。是啊，他们兄妹真是恩人呀！不但帮了他，还帮了常会和赵根儿，如今还要承揽养活他们后代的责任。

他已经有两个孩子了，大的五岁，小的才一岁多。"

"他现在一定很难过！"苏武说。

赵根儿也睡不着，看他两人起来出门，也起来跟出来，悄悄坐在门外，听着谈到他，流着泪过来抱着他们俩呜呜哭了。

"别，看吵醒大家！"苏武拉着他们，到篱笆院外的河边坐下，"哭吧，发泄一下也好！"

赵根儿哭了会儿，诉了下心里的难过，擦着眼泪瞧着他俩也泪流满面的，抱歉地说："对不起！两位兄长！"

"没啥，都是自己的兄弟！"苏武问，"你媳妇在哪里？"

"是沮渠萨满给介绍的，和常哥的媳妇一样，现跟、跟着、沮渠萨满种药、制药。"赵根儿哽咽了。

"别难过，咱们回去好好干，有机会奏明皇上，把家眷接回去！"

苏武安慰他们，其实这事情是不容易的。

"这话，大汉倒好说，可匈奴愿意吗？"常会怀疑地问。

"事在人为！"他双手揽着身旁两兄弟的肩膀。

是的，事在人为。常会心想，自己回汉后，一定要好好干，为了夫妻团圆……

傍晚，梅尕带着三个孩子，送苏武回来没有进城，被护送他们的得肯特直接带到沮渠家的种植地。

五十多岁的沮渠格尔，瞧着他们母子们满脸灶灰，黑黢黢、脏兮兮的样子，安排他们洗澡更衣。

在这里，沮渠格尔几乎投入了家业的全部。

这些年，在常会和赵根儿设计建造下，这里变得像大庄园一样。

常会、赵根儿和他们家里，几家人都有了吃住的地方不说，还建了洗澡的地方。

还有几间住病人的医房等等。就是添上十几个人，都能吃住得开。

他得知妹妹母子四人今天回来，准备好了穿用和住的地方。晚上大摆宴席，为他们接风。

於维尔兰担心着他们，在韩玉林的陪同下，和儿子李於兴打马前来看望。他们刚走进木篱笆围的大院子，看见梅尕和苏贝尔洗了澡换上新衣出来。

於维尔兰忙喊着："姑姑！"

李於兴高兴地喊着："贝尔！"

他们一见尔兰母子迎上，梅尕吃惊地问："你们怎的来了？"

"不放心你们呀，过来看看！"於维尔兰说着左右瞧瞧，"怎的，就在这里说话？"

"贝尔，带着於兴回屋去！"梅尕拉着她走出院子，走进了梨树林子。

这一大片梨树和相杂着的其他的杂果树林。在夏日的夕阳下，在到处都是裸露的沙地中，在东北边一座光秃秃的大山下，更显得油绿油绿的宝贵，绿油油的可爱。

已经碗粗的梨树上果实累累，婴儿拳头大点的果子，在枝上随风摇荡，像娃娃玩的拨浪鼓，串起来一样特别好看。

"沮渠大叔把这里搞得真像绿洲一样！"於维尔兰回身打量着的汉式房子，"这一定是汉人盖的房子。"

"是的，是和苏大哥一起来的两个人，在这里多年搞的。"

"那他们这次——"

"一起都回去了！"梅尕情绪一下子低落了。

"姑姑，都怪我！"她后悔地说，"怪我胡问八问，影响到你的情绪！"

"没事！你家里还好吗？"梅尕提起精神问。

"还好！就是他们一走，夫君和你的情绪一样！"尔兰不满地说。

"别在意，过一时就好了！"梅尕指着树上的果子说，"你看，这梨果长得多好！"

"我也是第一回来这里，真是太好，太美了！"她摘了个小梨子尝了下，"啧啧，这梨子怎么有点儿涩！在大汉，现在很多果子都成熟了！"

"梨子是甜的，我吃过。小时候阿爸到大汉换药材带回来的，有娃娃的拳头那么大，黄澄澄，咬一口，甜到心里！"梅尕说，"咱们这里的还没有成熟。"

"今年就能吃到咱们自己种的甜梨了！"

"走，咱们到旁边的药材地里看看去！"梅尕提议。两人朝树林外走。

苏贝尔带着李於兴回到自己和阿妈住的房子里，两人一个人坐在榻尾，一个人坐到榻头，你看看我，我看看你，不由得红着脸低下头。

自从苏武当着两家人的面，宣布给他们订婚以后，这还是两人第一次单独在一起。过去这事没捅破时，他们还在一起争吵、学习、写字，可如今倒生分起来，不知说啥好了。

过了很大会儿，李於兴终于表明："贝尔，你心里很难过，我心里也很难过！"

"我阿爸走了，我心里真的难过。你难过什么？"她不领情。

"他是我岳父不说，"李於兴流着眼泪，"在我眼里，苏大伯就是我阿爸！其实，我长这么大，在苏大伯跟前，比在我阿爸跟前时间都长。他教我念书、写字、练武。我、我很想他！"

"我、我也是！"贝尔说着难过地哭出了声。

他迟疑会儿，挪到她身旁，掏出白丝手帕递给她。

她接过，伏在他胸前哭得更伤心了。

他搂着她，给她擦着眼泪。

"吃饭了！"随着声音，海儿撞开门进来。

他们腾地分开，各自擦着眼泪。

"嗨，姐夫哥，"海儿打破僵局，"你和韩大叔一起来的吧！他帮着厨子，把饭儿都收拾好了！阿妈怎的不在家？"

"和尔兰阿婶去树林了吧！"

"擦干眼泪，快去吃饭！舅舅今天搞的烤全羊、大盘菜、酒还有白面烤饼。"海儿说着跨出门，跑出院子。

专门建的饭厅里，宽大且长的饭儿上，摆着热气腾腾，油香酥嫩的大只烤全羊、大盘菜，还有烤好的三张厚大的锅一样的大饼。

今天是哥哥十八年后，欢迎妹子和外甥们头一次回家的聚会的日子。

沮渠举起酒杯说："欢迎十八年后妹子和外甥，头一次来家聚会！"

大家举杯，互相碰杯一饮而尽。他招呼说："下手，撕肉吃！"

他知道梅尕和娃娃还有於维尔兰他们，由于苏大哥的离开，多天一直没有好好吃饭。今天饭几上，他提前警告全家人：任何人严禁提起任何汉人的事情！

今晚这顿宴请，虽然不大热闹，可是大家都吃饱了饭。

一三八　还是草原好

梅尕瞧着两张大饭几上的近二十口人。侄儿胡犴一家四口，侄女一家三口，还有常会他们两家妻儿五口人，如今再加上自己一家四口，大都是妇孺，每天要吃要喝的。

哥哥如今也是五十多的人了，这样就负担太重了。

自己不能在这里麻烦哥哥了。再说自己和娃娃的身份，也会给哥哥和这里的人带来危险的。

於维尔兰他们要走时，梅尕把她拉到一边，悄悄说："尔兰，你回去和李贤弟商量下，送我们母子回海子吧，住在这里，距王庭很近，我心里不踏实！"

於维尔兰说："这也是我想的！"

"在这里我们是外人，海子才是我们的家，在家里我们大家都有事情做。再说，过一时庄稼成熟了，我们要收割的！"梅尕说。

"我回家和夫君商量，我也想跟你们一起回贝加尔海子。"

於维尔兰回家后，安排着娃娃们睡下，夫妻两人躺在炕上。

她对丈夫说："夫君，我觉得梅尕姑姑和孩子们不能在沮渠大叔那里生活！"

"为什么？"

"这里距王庭近，万一让卫律得知他们的情况，那不就惨了！"

"你说得也是！"李陵想想说，"我看这样，让他们在那里先住几天，我找机会安排人，送他们回贝加尔海。"

“我还有个事情跟你商量。”

“啥事？”

“於兴和贝尔的事情！”

“他们两个有啥事情？”

“苏大叔得知他要走时，给他们两个订了婚。我想，在这里给他们把婚结了。”

李陵听女人这样说，沉思会儿说：“仁兄刚走，如此不大合适吧？”

“我觉得没有啥不合适的！”女人说，“两个娃娃，我看他们都很愿意！”

“你光想你自己，也该为贝尔阿妈想想。男人刚走，女儿也要走，这不是雪上加霜吗！”男人说。

“你们汉人想事情比较复杂，我们胡人简单！”女人不满地说。

“所以，你们就光想着自己！”

“你们汉人不是有句话叫作人不为己，天诛地灭吗！”

“那好，我为了自己，明天就回坚昆了！”李陵背过身不理女人了。

“那可不成！”女人搬过他，躺在他的怀里，“你们也有句话说，嫁鸡随鸡，嫁狗随狗呀。我也要跟随着你！”

“那你就要听我的！”李陵沉下脸严肃地说。

“对，听你的！”女人撒娇地说，“不过，这么多天，我们没有在一起过，我现在，很想和你——”

女人的身子紧紧地贴缠住男人的身子，嘴亲住了男人的嘴……男人禁不住跟女人缠在了一起……

男人庆幸，自己这辈子遇到了这个聪明的女人。尽管许多事情都不能随意，可自己的女人还是很爱自己的。

李陵在苏武回汉走后的十多天里，思来想去，以带人巡视各地庄稼成长情况为由请示单于。单于准许后，他把梅尕母子四人打扮成随从，把他们送回贝加尔海的家。

於维尔兰母子们也回到了这里。他们商量好了，几家人在这里住到庄稼收获后，带着一切吃用再回坚昆。

李陵和随从在家里只住了两天就巡视各部落去了。

苏武走了，这里的人还真的很不习惯。一天前晌，刘勇义正在教娃娃们练习长枪对阵。一个中年男人来请萨满去给阏氏看病。

他让娃娃们自己练习，跑进梅尕家喊：“苏大哥，有人来请萨满！”

梅尕怔怔地瞧着他。他意识到后忙赔着尬笑：“师傅，有人来请看病！”

“好吧，咱们一起去！”梅尕吩咐，“你快去准备下！”

她瞧着他出去，很快地穿上隔风的衣袍、头巾、皮靴。拎着药囊出门，到吴胜家，同他打声招呼，让其操心家里。

她从圈里拉出两匹马，和拎着药囊的刘勇义一起上马，跟着来人打马奔去。

这一个多月，苏大哥离开了，接着苏李两家人也随着去了哈拉和林，这里一下子冷清了好多。

多亏韩玉林和他们走时，给刘勇义和吴胜交代了让在家里等待消息，不然的话，他们真的要追到哈拉和林去了。

梅尕大姐一家和李大哥家的女人孩子们都回来了，这里有了主心骨。刘勇义很想跟大姐说说自己的心里话，可是瞧着她心急赶路的样子，始终没有吭气。

到了病人家里，梅尕瞧着榻上脸色蜡黄的病人，围着她的是两个流着眼泪不到十岁的娃娃，心里变得很沉重。她对娃娃说：“娃娃们，你阿妈会好起来的！”

娃娃懂事地给她行礼。她给病人诊脉后，对刘勇义说：“勇义，你也来摸摸这脉搏！”

他仔细地把了下病人的脉搏说：“这是虚劳所致的病！”

“说得对！”她问，“你说，这病该怎么医治？”

刘勇义想想说：“阴虚火旺，滋阴降火；阳虚阴冷，升阳举陷。她是阴阳两虚，且阳虚胜于阴虚，升阳为主，滋阴为副，双向齐举才成！”

“说得很对，今天这药你来开。”

“大姐、师傅，我、我只是会说，这下药，我还真的不行！”刘勇义为难了。

“你能说清楚，就能出药方！”梅尕鼓励说。

刘勇义犹豫会儿，从自己的药囊里拿出两种药丸，叮嘱男人说：“兄弟，这两种药丸，黑的一种，每天早晚各一次，一次一丸。颜色浅一点的，跟黑的配合着吃，每次半丸，一天两次。”

“那，现在就能吃吗？”

“能，现在就给病人吃，黑的一丸，颜色浅的半丸！”

梅尕瞧着刘勇义的仔细和认真想，这人是个靠得住的人，是个对事情很细致的人。

梅尕拿出银针给病人手、脚和腹部扎了几针，病人感到身子热了，心里舒服多了。她向病人和家人叮嘱该注意的事项后告辞，带着一只羊的酬资往回赶。

回行不打紧了，他们打马慢行！绿油油的草原一望无际，微风拂面，真是惬意。

梅尕叹了口气说："还是在咱们的草原上，心情舒畅！"

"是啊！"刘勇义说，"师傅，你们不在的这些天里，我们两家人都感到很没情趣的！"

"我们也是，在哈拉和林感到闷气、压抑，心情不爽！"

"师傅，我想问，咱、咱们秋收后，还离开这里吗？"他斟酌地问。

一三九　阿爸的女儿

"不想离开，是吗？"梅尕微笑地问。

"是。可是，为了以后，我们必须离开！"刘勇义笑着说。

"你说得对！"梅尕说，"其实，胡人的家无定所，哪里有草哪里就是家。"

"我们按照李大哥的安排，一定会好的！"

"坚昆和这里比怎么样？"

"坚昆镇子，也是在湖水旁边，不过，那里的湖面没有贝加尔海子大，可也是个不错的地方！"

"不过，哪里有勤劳的汉人，哪里就会变成好的地方！"这是梅尕的真心话，这是她和几位汉人相处多年得出的真实结论。

"梅尕大姐，你一百个放心！"刘勇义说，"以后无论多艰苦，我们都会和你们一家在一起的！"

"这我绝对放心，也绝对的相信！"她说着眼圈红了，忙打马前行。

李陵走时和刘勇义和吴胜交代过，让他们两个无论如何都要保证梅尕母子的安全。不让他们任何一人单独外出，要是他们谁真的要外出时，必须由他们其中的一人陪同保护。

短暂的夏季过去了，秋风飒飒，草原上草儿一片金黄。麦子和粟谷也都成熟了。

几个男人在地里忙着收割，车拉马驮地回运。梅尕带着女人们在门前的打麦场上忙着摞麦垛。

麦场周围已经摞了三大摞麦捆子，院子里堆满了运回来的苞谷棒子。他们怕天气突变，收割困难。

这天前晌，照旧，可是，午后天上乌云飘忽。按照以往的经验，后半晌或者夜里，天就要变的。

这时，一个看起来有七八岁的少年急乎乎骑马而来，说是阿妈呕吐请萨满出诊。

梅尕打量着伊玛和得得纳，她们都有正在吃奶的娃娃不能外出，只有自己能离开。她瞧着天上迟疑地问："娃娃，你们家到这里有多远的路？"

"在大道那边。"

苏贝尔对阿妈说："大道离咱们这里最多十里地。阿妈，我去吧！"

刚好，得里木赶着装了满满一车麦捆的马车，和跟车的李於兴一起回来。梅尕问："得里木老兄，地里快收拾完了吧？"

"快完了，再拉两车麦子就拉完了，就剩下苞谷秆了！"

"这回，能让於兴留下来吗？"

"能！"得里木对他说，"小兴子，你就别去了！"

梅尕问女儿："你出诊能行吗？"

"我和你一起制药，知道这病如何得的，该吃什么药！"她补充说，"用药只是加减罢了！"

"好，那你快去检查好皮药包，把需要的都带上！把银针也带上，阿妈知道你会用的。让於兴陪你一起去！路上注意安全！"梅尕叮嘱过后，忙着指挥女人们摞麦捆。

她相信女儿的本事，女儿心细且勤学，制药认真，针灸也学得很好，在自己身上试过的，知道什么病在哪里扎针。

苏贝尔和李於兴跟着那个少年到了家。这家住的是顶补了又补，到处是补丁的小羊皮帐篷，不过还挺严实的。

屋里面乱七八糟，秽气难闻。病人一脸青黄，死人般地昏迷在榻上，嘴还不时地淌出白沫。

苏贝尔闻见馊臭的气味不由得干呕起来，李於兴捂着鼻子，忙拉着她奔出门。

“屋里气味真难闻！”他说。

苏贝尔瞧着跟出来的少年问：“你家里，还有什么人吗？”

“就我和阿妈！”

她想，这孩子看起来比弟弟小多了，阿妈有病不能照看他，看来他也不会收拾家里照顾阿妈。可他能骑马知道叫萨满给阿妈看病，这就不错了……

阿爸和阿妈常和他们讲，一个好萨满，要不怕脏，不怕累，要有善心要有细心，最关键是治病救人！她想到这里立即进屋，定下心神，坐在病人面前。

苏贝尔从皮囊里拿出银针，给病人上腹部正中扎上针，手慢慢地捻针、提针……

不一会儿，病人嘴里不淌白沫了。她留住上腹的针，又拿出两根针，扎在病人双手的拇指和食指豁口上方，手捻、提针……良久，病人终于喊出来：“啊！疼、麻……”

她看病人清醒不呕了，脸上的颜色渐渐缓和过来，轻轻地吁了口气。

李於兴钦佩地瞧着苏贝尔：“你真的和阿妈一样，是个好萨满！”

她没吭气，从皮囊里拿出两种药丸，把每种药丸分成两半，把不同的一半合在一起，分成多份，交代他们母子说：“婶子，你每次吃一份，一天吃两次。过两天病就会好的！”

阿妈有气无力地叮嘱儿子：“给萨满拉只羊！”

“阿婶，今天不要酬资，你病好了再说！”贝尔瞧着这贫穷的家，不忍心。

苏贝尔取下银针，指着她的上腹叮嘱：“阿婶，你这病，要温暖这里。”

“怎能温暖？”病人问。

“把牛粪烤热，装袋子暖在这里，病好得快！”苏贝尔耐心叮嘱。

“谢、了！”女人有气无力，嘴角艰难地上翘了下。

起风了，天上乌云吞掉了太阳，且越来越厚。

苏贝尔和李於兴，两人告辞走出这家补了又补的小帐篷，观察下周围：茫茫草原，无人家不说，门前的小栅栏羊圈里只有八只瘦羊，再就是少年骑的一匹小马。

眼看冬天就要到了，这家人连捆干草都没备下……

苏贝尔担心地说：“今年冬天，这母子俩非冻死不可！”

“那你说怎么办？”李於兴担忧地。

“咱们回家，和阿妈阿叔他们商量，想办法帮他们一把！”苏贝尔认真地说。

“没看出，你的心还是蛮善良的！”他有些打趣地说。

“难道你就不担心他们母子？”贝尔白了他一眼。

李於兴想说，这和自己有什么关系，却怕说出惹她不高兴，只得说：“我也很担心！”

“说不定今晚天气要变，咱们赶快回家商量！”苏贝尔说着，打马飞奔起来。

“哎！”李於兴立即打马追赶上去。

几家人将打麦场上的一切收拾好，天就黑了。晚饭后，各家人都累得进屋歇息了。

苏贝尔躺在妈妈身旁，听着外面的风声，很是担心那位少年和他有病的阿妈。

她一回来就在麦场上帮忙，没有机会和阿妈说这事。

她想想问：“阿妈，你说这事情，我们该不该管一下？”

“啥事？”

她把今天出诊，看到的病人母子生活的状况同阿妈说了后，说着自己的想法：“阿妈，我们要是不帮助的话，他们母子两个，今年冬天会冻死的！”

“你说，怎么个帮法？”梅尕认真地问女儿。

“咱们这里有爷爷住的房子空着，让他们母子过来住。再说，咱们要是搬走了，这里的房子也是搬不走的。”

“你说得对！”阿妈抚摸下女儿的头说，“明天就让你两位叔叔接他们来这里住。”

女儿高兴地说：“阿妈，我爱你！”

“你真是你阿爸的好女儿！”妈妈搂住女儿说。

女儿和跟她阿爸一样心地善良，会想问题并能解决，这让她很是欣慰。

女儿撒娇地依在阿妈怀里，突然担心问：“我阿爸已经回去三个多月了，不知他现在过得怎么样？我很想他！”

其实她也想他，只是不说罢了。

苏大哥你还好吧？

一四〇　回汉后遭难

一个半月后，苏武和九个活着的同伴，终于回到离别十九年的长安。这天，秋高气爽，他们一行来到长安西城门外。

十五岁的年轻皇上汉昭帝带着文武百官前来迎接。

苏武一见这阵势，老远下车，拉着光了头的节杖跪地，匍匐上前叩头："罪臣苏武，叩见皇上！"

年轻的皇上瞧着满头白发的苏武，立即搀扶起他："苏卿奉皇命出使匈奴，英勇不屈坚守我大汉气节，何罪之有！现随朕回朝！"

在朝堂上，汉昭帝命苏武休息半月。半月后皇上命苏武带一份祭品去拜谒武帝的陵墓和祠庙。

苏武一行人在太监的带领下，走了三天，来到茂陵武帝陵墓和祠庙前，苏武按礼数焚香祭祖，点烛铭心，奉上祭祀的物品，带着回来的人跪地叩头。

按理说磕了头后就该起来，可是苏武没有起来，流着泪陈述：

"臣，苏武，奉先皇武帝之命，带着百人护送匈奴使节出使匈奴，谁知其中生变，致使百人随行滞留匈奴。一十九年来，茹毛饮血，不辱使命……"

苏武说完，和他一起活着回来的弟兄们也泪流满面地分别叙说了在胡地的艰苦坚守，如今被昭帝接回……大家发誓：从今往后，更要忠心耿耿，效忠皇上，效忠大汉……

跟随而来的太监，把这些记录下来报告了皇上。

不久，汉昭帝在早朝时当众宣布：念使节苏武，在匈奴十九年里，受尽艰辛、英勇不屈，对大汉忠心耿耿……

任命苏武做典属国（就是负责皇家祭祀的官员）。俸禄二千石，赐钱二百万，官田二顷，住宅一处。

常会、赵根儿和一起回来的陈谦三人，正值壮年，年富力强，被任命为皇帝的侍卫官，赐给丝绸各二百匹。其余几人，年近六旬，恩准回家养老，每人赐钱十万，终身免除徭役。

留在皇上身边的几人，兢兢业业地效忠皇上。他们正在寻找机会，准备向皇上奏明家事，可这时朝廷却发生了大事情。

上官桀和霍光，是先皇武帝任命辅佐汉昭帝的大臣和大将军，

在八岁的皇帝刚继位时，还真的同心协力辅佐着皇上，出主意想办法安定大汉，稳定民心。

随着皇上年长，皇权集中。这两年上官桀父子和霍光争权夺利，各怀鬼胎。

说起上官桀和霍光，还是儿女亲家，霍光的女儿嫁给了上官桀的儿子上官安。

先前上官安想把自己六岁的女儿给十岁的小皇上做皇后，与岳父霍光商量，霍光因外孙女年龄太小没有同意。背地里，上官父子却使出浑身解数，巴结照顾皇上的鄂邑长公主及其他人，还是让女儿当上了皇后。

鄂邑长公主何许人也，她是武帝的女儿，是皇上同父异母的亲姐姐。只因皇上继位时只有八岁，无亲人照看，当时辅佐大臣们商量，让她来陪伴弟弟。

这两年，上官桀父子嫌霍光权力大，在背后纠结皇上的哥哥燕王刘旦和大臣桑弘羊，收集霍光的过失材料交给燕王，让燕王上书皇上。

燕王刘旦觉得自己也是武帝的儿子，比昭帝年龄大多了，却没有继承王位，心存怨恨，看上官桀他们势力很大，也就和他们搞在一起。

他们还告发大将军霍光专权谋私，任人唯亲。挑唆说其手下的长史官没有功劳，被提升为搜粟都尉；而出使匈奴，为大汉立志守节忠心耿耿的苏武回汉，只做了个小小的典属国……

苏武和上官桀、桑弘羊素有交情，关系不错。他们也把苏武的儿子苏元拉在其中。

他们上书皇上要求处理霍光，看皇帝无动于衷，他们暗地里准备杀了霍光谋反，废汉昭帝，立燕王刘旦为君。

谁知，皇帝姐姐鄂邑长公主门下的稻田使者，无意中知道了这事，觉得事情重大，向其上级司农杨敞告发。

杨敞何许人也，他是司马迁孙女婿，此人和他外公一样耿直不阿。他思来想去，我汉刚国富民强，再不能有什么闪失了。他将此事告诉了当时专门给皇上上谏的官员杜延年。

老杜上谏给汉昭帝。汉昭帝和霍光开始听说上官桀一干人的事情并无实据，如今完全掌握了他们的武装政变计划，很是愤怒。

汉昭帝和霍光商量先发制人，在对方将要行动时，将一干人立即除掉了。

苏武的儿子苏元也参与了谋反而被斩，主管刑狱的官员考虑到苏武和上官桀的关系，上书皇上，要求关押苏武。

大将军霍光念起和苏武的旧情新情，又念及他为人耿直效忠大汉，儿子的事他不知情，便把刑狱官的奏章搁置许久后才告知皇上。

由于反叛事过许久，再说审查后苏武根本就不知儿子的事。皇上也念起苏武在匈奴十九年、坚强不屈为汉守节，最后只是免去了苏武的官职。

这次事件给匈奴回来的人一个大大的警告和教训。苏武被免去了官职，也就没有了觐见皇上的机会。其余三人常会、赵根儿和陈谦本该将胡地家人回归之盼寄托在苏武身上，如今也都不敢提这事了。儿子参与上官桀他们的谋反被斩，自己的官职被免。回来仅一年时间，就发生了如此大的变故。这位六十一岁的老人苏武，又一次陷进了人生悲痛的旋涡之中。

尽管儿子从小都是老娘抚养，自己在他正要严加教管的时候不在身边，没有尽到责任，跟自己的感情比较疏远，可他毕竟是自己的亲生骨肉，他的心怎能不难受悲痛呢！

好在皇上对他只是罢官，没有治大罪。苏武待在家里眼流着泪，心滴着血，三天不吃不喝躺在炕上。

侄儿苏霖和妻子紫鹃端着鸡汤进来，劝说："二伯，起来吃点东西吧，你已经三天没进汤水了！"

"二伯、不、饿！"他有气无力地说。

"二伯，你不吃饭怎成？"侄子和媳妇流着眼泪，哽咽地说，"您是、咱、一家之主。您要是再，再有个三长、两、两短的话，咱、全、全家人、都活不成了！"

是啊，侄子两口子说得对！皇上没有因苏元的事情牵连全家，也是念在祖上功劳的分上。自己现在还有侄儿一家大小，还有远在胡地的亲人……他想着这些，挣扎着起来。

苏霖忙扶他坐起，紫鹃擦了眼泪，双手递上汤碗："二伯，您喝点汤，我给您下面条去！"

侄媳妇走后，苏武一手端着汤碗一手拍拍榻边。

侄儿苏霖坐在他对面："二伯，我们一家托您的福了！"

"此话怎讲？"他喝口汤问。

"本来大哥出事，我们苏家要诛灭九族的！只因您在匈奴不屈，为大汉立志守节，才免于全家受难的！"侄儿直白地说。

"你这是偏颇！"

“不是。外面的人都这么说！”

“外面人说的你也相信？”

苏霖低头不说话了。其实他心里明白，是先祖的威望，使他们免于灾难的，可其中也有伯伯的功劳。

一四一　儿女婚事

霍光深知苏武的为人，苏武是很能辨别是非的人。他也知道上官桀为了权力，是故意拉拢苏元的：成了，是好样的；不成，也让苏家不得好过。

事件过后，霍光亲自上门拜见老朋友。他们两人坐在一起，喝着酒，推心置腹地交谈了两个时辰。霍光说了自己如何压下刑狱官的奏折，免于苏武监牢之苦等事情。

苏武表示感谢，回忆起年轻时候，父亲去世后和大将军霍去病去世后两家人的苦痛，两个年轻人的困惑，同病相怜在一起互相安慰，互相温暖……

最后，苏武向霍光行礼说：“感谢大将军顾念早年之情，接兄弟们回来！感谢贤弟还想着老朋友！”苏武行了躬身礼后，又跪地给他行大礼！

霍光忙起身搀扶起他：“仁兄不可如此！青年时，若没有仁兄平时的关照和教诲，要兄弟我遇事忍让，也不会有兄弟我的今天！”

那时年轻的叔叔霍去病去世霍光本来就很悲痛，不久卫家又被皇家抄斩，作为外甥的他要为舅家拼命……当时苏武拽着他，教训他，让他忍让，告诫他，任何事情总有明朗的时候……

苏武说着过去，感谢他现在的帮助，始终没有提现今的任何事情，更没有对任何事情进行评说。

霍光也知道苏武是个行事谨慎，很有分寸的人。他也隐约得知苏武胡地有妻的事，人家不说也装不知。

苏武本来还想求霍光，先帮助常会把家人从胡地弄回来，如若能办到，自己的事情也就好办了。通过这次事件，他不敢说了。

万里外的胡地，贝加尔海的冬天，北风呼啸，满天飞雪，一派冰天雪地。

可怜的胡吉娜和八岁的儿子孤独吉力多亏被刘勇义他们接到家才得以活命。这女人也是苦命人。丈夫外出放牧，被狼群加害，被婆家为家产逼婚不成赶出来。

娘家虽很穷阿哥却接纳了母子，可是男方家兄弟常找他们闹事，怕加害其母子，给了他们一顶破帐篷和一匹小马驹十只小羊让母子逃出虎口……

前天，刘勇义来和梅尕商量，说是丈人伊尔得要和胡吉娜母子一起过活，伊玛不愿意，和老人闹得不好。

梅尕给伊玛做好工作，问过胡吉娜也不反对。她觉得这是件好事。他们几家去坚昆后，这里的房子搬不走，再说还有不少的储粮和家什也带不走，让伊尔得一家在这里留守是很好的。

午饭后，雪终于停了。心急火燎的巴特尔打马过来说，他八岁的儿子骑马摔了腿，来请萨满医治。

苏贝尔知道阿妈最近身体不好，就自告奋勇拿起皮药包："我去。"

梅尕瞧着女儿信心满满的样子叮嘱说："叫上於兴跟你一起去！"

她和李於兴一起打马到巴特尔家，看到小巴特尔左小腿肿起来了，疼得哭喊着。

贝尔安慰小家伙："别动，就不太疼了。"

贝尔从药囊里拿出自制的麻沸散用水和好抹在伤处及周围，等了会儿，小家伙不哭了。

"坚持住，姑姑叫你一会儿就不疼了！"贝尔说着，双手按抚着伤肿的地方找好了位置，接着抓紧伤肿着的地方飞快地一拽一对，还没等小家伙哭喊出声，说："好了！"

她吩咐李於兴说："於兴，快把包里的几片小木板拿来给我！"

李於兴照做。

她一手按住这小家伙的腿不让动："不怕，一会儿就好。"一手接过直直的一尺长的小木板将小腿周围固定，再用毛布裹紧后捆好。

"断的地方对好了。"她对巴特尔说，"巴特尔大哥，别让他腿动就好得快。"

李於行瞧着她的样子不禁感叹："贝尔，你怎么和苏大伯一样，遇事镇定沉稳？"

"我是阿爸的女儿呀！"

他们两人打马回时，天上已经出了太阳。虽然没有暖和的气息，可还是让人心情舒畅的。

李於兴看眼身边马上健康好看的苏贝尔心潮荡漾。大雪前阿爸回来一见阿妈就将他们兄妹差出门，两人在屋里亲热起来……

他已经长大了，很想和贝尔也像阿爸阿妈一样……一直找不到机会。

他想想对她说："贝尔，咱们骑一匹马吧！"

"为什么？"

"我怕你冷！"

"我不冷！再说，我们马上就到家了！"苏贝尔坚决地说。

"你不过来，那我就过去了！"兴儿说着，飞身从自己马上跃起，坐在她背后，抱住她。

"这样暖和了吗？"

"我不觉得！快回吧！"

李於兴好容易抓住机会岂肯放过。他一个呼哨，自己的马跟在他和贝尔骑的马后奔到夏天他和吴得汉抓小鱼的小河沟旁，拉着她滚下马，两人倒在厚厚的雪地上，玩起了亲亲……

两匹一雌一雄的马儿也倒在雪地里打滚，在一起做起了羞羞。

他们看在眼里，在李於兴的主导和强行下，经过一阵激烈的搏斗，苏贝尔和李於兴从年少变成了真正的男人和女人……

过后，苏贝尔红着脸推开他起来，不理他，整好自己的皮裤外袍，上马踽踽回行。这怎么和阿妈说呢……

李於兴打马赶上来，看到贝尔生气，讨好地说："贝尔，是我太想那样了。再说马儿也那样。你别生气，我这就回家给我阿爸阿妈说。去你家提亲。"

苏贝尔打马奔腾起来。其实，她也爱他，只是不好主动罢了。

晚饭后，大家在一起玩了会儿，李维一和五岁多的弟弟都各自回房间睡觉去了，李於兴坐在阿爸阿妈榻前不肯离开。

李陵看出儿子有事："兴儿，有事吗？"

他低着头说："阿爸，阿妈，我要立即和苏贝尔结婚！"

"咋突然提这事？"於维尔兰问。

"我喜欢她，我要和她结婚！"

"过一时，我们搬回坚昆，给你们办一个热闹的婚礼！"阿爸兴奋地说。

"不行，我就要现在结婚！"儿子低着头执拗地说。

"怎么了？"李陵温和关切地。

“那我就实说了吧。今天我们已经在一起了！”

“你们不是每天都在一起吗？”阿妈不解。

儿子红着脸低头说：“我、我们、已经做了你们大人做的事情！”

瞧着儿子的囧样，李陵笑了：“这很好，阿爸和阿妈明天就跟你大妈商量，让你们成亲！”

李陵和於维尔兰来提亲，梅尕回答说和女儿商量下再作决定。

晚上，梅尕看国儿和海儿睡下了后，回来吹熄了油灯，和女儿躺在炕上，想想问女儿：“贝尔，你阿叔和阿婶今天来家商量，让你和兴儿立即结婚，你意下如何？”

“阿妈，你舍得我离开吗？”女儿反问。

“你怎的和你阿爸一样，老先让我表态？”阿妈故意地说，“我不同意立即结婚！”

“这能由得了你吗？”女儿调皮地说。

“那你就是同意了！”阿妈点了下女儿的额头，“真是女大不中留！”

“就是我们结婚后，也是咱们两家人一直互相守护着、住在一起的！”女儿认真地说，“我两个一定会孝敬你老人家的！”

“这话我爱听！”梅尕说，“你们长大了，阿妈也同意你们尽快地结婚！不过、不过——”

女儿看阿妈吞吞吐吐的样子:“阿妈,我已经是大人了,你要说啥就说吧！”

梅尕想想说：“我没有立即答应他们，就是不想委屈我女儿。不知兴儿和你在一起，那个怎么样？”

她知道阿妈说的是什么，可自己不能明说，只是问：“阿妈，你问的啥意思？”

“我是看他一副白面书生的样子，怕他和你不合适！”她怕女儿不理解，“你跟他在一起过吗，他的那个怎么样？”

女儿搂着阿妈幸福地说：“昨天、在雪地里我们做了那事情，很受用的！”

“你这个死女子！”阿妈虽然这样说，还是亲了下女儿的额头。在草原上行医这些年来，她看见过许多男女这种事情不行的夫妻，真怕女儿找错了男人。

其实女儿快十七岁了，也到了结婚的年龄。现在结婚也好，自己可以以李陵亲家的名义到坚昆居住。

一四二　新婚夜

婚期定在半个月后的新年。几家人家都跟着忙碌开了。

因为这两个孩子都是贝加尔海这里长大的，在这里结婚再搬迁也有纪念意义。梅尕和李陵两口子商量，一致同意请周边百里驻扎的牧人来这里共同庆贺。

这也是感谢他们在这里一直对他们的帮助和爱护，这也是他们和这里牧人最后一次相聚。

他们在院外的打麦场上搭满了几家人保存下来的所有帐篷，让巴特尔的妹婿分别带着刘永义和吴胜亲自去请大家来这里过年。

这些人高兴地先后到来，亲自动手杀羊宰牛。各自都拿出各自的手艺，蒸、炸、烧烤地忙开了……

几十人在一起高兴地吃喝了三天三夜。

新婚夜里，李於兴喝得不省人事，被苏国海和吴得汉抬进新房。苏贝尔一直守着他到天明。

李於兴睁开眼，瞧着明烛高照着的新房，猛然想起昨天结婚了，寻找身边的贝尔，炕上只有自己一人。

他猛地坐起来，发现自己新婚夜连衣服都没脱，身着婚装的苏贝尔坐在火塘前羊皮地垫上睡着了。

他忙下炕抱起她放在炕上，笨拙地给她脱衣服，弄醒了苏贝尔。她生气地起坐炕上不理他。

男人忙赔笑道歉：“对不起，昨天以海儿为首的几个一直在灌我，喝醉了！”

苏贝尔沉着脸不理他，脱了裹在身上的婚袍，内着紧身皮衣皮裤裹住被子躺在炕上。

李於兴忙脱了衣服硬是钻进被子搂住她。

其实这事真的不怪李於兴，都是海儿、国儿、刘伊中、吴得汉他们几个搞的鬼。不过自己要拿捏住他，口头上不能饶了他。

新婚夜出了糗，现在得赶紧补上。李於兴在被窝里拉扯着要脱她衣服。有人说新婚夜男人和女人第一回，就老在一起。可自己却酒醉失去意识。

“贝尔，我老想你！真的老想你！”

苏贝尔硬是不让他得逞，男人牛性发作，用力扯开被子撕扯着女人的衣服，女人乱抡着手臂一挣扎打在了男人的脸上。

“你打我！看我不收拾你！”

男人伸手要扇女人耳光，女人忙跳下炕避过。

男人打空闪下了地。

女人咯咯地笑了：“你根本就是我的手下败将！”

李於兴回想起苏大伯没回汉时，自己和苏贝尔对练武艺那次：

阳光下，男女两队身着短衣长裤的娃娃们，生气勃勃整齐地站着。

李於兴站在四个男娃娃吴得汉、刘伊中、苏国通、苏国海队列排头。

苏贝尔，站在三个女娃娃李维一、刘伊心和五岁的吴得雨队列排头。

花白头发的苏武，短衣长裤，精神地站在队列前面。

苏武说：“到今天，咱们男女对练已经一年了，也该对着比试下，你们说对不对？”

大家精神抖擞，异口同声：“对！”

“好！”苏武命令，“双方的队长，李於兴，苏贝尔，先来！”

两个人出列分开对面站定。

苏武宣布：“预备！”瞧着两人都双拳护胸做好决斗的架势。“开始！”

李於兴冲向苏贝尔，苏贝尔身体左右前后躲避着其锋芒，消耗着其体力，寻找适当的时机进攻……

她觉得他的体力耗得差不多了，提起精神发起进攻，搏了不到三个回合，卖了个破绽，看李於兴朝她冲来，一个反手抓住其手臂，将其摔倒……

她真的很聪明，继承了苏大伯的睿智。他眉头一皱，恐怕你今天要失败了。

李於兴捂着腰腹爬起来，艰难地爬上炕身体蜷缩在一起呻吟起来。

这个玩笑开过火了。苏贝尔忙跳上炕抱住男人心疼说地：“於兴对不住，对不起！”

李於兴偷偷地瞧眼她满脸心疼的样子，用力搂住她：“这回可饶不了你了！”

其实他们都是很想在一起的……

他们在补新婚夜，比新婚夜还淋漓尽致。

李陵这次到贝加尔海住了两个多月，眼看就要开春，回王庭前为得里木和胡吉娜办了婚礼。走时，打发吴胜和刘勇义到坚昆，通知赵镇赵大哥派车马来接这里人。

赵镇立即组织手下五位行动利索的弟兄，赶着五驾马车和十匹马的马队，跟着吴胜他们走丁零一路到贝加尔海。

几家人都要走了，还真的都舍不得这里。特别是梅尕更舍不得离开。这里是她和苏武的家，一直生活了十八九年的家。也是她生养了三个娃娃的地方，也是三个娃娃成长的地方。

梅尕流着眼泪，抚摸着这里的房子、马圈、羊圈、娃娃们上学的书几坐儿，抚摸着这里的树木，一切的一切，久久不肯上车，不肯离去。

苏贝尔两口和两个弟弟陪伴搀扶着阿妈，他们也像阿妈一样抹眼泪。这里有他们的人生，有他们熟悉的生活……

於维尔兰也不愿意离开这里，这里有阿爸阿妈的墓地，还有他们夫妻的快乐。可是为了姑姑一家的安全和自己家人的安全，必须离开这里。

她眼圈红红地过来拽住梅尕的手臂说："姑姑，为了咱们的安宁，我们还是走吧！"

要留下来的伊尔得，含泪和女儿一家人告别后，也泪眼花花地过来说："沮渠萨满，你就放心跟着去吧！这里有我和吉娜、吉尔照看着，等到平安了，你们再回来！咱们还是一家！"

刘勇义和吴胜，同大家讲过路上该注意的事宜后，也过来一边一个搀扶着师傅。

刘勇义眼圈红红地劝说："师傅，我们汉人常说，一日为徒，终身为父。你是我们的师傅，我们就认你终身为母！我们会孝敬你的！走吧！"

吴胜含泪说："其实，我们谁也不愿意离开这里，可是为了大家的平安，我们不得不走。以后只要世事安定了，我们还能回来的。"

梅尕实在忍不住，哇的一声哭了，苏贝尔和两个弟弟也跟着阿妈一起号啕大哭。

刘勇义知道师傅和孩子们，是回想起离去的苏大哥，回想起一家人在这里生活的点点滴滴，不忍离开……

可这一开春，冰雪融化，路好走了，卫律定会来这里骚扰的。

他看师傅一家不走，拉着吴胜跪在面前："师傅，我们走吧！"

梅尕看到这阵势硬是收住眼泪，拉起徒弟："走吧！"

他们一行坐车的坐车骑马的骑马，沿着院门前的道路恋恋不舍地出发了。

伊尔得，胡吉娜和吉尔，都抹着眼泪站在大麦场边，瞧着一行车马和人渐渐远去，直到瞧不见了，三人才默默地回到院子。

院子里一下子空落落的，各家除了不能拿走的房子、榻、沉重的家什，一切都拿走了。只剩下石磨子、石碾子和他们只能吃到秋天新粮下来的粮食。还有三匹马和三十只羊。

过去几家人在一起时倒没觉得多热闹，如今他们一走，伊尔得心里一片空，不知该做什么，只是站在篱笆圈围着的大院子中间发怔。

吉尔问："阿爸，他们还回来吗？"

一四三　搬迁路上

"回、回来！"他嗫嚅地说。

吉娜端了碗奶茶过来递给他说："喝口吧，暖暖身子！"

突然，一阵寒风旋过来。吉尔一个激灵："阿爸，我冷！"

他抱起他走进屋放在榻上，自己仰面朝天躺在他身旁。吉娜端着碗跟进来，把碗放在火塘边，坐在他跟前说："分别开始，真的很不习惯，慢慢就习惯了。"

娃娃们都没有出过远门，一路上虽然冰天雪地，可天气晴朗，地气上升，有的山谷里背风的地方已经冰雪融化泛起了绿意。带队的刘勇义按时安排着打尖吃饭和晚上搭帐篷休息，大家也都不很累。

吴胜的儿子吴得汉，刘勇义家的双胞胎，女娃刘伊心和儿子刘伊中还有苏国通、苏国海、李维一他们，都是十岁以上的青少年了。

他们都不愿意坐车，而是骑着马同行，有说有笑，打打闹闹，众人们也不感到寂寞。

这天快到晌午时分，一行人路过一山谷口。骑马走在前面的吴得汉他们，望见沟里面绿意盎然，不远处还有热气上升，仿佛是温泉。

李维一提议：“咱们跟刘大叔商量，在此休息吃东西，过去瞧瞧！”

吴得汉说：“还不到休息时间，恐怕不让！”

苏国海说；“你们等着，我去找刘大叔！”

苏国海勒过马头朝回奔来，到刘勇义跟前说：“刘大叔，我和你商量件事情。”

“啥事？说吧！”刘勇义高兴地说。

“前面有山沟，里面绿得喜人，好像还有温泉，我们想去那里看看！”

“那里面是有个温泉。我去过，在那里洗过澡。”他瞧瞧太阳说，“好吧！咱们就在那里休息吃饭，我带你们进去！”

“那就太好了！”

“你们要保证听话！”他叮嘱说。

“是！”

刘勇义安排好大家休息吃东西，带着他们几人打马朝山沟里走着，走了十七八丈远，有一砂石包挡住道路，他们下马牵着马从旁边仅能过一人的狭窄的小草道挤过去。

“哇，这么大一片温泉，这里面水很清澈，能看见底下的小沙粒和碎石！”李维一惊异。

刘伊心高兴地指着里面：“看，还有咕咚咚往外吹起沙子冒热水的小泉眼儿！”

“里面还有比这儿小的一片！”刘勇义高兴地介绍。

苏国海想想问：“大叔，这里到家还有多少路？”

“一人快马加鞭，三个时辰就到。”

“这就是说，咱们这么多人还要在道上再住一夜！”海儿建议说，“这一路，大家鞍马劳顿，在这里泡个温泉怎么样？”

刘勇义一想，对呀！自从苏大哥走后，大家还没有泡过温泉呢！他立即说，“好！我看这样，你们几个，男娃娃在外面，女的在里面先泡着，大家来后，你们就好了，换回去看家伙！”

刘勇义带着李维一和女儿刘伊心，走进小山包隔着的里面，这里是四面被山体包围着的小温泉，是很安全的。对她们说：“你俩放心地在这里洗澡，只要前面温泉有人守着，不会进来任何人的！”

刘勇义回来，看大家基本上吃过了东西，在阳光下闭目养神，拍着手说：

“诸位注意了：再走一天的路，我们就回家了。这里有温泉，我想让大家在这里泡泡澡，干干净净地回新家！”

大家一听都高兴地睁开眼睛。

苏贝尔对阿妈说：“阿妈，快拿洗漱的手巾和香胰子，咱们也去洗洗！”

於维尔兰忙给李陵拿出手巾和香胰子。李陵瞧着这一块黑乎乎的香胰子问：“这能行吗？”

女人将东西塞在男人手里：“这是梅尕姑姑和苏大叔亲自给大家做的洗衣、洗手、洗脸的东西。是牛羊的胰脏和中药树叶砸烂后和在一起弄的，很好用！”

男孩子们脱光了衣服在温泉里泡着，互相撑着水仗玩闹着……国儿看他们这样说：“咱们快点洗，不然，一会儿大家都到了，你们会难堪的。”

“这有啥难堪的，都是男人！”刘伊中说。

“你妈妈和妹妹要经过这里，到里面小泉去的！”

一听如此，大家都老实地，你给我搓背，我给他搓身子地忙起来……

小温泉里，李维一和刘伊心裸着身子，洗了头，坐着互相搓身上的汗泥。刘伊心瞧着汗泥落在水里，一会儿就不见了，奇怪地瞧着细沙和碎石的泉底。

“你看啥呀？”

“维一阿姐，你看这，沙子能吃汗泥！”

李维一定睛瞧着，汗泥一会儿就消失在砂石中不见了，泉水照样清澈。她惊叹：“这真是神了！”

“是啊，真的神了！”她沉思会儿，“维一阿姐……”

看她欲言又止的样子，李维一笑着问：“想说啥就说吧！”

“我怕你笑话！”她低下头。

“嘿，我是你的维一阿姐，有啥话就直说吧！”

“嗯嗯——你有心上人吗？”她瞧了眼她又低下头。

“你、有心上人了？”她微笑地说，“他知道吗？”

她摇摇头。她认真地说：“告诉阿姐，我给你们来沟通。”

她低头喃喃地说：“苏海、不不是！是、苏、国儿。”

一听她开始说苏国海，李维一的心提到嗓子眼儿，又一听是苏国通，她笑了说：“你两个脾气一样，都善于想事情。这很好，我想办法和他谈谈，让他知道你的心。”

“谢谢阿姐！”

“我们都是自己人，不用谢的！”李维一大气地说。

外面留着吴胜值班。娃娃们洗了回来，海儿说：“阿叔，我们回来了，你去泡澡吧！”

他瞧着这些孩子个个发育良好，儿子的个子比自己都高了，想想说：“你们一定要看好咱们的东西！”

儿子吴得汉说：“阿爸，你放心吧，我们几个都不是吃素的！”

吴胜拿着手巾走了。吴得汉安排说：“苏国海和李维一守护着后面！苏国通你和刘伊心守护前面！刘伊中，咱们两个站在旁边山坡的高处放哨！”

两个女的分别陪着国儿和海儿，他们都没意见。吴得汉和刘伊中，父母从小就教育他们要尊重苏家和李家的娃娃，两人心甘情愿地站岗放哨。

没等到李维一沟通，刘伊心就和苏国通坐在道边。刘伊心想，我得想办法问下他，于是问：“苏国通，你觉得海儿和维一他们怎么样？”

“你指的是什么？”他瞧着她。

她脸红了，不知该怎么说。国儿也是个聪明人，故意问：“说别人，你脸红啥？”

一四四　洗温泉

“我不好意思说。”

“说吧，咱们从小在一起生活长大，有啥不好说的！”他鼓励她。

“我说，他们在一起，不知你阿妈同意不同意。”她还是红着脸低着头。

“你是问我，咱们在一起，我阿妈同不同意了？”他揭开真相。

她红着脸抬头白了他一眼，挑战地说：“是，又咋的？”

“没咋的呀！不过，你得问我、同不同意。”他坏笑。

“那我问你，你同不同意？”她红着脸瞪他。

“我——嘛，我得想想！”他逗她说。

“算了！算我没说啥！”刘伊心噘着嘴起来要走。

他一把拉住她说：“坐下！”

她犹豫地坐在一旁。他挪到她身边，抓住她的手说：“我阿爸走时叮嘱说，咱们这辈人，要按自己的心愿生活。”

“那你愿意和我一起吗？”

“我想，我愿意！”他在她耳边悄悄说，“我早就喜欢你了！”

“那你怎的不早说。我阿妈还准备给吴家提亲呢！”

“其实，我只是不善于明着表达罢了！”

“我也是，总害怕你拒绝！”

“这回好了！”他说，“咱们到坚昆安顿下来后，我让我阿妈去你家提亲！”

苏国海和李维一在一起很是自然。他问：“哎！维一，我比你年龄小些，你说咱俩在一起，家里人能愿意吗？”

“我不管他们愿不愿意，我就喜欢你！”她不假思索地说。

“那——”他想想说，“我能闻下你的头发吗？”

“闻吧！”她大方地把头伸到他鼻子前。

他闻着，猛然双手搬过她的脸亲了下。

“你真的很坏！”她推开他，跟他拉开了距离坐着。

“我不坏，你能喜欢吗？”他皮皮地笑瞧着她。

李维一瞧着路的远方想，在人一生的漫漫道路上，我还真的喜欢他这样的，他会出其不意给你一个惊喜，让你高兴开心……

突然，站在高处的刘伊中，发现来的道上，追来几骑人马，指给吴得汉：“得汉哥，看！”

吴得汉大喊一声：“准备打仗！”他们一起跑下山坡。这时下面的人，听见喊声也警惕起身，奔到车前抓起刀剑。

吴得汉忙拿了根羊皮绳索，对苏国海说：“海儿，咱们两个分道两边卧倒！你们所有人拿着刀剑，站在我们身后，我们绊倒马，你们举刀剑就砍杀！”

他们很快地摆好阵势。

赵镇在坚昆等待刘勇义他们回家，可是等了多天不见踪影放心不下。他让去过贝加尔海住地的兄弟带路，抄丁零的捷径到那里，一见伊尔得，他说按照计划，他们这几天可能快到坚昆了。

他们在那里吃了顿热饭，昼夜兼程顺大道回家，希望能在路上遇见他们。眼看就到家了，远远瞧着前面道上车辆停着，无有人影行动。

赵镇勒马观察了一会儿，对手下说：“咱几人慢行，一个人和一个人拉远距离，就是遇见歹人，也便于救助！”

他们几人上马操着马缰绳，缓慢行走着。靠近些了，前面的赵镇发现道上站着四位持刀剑的小青年。

他驻马居高临下仔细观察，还发现路两边雪地上趴着两个人。车马周围也没有大人和娃娃……

他让兄弟们站定，他打马朝前面奔了几步，停下喊问：“对面可是李陵李大哥的车行？”

苏国海见对方停马询问，看他们仿佛害怕似的，大声喊着：“是你爷爷，又怎么样？”

赵镇听着稚嫩的声音说：“我是坚昆你赵镇赵大伯，去接你们走了岔道！”

趴在道边的吴得汉，听阿爸常说坚昆有位很好的赵镇大伯……忙跳起来喊着：“我们是李陵大伯的侄子！”

赵镇一听这话，向后面招招手。他们打马过来下马，瞧着道边站起两人拉着的皮绳子笑了：“怎么，还用绊马索来对付我们？”

海儿红了脸嘿嘿笑了：“我们、怕遇见强盗！”

“很好，有警惕性！”赵镇抚了下自己的毛胡子笑着说，“别说，我这容貌还真像强盗的！”

娃娃们瞧着这位风趣的前辈也笑了。

赵镇瞧瞧马匹，车上的东西，周围却无有大人，奇怪地问：“你们的家人呢？”

“温泉泡澡去了！”李维一说。

“我怎的不知道这里还有温泉？”他对兄弟们说，“看来，咱们晚上得在半道上解乏了！”

苏国通看着这几位大伯叔叔疲乏至极，就从车上拿出一水袋和阿妈油炸的干馍片，递给赵镇：“请大伯和叔叔喝水，吃点东西！”

他们还真的又饥又渴的，也就毫不客气接过吃喝起来。接着，李维一上车，拉出一牛皮袋子，递给他们。他们解开一看，是没上冻的牛肉：“怎的还有这宝贝！”

“一路上害怕上冻，梅尕大妈拿皮袋套皮袋保着温！”

赵镇他们爽朗地笑了：“哈哈哈……还真的有能人呀！”

泡澡的男女们陆续回来了。李陵瞧着赵大哥他们几人疲乏地坐在车前，晒着太阳睡着了。

李陵问："海儿，这几位大叔睡了多长时间？"

"一个来时辰。你们泡澡不一会儿，大叔们就来了！"

刘勇义一听，在马尾上扯了根毛，轻轻地塞进赵大哥的鼻孔。

"阿嚏！"赵镇打着喷嚏睁开了眼睛。

刘勇义张着大嘴哈哈乐了。

赵镇笑着起身，给了他当胸看起来狠狠的，其实轻轻的一拳，搂着他高兴地说："你这家伙！"

赵镇喊着一起来的兄弟："快起来！快起来了！"

几位起来后，一见刘勇义和吴胜，高兴得又是拥抱，又是拳打脚踢地闹起来。

李陵喊："尔兰，快给大哥一行拿吃的！"

"我们已经吃过了！"赵镇看大家高兴的样子说，"听说你们在泡温泉，我们也得享受一下！"

李陵忙让妇女们拿出洗干净的手巾和香胰子，带着赵大哥几人走进山谷。

刘勇义安排大家在这里搭帐篷，埋锅造饭，晚上在这里住宿。

得里木老两口，只因女人身体一直不太好，怕一路上有病连累大家，不愿意跟着女儿女婿走，要留在贝加尔住地。怎奈吴胜和得得纳及娃娃们硬不让他们留下，他两口子无奈才跟着他们过来了。

一四五　卫律贼心不死

在这车载马驮的六天行进中，得得纳阿妈身体并没有发生啥毛病，今天泡了温泉，她倒觉得神清气爽，也不咳嗽了。

得得纳阿妈搂着五六岁的小孙女坐在太阳下，舒服地晒着。小孙女雨儿问："阿婆，你的病好了吗？"

"好了！阿婆跟着你们，这一路上走着走着，病倒好了。"

"我看你不咳嗽了！"她大人似的说，"我阿爸阿妈，阿哥，和我，都心疼你！"

“是啊！”得得纳阿妈眼圈禁不住红了。和他们在一起过活这十几年里，多亏了女儿女婿孝顺，还有梅尕两口子经常给她配药调理，自己才能活下来。

“阿婆，你怎么哭了？”雨儿问。

“太阳照的！”她紧紧搂着孙女疼爱地说。

“阿妈，你回帐篷里歇会儿！”吴胜和几位男人给各家搭好帐篷后过来，抱起女儿搀扶起她，走进帐篷。

她躺在皮垫子上想，刚才汉人们在一起高兴的样子，还有女婿对自己如此的关心照应……女儿有福气跟着汉人过活，自己和她阿爸也沾了福气。

几位兄弟在外面的温泉泡着，孩子般地互相划着水开心地笑闹着。

李陵陪着赵大哥在里面小温泉里泡着。李陵给他搓着脊背问：“大哥，咱们那里冬季还好吧？”

“一切照旧。”他想想说，“哎！不过半月前，腾虎咆冒着大雪来了一回，问你回坚昆了没有。”

“他没说有啥事吗？”

“说了。他说，卫忠回了趟王庭，回来悄悄告诉他，说让你提防着卫律！”

他的手停了，沉思起来。

他回头瞧了一眼问：“你怎的了？”

“卫律已经官居大单于之下，他还要干什么？”李陵思索着。

“莫非要夺单于之位，让你闭嘴？”赵大哥担心地说。

“我想暂时不会！不过——”李陵想了会儿认真叮嘱赵镇，“大哥，这次搬来的人家，除过刘勇义和吴胜两家，梅尕萨满是於靬王家的亲戚，是我阏氏亲姑姑。”

“这我知道！”赵大哥心里明白，她是汉使节苏武的女人。这个狗卫律，害了人家男人，莫非还想斩草除根……

丁零镇这多年发展得很快，镇子规模扩大了两倍多。卫忠带来的军垦队伍也扩大了不少，他和搭档军人居居勒在这里娶妻生子，把家都安在镇上。

卫忠人活络，和腾虎咆一起对卫律表面上毕恭毕敬，按时纳粮上供，也换得平安。

居居勒本来是卫律安插来监视卫忠的人，可是在腾虎咆这多年软硬兼施的调教下，虽然不满卫忠，可是他也不敢造次。

再加上卫律为了维护权威，很少跟他联系，为了家人的安全，只有听从。

这一年多，腾虎咆听到了苏武回汉后，卫律要查他的娃娃，还想暗害李陵的消息。自己也不便去王庭打探，就是自己住在哈拉和林也搞不到真实的消息。

腾虎咆他们打了只熊，把熊胆和熊掌派两个自己人跟随，让卫忠给卫律送去表示孝敬，顺便打探消息。

卫律一见卫忠大冬天带着如此好的礼物来孝敬自己，很是高兴。让衽余拿出上等酒来款待他，还让卫忠和卫子一起住在府里，两位跟随者在酒坊和衽余暂且一起吃住。

卫忠看年轻的卫子没有成家，一问得知是家里阿爸阿妈身体不好不能放牧，只能靠他平时主人叫买东西，或者主人让给别人送东西时，对方给的丁点施赏养家。

他立即拿出三两银子递给他说："先拿上，成个家再说！"

"大叔，我不能要！你也不宽裕！"卫子知道他们一样是奴才。他经常听卫律称赞卫忠，说他这个奴才，对自己很是忠诚……他知道奴才是没有自我的，在主人家里，是无偿的付出。

"我再不宽裕，却比你强，在外比你自在。如今有家也有了娃娃，比你强多了！"他说，"我没有阿爸阿妈，没有负担。你是个孝子，我很佩服你！"

卫忠如此拉近了和卫子的距离，晚上两人躺在榻上，说着各自的家里，过去和现在，不知不觉说开了心里话、说开了自己的处境。

卫子问卫忠："大叔，我能跟你走吗？"

"这要找机会的！"卫忠想想问，"你能见到右校王吗？"

"是李陵将军吧！"卫子说，"他刚入冬，就已经回坚昆了！"

"他府里有人住吗？"

"只有个胡人看门。"卫子想想问，"你认识右校王？"

"他是个好人！"卫忠说，"帮助过我。"

"他也帮助过我！"卫子说，"他真的是个好人！"

"那——"卫忠想想问，"最近听说过啥消息吗？"

"苏武苏使节回汉后，我看老爷老惦记着他在咱们这里是否有家，是否有娃娃。"卫子说。

"不知他想怎么样？"

"这人心底说不准！"

"他对右校王怎样？"

"李将军在这里时，他常让我偷偷地监视他，看他跟谁接触，谁到他府里……”

“你知道谁经常去他那里吗？”

“我没见过。不过，李将军有病时，沮渠萨满给他看过病！”

“那你觉得，咱家老爷为啥要如此在乎李将军？”

“看，看样子，是害怕他的官位比自己高吧！”

“老爷常带你去会客吗？”

“他常让我偷偷地监视别人的。”

“你要分清谁是好人才行！”

“我听大叔的！”

……

第二天，卫律让卫子备马跟他去王庭。当然是主人骑马，奴才步行跟随。到地方卫律进去拜见单于，奴才只有在外面等候。

一个多时辰后，卫律沉着脸出来，卫子忙牵住马，弓下条腿，让他踩着腿上马。

卫律恼怒地踢了他一脚：“滚！”自己翻身上马，双脚催马奔驰而去。

卫子不敢怠慢，跟在后面追跑起来。他知道主人的脾气，今天在里面一定遇到了不愉快的事情。人怎的能追上马奔行？再说，卫律打马没有回府，直奔城外而去。

卫律出了城，瞧着冰雪即将融化的开春，想着刚才和单于谈话的情形。他是想借着开春之际，请假离王庭，带人突袭贝加尔海苏武离开后的家，看那里究竟是怎样的。

他光听说苏武在那里有娃娃，可自己并没有亲眼看见。这娃娃对胡人来说，以后都是祸害……

一四六　要保护好人

卫律刚才和单于详细地谈了自己的想法，分析了利害关系，要求带兵去贝加尔海查找。

单于却轻描淡写道："军师为这区区小事，不该亲自而为！"

"为什么？"

"我们胡人的实力如今远不敌大汉，没有必要刺激大汉了。就是苏武有妻子和娃娃在贝加尔海，没有我匈奴王庭的旨意，大汉也鞭长莫及呀！"壶衍鞮单于问，"你去见过苏武的女人吗？"

"见过，那是你爷爷在位时，让那女人去的！"

"我佩服爷爷！当时能让她去，就有去的道理！"单于问，"那你见过他的娃娃吗？"

"两次去都没见过。"

"那你为何不带那女人回来？"

"去接苏武那次，我就准备带她回来的。可她是萨满，在那里帮着牧人医病深得信赖。当时送苏武的牧人很多，呼号不让我带那女萨满走。我怕犯众怒，就只带苏武回来了。"

"那你如今还有去找她的必要吗？就让她在那里为牧人治病吧！"

"那万一苏武和她有娃娃呢？"

"就让他们在那里过活，为牧人服务！"壶衍鞮单于说，"汉人和胡人在一起，会教会胡人种粮食和制作用具的！"

"大单于，你知道右校王李陵也是汉人吧？"卫律负气地问。

"怎的了？"

"他和苏武一直是仁兄、贤弟称呼着，我怕他帮着苏武的娃娃们回大汉！"卫律说出了自己的心里话。

"右校王不是这样的人！大汉的大将军和辅佐大臣来接他，他都不回，他怎的能帮着苏武的娃娃们回去呢？"壶衍鞮大单于摇头瞧着卫律，"军师，是你想得太多了！"

“有右校王李陵在，就有可能！”卫律坚持说。

“那你敢动他吗？”壶衍鞮单于大单于恼怒地说，“你要是动下李陵，我要了你的命！”

他知道右校王李陵主管匈奴的农牧多年来，牧人有了粮食吃，安定了各封地，也才有了如今自己政权的安稳。卫律要是敢动李陵，他绝不饶恕。

他看大单于恼怒了，才告辞出来。

一阵寒风旋过来，卫律打了个寒噤。他瞧着这风没有停的意思，准备回马进城。这时，卫子上气不接下气地跪到跟前：“老、老爷！”

他把马缰绳扔给他：“回府！”

卫律回到家，走进自己的议事厅，卫子给他泡好茶：“老爷请！”

卫律喝茶，卫子恭敬地站立一旁。卫律想想招手：“卫子，你过来！”

“老爷，请吩咐！”他站在他跟前。

“你去为老爷办点事情。”卫律吩咐说，“你跟着卫忠，让他带着你去贝加尔湖一趟，暗访下苏武在那里有儿女没有，回来如实告诉我！”

卫子正想离开他，再一听是和卫忠一起，毫不犹豫地：“是！我一定竭尽全力！”

卫律随后把卫忠召来，如此这般地交代好后，让卫忠他们带着卫子出发了。

卫忠带着卫子首先回到丁零，他在路上的牧人处换了些特产，让卫子带着去见居居勒，说是主人卫律特意带送给他的。

居居勒一听是卫大将军特意给他带送的特产，很是得意，对卫子也很是客气，带着他到镇子周围参观游玩。

卫忠把卫律让他带卫子去贝加尔海暗查苏武家人的事告诉了腾虎咆，并且谈了自己的看法……

腾虎咆觉得事态严重，对卫忠说：“你看天下着大雪，你们道路生疏。到冰雪融化些，能辨认道路时，我让人带你们去贝加尔海暗查。”

腾虎咆待卫忠告辞后，和阏氏说了声，打马直奔坚昆告诉了赵大哥。赵镇放心不下李陵他们，才带弟兄几人到贝加尔海去接他们的。

节气不饶人，尽管寒风呼啸，可是地气上升着，地上的冰雪渐渐融化起来。腾虎咆得知贝加尔海的人已经搬回到坚昆，自己和卫忠、居居勒还有卫子，出发到贝加尔海去暗访苏武的家人。

一路上几人打马，后面驮着吃用和帐篷，边走边玩，半月后，腾虎咆带着他们到了海子边的住地山洞居。

山坡上下雪白一片，上面毫无任何痕迹。海子上面的冰层如刀锋，山般一点都未融动。

他们下马沿着阶梯奔到洞前，洞口石头砌堵着。洞外白雪覆盖的柴草窝里藏着两只灰兔，听到响动蹿出来奔上山坡。

腾虎咆说："这里就是我知道的汉人苏武居住的地方！"

卫子伸了下舌头："我的阿妈呀，苏武住在这里能坚持十九年，真的是神人！听说他还受过非人的伤痛，就是有女人陪着，在这里还能生娃娃吗？"

卫忠接着说："这地方太荒凉了，人能在这里活着就不错了！"

"虽说过去我阿爸阿妈很穷，可居住的地方也比这里强多了！"居居勒说。

腾虎咆故意说："我八年前的夏天和两个朋友到这里打猎，遇见汉人苏武。当时他和阏氏像野人一样穿着桦树皮做的衣服，我们走时把打的一只狼送就给了他俩。"

"我听说汉人苏武和他阏氏，还给牧民看病？"卫子问。

"那是夏季，周围有人来放牧的时节。冬天这里有人的话，就喂狼了！"腾虎咆说。

"怪不得，咱们一路上没遇到人家！"卫子担心地问，"不知苏武的阏氏，这天寒地冻的，现住哪里？"

"这，谁能知道？周围连个人家都没有！"卫忠说。

腾虎咆说："我知道这里有个温泉，咱们不如去那里看看！"

"好吧！"居居勒说，"有温泉说不定有人家！"

腾虎咆带着他们来到温泉，小山沟前的温泉地，在外面瞧着地面是冰溜子封地，里面雾气腾腾。他下马说："就是这里！"

大家下马，把马拴在一起，他们走进里面。只见山石间被冲开有一丈多宽的水池，水冒着热气，寒冷天热气冲不高，就变成水滴落下。

腾虎咆伸手试试温度说："泡澡还行。咱们不能白来一次。下去泡泡吧。"

他们几人脱了衣袍，在热水里泡起来。

腾虎咆故意带着他们来海子这边，这里冬天特荒凉，更是遇不着人家。他要让卫律差来的人看看这里，回去告诉主人该死心了！

他跟苏武打了多次交道，感到此人真是个君子，还是个有智慧的君子。他的阏氏梅尕大妈虽然是胡人，可是深明大义，三个娃娃也很聪明。他要保护这些好人。

卫子回王庭后，将腾虎咆带着他和卫忠、居居勒共四人千辛万苦到贝加尔海查看苏武有无后代的事，一五一十地汇报给了卫律，卫律没吭气，陷入沉思中。

几家人到了坚昆，分别住进镇子后面已准备好的房子。李於兴和苏贝尔已经结婚，李陵把他们安排到紧挨着梅尕母子居住。他们两家左右，分别是刘勇义、吴胜两家紧挨着。

李陵和弟兄们到这里十五年了，三百多部下基本上都已成家立业，有了孩子，且大都是两到三个。一个地方，年轻人和娃娃多了，也就热闹了。

年轻人和娃娃们，来这里很快就习惯了，有吃有喝、有人一起玩耍，整天乐呵呵的。

梅尕不行，她来后这两个多月，夜里老睡不着。

一四七　仁治治人心

她一睡不着，心里就胡乱思想，想起贝加尔海发生过的许多事情……想起和男人苏武一起生活的十九年往事……第二天萎靡不振。身体越来越消瘦，人越来越没精神。

她瞧着娃娃们高兴的样子，竭力使自己适应着现在的生活。好在气温一天天上升，冰雪融化着，天气渐渐暖和起来，要做的事情多了，心情和身子也慢慢好些了。

这天，梅尕和两个儿子，在大家为她母子匀的镇子旁边的地里种麦子。她赶着马拉犁正在犁地、国儿在后面撒麦种，海儿拿着木耙打土坷垃。

不一会儿，几位汉人的胡人阏氏围拢上来，名叫吉美的孕妇惊讶地问：“大姐，你怎的还会犁地？”

梅尕微笑地说：“这有啥，你们要是学的话，就跟着我来！”

另一位名叫得遮的胖女人，笑了说：“她肚子大得马都拉不动！还是我来吧！”

她走到地里，手抓住犁把，可是，犁头却不进地下，让马拉着犁和人走。

她拽不住犁把松开手，犁倒地被马拉着朝前奔。

吉美乐得哈哈大笑起来。梅尕忙跑上去扯住马缰绳勒住马。

吉美笑着笑着，突然啊的一声倒在地上。

得遮忙喊着："吉美，吉美！快！吉美要生娃娃了！"

梅尕一听，对儿子说："海儿，你来犁地！"

"我没有干过这活！"儿子急了。

"那，卸了犁，叫马歇歇！"她奔去瞧孕妇，"赶快，把她搀扶到屋里！"

得遮和另一位妇女把吉美搀扶着朝镇子里走，梅尕跑回家拿了皮药包出来，赶上她们一起到吉美家。

男人都种地去了，两个大些的娃娃也跟着帮忙去了，屋里就吉美一人。

"快，让她躺在榻上！"梅尕吩咐说。

得遮说："生娃娃不能在榻上生！"

"谁说的？"梅尕生气瞪了她一眼说，"我是萨满！我说了算！"

她们只得把孕妇放在榻上。

吉美满头大汗，忍着痛说："我、我准备的东西、在榻里面的包袋里！"

梅尕对得遮说："你去准备热水！"

她利索地舀了盆水，洗着手对另一位说："妹子，你去把火塘点着，让屋里暖和些。"

梅尕洗了手从榻里面拿出包袋打开，里面有准备好的干草袋。她解开孕妇的外袍，把草袋垫在她屁股下，检查了下面说："还得等会儿！"

拉着被子给她盖上："你现在要好好休息，积攒力气！"

她检查着包袋里的东西问吉美："有干净羊毛吗？"

"没有！"她瞧着梅尕说，"我想、这、第三胎，不需要、羊毛垫子了！"

"你也太不心疼自己了！"梅尕说，"我看，你过会儿才能生，我回家一趟！"

梅尕出门直奔自己家里，拿来了自己在贝加尔海给女儿准备以后用的，外面是洗干净的新葛布，里面包着羊羔毛柔软的垫子，这用脏了洗干净、开水消毒后还能用。

孕妇的阵痛来了，疼得硬是咬牙忍着，憋得满头满身是汗。由于常年不洗澡，汗臭难闻。

得遮烧开了水。梅尕把自己擦汗的手巾开水烫了下拧干，捂着鼻口拴在脑后。对孕妇说："你疼了就喊叫，这样对你有好处！"

她把自己带的医用刀子煮了消毒。火塘火很好，屋里暖和了。

吉美阵痛上来了，大声地呼喊着："疼死我了！啊——啊……"

梅尕一检查，是娃娃一只小脚先下来，是立生！这弄不好大人和娃娃都会有危险的。都怪自己当时想着她是第三胎，没想到会难产。

她问："妹子，家里有油菜籽有吗？"

"没有！"

"有羊油吗？"

"有一点！"

"拿来！"

得遮从灶房拿来了油碗，梅尕挽高衣袖，抓块羊油，在火塘烤热，抹在右手和手臂上："你是难产，我想办法给你正好胎位，你要忍着！"

梅尕左手按抚着孕妇的大肚子，摸测着娃娃头的方向，抹了油的右手轻轻地把娃娃的小脚朝里推着……只听孕妇一声声嘶叫，娃娃的脚进去了。她抹油的手臂随着伸进，正胎儿的位置……

终于正了："吸气——咬牙——用力——"她吩咐着……她照做着……不一会儿娃娃降生了，一落地就大声哭起来。

"是个胖小子！"梅尕用消过毒的小刀给剪了脐带，羊毛灰贴好脐口包裹好娃娃，放在吉美身边。吉美瞧着胖乎乎的娃娃，热泪滚滚："阿姐，感谢了！"

"不用！"梅尕收拾好她下身的污物扔在地上，给她垫好毛垫子，吩咐得遮，"有奶茶和蒸馍馍吗？热好给她吃！"

"我屋里有。"得遮说着跑出门。她亲眼瞧见梅阿姐的本事，心里很高兴。今天这难产要是放到以前，吉美和娃娃这会儿一定都没命了，整个镇子人都会伤心多天的。

她想起邻居王大哥的阏氏，五年前生娃娃难产，母子俩都憋死了；还有陈大哥的阏氏、胡人孤独兄弟家的阏氏……唉！那时要是有梅阿姐的话，这些人家如今就不会娃娃没阿妈，男人没阏氏了……

梅尕会治难产的消息，传遍了整个镇子。大家都想，她会医治难产，一定就会看病的。

这镇子里一直没有看女人病的女萨满，男萨满给女人看病总有些不方便，女人也不愿意说，男人也不好问。

如今女人和娃娃有病都来找梅尕，而且她医术很好，小病几乎能手到病除。前两个多月自己没事做，整天胡思乱想，夜里老是失眠。这回梅尕有事做了，地也有人帮忙种了，失眠症也渐渐地好了。

坚昆王李陵一直很少住坚昆，回来也只是安排下这里的事情就走了，这里的一切工作都是赵镇在主持。他在李陵军队里武艺不错，为人宽厚，再加上他年长，在兄弟们中威望很高。

他从小家里贫穷，没念过书，这就限制了他想问题的思维，看问题的目光。

坚昆的事情大都是李陵怎么安排他就怎么做而且很认真地做。这回贝加尔海的几家人到来，让他真的开了眼界。

梅尕精湛的医术；还有刘勇义和吴胜这些年来学会了读书识字，学会了想问题，认真地分析问题；还有那里的孩子们个个能文能武……他知道，这跟苏武的作为是分不开的。

那里是蛮荒之地，环境极寒恶劣。苏武能在那里生活十九年之久，一是凭他本人的智慧，品德和坚强毅力；二也是和这位梅尕大姐的宽容勤劳，任劳任怨分不开的。

在十九年中，苏武不但自己要活下去，还得让妻子儿女活得好并成长起来；他还帮助刘勇义和吴胜成家立业，跟他们相处得一家人一样。这些，没有本事的人是办不到的。

赵镇如今终于知道李陵两口子和孩子们，一直愿意住在贝加尔海的原因了。仁治，是可以获得人心的。

他想自己这多年来在这里，一直带着弟兄们生活，只知道种庄稼，搞作坊，大家不饿肚子就成……赵镇反思着自己的不足……

一四八　办学堂

种子下了地，外出放牧的胡人赶着羊群和牛马出了门。镇子里的汉人，男人们在各种器物加工作坊里忙碌着。十来岁的娃娃们跟着大人做些小活，小娃娃们在街上跑着玩耍。

一天，赵镇五岁的儿子赵汉博，和一帮同龄的娃娃在镇外的小溪边玩耍。一男娃娃说："咱们这儿水太小。阿爸带着我去种地，那里有很大很大的河水。"

赵汉博问："你知道路吗？"

"就沿着河边的路一直走，就到了。"

"那咱们去看看吧！"

他们五六个同龄的娃娃边走边玩，一个时辰后，又饥又渴的他们，终于看见了对面山下的大湖水。

赵汉博指着湖水："嘿，看，多大的水！"

他们跑到水边，趴在岸边喝着水。

一娃娃不小心头朝下掉进湖里，其余的吓得呼喊着："快、快救命！快救命！"

苏贝尔和李於兴打马外出查看周围地形路过，听见呼喊，忙下马奔过来，看着那娃娃在水里挣扎着想出来，可是水流却把他朝深处拽。

李於兴忙跳进浅水区，苏贝尔扯住马鞭杆，把马鞭甩过去指挥："拽住！俯身抓住娃娃！"

李於兴一只手抓着马鞭皮绳子，按照妻子的吩咐，伸出另一只手抓孩子，第一次没抓住。他眼看着娃娃被深水吞没时，第二次猛扑过去，一把抓住了娃娃的胳膊。

他也陷了深水区，头没进水里。贝尔在上面喊着："快站起！兴儿站起！"

他站住脚，水深没到了脖子。

"我开始拉鞭子了！你慢慢往回走移！对，对、就这样……小心点！"

苏贝尔边小心翼翼地拉着鞭子边在指挥着……终于把他们拉到了岸边。把他们拽上来时，小家伙被水呛得昏迷了。

"快！把娃娃面朝下搭在马背上！"贝尔吩咐说着，两人一起把孩子搭上马背。

"你个儿高，快用手拍娃娃的胸背！"女人指挥男人操作，不一会儿孩子吐出灌进肚子里的水，哇哇地哭了。

同来的几个小娃娃站在一旁发愣。苏贝尔严厉地对他们说："还不快回家！"

为首的赵汉博噢了一声，跟着牵着马的两人朝回走。

苏贝尔瞧着男人满身湿淋淋，冻得打着哆嗦的样子说："你上马和那娃娃一起回家，我陪着这几个回去！"

李於兴上马带着那孩子打马回去了。

苏贝尔牵着马，陪着他们几个一起去的娃娃往回走着问："你们几个娃娃，怎的到这里来了？"

他们低头走着，没有一个人吭气。

“你们要是不说话，我也上马回家了！”苏贝尔假装要上马的样子。

一娃娃指着赵汉博：“是他让我们来的！”

赵汉博指着说旁边的娃娃：“是小林子知道这地方！他说他阿爸带他来过！”

小林子反击他说：“是你说要来这里看的！”

“是你带的路！”

她明白了：“这地方没有大人带着，你们娃娃可不敢来！你看今天那个，要是淹死了的话，你们挨揍不说，以后就永远见不着他了！”

“阿姐说得对！我以后不敢了！”赵汉博后怕地说。

“你叫啥名字？”她问。

“赵汉博。”

“你是赵总管家的娃娃吗？”

“是！”

“今天回家，把你做的错事告诉阿爸！”贝尔严厉地说。

“阿爸要揍我的！”

“让阿爸揍一顿，你才能牢记以后不犯这错！听见没有？”苏贝尔严厉极了。

“听见了！”娃娃们胆怯地答。

“你们谁回屋要是不说，我就找谁阿爸去说！”

“那——我自己给阿爸说！”

“我回去也给阿爸说！”

几个娃娃纷纷表态。

“真是好娃娃！”她又严厉地对他们几个说，“以后没有家人带领，不准私自到这湖边玩耍！”

“我们知道了！”

赵汉博回家按照苏贝尔的叮嘱，把自己和几个小朋友一起到湖边玩耍出事的事情向阿爸说了。赵镇一听举起马鞭，狠狠地把儿子揍了一顿，这小子硬挺着，咬着牙没哭没喊。

他感到很奇怪。这个调皮的东西，不管在家还是在外面老是不听话，老犯错，只要他犯错，自己就不由地揍他。他只要一挨揍，不是哭就是喊，自己也就心一软不打了。今天这是咋的了？

饭后，他看小子瞧着被打得青一道红一道的腿和胳膊，不由心疼地问儿子："你以往犯错揍你，你鬼哭狼嚎的，我今天揍你，你怎的不哭不喊？"

"那位阿姐说，这次犯了大错，你一揍我，我就永远记住了！"赵汉博认真地说。

"是哪位阿姐？"

"就是那个救我们的阿姐！"他看阿爸不明白说，"就是那个叫贝尔的阿姐！"

"是女萨满家的阿姐吧？"

"嗯！"

这个苏贝尔能叫这个顽童变好，还真的是个了不起的女子！我得了解情况，去向人家道谢。

赵镇先找了几个和儿子一起去湖边的娃娃，了解了情况，证明儿子没撒谎。

阳光下，篱笆围着的大院里。梅尕和於维尔兰坐在门外当裁判。男队：李於兴，苏国通、苏国海、吴得汉、刘伊中；女队：苏贝尔，李维一、刘伊心、六岁的吴得雨和刘伊真。

他们个个都身着短装汉服，整齐地站立两队。

梅尕宣布："今天比赛，本着团结友谊的宗旨，点到为止。

现先从年龄最小的队员开始！吴得雨、刘伊真，你两个先来！"

两个小女娃娃出列，分别面对面抱拳站定。

梅尕命令："你们两个小的慢点，开始！"

两个小女娃，你来我往、像模像样地对打开来。

赵镇走来，瞧着他们比赛，没吭声进院子就地坐下瞧着。这两个和儿子一样大的女娃娃，能如此招式娴熟，真的很了不起！他坐不住了，拉了下梅尕的衣服，指指一旁。

梅尕起身和他走进旁边的院子。赵镇说了前晌娃娃们发生的事情，对苏贝尔和李於兴救娃娃表示感谢后问："你们这些娃娃在哪里学习的？"

"在学堂。"

"你们哪里有学堂？"

"有。是我们自己给娃娃们办的。"梅尕说，"这些年来，从李於兴他们五六岁开始，娃娃们在学堂，学习汉文、胡语，学习武艺。"

"你们请的哪里的先生？"

"我们自己当先生！刘勇义和吴胜两位兄弟，给娃娃们教拳脚格斗！"

梅尕没有提自己的丈夫。

“哦——我明白了！”赵镇恭敬地问，“我说梅大姐，你能不能在咱们这里把学堂也办起来，教咱们这里娃娃念书认字？”

“只要你这位总管支持，我们商量一下后，叫勇义他们两个去找你！”梅尕客气地说，“对不起，我得去看娃娃们了！”

“好！谢了！”赵镇告辞朝镇子里走，还不时地回头看着后面院子里的娃娃们比赛，想着镇子里的事情……

开春后，白天一天比一天长了。

两天后的晚饭后，天还没黑，刘勇义和吴胜来到赵大哥的家里。跟他商量坚昆镇子办学堂的事情。

赵镇听着他们两个对镇里办学的见解，奇怪地问：“我知道你们两个和我一样，斗大的字不认识半升的，怎么如今说话跟念过许多书的人一样？”

一四九　给卫律一巴掌

吴胜瞧着刘勇义说：“刘兄，你把咱们这些年的经历和大哥说说吧！”

刘勇义说。“那咱就不客气了！我也就实话实说吧！”

他从那年和吴胜一起，护送李陵两口子和两岁的娃娃，到贝加尔海的苏武苏使节那里说起。说了吴胜和李陵一走，他瞧那里一片荒凉，很是想回坚昆和大家在一起。只是李大哥命令难违，忍耐留下。

渐渐地，他被苏武宽阔的心胸和梅尕大姐的热情和任劳任怨感动了。於軒王家的老仆人於乙荅老人送梅尕到那里后，他们把他当父亲一样看待，对他这位随从如亲兄弟一样看待而感染了他。

他终于知道於维尔兰嫂子要在贝加尔海生活的原因了。

那时梅尕大姐还带着一岁多的苏贝尔，为了生计，既要管娃娃还得出诊看病。有时候寒风呼啸，大雪纷飞。梅尕给娃娃要喂奶出不了门，他就和苏大哥一起去给牧人看病，学习到了好多知识。

后来一次看病遇见了伊玛一家人，是苏大哥做工作让伊玛父亲同意了他们的亲事。后来建房子为他们办了婚事……

后来的事情吴胜去了贝加尔海，刘勇义就让吴胜来说。

吴胜说了自己去后跟着刘勇义两口子一起外出给得得纳病重的母亲看病。遇见丁零人来抢得得纳，他们跟这伙的无赖打架，一起杀了几人，带着得得纳一家回贝加尔住地……

他们两一起补充着说，贝加尔海子的娃娃五六岁时，苏武办学的情况，苏武教娃娃念汉文写汉字，他们也跟着一起学习的情况。

苏大哥为了以后娃娃们在胡地能活下来，给娃娃教拳脚武艺，教格斗擒拿……直讲到苏使节回汉后的事情。

他们还向赵镇说了苏武对以后坚昆汉人行踪的指导，还说了让他们团结丁零的腾虎咆等等教诲……

赵镇听了这一切问："这些，苏使节最后的打算，李将军知道吗？"

"苏大哥走时，已经跟李大哥商量过了！"

赵镇陷入沉思，良久，感慨地说："怪不得他能在那里坚持十九年，原来他心里不但坚信大汉，还有如此大的志向！"

"他是个治家治国的能人。我们想劝他不走，可是，这是大汉和胡人之间的事，他要留下，是绝对不行的！"

吴胜补充说："苏大哥安排好了，在他走后，为了留下的家人安全，让他们一起到坚昆跟着咱们生活。"

"我这人没有念过书。"赵镇诚恳地说，"你们两个人，现在来管理咱们这里吧！先把学堂弄起来！"

"大哥不可！"刘勇义说，"我们办学堂，你还是咱们的总管！"

"那以后的事情，咱们一起商量！"赵镇满目的认真满脸的严肃。

"我说，好多事情咱们还要多听听梅尕大姐的意见，她是贝加尔海子人的主心骨！"吴胜说。

"对！以后商量镇上的事情，把她也请来！"赵镇由衷地说。

梅尕来这里后的作为，真的让他这个身经战场的男人佩服。

李陵把贝加尔海几家人送回坚昆，安排好后，眼看到了种庄稼的时候，自己必须得回王庭。

他带着两辆马车，装着五石坚昆人选的麦种，在韩玉林和几位兄弟的护送下，昼夜疾行，赶着这一天早回到了哈拉和林。

眼看到了庄稼的耕种时期，卫律看李陵还没回来，就向壶衍鞮大单于点火："启禀单于，眼看着到了庄稼的耕种时期，主管还不回王庭，分明是慢待单于！"

"哎！坚昆王不是你说的那种人，他办事情胸有成竹的！"单于知道卫律的毛病。

可是，第二天早朝时，卫律又当着众王爷的面提这事，单于只得说："我已经派人去坚昆了！"

第三天早朝，卫律又提起李陵未回的事，刚提起，军门来报说："禀大单于，坚昆王回来了！"

"快传他进来！"

李陵风尘仆仆地走进来，上前行礼："坚昆王李陵，带着麦种回来，拜见大单于，拜见众位王爷！"

众王爷一听有麦种，纷纷说：太好了！给我们那里弄些！

给俺们那里一些……

壶衍鞮大单于见状高兴地说："大家都别嚷嚷了，各人有份！"

他对李陵说："右校王，辛苦了！请问，你带了多少麦种？"

"五石多。"

"这些不够呀！"单于说。

"禀单于，我还让部下到其他地方去联系了！近日种子可到！"李陵看单于挺高兴，说，"不过，这些种子也是牧人各家收的，得付银子的！"

一位王爷问："用物交换行吗？"

李陵微笑回答："那必须物有所值呀！"

"我们不能让右校王赔本的！"

壶衍鞮大单于看大家有了麦子良种很是兴奋，于是说："右校王，你辛苦一下，把麦种给大家分发一下！今天早朝到此结束！"

这着实扇了卫律一巴掌。卫律气呼呼地要走，李陵叫住他："大将军，你部要麦种吗？"

大家哄地笑了。卫律恼怒地出门。

两天后，腾虎咆一行几人送来了两马车麦种，解决了各部落买种子的问题。

李陵让腾虎咆他们住在府里，好吃好喝款待着，还叫韩玉林带着他们在首府逛几天，直到把麦种交换的各种毛皮和银两收回后，才让他们启程回家。

当然腾虎咆来这里还有一事，已经来了，就得以丁零总管的身份，拜访丁零王爷卫律，并且得给其纳贡的。来后的第二天，他骑马带着牛羊肉及磨好的百斤上等麦面去见卫律。

卫律一见腾虎咆，收下东西并且热情地让座。他微笑带着怒意问：“你怎的帮着右校王送麦种来了？”

腾虎咆听出了卫律是不满他，且含责备的意思。于是说：“禀王爷，只因丁零每年都到坚昆买种子的，去年我们也学他们选种种子地。自给有余，想换些银子公用，就联系着把种子送来了！”

“坚昆王做事，是会煽动人心的！”卫律挑拨说。

一五〇　要提防卫律

“我倒没觉得。他给银子，我就卖给他东西的！”腾虎咆说，“如今没人无利而为！”

“你说得对！他买你的种子，多少钱一石？”

“坚昆王说，明天让我和他一起去收账，人家交多少我拿多少！”

“难道他就一文钱都不赚？”他不相信。

腾虎咆见状笑怼说：“我也不是傻子！他要是赚得多了，我能愿意吗？”

卫律微笑说：“这才是我丁零的主管！记住汉人一句话：人都是无利不起早的！”

“王爷英明！”腾虎咆说后哈哈笑了。

卫律拍拍他的肩头，也跟着哈哈笑了。

腾虎咆回来，吃过晚饭和韩玉林，坐在一起喝茶聊天：“韩大哥，你要提醒坚昆王爷，叫他提防着丁零王这人！”

韩玉林笑了问：“怎么了？”

他把卫律和他说的话对他说了，不解地问：“这人的权力如今在大单于之下，在千万人之上，怎的还不满意？莫非他怕坚昆王权力比他大？”

“你说到点子上了！”韩玉林解释，“关键是他不容人！”

“大哥说得对！跟这人打交道真的要多个心眼儿！”

这多年，身为丁零总管的腾虎咆和卫律打交道深有这体会，这也就提醒自己得防备着。

“是啊！这种人，是背过河不叫阿爸的人！”

“私欲太重，是忘恩负义的人！”

韩玉林对他竖起拇指称赞道：“兄弟看得准！”

“他在丁零做事为人，大家都清楚。”腾虎咆说，“不过，暂时还不能明目张胆地得罪他！”

“你说得对！”韩玉林抿了口茶哈哈笑了。

腾虎咆也跟着哈哈笑了，这笑声在北国沉静的夜空，旋进后面李陵的房子，李陵推门进来问：“有什么高兴的事情，说出来叫咱也高兴高兴！”

两人忙站起。腾虎咆恭敬地说：“王爷！”

“请叫我大哥吧！”李陵和气地说，“都坐下！咱们好好叙叙话！”

腾虎咆说：“我今天到，丁零王爷家去了！”

李陵面无表情地说：“你作为他封地的总管，应该去的！”

“不过——”腾虎咆要说什么，可没有说出口。

“说吧，这里都是自己人！”他鼓励说。

“你、你要提防这人！”

“噢？怎的了？”李陵微笑着。

“就、就是我、听他说话的意思，对你不、不利！”腾虎咆嗫嚅地说。

“我知道。”李陵不在意地，“同朝为官，未免都是如此！”

“那你也不能大意呀！”腾虎咆着急地说。

“感谢兄弟的好意，我一定注意这些！”他关切地问，“丁零这两年收成还好吗？”

“在坚昆赵大叔的帮助下，选种子，也种了种子地。这次送来的种子就是！”腾虎咆说，“我很感谢你和坚昆大叔的支持帮助！”

“你自己也干得很好！”他恳切地问，“家里生活现在怎样？”

“很好！”腾虎咆说，“那年带着阏氏到贝加尔海，在苏大叔和梅尕阿婶的医治下，我们有了头一个娃娃，后来又生了一个。如今大的男娃已经八岁，碎的女娃六岁了！”

“要教娃娃念点书，学些本事。”李陵叮嘱说。

“俺们那里没有学堂，娃娃打小就跟着阿爸阿妈放牧！”

“我看这样吧！今年我准备在坚昆办学堂，你把娃娃送到那里念书！”李陵说。

“那就太感谢大哥了！”他扑通跪地要给李陵叩头。

李陵拽起他：“别，别这样！”

“我腾虎咆这一生，能遇见你和坚昆的多位汉人大哥，真是太有福分了！”他感动得眼圈红了。

“汉人和胡人都是兄弟的！”李陵说，“兄弟间互相帮忙是应该的。”

其实，李陵深知卫律的阴险，多年来，为了弟兄们，不愿意多刺激他，可也时刻提防着他。

腾虎咆和李陵只见过几面，没有说过几句话。这次是他们说话最多的一次。

他不愧为那么多汉族兄弟信赖敬重的大哥！自己以后定要多向他和坚昆的汉人请教，做一个让丁零牧人信赖的人。

种子种下地，四个多月后才能收获，现青草还没长出来，如今正是牧人生活青黄不接的时候。

去年冬季来得太早，第一场雪就厚得封冻了地面，许多牧人家没有来得及准备好过冬的粮食和干草。如今各部落，许多人家人畜已经无吃的了。

在朝会上，几家部落头领，都纷纷要求王庭发放物资渡过难关。如今王庭的一切都是卫律掌管着，每年各地缴上贡税和物资他更是抠得很紧，硬是不发放。

本来和王庭对立着的狐鹿姑单于的大阏氏一行，这几年在离开王庭在外面自封为王。一些部落人看王庭不发放物资救牧人渡过难关，就悄悄找他们商议。

他们一方面资助粮食，一方面联合起来，夜里抢王庭一粮仓获得成功。

这气坏了卫律。他想，有了第一次安全成功，他们定有第二次的。卫律买通了一部落的小头目，在其情报下，连夜悄悄布置了军队。

在天亮时，当抢粮者五十多人骑，杀了卫兵，冲进露天的粮仓，被卫律大军团团围住，一个不留地斩杀了。

其实这次来抢粮食的都是贫苦的牧人，本来家里生活困难，如今又失去了顶梁柱，妻儿的生活就可想而知了。

卫律很是得意，在单于的早朝会上，当着大单于和各部落王爷的面，冷笑地说：“我看谁还敢如此地蔑视王法！”

如此过后，再也没有人敢打王庭粮仓的主意了。不过一些苦寒之地部落的人畜因无吃的，饿殍遍野，许多难民逃到哈拉和林来乞讨，街上，男女老少面黄肌瘦的乞丐比比皆是。

李陵瞧着这些很是痛心，他在早会时也上奏过大单于，开仓救济难民，无有回音。

无奈只得让韩玉林和两位兄弟赶回坚昆，对赵大哥说，要是周围部落贫苦牧人流落坚昆，尽量地给予帮助。

李陵在王庭早会时当着众王爷的面，让单于开仓救济难民之事，没得到壶衍鞮大单的回应，却得到卫律的嫉恨。这一时，卫律常在王庭早朝上，时不时不提名地讥讽李陵。

李陵强忍着。他想，你不提名就证明你没种。卫律看他多次不发声，仿佛是怕他。

这天早朝时，李陵在去王庭路上，看见一年轻的骨瘦如柴的女难民死在道边，一岁多的男娃娃饿得啃着母亲的乳房，哭得死去活来，许多难民围着唏嘘流泪……

他实在瞧不下去，下马抱起娃娃送回家，让韩玉林帮着处理此事，早朝却迟到了。

卫律看右校王早朝来迟，当着众王爷面对单于说："禀单于，右校王李陵，早会迟到，分明是对大单于的无视！"

一五一　目睹饥民

李陵看大单于严厉地注视着自己，解释说："禀大单于，今天早会迟到，并非卫大将军所说，右校王自有道理！"

单于严肃地说："讲！"

李陵把早朝路上遇见青年母亲之死，和骨瘦如柴的幼儿叼着母乳哭喊的事说了："禀大单于，我说的句句是真。各位如有怀疑，今日早朝，咱们大家到街上视察下怎么样？"

有位老王爷早就看不惯卫律的作为，赞同说："单于，今日早朝，就带着大家去瞧瞧，也好作个决断！"

一位出头说话，其余纷纷赞同："单于，还是带着大家到街上看看去吧！"

单于看大家如是说，沉思会儿只得说："诸位王爷、将军，都换上平民的衣服，跟着我上街！"

王庭内的大单于、各王爷都身着平民服装，还有着老百姓服装的军士跟随保护着他们走出大门。

有一乞丐远远瞧见一大群人走出王庭门，招手唤来了周围身着破衣烂衫的难民，黑压压一片跪在道路上，个个脏兮兮青黄的脸上无神的双目，伸着黑脏的双手喊着：

老爷，行行好吧……

老爷：我们都要饿死了……

一时要吃的哭喊声此起彼伏，

有几位老人喊着喊着就咽气了。

壶衍鞮大单于看到这些，回头问卫律："这又是怎的一回事？"

卫律低头不吭气了。

单于问众王爷："光首府这里有乞丐吗？"

一位王爷说："禀单于，各封地王驻地都有很多讨饭的牧人！"

壶衍鞮大单立即命令卫律："卫将军听令：给缺粮草的各部落发放粮食，救遭难的牧人！各部落发的粮食，定要发到灾民手中，要是谁在其中克扣，小心脑袋！听到没有？"

各王爷和卫律异口同声："听到了！"

王庭放粮，尽管每个困难家庭分得不多，一家人在一起混着树皮和干草叶子啥的，终于熬到了春暖花开的时节，有了青草和野菜……

一开春，沮渠格尔让得肯特和三十岁的儿子胡犴两人，赶着五匹骆驼驮着毛皮去大汉采购药材。他们赶到云中，把骆驼寄在那里让人照料，两人换上汉装打马到长安来找苏武。

苏武回汉两年多了，一直没有消息。他们两人也不知他家，也不敢贸然询问。

他俩看着这里夏天炎热，人们衣衫单薄而华丽，也给自己买了入乡随俗的汉服换上，先在客店住下来后，外出闲逛，寻找机会打问。

胡犴头一次来长安，看到长安城阔大繁华，街上鲜花簇簇，店铺林立，车水马龙。男女老少熙熙攘攘。他脱口而出："这地方真是繁华热闹！"

“是啊！”得肯特说，“三年前来这里，五天都没逛完这座城！”

“哎，大哥。你说满城都是人，咱们去哪里找姑父？”他附在他耳边低声问。

“我想，他是大汉皇上身边大将军接回来的，那姑父就该当官了。”得肯特说，“咱们到这里的官府去打问一下。不过，咱们不能说跟他是亲戚。”

“那说是什么？”

“咱就说，他是咱们的救命恩人！”他叮嘱说，“得用汉人的称呼来问话！”

“好！”

他们两人边走边问，来到总督衙门，看见两卫兵站岗。

得肯特走上前双手抱拳打躬行礼问：“兵哥：请问，你知道苏武吗？”

“是出使匈奴回来的苏使节苏武吗？”卫兵问。

“对对，就是他。”

“你是他什么人？”卫兵认真起来。

“他是我的救命恩人。”

“你们是哪里人？”

得肯特沉思片刻：“我们、是河南来的生意人！”

“他家现住在城外！”直立着的卫兵飞快地回答。

“噢！感谢了！”得肯特双手打躬给其行礼后，拉着胡犴离开了。

胡犴问得肯特：“你怎的不问他家，在城南还是城西？”

“咱们再问别的人吧！”他警惕地把他拉着走了好远说，“现在知道他活着就够了。我怕那人还盘问什么，咱们回答不上来惹怀疑！再说，他们要是认出咱们是胡人，说不定会被关起来的！”

他们两人边欣赏街景边朝前走着。忽然对面过来一队人马，他们忙闪到一旁瞧着，发现为首的一骑上的人是常会。

胡犴大声喊起来：“常会！常会大叔！”

得肯特看他们一闪而过，飞跑着追喊：“常会！常会！常会！”

队骑中的常会听见有人喊，勒马道边回头一瞧，是得肯特。忙翻身下马。

胡犴也追上来：“大叔！”

常会不敢喊他们的名字，只是兴奋地问：“你们怎的来了！”

“想你了呗！”胡犴高兴地说。

“你们住哪里？”

“旅店！”

“走，拿上你们的行囊！我带你们去个地方！”常会对手下拱手相送喊着说，“大家快回军营。”

他们这是去城外执行任务回来，准备回军营的。

常会带着他们取了行李，三人一起到城北苏武家。

常会带了两人打马来到苏武家，叫开院门。

开门者是满头白发，满脸白胡须，老了许多的苏武。

得肯特拉着胡犴忙跪在地："苏大叔，得肯特和胡犴这里有礼了。"

苏武闻言红了眼圈，他惊慌地瞧瞧门外，看左右无外人，忙拽起两人，招呼常会进院子关上门一起奔进自己的房间。

苏武禁不住热泪盈眶，伸出双臂拥抱他们。

"大哥，我还有事，得赶紧回营！"常会对两位客人说，"你们先好好休息，我晚上来看你们！"

苏武看常会走了，擦了眼泪喊来老家人吩咐："苏李，快去弄几个好菜，来给两位公子接风！"

苏武安排了两人沐浴更衣，饭后把他们带到后院的一间房子，叫他们两人先休息休息。他回来坐在书房里，回想自己回来两年多来发生的事情，心潮起伏，不知不觉泪流满面。

这近三年来，自己常常用贝加尔海的妻子和娃娃们来安慰自己、鼓励自己：一定要活下去，活着见到他们……

唉！这谈何容易啊！本来还满怀希望，好好效忠国家皇上，有朝一日能家庭团聚。谁知儿子苏元上了贼船，惹来杀身之祸。多亏霍大将军从中调停，他才免于生命危险。

现虽然自己的官已被罢免，生活还是比一般人要好的，只是妻儿团圆的希望却成了泡影。

儿子事发一年多来，自己几乎闭门不出。更无颜给他们捎信，关键是没有合适的人，不敢捎信，怕给自己和留在胡地的家人造成灾难……

如今得肯特、胡犴来看自己，自己该如何对他们说这事呢……苏武越想越伤心，想着想着，头昏眼花，哭晕在几前。

一五二　亲人来看望

五十多岁的苏李端着茶水进来，忙搀扶起他走进一旁的卧室，让他躺在榻上，拿出他自配的药液给他喂了几口："你总是不爱惜自己！唉！"

苏李是苏武父亲苏建的小护卫，父亲去世后就留他看家护院，也可说是跟他一起长大的朋友。苏武在匈奴十九年里，苏李在苏家，不离不弃地为一家人服务。

苏武缓过气来瞧着给自己喂药的苏李。这是个忠实的人。特别是自己深陷匈奴十九年中，他无怨无悔一直陪伴苏家……

他又想起苏霖的母亲，这位早年死了丈夫的弟媳，也是多年来不管家里多么艰难，坚持在苏家抚养着苏家的后人，也是很不容易的。

苏武回家后听到有人说他们有啥暧昧的情愫，通过自己的观察也是有些，自己当时还有些不悦，现在想起来是自己不理解他们了。

苏李为人忠厚，弟媳温柔贤良，趁着自己还有口气，为了苏家，也为了这对二十多年朝夕相处不能在一起的有情人，让他们生活在一起，就是自己以后不在了，免得苏家家破人亡不可收拾。

苏武挣扎着坐起身："苏李，咱两个一起多年，你对我们苏家真是忠心耿耿。我问你件事，你，你要实话实说！"

"老爷有话请讲！"

"你看苏霖母亲人如何？"

苏李惊慌跪地："老爷，苏李不能评品主人！"

苏武微笑着："不必惊慌！咱两个如今不是老爷和下人，而是亲如兄弟的两个男人。只是说下男人和女人间的感觉，你说出真心话，我会帮你们的！"

瞧着主人真诚的样子，苏李眼泪涌出："她是个好女人！"

苏武从他眼里看出了爱怜，倾慕。他问："你们在一起过吗？"

他摇摇头。

"你知道她爱你吗？"

他也摇摇头。这就难了，自己必须摸清弟媳的想法……可自己是个大伯，该如何跟她说这些呢？对，抽时间，探下侄儿的口气再说。

“你起来吧！去看那两位客人在做什么！”

“是！”得到主人的允许，苏李起身出去了。

不一会儿，苏武头不晕了。

这药是他在儿子被斩后受了打击时，经常头昏目眩，自己为自己熬制的。只要感觉不好，一吃就会缓解。这又使他想起了胡地的留妻——梅尕。

这方子是那年他听李陵说大汉皇帝已经驾崩，自己觉得回汉已无希望，难过地哭了几天，身心疲惫地晕倒了。多亏梅尕亲自配方给他熬制了这药，让他身子恢复的。

他眼前浮现着妻子、女儿、两个儿子和他在一起的情景……浮现出李陵一家、刘勇义一家、吴胜一家人和他在一起的和睦相处的情景……

“老爷，常将军来了！”苏李话音刚落，紧接着，常会跨进门：“大哥！”

常会心里很着急，很想知道妻子和女儿的消息。这不，回营安排的训练刚解散，就打马过来。

吃了药歇了会儿，头不晕了。苏武下地招呼常会坐下，对苏李说：“请两位客人过来！上酒菜！”

四人围着案儿而坐。

苏武恢复了常态，给他们四人斟上酒说：“欢迎大家来看我！”

四人端起酒杯一饮而尽。他没有劝酒，只是说：“拿筷子，吃菜吃肉，喝酒随意！”

在此场合，就是再喜欢喝酒的人都没有了心情。四人默默地吃着，各自喝着酒。

常会终于忍不住问胡犴：“沮渠大侄子，缠女和她阿妈现在怎么样？”

“母女俩都挺好的。缠女很聪明，在学堂里几个娃娃中，她书念得最好，武功也学得最好。阿婶身体也挺好的，如今药场里种药、制药都离不开她的！”

常会擦着眼泪说：“这，这就好！”

胡犴从随身的袋子里拿出块丝绸巾递给他，上面是女儿写的：阿爸，我们很好，请放心！你要保重！缠女上。

最后是妻子歪歪扭扭的字：夫君，保重！我们很好！

常会双手捧着妻女的来信泪如雨下。

苏武心里也很想念妻儿，当着常会的面，没有问他们。因常会只知他和梅尕成婚，还不知他们有孩子的。

他劝他说："他们都好，就别难受了！苏李老弟，去叫一位艺人，来给大家唱几曲助兴！"

不一会儿，老家人带位五十来岁，身着彩服的男艺人进来。

这是苏武烦闷至极，为自己解闷，在家养的一位老艺人。苏武吩咐说："把你的看家本事，长安十样景拿出来，给远道的朋友助兴！"

他们喝酒吃菜，艺人在旁边弹唱着……

胡犴和得肯特听着艺人演唱，高兴地敞开吃喝起来。

酒后常会走了，苏武来到胡犴和得肯特住的房间，才问起梅尕母子如今的生活。胡犴把姑姑生活在坚昆的事告诉他，并且说贝尔和李於兴已经结婚，还说了他们在坚昆办学堂，都当上先生的许多事……

得知妻子儿女都安好，他就放心了。

苏武在心底里很感激李陵贤弟……这一切不能对这些后辈说。他让苏李带着他们，在长安城逛了半月，好吃好喝好款待着。

在胡犴和得肯特要回去时，苏武分别让他们给李陵和沮渠以及梅尕和孩子们捎去了信。他丝毫没有提及自己这两年多的遭遇和处境，害怕那边的人知道实情，为他担心。

胡犴和肯特告别了苏武，打马到了云中，这里已经有人给他们把回去要带的东西都备好了，他们在云中休息了几天，骑马赶着骆驼启程，二十五天后回到哈拉和林。

一决定办学堂，坚昆赵总管立即组织人，赶着马车去砍伐树木、采石头，挖地基建学堂。两个月后，十多间房子盖起来了，并且各房间砌了火塘，以防冬季娃娃上学寒冷。

刘勇义为学堂总监、梅尕为学监、吴胜为武术教练。苏贝尔、李於兴为汉文先生，於维尔兰为胡文先生……

学堂分别办了长期的娃娃班，和一些青年人的短期班，还为愿意学习的妇女们办了不同的班级。

坚昆镇上的娃娃和大人都分别进了学堂，平时闲暇的人也少了，生活也有秩序了。

腾虎咆从哈拉和林回来先走坚昆，看到这里学堂办起来了，他恳求赵镇赵大哥，为他在这里租间房子，很快地把阏氏和两个娃娃送到这里来念书。

一五三　治理家事

胡犴和得肯特到来，苏武得知梅尕和孩子们都转移到安全的地方，一直悬着的心放下了。儿子苏元已死，如今就是再不舍再难受也毫无办法。

他回想着在胡地遭受艰难困苦，自己都活了下来，如今的遭遇也就不算什么。只要自己活着，和妻儿团圆就有希望……

他如此反复地想，反复地安慰自己，身体也就慢慢地好起来了。

这天，他正在自己的房间里削制竹简，准备写胡地的奇闻逸事。苏霖跑进来，不满地说："二伯，你说，我妈和苏李，这究竟是怎么回事？"

"怎么了？"他只顾干活头也没抬。

"他们在灶房里手拉手，被我媳妇瞧见！"苏霖，一屁股坐在他面前红着脸气恼地说，"你究竟管不管？"

苏武停下手里的活，瞧着已过而立之年的侄子说："我正要和你说这事呢。你说，苏李这人怎么样？"

"是个好人。"他生气地说，"可他，和我妈——"

"你承认他是好人就对了！"他问，"你说，咱家要是没有他，你们这多年，能安稳地生活着吗？"

苏武这一问，苏霖低头不吭气了。

从记事起，青年苏李就在他们家里做事。二十多年前，二伯身陷匈奴，奶奶去世后，留下一个十六岁的苏元，一个十四岁的他，且都是手不能提，肩不能挑，只能享受祖辈庇荫的娃娃，还有一家的妇人。

后来，大伯母在家实在无奈，带着快出嫁姐姐回了娘家居住。母亲兰芝身体不好，家里的一切，都要人照看服侍。多亏了三十岁的家人苏李，不离不弃挑起了家里的大梁。

他为了一家人的吃穿奔忙不说，还教导他和苏元两人要学好，还经常给他们讲说，爷爷苏建打击匈奴的英勇故事，在任郡守时为国为民所做的事情，以及挣来家业的不易……

他的武艺也是很厉害的。在奶奶去世的第二年里，家里生活很是困难，多天都没见腥荤。他带着他们两个娃娃一起到南山狩猎，射杀了一只大黄羊。

当苏元和他一起奔过去捡拾猎物时，被一猎人抢先拿到。他们生气地和其抢夺。怎奈人家个大力厚，又是个老猎人，他们抢夺不过，还被人家痛打了一顿。

苏李随后赶到，说猎物是自己打的！那人不但不给，还嘲笑说："你们都是些无用的家伙！"

苏李瞧着两位小主人被打得哭叫，再瞧着那人得意的样子，怒从心起，几下拳脚，就叫那人丢下猎物，落荒而逃。

在以后的日子里，他们两个娃娃对他可是崇拜有加，经常恳求他教授武艺，教授骑射。他也是毫无保留地教给他们。他那时候想，苏李要是自己的父亲该多好……

"他是为我们家立下了功劳！可是，这……"

"只要你和媳妇不反对这件事，我也支持他们！"苏武说，"咱们家多亏了这个忠心耿耿的人！你说，咱们是不是得知恩图报？！"

苏霖一听二伯也同意妈妈和苏李的事，竟然无话说了。他沉思良久，嗫嚅地说："我、我怕、我媳妇、不不同意，胡闹！"

只要你没意见，我来和紫鹃说。

自从苏元犯事自己被罢官三年来，苏武也看出了侄子和媳妇对自己的嫌弃，可说不出来。苏李和弟媳兰芝的暧昧，指桑骂槐自己也知道，他也是年龄大了没办法才和他们住在一起的。

苏武从侄媳妇嘴里套出他们想分家另住，就给他们买了房产。

不久又做媒给苏李和弟媳妇兰芝说和。选了个黄道吉日为他们办了个简单的婚礼，解决了年轻人的问题，自己也能过两天顺心的日子。

从哈拉和林赶着骆驼去大汉换买药材，避过冬季，一年最快来回两次。

这就是说，要不耽误时间，只能到云中或者黄河以南的邻近处搞到药材就回。开春到冬季到来前，最快才能走两次，要是路上打个啥绊子，一回都会要命的。

这次得肯特和胡犴到长安耽误了一个多月，等回到哈拉和林麦子都灌浆了，再过一个多月，天气就冷开了。

他们回到家，胡犴没休息就赶到右校王府，把他这次去长安看到苏武的情况和李陵说了，最后沉思地说：“我总觉得姑父老得太快了，仿佛经过什么大的打击？”

“你没瞧长安街上，行人有什么不安的情况没有？”李陵担心地问。

“没有！”他拿出羊皮包中的两封丝帛写的信，双手递给李陵，“阿叔，这信一封是给你的，一封是给姑姑的。”

李陵让韩玉林招待胡犴，自己进屋迫不及待打开苏仁兄给自己的信。

李贤弟台鉴：

为兄回汉，只因家事变故，无机缘投信，见谅！

隔空想念贤弟！感谢贤弟家安之情。贤弟心昭日月，为兄拜谢了！

赋诗一首以表思念之情：

得信众平安，心头云雾散。
兄弟恩如山，见字如拜见。
参商两相望，同鉴玉蟾亮。
日月永相伴，手足情谊长。
……

李陵瞧着丝帛上熟悉的字迹，眼圈红了。他走进韩玉林房间看胡犴正在吃饭：“沮渠，你姑父现在住的地方怎么样？”

“老旧的房子，够他们几个人住。”

“有花园吗？”

“没有。”

“他跟谁住在一起？”

“家人苏李。旁边是他兄弟家几口人。”

“你见过名叫苏元的人吗？”

“没有！”

李陵问过走出门心里想，原来去冬传来，汉大臣上官桀谋反被诛的事是真的了，还传言说苏武的儿子苏元被牵扯到里面，妻儿被斩也是真的了。多亏仁兄出使匈奴立功，只被罢官也是真的了。

这事对他可是个致命的打击！这些一定不能传进梅尕和娃娃们的耳朵里！

胡犴在这里吃过饭走后，韩玉林关上大门，在院子里搓羊毛线。他觉得没事做很难受，就买了几斤好羊毛，帮家里搓毛线。

李陵出来在院子里踱着步子。

自从种庄稼时来到王庭住地，他一直没有回坚昆，因为一路上不安全，没啥事也没有派人回去过。那边没有什么大事情，大哥也不会派人来这里的。

这几个月，卫律没有再找事。袄余在卫律那里做活，也算是他的眼线。他也来过几次，只是来和韩玉林聊了会儿就走了。

这个卫律不找事，他倒觉得不正常了。他正想着，听见有人敲门快步走进屋子。

一五四　其道还其身

韩玉林起身开了门，一瞧是卫子：“你怎么来了？”

“我、我家老爷病了，让我请你家老爷过去！”卫子回答。

“你家老爷病了，去请萨满呀！叫我家老爷过去干什么？他又不会医病！”韩玉林生气地说。

卫子悄悄对韩玉林说：“阿叔，我看他是心病！”

“我家老爷又不是看心病的萨满！”他沉思会儿说，“你回去告诉你家老爷，我家老爷打摆子发烧去不了！”

“真的吗？”

“不信，你进屋里去看呀！”

“不了！”卫子哪敢进去看右校王虚实，只得走了。

“等等！”韩玉林进灶房拿了两个蒸馍递给他，“饿了吃！”

“谢阿叔！”他接过馍馍出了门。

卫子回来告诉卫律：“禀大将军老爷，右校王发烧打摆子，在榻上躺着。家里人去请萨满了。”

卫律问：“你看见他了吗？”

“看见他头缠着丝帕躺着，姓韩的护卫给喂药。”他无奈撒谎说。他见过一般人有病都是这个样子的。

“你不是说请萨满去了吗？”

“是啊。是另外的人请萨满去了。他给他喂水。”卫子有些嫌弃卫律态度，不悦地说。

“到底是喂药还是喂水？”卫律严厉地问。

“喂、喂水。水是白的！”卫子慌忙改口说。

“你手里拿的是什么？”卫律瞧着他手里的蒸馍。

“我、我在铺子买了两个，夜里饿了吃、吃！”他忙将蒸馍藏在背后。

卫律恼怒地夺过他手里的蒸馍，走出门扔在院子里。

卫子瞧着滚脏了的白面馍馍，眼泪不由得滚出了眼眶。看卫律进了屋子，忙扑上去捡了回来。

他回到自己的帐篷，衣袖擦着馍上面的脏土想，要不是怕卫律害了阿爸阿妈，自己早就逃离这里了。

这个狡猾的家伙！早朝时还好好的，怎的突然就打摆子发烧？

三个月前，卫律在早朝上当着大单于和众王爷面怼李陵。李陵禀明单于难民之事，单于带众王爷外出视察后决定开仓放粮后，卫律被当众打脸，一直心存愤恨。

现在大单遇事鲜少首先和他商议。

卫律心里老犯嘀咕，因为自己做的事情自己知道，老怕东窗事发而心中忧虑。

再说他得罪各地部落王爷不少，多人都想抓他的把柄，只是畏惧他的权力罢了。

话说回来，他卫律要是没了权力，就成了众矢之的……思来想去，还是李陵为人不错，淡泊名利。得想办法跟他沟通沟通，让他在大单于面前能为自己说句好话。

卫律以有病为名，让卫子请李陵到家一叙，以酒款待认错，谁知碰了钉子……

我卫律倒要看他真病假病！他立即收拾出门，让卫子牵出马来。

李陵心里明镜似的，他知道卫律的心思。

卫子走后，李陵吩咐王立中快去请萨满。自己给头上裹块巾帕，让韩玉林倒了盆热水，拿块大大的羊毛织巾，放进热水里弄湿拧干。他躺在榻上盖上被子，把毛巾敷在前额。

他知道卫律一听他有病，一定要来看看真病还是假病的。

不久，卫律打马来到右校王府门外，下马拴好马敲门。

韩玉林开门，一见卫律，边行胡礼边大声招呼："卫大将军，你怎的来了！"

卫律不吭气直奔正屋李陵房间。

李陵听说卫律到，立即装作昏迷发抖。

卫律进来见状，责问跟进来的韩玉林："怎的不给王爷请萨满？"

"人已经去了好大会儿了！"韩玉林端只坐儿放在门口说，"大将军请坐这里！小心染病！"

卫律坐下狐疑地问："你家王爷，早上还好好的，怎么就病了？"

韩玉林无奈地："不瞒大将军，我家王爷这病，是老病。一到夏季，吃饭不合适的话，这病说犯就犯。这不，今天晌午，他非要吃凉面，这一吃就出事了，老病犯了！"

听了这番话，卫律想，怪不得这个人不思上进，原是身体有这种病。不过，我得等等，提防他装病。他一声不吭地坐着。

他不走，韩玉林也不能催他走。陪同他一声不吭地干坐着。

良久，李陵听不到声响，大喊一声："啊！"

韩玉林忙跑到他跟前。他睁开眼。他摸摸他的头说："王爷，忍耐着，一会儿萨满就到！"

韩玉林对卫律说："卫大将军，我家王爷想尿了，请回避一下！"

卫律知道这打摆子是传染的。他怕传染，拉着坐儿在院子坐下。

韩玉林指指外面瞧着李陵笑了，李陵悄悄说："看来还得装下去！"

"挺狡诈的！"

"我难受死了！萨满怎的还不来！"他喊着瞧着韩玉林，两人不由得偷偷地笑了。

卫律坐在院子里，等了良久，不见韩玉林出来，干咳一声。

李陵听见卫律的干咳声指指外面。

韩玉林端着尿壶出来："卫大将军，让你尴尬了！"

卫律仿佛闻到了尿骚味，忙捂着鼻口："快快倒了去！"

他将空尿壶拿到屋子旁边的茅房，出来对他说："卫大将军，请里面坐！"

“我、就坐这里！”卫律起身拉起坐几出来，放在院子中间的地方坐下，他想，我就要看你是真是假！

过了好一会儿，王立中和胡犴骑马奔到门前下马。

胡犴把马缰绳扔给王立中，背着皮药包推门进来，看见卫律坐在院子明白了。

“看来，这王爷病得不轻！”胡犴自言自语地没理睬卫律急匆匆奔进李陵房间。

李陵一下子抓住他的手，指指外面。

“怎的，你烧得跟火蛋一样！”胡犴说着给他把着脉，故意大声说，“你这忽冷忽热的，分明是在打摆子！这病可是传染的，且传染得很快！”

他故作紧张地朝外喊：“主家，快给我拿酒来，叫我自身先清下毒！”

韩玉林闻言忙朝储藏室跑。卫律见状不敢多待，对屋里喊着：“右校王保重，我家里还有应酬！改天来看你！”逃也似的奔出大门。

王立中没进门，在外面站着，看卫律出来忙客气行胡礼：“卫大将军，怎的这就走呀！”

“我还有事！”他解开马缰绳，翻身上马，疾驰而去。

王立中把两匹马拉进院子拴好，给它们面前抱了堆苜蓿，让它们吃着。

他关上院子大门，奔进李陵屋里，四位大男人，互相瞧着，不由自主地哈哈大笑起来。

韩玉林笑着进灶房忙碌起来，不一会儿，酒、菜、肉上了几。他们四人高兴地吃着喝着说着接下来的事情。

李陵不愿意和卫律明着顶，他的想法是，只要你不碍我的事，不搜我的事，我就不干涉你。他也是瞧着卫律的表演，等待着时机。

卫律呢？他觉得李陵这人身体不好，与世无争也就不再在意他了。他也是个聪明人，被打脸后收敛了跋扈，主动讨好各王爷，全力地讨好壶衍鞮大单于。

一五五　文绉绉

今年的庄稼就要收获了，李陵召集众王爷商议，并且定下规矩：让他们各部组织人下到各个牧人住地，宣讲储存粮草的好处……

李陵又上奏例规，壶衍鞮看后明白意思，于是下令：如若明年开春，哪个部落有灾民，哪个部落头人就得挨军棍！一个灾民是十军棍的惩戒！

卫律也积极起来，命令军队，到各地去维持秩序，帮助牧人收割庄稼牧草……且有奖惩办法……

李陵带着韩玉林、王立中几人查看了边远地区的收获情况，回到了坚昆。看到坚昆各家的庄稼已基本上收割完毕，各牧户已将越冬的干草垛起，比往年准备得多且充实，他的心放下了。

晚上，李陵泡了个热水澡，躺在热炕上，一动都不想动！今年，这几个月在哈拉和林，虽然不大外出，却感到很是疲累。

还别说，赵大哥按照汉人的习俗，给这里各家砌的火炕还是蛮实用。疲乏一天的人夜里睡在热炕上还是受活。

於维尔兰看男人一动不动，推了下他："哎！你怎的了？不想我了？"

他瞧瞧女人："我真的觉得很累！"

女人依在他的怀里说："我看你这是胖了的原因。"

"是啊，今年很少外出的。"

"那你为甚不回来看看？"

"唉！"他叹口气说，"苏仁兄回汉后，我的心思倒重了好多！"

"莫非你也想回去？"

"你说，我能回得去吗！"他搂着女人，"我是觉得没了主心骨似的！"

"哎！说起苏大叔，"於维尔兰想想说，"我算了下，他回去都有三年多了，有他的消息吗？"

"哎，我还忘了！"李陵这才记起，"开春，胡犴和得肯特到云中换药材，悄悄到长安去找了他姑父。"

"找到了吗？"

"找到了！仁兄还带了信来！"他想把在哈拉和林听到苏武回汉后汉王朝发生的事情及牵扯到他的事告诉妻子，"只是——"

"只是什么？发生了啥事情？"她紧张地问。

"没啥！我去给你拿信！"他又不想对她说这些了，怕她忍不住告诉梅尕叫她担心。

李陵起身下炕从挂在墙上的外衣袋子里拿出封拆开的信递给妻子。

於维尔兰接过展开一瞧："这不是给你的吗！他给姑姑写信了没有？"

"写了！"

"叫我看看！"

他又拿出封着的羊皮袋子递给她，她接过就要拆看。

"别！"他夺过说，"这是仁兄给妻子写的信，我们不能拆看的！"

"我觉得看看也没错！"

"这是人家夫妻间的秘密！"他装好信上炕，"你先看看，苏大哥给咱写的信，看你能看出他的心情吗？"

於维尔兰展开，瞧着白色丝帛，念了一遍说："我真不明白，你们汉人怎么写信都文绉绉的。他的意思说，想念你！"

"对！"他庆幸地说。自己多亏没有和女人说大汉发生的事情，否则，梅尕大姐和孩子们知道后，会担心难过死的。

第二天，趁孩子们不在家时，於维尔兰陪着李陵给梅尕送信来了。梅尕颤抖地双手接过，日夜盼望着、盼了三年多才盼来的第一封信，忙拆开瞧着，不由得泪如雨下。

於维尔兰见状夺过一瞧：还是文绉绉的一首诗：

吾尔虽南北，情似大海深。
连理枝叶盛，日月映真心。
得知家安平，感恩达天庭。
白昼长祝福，终了思念情。

她念完后对梅尕说："姑姑，别难受了！你三年盼来了这，不痛不痒文绉绉的几个字。真不知道汉人为何如此的吝啬！"

李陵责备妻子："你懂得什么呀！"他怕她不解，对她摇摇头。

梅尕知道丈夫为何这么写。毕竟路途甚是遥远，又是人捎，怕路上丢失或者劫盗……再说，他是个谨慎的人，关键怕给双方造成不安全……在他将要离开的时候，他夫妻俩有约定的。

梅尕擦了眼泪说："我已经想通了。不过，这，不要让娃娃们知道！"

"我知道！"於维尔兰说，"所以才趁着娃娃们不在家时，来找你的！"

"大姐，我知道仁兄的心，也知道你的心！"李陵打岔问，"哎，大姐，一家人住这里还习惯吗？"

"挺好的！"她微笑说，"这里人多热闹不说，整天有事情做，不胡思乱想。"

他们正说着，李维一跑进门："师傅，有人来看病！"

李陵笑着问女儿："你不也是萨满吗？"

"这女的，血顺着腿往下流，吓得我直打哆嗦！"李维一惊恐地说。

梅尕着急地说："走，咱们一起去看看！"

学堂办起来后，在吴胜的建议下，腾两座木房子做医馆，专门招呼前来看病的人。

周围许多人知道这里有了医馆，家人有病就直接送来医治。这样既节约了时间，更重要的是，不耽误病情。

梅尕奔进医馆，瞧见二十多岁的女人，脸色惨白地躺在病榻上呻吟着。一中年男子手足无措、负疚地站在榻前。

梅尕边洗手边问男子："你是她男人吗？"

男人点下头。

"在外面等着！"她吩咐维一，"维一，快把帘子拉上！"

李维一把那男的推出门，拉上羊皮门帘隔开外人。

"维一，洗手进来帮忙！"

梅尕拉下女人的裤子，瞧着流血的下身，拿了块羊毛垫子给垫上，女人体内流出了一团血肉块。梅尕用脏垫子裹起，扔进地上的陶桶，给其重垫上一块。

她给右手抹上自制消毒过的油脂，给女人检查后，又把了病人的脉搏问："怎的成了这样？"

女人难过得泪如雨下："男人、打、打的！"

"你已经小产了！"

女人一听，哇的一声号啕大哭。原来夜里男人要跟她一起，她说自己怀了娃娃，不行。男人火气上来硬要，女人硬是不准，他狠打了她一顿不说，还硬是做了那事……结果女人的下身流血了。

男人也很害怕，天一亮就打马带着女人过来医治。

梅尕问："你们还有娃娃吗？"

"有，一、个、男娃。"

梅尕让维一拿来碗热水，给女人喂了颗药丸说："你在这里住两天，到下面不流血了再说。"

"谢，谢阿婶！"女人擦着眼泪哽咽地说。

梅尕洗了手走出门对那男的说："你做的好事！女人怀的娃娃没了！这以后能不能怀上娃娃，就很难说了！"

一五六　海儿维一

男人愧疚地捶着自己的头："都怪我！都怪我！"

"知道错了就好！快去看看她吧！"

梅尕走进旁边的制药间，在写着药名的各小木盒里抓配着草药。

李维一洗了手进来说："大妈，你吩咐，我来吧！"

医馆建起来后，她就跟着梅尕在这里。不得已对外出诊，近处让李於兴陪苏贝尔去，太远了就让刘勇义和吴胜去，实在有病重者就和家人带病人过来。

梅尕把草药分放在木板上，李维瞧着一把把的草药，想想说："大妈，当个女人好害怕！"

"何以见得？"梅尕把药搅在一起放进熬药的陶罐里。

"今天的大姐，多可怜！"

"你不用怕，咱们不外嫁的！"梅尕瞧着她认真地说。

"我熬药去了！"她红了脸，端着陶罐快步出门。

梅尕瞧着她的背影笑了。她知道儿子苏国海喜欢李维一，她也喜欢他。

真快呀，如今他们都已经十六七了。还有苏国通和刘伊心……

他们都到了订婚的年龄。我得抽空和尔兰，和刘勇义提亲了。过去女儿的婚事，有男人苏武操心……

一想起男人，她的心一酸，眼泪不由得滚出了眼眶。

苏贝尔进门看阿妈流泪，知道阿妈想阿爸了。她过来搂住阿妈的胳膊，给她擦着眼泪。

“你怎的回来了？”梅尕擦了泪问女儿。

“我正上课着，老想呕吐，让娃娃们写字，就请假回来了！”

她摸着女儿手腕上的脉搏，温和地笑了：“你要当阿妈，我要当外婆了！”

“阿妈，你高兴吗？”女儿问。

“高兴呀！太高兴了！”她高兴地对女儿说，“从现在起，你回家跟我住！”

“为什么？”

“你知道的！”

“不用回家。於兴很心疼我的！”女儿撒娇地说。

“真是嫁出去的女，泼出去的水！”她亲昵地手点了下女儿的脑门，“回家，给你做可口的吃食！”

“还是阿妈心疼我！”苏贝尔拉着阿妈回家了。

夜里梅尕躺在炕上睡不着觉，起来点着油灯，拿出丈夫捎来的丝帛信笺，轻轻地说：“苏大哥，感谢你给了我三个已经成人的娃娃！”

她手抚着丝帛上的字说：“贝尔和李於兴结婚，已经怀了娃娃。

儿子呢？国儿和刘勇义家的刘伊心相好，海儿和李贤弟家的李维一相好，我准备抽空去给儿子们提亲了。”

“苏大哥，你的信我已经收到，你想我，我也想你！你要好好爱护自己！你要多保重！我等着我们的希望成真……”

梅尕累了，躺在炕上，把信紧贴在自己的胸口，渐渐地睡着了。

这天傍晚，突然刮起了大风，李维一猛想起医馆院子晒的药材没收。她和阿妈说了一声奔出门，顶风奔到医馆院门外，瞧见海儿正在收拾，奔过来一起和他把羊皮晒垫和药材抱起来拖进屋。

大风呼吼着灌进屋里，维一没站稳被风裹倒，头磕在木头墙上。海儿用尽全力硬是关上门，过来拉起维一，看她的额侧磕破流着血，心疼地用手捂住：“真是！你怎的来了？”

“你怎的也来了？”她调皮地问。

“阿妈让我来的！”

“是责任让我来的！”李维一笑着。

“疼吗？”

“有你在跟前，不疼！”她微笑地说。

“还笑！你看，这脸面磕伤了，会留下伤疤的！”海儿心疼地说。

“只要你不嫌弃就行！”她倚在他的胸前。

“有火吗？”

“我给你去拿！”

他手捂着她的伤，一起到里面木几上拿过打火的火镰火石打着火点亮蜡烛。

海儿扯了块羊毛烧成灰，贴在她伤口上，不一会儿血就止住了。维一在药箱里拿出块包扎伤口的白葛布，海儿给她包缠好伤口。

外面的风还在示威，顶得门咔咔响。

两个人坐在皮垫子上你瞧着我，我瞧着你。

李维一不好意思地：“你看我干啥？”

“你不看我，就知道我看你！”苏国海调皮地说，“看来，这风没有停的意思，咱两个回不去了！”

“回不去就不回呗！反正有你陪着，我不害怕！”

苏国海诡黠地笑了下，突然，指着她身旁说，惊恐地叫：“老鼠！”

吓得她一下子跳起来。

他却哈哈大笑了。

她恼怒地扑上前双拳打着他：“你真坏，你真坏！”打着说着，竟然气得哭了。

苏国海抓住她的双手：“别打了！把我打死了，就没人要你了！”

她的手动不得，动口咬住他的肩头。他疼得松了手，她也松了口。

“你怎的跟牧羊犬一样呢？”他手揉着肩头，宠溺地说。

“谁叫你狼一样的坏呢？”她噘着好看的小嘴撒娇。

“看来，我不敢要你这个媳妇姐了！”

“我还不跟你呢！”

“那好！我这就回家了！”海儿起身要开门。

她拉住他：“你不怕外面风把你撕着裹上天？”

“我不怕！”

“那我怕呀！”她靠在他怀胸前温柔地说。

“怕我不娶你？”

“就是！就是的……”她大声地回答。

他手捂住她的口：“你这大声干什么？让外人听见！”

“我让风儿为我做证。”

她如此可爱。他的心里一阵骚动，他紧紧搂住她，不由得亲住了她。

在两人的双唇接触的那一刻起，她感到一种异样蔓延进心里和全身……不由得主动接应起来……两人的身心被调动了起来。

他把她顶在墙上，两人情急地做着男人和女人做的事情……

“海儿，你还要吗？”

“你呢？”

“我还想。”

外面刘勇义敲着门：“海儿，海儿！”

“我在这里！”他们收拾着自己的衣服。

“风太大了！师傅操心你，让我来看看！”刘勇义在外面喊。

他们一个顶住门，一个拉开门关子，两人硬是挤出门。刘勇义硬是拉上门，在外面把门给用木挡子关死。

风大得撕扯着人的衣服，把人都能裹上天。刘勇义对他们说：“你们两个腰俯下，手拉紧朝回走！我去和维一阿爸说一声！叫他们不要操心。”

这里距他们几家人家近得多。刘勇义心疼娃娃，让他们回海儿家。当刘勇义顶风从李陵家回来，敲着梅尕家门汇报任务已完成时，已经都快子时了。

黑暗中，李维一听着外面的风声想着跟海儿一起的事情，躺在梅尕身边久久不能入睡。她心里很是激动，原来男人和女人在一起，是如此的妙不可言……怪不得大人们都是互相一个想着一个……

她理解了阿爸好长时间不在家时，阿妈老是叨叨着，你阿爸这的，你阿爸那的……心神不宁的心情了。她不安地翻了个身。

梅尕问：“维一，怎的还没睡着？”

她不能把和海儿在一起的事情告诉阿妈，但是，可以告诉梅尕大妈的。因为梅尕大妈很能理解大家，大家不论有啥事情都找她。她想想问：“大妈，你想苏阿伯吗？”

这两个娃娃恐怕有了什么。梅尕想想问：“你想说啥，就直说吧。大妈会帮助你的。”

“我、我、我——”黑暗中，她的脸发烧，不敢说了。

“说吧，不管是啥事情，说出来咱们解决！”

“海、海儿，和我在一起、做那事情了！”她用被子蒙住了头。

“哦，你放心吧。”

梅尕想起大风中他们进门后维一瞧着海儿的眼神，她就明白了。这两个娃娃从小一起长大，虽然海儿比维一小一岁，海儿高大显得老气一些，两人在一起还是不错的。

按照胡人十五六岁就成亲的风俗，他们也该成亲了。我明天就向李贤弟两口子说明情况，给两人把婚事办了。

一五七　思念远方亲人

听说阿妈要给海儿和李维一办婚事，苏国通和刘伊心也着急了。晚饭后，刘伊心到李家找李维一玩，在她的小房子里两人嘀咕了好长时间。

她知道了维一和海儿已经做过那事情后，对梅尕大妈说了，是梅尕大妈决定让他们结婚的。第二天，刘伊心跟苏国通说这些事情，国儿一听主动向弟弟请教……

这天一早，有人来请萨满看病，一问，是给一位受伤的男子医伤。苏国海说：“我和我哥去！”

梅尕知道海儿和贝尔跟苏大哥一样肯钻研学习，也就同意了。海儿叫出刘伊心，叫她和他们一起去。

前几天的大风，没有把寒雪送来，倒送来了大晴天。

他们一行骑马路过湖边山丘下桦树林间道，刘伊心瞧着被秋色染红的满树红叶，不禁赞道：“真漂亮！”

“阿哥，你和伊心在这里等我。我去给那人看过病就回来！”海儿对国儿说过，就径直打马走了。

“哎！”国儿还想喊住弟弟一起去。

刘伊心下马说：“这里太美了，咱们在这里坐坐吧！”

苏国通下马，刘伊心瞧瞧土丘背面向阳处有块平坦草地，草儿还泛着绿色："咱们把马牵到那里，让它们也吃些东西。"

他们把马缰绳放得长长的拴在树上，两人坐在阳坡厚厚的草地上，瞧着马儿吃草。

这里静谧极了，只听见马儿的吃草声。刘伊心搂抱着苏国通的手臂坐着："哎，你看马儿吃得多开心！"

"可我——"他感到刘伊心紧抱着自己不习惯想坐开。

"你不开心吗？"她想起李维一说起她和海儿在一起时的高兴，搂住他的脖子撒娇地问，"你和我在一起不开心吗？你说呀，你说呀！"

"你别闹了！"他瞧着马儿吃草，想着阿爸教他男人要做君子的话，男人要做君子……不能做瓜田李下之事……

"木头！"她把他掀倒，扑在他身上揉搓着，"你真是木头吗？"

她的手碰到他的那东西，他腾地一下子起反应了，搂住她亲起来……两个人滚在草地上……

开始伊心推他，喊了声："疼！"

他根本管不了自己，可是随着他的疯狂，她也在痛快地亢奋着……

真是太美妙了！自己以前还觉得弟弟人很聪明，大家都喜欢他。他觉得他是坏聪明……现在他觉得弟弟是真的很聪明，各方面都比自己强。过后，两人躺在草地上。

国儿问："伊心，你还想那样吗？"

"你呢？"

"我——"

"说吧！"

"我还想！"

"我满足你！"她亲着他。

她阿爸老对她和弟弟说，做事要让着李家和苏家的，可要她嫁给吴得汉。不过她很愿意跟苏国通，他人很正气不说，梅尕大妈是个很好的婆婆。

他瞧着她说："我不忍叫你受苦！"

"我和你一起不叫受苦，是高兴。"伊心拉着他说，"我们这样就可以和海儿一起办婚礼了！"

……

晚饭后，梅尕在捻毛线。苏国通过来坐在阿妈身边："阿妈，我想跟你商量个事。”

“说吧！”

“我想和海儿一起办婚礼。”儿子眼巴巴地瞧着阿妈。

梅尕故意问：“你和谁结婚？”

“和刘伊心呀！”

“人家愿意吗？”梅尕瞧着儿子微笑着。

“我们已经在一起了！”儿子不好意思地低下了头。

“是海儿的主意吧！”

“是我和刘伊心的主意！”

梅尕觉得大儿子进步很大，以往都是海儿怎么做他才做的，如今自己拿主意了。

梅尕于是说：“好吧！其实，阿妈也是等待你有自己的主见。明天我就去给你刘叔他们提亲。争取你两个婚事一起办，这样我也就省心了！”

梅尕找刘勇义两口子商量国儿和伊心的婚事，他们很愿意女儿嫁给苏国通。

冬季农闲了，大家才有时间建房子。现在首先要解决他们结婚后住的问题。李陵家地方宽敞，很愿意让女儿和女婿住在家里。这样的话，苏国通结婚后可和阿妈一起生活。

这是汉人在坚昆为后代办的头一场婚礼，而且是同年同月同日几乎是同时生的双生男娃娃，这在他们来说喜上加喜。总管赵大哥十分重视。他找王爷李陵商量后，派人将婚房收拾好后就宰牛羊。

梅尕和亲家为新人们准备新被褥和衣物等等。

赵主管怕婚礼这天遇风下雪，给学堂的娃娃放了两天假。婚礼安排在学堂里。

婚礼这天，牧人们组织了舞队，学生们组织了武艺表演，真是载歌载舞。

全镇子男女老幼都来参加两对新人的婚礼。汉胡两族人和谐地坐在一起，瞧着舞蹈演出，吃着烤全羊、手抓饭，喝着镇上酒坊酿的美酒，互相说着祝福的话……

两对新人给来宾敬酒，大家都祝福他们，早生贵子，白头到老……

在场的所有人都高兴地醉了！

梅尕得到了大家的祝福，心想，要是苏大哥在这里看到如此的情景该多好！

一想起丈夫，她不由得鼻子一酸，怕自己忍不住落泪。装作头晕，对身边的於维尔兰说：“我觉得头脑昏晕，回家躺会儿！”

於维尔兰起身，拉住她的手。两人悄悄离开坐儿走出门，送她回到家，招呼她躺在炕上，给她端了碗热水：“姑姑，喝口水吧！”

“我好着呢！”

“那你？”她奇怪地问。

“我突然想起了苏大哥，怕流泪，扫了大家的兴！”

“其实，苏大叔在大汉一定有心灵感应的，他也觉得这是个好日子，很高兴的！”於维尔兰安慰说。

“是啊！他今天一定也很高兴的！”梅尕对她说，“尔兰，我没事，你给娃娃撑场面去！”

於维尔兰走后，梅尕起来燃起四支红烛，面对着南方站立轻声地：“苏大哥！今天咱的两个儿子结婚了，亲家是刘勇义，李贤弟两家，都是你信得过的两家人家，我想你一定很高兴的……”

……苏武和梅尕满脸洋溢着幸福开心，坐在坐儿上。新婚的两个儿子和媳妇双双跪地，举杯给他们敬酒。

他们高兴地接过敬酒一饮而尽。

苏武和梅尕搀扶起儿子儿媳，满怀疼爱对两对新人：“阿爸阿妈，祝你们一生平安幸福！”

“谢阿爸阿妈！”

“国儿、海儿”，苏武喊着儿子的名字。

他被自己的声音惊醒了，腾地坐起来，瞧着周围，原来自己在炕上做了个梦。

他回想着梦中的一切，起身穿上外衣走出房门。

苏武瞧着已经偏西的太阳，现在是未时，正是胡地的午时……莫非两个儿子，国儿和海儿今天大婚！他手指掐着时间，今天是八月十六，是个好日子！儿子们已经十七岁，到了结婚的年纪。

一定是两个儿子今天大婚，我得庆贺一下。苏武跑进灶房，翻看着锅碗瓢盆，里面没有现成的东西。

他又回到房间，掀开炕席，找了几颗碎银子拿上，走出家门。

他来到街上的一小酒馆，买了壶酒，要了盘牛肉和一盘菜豆。

自己给自己斟了杯酒，心中默默祝福：“这杯酒祝国儿新婚幸福！”一饮而尽。

他又斟了杯酒，心中默念着：“这杯酒祝海儿新婚幸福！”又一饮而尽。

他又斟杯酒，心中默念着：“这杯酒祝，祝胡地的全家人，平安、康健！”他还是一饮而尽。

三杯酒下肚，苏武泪眼模糊了。他在胡地有妻儿的事不敢让这里的任何人知道，这是为了他们的平安。不到逼不得已的时候，千万不能说。

一五八　心变暖了

苏武心里很是憋屈，流着眼泪一杯杯地喝着闷酒。

大将军霍光，一身便装带着侍卫打马路过，朝酒馆里扫了一眼，走了好远一节路，觉得不对。

他勒马对侍卫说：“我好像看见了一个朋友。你先回家，一个时辰后，看不见回去。就来接我！”

霍光下马把马缰绳递给他，独自一人走进了酒馆，一瞧真的是苏仁兄。

他悄悄坐在他对面，瞧着他手拎酒壶喝着闷酒，夺过他手中的酒壶喊：“小二，拿只酒杯来！”

小二飞快地拿来酒杯双手递给他。霍光给自己倒了杯酒：“我陪仁兄喝一杯！”

苏武泪眼模糊，瞧着他，迷蒙地问：“你，你、是谁？”

“我是谁不打紧。打紧的是，不能叫你一个人在这里喝闷酒！”

苏武擦了眼泪瞧着他，吃惊地跪地：“怪老者了！”

“你这是干什么？”霍光忙打断他的话，拉他起来。关切地问，“是不是遇到啥难事了？”

苏武硬是憋住眼泪摇摇头，端起酒杯：“来，咱们喝两杯！”

他们碰杯。

他真想把自己的心事掏给他听，想起苏元的事情……不成，这朝廷太复杂了。

霍光知道他是遇到了难事，可他不说也不能多问。只是劝他说："仁兄，万事想开些！"

"对，想开了！"苏武先给他斟上酒，再给自己斟上酒，"你、怎知道、我在、这里？"

"刚才路过看见的。"

"感、谢了！"他把酒杯递给他，自己也端起来，"来，喝！"

"你不能再喝了！"霍光搀扶起他，"你喝多了，我送你回家！"

"不、用！我、我自己、能回家！"他东倒西歪地出门，踉跄着朝回走。

霍光拉过店小二，给他点碎银子："请把他老人家，搀扶着送回家！"

店小二拿了银子，跑去搀扶住苏武。

店小二搀扶苏武到家里，苏李感谢后，搀扶他进屋上炕，给他脱了鞋子盖上被子。

苏武心里清楚着，就是喝了酒浑身软瘫。他对苏李说："给我来杯茶！"

苏李给他倒了杯热茶，扶起他喝了。他躺下后说："你忙去吧！"

"我在这里陪你！"这位和苏武在代郡一起成长的朋友，很敬重他的人品，也很佩服他的坚强。

"不用！我不会有事的！"他对他说，"你在这里我反倒不能很好地休息。"

"那你有事叫我！我就在院子里。"苏李出来，给牲口加了些草料。

苏李这个闲不住的人，拿起一把青麻，坐在院子里搓起了绳子，时刻准备着苏武呼唤。

自从和兰芝住在一起后，他很感谢苏武，很想为他做些事情。可他许多事总是亲力亲为。

过去的苏家，在苏元犯事后，被皇室收回了大半，给他们只留了够一家人吃住使用的地方。这还是多亏了苏武和祖上的功劳，没被满门抄斩。

他和兰芝婚后，能顺心单独生活也多亏了苏兄长……

他正想着，兰芝过来轻声问他："你怎的坐在这里干这活？"

在她的意识里，苏李既然和自己成了婚，自然就该过自己的小日子，其他事情都不该管的。

他指指苏武房间，悄悄说："操心他。"

"二哥咋的了？"

"出去喝酒喝醉了，店小二送回来的！"

"又单独出去喝酒！"她不满地说。

他挥手让她走："你先去吧！"

最近一时，她常在自己面前说苏大哥的不是。他怕她说啥话而冲撞着苏大哥，让他不高兴。

她不走，硬和他坐在一起。他起身拉起她推进房子里，出来拉上门坐在院子里忙活着，他得想办法让苏大哥能高兴点……

夜里，夫妻俩睡在炕上，兰芝紧紧依在男人的怀里问："哎，你睡着了吗？"

他轻轻地叹了口气："唉！"

"你怎的？哪里不舒服吗？"她关心地问。

"我是担心苏大哥！"他搂着妻子说，"如此下去，我担心他的身子会垮。"

"都奔七十的人了，能有吃有喝的，就不错了！"兰芝没好气地说。

"你说啥？"他推开她，惊异地说，"没有他的功勋，你家能过成如此的日子吗？能现在连你的儿子都有了一院房地吗？"

"那我还给他照看了多年的儿子！"女人也怼起来了。

他腾地坐起来怒怼她："那每年朝廷抚养银子到哪里去了？"

"那也有我家的那一位的！"

"你家那一位？够你儿子用吗？"他穿着衣服，"真的人心隔肚皮！"

"你干啥去？"

"我后悔跟你在一起了！"苏李穿好衣服要下炕。

"我不准你走！"她扑进他的怀里，紧紧地抱住他的腰。在一起的这段时间里，她深深地感到夜里有男人在跟前的安全和温暖。

特别是和儿子分开住以后，男人的温暖就是她的依靠。

"不让我走也行。"苏李提出了条件，"为人要知恩图报。我是已故老爷的人，我从小和苏大哥交往到现在，比亲兄弟还亲，如今，我要很好地照看他！"

"其、其实，二哥也是好人。"她说出了心里话，"苏家三兄弟，如今就他一人健在。说心里话，我也应该照管他的！"

"那你刚才说的——"

她心虚地撒娇："人家不是试探你吗！"

"以后，我不要这样的试探了，会伤感情的！"他严肃地说。

"是！"女人亲吻着男人的胸脯……

其实他们在一起真的和年轻人一样。他虽然五十多岁，却是童身，又是常练武艺之人。再说他一直在吃着俸禄的苏家，照看着几个人的生活，就是再苦，也没农人常年劳作的苦，身体很结实的。

她呢，结婚第三天，男人就随着皇上东巡黄河，再没回来。她怀下苏霖生产后，直到苏武出使匈奴那会儿，家里很是富有。婆婆觉得儿子不在了，把她当女儿一样，过的是小姐的生活。

这些年来，一直在家里养着，没出过大力气，身子也是瓷白细腻的。两人在一起，真是如鱼得水般快活。她已经离不开他了。

这阵过后，她抚摸着他的一身肌肉："你，这身子果然很受用！"

"你也是！"他回想起多年前他们羞涩的第一次，笑着说，"头一次太傻了，我只顾自己。"

"那不是怕家人发现吗？"她说，"你知道吗，咱两个还真得感谢二哥呢！"

"那咱们就要好好地照看他老人家！"男人满怀情感地说，"这也是咱俩的福气！也是咱们三人的缘分！"

"你说得对！"女人瞧着窗外的月亮，"你看，今天的月亮又圆又亮，我还想再圆满一回！"

男人撩开薄被，瞧着女人迷人的身子，再一次进攻起来……

苏武搞不清，为什么从店小二送自己回家后，他们两个人，对他照顾得无微不至了……不过，好了就好，自己也不需要想为何的。倒是生活一好，有酒有肉，加上自己锻炼，身体觉得好多了。

窝了一个冬天，开春了。苏武想外出散心，很想叫苏李陪着一起去，这要得到兰芝的同意才行。

这天早饭后，他对他们说："我要外出多天。"

苏李立即说："我陪着你去！"

苏武瞧着不说话的兰芝。

苏李明白了，立即替她说："我们商量好了！"

她只得说："是啊！"

"这就好！"他们即刻收拾行囊。第二天临走时，苏武对侄儿说："苏霖，我们不在家的日子里，你要帮着你娘照看家里的一切，帮着经管牲畜！"

"是！"苏霖爽快地答应说，"你们放心吧！"

苏武和苏李没有骑马，商量好一起沿着驿道向西步行，想赶清明时到达父亲的坟墓前祭拜。在苏武没在家的这些年里，苏李几乎每年都打马去上坟。

他们两人边走边聊，苏李问：“大哥，你记得那年，我快饿死时，倒在代郡府门外，你背我回家的事吗？”

“哦——记得记得。”苏武说，“那天午后，热得人在屋里待不住，我拎着短裤准备去涝池里泡泡。刚一出门，看到烈日下门口躺着个骨瘦如柴的娃娃，上前一试鼻息，还有丁点气息，就背回府。”

原来，他们家住江南，那两年老是水灾，庄稼颗粒不收。他爸听说代郡召集农垦人家，就带着八岁的他和母亲，三口过江跟随着一群拖家带口的人朝北方边境的代郡跋涉。

谁知过黄河时，船行河心遇风，浪打船翻……早上他睁开眼睛，父母不见踪影，他独自漂到黄河岸边。

苏李说：“我当时听见有人呼喊着，娃娃快走。我就拼命呼喊救命。是一位大伯带着一家人救了我，我就跟着人家一起上路。可是到了代郡。人家都高兴地照看自己的家人。我三天粒米未进，头昏眼花，走着走着就倒了！”

他感激地说：“是你和老爷救了我，收留了我。叫我跟着你一起学习武艺，让我念书认字。在我的心里，老爷就是我的爹爹，你就是我的大哥！”

苏武也真诚地感激：“这些年我没在家里，感谢你为苏家所做的一切！”

“可我、我、没有带好大侄子！”苏李想起苏元的事痛心地说。

“儿大不由爷的！这不怪你！当时我也回来了！”他眼圈红了，摇摇头说。

苏李瞧着他难受的样子，负疚地说：“我、我真、不该提起这事，叫你伤心！”

“这没什么，我想通了。一个人自作孽，不可活！”他指着前面驿站，“头一天，到前面的驿站休息，明天再走。”

一五九　祷告上天保佑

在朝阳下，春风拂面。道路两边的绿柳丝绦随风荡漾，一望无际的油绿麦苗，起身拔节，散发着清香。

他们在驿站吃了早饭，苏李背着行囊，苏武拄着拐杖启程，一路西行。

“外面的空气真好！”苏武瞧着道路两边的杨柳树，满目绿色生气勃勃的麦田高兴地说。

背着行囊的苏李，瞧他高兴的样子："大哥，我能问你个、咱们男人间的问题吗？"

"问吧！"

"你可不能、想不开难过！"

"你看，我是想不开的人吗？"苏武微笑瞧着他。

"那——我就问了？"

"说吧！"

"你在匈奴有女人吗？"

"这你可问着了！"他笑着回答，"有。"

"是匈奴人吗？"

"怎么说呢？"苏武解释说，"她父亲是匈奴人，母亲是汉人。"

"那——一定很漂亮了！"

"是啊！在我的眼里，她是世上最漂亮的女人！"苏武边走边说。

他向苏李叙说了自己被流放后的艰难，说了梅尕在他最艰难的时刻到那苦寒之地，和他一起面对艰难困苦，给了他生活的勇气，陪伴他度过了十八年的光景。

"大哥，你们有娃娃吗？"

"这个问题嘛……"苏武沉吟着。

"我知道你的心思，是害怕双方朝廷争斗！"苏李说，"可你不说埋在心里，会更加难受的！我的为人你是知道的！"

"有个儿子，如今已经有二十了吧！"他不能说自己在那里有三个娃娃。

"太好了，我终于有了亲侄子了！"他高兴地说。

"这事情千万不能告诉任何人，连兰芝也不能！"苏武满脸严肃地说。

"我知道！咱两个之间的事，我不会告诉外人的！"他认真地说。

他知道这位兄弟办事是很有分寸的。他想想问："哎，兄弟，你告诉我，你两口子为什么对我突然好了？"

他笑着说："以前和苏霖他们三代人生活在一起，对你真的照顾不周，分开住后，兰芝也有些嫌弃。我心里很难受的！"

他和他说了那天他酒醉被店小二送回的事，说了他和兰芝的争论："兰芝要是对你还是那样的话，我就打算跟她分开，我来服侍你！"

"我不值得你这样！"苏武眼圈红了

"你和老爷是我的救命恩人，我这样做，也是做人的本分！"苏李生气，眼圈红红的，“大哥，以后不许你再说啥值不值得的话了！”

苏武揽住他的肩膀微笑说：“怎的还像个孩子！”

他哧地笑了。在他的心里，他的这位兄长对他情深意长，是人常说的那样，长兄如父的。

太守去世后，他才十五岁就跟着苏武回来，他真的像亲兄长一样关心着他的一切。

八天后的清明节，他们买了祭品、香烛，来到苏建墓前祭拜。这里原来建的祭祀祠堂年久失修，苏武在村子里叫了工匠来维修了三天。

他们两人拿着铁锹，给老爹坟上添了一天的新土，用石头把墓周围砌起来，把碑子清扫得干干净净……

收拾好一切后。苏武对苏李说：“兄弟，你先回家去。”

“那你要去哪里？”

“我想在这里住几天，陪陪父亲！”他想在这里多待几天，陪父亲说说心里话。

“嘿！这正合我意，我也要和大人叙说叙说。我以前来，都是一个人来一个人回家，也太无趣了，现咱两弟兄一起有伴了。”

其实，苏李是不放心他一个人在这里。

“那好吧！”苏武说，“咱们在这里，陪父亲说说心里话！”

他们两人在这里住了五天。苏武每天给老人烧香燃烛。心中默默地祷告着上天：保佑梅尕和孩子们平安健康……

晌午，母女俩正在吃午饭，苏贝尔忽然感觉肚子上面空了，下面流水，根据自己给女人看病的经验，这恐怕是要生了。按日期计算，该是快生了。

“阿妈，我要生了！”

梅尕放下碗给女儿检查了下，忙烧水让她擦洗了身子。如此的挣动后，女儿肚子开始疼了。

李於兴和刘勇义几人，五天前有事去丁零还没回来。男人没在家贝尔却不害怕。自己有医术高明的阿妈……

贝尔按照阿妈的说法做，没过多久，宝宝就顺利地降生了，是个小棉袄。苏贝尔睁眼瞧着面前的小宝贝，小宝贝也睁眼看着世界，她幸福地笑了。

“怎么样？幸福吗？”

贝尔一脸高兴地点点头。

“饿了吧！阿妈给你弄吃的去！”梅尕疼爱地叮嘱女儿，“你好好躺着别动，这样，下面就不会流多少血的！”

阿妈说得对，只有受了疼，看见自己的娃娃，才打心眼儿里的幸福！

於兴一见女儿，一定也很高兴。很遗憾，他却没在家……

不一会儿，阿妈端来了一碗四个热腾腾的荷包蛋。这可是好东西，自己在贝加尔海子都没吃过。

“快吃吧！”梅尕对女儿说。

女儿吃了一个，这是她长这么大头一次吃鸡蛋，很香很好吃：“阿妈，哪儿来的？”

“吉美阿婶家养的鸡下的，前几天我买回来这些。”

“阿妈，你也尝一个，太好吃了！”贝尔硬让阿妈尝。

“阿妈以后有的吃的。镇上有几家饲养这鸡子，我已经和吉美说好了，由她出面给咱去买。”梅尕瞧着女儿吃完了问，“还吃吗？”

“吃！我现在肚子里能装下整只羊！”

她瞧着女儿笑了，眼前浮现出：自己生了两个儿子后，苏武端来碗奶酪，她狼吞虎咽地吃了，还问他要。他心疼地说：“不敢吃了，吃多了会撑坏的！”她高兴地说：“我现在肚子里能装下整只羊！”

女儿瞧着阿妈微笑发呆的样子，知道阿妈一定是想起跟阿爸在一起的日子心里高兴。她不忍打断。

阿爸要是知道添了外孙女，定会和阿妈一样高兴……

三天后，李於兴回来，一进家门，瞧见苏贝尔躺在炕上，身旁还睡着个小娃娃，兴奋地说：“生了！”

“一个女儿！”

“太好了！”他放下行囊就要亲。

她挡住他：“别！快去洗手漱口！”

“是是是！”

这几天都是梅尕和於维尔兰，白天黑夜轮换着伺候陪伴贝尔母女。李於兴回来后，就由他这个男人来伺候女人了。

晚上，李於兴睡在对面单独的榻上，只要女人一喊他，就必须立马起来忙活。

夜里，小宝贝哭了，苏贝尔起来打开包着女儿的裹衣，一看是她拉下了出世后的第一泡粑粑，黑黏黏的。她拉下了脏垫子喊着：“於兴，快起来给宝宝拿个尿垫子来！”

他一听贝尔喊，立即跳起来问：“啥尿垫子？”

“给女儿垫屁股的！”

“在哪里？”

她想了想，在自己身边的包裹里拉出来给女儿垫上后，小东西还是哭。李於兴说：“娃娃可能是饿了！”

苏贝尔抱起她，把自己发胀发硬的奶头塞进她的小嘴里，只因自己奶头胀得很硬，小嘴力气也小噙不住吃不上，急得小东西还是哇哇地哭。

贝尔也急得满头大汗，乳房胀疼得要爆炸了一样。这可怎么办……

她瞧着男人说：“於兴，你来把奶头吸通，再叫娃娃吃。”

“我？”他为难了。

“我自己是够不着，要是能够着，还叫你干啥？”她发脾气了。

“好好！我听你的！”他一向都是听女人话的好男人。

一六〇　北地家信

李於兴小心翼翼地噙住奶头，轻轻地吸着。

“用力些！”

“我怕你疼！”

“现在它发胀我才疼呢！都快涨破了！快点，用力！”她命令。

他张开大嘴吸吮着，开始的奶水味很腥，带着点汗臭味，恶心想吐，怕她发脾气不敢吐出硬是咽下……渐渐地觉得奶味甜香，用力地吸咽着。

贝尔觉得这只乳房轻松了，让女儿吃着。她命令：“来！吸这只！”

他不敢也不能违抗，直到第二只乳房吸通了，贝尔说：“我的男人，感谢你！”

“为什么？”

“女人刚生了娃娃，乳房不通，会疼死人的！”

“你怎么知道、这方法能行？”

“你去问你阿妈去！”苏贝尔生气了。

他一瞧苏贝尔生气了，赔着笑脸：“别生气嘛！以后你让我做啥我就做啥！保证不再问了！”

“睡去吧！”

李於兴听话地回来躺在自己的榻上。其实，他陪着贝尔外出给人看过病，有次她给女人接生，自己虽然没有在跟前，可是听见那女人歇斯底里地哭叫，他的心就往一起缩，很是难受的。

自己知道了女人生娃娃是跟生死打交道的事情，这次外出，贝尔生娃娃，没有在跟前，心里也很愧疚。他对她说：“贝尔，你生娃娃，我没在跟前。对不起！”

听着男人的愧疚：“嗐！你这是干什么，都过去了！再说，有我阿妈在跟前，我没受大罪的！”

“谢谢你阿妈！”

“这话，你在她老人家面前去说！”她打了哈欠，“睡吧，我很累！”

苏贝尔的奶很旺，半个月，就把生下来又瘦又丑的女儿喂得水灵漂亮，而且会笑了。

梅尕很是高兴，每天变着法子给女儿调养，她要让女儿既不缺营养，孙女又有奶吃身体还要不走样。

这里的大多数女人生娃娃后，要给娃喂奶，吃着催奶食品……不久，姑娘的靓丽一点都不见了，像吹气似的变成又肥又胖的女人。她不想让女儿成为这样的女人。

还别说，梅尕的调理还起了很大的作用。整个一个夏秋，外孙女已经五个多月了，长得又白又胖的喜欢人，女儿照样给娃娃吃奶，身体没有走样，还像姑娘时一样。

这里的妇女们很是眼红，纷纷来讨经验。可是已经肥胖了的人，很难恢复到原来的样子。梅尕只能对她们说：“以后你家的姑娘或是媳妇生娃娃后，按我的办法，给她们做饭才能起到作用！”

苏武给父亲修葺了坟墓，和苏李回到家里，自己感觉身体恢复到了在贝加尔海时的强壮。说也奇怪，过了一个夏天，渐渐地嘴边的白胡子也慢慢变黑些了。

这让他更加相信上天的眷顾、祖辈的荫德，在自己身上显了灵。

他专门腾了间僻静的后屋，收拾得整洁干净，供奉上三代祖宗的牌位。过起了一日三叩首，早晚一炉香的日子。

这样的日子让他的心平静下来了，他相信只要自己虔诚，每天在菩萨和祖宗面前，为在远方北国的家人祈福，老天会对他们有好的福报。他给此地命名为净室，除了苏李，其余人免进。

第二年初夏，早饭后。苏武走进净室，奉上香烛正在祈祷。苏李进来报告说："大哥，有一远道而来的小伙子求见！"

一听远道而来，他忙对他说："快，备茶招待！"

他疾步出门到前院一瞧，是风尘仆仆满头大汗的苏记恩，一下怔了。

自从接他从胡地回汉后，就一直没有见过他。这孩子这几年干什么去了……

苏记恩一见他跪地就拜："苏记恩，拜见恩伯！"

他被惊醒，高兴地搀扶起他："快起来！叫伯伯看看。"

他看他身着老百姓的服装，布巾裹头，健壮浑实，比过去更加成熟了，紧紧拉着他的手走进屋里，兴奋地说，"别嫌简陋，快坐下！"

苏武看他坐下后，在铜盆里浸湿手巾，拧干给他擦着汗，亲切地说："你看，都快三十的人了，还顾不得自己！"

"恩伯，我自己来！"他拿过手巾擦着汗。

他拿起炕边的竹扇子给他扇凉。

"恩伯，我来！"他不好意思地说。

"没事，你就像我的孩子一样！"苏武激动地说。

苏李端上茶水："请公子喝茶！"

苏武对苏李说："快给这位贤侄做饭，做碗咱们这里的大宽面！"

"好的，我马上叫兰芝做！"

苏李忙出来到房子找兰芝，她正在干呕。他惊恐地问："咋的了？"

"我，我好像怀上。"

"你啥意思？"

"傻子！我怀上娃娃了！"

"真的？"他兴奋地问。

"不敢确定。"

"那你先歇着，我去给家里来的人擀面去！"

"还是我去吧！就是怀上，做饭也不打紧的！"女人进灶房洗手做饭。

"我帮你！"两口子一起忙开了。

苏武满脸是爱地瞧着苏记恩，瞧得他不好意思了。他猛地想起自己的任务。从怀里拿出两封信递给他："恩伯，这是我在云中，见了得肯特大哥，他让我交给你的。"

他双手颤抖地接过信一瞧，一封是李贤弟的字，一封是女儿苏贝尔的字。他把两封信贴在胸口，眼泪汩汩地奔涌而出。

苏记恩见状，起身走出门。他知道恩伯思念亲人的痛苦。这些年来自己在边关，多次想回去看看母亲和姐姐……可是终究无法实现，只能在梦中邂逅……

苏武流泪先打开女儿的信：

"阿爸，我已经有了女儿，你的外孙女。她长得很像你，眉头高高的，一岁了，到处地跑。你放心！我们家人在坚昆都很好的，很安全的！

"海儿和李维一他们的娃娃就要出生了，国儿和刘伊心也在准备着，你就等着当爷爷吧！阿妈是个好萨满，更是位难得的好阿妈！她会竭尽全力保护我们，还有坚昆的阿爸和所有汉人阿叔们……"

他看女儿信封里还有一封，迫不及待地展开，是妻子梅尕写的：

夫君：我们到坚昆一切都好！李贤弟是位出色的军人和仁爱者！现在我们一家多口，都在这里学堂和医馆做事，也很是有趣的！娃娃们都很上进，第三代都有了！就是想你……

苏武忍不住哭出了声。梅尕，我的好女人，还有我的好孩子们，孙子辈们……老、老苏武对得起大汉，却对不起你们……

苏武朝着北方跪倒，虔诚地不住叩头，心中默默地说："梅尕，感谢你！感谢孩子们！感谢你们还想着这无用的男人和父亲……"

他头咚咚地撞地喊着："我真的无用！我真的很是无用……"

在儿子苏元被诛后，害怕皇家搜查，家又遭难，苏武竟然将梅尕从贝加尔海给他带回做念想，女子和儿子及女儿的衣物等等都处置了。如今越想越觉得自己无用。

苏记恩端着大碗干面进来瞧见，放下碗，含泪地搀扶起他："恩伯！爹爹！你不能这样！"

"孩子！"

“爹爹！”两人呼唤着对方，抱头一起泪如雨下。

良久，苏武忍住泪，瞧着面碗，把饭碗双手递在儿子手中：“快吃吧，这是咱们地道的大汉大宽面！”

苏记恩端着面碗瞧着苏武。

“快吃吧！爹爹、看着你吃！”他泪眼婆娑地说。

苏记恩现在有了家，有了亲人的感觉。他筷子挑起根裤带宽的面条，大口吃起来，泪水不住地流，掉进碗里……

夜里，他们父子躺在炕上，苏记恩和苏武说着这几年来自己一直在九原郡、张掖郡、云中郡穿梭，做着各郡来的胡人工作。

希望他们回到胡地，宣传大汉对胡人的宽大政策，避免两族再起战乱，人民生命再遭涂炭……他最后说：“爹爹，我在那里很担心你！”

“朝廷事情，你们那里都知道？”他问。

“知道一些。不过，我打听过，说你没有生命危险，我心就放在肚子里了！”

“我如今很好，住得虽然没有过去好，生活也是一般老百姓的生活，可是很平安！”苏武对他说。

“人常说伴君如伴虎！爹爹，你要好好保重！”苏记恩问：“李将军的信你看过了没有，胡地怎么样？”

“他的信里只是叙情谊，思念兄长一类。看起来是怕信落入敌人之手，不能写王庭的事情！”他问，“你在边关听说过那里王庭发生的一些事情吗？”

“听说过。大都是卫律专权、贪腐钱财、王庭内部不稳之事等等！”

“那、你看这是真的吗？”他沉思地问。

“我分析这是真的！”苏记恩说，“只因胡地这几年来，对西域周边骚扰少了，就证明这一点，他们内部不稳！”

“你说得对！”

“爹爹，我来回只有二十天的时间，后天开始到朝廷汇报情况，你要给那里的家捎信，就赶快写！”

“哦，明天就写！”苏武关切地问，“记恩，你成家了吗？”

“没有！”他沉思地说，“当兵在外，也怕辜负了心爱的女人！”

“成家立业是大事情。”苏武说，“要是能续几天假，这事爹爹来给你办！”

“我最多能续五天假。”

“这好办！”他问，“你有什么要求吗？”

“我想找个老百姓家出身的女子，过安稳的日子。”这是他的真心话。

“你想得对！明天爹爹就给你物色，争取在你走之前完婚！”既然自己有了这个儿子，就要关心他，娃娃回来一趟不容易的，赶紧给娃娃说个媳妇成亲。现在边关不打仗了，叫娃娃也过几天好日子。

一六一　婚事急办

第二天早饭后。苏武在苏李的陪同下，走进了他醉酒见霍光的那家酒馆，向老板家提亲。这老板姓能，名仁，五十岁的样子，慈眉善目的，喜欢结交朋友。

苏武回长安后，因这酒馆距家近，他就时不时地来这里抿上几口，一来二去就成了朋友。特别是苏家犯事后，别人躲避唯恐不及，他却没有嫌弃，还带着礼品前来探望，给他宽心……

能家的饭店后面三间坐北朝南的宽大屋院。前面大院子，一旁是三间偏房，后面是三间高大的敞亮的正房。他们走进院子门，苏武大声问:“兄弟在家吗？”

这家十九岁的女儿心然，正在偏房旁的井边洗衣裳，一见苏武，起身高兴地招呼：“苏老伯来了！”

她忙奔到正屋门前喊：“爹爹，苏老伯来了！”

能仁趿拉着鞋出来，高兴地说：“苏大哥来了，进屋坐！”

他们进屋后，能仁招呼苏武坐下。

苏武指指外面说：“为你女儿来的！”

“莫非——”

“对，我的意思，让两个年轻人面对面地见一下，他们能看上就成，看不上，我给咱女子重新再瞅视。”苏武说。

“苏大哥说得是，这个女子眼头高，真把人能愁死！”如今一般人家的女儿都是十六七岁就出嫁了。自己的女儿到如今都十九了还在屋里扎着，真是急人。

“哎！愁什么！有女不愁嫁的！”

当下，能仁对女儿说了让见面的事，征得她同意。地点约在他家酒馆的楼上。

苏武和苏李赶回家，让苏记恩洗澡收拾。苏记恩洗澡后，借了苏霖的衣袍穿上，帅气得不是一点，且很正气。

心然也着意地收拾了一番，虽没有像其他姑娘和男人见面时着新衣，化浓妆，可也是漂亮干练的。

心然先到酒店楼上，不久，苏记恩也在苏武指引下独自上了楼。

他一瞧见她，心怦然一动，这姑娘不但漂亮，还有点男子气。

苏记恩忙谦虚地行礼："在下，苏记恩拜见小姐！"

她瞧着他风度翩翩、知书达理的样子，红了脸局促地还礼说："小女子能心然还礼了！"

苏记恩学习的就是和人沟通的能力。他看姑娘的样子，大方地说："快请坐，坐下说话！"

姑娘倒了杯茶放在他面前，又给自己也倒了杯。

她坐下客气地说："请喝茶！"

他也客气地说："请！"

心然抿了口茶问："你是苏老伯的儿子吗？"

"苏爹爹是我的救命恩人！"他真诚回答。

"你现在何方做事？"姑娘问。

"现在云中郡做事！"

"哦！"她问，"听说那里在很远的地方？"她问。

"也不算远！骑马奔驰，十天就到！"

"你能不在那里做事吗？"她说，"我家就我一个女儿，父母得由我照看，我以后要养家糊口的！"

"要是回来有事做，可以申请回家！"苏记恩说。

"那你看上我了吗？"她很直接，大胆地注视着他。

因为多次的相亲，不是她看不上对方，就是对方看不上她。其中最主要的是男方不愿意入赘她家。如此不成的太多了，她不想拖泥带水。

"那你看上我了吗？"他微笑反问。

"你家里还有什么人？"

"我一个人吃饱，全家不愁。"

"那——既然是苏老伯的媒人！我看上你了！"心然爽快地嫣然一笑，脸红了。

她的笑很是灿烂，好看，桃花样。他该怎么回答呢……

她瞧着他思索的样子大度地说："你要是不愿意，没关系！我先告辞了！"

看她要走，他忙拉住她的手说："我很愿意，只是一时不知该如何表达罢了！"

"你松开手！"她认真地说。

他松开手，诚恳地说："这次在家的时间，最多只有五天。我想和你结了婚再走！"

"这让双方父母商量过再定！我听我父母亲的！"她红着脸低头下楼了。

他看她的背影想，这姑娘很有主见，以后定是个能干的好女人……

得知两个人都看上了对方，苏武对能仁说："贤弟不瞒你说，我的这儿子公事在身，我想给他们把婚事赶紧办了，也好尽快作以后的打算！"

能仁知道女儿从小娇生惯养，有个说一不二的牛脾气。害怕和男的交往时间长了，人家变卦，立即答应说："我早就给女儿把嫁妆准备好了！"

"可我这儿子连个窝都没有！你看我如今的这样子，根本就不能给他们办个像样的婚礼！"

能仁深知他如今的处境，于是说："你不是说他没父母吗，在我家里办不就行了。如此一来，他有了父母妻子，我也有了儿子媳妇。你说这不是两全其美！"

"我就等你这句话呢！"苏武放心了。这家是独女又开着酒馆，有的是银子为儿女操办婚事。

这件事一拍即合。第二天，酒馆不对外开始准备，第三天就是个好日子。能家办了十桌酒，请了周围做生意的同行，苏武全家人参加。他们为两位新人办了场热热闹闹的婚礼。

苏记恩走进过去是心然姑娘时住的、现是洞房的房间。瞧着喜气的红色装饰，燃起的红烛，顶着盖头的新娘子。尽管自己有所准备，还是不敢相信这是真的。

他拧下自己的脸颊，很疼；又拧了拧自己的大腿，还是很疼。可是他就是踌躇着，不敢去揭新娘的盖头。

心然等着他揭盖头，良久不见动静。她等不及了，自己用手撩起盖头，瞧着他在呆望着自己，提醒说："揭盖头呀！"

"哦！"他走到她面前，手颤抖起来。

"你快呀！"她拉住他的手撤下了盖头，"你真是个呆子！"

"不不！是我、不、不敢相信、这、这是真的！"他结巴了。

“来！你摸摸我！”她拉住他的手挨在脸上，“这是真的吗？”

他的手挨着她发红发烫的脸，不由得伸出两只手捧着瞧着，不知该怎么办……

在军中接触的大都是男人，再说他的心一直是在做好事情上面。

她看他呆呆的样子，红着脸抓住他的两只手踮起脚亲了下他的嘴唇。

在女人的嘴唇亲到自己的嘴唇的刹那间，他的心被激动了，也回亲下她。接着，她不离开他了，一直亲住他……他渐渐地也亲着她。

她着急地说：“你没见过男人和女人亲热吗？”

“我没留神过。”他问她，“你见过吗？”

“有一次，爹爹带我去黄河边骑马，看见男人和女人在草地上滚来滚去。”

她放下红帐子解开衣服，看他不动把他推倒在炕上，扯开衣服，趴在他裸着的身上。

肉与肉接触的刹那间，他的心被彻底融化。把她压在身下寻找着方向……她亲着他健壮的身子，两人终于突破了僵局……

自己真真白活了近三十年……

一阵激烈的燃烧过后，女人问：“这很难吗？”

“其实，很容易的。”

……

一六二　胡地郎中

苏武在房间炕上，油灯下，瞧着面前李贤弟的来信：

兄意铭心中，众安身福康。
有待机缘来，更上一台档。
四海皆兄弟，真情不相忘。
仰望浮云翔，各自慰心殇。

李陵用简单的几句诗说的，满是安慰。教他苏武这个在万里之外的人很是感动。

作为兄长的自己，更不能露出悲伤。他想想，挥笔给李陵回了封信。最难的是给妻子和孩子们的回信……

对，自己也要高兴，鼓励他们在那里好好地生活，现如今自己毫无能力为他们做些什么，也只能如此了。

苏记恩婚后带着苏武给贤弟和亲人的信一走，苏武又过起了以往晨昏三叩首的日子。

兰芝的干呕一直不见好,这天苏李来对苏武说:“大哥,兰芝干呕一直不好，得请位郎中来瞧瞧！”

“多长时间了？”

“已经快半月了。”

“你怎的不吭气？”苏武责怪。

“咱不是为苏贤侄的婚事在忙吗！”

“那——自己家人有病也得说呀！”苏武立即拉着他，“走，我去给她诊治！”

“你会看病？”他奇怪地问。

“你小瞧我了。我在北国胡地，也是著名的郎中！”

苏武给兰芝一把脉：“你这是怀孕了。不过你身子已到干腰的年纪，气血虚弱，孩子很难保住的。”

二哥说得很准。兰芝眼泪汪汪地说：“我、我很想要这个孩子！”

“这不难，你得按我的说法办！”苏武说，“第一，在娃娃出生前，必须禁止两人在一起！”

“这能做到！”苏李保证说。

“第二，必须按我的药方，现在每天一剂，每次一口，每天六次。”

兰芝为难地问：“药苦吗？”

苏李对妻子说：“不管药苦不苦，我都会按时熬好，按时督促你用的。”

“第三，在前三个月里，兰芝不能多活动，要养胎！”

苏李说：“家里的事情我来做，保证不让兰芝做。”

“这不是限制我的人身自由吗？”兰芝娇嗔而无奈地说。

她知道二哥是为她好。

苏武诚恳地上：“生一个娃娃不容易，特别是在你这把年纪怀娃娃更不容易！按我说的做，没错！”

为了保证兰芝能生个健康的娃娃，苏武和苏李两人共同分担着家务，不管是在灶房做饭还是经管牲口，他都会做，也做得井井有条。

苏李瞧着他做活计娴熟的样子，惊奇地问：“大哥，你怎么会做这些？”

“在北海一十九年，我不做这些，早就饿死了！”苏武微笑说。

“那——嫂子一定很爱你吧？”

“那还用说！”

“你现在一定很想她和孩子吧？”他话一出口，自己扇了个嘴巴，“又胡问！”

苏武瞧着他笑了说：“你问得对！我是很想他们。李贤弟来信说，他们生活很安定，我很高兴！”

他尽管如此说，可是眼圈已经红了。

苏李忙道歉：“大哥你打我吧！”

“其实，你这一问、让我说出来反倒好了，我的心里已经轻松多了。”苏武叮嘱说，“以后只能咱两个说这些，不能给任何人说！”

“你已经叮嘱过了，我就是按你说的做的。”

“你做得对。这是咱们两个人的秘密！”

他想想问：“噢——大哥，你、你想过让他们回汉的事吗？”

“这谈何容易！我回来时想得很简单。想通过自己效力朝廷，关键时朝廷会为我解决的。可是遇到了苏元的事情，给了我一个天大的打击！”他叹口气说，“唉！今生恐怕是没有希望了！”

“你别灰心！”苏李瞧着他做事利索的样子，“你要好好保重身子，只有人在，机会总会有的！”

“借你吉言！咱们一起努力！”

苏武有这样的好兄弟，做事有人商量，心烦有人安慰，倒也过得不怎么寂寞。

苏记恩走后不到两个月，一天晚饭时，心然挑了一筷子肉菜刚放进口里，哇的一声把吃进肚里的东西全吐了，搞得一桌子饭菜都不能吃了。能仁两口子瞧着女儿的样子问：“你，这是怎么了？”

“我，我身上快两月没来了！”这个女儿在父母面前，的确是没有一丝的不好意思。

母亲笑着说：“一定是怀上了！”

父亲问："能有这么快吗？"

"怎么，你不相信？"母亲说，"那快叫郎中来瞧瞧！"

"妈，我看明天吧！"

"好，明天、咱请郎中来瞧瞧！"

"我觉得很乏，睡去了！"这几天，心然老觉得很困，想瞌睡。

"去吧！我一会儿给你做碗清淡的面片吃！"妈妈说。

"我要吃米汤！"

"好！咱熬米汤。"妈妈高兴地说。

心然回来躺在炕上，想着男人在新婚夜的呆样儿，开心地咯咯笑了。可他很强壮，也很疼人。搞过那事后，把她紧紧地搂在怀里……只是这在一起的时间，太短促了。

第二天早饭后，能仁准备去城里请郎中。刚出门，瞧着苏武从对面走来，高兴地先打招呼："苏老哥，走步呢！"

"噢！贤弟，你这是——"

"我去请郎中。"

"你家何人病了？"

"小女身有不适！"

"好！进去瞧瞧！"

"你会医病？"

"大病不敢说，小病还可以的！"苏武已径直走进他家院子门。

一六三　劳心过度

苏武进门给心然把过脉后说："恭喜了！你们和我要抱孙子了！"

心然奇怪地说："苏老伯，你还会看病？"

苏武开心地笑了："呵呵……这是我在北海跟着一胡人萨满学的！"

"萨满是什么？"

"就是咱们的郎中！"苏武神秘地说，"我在那里也是一位神医萨满的！"

“那你说我老觉得困，很想睡觉，怎么办？”她担心地问。

“这是正常反应，现在就是要你多休息，吃饭清淡一些！会慢慢好的。多喝小米米汤多吃青菜！”

“我想捎信给苏记恩，也让他高兴高兴！”心然提出了自己的要求。

苏武想想说：“这给边关捎信，也得有机会的。你要先写好信，我想办法托人带去！”

“那——你们现在里屋说话，我现在就写。”

苏武拿着心然的信回来，几次想拆看看内容，直到第三天把信交给边关驿信站，始终没有拆看。

他开始心里想，怕苏记恩见到媳妇的信，想法回长安工作，无有亲近人给自己来回通报北国的消息……

可他又想，无论怎样，自己不能如此卑鄙自私！世事是年轻人的，他也和自己的孩子一样，也应该享有生活的幸福。自己要想办法给青年人创建机会的……

为这样事情，苏武来来回回想了整整半年，没有动静。

心然都快生了，还不见苏记恩回信，拖着大肚子老找他这位公爹。苏武这才在霍光上下朝的路上等待他，请求他找机会让苏记恩回长安。

这几年霍大将军还真的把这位跟随他到匈奴，并且带路的青年人给忘了。苏武这一提起，他第二天就亲自写了封信到云中，让苏记恩回来向他报到。

苏记恩婚后回到云中，想办法把苏武写的信交给了得肯特在那里的商号回来，闲暇时间老想着心然——这个婚后不到五天就分别的女人……他想辞职回长安，又觉得不舍多年做事的职位……

他接到妻子的来信说是怀孕了，很想念她，他准备请假回长安探望，张掖郡来人让他立即赶往那里，去做多位袭击汉方被俘胡人的工作。他带着胡人徒弟前往，三个多月后才回来。

苏记恩给胡人徒弟交代好工作中要注意的事项，准备请假回家时朝廷来函，调他回长安。他忙带着胡人徒弟到得肯特的商号，让他们互相认识……

他把自己这些年的衣物和日常用的都留给徒弟，还把自己多年的积蓄也给他留下一半，办好手续，打马昼夜赶路，只用了七天就回到了长安。

半夜，他一回来就直奔苏武家，边吃饭边汇报着情况。苏武问：“你那徒弟能信赖吗？”

“他是孤儿，五年前我去九原途中，在一胡人贩子手中救下的，那时他十三岁。”苏记恩说，“我亲自调查了他的身世后，让九原郡登记造册，这些年把他留在身边，教他汉文，教他做人的道理！”

他怕苏武不相信，解释说：“爹爹，我一提起你，他说，‘我听过老年的胡人说苏使节是神人，是不死的神人！我也想有这样的阿爸。’”

苏武呵呵笑着说：“快吃饭，好好休息！明天一早，回去看你媳妇！”

第二天早饭后，苏武送苏记恩回家，两人骑马刚到能家门外下马，能仁匆匆奔出门，看见他们说：“快快，快请好的接生婆！难产！”

“别去了！我来吧！”苏武在苏记恩搀扶下进门。

老年的接生婆伸着一双血手，慌慌张张地从心然房间出来：“不行！我实在没办法了！”

“快拿碗菜油来！”苏武大步走到井边，在水盆里洗了手，进灶房拉了块干净的布巾脑后一拴挡住脸，只露着眼睛奔进产妇房间，看到炕上产妇下身露出一只小脚。

心然脸色苍白、满头大汗，无力地哼哼着……

苏记恩流着眼泪抓着媳妇的手：“别怕，苏爹爹在，一定不会有事的！”

苏武一手夺过能仁手里的油碗，右手在里面蘸满油，安慰说：“心然，没事，一会儿就好的，你要坚持住！深吸气。深呼气，可缓解疼痛！”

他左手用力扶住产妇的腿根，右手把娃娃的小脚周围润滑好：“听话，按我的吩咐做！吸气——憋气——好！好！”

产妇憋不住，大声呼喊：“啊——”

终于，娃娃的小脚递进去了。

“好了！”苏武说，“我这就正胎位！”

门外，接生婆伸着两只血手浑身颤抖着，嘟哝着：“这事情，这事情……”能仁扶着她：“快坐下！谁知娃娃难产呢！”

老两口想进屋，接生婆一把拉住他们：“别！你们，在跟前，害怕不说，也不吉利的！”三人只有心急如焚地在房门外走动着……

苏武手伸进里面探了下，里面水已经不够用，可必须得保证大人娃娃都平安。他又蘸满油缩手伸进，轻轻地把娃娃脚朝上……只听咚一声，头朝下来。

心然已经无力呼喊了。苏记恩流着眼泪满脸的焦急，一双温暖的大手紧紧握着媳妇的手。

苏武左手在产妇腹前从上到下，帮着产妇朝下用气力，并且安慰指导说："快了！吸气，深呼气……娃娃头快出来了！吸气——憋气——用力！

只听心然一声惨叫："啊——"

娃娃头先出来，随后很快地全身滑落下来。是个男娃娃。因在娘肚里憋的时间长，满身的紫青。

苏武倒拎起娃娃，趁着劲儿在屁股上扇了两巴掌，还是不出声。他只得又补了一巴掌，娃娃终于哭了。

苏武满头大汗地瘫坐在地，瞧着昏迷过去的产妇下身流着血。他喘着粗气朝外喊："亲家母、照顾女儿！接生婆，剪脐带！"

两女人进来各司其职。苏记恩搀扶起苏武到门外。他撤下围住口脸的手巾，脸上毫无血色，疲累地背靠着墙坐在碎木凳子上。

他感到胸口憋闷，一阵翻腾，把早上吃的饭都吐了出来。

能仁见状忙进灶房，端着碗开水出来说："老哥，今天多亏了你！"

他喝了口说："老了，不行了！"

"是你心力过度了！"苏记恩给他擦着汗。

是啊，今天是他回大汉以来，心力和体力最集中用力的一回。

"爹爹，真的很感谢你！"苏记恩跪地叩头。

他拽着苏记恩："快起来！再说，救人命是最要紧的事！"

"老哥，心然和娃娃平安，多亏了你！"

"自己的娃娃，应该的！"苏武头倚着墙闭目养神。

心然母亲收拾好产妇后回来洗了手，端来两个早就做好，还热腾腾的荷包蛋，递给苏武："老哥，你先吃点吧。"

"给心然端过去，让她赶紧吃！"他憋住难受说。

"锅里还有！这是给你的！"

苏记恩接过碗说："妈，你去照顾心然，这里有我和我爹。"

"爹，你吃点，心里会好受一些的！"

"大哥，你吃点，心里会好受一些的！"

苏武接过碗，抿了口汤，还是甜的。他把两个鸡蛋和汤吃过，坐了会儿觉得好些了，挣扎起身说："你们照顾心然，我回家了！"

苏记恩："爹爹我送你！"

"心然现在正需要你！"他推开他。踉跄着走出门。

能仁搀扶着他："老哥，我送你回家！"

一六四　就认命要紧

能仁骑在马上，前面护着苏武把他送到家门外。

苏李心急火燎地奔出门，一见苏武忙说："大哥，你回来得正好，兰芝肚子疼得要生了！"

苏武一听滚下马鞍，踉跄着跑进门。

苏李奔上前搀扶住他。

能仁听说家里有产妇，忙把马拴在门外树上，也奔进门来。

苏武咬着牙对苏李说："快烧开水，把剪刀煮煮消毒！拿碗菜油来！"

他回到自己的房子，换上件干净的衣服，在水盆里拿皂角胰子洗干净手，扯块丝巾围着脸，只露着眼睛奔进产妇房中。

兰芝肚子疼得呼喊着，躺在炕上的血水中。他忙拉过件衣服擦着炕席："拿块垫子来！"

"我、做、做的、草、草木、灰袋子！"她忍住疼痛，无力地扯着身边炕里面的包袱。

苏武忙拉来包袱打开，拉了只袋子垫上。他一检查："还得会儿！"

"我、我疼死了！啊——"兰芝疼得顾不得平时贤淑的样子了。

苏武走出门，扯下丝巾靠着墙休息，感到自己今天气力欠缺。

苏李拿着菜油出门看他疲乏的样子，在肩上拉下烟锅子递给他："哥，吃口旱烟！"

他平时是不抽烟的，看他抽时老劝他，别抽，抽烟不好！可是今天他接过他递上的火镰点着。他抽了口，有些呛，咳了两下，竟然觉得心里没难受。

屋里兰芝疼得哭喊着，自己在外面咂着烟锅子……嘿，还真的能提神。突然兰芝喊声沙哑了，他夺过油碗奔进门。

"苏李，快进来帮忙！"

苏李随声进来，瞧着女人难受的样子眼圈红了。

"快，抓住她的双手和上身，叫她别动！"他安慰说，"快了！你现在一定要听话，会减轻疼痛的！"

他一检查还是顺生，给下面慢慢地抹油："现在深吸气——咬牙憋住，攒着劲！呼气也要慢——吸气——憋气，向下用力……"

苏李双手抱住她，不让动。她疼得无法，一口咬住他的肩头，竭力地叫："嗯——啊——"

"呱"的一声，娃娃落生了。

"生了，是个女孩！"他喊着，"苏李，快拿消过毒的剪刀！"

"在锅里煮着！"苏里放下流泪的妻子，奔出门。

"二哥，谢谢！"兰芝擦着泪幸福地说。

"看，按我教你的办法做，吃我给你规定的吃食，娃娃顺当地生了吧！"

苏李端着开水及剪刀过来，手中还拿着双筷子。苏武笑着说："你真是聪明！"

他用筷子挑出剪刀凉着："来块好棉花，把灯点着！"

苏李快速地完成这些。

剪刀凉了，他给娃娃剪断脐带，烧了棉灰敷在脐口，拿块新布包扎好，裹上娃娃，放在兰芝身边后忙奔出门。

能仁在外面等着，见他出来，忙上前搀扶他，把他送进房子，扶他坐在炕边。

苏武感到自己头昏目眩，啥都在转圈子，紧闭上双眼，扯下丝巾擦了手倒在炕上。

他双目紧闭，对能仁说："亲家，快回家吧！看看心然，叫她静卧休息！"

他摸着炕里面的木箱子，拉开锁子，摸了两药丸递给能仁说："亲家，把这两丸药拿回去，现在给女子吃一个，明个早起再吃一个，我害怕心然大出血。"

他又交代说："三天内叫女子千万别下炕！记住：夜里叫她妈陪她睡一个月！"

他沉思会儿叮嘱说："你回去叫记恩来一趟，我有话对他说！"

"好！老哥，你好好歇歇，我回去了！"

苏李招呼兰芝吃了六个荷包蛋，他给大哥也端来一碗，看他闭着眼睛，轻声地说："大哥，喝口汤。"

"叫我先睡会儿！"

他给他脱了鞋，盖好被子，端着碗回灶房放在锅里热着。他又忙着给牲口添草加料，眼看就晌午了，得赶快准备做饭。

苏记恩骑马回来，看苏武睡着了，不忍心叫醒他，坐在院子里帮苏李择菜。

“爹爹今天的确是心力过度劳累了！”苏记恩担心地说。

“怎么回事？”苏李问。

他把他们一到家，心然难产，苏武精心地接生……力保心然母子平安的事情说了。他感慨地说：“心然生完他就瘫倒在地！”

苏李想着大哥刚回家，他妻子就要生了，又忙活了一阵，怪不得他如此的疲惫！他说：“大侄子，我看你先回去，就叫他好好歇息下吧！”

“那好！叔叔，我回去了！”他说着起身要走。

苏武眯了会儿好多了，听见外面苏记恩的声音搭了腔：“记恩吗？快进来！”

苏记恩走进房间，看苏武要下炕，给他穿上鞋，搀扶他下来：“爹爹，你找我有何要事？”

苏武想想说：“也不是啥要紧的事情。我是说，今天心然难产，我怕她大出血。这可是要命的！”

“你说该怎么防治？”

“我找你来就是说这事情的。”

他认真地说，“我站在郎中的位置上对你说，在心然坐月子的一个月里，为了你们以后能和和美美地生活在一起，你们千万不能在一起！

你看她今天难产，我们要是晚到一步，你就见不着她和娃娃了！”

他低头说：“我知道了！”

“我也是从年轻过来的。在这事上，心里想的和实际做的是有差别的！我知道你刚回来很想那样，可是不行！你能做到吗？”他严肃地问。

“我能行！”他瞧着他坚决地说。

“能行就好！”他说，“你烦了，就来我这里说说话，就是住在这里也行！回去吧，洗衣做饭勤快点！”

“我知道！”他高兴地给他鞠了个躬，出来同在灶房做饭的苏李打声招呼回家了。

苏武走出房门，一阵头晕，惊叫一声：“啊！”浑身无力地跌坐在地。

苏李闻声奔出灶房，搀扶起他：“大哥，你这是……”

“我内急！”

他搀扶他上了茅房，回来扶他躺在炕上：“你先歇着，我给你弄碗红糖水来！”

他端了碗红糖水来，看着他喝了问：“怎么样？”

“莫非我也坐月子了！”他笑了。

“我这就去擀面，做你最爱吃的油泼面！”苏李拿着碗出去了。

喝了碗糖水心里好受多了。他瞧着苏李的背影想，自己回到长安的家里，多亏了这位不是亲兄弟的亲兄弟，鞍前马后地关心着自己……

今天说来也怪，兰芝比心然应该早生，怎的倒落在了她后面……他计算着时间，原来心然是早生近一个月，兰芝是过半个月。今天还遇在一起。

回想起夜里和苏记恩一起拉家常睡得晚，今早又遇见如此人命相关的事情……过去累了，睡一觉就缓过来了；唉！如今真的是老了。

他算着时间，自己回来已经六年多了，已经六十七岁多了……

一六五　迟到的消息

苏记恩去年带着苏武家信回到云中就下雪了。得肯特等不及，赶着骆驼回北国了，这信只能再等待一年才能到胡地。

贝加尔海又进入到了冬季，坚昆毫无疑问也是一样的。梅尕和孩子们等待着苏武的回信，等了一年多，李陵才从哈拉和林回来，带回了苏武的回信。

外面寒风怒吼，大雪纷飞，屋里火塘劈柴噼啪作响，温暖如春。

梅尕和三个儿女、媳妇、女婿还有孙女孙子十口人，围着木儿席毯而坐，听着苏贝尔念着父亲的来信：

骨肉枝叶旺，北海水流长。
一日三叩首，遥祝尔等安。
仰天面日月，神风送温情。
相待重逢时，重话新光景。

作为后辈，都受过他的汉语教育，苏贝尔读着信，弟妹们回想起和苏武别后的思念，流泪听着。

国儿听后，擦着眼泪说：“阿爸独自一人，比我们更难过、更孤独！可他还信心满满！”

“是啊！”刘伊心说，“我们啥时候能见到他？”

梅尕这回没有难过，她说：“我们在这里平平安安地生活，积攒下钱财，想办法回大汉看看！”

“好！”海儿擦了眼泪赞成地说，“从现在起，我们个个要练好武艺！”

“你们有此决心就好！不过不能对外张扬！”梅尕一再叮嘱，“你们中哪位要是在外面说了什么，让我知道，绝不饶恕的！”

“记下了！”大家异口同声。

去年，赵大哥带着大家给国儿和海儿都建了新房，他们已经单独居住了。李陵和於维尔兰的家里只有小儿子李於林了。小儿子已经十岁了，单独分榻住着。

灯光明亮，两人躺在炕上。於维尔兰抚摸着男人的两鬓白发，感叹地说：“时间过得飞快呀，头发都白了！”

“是啊，转眼间，我们都老了！”李陵说着猛想起，“哎，苏仁兄来信了！”

“怎么、去年姑姑和娃娃给他的信，现在才拿回来？”

“这信必得肯特兄弟亲自到云中贩卖药材才能送的！”李陵自言自语嘟哝，“仁兄、在那里过得也艰难。”

“你说什么？大汉发生了什么？”於维尔兰吃惊地问。

“没，我没说什么。”他忙改口。

“那你怎的说苏大叔过得艰难？”她不饶人地追问，“你快说他怎的过得不好？”

“没，我没说他过得不好！”

“那我明天去问梅尕姑姑！”

“别！我怕她担心难过，她根本不知道！”他无奈只得说，“我说了，你可不能告诉她和孩子们！”

“你不是怕她担心吗，我也怕她担心难过，不会告诉她的！”

得到女人的许诺，他才把大汉朝廷大臣上官桀谋反被灭族，以及苏武的儿子苏元也参与了那事被斩杀之事……苏武被儿子牵连，多亏大将军霍光搭救，只是罢官之事告诉了妻子。

李陵感叹地：“仁兄又一次遭受了沉重的打击！”

“这儿子也够不争气的了！”於维尔兰生气地说。

“这就是：伴君如伴虎！”李陵深有感触。

“我看你也老了，还是告老回坚昆来生活！”於维尔兰对男人说。

“我也正在找机会！”

“哎，卫律现在怎么样？”女人担心地问。

“这家伙光顾搂钱财！”

“那大单于不管吗？”

“这些事情是说不清的。”李陵不愿让女人知道王庭的事情，“咱们还是过好日子吧！”

“我看王庭内部如今分崩离析的，咱们得想咱们的事情了！”女人提醒说。

“我知道的！”

夫妻俩聊着，睡着了。

冬季，坚昆除过学堂和各作坊有人做活外，牧人们都在家里享受天伦之乐，不大出门。

后来建的房子都和梅尕他们离得很近，於维尔兰和李陵两口子几乎整天都在他们这里，帮着李於兴和李维一他们带娃娃，两个小孙女绕在膝下，这也是天伦之乐了。

这天医馆里火塘柴火旺盛，梅尕一人在配药。於维尔兰抱着三岁的孙女小李苏推门进来。李苏喊着：“阿婆，我来帮你！”

“好好！我家李苏长大了！”梅尕忙关上门，收拾了木几上的药物，擦了手接过外孙女。

於维尔兰不满地说：“姑姑，你整天忙，想和你说说话都找不到机会！”

“那，今天咱们好好说！”她把娃娃放在地上，把一些木盒子放在她跟前说，“我们家李苏爱盖房子，来，自己玩吧！”

李苏坐在地毯上专心地玩着。

於维尔兰瞧着孙女说：“这娃娃怎么一到你跟前，就很听话？”

梅尕笑了：“那是你干涉得太多，不让她干这、不让她做那的。她在我屋里，只要不是危险的地方，我都不管她。”

“你的心可真大！”於维尔兰脱口而出。

梅尕一听不对：“你这是啥意思？”

“没、没啥、意思！”

“你一结巴，我就知道有意思！”梅尕说，“有啥话就说，吞吞吐吐地做甚？”

“我、没啥意思呀！”

“说吧说吧！”梅尕说，“你姑姑我经的事情太多了，啥话都能听的！”

"那你想——"

"是不是苏大哥的事？"梅尕平静地问，"说吧！"

"这可是你叫我说的！那你可别怪我！"

"不怪你！"梅尕大度地说。

她把从李陵口中得苏武回汉那年到第二年，大汉朝廷发生的事变，以及苏武儿子参与被诛，苏武受牵连而遭罢官的事情告诉了梅尕。

梅尕闻言一怔，接着泪如雨下。

"姑姑，你要哭就哭出来，哭出来就好受多了！"於维尔兰上前给她抚胸捶背。

梅尕硬噙着泪摇摇头："我没事！"

小李苏抬头看外婆流眼泪,放下手里的木盒子,过来给擦她眼泪:"小宝贝，别哭！"

梅尕搂着外孙女亲了口，擦了泪说："他也够倒霉的了！"

於维尔兰眼圈红红的："他也是幸运的！没有被满门抄斩，是大将军霍光救了他的命！"

"是那次来接他回汉的霍光大将军吗？"

"是的。"

"有他在朝，他不会有生命危险的！"

"头一封信，是胡犴和得肯特两人到长安找到他，他亲自看到他的生活，他现在吃住的地方还行，和一位好兄弟在一起！"於维尔兰说

"这我就放心了！人活着比啥都好！"梅尕擦了泪说，"听了你这一说，我想，还是我们这里平安！"

"是啊,我们这里平安！"於维尔兰沉思地说,"咱们只要守住自己的地盘，就能生活下去的！"

"我希望也是！"梅尕真诚地对她说，"回去告诉贤弟，我们感谢他！"

"姑姑，这是互相的！没有苏大叔，就没有我们的认识，也没有我夫君的到来，更没有我们两家的一切。我们还要感谢你们，在贝加尔海的爱和情谊！"於维尔兰由衷地说。

"是啊，还真的想念那里！"

"那里还有伊尔得一家，咱们啥时候一起回去看看！"於维尔兰提议。

"夏天，明年夏天，咱们带着娃娃们回去看看！"

一六六　梅尕决定

夜里，梅尕躺在炕上，回想起和苏武在一起的近十九年里所发生的一切，彻夜未合眼。

在贝加尔海的日子里，虽然艰苦可是很幸福。

他们新婚之夜的不易……

李陵和於维尔兰跟他们在一起的情谊和快乐……

还有刘勇义、吴胜他们的友情和亲情……

她心里默默地对他说：苏大哥，感谢你的到来，让我的人生如此的丰富多彩！苏大哥，我知道分别的意思。我不奢求我们能团聚，可你要很好地活下去……

李贤弟和这里的汉人对我们母子都很好，我们在坚昆都有各自的事情做，心里也都踏实。以后的事情等待以后去解决，只要人活着，就有希望……

苏大哥，感谢你给我留下了三个生龙活虎的娃娃，如今他们都已经结婚，都有了他们的小家和娃娃。有他们陪着，我知足了！

苏大哥，我知道你是个心胸宽阔的人，可我还要叮嘱你，遇事要想开些……我想你，我真的很想很想你！

我每每夜里睡不着时，就想着你在我身边陪着我，抚摸着我，安慰着我，我就能很快地入睡……

"梅尕，小心！"苏武的呼喊声把自己一下子惊醒了。他手摸着身边，睁开眼睛，原来是一场梦。

苏武浑身汗湿躺在炕上，回想起梦境：漫长的冬夜，他和妻子在榻上正在亲热……突然一只海豹扑上来，他着急地大声喊……谁料想自己把自己喊醒了。

他想再次回到梦里，可是不可能了！他们别后六年多来，这是头一次梦见她。这梦是吉还是凶……他苦苦思索着……

海豹是不伤人的，再说，冬天的贝加尔海，海豹是不出来的。他们没有危险，他们现在居住在坚昆，是一个大镇子，有刘勇义吴胜还有那么多汉人兄弟在一起，一定很安全的！

是我太想梅尕了。他想起他们婚后在一起的日日夜夜，虽然自己有时为回不了大汉而发脾气……可她却能原谅他，用她的温柔来安慰他……

想起那次李贤弟回到贝加尔海告诉他，大汉皇上驾崩了的消息。当时他万念俱灰，面对南方哭了三天三夜直到病倒……是她，是梅尕给他配药，给他安慰，让他的身体终于恢复过来。

世事难料，当他决心在胡地老死终生时，却传来回汉的消息……

十九年后终于回家了，可是，又出了儿子苏元被斩杀之事，自己又陷入长安朝廷的争斗之中……

唉！这都是命！自己如今能活着就不错了！他现在家里过得还算不错，不能让他们母子担心！他又算了算时间，长安如今正是十月小阳春的时节，坚昆那里已经是冰天雪地大风呼啸……

自从去年一天接生了两个娃娃后病倒，经常头昏眼花，将养一个时期，虽然症状不见了，却出现了每天天亮前，浑身潮热出盗汗的情况。自己作为萨满知道这不好，可也无法给自己医治。

梅尕，要是你在跟前就好了……可他知道这是妄想。

东方发白，苏武实在睡不着了，起来穿好衣服走出门外，一阵寒风吹来，他裹紧衣袍，走进灶房，点火烧水，想做点可口的吃食。

苏李也起来进门："大哥，我来！"

自从兰芝生娃娃后，每天早上大都是两个男人做早饭："你去陪媳妇和孩子吧！"

"那母女还在睡着。"苏李把他推出门，"你再去躺会儿，我做好给你端过去！"

他回来躺在炕上，觉得自己睡过的被褥潮乎乎的。他把褥子扯掉，躺在热乎乎的炕席上，干爽舒服了许多，不知不觉地睡着了。

当他睁开眼睛时，一岁多的小侄女苏瑾，在他眼前坐着吃油酥饼。

她瞧他睁开眼，把手中的饼子递给他，稚气地说："吃吧！"

"你吃吧！"他坐起来，关切地问："你怎么在这里？"

苏李端着两只荷包蛋，拿着两块油饼进来说："是我让她好好坐这里看着你。大哥吃饭吧！"

他接过碗说："你们吃什么？"

"兰芝看你这一时吃饭很少，给你做的红糖荷包蛋和油饼。"

"谢谢！"他感激地说。

"一家人，别老这么说！"苏李说，"你还是我们的恩人呢！"

苏武就爱吃甜东西和油大的食物。

他看他吃得香甜的样子说："大哥，这冬天就要到了，咱两个去集市上买只羊回来宰了，冬天吃羊肉泡馍。"

"行！这钱我来出！"苏武现在虽说俸禄不多，总比一般百姓强。他这人不吝啬，大都把钱贴进家里人的生活上。

自从心然难产被他救后母子平安，酒馆老板能仁不时地给他做宣传，如今周围许多人有病都来找他医治，他的手头活泛多了。

留得青山在，不怕没柴烧。只要自己在人世，就能等到好时运的。

梅尕让於维尔兰不要把苏武在大汉的事告诉给孩子们，她警告她说："尔兰，你要是让娃娃们知道他阿爸在大汉的遭遇，咱们两家就绝交！我就搬回贝加尔海子去！"

"我告诉你，是为了让你别太痴心，过好你和娃娃们的生活！"

"这我知道！"梅尕一再地说。

"娃娃们年轻气盛，出了事，你要负责任的！"

"我於维尔兰知道利害的！再说，咱们两家血肉相连，我不会害我们的孩子！"於维尔兰坚决表态。

"希望你能说到做到！"梅尕黑着脸严肃地说。

梅尕得知苏武回汉的遭遇后，更加坚强了。她要在有生之年到长安去看看男人，看看母亲的家乡！她算了算自己的年龄，那年到贝加尔海找苏武自己二十五岁，如今五十出头，自己身体还行。

她决定要回大汉看男人。

这里经常有往来大汉酒泉郡做生意的胡人，来这里贩卖药材、铜铁原料啥的。她悄悄向他们打听道路和大汉那边的事情。第二年开春，有一贩卖铜铁块的生意人腰痛得不能行走，来医馆看病。

她搀扶他趴在医榻上，给他腰背部扎着针问："这位大哥，你家住哪里？"

"在酒泉郡和胡地相接处。"

"你经常去酒泉吗？"

“常去。我家距那里打马一天的路程。”
“那你赶骆驼到这里走多少天？”
“路上没风沙的话，一个月。”
“打马来这里多少天？”
“也就二十多天吧！”
“路上好走吗？”
“说难也难，说不难也不是很难，就看路上的运气了。”
“你啥时候准备回去？”
“腰好的话，就能启程。”生意人问，“大姐，听你说话，不像胡人？”
“我和父亲是胡人，母亲是汉人。”
“那你怎的在这北部地方？”
“祖辈凭萨满吃饭，走到哪里都是家。”
“我们那里也缺像你这样的萨满，能到我们那里去吗？”他人趴在医榻上问。
“可以呀！”梅尕笑着说，“不过，我得带着我的家人！”
“好！一言为定，我的病好了，走时约你！”生意人爽快地说。
“那好！一言为定！”梅尕也痛快地说。

一六七　阿妈他们回汉了

她给这位四十来岁的生意人治腰疼，不但扎针还配了药，七八天后，那人的腰痛病好了。她叮嘱道：“你这是长期劳累所致，最近在这里多休息几天，路上病就不会犯了！”

他听了她的话，在这里住下来，每天来这里继续治疗。

梅尕在闲余时间准备着，她要带着海儿和李维一一起走。海儿遇事脑子快捷，李维一和他一样。就是这一路很是艰难，不能带娃娃，只能让尔兰他们带了。

她有个想法，想把他们留在长安照顾苏武。这事情千万不能让李陵两口子知道，怕他们担心。

这天晚上。她悄悄和海儿说了这事情，儿子很是赞同：“妈，今生能到大汉长安去一回，是我的荣幸！”

“你回去和维一商量下，再作决定！不过一路上很是艰难，不能带娃娃。”梅尕要让儿子媳妇自己想清楚。

“她管不了我的事情！”儿子执拗地说。

“夫妻间要互相信任，维一是通情达理的。不过，这事情千万不能让李家父母知道，会阻止的！”

“我知道！”海儿安慰梅尕说，“阿妈，这事情我是有分寸的，你放心吧！”

她很放心老二做事的，不过她还是叮嘱道:“回家好好商量，别由着自己！”

苏国海回家，和李维一一商量，李维一很爽快同意。其实她看到阿爸李陵在胡地生活心里一直的忧烦和纠结，为了父亲她也很想回大汉看看的。

苏国海一再叮嘱妻子：“这事千万要保密，再亲的人都不能知道。对外说，是陪着阿妈外出给人医病……”

第二天，海儿叫来打马掌的朋友给三匹马打好结实的马掌。

第三天清晨天刚亮，大家还在沉睡中，梅尕、李维一两人女扮男装，和海儿悄悄牵出各自的三匹马，带着简单的帐篷食物和家里值钱的东西，留下封信，跟着生意人出发了。

生意人赶着三头骆驼和重物走得缓慢。梅尕怕家里人追寻，拿着生意人给他们画的路线图，打马奔驰起来。

李维一在马上高兴地说：“这才叫牧人生活！”

苏国海提醒她：“别高兴得太早了！有你哭的时候！”

“我虽然没有吃过什么苦，可我懂得人活着要坚强！这是苏大伯教我们的。”李维一认真起来。

梅尕知道儿子的脾气，说儿子：“你这个臭小子，就会瞧不起人！”

儿子还要争辩，梅尕不理他打马前行了。

他们两人也打马紧跟上。

第一天黄昏，他们打马奔出了围着坚昆的大山，一出大山就是沙漠边缘。这里只有一户住家。

这家是沿着平缓的土坡建着土石砌的厚墙，上面是木头棚的厚土泥屋顶。旁边羊儿已经进圈，牧羊犬在羊圈门口守护着。

看来是长期居住的牧户。

这里风不大。两位白发老人佝偻着身子，在门口石头垒的灶前一个人烧火，一个人搅锅。

梅尕把马缰绳递给儿子上前，男人样的粗声问候道：“老人家，做饭哪？”

烧火的男人起身一瞧，是过往的客人：“哦！要帮忙吗？”

“老哥，我们想在这里住下，能行吗？”梅尕客气地问。

“行行！”老人说，“有人做伴，很高兴！”

“这家就你们两人？”

“娃娃到远处放牧了！”

梅尕让海儿两口子把帐篷搭在老人家对面，自己拿出了蒸的麦面馍馍对老妇人说：“阿婆，可以一起吃饭吗？”

“行！”老阿婆说，“我们没有好吃的。”

“有奶就行！”

“有奶酪！”老阿婆说着，进帐篷拿出了奶酪，“我来做奶茶！”

奔跑了一天，晚上吃了顿热腾腾的奶茶泡白面馍，还是很惬意的。

老阿伯为他们喂上了马匹说：“你们累了歇息，我来照看它们！”

他们住在这里，经常有进出胡地的商人驼队过往，老人都是热情地迎来送往。这是两位老人很高兴做的事情。

“那就感谢阿伯了！”梅尕进到帐篷，对儿子说：“小男人：咱们第一天遇见了好人家，有老人帮忙。明天进了沙漠，你就该负责任了！”

“阿爸放心！”梅尕是男装，路上让他们称呼她阿爸。李维一也是男装，是她的另一个儿子。

两个年轻人没有跑过这么远的路，梅尕听着他们轻轻的鼾声想：今天晚上，家里人看不见他们回家，一定急死了。

如今家里人是不是到处寻找他们……我这次决定是不是错了……我是不是该把真相告诉他们……她想着想着，禁不住困倦袭来，睡着了。

晚饭后，天都黑定了，苏贝尔没有看见母亲和海儿两口子的人。她开了母亲的家门，点着油灯，发现母亲榻上的毛毡和被褥不见了。她举灯走进灶房，前几天磨的麦面也没有了……

她想想，忙举灯回来，发现榻上的木板上有字迹，仔细一瞧上面写着：“贝尔，别心急！我和海儿、维一要出趟远门，该回家时就回家了！阿妈。”

苏贝尔生气地嘟囔着：“说是一起回贝加尔海的，自己却偷偷地走了！”

苏贝尔很是放心妈妈和海儿他们的，回家也就没吭声。晚上睡觉时，小李苏对她说："阿妈，我想和外婆睡！"

"她不要我们了！"贝尔生气地说。

女儿一听这话，哭着喊叫："我就要和外婆婆一起睡嘛！"

一旁的李於兴对女儿说："别哭，阿爸带你过去！"

苏贝尔流着眼泪说："他们走了！"

"去哪里了？"

"谁知道？"她擦着眼泪说，"她在榻板上写着，他和海儿两口子出趟远门，该回家时就回来了！"

"走，咱们过去瞧瞧！"李於兴抱着娃娃，他们开门到隔壁的房子里一看是真的，家里过去的帐篷也不见了。

他想起昨天后晌，海儿找人给马挂掌的事，问他："姐夫，咱们这里哪家给马挂掌挂得好、挂得结实？"他说了后就没在意。谁知就发生了今天这事。

他劝妻子说："别难过，他们说不定去贝加尔海子了！"

"我看不是。"苏贝尔说，"今天清晨，那位贩铜铁的生意人也不见了！"

"你是说，他们跟着那生意人去大汉了？"李於兴吃惊地问。

"是的！"苏贝尔生气地说，"我阿妈这一时做什么事情，都不和我商量，都跟海儿商量的。"

"这是你的猜想！"

"不是。"她说，"你还记得那次，一家人在一起，看我阿爸来信的事吗？我阿妈就说，积攒钱财，以后去大汉看看的！"

"那你说现在怎么办？"他着急地问。

"能怎么办？"她说，"咱两个暂时都别吭声，到有人问时，也不能说实话，只说舅家有事，他们得知回去看看！"

"这也是个办法。"李於兴问，"那我阿妈要问起来，我怎么说？还有国儿他们？"

"国儿他们我来说！你阿妈问起，就说他们去舅舅家。"

一六八　大风沙后遇狼人

第二天早上，这家老阿伯为他们经管好马匹，老阿婆为他们准备好奶茶，还给他们准备了一小皮囊的奶酪。

梅尕给老人一些银子，让他们给牲口也准备好吃的草料和淡水，够他们节约着穿过沙漠。

老阿伯带着苏国海来到一土丘后面的小水塘，给马驮的水囊灌满淡水，回来装好草料。

老阿婆还让老头子送了他们一程。老阿伯给他们指了条到张掖郡可少走两天沙漠的捷径。他们沿着沙漠边沿隐隐约约的马道前进着。

他们走了两天，没有遇见过路者和牧人。

阳光下，一望无际的沙漠，沙梁子，一道道、一轮轮地泛着金光，让他们这些没有见识过大沙漠者感到新奇震惊。

人和马都热得难受，为了节省马的体力，三人下马牵着，一步一步在深沙中艰难地跋涉着……虽然身上都带着水，可是不到万不得已时，不敢饮用。

这样走了将近四天，太阳落山了，他们才遇见了斜对面有人赶着一队负重的骆驼而来。海儿双手卷成喇叭筒打招呼："哦呵呵——"

对面人听见也回过来："哦呵呵——"对面人调整着方向，驼队朝着他们直着过来。

原来是一队驮着铁和铜块，贩卖到坚昆、丁零北方等地的两个商人赶的驼队。

说起来他们算是不认识的熟人。

梅尕问了那边的情况，他们说，再走一天半就过了沙漠，是山谷道，骑马就好走多了。她问："两位老弟，你们晚上在这里休息吗？"

他们两个人看看周围和天上说："这里周围没有沙梁、沙丘，看来晚上不会有大风，骆驼已经走了一天，就地休息也可以！"

晚上在沙漠里，也不用搭帐篷。梅尕拿出了两只麦面馕饼送给他们，他们两人给他们带的囊里续上水，五个人在一起吃了顿饭，各自休息下来。

没有人怕狼了，倒是人怕了人。

梅尕招呼两个年轻人睡下，自己给马喂了草料，把马拴在娃娃身边，自己靠着马坐下打盹儿。

天亮时，突然起风了，风是从北边滚滚而来。对方人起来呼喊："快起来，大风沙过来了！"

梅尕一骨碌站起来："海儿、维一，快起来！风沙过来了！"

他们两人跳起来。梅尕说："快收拾行李，上马！"

当他们收拾好一切，要上马走时，来不及了！风沙从后面扑来。对方人喊："快，牵马背风卧倒！"

他们照着做了。对方牵着骆驼把人都围在中间，背风卧下。

大风呼啸，裹着沙尘遮天蔽日，劈头盖脸而来。没有经过大风沙的他们，恐惧地趴在卧着的马身边。半个时辰过后，天亮了，风渐渐累了，沙尘也慢慢地消停下来。

好险哪！卧着的马和骆驼被沙子埋了一半，人多亏靠着它们的。要是风沙再多横行半个时辰，他们就会被埋！

多亏遇见对方是久经沙场的生意人知道怎么避风沙，要是没遇见他们就惨了，梅尕心有余悸地想。

一起吃早饭，他们双方互相道谢，道过保重，在各自将要启程时，对方一位对梅尕说："老哥，你们骑马，走得快。今天，你们能走出沙漠！一路顺风！"

"兄弟，大家都一路顺风！"

他们挥手道别，各奔自己的目的地而行。

朝阳洒在面前的沙漠上，空气变得凉爽且温和。

梅尕他们打马前行。

"阿妈，咱们到张掖郡，去长安还要走多少路？"李维一问。

"听你苏阿爸说过，那是你李家的祖居地。"梅尕鼓励娃娃们说，"我想大汉在那里既设了郡府，去长安就有驿站。我们带着银子，打扮成汉人，说着汉话，住汉人的驿站，不管有多少路，都要去长安的！"

"我们在路上，敢问苏武家的事吗？"海儿问。

“不能问，也不能说什么！”梅尕嘱咐，“一路上我来问路、问人，不管遇到啥事，你两个只做乖乖儿子就行！”

他们按照生意人的嘱咐，直到夜里子时，他们才看到前面有大东西挡住了道路，不过他们却发现身边有了灌木丛。这里到处都是黑乎乎的，看不清路不说，周围也没发现有帐篷有人家。

梅尕对他们说:“咱们在高地左边隐蔽处搭帐篷,吃东西休息,明天再说。”

海儿两口子撑帐篷。

梅尕在地上捡了把干树枝，火镰打火点着，再折下些灌木枝搭上，火腾腾地着了。她拿出铜锅添上水，找石块放在火周围，架锅烧起来。

沙漠中走了这些天，人马疲累不说，都是吃的干馍，喝的凉水，这里有柴，今晚上给娃娃们吃些热乎的，好好休息，明天好赶路。

刚煮好奶茶，准备吃饭时，两只狼哇嗥叫扑过来。

海儿跃起一脚踢到一只狼的肚子上，只听哎哟一声，狼却直立起身就跑。原来是人装的。

苏国海瞧着另一只，正在和李维一打着……靴子腰上抽出明晃晃的匕首大喝声：“李维一，我来了！”

此人一听是地道汉话，瞧着发白光的匕首，忙跪地求饶：“好汉饶命！”

苏国海一把扯下他身上的狼皮，火光下，他满脸灰土，衣衫褴褛，不能遮体，喝问：“你是什么人？”

“我……我是汉人。”

梅尕一听是汉人，起身过来说：“叫你的朋友过来，一起吃点东西！”

此人一听，一声呼哨，那位朋友也奔过来。梅尕把他们自己正要喝的奶茶递给他们，并递上烤热的馕饼：“来，坐下一起吃！”

她对两个孩子说：“你们俩一旁去放哨！”

瘦高者听说要放哨，不屑地说：“不用。只因我们两个在此骚扰多年，这里人都搬走了，方圆多里没有人家，不用放哨的！”

梅尕问：“我看你们也不是坏人，为何在此打劫？”

矮一点者问：“听话音，你们都是汉人，对吗？”

“对。”梅尕问，“两位兄弟因何在此？”

“唉！别提了，我们真倒霉！”高个儿无奈地说。

他们在这里二十多年，今天好容易遇见了汉人，感到很是亲切，也就有了诉说自己遭遇的欲望。

个儿矮的点头叹了一口气说：“看你们是我们很不容易看到的汉人，我就实说了吧。”

他说了他们是跟着苏武苏使节，一起出使匈奴的士兵，只因发生变故，被发配到边远部落做苦力。不堪受辱，逃跑出来迷了路，胡乱走到这里。

高个儿低头补充说：“无奈，就一起做起了这事。”

“这都二十五六年了，你们就一直在这里？”梅尕眼圈红了。

“我们没有首领，又没能力回大汉，也不能留匈奴，只有在这里靠这狼皮生活了！哪一天动不了了，就……就睡进真狼的肚……肚子里，也……也算是……有归宿了！”他们说着，流下了痛苦的眼泪。

梅尕一听是苏大哥的士兵，心里很是难受。想着他们来时一百多士兵，他回汉时，只有活着的九人。他们俩不堪受辱沦落自此，坚强地活着，就是一种毅力，真叫人佩服！

自己虽然不能说出身份，也不能帮助他们什么，可是，带着他们一起到汉地总是可以的。

她不想让他俩自生自灭在这无人之地，再看他们两人的身体还行，路上不会是累赘的。

一六九　狼性难改

于是她问：“你两个知道这里距张掖，有多少路吗？”

“这里是匈奴的东浚稽山北首，距大汉还挺远的！还要过多道沙漠。没有积蓄和马上道，会饿死渴死在沙漠里的！”矮个儿说。

“你们想回家吗？”

“想！”两人异口同声地说。

“那——咱们一起走吧！”梅尕沉思着说。

“只要老兄和弟弟们不嫌弃，我们愿意！”两人立即表态。

他两人看出这位老大哥是个心善的汉人，这两位小哥也是武艺超人，跟着他们就是到不了大汉，死在路上也心甘！两人也没有问这是为什么就答应了。

当夜，两人带着梅尕他们走进了自己住的山洞，尽管他们外出形象不堪，到底是当过兵的人，把家里面收拾得还算干净。

睡的地方在洞里高处，铺着厚厚的茅草，被褥和衣物都是抢过往行人的，不算很寒碜，这里还有两匹不算很瘦的马，看来他们也是准备回汉的。

梅尕问他们的名姓，他们警惕地互相瞧瞧，瘦高的自我介绍说姓王，矮一点的说自己姓马。

接着，两人要安排梅尕他们爷仨休息。为了能跟着他们回汉，再说大哥身边还有俩武功高强的小伙，也不敢轻举妄动。

梅尕他们在这里好好休息了一夜，第二天一早梅尕做饭，他们收拾行囊，饭后五人五马驮着一路上的吃用，沿着山道往山外走。

“你们杀过人吗？”梅尕问。

“没有！可是吓死过人！”

姓王的解释说：“那年开春黄昏，路过一对去汉地看儿子的两位匈奴老人，我两个披着狼皮呼啸而至。老婆婆吓得跌下马而亡，老公公跪地给我们叩头，我两个看其可怜而放过他。”

“后来呢？”

“后来嘛！”他内疚地说，“我们回去后，脱下狼皮，装作过路的生意人，帮着他把老婆婆的尸体绑在马上，送他们离去。打那以后，我们看到过往者是老人，就让他们安然经过！”

“唉，你们也真的不容易！”梅尕同情地说。

“一般过往者都怕狼，谁知你们却不怕！”姓马的苦涩地笑着说。

“我是旱地酒泉附近的人，带着两个儿子出来历练的，是给他们增长才干的！”梅尕微笑说，“别看他们两个年纪不大，一般武艺人还真不是他俩的对手。”

两人一听更是佩服这父子三人了。

夏季的山里沟道两边不时有小股流水和绿树青草。

梅尕瞧了眼他们：“这里夏季也有绿树青草，你们也该弄上几只羊在这里过不错的日子。”

姓马者不好意思地笑着说：“我们在这里成了精了！开始这里有两家常住的牧人，我们偷过他们几回羊不说，过往的人，被我们搞得夜里不敢路过。都说这里有狼精作怪。”

姓王的接着说：“这里有狼精害人的事愈传愈烈，吓得周边的那几家原住者迁走了，渐渐变成了无人之地。”

“唉！”梅尕叹口气对两个孩子说，“你们听着，一个人无论遇见什么事情，都要像这两位叔辈一样，想法子活下去！”

“孩儿记下了！”海儿和维一答应。

跟着两个地里熟，两天后他们过了大山。在外面休息了两天，攒足体力朝酒泉进发。

这一道沙漠夹在遥遥千里的两山之间，地势较低，大都是沙土丘和沼泽地，如迷魂阵一样不好走。不熟悉地形者，要是走沙漠沙丘还好说，要是走进沼泽地，就会一命呜呼的。

正因如此，胡汉双方对此地管理都比较薄弱，这里才成了商贩往来的冒险之地。商人是相信富贵险中求的。

这几年胡汉双方战事不多，这条道也就相对安宁了些。一出山他们骑马，沿着依稀可见的驼道前进着。

转过一座大沙丘，对面过来两人赶着的一驼队。

梅尕大声打招呼：“兄弟，你们从哪边过来？”

“酒泉。”

“走了多少天到这里？”

“哓行夜宿，十天多了。”

对方其中一位瞧着他们都是骑马说：“老哥，你们骑马，七八天就到！”

“谢了！”

“不用谢！”对方问，“你们路过山口，好走吗？”

老马回答说：“放心吧！如今一路上安宁了！”

“那就好！谢了！”对方两人高兴地和他们打着招呼，赶着骆驼而过。

老王感慨地说：“听到过往的人说声谢了，真的很中听的！很享受的！”

“是啊！这些年咱们虽然没有杀过人，可也够让过往的人提心吊胆的了！这回好了，大家放心地走吧！”姓马的感慨。

梅尕笑着说：“不管怎样，活下来就好！”

“老哥说得对！我们回到家，定要好好珍惜，好好地活着！”姓王的说的是心里话。

他们遇到沙石地和水地，就打马奔驰，遇到深沙地，就牵马而行。天黑时，他们赶到有灌木丛的一大沙丘旁，梅尕建议说：“二位，我看，咱们今晚就在这里搭帐篷歇息！”

他们吃了顿热饭，喂了马后，各自休息。

半夜里，一声马嘶惊醒了梅尕。她忙推醒身边的海儿和维一，没出声指指帐篷背面。

海儿拉着维一，悄悄从帐篷背面钻出，伏地瞧着外面：老王和老马牵着他们两匹好马，带着吃喝的东西要走。

海儿一声口哨："吁——"

两匹马随着呼啸起来，疯狂地尥开蹶子，把两人给踹翻了。

海儿和维一两人飞快地撩起袍角奔来，各给他们裆下一脚。

两人疼得在地上打滚求饶："兄弟饶命！"

他们狠踩在那两人身上。

海儿愤怒地说："饶命不难。我问你，你们两个为何恩将仇报？"

"我们……两……个想……想趁早回家。"老王结巴地说。

"那你可以说呀！我们交换给你也行，怎么如此下作！"梅尕黑着脸手拿马鞭拉开帐篷门出来。

"老哥饶命！"两人可怜巴巴地说道。

"你们如此狼性不改，就是回到家里也是祸害！"梅尕抡起马鞭狠狠地抽开了他们。

海儿说："父亲我来！"

海儿接过马鞭扬鞭就抽……

两人忙双手抱住脑袋求饶："饶了我们，不敢了！我们不敢了！"

梅尕生气地说："和苏使节回大汉者，都已经封官晋爵！可你两个渣子！"

"不敢了，饶了我们吧！老叔，我以后一定听你和这两位兄弟的！"

梅尕瞪着眼睛说："要是不听呢？"

"你们就打死我俩！"老王发誓说。

"这可是你说的！"梅尕对儿子说："暂且饶了他们！"

两人磕头如捣蒜。

梅尕真的是看在他们是二十多年前跟着苏使节到匈奴受了苦的分上，觉得他们能活着也是很不容易的，就饶了他们。

一路上，梅尕觉得他们是男人苏武的士兵，在胡地受了近二十年的苦和艰难，对两人放松了警惕。

经过这件事受到了教育。梅尕当着两人面，严厉地对孩子们说："海儿、维一，你们两个在路上一定要监视他们的行动，他们不听话就弄死！"

"孩儿遵循父亲教诲！"两人异口同声地说。

两人磕头如捣蒜地说："我们听话，一定听大叔和兄弟的话。"

梅尕瞧着东方已发亮，说道："收拾行囊，开路！"

这一闹，在路上，梅尕三人不理他们。两人默默地跟在后面。早饭没吃，一起打马奔行。

一七〇　大沙暴

半个上午，他们一行奔过了条五尺多宽的河后，算是走出了两山间的沼泽沙地。

越往南走地势渐渐高起来，虽然不是很缺绿色，而实际上还是沙漠。

梅尕瞧着头顶的烈日，打量着周围，发现不远处山丘边有两棵能遮荫的杨树，还有些许的绿草，对孩子说："海儿、维一，咱们打马去那里休息一下，吃东西。"

他们三人骑马奔过去，剩下他们两个尴尬地站在当地。

老王生气地责备老马："都怪你，非要干那事，挨了一顿不说，还搞得如此尴尬！"

"那你当时为啥不阻止我，也跟着我想逃？"老马不满地反驳。

"都怪咱们过了这么多年的狼人生涯，真的狼性难改！"老王自己狠狠地扇自己一个耳光，沉思道，"咱两人还真的离不开他们，回到大汉，还得让他们给咱做证才对！"

老马想想说："咱两个过去给大叔他们跪地认个错吧！"

两人商量后拉马走来。

梅尕他们三人吃着干粮喝着水。马在一旁吃着草。

他们两人拉马过来，放开马缰绳。跪在他们面前磕头："老叔和小兄弟，我们两个当时真的鬼迷心窍了！望你们不要计较！"

海儿和维一瞧着他们想笑，梅尕瞪了他们一眼，沉着脸对他俩说："起来吧！"

她从皮囊里拿出两块馕饼扔给他们："吃吧！"

"谢大叔！"老王接过饼说。

苏国海瞪着他们。

老马忙讪讪地说道："谢谢两位兄弟！"

维一生气说："真是敬酒不吃吃罚酒的东西！"

从此一路上，梅尕他们对他两个，没有了开始时的客气，两人老老实实地跟着。

天上烈日炎炎，地上沙粒滚烫。

这天午后，他们正牵着马在沙漠中行进。突然，狂风大作，天上乌云密布，天地间浑浑噩噩，如黑夜一般。

梅尕观察了风向，忙说："各人抱住各人的马头，头朝左，就地卧倒！"

所有人按要求催马卧倒，抱着马脖子卧伏在地。

突然，雷声大作，鸟蛋大的冰雹，砸得马儿起身仰天嘶吼！

梅尕喊着："勒紧缰绳！"他们三人紧紧地一手牵着马缰绳，一手拽紧马辔头，马才静下来。

"护好头！"梅尕嘱咐道，"把头紧依着马身子！"

老王学着他们的办法让马静下来。

老马还没顾上拉马的辔头，头顶雷声轰隆隆地震天响，马儿受惊拽着老马疯了似的跑了！这时谁也顾不了谁。

好在时间不长，冰雹变成了暴雨，梅尕大声喊："手不能松马辔头，拉紧缰绳！保护好自己的头！"

雷雨下了有一炷香的时间，乌云渐渐朝东浚稽山的方向退去，太阳也露出了笑脸。

维一瞧着太阳，尴尬地笑着说："太阳公公，你真会开玩笑！"

海儿瞧着她的样子，高兴地说："老天看我们这一时很辛苦，给大家冲了个澡！"

梅尕瞧瞧周围，发现有半里路远的地方，一匹马儿站着，对老王说："王兄弟，快过去看看马兄弟！"

"哦！"老王上马朝那匹马奔过去。

"海儿，你也跟着过去看看！"梅尕吩咐儿子。

"我不去！他们自作自受！"儿子不满地说。

"你是大汉苏武的儿子！"母亲教训道，"心胸要像他一样！快去救人！"

海儿翻身上马，追赶上去。唯一也要去，梅尕说："维一，阿妈劝你换了身上的湿衣服！"

当两人打马到跟前，死死拽着马缰绳的老马，躺在地上昏死过去。
老王扶起他：“马兄弟！兄弟，你醒醒！你快醒醒！”
老马没反应，老王难过地落泪了。

二十多年前的夏季，他两人偷偷地逃出了魔掌，无衣无食在沙漠上飘荡着……多亏一位赶着骆驼经商的大哥救了他俩，他们帮着他赶着骆驼，来到东浚稽山……
当时胡汉间时有冲突，那位大哥不敢带着汉人过往，他们就留下来，再加上他们也不知道苏使节的情况，不敢贸然回汉……
这些年为了活着，两人相依为命，虽是过着非人的野狼生活，毕竟两人还能互相依靠，互相关照着，艰难地走过来……目的是活下来回大汉，回家……
如今遇见了这位大哥一家三人，跟着他们眼看就要回到家乡了，同伴却死在这里……
老王越想越难过，哇的一声号啕大哭起来……
苏国海瞧着他们眼圈也红了。他俯下身，手在其鼻子下仔细地试了下说：“我试试看！”
他一手狠掐着其人中，一手在其腋下方狠狠地捏着……突然老马睁开眼睛。
“活了，你可活了！”老王破涕为笑，跪地给海儿磕头：“小兄弟，我给你磕头了！”
海儿拉起他：“走！咱们赶快过去吧！”
老马想起来，挣扎着起不来。苏国海抱起他，放在马鞍子上，牵着马回来。
梅尕和维一已经换上了身干衣服，把马鞍上的东西收拾得整整齐齐等待他们回来启程。
梅尕瞧着老马要死不活的样子，从药皮囊里拿出了个药丸，叫他就水吃了说：“这里不能休息。现在才半后晌，咱们还是上马赶路！”
老王关心地问：“老马，能行吗？”
老马点点头。他觉得真奇怪，这药丸一下肚，怎的立即就不太难受了，也有力气了。看来，他们真的是很有本事的！
下过雨，沙地瓷实了不少，他们骑马奔驰起来……
这下子，老王和老马真的服了这一老两少的好心人。他们一路上很是服服帖帖，再不敢有何歹心，也不能有何歪心。

五天后傍晚，他们终于到达酒泉。

这里比哈拉克林大多了，过往的人马来来往往。正值夏季，绿树成荫，宽敞的街道两边几乎都是驿店和卖吃食的店铺，并且灯火通明。

梅尕带着一行人站在街尽头，兴奋地瞧着这里的一切，不由得眼泪汪汪的，终于到大汉了！

前面就是气派的住宿地，宽十间二层汉式木楼，后面是停车马的大院子。今晚就住这里。

着汉服年轻的掌柜，老远就瞧着前面五位风尘仆仆的来者，

热情地上来招呼前面的梅尕："大叔，住店吗？我们这里地方宽敞，后面免费经营牲口。前面住宿吃饭，还有洗浴地方！"

梅尕爽快地说："给我们订三间房子！"

"好嘞！"

梅尕吩咐同行者："各人把各人的随身衣物都拿好！"

掌柜吩咐伙计："老二老三，把马拉到后院喂上。"

掌柜客气地对梅尕说："大叔，你们跟我来！"

梅尕订了三个房间，自己一小间，儿子儿媳一间，老马老王一间。

饭后，梅尕关上门洗浴过后，换上宽大的短衣裤舒服地躺在床上，舒展着筋骨……

一七一　终于回汉了

回想一月多来，夜里都是囫囵而卧……真是不容易的！在这里要好好地休整两天，让娃娃逛两天，再启程去长安。

苏国海和李维一终于有了自己的空间。青年人不知累，关门洗浴后，躺在炕上紧紧地抱在一起。海儿狠亲着媳妇……媳妇尽情地回应着……

两个人做了一回，禁不住又做了一回。

过后海儿兴奋地说："媳妇，我觉得这是咱结婚来最……最快活的一回！"

"我感觉也是，有一种新婚的感觉！"李维一问，"你想女儿吗？"

"这一路上的奔忙，还真的没顾上想。"他说的是真话。

"我也是，现在才想起来！"她说，"其实，我阿妈和我阿爸很喜欢她的，我很放心！"

"我也很放心！"苏国海打了个呵欠，"睡吧，我还真的困了！"两人睡着了。

王马的客房里，小隔间有一大木盆，里面是热水。老王和老马洗着身子，互相搓了身上二十多年来的脏污……

两人洗过后，全裸着皮包骨头的身子，面对面躺在各自的单人床上，瞧着对方异口同声问："这不是在做梦吧？"

他两人下床，面对面站在地上，互相掐捏着对方脸颊和胸膛："你疼吗？"

再自己掐着自己："很疼，不是做梦，是真的！"

"我两个真的回到大汉了！"两个人泪流满面，异口同声地说。

这近三十年来都是过着饿狼野人的日子，哪敢想到能睡在遮风挡雨的房屋里？今天终于成真了！

老王真诚地说："咱要感谢大叔的恩德，没有他们，咱们两个恐怕到死都回不了家乡的！"

"是啊！如今，咱们一点银子都没有，只有跟着他们一起走了，能走到长安就好了，找到我们认识，知道咱们的人就有饭吃了！"

"说得很对！但……但愿！"两个人一点都不累，激动得轻声哭着，流着泪说着……

第二天早上起来，梅尕上街给他们三人各买了两套汉装回来，吃过饭后叫海儿和维一换上了汉人男装。

尤其是梅尕，身着黑色的丝质男装衣袍，头裹纶巾，富贵老爷的模样，身后跟着身着一黑一白俩帅气的后生，在街上观察街景，寻找着郡府，吸引住了过往路人的目光。

海儿和维一跟在阿妈后面挺胸抬头自豪地走着，一副你们爱看就看吧的样子。

他们在街道南头找到了厚高的大墙围着的城池，城楼上汉旗招展，城门前两排威武的汉军，手持刀戟站岗。

梅尕上前双手抱拳打躬问："请问军爷，这里是酒泉郡府吗？"

为首者客气地说："是，你有事要帮忙吗？"

"我想问一下，这里的驿站，像我们生意人能住宿吗？"

警卫兵一听吃惊地问："你们从哪里来？"

"我们是本地生意人，想去长安做生意，不知道这里的情况，打问一下！"梅尕尽量委婉地说道。

他看梅尕雍容富态，一定是有钱人家的老爷，沉思地说："哦——今天刚好有人要回长安，马上就到，你等等，跟他商量一下！"

梅尕三人站在那里等候着。不久，身着将军锦袍的常会后面跟着两位护军牵着三匹毛光发亮的高头大马大门出来。

为首者上前行礼："常将军，这位大叔有话要讲！"

因为常会本来就文武双全，又在匈奴历练了十九年，对大汉忠心耿耿。又加上苏武和霍光的推荐，现在已经升为统领西域各地的大将军。

梅尕一听常将军，仔细一瞧是常会。虽然十多年没见，可成人后的相貌变化不大。

她微笑着走上前打躬行礼："常将军，在下有礼了！"

常会瞧着面前这位锦衣老大哥，仿佛哪里见过，又一时记不起来，迟疑地问："你是——"

"借一步说话！"梅尕低声说完，又对那守门行礼温和地说："感谢军爷！"

梅尕拉着常会到一旁悄悄说："我是梅尕大姐！"

常会一听，吃惊地瞧着她，仔细地打量一会儿，惊喜地叫道："大——"

"嘘！"梅尕瞧瞧周围，"小心！我现在是刘大哥！"

常会忙改口大声地说："刘大哥，好久不见！你这是——"

"去长安做生意，能和你同道吗？"梅尕问。

"欢迎！"常会兴奋地说，"那我们现在启程！"

"好，你先走，我们收拾好，去追赶你！"

"我在前面驿站等待！不见不散！"常会上马抱拳行礼打马而去。

这里相遇，很是突然，常会也很高兴。不过这么多年来个人思想变化很大，还是要提防的。

梅尕和孩子们来到驿店，那两人还没起来。海儿敲着门喊："起来，赶路了！"

两人一听赶路，立即翻身下床，穿着衣服。梅尕让海儿给他们拿了两套自己穿过的半旧汉服穿上，在店里带了吃的和水，清了账，五人打马出了酒泉，沿着官道朝东奔驰。

大汉建立到现在的三百年里，每收复一地都设府建郡，为了通信方便，就将官道修起连到长安，也就有了每隔三五十里的驿站直到长安，便于通信人员换乘方便，传信快捷。

晌午，他们赶到二十里铺驿站，常会和跟随早就在这里等着。

他看见一行五人打马到来忙挥手。五人到门前下马，就有人接过马缰绳拉到后院马槽喂上。

常会招呼："刘大哥，请！"

"别忙！"梅尕指着王和马二人，"哎，常会老弟，你还认得他们两位吗？"

王和马一听常会的名字，仔细打量着他，这不就是跟着苏使节的常随官吗，虽然二十多年未见，可是成年人的变化不是很大。

他们两人忙跪地行礼，异口同声："常随官在上，受王百岁、马长民拜见了！"

常会一听，虽然之间不大熟悉，可这两人的名字却在他脑海里印着。因为当时回汉时，对查百人的名讳时，他们两人发配得最远，没有查到他们的任何消息……

常会眼圈红了，忙搀扶起他们两人，三人一起抱头痛哭。

晌午，常会在驿站包桌上等的酒菜，为他们接风。

酒席间，王百岁和马长民，流泪简述了二十多年来两人流落成狼人的经过和遇见刘大叔的缘分。

他俩擦了眼泪起身跪拜梅尕三人说："感谢刘大叔！感谢两位小兄弟！"

"不用感谢，都是有缘人！"梅尕高兴地举杯提议，"来！为我们这些有缘分的人干杯！"

大家举杯相碰，一饮而尽。

常会为人做事谨慎，他瞧着梅尕和两位公子，没有问什么，一路上却对他们关心备至。有王马二人跟随，常会和梅尕他们既不谈公事，也不问家事。

常会计算着路程，一月后，他故意在天黑时到达距长安只有十里地的驿站休息。这是皇家接送贵宾临时休整的地方。

他想让苏大哥在白天和他们见面，有事情好应对。因为苏大哥年纪大了，怕他出意外。

第二天在清早，在驿站吃过早饭，常会带着他们直奔长安城，这十里多宽阔平坦的大道，瞬时就到。

常会让随行带着王百岁和马长民在城门里休息室喝茶等候，自己带着梅尕三人直奔城北苏武家。

一七二　儿子的疑惑

苏李正在扫院，瞧着四匹马奔到院门前下马，看见常会忙招呼："常将军到了！"

"快！叫苏大哥，贵客到！"常会着急地说，"苏李，你招呼客人，我要回朝廷报到了。"

常会说着拉回马头急切上马而去，他公务在身，今天必须参与早朝汇报此行情况。

苏李忙朝里屋里面喊："大哥，贵客到！"

满头白发的苏武，双手拍着旧布袍衣襟上的香灰蹒跚出来，老眼昏花，没仔细瞧他们是谁，只是客气地说："来的都是客人，快进院里！"

他又吩咐苏李："苏李上茶！"

院子里收拾得挺干净，井边的大梧桐树下，石桌石凳。苏武忙招呼说："院子里凉爽，大家快坐下！"

梅尕瞧着满头白发的男人脚步迟缓衰老的样子，强忍着眼泪，在他耳边轻声地说："苏大哥，别来无恙！"

苏武一听是妻子梅尕的声音，一下子怔了！梅尕忙双手搀扶他坐在石凳上。

苏国海拉着李维一跪地磕头行礼，异口同声："阿爸在上，海儿和维一给你磕头了！"

苏武这才回过神来，睁大眼睛瞧着梅尕和儿子儿媳，不相信这是真的。撩起衣袖擦擦双目，热泪滚滚而下。

"我，我不是在做梦吧？"

"阿爸，不是梦。这是真的！是阿妈带着我们，看望你来了！"苏国海流着泪说。

苏武挣扎起身拉起儿子媳妇，对苏李说："快快，苏李，做饭！"

“不用了！我们在十里街驿站吃过饭了！”梅尕流着泪阻止。

苏李一手提着茶壶一手拿着摞瓷碗过来给他们斟茶。

李维一接过说：“阿叔，我来！”

他一听小伙子是女娃的声音想，这一家子真的很不容易！

“苏李，把马拉到圈里喂上后，去能老板家，让他晌午送上好的酒菜来！咱们在家好好地给他们接风洗尘！”苏武激动地吩咐。

“是！”苏李把三匹马拉进马房喂上，走出院子门准备去能家，瞧着兰芝背着四岁的女儿回来，拉住她说：“嫂子和侄子回来了，走，咱们快去拜见！”

“什么嫂子侄儿的？”她懵懂地问。

“是大哥在胡地的老婆娃娃，回来了！”

兰芝一听一下子怔了。从没听说过二哥在匈奴有妻儿的……

苏李接过女儿放在地上，一手拉着女儿，一手拽着兰芝过来，苏李摇晃一下妻子，兰芝回过神来。两人给梅尕行礼：“苏李和兰芝拜见嫂嫂！”

梅尕温和笑着说：“免礼了！”

她瞧着可爱的小姑娘，从手上摘下银镯子递给她：“来，这个送你！”

“芹儿，快谢谢二娘！”

“谢谢二娘！”小姑娘双手接过稚气地说。

梅尕忙对儿子媳妇说：“海儿、维一，快拜见你叔叔婶婶！”

夫妻俩给苏李两口子行礼：“拜见叔叔婶婶！”

“不用客气！”苏李对兰芝说：“兰芝，你帮着大哥收拾房间，我去订晌午的酒菜！”

苏武看苏李走出门，接着对兰芝说：“你照看芹儿，房间我来收拾！”

苏武不愿意外人进自己的领地，就是这位弟媳也不行。

苏武把自己房子里的炕清扫过，拿出新的被褥单子，叫儿子媳妇自己收拾。他让海儿帮着，把自己的被褥搬到马房隔壁苏李过去住的房里。

这房间挺大的，炕也好着，就是墙根放着马缰绳马鞍之类，只要给炕洞里加上柴火，烘下潮气就能住人！

这房子平时闲着，门锁着，就是落了些灰土。梅尕在屋里把炕席和木桌儿用湿布擦过，地面清扫干净，铺好被褥，躺在上面。

苏武在外面，往沿山墙掏的炕洞塞上柴打火点着，关好炕洞门回来，瞧着屋子已经收拾好，梅尕和衣躺睡着了。

也真难为一个妇道人家带着儿子媳妇千里迢迢，千辛万苦前来……

他含泪轻轻地拉起被子给她盖上，悄悄出来拉上门。

梅尕没有睡意，只是进门后还没有调整好自己的情绪罢了。她当时一见男人老态龙钟的样子，真的想哭……

总不能让梅尕和李维一一直穿着男人的衣服吧？他想想，回来敲着自己的房门。维一拉开门："大伯，请进！"

海儿一听是父亲，一骨碌从炕上跳下来："阿爸！"

"我拿点东西。"他爬上炕，从里面墙洞的小木柜里拎出沉重的皮袋子，走出门，对他们说，"一路上辛苦了，关门休息吧！"

这是他这两年的积攒，现在有用了。

他把袋子拎进现在自己的房子，瞧着梅尕坐在炕边打量着屋子，对她说："刚好你没睡？咱们两个打马进城去！"

"干什么？"

"总不能让你和儿媳妇，在屋里穿着男人的衣服吧！"

"不用，我们都带着！"她心疼地说，"你年纪大了也别如此地折腾。过两天我们休息好了，再一起去。"

"也好！"他把皮袋拎着扔在炕上，"这是我积攒的银子，够你们用的了！"

苏武爬上炕，把袋子放进炕里面砖砌小墙洞里，关上小木门。

梅尕平静地瞧着苏武说："听李贤弟说，你回来后，家里生了变故，我真的担心你生活艰难不堪，看来还不错！"

"多亏跟你学了些医病办法，回来凭这混口饭吃还不成问题。还有，朝廷每年还给我些俸禄的。"

"看见你衣食无忧，我也就放心了！"她眼圈红红地拉着他的手说。

他瞧着女人不由得泪汪汪的，低头掩饰道："谢谢你不远千里，千辛万苦，带着儿子媳妇前来，看我这无用之人！"

梅尕听着他如此说话，鼻子一酸，眼泪潸然而下，握拳狠捶了一下他的肩头，搂住男人呜呜地哭了。

苏武也泪珠滚滚，紧紧地拥抱着她。他知道她爱自己，才九死一生来长安的……

回来这七八年，日日夜夜地想她，可如今真的见到她，自己竟然不知怎么说安慰的话，千言万语尽在这拥抱中。

在霍光麾下做事的苏记恩，今天休息，便承担了给苏家送酒菜的活计。

他打马驮着高大多格的木食盒，来到苏家门口下马，高声喊着：“酒菜到！”

苏武听见，拉着苏国海出门来接，苏武瞧着马鞍上捆绑着的大食盒，要上前去帮忙。

“爹爹，你年纪大了，让这位兄弟跟我一起来！”苏记恩忙搀扶住苏武。

苏国海一听他叫爹爹，立马怔了。苏记恩对苏国海说，“小兄弟，你在那边扶住食盒，我来解绳子。”

海儿回过神走到对面用力扶住马背上的食盒想，这是怎么回事，他竟然叫阿爸爹爹。听阿妈说，他的儿子在朝廷变故中不在人世了……

一桌的美味佳肴，一家人高兴地举杯，互相敬酒开怀畅饮。

苏国海只是礼貌地应付着。他瞧着端庄贤淑的母亲高兴的样子，不知该不该把自己发现的情况告诉她……

苏武看儿子拘谨的样子，给他面前的瓷盘里夹了块牛肉：“尝尝这里的牛肉！”

他瞧着父亲安然的举动，生分礼貌地说：“谢谢！”

“你正是能吃能喝的时候，别拘束，多吃些！”苏武很高兴，顾不得察言观色，他一味让着儿子吃喝。

梅尕瞧着儿子有心事的样子说：“先吃饭！”

一七三　牺牲值得

饭后，梅尕拉着儿子坐在树下的石凳上问：“怎么了，心事重重的？”

海儿想想，把送酒菜者叫父亲爹爹的事告诉了母亲，生气地说：“阿妈，父亲在这里过得很好，我们没有必要来的！”

梅尕瞧着儿子的样子，沉思片刻微笑着说：“既然是儿子，他为何不跟他住在一起？”

一听到这儿，海儿挠着头说：“对呀！为何儿子不和父亲住一起？”

“这事情交给我，我问问他再说！”梅尕笑着拍拍儿子的肩头，“大不了我们过一时再回去！”

长安夏季夜里，半圆月亮越过窗棂跳上炕，一片朦胧。

夫妻俩躺在床上。苏武拉过妻子，笨拙地亲了一下："老伴，你既回来了，就不要走了！"

"要知道你在这里过得如此地好，我就不该来！"女人有些情绪。

"你是嫌我不热情？"他搂着妻子说。

"听说你还有个儿子？"女人推开他，直接问。

苏武想想，反问："我有儿子，怎么还和别人住在一起？"

"那中午送饭的怎么叫你爹爹？"

"那是我出使胡地，在半道上救的孩子！"

苏武把那年救人的事和后来的事情告诉了梅尕："人家为了报恩，起名苏记恩的。咱们之间的通信都是他传递的！"

一听到这儿，梅尕紧依在男人的怀里，抚摸着男人消瘦的身子："对不起！"

"没啥，这是你应该明白的事！"他紧紧搂着女人。

"你消瘦了许多！"女人心疼地说。

"离开了你，我，我能不这样吗？"他心跳加快，亲住她的嘴。

她也回亲住他……男人和女人亲吻在一起，激起了男人的情欲，他翻身压在女人富有弹性的身上……

女人痛快地扭动呻吟着，男人亢奋地进攻着，互相倾诉着苦痛和思念……

过后，男人问女人："和过去比怎么样？"

"毫不逊色！"朦胧中，女人瞧着男人，"看你清瘦了许多，有些弱不禁风的样子，还如此猛烈！"

"积蓄久了，终于有了释放的时节。"

"你回来后想我们吗？"

"明知故问！"男人说，"我每天都在为你和孩子的平安祈祷！睡吧，明天还有事情要做！"

小两口躺在炕上，女人问："海儿，晌午你怎么了？"

"没啥！"他搂着她，"这里如此安宁，你想留下吗？"

"你想吗？"女人捧着男人帅气的脸颊问。

女人看男人不回答，亲住他的嘴。男人不由得回亲了一下她说："这两个多月来，我们还没有好好在一起过！"

女人拉下内衣，裸躺在炕上。男人也拉下内衣，两人在大炕上翻滚起来……

"疼！"女人呻吟着，男人轻柔了些，却禁不住身下女人痛快的颤动呻吟，刺激得他更加一发不可收拾……

过后，他瞧着女人痛苦的样子，亲着她发红的那里说：“维一，对不起！”

她摇摇头亲了一下他说：“谁叫我爱你呢！”

“我也很爱你！”男人说，“以后不会伤害你了！”

他们从小一起长大，直到成年，感情升华，水到渠成，结婚，谁也离不开谁。

女人紧依在男人的怀里：“我喜欢！只是多天没在一起有些不适！再来一次就好了！”

两个青年人，又交集在一起。

兰芝久久不能入睡，摇醒男人问：“哎，二嫂来了，我们会不会被赶出门？”

“你想什么！”苏李揽着她，想了一会儿，说，“苏大哥不是那样的人！不过，你可不能对外面人说，来人是苏大哥的妻儿！”

“为啥？”女人不满地问。

他威胁道：“这样你就会很快被赶出去的！”

苏李是个聪明人，他想苏大哥在胡地有胡人妻子的事情，要是传到朝廷，说不定俸禄就没了，他们一家也就要过苦日子。还有后续会发生一些预想不到的麻烦……

他瞪着眼黑着脸严厉地嘱咐妻子说：“记住：你要不想被扫地出门，最好别胡说！”

“记住了！”女人惊恐地说。

这点女人还是明白的。男人很忠心，她还得让男人养活。他们一家要是离开了苏家，就会穷困潦倒无法生活。

明天我得与苏大哥把这事情点明白。苏李是旁观者清。

第二天苏武拉马出门后不久，套了辆轿车回来，高兴地对苏李说：“兄弟，今天咱们赶车，带着你嫂子他们，逛长安城去！”

苏李瞧着换上女装走出房门的梅尕和李维一，对他说：“大哥且慢，苏李有事相求！”

“什么事，说吧！”

他把他拉到一旁，悄声说：“我说，还是让嫂子他们换上男装出门较好。”

“为什么？”苏武有些生气了。

苏李委婉地说：“外面知道，昨天咱们家来的是三位男客。如今突然出现了两位女客，这就让外人怀疑了不是？你是聪明人！咱们还是谨慎为好。”

苏武仔细一想，苏李提醒得很对。自己回来大家都知道的，单身一人。要是家里来女客的事传进朝廷耳目中，以后自己就不好说话了。现在许多事情，毫无预兆，说发生就发生了……

他把梅尕叫进屋，说了想法。梅尕倒高兴地说："我真觉得女人衣服啰啰唆唆地难受！"

她喊回维一，进房子去了女装穿着普通汉服男装出来。苏武把银子分发给各人，带着他们骑马进城，把马寄存在一家临时寄马店。

四人大摇大摆地在长安城里悠闲地观看，各自想买啥买啥。

他们来到一家首饰珠宝店，李维一瞧着一对珍珠金丝吊坠耳环说："这个太漂亮了！"

海儿高兴地对伙计说："伙计，请把这耳坠拿来让这位公子看看！"伙计拿来耳环，李维一拿在手里爱不释手。

苏武见状忙拿出银子："买下了！"

伙计接过银子，将耳环装在漂亮的锦盒里递给李维一："公子眼光独到，买回家媳妇一定很喜欢的！"

"谢了！"李维一接过装起。他对苏武打躬行礼道："谢谢大伯！"

"不用谢，应该的！"

苏武他们来到金首饰铺柜台前，他看了一副金耳环，很是漂亮。对伙计说："伙计，请把这副耳环给我包好！"

梅尕问："你给谁买？"

他知道对她说实话，她一定不要："我想给谁买就给谁买，与你无关！"

他爽快地从袖袋里拿出银子，一手交钱一手接货，拿上就走。

梅尕看他的样子没说什么。

他们出来走到街上，苏国海瞧着宽阔的街道两边绿树成荫，还有各种店铺和过往的行人，到处热闹非凡，高兴地说："嘿！还是长安阔气，热闹！"

李维一紧赶两步，两人走在一起，一矮一高，漂亮帅气，很是合拍。

苏武满怀爱意地瞧着他们，笑着对梅尕说："这两个孩子，还真是一对恩爱夫妻！"

"国儿和刘伊心也很恩爱！"

"唉！不知你走后他们现在怎么样？"苏武无奈地叹气。

"我给他们留了话，说我们出趟远门，我们带走了家里值钱的东西，多天不回家，再说，我在年前已经跟他们商量过此事的。他们一看我们一直没回家，就知道我们的行踪了！"

她看男人陷入沉思，安慰道，“别担心，有李陵他们那么多的汉人在，他们会生活很好的！”

“我发现你的心真大！”他瞧着她说。

“我们是牧人嘛！”梅尕微笑说。其实，她也很爱自己的儿女。

可在回大汉这件事上，她必须心大起来。这是她梦寐以求的大事。想回母亲的家乡。如今还有自己心爱的男人在这里。现如愿以偿，就是牺牲点亲情，也是值得的。

一七四 眼线

在街上。一家人正行走间，对面来了队官吏挨街挨户检查证件。

苏武忙拉着他们走进旁边一家饭馆里，对伙计说：“来四碗臊子面！”

等他们查到这里，苏武他们正在吃面。两位腰间挎刀剑的官吏过来，气势汹汹地说：“嘿！吃饭的，拿出居住证来！”

满头白发的苏武，心里一惊，沉思片刻抬起头来，赔着笑脸客气地说：“两位军爷，我是城北良民名叫苏武。一早和朋友四人进城办事，一时心急忘了带证件。”

他借机悄悄从袖袋里摸出几颗碎银塞给一位。那官吏严肃地说：“下次一定带上！”

“下次一定带着！”他松了一口气。

那官吏喊了声：“走，另一家！”

苏武擦过头上的汗，瞧着外面，看见街上，苏记恩骑在马上，手拿着几张画像瞧着喊着……

他对梅尕和儿子们说：“你们吃饭，别抬头！”

苏武起身走到店外，瞧着街两边站着的行人，互相悄悄地问：“咋了？”

“发生了啥事情？”

……

“诸位都听好了，拿出各自的证件来，我们要检查！违者带走！”苏记恩在马上挥着画像，威严地大声喊着。

苏武虽看不清他手中的画像是谁，却想知道发生的事情，于是大声喊：“这位老爷！”

苏记恩循声一瞧，忙下马过来：“爹爹，你怎在这里？”

“我想去找你，在这里吃碗面！”他目光扫了下他手里的画像，仿佛是梅尕男装的样子，对他说，“今天你有空回趟家，家里有事和你商量！”

他悄悄手指一下里面。苏记恩明白了：“爹爹，你快和叔叔兄弟们回家，我还有事。”

苏记恩走上街，跟带来的人说：“弟兄们，咱们先到后街去查看！”

苏武瞧着官吏们走了，擦着汗进来低声对梅尕他们说：“走，快回家！”

他们四人忙回奔到寄马店，牵马出来，翻身上马出城直驰到家。

苏李看他们匆匆回来，来到马房看苏武在拴马：“大哥，遇见何事？”

“今天除过苏记恩找我让进门外，其他人来，你就说我不在家！不让进门！”苏武严肃地交代。

苏李知道，一定是遇到难解的事情叫大哥如此。他再没问什么，答应说：“是！”

苏武让苏李扫了院子内外到大道上的马蹄痕迹，关上院子门。苏李忙完，坐在院里树荫下缝制新马鞍。

这位兄弟真是贴心。苏武拍拍他的肩膀，走进后面自己的住房。

梅尕回来倒在炕上沉思。

苏武问：“梅尕，你们在道上，跟汉人发生冲突了没有？”

“一直没有。到了酒泉，第二天就跟着常会，一路上住驿站直奔这里，根本没有跟外人打过交道！”梅尕想想问，“发生了什么事情？”

“没……没事！”他还不能确定原因，也不能告诉她看到她的画像。

“哦，对了！”梅尕坐起说，“我们一起的还有两人，是你的部下，一位名叫王百岁，一位名叫马长民。”

“你们怎的遇见他们的？”

梅尕把他们路过东浚稽山遇人狼，和一路上跟他们两人相斗的趣事告诉了男人，她说：“一到长安，常会让随从和那两人在城门外等候，带着我们直接到你这里。”

“他们知道你我之间的事情吗？”

“一路上，我和孩子们是父子相称，从未提起过任何事情？”

“他们知道你是胡人吗？”

“不知道。只知道我们是大汉的生意人！”，

“这几天，你和维一换上女人的服装，就在家里活动，不要出门。”

梅尕瞧着男人机警的样子，心里想着，他一定知道了什么。可是只要他不说，自己也问不出啥的，只有小心行事。

傍晚，苏武和苏李打马进城，在常会住地道旁等待着。许久常会牵马过来，苏武喊了声：“常将军！”

常会闻声瞧见是苏武，牵马过来：“大哥，有事吗？”

“听说王百岁和马长民回来了？”他直接问。

“是的，我昨天上了奏章，皇上把两人交与京畿衙门安排的！”他想想问，“你想见他们？”

“我就问问情况。”他沉思一会儿，“不过，今天我发现了通缉令，上面的像是你梅尕大姐！”

常会不由得骂了句：“这俩忘恩负义的东西！”

他想想说：“大哥，你先别着急，我去问明情况，再作道理！”

今天苏记恩在街上没有搜寻到要找的人，把跟随他的目击者王百岁和马长民分别重新审问了一遍。

原来，昨个早上，常会送梅尕他们到苏武家没停就回到城门处。

马长民问：“常随官，你送他们去了哪里？”

“这你无须多问，管好你自己就是了！”常会沉着脸冷淡地说。

“你和他们认识吗？”这人狡猾地问常会。

“一路走来，你看出我认识他们吗？”常会怒视着他们。

王百岁看常会生气了，责备说：“老马，你怎么如此怪异！一路上，要不是常将军他们，咱能回来吗？！”

这两人被交到京畿地总督衙门。京畿总督是霍余。为了长安京畿的安全，他执法严明，在询问两人情况时，他两个说是跟着位做生意的汉人刘大哥从胡地到酒泉。

霍余问：“这人你认识吗？”

马长民为了巴结总督说道：“他们跟我们一起到长安了！”

霍余吃惊地问：“此人现在哪里？”

王百岁怕他说出常会，抢先说：“来到长安我们就分别了，不知他们在哪里。”

“那人是干什么的？”

王百岁说：“是做生意的父亲，带着两个儿子外出历练！”

马长民抢着说：“我看不像是你说的这样，他们在胡地穿着胡人衣服，到汉地穿着汉人衣服。”

霍余即刻问：“莫非他们是匈奴眼线？”

王百岁忙说：“我看他们，就是真正做生意的汉人！”

霍余一听瞪着王百岁：“嗯！”

王百岁不敢言语。

霍余沉思良久，吩咐左右：“带他们下去更衣，以后在我府内听差！”

霍余是汉大将军霍光的儿子。他按马长民提供的信息，命画师画成画像，第二天早朝后回府地，就让都尉苏记恩带人寻捕此人。

苏记恩一瞧画像大吃一惊，带着人在街上行动，准备找机会告诉苏武，却在街上遇见……

后晌，苏记恩抽空来家看望苏武，听苏武说了情况，气冲冲地说：“爹爹，特别是那姓马的，真是个奴才！我想借机把那两个给收拾了！”

“不用！这近三十年里，他们能活着回家也不容易！再说，他们对朝廷还是忠心的。”苏武说。

是这两个家伙把梅尕当作匈奴的探子了。苏武问：“记恩，你说他们还能在长安到处搜寻吗？”

“爹爹，霍余这人和他父亲一样，做事情是有始有终的。”他沉思一会儿，出主意，“你和他老子关系很好，带着刘大叔和侄子们去拜访一下他老子，说明刘大叔和你的关系，你说如此怎样？”

苏武想想说：“这主意不错！不过，记恩，你能给北地捎封信吗？”

一七五　安排

“最近，总督府刚好有些信件要送到云中去。”

“是你去吗？”

“总督府就我熟悉那里的情况！”苏记恩说，“爹爹，你赶快写信，总督做事，可是说走就要走的！”

“好！你走时绕道这里！”

“好！孩儿记下了！”

苏武把他送到院门外叮嘱说：“走时把家里安排好！”

“爹爹，心然下月要生了，我怕我回不来，你可得关照点！”儿子担心媳妇。

“这你放心！自己的儿媳妇不关照，你说老爹关照谁！”苏武目送苏记恩打马离去，关上院门。

晚上，苏武在妻子陪伴下，在桌儿前打开文房三宝，展开雪白的丝帛，给远在北海的朋友和儿女写信。

他先给李陵写信：

山海隔中州，血脉永相通。
良友虽远离，万里情志随。
北国雁南飞，仨儿既思归。
望君爱景光，且立复己已。

梅尕读着最后一句：“且立复己已，这是什么意思？”

“你还记得卫律吗？”苏武抬眼问妻子。

“那狗东西，怎能忘了？”女人愤怒地说。

“李贤弟身边的三百多汉人兄弟，这么多年来，恐怕后辈儿孙已经发展到了千多人了。这些人不能白白地被卫律之流迫害，必须有自己的意志！”苏武瞧着窗外天上的月亮。

“你是说，自己管理自己，脱离匈奴主使？”她吃惊地问。

“对！”苏武坚定地说，“只有这样，才能不为匈奴卖命。只有这样，他们才能生存下来！”

“这必须有军队才行！”

“兄弟的三百多弟兄，个个才能独到，能征善战，一个可抵匈奴军百个不止。只要有好的将领，好的智谋，独霸一方没问题的！”

“这个我信！”梅尕把在坚昆生活的几年来，那里的手工业作坊里打造的铜铁刀剑，以及各种生活用品还有车马用具，农耕用具等等的情况对苏武叙说了。

她感慨地说：“他们中真的是藏龙卧虎！”

“所以，李贤弟要是不如此和他们分开来，在强权下，就会成了匈奴人的帮凶！”

“那你在那里，怎的不和他说清楚？”

“我回汉时，跟他和刘勇义、吴胜都谈清楚了！”

“我明白勇义和吴胜组织青年大练武艺的意思了！”梅尕瞧着男人说，“放心吧！李贤弟他们不会忘记的！”

苏武接着给女儿和儿子写信，虽然也是几句诗，可是里面暗示着母亲他们已到长安，让他们不要担心，照顾好各自的家庭……

为了梅尕母子的安全，第二天苏武送走了要去云中的苏记恩，带着“刘大叔和两个儿子”去拜会霍光大将军，并且送上了他们带来的鹿茸。

苏武对霍光说了，老者是自己老家乡下做生意的朋友，青年者是他的两个儿子。霍光瞧着器宇轩昂的刘大叔和两位高挑帅气的儿子，想留下两位青年为他所用。苏武瞧着梅尕不知如何回答。

梅尕站起身打躬行礼，用一路上对外说两个儿子年龄的话，客气地说：“霍大将军有所不知，我这两犬子，虽然个子不矮，瞧着老气，其实大的十七岁，小的十五岁。等过两年成人后，一定送来！”

“呵呵呵……”霍光高兴地说，“那就过两年吧！”

这趟还真的管用，老子发话后，儿子霍余也只是让兵士在长安城里轻描淡写地查了两天，也就不了了之了。可是苏武心里不踏实，他得给他们母子找个生活的地方，这个地方还不能离自己太远……

他想起了父亲的墓地武功山，那里距长安不远，自己想见他们打马两天就到。儿子想看他，也是如此。不过，他要跟妻子好好商量一下。

经过这件事情，梅尕也想，这里不是他们母子的久留之地，回坚昆吧，一路上太艰难了……

夜里，寂静的黑暗中。

老夫妻俩躺在炕上，各自想着如何跟对方说明情况，久久不能入睡。良久，两人同时：“梅尕。”

“苏大哥！”

女人看男人有话要说，谦让地说：“苏大哥，你有话就说。”

男人说：“我看你有话，你先说。”

女人说：“那我就先说了！”

“说吧，我听着！”

“这两天，发生的事情，我看，这里容不得我们，我和两个孩子，还是回贝加尔海子吧。”

虽然看不见表情，可男人听到了伤感和无奈。他搂住女人说：“不可！你们千辛万苦来到这里，真的是不容易，也可说是九死一生了。我坚决不能让你们走，咱们夫妻再也不能分开了！”

“那你就忍心，我们……母子……分离？”女人眼泪打湿了男人的胸膛。

男人给女人擦着眼泪说：“我也想我的骨肉，可是你们来了，那里的那些，我会想办法要他们回来的！你别难过，我也想跟你……商量这事的。”

“你有何办法？”

“我这是跟你商量，不是决定。”他说，“是这样，我的老家在距这里不到二百里左右，那里只有父亲的坟墓。我想让你和海儿夫妻住在那里。”

“是在我们来长安时，经过的武功山吗？我在那里看到了座先祖苏建墓的地方吗？”女人问。

“对，苏建是我的父亲。”

“我知道。”女人说，“当时，常会让我们在那里休息了一会儿。”

“他和你说什么了？”

“一路上，有王马二人，常兄弟对我们，没有说过任何你的事情！”

“他是个可十分信赖之人！”他想想问她，“让你们在那里生活，愿意吗？那里距长安不远，道路平坦，你来我往相见也很方便的！”

“那里有山有水，庄稼也长得很好，不远处还有绿树村庄。我看可以的！”女人说。

男人松了一口气，亲了一下女人："梅尕，我欠你太多了！"

女人依在男人的怀里，手抚摸着他消瘦的身子说："自从你离开后，我夜夜想你！"

"我也是。如今终于能在一起了，我不会让你和海儿他们走的。"男人亲了下着女人额头，两人紧依着安然睡着了。

征得梅尕母子的同意，苏武立即和梅尕母子三人到武功山买地筹划建房。

苏记恩艺高人胆大，他每到一驿站只休息片刻，吃点东西，就换马昼夜驰行，只用了五天时间，就从长安奔驰到云中。

他连夜将公信按手续交给云中官方，第二天一早起来，打马直接朝得肯特的商号赶。他想赶在媳妇生娃娃前回到长安。

他老远看商号门外拴着匹红毛光亮、膘肥体壮的胡马，得肯特全副武装走出门。他快马加鞭奔来，大声招呼："肯子大哥，好！"

得肯特一瞧是苏记恩，忙迎上来大手抓住他的马缰绳，兴奋地说："兄弟呀，这几年没见到你，真的很想！"

他翻身下马，两人紧紧地搂抱在一起，竟然都眼圈红了。

前几年都是两人跟胡地朋友们传递信息的。这两年苏记恩回了长安，两人就没见过，很是想念。

得肯特强忍着泪说："你……你要是迟到一步，我就要动身了！"

"看起来很有缘分！"苏记恩擦了一下蒙住眼睛的泪水，"大哥，我这里有……苏爹爹给北国朋友的信，还有给沮渠萨满的信！"

一七六　住进新家

他从怀里拿出了一羊皮袋子，双手递给他。

得肯特接过揣进怀袋里，进店里拿出一只防湿羊皮袋子递给他："这是李将军给苏大伯的信，还有给常会和赵根儿的信！"

苏记恩接过揣好，悄悄对他说："回去告诉沮渠大叔和李将军，梅尕大妈、海儿、维一到了长安，一切安好！"

得肯特沉思片刻：“你能见到常会和赵根儿吗，他们的阏氏和娃娃想他！”

“你们胡人，是不嫌弃已婚有娃娃女人吗！”苏记恩说，“我只能这样说！”

“我明白了！”得肯特对他说，“兄弟，感谢了！车马店那边等着我！”

苏记恩看了一下东方彩霞升腾的天空说：“现在太阳还在睡觉，我也没吃饭，咱们吃了早饭，你回你的北地，我回我的长安怎么样！”

“好吧，我也有话要问你！”

他们两人坐在一早餐店门外，喝着奶茶，吃着油炸馃子。

得肯特问：“是不是常会他们已经有了新家？”

苏记恩沉思地说：“我是想，他们两人这些年，不想办法给女人娃娃捎信，你能想出是啥原因的。”

“你们大汉真的不许男人和胡女通婚吗？”得肯特认真地问。

“作为大汉官员来说，是不容易！”他实话实说。

“我明白了！他们两人回汉做官了！”

得肯特把自己爱上常会阏氏的事，以及那女人老是等着男人的消息……和他说了，感慨地说：“这真应了你们大汉的话，痴心女人、负心汉！”

“话可不能这么说！”苏记恩说，“这是两族的风俗问题！”

“我回去就向她表明心迹，那可是个好女人！现在把沮渠爹爹的药材种植园打理得很好。”

“我祝福你：加油！”他高兴地说。

“你结婚了没？”

“在苏爹爹的操持下，现在儿子三岁多，媳妇下月又要生了！”他幸福地说。

“苏爹爹是好人！愿他老人家长寿！”得肯特感慨。

“我替爹爹感谢了！”苏记恩忙打躬行礼，“肯特大哥，你能否帮我个忙？”

“说！咱们兄弟一样！”他爽快地说。

他解开袍带，从贴身的衣袋里拿出了个小小的薄羊皮袋子，递给他说：“这里是我胡地阿妈的住地，请你在闲暇时帮我找一找她，看她和我妹妹是否还在。”

他接过说：“义不容辞！”

他又从袍袋里拿出一小银袋递给他，流着泪说：“要是找着她把这给她。告诉她，他的儿子现在过得很好！”

苏记恩两次到哈拉和林回来后，老想着寻找自己的母亲和姐姐，可是身不由己不说，自己对那里不熟悉，很不容易的。

“兄弟，你也有家有娃娃要养，哥哥我找到阿妈，会孝敬她老人家的！”得肯特瞧着苏记恩流泪，想起自己的身世也落了泪。

“大哥，这无论如何你都得拿着！儿子孝敬阿妈，天经地义！”

得肯特看他如此地执着，接过银子说：“我们在这里跪天跪地，结义为亲兄弟吧！”

两个流泪的胡汉男人，跪在店外地上，向天地叩头！

只要苏武出银子，这里有的是土地、材料和人力。

苏武以梅尕的意思，既要将房子建得基本上和村里人住的房子相仿，还要宽敞结实。

一个半月后，石头奠基砌墙，五间坐北向南的大院子正房建成，大院四周青色砖墙围起的前院是豁亮的大院子，后院东西两面隔着正房相对共盖了六间，一边盖的厦房。

门楼建起，屋里房间扎垒好，粉刷得雪白。并请木匠新打了柜子和桌凳，窗明几净，一切收拾得妥妥帖帖。

八月十五前的八月初八，苏武请村里人在院子垒上大锅灶，杀猪宰羊，请大厨做酒席。八月初十宴请一村男女老幼，一家四口高高兴兴住进了新家。

客人走后，苏国海瞧着阔大的新家兴奋地说：“阿爸阿妈，就是我姐和我哥两家人都回来，也都有地方住了！”

一提起这些，苏武心一沉走进了房子，摸摸炕边，摸摸柜子桌凳，不由得眼泪汪汪。

梅尕跟进来看男人心情沉重的样子，红着眼圈说：“他爸，以后的事以后再说，今天我们有了新家，该高兴才对！”

“对，今天高兴！”苏武擦了眼睛说，“我是太激动了！”可是眼泪不由又滚落下来。

“都怪我没本事！”他自责地说。

“想开点！许多事情，不是你想做就能做到的！”女人安慰说。

“你说……说得对！”

梅尕走后，孩子们虽然担心，可这也是没办法的事。

不久，贩卖铜铁块的骆驼商队出现在坚昆，李於兴尽地主之谊请其喝酒，询问其道上是否遇见一老两少去汉地的客商，并且描绘了他们的身样语音，得知他们的情况，确定他们去了大汉。

母亲没在家，孩子们就像断线的风筝，没有了方向。苏国通虽然觉得阿妈偏心弟弟两口子，可他是个安分守己的人。媳妇刘伊心却不是，她心里不能平静。

刘伊心和大姑姐苏贝尔商量，趁夏季天气好出行方便，他们想带着娃娃回贝加尔海散散心，贝尔立即同意。他知道姐夫李於兴很听姐姐的话，姐姐说干啥就干啥，可她家那位就不同了。

晚上，苏国通躺在炕上心里很不平静，自从阿妈和海儿两口子回汉后，本来话就不多的他话就更不多了。

刘伊心给小榻上睡着的娃娃掖好被子，过来上炕躺在男人怀里："国儿，我和你商量件事情。"

"嗯，说吧！"他淡淡地说。

"我和姐姐说好了，咱们两家一起到贝加尔海子去看看吧！"

苏国通想想说："如今道上不安宁，我看就算了吧！"

"那你在屋里带娃娃，我和大姐、姐夫带着李苏去！"刘伊心生气地说。

"我不准你去！"

"我去看我外爷还不行吗！从小他把我带大，我想他！"刘伊心给了男人一个脊背。

其实，苏国通也很爱自己的女人，自己的女人很聪明，跟她父亲一样也很忠诚。不过他总觉得阿妈不喜欢他和伊心，而喜欢维一和姐姐他们两口子。他不想跟他们一起去。

他扳着她的肩膀嗫嚅着："我……我只是——"

她挣脱他，回过身怒视着男人："你只是什么？莫非你来这里，连自己的出生地都忘了！"

瞧着咄咄逼人的女人，他搂住她，狠狠地亲着她，堵住她的嘴……这是男人对待自己生气女人的法宝。

女人用力推开他，他一下子骨碌在地上。女人看男人滚下地，忙跳下炕拉男人，男人生气地猛一甩手臂，狠狠打在女人鼻子上。

"啊！"女人疼得尖叫一声，立即鼻子鲜血喷出。

"伊心！"苏国通吓得哭了，打开门，抱起她直奔隔着几家的姐姐家。

一七七　你们都偏心

苏贝尔听见弟弟急促的叫门声，两口子爬起来，打开门：“姐，伊心鼻子流血止不住！”

苏贝尔忙进屋拿出母亲房子的钥匙，开了旁边的房门，李於兴一起帮着把刘伊心接进房里。

李於兴点着油灯，刘伊心鼻子还在淌血。

“快放在榻上！”苏贝尔忙给其检查，“怎么鼻梁骨能断了？”

“都怪我！”苏国通惊慌地说。

苏贝尔忙给她鼻子周围抹上麻药散，对弟媳妇说：“伊心，可能有点疼，你忍着点，一会儿就好！”

刘伊心眼泪汩汩地涌出。

苏贝尔轻轻给她正鼻梁骨……正好后，贴上自制的跌打膏药，白布盖上，用自制粘胶固定。

“於兴，回去端碗开水来，给伊心把药喂上！”他吩咐男人。

李於兴立即回家端了碗热水来，把药丸掐成碎块：“国儿，扶起伊心！”给她喂下药。

她进屋拿了床被子给伊心盖上：“今晚住在阿妈家，姐姐陪你！”

苏贝尔对自己的男人说：“你回去住！”

她看男人出了门，问弟弟：“怎么成这样？”

苏国通低头不语。刘伊心忍着疼痛断断续续说了原因。

贝尔注视着弟弟严厉地说：“是这样吗？”

弟弟理直气壮地说：“没错！”

姐姐批评他：“你还理直气壮！你忘记阿爸的话了吗，为人要知错改错，要谦虚！你伤了伊心，向她道歉！”

“我不！”

瞧着弟弟的执拗劲，苏贝尔无奈地揪着他的耳朵：“快向伊心道歉！”

“你们都偏心！”苏国通愤怒地瞧着姐姐。

“此话怎讲？”苏贝尔松开他，一脸认真。

国儿一吐为快，说了母亲带着海儿两口回大汉不带他，这本身就是偏心，还列举了平时生活中的细节给予证明。他极其不满地说：

“姐，你说，阿妈不是偏心是什么？”

苏贝尔生气地问：“平心而论，你有海儿武艺好吗？”

“这也不能成为不带我回大汉的理由吧？”

“阿妈听说阿爸在大汉唯一儿子已经死了，阿爸又被罢官，怕阿爸身心难受，她才下决心带着海儿两口子悄悄走的！”

苏贝尔说着不由得泪流满面：“你知道吗，从咱这里到酒泉，再到长安上万里路遥。除过大山就是沙漠，没有坚强意志的人会死在路上的！”

“我就不信，贩子能走我们走不成？”苏国通不依不饶。

“你姐夫这次向来咱这里贩卖铁铜的贩子打问道路上是否见过去酒泉的三位胡人，才知道沙漠中是常见白骨的！”苏贝尔说，“从酒泉到大汉长安还有几千里路的，没有真正的决心很艰难的！”

她看弟弟不吭气继续说：“我们也心疼阿妈，阿妈也心疼我们，还心疼阿爸。所以阿妈想到阿爸的安危，她没有惊动我们，悄悄离开。你现在也是有了妻儿的人，该知道夫妻间的心理了吧！”

苏国通低头不语，他想想自言自语道：“不知阿妈和海儿他们，到大汉了没有？”

苏贝尔计算着时间：“从咱们这儿到酒泉，听贩子说，他们驼队单程，一路顺利的话，一个月多两天。要是遇风沙或强盗，那就不知怎样了！从酒泉到长安，打马也得一月多时间，这非常人所能为！”

“那，阿妈和海儿他们还现在路上。”苏国通现在才知道自己是错了，含着眼泪说：“姐，我错了！”

“你向伊心认错！”姐姐直视着他。

苏国通站在榻前，对媳妇说：“伊心，对不起！这都怪我心胸狭窄！我以后听你的！”

刘伊心背过身不理他。不过，她躺在炕上，听着姐弟的谈话想，自己以后也要向姐姐学习处事，学习解决事情的方法……

第二天，苏贝尔和刘叔叔商量他们想回贝加尔海生活一段时间的事，刘勇义十分赞成。反正，夏天是这里的庄稼生长期，地里也没有啥事。

听说要回贝加尔海，刘勇义和吴胜两大家子都要回去看看，於维尔兰一听也要去。

于是他们还和六年前一样，年长者和不能骑马的娃娃坐马车，年轻人骑马，带着自家帐篷及食物，马车在马队的护送下出发了。

为了一路上安全，刘勇义带着他们走东行丁零，再到海子这一路，虽然多两天的路程，可不经过匈奴军垦之地很安全，还能够观赏一路的风景。

两年前，吴得汉和一位汉人大叔的女儿林灵灵结婚了。林灵灵个大水灵，眼睛都会说话，皮肤也白皙。在他们这些女娃娃中，属于那种异地风情一类的女娃娃，漂亮且大方。

他们夫妻很是恩爱，这两年一直没有怀上娃娃。吴胜两口子看两个娃娃过得很好也没在意，再说，梅尕大姐没在家，这事情也不好向后辈孩子打问。

路上得得纳瞧着娃娃在一起高兴的样子，对媳妇说："灵灵，你找你贝尔姐姐去问问你们不生娃娃的事情。"

林灵灵和苏贝尔虽然认识，不是从小在一起，还是生疏些。她听婆婆这么一说，就时不时地故意和贝尔搭话。

这天午后很热，大家人困马乏地行到一河边，这里还有一片桦树夹杂着杨树的树林。

刘勇义看到了阴凉处说："咱们在这里歇息，喝点水吃点东西再走。"

几家人高兴地下马的下马，下车的下车，坐在树下歇息，拿出自带的水囊喝水吃着零食。

四岁的小李苏看见小河边草丛上停只蝴蝶，过去伸手去捉，不小心扑通跌进水里。

旁边林灵灵瞧见奔过去跳下水捞起李苏，着急地呼喊："贝尔姐，娃娃掉水里了！"

大家闻言都疾奔过来。苏贝尔奔来瞧着落汤鸡一样的两人，看女儿呛着了，着急地接过女儿，搭在马背上拍着后背……不一会儿，李苏吐出呛进肚里的水，哭出了声。

大家松了一口气，各家人拉过各家的娃娃，指着李苏吓唬着不让乱跑，搂着各自的娃娃继续歇息。

苏贝尔抱着哭叫的女儿，真诚地对林灵灵说："妹子，真的感谢了！走，到姐姐车上，把湿衣服换了！"

"我去婆婆车上换。"

“走吧！我的衣服你能穿的！”

在贝尔坐的车上，两人先给李苏换上衣服。

苏贝尔拿出套内外衣袍，递给林灵灵：“妹妹，快换上！”

林灵灵脱下全身的湿衣服，裸露着全身。贝尔拿着羊毛巾帮她擦着身子。苏贝尔瞧着她好看的肤色和苗条健康的身子：“还别说，你的身躯真的很好看，我们家得汉真的很有福气！”

“可不知咋的。我老怀不上娃娃！”她红了脸低下头紧着衣服扣子。

“让你哥把娃娃接下去，我给你看看！”苏贝尔拉开车的木门朝外喊，“於兴，把娃娃接下去！”

李於兴闻声过来接下李苏。

苏贝尔关上车门对她说：“你先躺下，腿分开，我给你检查一下！”

一七八　笨死了

她检查她的下身，耳语悄悄说：“你们在一起搞的地方不对吧！”

她惊讶地瞧着她。她拉着她的手指试着，让她自己摸着感受下说：“是在这里！”

“你平时在一起疼吗？”

“每一回都疼，我都忍着。”她红着脸说。

“你说实话，那样你感到舒服吗？”

她难堪地摇摇头。

“你今晚，按姐姐说的去做，亲身感受一下有啥不一样！”她悄悄告诉她办法……

她一听，觉得自己笨死了，那个胡得汉还是念过书的人，也笨死了！今晚上，我一定要按大姐说的做。

林灵灵换身干净衣袍下了车。在草地上休息的老幼目光集中她身上。这件衣袍真的像是特意为她做的一般，她穿着真的是太漂亮了。

国儿瞧着她，笑着对吴得汉说：“得汉，你的阏氏真是太美了！”

“去你的！”吴得汉推了一下他说，“美有啥用，连个娃娃都不会生。”

“那是你不行吧！”苏国通赞美地说，“你看她的身材和臀髋多宽大呀！一定能给你生好多娃娃。”

“那咱们换一下，把伊心给我，你和她一起生活！”吴得汉不满地说。

“你说的屁话，老婆能换吗！”国儿捶了他一拳。

刘勇义瞧瞧西斜的太阳，再瞧瞧树荫下一家家昏昏欲睡的大人娃娃，想着几天疾行的艰辛，和吴胜商量了一下宣布说：“这两天，天气太热，今儿在这里住下来休息，明天早早启程赶路。”。

大家欢呼起来：“太好了，能好好歇息了。”

刘勇义用铁锹在地上挑垒了个烧火的炉子，搭上带的大铜锅，安排得得纳和伊玛两个收拾做饭，男人拾柴火女人看娃娃。

吴胜自觉地经管牲口。

苏贝尔叫来吴得汉和林灵灵说：“你们两个利用这段时间，打马去前面探探明天要走的路，怎么样？”

林灵灵知道姐姐的用意，立即答应说：“行！”

看媳妇已经答应，吴得汉只得牵过自己的马说：“那走吧！”

他们的车是沿着这里的河流向东行进的，沿途既有树也就有小小的树林子。

吴得汉和林灵灵两人上了一匹马飞奔前去。他们沿着河岸奔了有一里多路，到河水拐弯的一片树林前，坐在后面的林灵灵紧抱着男人的后腰说：“得汉，慢点，我要方便！”

吴得汉生气地勒住马缰绳说：“女人就是麻烦！”

林灵灵跳下马瞧着周围说：“你看，这里多美，阳光、树林、河水，宁静的草原！”

“你快点！”男人催促。

“我看你也下来吧！”她看他不下来，含情脉脉地瞧着男人，“你知道贝尔姐姐为啥让我们来探路吗？”

“不知道！”

“你下来，我告诉你！”她眉眼挑逗着男人，“你要不下来，可别后悔！”

他翻身下马。她撩起衣袍下摆，妩媚地说：“得汉，你看我这衣服好看吗？”

“好有啥用！连个娃娃都不会生！”他没好气地说。

她从马鞍上拉下衣包解开，拉出件男人宽大薄皮袍，铺在旁边树下的草地上。

“你要干啥？”

“教你生娃娃的办法！”女人脱下衣袍，躺在上面。

阳光照在女人的身子，美极了。撩得男人难以自制，男人咂咂嘴咽着唾沫，拉掉自己的衣袍扑在女人身上。他亲着女人的嘴……

女人按照贝尔教的办法……开始一阵疼痛，随着男人的进攻，女人扭动，不疼了，还很舒服。

“这几年我们在一起，搞错了地方。”女人诚实地说。

“谁说的？”

“萨满苏贝尔！”

“我不知道，难道你也不知道？”男人责怪女人。

“你听我的话吗？”女人怼了一句。

是啊，自己真的笨了。结婚这两年多来，都是夜里把女人折腾得半死，自己筋疲力尽的不能满足……

“吴得汉，都怪你这个莽夫，笨死了！还是读过书的人呢！”

自从鼻子伤后，刘伊心许多天不理男人。她对父母说这是自己不小心碰的。不过刘勇义两口不这样认为。

伊玛要质问苏国通，刘勇义说，父母不该掺和出了门的儿女家事。

一路上刘伊心都是和阿妈坐一辆车，妈妈帮着她一起带娃娃。她除过方便时下车以外，大都是在车上躺着睡觉的。甚至吃东西都是在车上，不管外面多么热闹，仿佛都与她无关。

刘勇义他们做好饭，按照各家人数分肉菜和小米饭。他看大家都拿到饭菜吃着，盛好最后一家的饭菜喊：“国儿，过来拿饭！”

苏国通接过饭菜碗盘，喊着儿子的名字：“苏刘成，和你阿妈过来吃饭了！”

刘勇义见女儿和外孙又没下车吃饭，走过来说：“不管他们，咱爷俩一起吃吧！”

国儿盛好碗饭放上双筷子，双手恭敬地递给岳父后端碗低头吃起来。

刘勇义瞧了眼这位平时话语不多的女婿，吃了口饭微笑地说：“你们俩个闹气了？”

他抬头瞧了眼岳父，见他没有生气的样子，负疚地说：“阿爸，对不起！都是我不好！”

“不过，伊心是娇惯大的，爱耍孩子脾气。”他认真起来，“就是两口子打架，也不能伤了脸面！”

“不，不是！”他红着脸低头嗫嚅道，“我们闹着玩，她把我推下炕又下来拉我，不知咋的，我胳膊一甩，就……就……就撞了……”

刘勇义瞧着他的囧样说：“好了！我知道了！回家我好好教训她！”

“阿爸，都是我不好！你别别……说她！”他心疼地说。

刘勇义呵呵笑着说：“吃饭，吃了饭接她回帐篷！”

饭后，大家收拾好餐具和一切，月亮已经从东方抬头，草原一片朦胧而神秘。

大家疲累地打着呵欠，陆续回到自己帐篷及车上。刘勇义和吴胜在周围观察了一圈，没有发现什么不安全的地方，分别回到家。

刘勇义打开车门，看女儿还在车上，便说：“伊心，快回你的家去！”

“我不！”女儿执拗地说。

“出来这几天，晚上都是我和国儿在一起，今天我不去了。”

他瞧着女儿倔拗的样子说，“你难道就不怕有女的趁机……”

刘伊心听阿爸这样说，眼前浮现出路上的一幕：

吴胜和得得纳十二岁的女儿吴得雨很聪明，学什么会什么。也是吴胜两口子的骄傲。

从小老吴就带她骑马，教她拳脚格斗。她也发育得快，现在个儿已经和阿妈一样高了，很是苗条健美。

她皮肤不是很白，眉目面庞却清秀俊靓，嘴小唇厚，胸前已经有了两个小包包。女人一瞧，很是嫉妒；男人一看，却有种过眼不忘的感觉。

一路上，她和大人一样打马而行。瞧着苏国通孤单的样子，乞在他身边问：“国儿哥哥，你和伊心姐姐怎么了？”

苏国通闻着她身上淡淡的女人味儿，笑着说：“小丫头片子，你懂什么？”

“我就懂的，你们两个闹心了！”接着，她咯咯笑了。这银铃般的笑声在草原上回荡。

车内坐着的刘伊心听见笑声撩开窗帘朝外望去：苏国通瞧着她开心的样子，也笑了：“你怎的老是高兴？”

“看见你，我就高兴！”她脱口而出。

她生气地放下窗帘，心里骂了声：“真不要脸！”

一七九　我们回来了

想到这些，刘伊心忙把娃娃留在车上由阿妈照看，自己下车。

刘伊心趁着月色回来，蹑手蹑脚拉帐篷门走进仅够一家人睡觉的小帐篷。

苏国通看媳妇好长时间没回来，想着是不回来了，身体摆成个大大的大字，枕着手臂，舒服地仰躺着，正想心事。

忽然，悄没声息地进来个人，惊得他一下子跳起来，仔细一瞧是伊心，便近乎恼怒地低声说："回来也不打个招呼，吓死我了！"

"你是在等人吗？"

他没吭声，规矩地躺在地垫上，她也躺在男人身边，一时间两人沉默着谁也不说话。

过了很长时间，刘伊心忍不住推推男人："你怎的不问问我伤好了没有？"

"这野外，旁边都是家人，小声点！"他冷淡地说。

"你想我吗？"女人悄悄耳语。

他迟疑地摇了一下头。

女人生气地推了一下男人："莫非你心里有了别的女人？"

男人气恼地翻身骑在女人的身上，强硬地抠住她的两只手，沉沉地注视着她。

盼望男人的疾风暴雨，可男人却这样。她生气地喊："你怎的，害怕了！"

他怕她再大声说什么，搞得大家看笑话，放开她的手，嘴封住她的嘴，拉下女人的衣袍，恼怒地发泄起来……

从分开住到现在已经六七天了，这是他们分开最久的一回。他想着只要自己去叫她吃饭，她就会很快地回来，可是一路上，自己多次直接间接地去叫她吃饭，每每碰壁……

苏国通越想越生气，犁地般地上下手脚一起，报复起来……不知怎的，女人却舒服地在扭动，直到男人筋疲力尽。

他不明白，悄声恼怒地问："你怎的，不疼？"

女人在男人肩头咬了一口，男人疼得翻下身，背对着女人躺在一旁。他本来话就不太多，如此后就更加无语了。

刘伊心看男人好长时间不说话，身子贴着他后背搂着男人。

男人扳开她的手朝旁边挪了一下，还是不说话。

“哎，你怎的了？”

“睡觉！”他怕她再闹，惹人笑话，无奈回过身把她揽在怀里。

刘伊心的双胞胎弟弟刘伊中，已经二十一岁了，长得一表人才，七尺男儿利落洒脱，武艺也很好，学识也不错。现在坚昆除过白天教学生汉文外，晚上还是青年人的武术教官，就是还不找媳妇。

刘伊中不愿意找坚昆那里的胡人女子，可汉人家女子，身材相貌比姐姐伊心和贝尔姐姐差远了，他宁愿不找，也不找自己看不上的。

刘勇义和伊玛两口子知道儿子的心，着急也没办法。

一路上，活泼的吴得雨，打马在马车中间，蝴蝶样高兴地飞来飞去，一会儿和这个说说话，一会儿和那位聊两句。因为她很聪明，说的话也中听，大家都喜欢这位小妹子。

一天前晌，他们一行车马，沿着河岸边和满是野花的草原间隐约可见的道路，向前奔驰着。

刘伊中看着和他一般大的伙伴都娶妻生子，他们在一起说的大都是媳妇娃娃，自己不知该说什么，就打马走在队伍最前面带路。

吴得雨看既是先生又是哥哥的刘伊中打马在前面远远地一人前行着，快马加鞭赶上来和他并排走着，高兴地说：“伊中哥哥，能问你个问题吗？”

“你这小丫头，怎么一天如此高兴？”他微笑问。

“你不高兴吗？”她调皮地问。

“我问你呢？”

“哦！先生问学生。”她沉思片刻，调皮地说，“回答先生，因我除过小时候到坚昆，这是第一次外出，看到美好的草原，很是兴奋！”

“看来，你的汉文学习得不错！”

“我每次考试都是全对，你是先生知道的呀！”她全然不顾忌。

“你的确很聪明！”他打心里称赞她。

“那——我……问你的问题，你该回答我了吧！”她湖水般清澈的目光闪闪发亮。

“你问什么问题？”他目光瞧着前面的道路。

“首先你不能生气，不能批评我！”她坐在马上都调皮地摇头晃脑。

“好！问吧！”刘伊中沉稳地说。

“你为啥现在，还不结婚？”她歪着头探究地问。

她光顾瞧他，手中的马缰绳带歪了，眼看马就要踩进水里，马失蹄下水，是很危险的。

他忙伸手抓过她手里的缰绳，连人带马拽上道。

“你这娃娃，怎么说着话就不顾一切了！”他沉着脸不禁责备。

她不好意思地笑了：“谢谢先生！”

他不理她，独自打马前行着。

“真是个怪人！”她嘟囔了一声，笑着打马追了上去。

两天后的半后晌，一行人远望着贝加尔海住地屋院，麦场边的绿树和地里一片蔬菜……

苏贝尔高兴地喊：“我们回来了！”

接着年轻人和娃娃家都异口同声地说：“贝加尔海子，我们回来了！”

喊声在空中回荡着，落地后高兴地抚摸着青草和各种野花，它们兴奋欢快地迎着主人们回来。

个儿和阿爸一样高，十四岁的吉尔，正在院子收拾着劈柴，听见喊声，抬头瞧见为首的刘勇义带着一行人和车马到来，高兴地迎出院子门大喊着：“大哥回来了！”

刘勇义下马，拉着吉尔的手，对大家说：“大家下马，在院子里歇着，我进去看看，大家再进各自房子打扫卫生！”

他拉着吉尔回来问：“阿爸呢？”

“阿爸带着阿妈去看病了！”他对他说，“大哥，我给你拿钥匙去！”

刘勇义前两年头一次回来，在坚昆拿回了多把作坊打造的铁锁子和链子，把各户门给锁上，怕一些小动物进来。他接过一串钥匙一一打开门透着气。

他瞧着每间房子里干净整洁的样子，问跟着自己的吉尔：“吉尔，这屋里怎么没有一丝灰尘？”

“阿爸说，大家还要回来住的，我没事就进来打扫！”

他揽着吉尔，感动地说：“谢谢，大哥谢你了！”

“不用谢！谁叫我们是兄弟呢！”然后对他说，“大哥你忙，我去烧水做饭了！”

吴胜，刘勇义和於维尔兰走进各自的屋里。其他年轻人除过贝尔、李於兴两口子住梅尕大姐的屋子外，其余各家住房得重新分配。

年轻人走进分配到的家，看屋里很干净，进门放下行李，舒服地倒在榻上休息起来。

刘勇义瞧着大儿子说：“你跟我们住在一起！”

“阿爸，求你给我分间小房子，哪怕只能搭个小榻也行！”刘伊中恳求说，“我和你们住在一起，很不方便的！”

儿子虽还没有成家，可他有自己的事情，和自己住一起确实很不方便。他瞧瞧对面过去的三间学堂房子，如今安装着石磨子和石碾子，还有一间是牛棚。

他不由叹了口气说：“唉！来，你住在马房旁边的屋里，可要记住，按时侍弄牲口！”

刘伊中一看这里也是很干净，就是没有其他屋里所谓的家具。

他把自己带的行李朝榻上一扔，舒服地躺在上面。至于侍弄牲口，爷爷是不会让他干的。再说夏天到处都是草，就是侍弄牲口也是惬意的。

一八〇　伊中得雨

於维尔兰让十岁的小儿子，陪苏国通和李维一三岁的女儿苏李圆玩，自己出来帮着伊玛和得得纳做饭。

梅尕大姐过去的大灶房还是老样子，生起火就能做饭，而且还可以生两个灶火。

晚饭很是丰盛，有肉有菜，有奶茶，有馕饼。他们在院子里围着桌儿正吃着，伊尔得打马和胡吉娜回来了。

大家看他们回来恭敬地起身招呼，刘勇义和伊玛忙过来迎接：“阿爸，回来了！”

得得纳进灶房给其盛饭……

饭后，大家洗涮好吃饭的家伙，回到各自的房子休息了。

刘勇义和吴胜看了这里的羊圈里有六十多只羊、牛棚有三头奶牛，高兴地说："老吴，我们回来对了，这里吃喝不愁！"

"真得感谢伊尔得大叔一家！"吴胜感慨地说，"当时大叔要留下，做对了。"

吴胜回房歇息。

刘勇义带着一家大小拜见丈人，伊尔得瞧着女儿一家、孙女和孙女婿还有重外孙，高兴得合不拢嘴。

他看见大外孙刘伊中，更是兴奋地拉过他上下打量着亲昵地说："叫爷爷好好地看看！你已经是七尺男儿了！该给我找孙媳妇了！"

小外孙十一岁的刘伊满不高兴地说："阿公，还有我呢！"

"嘿！"伊尔得放开大的，搂着小的，感慨着，"时间过得太快了，我的小满子，也长成小伙子了！"一家人互相问候后坐下聊着家常。

不久，年轻人和娃娃们困得打呵欠，刘勇义让他们去睡觉，两口子陪着阿爸和吉娜聊起来。

他瞧着苍白消瘦的吉娜问："阿爸，这吉娜得的是啥病？"

"今儿去让萨满瞧了瞧，说是胃病。"

"吉娜，我来给你把一下脉搏。"

"好吧！"吉娜伸出右手。

刘勇义给吉娜把过右手脉搏，又让她伸出左手，仔细地把过脉后说："恭喜你，你怀娃娃了！"

吉娜瞧着男人一怔，很快回过神幸福地笑了。

伊尔得红了脸说："我们去看病，那萨满还问了我的岁数，我说六十了。他说她是胃不好，让回来注意饮食。"

"是要注意饮食，这一个月以清淡为主！"他对丈人说，"阿爸，我们这么多人回来，你过你的生活，我们吃我们的。"

"那咋也得给你们把粮食磨成面粉呀！"

"这我们自己能做，咱这里有磨子、碾子，很方便的！还有新鲜的牛羊奶，我们自己来！"女婿说。

"阿爸，吉娜，我们这次来的都是青年人，整天嘁嘁喳喳的，你们要多原谅他们！"伊玛笑着说。

老人高兴地说："这都是自己的娃娃，才热闹了！这些年，我们在这里落寞极了！"

回来后，各人都有自己的家，分好肉食及面粉和粟米自做自吃，大都是一家人一起高兴地骑马坐车出游。

刘伊中听从阿爸的吩咐喂牲口。他赶着剩下的五四马上了后坡。这里还和过去一样，就是在刚上坡后，爷爷在距家最近的地方，种上了大片的麦子。

麦田一片油绿，长得很好，枝头孕育着穗苞，看起来，今年一定能丰收。

刘伊中沿着坡边道过了麦田，来到草地上，把马儿放开，让它们吃草，自己躺在柳树下瞧着它们。

马儿悠闲地吃着草，还不时地抬头和旁边的同伴们喷口气，打打招呼……

一回到这里，他的心情一松弛，变得慵懒起来。天黑就睡觉，早上还困得起不来。他手拽了片草叶放在嘴里嚼着，百无聊赖地嚼着。

在坚昆提起回来，自己真的很高兴。可是回来后新鲜两天，伙伴们都有自己的家，带着阏氏和娃娃外出游玩，只有自己形单影只。

要是苏大伯在就好了，可以开导我……

突然，耳边有小虫子蠕动，他腾地跳起来。一瞧是吴得雨手里拿着毛毛草，调皮地瞧着他笑。

“你这个淘气包！怎么不声不响地来了？”他蹙着眉头恼怒地说。

“我呀，瞧你赶着马儿上来，就悄悄地跟着来了！”她满脸是笑。

“小娃娃家，快回去！”他认真地说，“你家人找不到你，会着急的！”

“我已经跟他们说了，我跟哥哥他们去玩了！”

“那你快去找你哥嫂他们吧！”他躺在树下的草地上。

她躺在他旁边。

他看她躺在自己身边起来催促道：“小娃娃，快回去！”

“你才是小娃娃！”她没有动，眼睛默默地注视着他。

他看到了她眼中的意思，这个早熟的小家伙！他不再瞧她，离开她走到马儿跟前，瞧着马儿吃草。

她起身走过来，跟他比着个头说：“伊中哥哥。”

他走开不理她。

她追过来说：“你说我是娃娃，我已经比贝尔姐姐都高了，我已经长大了！”

他讥讽地说：“你怎么知道你长大了？”

“我都快十三了，我都成人了！”她理直气壮地说。

“去去！”她清香的气味使他不敢看她。

她凑上来，踮起脚，亲了一下他的脸颊。

他腾地脸红了，擦着粘在他脸上的口水，生气地瞪了眼她，走到树下坐着。

她也跟过来挨着他坐下说：“刘伊中先生，我喜欢你！”

吴得雨真长大了。长成亭亭玉立的大姑娘了。过去她把他当哥哥看待。小时候他抱着她背着她玩耍，她就很喜欢他的样子。

在上课时，她会呆呆地瞧着他讲汉文的样子，在遇到他给青年人教练拳脚格斗时，瞧着他健壮的身躯，会想入非非……再后来她就老想和他说话，可是找不到很好的机会。

这次回贝加尔海的一路上，她明白了自己想要的东西。虽然自己年龄比他小得多，可不影响她喜欢他，爱慕他。她想，要是现在不表白的话，他要是和别的女人好上了，自己就没机会了！

她搂住他的手臂晃着撒娇：“伊中哥哥，我真的很爱慕你！”

他的心一阵战栗，甩开她的手，冷着脸训斥说：“小娃娃，你知道你在说啥吗？”

“我已经不是你说的小娃娃了！你摸摸我，我长大了！”她拉着他的手放在自己胸前。他手挨着小包包的刹那间，心跳加快了，忙缩回手，低头不敢瞧她。

“其实，我什么都知道！”她眉目含情地瞧着他，踮起脚又亲了一下他的脸，“我今天就要你表态！”

刘伊中想压下自己的心跳，抬起头认真地说：“你回去吧！咱们啥事都不会有的！”

他骑上马，打马而去！她也跨上马追上去。

吴得雨平时骑马都架着马鞍子，今天骑在光溜溜的马背上，老觉得往下出溜的样子，不过，我一定要追上你！

他发疯地躲着她，她发疯地追。就在她马上追上他的时候，她骑的马前蹄腾起一声长啸。

吴得雨哎呀一声，嗵地摔下马来。马朝前奔去。

刘伊中闻声回头一瞧，勒马跳下，蹲地搂起她：“得雨，得雨！”

她在他怀里哇的一声哭了，她紧紧地搂着他的脖子，泪眼瞧着他。

他关切地问：“摔到哪里没有？”

“疼，疼！”她拉着的手，放在自己胸前，“这儿！”

他拉开她的衣扣，我的妈呀！他又忙给裹住，心要跳出来一样。他拉起她：“起来走走！”

他搀扶住她走了几步，看没有摔伤，松了一口气说：“我就说，妹子小雨不会如此娇嫩的！快回家吧！”

刘伊中一声唿哨，马儿朝他奔过来，他拉起她飞身上马，朝回奔去。他把她送到家坡头，拉她下马，自己再一次跃上马背，飞驰而去。

她含情脉脉地瞧着他的背影，伊中哥哥，我一定要让你喜欢我！

一八一　海子遇卫律

几天后几家人都坐车骑马到海子住地去玩，刘伊中主动留下帮爷爷经管牲口。

晚上，银子般的月光洒在地上，周围草原一片静谧。

院子外，打麦场上的一角。刘伊中做完每天必修课，打拳、练格斗后，回屋关上门点着灯，脱光衣服，用水擦洗过全身，穿上裤衩。

他出门倒了水，回来关上门伏在榻前，从包里拿出炭笔和桦树皮，记录着每天的行动。

突然，他听见屋里有窸窸窣窣的声音，忙起身，威严地问："谁？"

吴得雨笑吟吟地从里面暗处走来："是我！"

他生气地说："你这娃娃，吓了我一跳！"

"伊中哥哥，人家就是想看你！"她噘着好看的红唇。

"已经看过了，走吧！"他板着脸下了逐客令。

"我看见你擦洗的样子，真好玩！"她眼睛发着爱慕的光亮。

我的妈呀！刚才自己擦着光裸的身子，让这女子看见了……他红了脸，拽住她的手到门口，拉开门朝外推。她却倒在他身上紧搂住他的腰，用脚狠狠蹬上门。

"我就不走，你的身子啥啥我都看到了，我就要跟你！"她噘起好看的小嘴巴，瞧着他撒娇。

隔着薄薄的夏衣，他感觉到她身子凉凉的很舒服，他的心狂跳起来。

他一想到她还是小女子，无奈地说："好好，你不走我走！"他从榻上拉起外衣朝外走。

"我也不让你走！我要和你在一起！"

"不行！你是小娃娃！你阿爸妈妈知道吗？"

“他们管不着我，我已经长大了！”她的脸紧贴着他光裸的胸膛说，“我已经和阿妈说了，你不愿意找我们几家外的女子，我不愿意找我们这几家外的男人，我要和你结婚！”

……这个女子，人很漂亮也聪明至极，有过目不忘的本事。在学堂里，汉话学得好，汉字也写得好，各种活动都很出色。在整个学生中，也算是出类拔萃的。

刘伊中为有她这样的学生而骄傲。今天她突然追着他说，喜欢他，爱慕他……

他静下心来想，自己并不讨厌她，可以说是喜欢这个学生。他是老师喜欢好的学生那样的喜欢，并不是男女之间的喜欢。她比自己的弟弟刘伊满大一岁多。小时他喜欢妹妹，还经常抱着她玩呢。

唉！她要是年长两岁的话，成为他的阏氏，也不是不可能的事……

关键是现在，他年龄太小。他父亲和吴叔是同甘苦共患难的兄弟，对他恩大似父，她是妹妹！他想着好笑地摇摇头，心里却一有种烦躁袭来，难以自制……

这个女子又不走怎么办……

在他正迟疑时，她撩开外袍和他身子贴在一起。

他真的忍不住了，抱着她扔在榻上……

有了第一次也就有了第二次第三次，这天早上，吴得雨从刘伊中的房子出来，被清早起来挤牛奶的伊尔得看见。早饭后，伊尔得对刘伊中说：“伊中，今个和外公一起放牧去！”

他们把马和牛羊赶在对面的草原，一起打马上了后坡看过庄稼地，阿公带着他到了居余水边坐下，问：“伊中，你是不是和吴家的女子在一起了？”

“对。”

“她才十二三岁，赶紧收手！”他警告外孙。

“外公，你比吉娜大多少岁？”刘伊中问。

“这不是一回事，我见吉娜时，她儿子吉尔已经八九岁了！”

“我只是比她大八九岁的，再说她的心智很成熟！”刘伊中瞧着面前的河水，青黄的红果树，地上盛开的野花。

“我是怕，你们双方家人，闹得不愉快！”外公担心地说。

“我们已经这样了，不管如何都是要承受的！”他说出了自己的心事，“我不愿意找其他人家的女儿做阏氏，得雨，她也不愿意嫁给其他人家的男子。”

“那你们也不能如此！”

"我们为何不能在一起。我很爱她，她也很爱我！"刘伊中坚决地说道。

伊尔得无话可说了。是啊，他们苏家、李家、刘家、吴家，这几家人的娃娃，一起在这里成长生活，念书练武，长大后相爱是天经地义的。尽管这女子年龄小，可是已长成和大人一样的健康体形。

自己不能拆散他们，就得保护他们。他想到此说："外公理解你了。不过，你要准备好，怎样跟你的家人和她的家人说这事情！"

"爷爷，你就放心吧！我们有我们的办法！"

从这以后，他们两人在一起就大大方方的了！伊尔得很是关心外孙，每天给做着可口的饭菜，这里五口人的日子也过得优哉游哉的。

夏天的贝加尔海展开了迷人的魅力，深水中的鱼虾，逃出了七八个月的冰封和严寒肆虐，如今兴奋地在水面上，沐浴着温暖的阳光。

刘勇义他们这些人在此过足了各种吃鱼虾的瘾。

每天早上，刘勇义和吴胜，撒小网捕鱼捞虾回来，几家人一分，各自有各自的做法和吃法。

特别是苏贝尔和苏国通姐弟两家人，他们架起劈柴，用树枝穿好洗过的鱼虾，撒上盐巴调料烧烤着，晌午和晚上，各家把各家的特色端到外面，大家围在一起彼此高兴地吃着，热闹极了。

这次他们来到这里，刘勇义给大家定了个规矩：严禁大人娃娃下海子洗澡游泳，一方面是为了大家的安全，再说他们自己和牲畜要吃这里的水的。

苏贝尔两口子，带着同龄青年男女，拿着铁锹把不远处小山谷的温泉，周围重新开拓了许多，积起了两尺深左右的温泉水，每天不凉不烫，游泳洗澡的正好。

苏贝尔遇事会想办法，带着丈夫和女儿在水池里泡了两天，就学会了游泳，几天后，他们还教会了全体年轻人和娃娃。有了如此玩水的地方，大家生活真是太惬意了。

今年哈拉和林一带久旱无雨，既干旱又燥热，余吾水成了涓涓细流。周围的树木叶子每天都耷拉着脑袋，有的已经干枯，许多草场变成沙地。

周围牧人人心惶惶，可王庭里的大单于和各王爷府邸却该吃吃，该喝喝地快乐着。

卫律突然想起贝加尔海子的凉爽，干脆带着五十多骑的亲兵队伍浩浩荡荡地从西山口，开到贝加尔海边，建穹庐，搭帐篷，埋锅造饭地住下了。

几天后，卫律和随从打马来到苏武住的地方，发现山坡下搭着帐篷，还停着辆马车。岸边草地上，两匹马在吃草。再仔细一瞧，半坡山洞前炊烟袅袅。

他下马和随从上了台阶，看见一胡服妇人，在外面石头架的锅灶上煮奶酪："这是哪里人家？"

伊玛一瞧是官家军人的光鲜穿着，多了个心眼，胡语回答："是牧人家。"

刘勇义听外面有人，里面出来，一瞧是卫律，他认识他，可卫律不认识他。

他客气地行胡礼，指着石头，胡语让座。卫律问："你们是哪里人？"

刘勇义胡语回答："丁零人。"

"丁零人现在生活怎么样？"

他想想，胡语回答："在丁零王爷和总管的管理下，有吃有喝。"

卫律高兴地问："丁零王爷是谁？"

"卫律，卫王爷。"

"你认识面前的这人是谁吗？"随从自豪地问。

刘勇义装作不认识，摇摇头。

"是丁零卫王爷！"随从巴结道。

刘勇义为了不惹麻烦，故意惊讶地说："原来是卫王爷呀！阏氏，快给卫王爷看奶茶！"

一八二　亲兵丢后

伊玛听说是卫律，计上心来，顺手在锅底边搞把锅煤抹脸上，吭了声，鼻涕流下，抬头吸溜了着说："这就去！"

卫律一瞧女人脏兮兮的样子，忙起身说："谢了！我们驻扎在西边山口。告辞！"带着随从下台阶走了。

刘勇义瞧着女人的样子笑了："你真逗！"

"他凭啥喝我的奶茶！"女人笑着起身在一旁的铜盆水里洗脸。

卫律的到来，打破了这里的宁静。

这天午后。李於兴带着十岁的弟弟李於林，和刘勇义家八岁的妹妹刘伊明在温泉游泳。

卫律的五位亲兵骑马路过瞧见，下马脱光衣服，跳进水里嬉闹起来。

李於兴忙带着两个娃娃出水，拿起衣服要走。

一个二十七八岁中等个儿敦实的亲兵，瞧着李於兴高大帅气健壮的身躯，上来拉住他，色色地喊着：“这位兄弟，咱们在一起玩玩！”

李於兴忙对两个娃娃说；“快回家！”

两个小娃娃看他们不像好人，拉着手飞快地朝家里奔跑。

李於兴看他们跑远后，平和地问：“你们在哪里当兵吃粮！”

这家伙手捏捏李於兴紧绷的胸脯：“嘿嘿，这你就不知道了，我们是卫律卫大将军的亲兵！”

水里的也着起哄：“哈哈……怎的，不敢下来了吧！”

李於兴哪受过如此的侮辱，他恼怒地双手把其拽拖起，扔进水里！抬腿就走。

他们不忿地五人一起上来，虎视眈眈围住李於兴。

敦实者摆开摔跤的架势朝他扑来。

李於兴一个跳跃出了围圈，那家伙扑在对面的同伙身上，两人倒在沙地上。

李於兴哈哈笑了。

那三个一起朝他扑来。他双手各扯拽一个，双臂往一起一撑，两人磕在一起。

他们看打不过李於兴，那敦实者爬起来奔到马跟前，在腰带上抽出匕首，朝李於兴刺来。

李於兴闪身避过，一个反手抓住其手腕，朝其肋下巧刺心脏，敦实者立即鲜血喷出，倒地身亡。

同伴们见状纷纷裸着要上马，李於兴一不做，二不休，拔出匕首，利索地一个个都给撂倒了。

刘勇义和吴胜听两个娃娃回家一说，骑马过来。

两人一见这样，干脆把他们捆在马上，带着他们的马，沿着海子岸边朝东面奔去，直奔了两个时辰。在一山沟前，他们把五匹马逼赶进海子，瞧着马在水里挣扎着，由于海子水太深，不久就沉下去了。

他们回来后，李於兴已经把周围的血迹处理完了。夜里刚好下了场大雨，一切踪迹不见。

刘勇义和吴胜商量，年轻人和娃娃不能在这里待了。他们连夜赶着马车，把於维尔兰一家和娃娃们送回伊尔得住的地方，怕卫律找人不见怀疑，两人赶着辆马车立即又回到了海子住地。

只有刘勇义两口和吴胜两口子四人居住在这里，静观其变。

卫律的亲兵巡查海子一天不见回来很觉蹊跷，两天还不见回来他就坐不住了。

后来几天，他的卫队头目拓跋居林带着军队，对周围进行周密勘察。

这里虽说是属于丁零管理，也是边沿地带，人烟特别稀少。就是夏季也只有不多的放牧者，且都是在草源丰盛的海子外围。

其实，各部在这里也没有什么交集，这里分明是既有人管又无人管理的地方。卫律他们一来，算是这里实力最强的，怎么自己的亲兵说没就没了呢……

他的亲兵，也是经过严格挑选的武艺超群者，难道这儿还藏着比他住更强的人物……卫律想起过去苏武住过的山洞有人家……

对，带着队伍过去查查！

卫律留下几个守门者，亲自带队伍气势汹汹来到这里。正值午饭时间，两家四口正在山洞外吃饭。瞧着卫律带着大队人马到，两男人明白了。

刘勇义扔了筷子，端着饭碗手抓苞米饭吃着迎下来，点头哈腰用胡语热情地说："王爷到了，请上面吃饭！"

拓跋居林恶狠狠地说："你们是什么人？"

刘勇义装作胆怯地胡语回答："王爷前几天来过知道的！"

"少装！我现在问你呢。"拓跋居林瞪着牛眼，挥着马鞭咬牙切齿地说。

"本……本人丁零人。名……名腾虎熊！"他装作战战兢兢地说。

"你们这里还有什么人？"

"我一起的朋友，独孤喜喜！还……还有我的阏氏，和他的阏氏！"这是刘勇义和吴胜已经商量好的名字。

他推开他，对弟兄们说："给我端了！"

在刘勇义跟他们在下面说话的时候，吴胜和两个女人，已经把自己打扮得跟胡人牧者一样，身着胡服脏兮兮地坐在外面，手抓着吃饭，一见他们凶神恶煞地上来，吓得低头站在一旁。

拓跋居林上来一脚踢倒陈旧粗笨的木儿，对手下说："给我搜！"

一群人如狼似虎地进入山洞搜寻，里面都是破破烂烂的衣服，还有陶罐里的奶酪啥的，被打扔得洒了一地，也没搜出他们想要的东西。

他们把吓得发抖的三人拽拉下来："给我带走！"

刘勇义瞧着卫律，扔了饭碗，匍匐在地，可怜兮兮地恳求说："王爷，我们是你丁零的奴人，为了放牧才来这里，又没做违你规矩的事，请王爷高抬贵手，饶了我们吧！"

其余三人也忙匍匐在地，苦苦呼喊："请王爷饶了奴人吧……"

卫律瞧着他们真诚的样子，凶恶沉闷地呼喊："走！"

瞧着卫律带着一群虎狼走了，他们几人才从地上爬起来，互相瞧着，无声地笑了。

自此后，卫律规定：不准手下人小股行动，要走一起走！

卫律军队在这里，刘勇义和吴胜两家也不敢轻易地到处走动，他们晚上悄悄回到娃娃们住的地方，赶来了家里的三十多只羊和一头奶牛，老老实实地在这里放起牧来。

腾虎咆去了趟坚昆，得知刘勇义他们几家来海子居住，带着一家四口也赶来了。

兄弟们一见很是高兴，刘勇义和吴胜对他说了卫律来这里后，丢了几名亲兵胡乱发威的事情，说这里不安全。让他们一家在这里洗了温泉澡，连夜送到住地居住。

苏贝尔和李於兴两口子和其他几家人，带着娃娃们从海子回来后商量，不能总是这样地闲着，就组织娃娃们学习认字，教拳脚格斗。每天按时上课学习训练，日子也过得很是充实。

腾虎咆的一双儿女，男娃娃腾宗林十四岁了，女娃娃腾忠心十岁多，都在坚昆上过几年学，一看见这里有自己认识的同学和先生，兴奋极了。

为了欢迎腾虎咆和娃娃们，晚饭后。大家围着篝火坐在院子里吃着炒干馍豆豆，跳着笑着说着闲话。

吴得雨闻见馍豆的羊油味儿，肚里一阵翻滚，特想呕吐，忙起身跑到院外，扶着柳树呕吐起来。

苏贝尔见状忙跟过来，关切地问："怎么了？"

"没，没啥！"她把晚上吃的东西全部吐出来。

苏贝尔拉过她的双手，把了脉搏，是孕脉。拉着她回到房子坐下，给她倒了碗热水，里面放了块自己熬制的麦芽糖："喝了！"

她瞧着她，狐疑地说："我不喝！"

"怎的，怕我害了你？"

一八三　丢盔弃甲

她低头不吭声了，她知道自己一个多月没来身事了，恐怕是怀上了。她很想要这娃娃，怕她放药打掉。

“傻瓜，这是麦芽糖，是给你补充体力的！”贝尔笑着说，“我是你们的大姐，能害你吗！”

她端起碗，抿了一口，真的很甜！自己从来就没喝过如此甜香，好喝的东西。她瞧了眼贝尔，眼泪流了下来。

她搂住她的肩膀，温和地说：“是不是伊中的？”

她红着脸点一下头：“大姐，这不怪他，是我硬要跟他的！”

“我知道伊中的心事，他一直不愿意找咱们这里以外人家的女子！”她爱抚着她的头发说，“你是不是也不愿意找咱们几家以外的男子？”

她羞羞地笑了：“还是姐姐理解我！”

“傻瓜，可你才十二岁呀，太小了！”

“我都十三了。女人的身事，已经都来了两年多了！”

“是吗？”她笑了，“你们家人知道吗？”

“我跟我妈说过这事，她没有反对。”她问，“大姐，你支持我吗？”

“我不会反对的！”

“太好了！我这就去告诉他，他正在为这事情烦恼呢！”吴得雨高兴地跑出门。

苏贝尔瞧着她高兴的样子想，就是年龄小了些！

吴得雨跑出来，瞧着火光下，刘伊中心不在焉地呆望着苏贝尔家的门，连她出来都没意识到。她悄悄过来拉起他走进贝尔家门：“大姐，我把他拽来了！”

刘伊中红着脸低头站在她面前。

苏贝尔微笑说：“快坐下！”

她看他坐在榻边，对得雨说：“你出去，我们有话说！”

“不准批评他！”吴得雨不满可也无奈地走出门。

苏贝尔倒了碗热水，放上块麦芽糖递给他，微笑地说：“得雨怀娃娃了！”

他刚要喝水，听她这么一说，手一抖水晃出一些，抬头惊恐地瞧着她。

她还是微笑地说：“怎的，不想负责任？”

“不……不是。”他喝了一口水，压了一下惊，“我，我是……”他一口喝下糖水，嚼着没化的糖块。

“甜吗？”她还是微笑。

“贝尔姐，你不反对？”他担心地问。

“我为什么要反对！”她诚恳地说。

“太好了！”他高兴地说，“你是我们这些娃娃们的大姐，只要你不反对，我们的阿爸阿妈也就不会反对了！”

“为啥？”

“你和苏大伯一样，会给他们解开心结的！”在他们这些娃娃心里，除去苏大伯和梅尕大妈，他们的阿爸阿妈还是比较听这位比他们大不了几岁的大姐的意见的。

苏贝尔认真地说：“尽管你们信任我，可我毕竟不是你的父母。你还是要做好挨打的准备！”

刘伊中满怀信心地说：“这我知道！”

苏贝尔叮嘱他说：“得雨很是敏锐、聪慧，你一定要珍惜她！”

“大姐，这你就放心吧！”他说，“开始，我的确很是担心她年龄太小，不敢接受。可是后来发现，她真的很成熟聪明，敢作敢为。我很喜欢她，现在更是很爱她了！”

“那就好！”她想想说，“嗯——等你们父母亲回来，好好商量一下给你们办婚礼！”

“感谢大姐了！”他向她深深地鞠躬后，高兴地走出门。

在苏贝尔做工作和支持下，他们两位在大家姐弟面前，也就不回避什么了，像夫妻一样出出进进。其实，苏国通、吴得汉他们也真的很希望这位老弟婚姻幸福。

刘勇义和吴胜他们在海子不敢有半点差池，害怕卫律他们发飙。他们不是怕他们，而是有家人在这里，害怕殃及年轻的娃娃们。

夜里，黑暗中，得得纳对丈夫说：“真急人，卫律这么多人不知啥时候才能走？”

“怎的，想娃们了？”

“我总担心得雨这女子！”

“我回去了两回，看她挺好的！”男人说。

“哎，你女子喜欢刘伊中，你知道吗？”

“她还小，这事不提！”

女人说：“伊中已经二十一眼看都二十二了，又不找咱们几家以外的女子。你女子呢，也决心不找咱们几家以外的男娃子。她这次看伊中没来海子，也回去了！”

“你是说，他们两个？”男人惊讶地问。

“他们两个咋的了？你说，伊中这样能干的女婿，咱哪里去寻！”女人怼呛男人。

男人沉思一会儿说：“我就怕勇义有意见。”

“不怕，只要娃娃们一心，他两口子也奈何不得！”

女人紧紧地贴在男人胸前。

“你说得也是！咱的女子，在这些娃娃里，也是聪明的娃娃，勇义不会不同意的！”男人气呼呼地说，“这一时一个卫律在这里，把人心闹得烦烦的！”

刘勇义两口子躺在炕上，男人翻着烙饼。

女人轻声问：“怎的睡不着？”

“要不是娃娃们在这里，我真想把这个祸国殃民的东西给收拾了！”男人气愤地说。

“嘿，为这事不值得！”她搂住男人的脖子问，“你回去，看咱伊中怎么样？”

“我发现他眼睛很亮、很高兴！”

“你说，咱伊中没来海子，得雨也不来，会不会他们两个——”

女人担心。

“要是那样，咱们就省事多了！”男人想想说，“得雨这两年出脱得漂亮，大气。”

“这女子很是聪慧，咱家要是能娶上这儿媳妇，就好了！”女人很是满意。

“就怕吴家不愿意！”

“他女子愿意，他们不愿意能行吗！”女人说着打了个呵欠说，“这么多天，人倒不累，可心里累！都是这狗卫律给害的！”

“既然走不得，俺就跟他们在这里耗着！”他搂着女人亲住她的嘴，女人也立即回应起来，渐渐地情到深处，愉悦地粘在了一起……

自从五个亲兵不明不白地丢失后，卫律在这里消夏也是很憋屈的，为了脸面，起码得住够一个月左右再回去。

他在驻地昼夜加强了岗哨，不怕一万，就怕万一。不过这里的生活还是比哈拉和林好多了，凉爽不说，空气还很好，面前就是海子，鱼虾海产很多，吃着香鲜方便，就是不到远处去罢了。

一天，他的哨兵瞧见，西面山上树丛里有人窥视这里。卫律让亲兵悄悄包抄过去，抓住位红发深目蓝眼身着外族式羊皮衣袍的青年男子，可是语言不通……

卫律认为是这人搞掉了他的亲兵，就地射杀后，将尸体挂在山口的大树上，亦是示威。

三天后的夜里，趁着他们沉睡着，一群那人的外族朋友悄悄摸到他驻地，杀了岗哨，围着三顶帐篷一阵射杀，取走同伴的尸体后即刻撤退。

当他们活着的不到十人起来持刀搭箭时，人已经跑得没影子了，卫律吓得趴在地上只是发抖，好在还有活着的几匹马，他们丢盔弃甲立即上马，护着主子回逃。

那些外族人藏在隐蔽处，瞧着他们逃了，过来收拾了战利品，人扛马驮地把所有东西拿走了。

一八四　李陵的心思

六天后的夜里，卫律在七八位亲兵的保护下，昼夜兼程回到了哈拉和林，惊吓过度一病不起。

卫子过来对干叔韩玉林说了卫律在贝加尔海被袭损失惨重，回家病倒的消息。他不敢怠慢，报告了大哥。

李陵一听坐不住了，他怕真是刘勇义他们干的……就带着韩玉林拿着礼物去看同僚。

消瘦了许多的卫律躺在炕上，一脸皱纹且苍白无血色，仿佛病中将死的老人。其实，他也六十多了，平时不出力，膳食好，面上皱纹不多，看着最多是五十老来岁的样子，可这回真的是老了。

一听卫子报告右校王来看他，挣扎着起不来。李陵已经走到炕前："右校王不知道大将军有恙，迟来探望！"

"看……座了！"他无力地吩咐卫子。

卫子端来了木几放在炕前。

李陵坐下装作关切地问："怎的能搞成这样？"

卫律喘了一口气说："贝加尔海子，真……不是人待的地方！"

"那里渺无人烟，的确太荒凉了！"李陵装作同情地说。

"唉！那里西山，有听不懂语言的外族人，他……他们太彪悍了！"卫律无力地说。

李陵明白了，是外族人袭击了他们，他放心了。他于是装作宽慰地说："你好好将养，等病好了，咱们带兵前去剿杀！"

卫律尴尬地笑笑没表态。李陵又假意安慰了几句告辞出来，他长长地嘘了一口气。

韩玉林知道大哥的心思，自己猛一听卫律在贝加尔海子被袭，也担心是腾虎咆他们，或者是刘勇义他们所为，要是真的被查出，或者被认出来，就不是死几十个人的事了……

李陵回府，瞧见得肯特坐在院子，互相寒暄过后，得肯特拿出了一蜡封的羊皮袋子说："王爷，这是苏阿伯让带的信！"

他打开蜡封的羊皮袋子，有三封信，一封是给贝尔、国儿的，一封是给自己的，还有一封是给沮渠萨满的。他把给沮渠的信递给得肯特说："这是沮渠萨满的，你带回去！"

他又吩咐韩玉林："玉林，你带着得肯特侄子，到咱的立忠酒馆，好好地招待！"

得肯特忙推辞："不，不去了，我还有事！得赶紧回去收拾药材！"

"有事，也得吃饭！"韩玉林拽住他说，"吃了饭，我帮你一起去收拾！"

李陵瞧着韩玉林他们出去关上门，拆开苏武给他的信，口中念着：

山海隔中州，血脉永相通。
良友虽远离，万里情志随。
北国雁南飞，仨儿既思归。
望君爱景光，且立复己已。

李陵读着来信，珠泪潸然。他明白了，梅尕大姐留话出走，原来是带着儿子媳妇三人经过艰难险苦，万里跋涉，已经回到了大汉长安，回到了家乡，这也是自己日思夜想的家呀！

可是，他自己却有着难言的痛楚和无奈，有家不能回，有家不敢回。这些，女儿替他做到了……

李陵泪流满面，面对南方跪地叩头，口中喃喃自语："大姐感谢你！仁兄，你和大姐还有娃娃们多多保重……"

李陵怕家里人等待，以检查各地庄稼生长情况为名，带着韩玉林昼夜打马驰行，三天后回到坚昆，一问得知几家人到了贝加尔海住地，休息了两天，打马直奔这里而来。

刘勇义得知卫律逃走后，他们才回到住地。

苏贝尔怕他们得知儿女的事，忙把两位叔叔婶婶悄悄叫到一旁，分别说了伊心和得雨两人的事，两家大人挺通情达理，还高兴地一起选好日子，杀羊宰牛，做酒，蒸馍……给他们办婚礼。

婚礼这天晌午，大家在院子里，高兴地吃着喝着，祝福着两位新人……李陵和韩玉林打马回来，大家更是一番高兴。

李陵看大家如此高兴，心彻底放下了。他祝福了两位后辈新婚幸福、白头偕老后，拿出苏武和梅尕给娃娃的信……大家终于知道梅尕带着海儿和维一，真正平安地回到了长安，更是热泪盈眶……

刘勇义和李於兴他们将前面的磨坊放上木榻，招呼韩玉林先休息，第二天他们才在一起喝酒通消息。

但韩玉林得知卫律在这里落荒而逃的真正原因时很是高兴："活该！造的孽总是要还的。"

接着韩玉林说了卫律的病情和哈拉和林内部的动荡。

吴胜说："坚昆人应该行动了！"

韩玉林说："怎么行动？敌人现在内部虽不稳，对外还是一致的，就凭我们现在坚昆一两千汉人及后代，老的老少的少，都是拖家带口，就是移动，只有偷偷地走。可沙漠难行，辎重跟不上，会被敌人一举踏平。"

李於兴说："苏大伯让我们往西南迂回总成吧？"

刘勇义说："现在最关键的是能将你们这些青年人慢慢送回。"

“我去给我阿爸说，让他想办法。”

韩玉林说：“别给你阿爸找糟心的事，你阿爸已够忧心的了。咱们现在分两头分析。”

……

黑暗中，於维尔兰依在男人胸前听着男人平稳的心跳说：“哎，你不想我吗？”

李陵正在想心事，没理女人。

她推推他：“哎，你睡着了？”

“没有。”

“我问你话，怎的不回答？”

“你问我什么？”

“我问你，你想我吗？”

他这才搂着她，敷衍地亲了一下女人的额头。

她拉着他的手，摸着自己的嘴：“是这里！”

他亲了一下她：“我太困了，睡觉！”

“你是不是有啥心事？”

“卫律带着五十多名亲兵来海子消夏，五名亲兵游泳和於兴发生冲突，全裸着身子被於兴刺死。勇义和吴胜把他们弄到百十里外的湖边，扔进湖里。”

接着，李陵又说，“卫律后来带人找到海子住处搜查，刘勇义他们说着胡语装傻，才躲过一劫。亏他们聪明，连夜送你们回家。否则，那就危险了！”

“他们怎的没告诉我这些？”女人吃惊地问。

“告诉你有用吗？”李陵心疼地亲了一下她，“你真是个笨女人！”

“那你说，卫律他们还在海子那里吗？”女人想想问。

“后来他们那多人，夜里被一群外族红发蓝眼的毛子端了窝。活下的连同卫律一共不到十人，连夜启程回哈拉和林。”

“哦——你说是卫律走了，勇义他们才赶回来！”黑暗中女人瞪着眼睛问。

“其实，你不知道也好！”

“我现在知道了，很舒心。这狗贼活该！”

女人手摸着男人的身子，心疼地说：“你怎的，这两年消瘦了许多？”

“唉！”他想说出心事，还是不能说。他想想对女人说：“还不是想你想的！”

“我爱你！”女人亲着男人的胸膛，手摸着……渐渐地，男人起了反应……

李陵觉得自己真的老了，有些力不从心。他想，关键是自己忧思太重……草草收了场。

“你变了！”女人不满地说，“是不是在王庭花天酒地？”

“我要是有那心情也好了！”他搂着女人，“歇息几天吧！”

“你这回回来，能歇息多长时间？”女人忧心地问。

“一月左右吧！”

“这次回来，叫儿媳妇给你把把脉，好好调理调理！”

“好。睡吧！”他背对着她闭上了眼睛。

第二天，李陵和自己的三位部下商量，为了大家的安全，两天后他们留下伊尔得一家，所有人启程，沿着来时的道路回赶。

路过丁零，放下腾虎咆一家，吃了顿便饭三天后回到坚昆。

一八五　向你姑学

沮渠格尔看了苏武的信，得知妹子带着海儿和媳妇回到了大汉，心里很是兴奋。妹妹真不愧为女中英豪，不怕死，不怕艰难困苦，完成了母亲的遗愿。

他对儿子和女儿说：“活人就要像你姑姑那样！”

胡犴高兴得像孩子一样：“阿爸，只要你有决心，我们积攒粮草，也能坚持回大汉的！”

“那从现在起，你要好好地教你娃娃练好武艺，练好骑马射箭才成！”沮渠说。

已经二十八岁的女儿问：“阿爸，我也要学习吗？”

“你认为自己会了三脚猫的功夫，就能坚持走几千里沙漠？这不行的！要重新学习，还要带着你的男人和娃娃一起训练！”沮渠萨满认真地说。

常会的媳妇胡溪娜和赵根儿的媳妇望眼欲穿地盼着男人的来信。这六七年来一直没有一字的信息，心里很是难受。看到得肯特拿回了梅尕两口给沮渠的信，忙向他打听男人的情况。

得肯特能说啥呢？他只得把两人在长安当官的消息告诉她们，说：“汉人为官者，不能娶匈奴的女人。他们为了前途只得放弃！”

两人一听，放声大哭了一场。过后，得肯特就对胡溪娜发起了进攻，在沮渠的说服下，不久，胡溪娜嫁给了得肯特。

隆冬时节，卫律在王庭萨满以及哈拉和林城里有名气的萨满调理下，终于在家人的搀扶下能站起身，家人每天搀扶他在屋里走几步，可是遇到天气寒冷，还是躺着居多，也不敢外出。

他不能动，躺在炕上就回想着自己的一生，少年时，兵荒马乱，父亲带着他逃到大汉，后来在长安立足……

青年时，无赖的他，以会唱胡曲被皇宫乐师李延年发现，成为好朋友，就和其兄弟李广利勾结，设计把李家妹子送给皇上，当了皇后……

后因皇宫内斗争，发现皇后地位不保，怕被连累，在出使匈奴途中投降了匈奴……他在匈奴帮且鞮侯夺得大单于位，自己也就成了一人之下，万人之上的主子。

他出卖汉人利益，在匈奴和大汉打仗时，带着善骑射的胡军多次进犯汉地，屠杀汉人立功受勋……后来对苏武进行打击，将其流放十九年……他利用职权，欺压同僚，滥杀无辜……

不过，他做过的事情，无愧大单于，无愧于匈奴王庭……

如今想起在贝加尔海的险境，他稍微有了点觉悟，要不是自己杀了那个外族人，挂尸示威，恐怕也不会遭此灭顶之苦……

这天，下着大雪。卫律在儿子和家丁的搀扶下，在屋里练习走路，正当他们累得满头大汗时，卫子进来报告：“老爷，右校王府的韩随官到！”

“让他进来！”

韩玉林捧着包礼物跟着卫子进来：“卫大将军，这是我家王爷给你带的果茶！”说着，把手里的东西递给卫子。

其实，韩玉林是在李陵的吩咐下，来看望卫律，看他的病是否已好。

两位年轻力壮者，搀扶着无力的卫律靠在炕边。卫律喘着气客气地说：“感谢你家王爷！我好多了！”

韩玉林忙说：“好多了就好，但愿别落下毛病！”

其实心里恨不得卫律立即就死。

“感……谢了！”

“那我告辞了！”韩玉林说着退出门。

“卫子，送……一下！”卫律对卫子说。

卫子送着韩玉林到大门外。

“请留步！”韩玉林走进大雪中。

自从听了大儿子李於兴，在贝加尔海宰了五个卫律亲兵的事情，李陵觉得儿子真的长大了，不仅能干还有勇有谋。光有这些不行，还必须在生活中历练历练，才能成为真正的勇士。

儿媳妇苏贝尔也很能干，她秉承了苏仁兄的坚强性格和智慧，他们夫妻两个相得益彰。他想接一家人回这里居住，让於兴和贝尔他们也熟悉一下这里的人和一些必要的情况……

可是卫律这个贼子却不得不防，这东西平时总是到处闻来闻去的，都是他对，别人都不对……再说，大单于在大事情上都是听他的。

只要卫律这贼子身子好不了，对外威胁就小多了。娃娃们也能自由自在。因而他让韩玉林去看看他如今真实的情况。

韩玉林回来，给李陵说了卫律的情况。他瞧着外面的大雪想，今年的雪，特别频繁且疯狂，坚昆到这里大雪封地，道上不易通行，看来，李於兴和苏贝尔这一冬天是无希望来这里了。

十月还是小阳春，村里各家还在院里院外栽着果树。

梅尕看村里人栽树，瞧着家里偌大的宅院空落落的，也想栽几棵树。她听说，这里栽树是很有讲究的，就想到村里打听一下。

她走进村子，准备到村主家打问，对面来了位急匆匆的年轻男子，两人互相躲避着，结果躲向同方向，撞在了一起。

梅尕被撞得一屁股坐在地上，年轻人忙搀扶起她抱歉地说：“苏家大妈，对不住！”

梅尕手揉搓着跌疼的屁股，瞪了眼年轻人，责备说：“走路也不看看！”

年轻人急得满头大汗：“苏家大妈，对不住，对不住！我媳妇难产，我急着去前家村叫接生婆！”

一听如此，梅尕说：“不用去叫了，我就是！带路去你家！”

年轻人搀扶着梅尕，快步来到村子中间的家里。五十来岁的老两口，焦急地让开道路，梅尕被搀扶进旁边的房子里。

昏暗的房子里，梅尕瞧着炕边铺的湿了的草木灰布袋子上，躺着位哭喊得声音嘶哑的青年产妇。炕前站着位手上沾着血迹、束手无策、满头是汗，四十多岁的妇人。

梅尕吩咐年轻人："快，把灯点着！"

"哦！"他手忙脚乱地打着火镰，点着油灯，把灯捻子挑大。

梅尕手端着灯，查看产妇的下身，娃娃的肩头卡在里面。梅尕急切地说："快，弄盆热水我洗手！再拿菜油来！"

年轻人麻利地出去，端了盆热水，提着个小陶壶进来。

梅尕吩咐那接生婆："你出去！我来！"

接生婆拉着年轻人说："咱们出去！"

梅尕洗着手说："留下他，帮忙！"

接生婆出去了，梅尕吩咐男子："按我说的做，快去给你媳妇擦擦汗，搂住她，安慰她！"

她很快地洗了手，给右手抹上菜油，左手按住产妇的大腿根部，查看情况，原来产妇肚子里的水分流失殆尽，娃娃的肩部顶在出口。

她认真地问年轻男子："大侄子，要是她母子能活一人，你要谁？"

"当然是我媳妇了！"他立即回答。

"说得对，你是女人靠得住的男人！"她认真地说，"你们都听我的话！"

梅尕对产妇说："你是个坚强的姑娘，深吸气，深吸气就不怎么疼了！"

梅尕边说边给娃娃打通着道路，一切准备好，手光滑伸进，把娃娃肩往里面轻轻推着："姑娘，忍住疼，一会儿就好！"

产妇一声大叫，娃娃进入里面。梅尕手抓把菜油，小心翼翼地伸进，一只手抚摸着产妇的腹部，在里面把娃娃拨顺……

"你们听我的！"梅尕吩咐，"大侄子，你抱住媳妇的上身。女子，搂住他的脖子。姑娘你深吸气，憋劲向下用力！好，好！深吸气——憋劲——"

"啊——"产妇疼得咬住男人的肩膀。男人疼得满头是汗，咬牙忍住痛……

"用力——向下用力——再憋劲——向下用力……"

产妇隔着外衣紧咬着男人肩头，血渗出衣服外。

"好，娃娃出来了！"梅尕高兴地说，"娃娃出来了！"

产妇口一松，昏迷了！男人顾不得一切搂着媳妇哭了："兰子，你可不能死呀！你要是死了，我也不能活了！"

一八六　去云中

外面的人一听，忙奔进门。梅尕吩咐：“快，给媳妇做吃的。”梅尕瞧着满头青紫的婴儿，右手提起双腿，左手在小屁股上用力地拍打了两下，娃娃没吭声。

她左手摸摸娃娃的腿，还有热度。她把娃娃放在被子上，裹住其幼小身子，嘴对着其小嘴，轻轻地帮助呼吸……过了几乎半个时辰，小东西头脸渐渐地缓过来，猫咪样低嗯了声，睁开眼睛。

“活了！娃娃活了！娃娃活了！”梅尕兴奋如年轻人一样。

产妇一听，睁开眼睛，瞧着身边的娃娃，眼泪滚滚落下，感激却无力地说：“苏大妈，真是感谢了！”

“你也受苦了！”

她拿着柜子上接生婆包袱上的剪刀，给娃娃剪了脐带，包扎好脐口。

梅尕把娃娃放在她身边：“是个姑娘！你要好好吃饭，好好休息！”

梅尕吩咐婆婆：“妹子，给媳妇把下身垫的东西拿掉，铺上软和的褥子。”

她拍一下年轻夫妇的肩头：“告辞了！”。

产妇对男人说：“快去，送一下苏家大妈！”

年轻人追到门外说：“苏家大妈，你等等！”

“还有事吗？”

“我名叫赵龙。你要是有啥事情，就来找我，我帮你做！”赵龙诚恳地说。

“是这样，我看村里人都在栽树，我也不知道院子里外该怎么弄，想找村主问问。”

“那，你就别去问了。后晌，我和我大一起过去看看，就能搞定！”赵龙认真地说。

“那好吧！我回家等着！”梅尕这一折腾也累了，就朝村外的家走去。

儿媳妇和娃娃都健康，一家人很是高兴。真是感谢苏家大妈，要不是她，今天就骨肉分离了。

赵老大一听儿子说，苏家大妈要给院子里栽树，晌午饭后，和提着一布袋麦面的儿子走进苏家大门。

梅尕忙招呼他们在院子落座。赵老大真诚而高兴地对梅尕说："苏家大嫂，今天真的感谢你了！"

"谁叫我遇见了你家赵龙呢！"

"敢问苏家大嫂，你是接生婆吗？"

"不是，是看病的郎中。"梅尕进灶房端着两碗水出来递给父子俩。

"哦！太好了！咱们这周围还没有个正儿八经看病的郎中呢！"

"赵家兄弟，其实我也不是个很好的郎中！"梅尕谦虚地说。

"你今天能让我儿媳妇起死回生，就是个好郎中！"赵老大诚恳地说。

梅尕问他："赵家兄弟，我看村里人家现在栽树，你看俺这院子里，该咋样布局？"

在赵老大父子策划和行动下，父子两三天的时间就帮着他们买栽好屋院吉栽树木。还给院子门口栽了棵生长了三年碗口粗的梧桐树。

今冬好好保温护好，明年春天发箭抽枝，夏季门口就可以歇荫凉。

三天后的夜里，唰唰唰地就下起了雪碜子。不过第二天早饭后，太阳出来，夜里下的雪碜子不久就无影无踪了。

苏国海围着谷草裹着树身子的树转了一圈，瞧着暖洋洋的太阳，奇怪地问："怎么这里下雪，不刮大风？"

李维一说："这里气候还很好的。如今咱们那里已经是冰天雪地了！"

李维一说着不由得干呕了声。苏国海忙过来问："你咋的了？"

"说不定怀上了！"她擦着嘴。

"这是好事呀！"他抓过她的手腕摸着脉搏，"是真的！"

苏国海忙朝屋里喊："妈，维一怀娃娃了。"

梅尕闻声出来高兴地说："太好了！我们的苏李圆有弟弟妹妹了！"

"妈，咱在这里把医馆开起来吧！我们都跟着你学！一家人也就有事做了！"

"不急，先看看再说！"

苏武走进门高兴地说："做什么不急？"

"爸，回来了！"苏国海和李维一异口同声地喊了声。

"呵呵……"苏武笑着说，"回来了！"

苏记恩牵着两匹马进门说："妈！"

"啊！是你陪着你爹爹回来了！"梅尕高兴地说。

“大哥，我来！”苏国海上前帮着卸下行李和马鞍子，拉着缰绳，牵马进了偏院的马房，添草料喂上。回到屋收拾好客房，让苏记恩休息。

梅尕拉着李维一进灶房做饭。

苏武进屋，躺在热炕上。昨个清早，他们打马从长安出发，只在两个驿站吃饭歇了会儿，昼夜疾行，今早回来，累得躺下就睡着了。

面条擀好，菜炒好，梅尕瞧着沉睡着的男人，不忍心叫醒，对儿媳说：“维一，你也歇息去。你爹爹他们醒来，我来下面。”

无人打搅，苏武和苏记恩一直睡到日落西山才醒来，一人吃了一大碗干面，才有精神。油灯下，一家人坐热炕上说话。

苏记恩对苏武说：“爹爹，我明天一早出发去云中！争取半月回来。要是晚了，恐怕被大雪阻住！”

苏国海一听苏记恩要去云中，忙问：“大哥，你们一行几人？”

“我一个。”

苏国海一听对苏武说：“爹爹，让我和大哥一起去，路上是个伴！”

苏武瞧着梅尕征求意见。梅尕说：“你爹爹同意我就同意！”

苏武微笑着手指指妻子，问儿子：“你真的愿意？”

“我愿意！”海儿坚定地说。

苏武问儿媳：“维一，你愿意他去吗？”

李维一沉思地说：“我……想，我愿意！”

自己如今刚怀孕，海儿外出一些天，自己减少了男人的骚扰，对自己身体和的娃娃有好处，于是也就同意了。再说这里比胡地气候好得多，道路也好走得多了，自己也放心。

“好！你跟你大哥一起去，练一下本事！”苏武同意了。

苏记恩说：“既然海儿要跟我做伴，那就后天出发吧！”

海儿问：“为什么？”

“出远门，你得收拾好自己的行囊呀！”

“嘿！男人出门，拿上两件衣服就行，带的东西多倒是累赘！”苏国海说，“咱就明天出发！不就是半个月吗！”

夜里，小两口躺在炕上，女人依偎在男人结实的胸前。

海儿问：“维一，你怎的同意我去云中？”

“我知道你的心思！”

“你说说，我的心思是啥？”海儿搂着媳妇。

“你想探一下去胡地的道路。”维一说，“我也想去，可我现在不能去！不过，你要小心！”

“有记恩大哥这个老云中，我不怕！”他亲了一下媳妇，“你在家好好地养胎，半个月很快就过去了！”

“我知道！”她说，“睡吧，明天你要启程了。”

老夫妻躺在热炕上，梅尕担心地对男人说：“夫君，我担心海儿做事毛糙不沉稳！”

“历练得多了，就沉稳了！”他安慰老伴，“你放心，记恩是个细心人，武艺也不错，会保护好你儿子的！”

“你明天得特意给他交代一下，路上照管好海儿！”

一八七　道上感悟

第二天早饭后，落了叶光秃秃的树梢在寒风中摇曳。朝阳洒在村子周围头戴着白霜的麦苗上，闪闪耀眼。

苏家大门外，苏国海和苏记恩头戴毡帽，身着棉衣棉裤，外套着布面的羊皮长袍扎着腰带，脚蹬着布袜皮毡靴，手套着暖和的毛皮手套，牵着两匹健壮的马出门。

梅尕拎着鼓鼓囊囊的背裹和苏武、李维一出门相送，这是苏国海回大汉来的第一次出远门。

梅尕把手里的包斜着紧挎在儿子背上，拍着他的肩头叮嘱说：“这是你们路上要用的。”

“爹、妈、弟妹，天冷，请留步！我们半个月后一定回来！”苏记恩信心百倍地说。

“爸、妈，维一、你们放心吧！我们走了！”苏国海翻身上马奔上门前不远处黄土夯实的大道。

苏武拉着苏记恩的手说：“这小子初生牛犊，你要看住点！”

“我知道！爹爹放心！都保重！”苏记恩翻身上马追了上去。

一家人目送着两人渐渐远去，直到瞧不见了才转身回家。

苏武对婆媳俩说：“别担心，这里到云中只有两千多里路，驿站直道相通，一路没有危险。”

维一说：“爹爹，我怕他回胡地！”

“放心吧，胡地严寒，大雪封沙，道路不熟。五六千里两边做生意人都不敢鲁莽。再说，冰天雪地想要过沙漠腹地，一路上没有人家，又没有后援会死在道上的！”苏武说，“我已交代过他了！”

李维一一听才放心。

自从来到大汉，在长安提心吊胆，不敢出门别说骑马了；到了这里乡下，虽然比在长安自由，没有马骑也是枉然。苏国海现在有了这骑马的机会，他兴奋地打马沿着大道奔驰起来。

苏记恩瞧着前面道上马飞驰卷起的黄土尘随风而来：“呸呸！”他眯着眼睛躲避着，挥鞭催马追去。

他追上他说：“兄弟，别撒欢了！悠着点，不然，没到驿站就没劲了！”

“大哥，你不知道，回汉后不能骑马，我都要憋死了！”海儿无奈地说。

“理解。”他微笑对他说，“两天后就会叫你尝一下牧人的味道。”

他们头一天，沿着黄土山塬中的道路，过了两个驿站，赶了一百多里路到陇山驿站，休息了一夜，喂饱了马。第二天沿着山间道继续前进。

冬季白天短促。西方只有少许的晚霞没有回家。朦胧下，毫无绿色光秃秃的荒山野岭，人迹稀少，寂静无声。只听见他们两匹马蹄的嘚嘚声，让人心里发怵。

苏国海声音颤颤地问：“大……大哥，这……里能有驿站吗？”

“还有十里路，就有驿站。”苏记恩看他有些胆怯，解释说，“其实，走过面前的山头，下去就是驿站。”

他们正要上山时，忽然，狂风从山上怒吼而下，天上乌云滚滚，人马裹足不前。

苏记恩蹙目打量一下地形，发现要上的山对面山坡下，有一伸出山腹的巨石，下可以遮风挡寒。

他指着对面：“走，咱们在那里躲避一下，这阵风过去再走！”

苏国海瞧着昏天黑地的样子，担心地说：“今晚恐怕走不成了！”

苏记恩镇定地说：“咱们先避过风再说！”

他们拉马来到悬石下，靠着山坡点着自带的应急火把。苏记恩拿出从驿站带的羊油干锅盔，递给海儿一块说：“今天赶不到驿站吃饭了，来，先吃些，一会儿赶路就有力气了！”

半个时辰左右，风小了却雪花飞舞。苏记恩从石下走出来，瞧着飞雪对海儿说：“吃饱了喝足了，风小了，咱们翻山过道！”

黑夜，骑马上山危险。苏记恩一手牵着马，一手持火把在前，苏国海牵着马在后跟随，他们沿着崎岖的盘山道，顶着风雪缓慢前行。

一个时辰左右，快到山顶时，对面下来几位裹着头巾的，满脸灰尘，手持大棒的男人挡在道上。

苏记恩对海儿悄悄说：“准备好大刀！一定要听我的命令，先不要动手！”

苏国海忙从马鞍挂的刀鞘里抽出大刀，握在手中牵着马，跟在后面继续前行。

对面几人瞧见下面的火把只有一支，为首者悄悄叮嘱说：“要是官家，就抢！”

他们走近了，苏记恩高举着火把问：“几位兄弟好！”

他们瞧着他们，蛮横地说：“从爷脚下过，留下买路钱！”

“这位老哥，我是到河南探望老娘的，贫穷人家也没挣下几两银子，不过，请几位兄弟吃顿饭的钱还是有的！”苏记恩回头对海儿说，“把叔叔给的碎银子，给这些兄弟去吃顿饭！”

海儿从怀里拿出几颗碎银，放在明晃晃的大刀尖上递上去。

为首者一瞧这有准备的架势，伸手拿过碎银带着人让开了路：“叫这两兄弟过去！”

他们翻过山顶，沿着下山的路牵马行走着。

苏国海想起，在家里临走前，爹爹要他带上一路用的盘缠后，还给了他些细碎的银子。他不要，苏武说：“这一定要拿上，你记恩哥知道用处的！”

苏国海现在明白了：“原来爹爹给的碎银子，是这用处！”

苏记恩说：“这是那年接爹爹胡地回来时，路过山野荒凉之地，遇见了劫道者用的办法。以后我们单独行路时，身上都带着这东西！”

“依我说，干脆宰了他们！”

“其实，这里面绝大多数人都是因生活所迫的贫穷人。爹爹不忍杀他们，你杀了他们，他们的家人怎么办？”

“但是这些人，也是很可恨的！”苏国海不解地说。

“可恨的只是少数人。再说，他们人少，你可以打过他们就好。他们人多了呢，说不定你命就没了！”

“这也就是你不穿官服行路的原因？”他瞧着他。

“这是血的教训！”他对他讲了五年前身着官服，带着随从从云中到张掖的那次路上。

半道他们遇见了几个劫路者要银子的事儿。当时自己没经验以官府压人不给银子……结果随从被那些人劫持被杀。恼得他持刀前去和他们厮杀，那些人抢了他的银子借着地形熟悉而逃……

苏记恩叹口气后悔地说：“那时候，要是自己给了他们银子的话，随从也不会遭难！”

苏国海想，这就是父亲在贝加尔海子讲《战国策》时说过的：前事不忘，后事之师吧……人要吸取成功的经验和失败的教训才能进步……

一八八　云中相遇

翻过这座山，他们夜里在驿站休息，这里有士兵给他们喂上马，当然是有大汉公事证件的人，才能享受到如此免费的待遇，要是私事，就要自掏腰包的。

虽然只睡了三个时辰，年轻人容易缓过疲乏。一早，苏记恩和苏国海两人在驿站吃过饭，带着干粮又打马奔驰开来，要争取半个月左右回到长安，必须昼夜兼行。

最难走的是，两天后要过的北盘山，山高坡陡，让人望而生畏。

这山上下五十里，中间没有歇脚的地方，更别说驿站了，不过这天天气很好，两人在这边驿站吃过早饭出发。

凛冽的寒风中。开始道路还能骑马而行，上马走了不到五里路的样子，高山就挡住去路。山下是小一溪流，他们牵着马沿溪水边小道向山地进发，走不多远，溪水却没了。

上山的羊肠小道，蜿蜒盘旋而上。

真是隔山跑死马。四个时辰后，夕阳西下时，他们终于牵着马，浑身是汗地到达山头。

山顶的寒风刀子般凌厉，他们将头上的毡帽檐子拉下来遮住脸，只露出嘴巴和眼睛。

苏国海回身往下一瞧，我的妈呀，万仞高山，直上直下，让人腿脚发软，头晕目眩。

苏国海瞧着双腿，真不相信这是自己走上来的，不禁问："大哥，你每次都走这样的路吗？"

"为了尽早回家，只有抄近道。"苏记恩说，"这要比走官道省两天的路程。我那年回长安，半道遇大雨发烧昏倒，多亏一位打猎的老爹救了我，我病好后他送我出山，走的是这条道路。"

"那位老爹现还在吗？"

"下山到半坡，就到他们家了。咱们今晚上就歇息在他家。"

他们翻过山头，北坡较平缓，还生长着许多灌木，虽然是冬天，叶子已经落尽，可丛丛弱小躯干在寒风中固守着自己的家园。

他们上马，沿着灌木丛中依稀的小道下行，天黑尽时，瞧见了一丝灯光。

苏记恩马鞭指着前面："那就是老爹的家！"

他们打马直奔到三间茅草房门前下马，马儿一声嘶叫，门从里面打开了。屋里昏黄的灯光下，一六十多岁，头戴皮帽身着光皮在外的老羊皮袄白胡子老者走出门，朦胧中仔细地打量着他们。

"老爹，我是苏记恩！"苏记恩高兴地说。

"哦——是上次路过这里的官差！"老人忙招呼说，"快进屋，他妈，快给娃娃们做饭！"

"来了！"五十多岁头发花白的老伴从房间出来，看见他们，招呼说："你们先歇息，我去做饭！"

"把我前两天打的黄羊肉给娃娃们热些，再烙个大锅盔！"老人吩咐老伴。

苏记恩忙说："老爹，随便吃点啥就成！"

"这咋成呢？两年多不见面了，就是稀客！"老人高兴地说着，拉住他们走进房子，让他们两个坐炕上，"你们先坐炕上歇着，我去把牲口喂上！"

"老爹，我来吧！"苏国海忙起身。

"都给我歇着！"他手按他坐下，自己走出门。

苏国海打量着干净舒适的房子和满间的大炕说："大哥，这老人家的娃娃呢？"

"大儿子不愿意跟着父亲打猎为生，带着媳妇和娃娃在县道地开饭馆。女儿已经出嫁了。还有个小儿子在云中做买卖。这里就是老人两口子！"

"这周围还有人家吗？"

"从这里朝右走半里地的地方，有一个二十多家人住的村子。"

"他们这些山里人以啥生活？"海儿奇怪地问。

"他们除了养牛羊，大都是以打猎为生。这深山里的猎物有黄羊、鹿、麅子、野猪等，可多了！再说这里山坳黄土很厚，气候很好，还能种小麦的。"

正说着，老人回来了。

苏记恩从随身的背包里拿出一块黑的，一块蓝色印花的葛麻布递给老人说："老爹，这是我在长安给你和大妈买的两块做衣服的棉布，请收下！"

老人绷着脸轻责："怎的这样？"

"感谢你的救命之恩！"他诚恳地说，"老爹，我是你的晚辈，晚辈孝敬长辈是应该的！"

"呵呵呵……"老人高兴地笑着说，"好！那我就收下了！"

"你给云中兄弟带不带东西，要是带的话，赶紧做准备。我俩明个一早就要启程的！"苏记恩说。

"那小子秋天回来了一次，该带的都带走了！"老人沉思会儿说，"还得麻烦你一下，他妈给他做了件棉衣，忘了带，你给捎去！"

饭做好了，他们两个美美地吃了一顿，老妈妈拿出儿子回来盖的几床被子，他们就和两位老人，各自裹着大暖被，睡在热腾腾的大炕上。

第二天一天，他们骑马走出这座大山。出了这山，一路上就没有大山挡道，基本上都是平原丘地，路就好走多了。

他们沿着通往云中的大道，打马疾行，两天后乘皮筏子过了黄河，晚上就到了云中。

云中对苏国海来说，是个神秘的地方。从大汉直接到哈拉和林就必须经过这里。也可以说这是大汉族和匈奴族的所谓交界地。

他瞧云中郡安稳和谐的大街上，居住的人中间，不仅有汉人，也有很多胡人。他们在一起和睦相处……

他回汉后，看到长安生活的安定和气候的舒适，老是想怎样才能让姐姐姐夫、国儿他们也回来。就是回不来长安，也可在汉地和胡地交界的地方生活……

他们要是能在两族交界地生活，兄弟姐妹就有相见的时候。

比如像自己，也可来此经商，给父母亲、兄弟姐妹搭桥，让他们相见……

苏记恩带着海儿到得肯特的货栈拜访，刚好胡犴和得肯特都在这里，他们相见后很是高兴。

今年开春天气好，得肯特自己赶着驼队一来一回后，看还有两个多月才到冬季，就和胡犴来此再贩回一次药材。

他们在云中装好东西，赶着驼队刚过北阴山，走进沙漠就遇到大风雪。无奈只有折回云中，等待着来年开春回去。

苏国海说："你们在这里多没意思，不如跟着我们回长安！"

两位胡人瞧着苏记恩。苏记恩知道意思，看他是否能带着他们一起走。他想想说："我看这样吧，如今梅尕大妈和海儿他们住在乡下，你们也有地方住下，只要不违反汉人规矩，我想没啥问题。"

两人一听，很是高兴。得肯特说："我两个都是规矩人，也会说汉话，会写汉字，只要穿上汉人的衣服，就和汉人一样。"

苏记恩立即决定说："咱们明天一早出发，今天你们弄上两匹汉地马，搞上几件汉人衣服。现在咱们一起出去吃晌午饭。后晌你们准备行囊，我去搞两张证件，一路上住宿方便。"

饭后，得肯特和苏记恩去准备明天启程的事，苏国海拉着表哥胡犴走进了云中的药材集市。他想，既然他们是商人，就要像商人的样子。

他准备把身上所带的银子，全部买成药材带回家让母亲开医馆。

在胡犴的参谋下，他们买了常见病所需的药材如甘草、黄芪、连翘、柴胡等和少量贵重药材如鹿茸、人参、锁阳等。

一八九　萨满职责

第二天一早，四个着汉服的"汉人"，背着各自的行囊，四匹毛光膘健的汉马，配着鲜亮的马鞍。马鞍后捆驮着打包的药材，打马出了云中郡，沿着汉直道朝南方奔驰。

在苏武回来后的第三年，胡犴和得肯特第一次偷偷打马到长安，虽然也是汉人打扮，却没有证件，怕驿站查问不敢住宿，一路上带着吃用，风餐露宿，像贼人一样……

那时尽管是风景如画的夏季，他们却没有心情观看沿路的景色。这次定要看看沿途的风土人情。

黄河以北倒不咋样，过了黄河，他们打量着平原耕地上，绿色麦苗在严寒中倔强地挺立着，想起北地如今狂风呼啸大雪纷飞，一片冰冻严寒，还要半年之久……

还是汉地好，冬季气候温和，风雪不大，还能生长麦子，难怪胡人到汉地抢掠粮食……

苏国海瞧着沉思中的表哥："哥，你想什么？"

"还是人家汉地气候好！"胡犴感慨地说。

苏国海想，我一定要让胡地的家人就是回不了长安，也要在胡汉边地生活。他对胡犴说："哥，许多事情，要有信心，找机会就能办到！"

"你说得对。"胡犴若有所思地说。

这几天天气不错，晴朗无雪。夜里虽然寒冷，可是白天阳光普照。

两天后他们赶到了猎户老人家，在那里歇息了一夜，第二天一早，翻山越岭……三天后赶到了陇山北面的驿站。

翻过陇山，基本上就没有大山阻隔，都是黄土丘坡的土塬地带，人烟稠密，道路好走了。

苏记恩瞧着疲惫的几人说："咱们在这里歇息一天，后天一早起身赶路，争取一天奔出陇山地带！"

苏国海高兴地说："要是到了那里，再有一天咱们就赶回家了！"

驿站只要有证件，有银子，就有人为你喂养牲口，无须你为粮草担心。第二天他们睡到快晌午才起来，漱洗过后吃了午饭，苏记恩带着三人在周围散步。

他们走进驿站旁边的山沟，突然发现一大灰狼口叼着一孩童的从沟里奔来。后面有人喊着："狼吃娃娃了！狼吃娃娃了！"

苏国海瞧见，飞快地从皮靴旁抽出匕首，朝狼的腰部飞扔过去，锋利的匕首扎进狼的腰腹部，狼疼得扔下孩童逃跑，没跑几步就倒地嗷叫。

胡犴忙扑上去抱起三四岁的孩童，娃娃这才哇地哭了。他忙撩起娃娃的棉衣查看伤口，娃娃的小脊背上留着上下几颗狼牙印，流着血。多亏冬天娃娃身着棉衣，要是夏天就更惨了。

海儿飞奔到野狼跟前，一脚踩在狼身拔出匕首，在狼的脖子处刺了两下，狼当场毙命。

这时娃娃的爷爷奶奶跌跌撞撞地哭喊着从山沟里奔出来，看见娃娃，跪地给他们磕头："感谢！感谢救命之恩！"

原来，他们家住在山沟里，今天，儿子和媳妇看天气好外出赶集，叫他们在家照看娃娃。他两口带着娃娃在门前玩耍。娃娃蹲在地上拉屎，老头子进屋去拿铁锹，一只狼扑过来叼起娃娃就跑……

苏记恩和得肯特忙搀扶起两位老人，安慰说："娃娃没事就好！"

胡犴从腰上解下随身的小药皮囊，在里面拿出了个药丸，嘴咬了一半嚼成糊糊，贴在娃娃被狼咬过的伤上，把另半丸递给老人说："明天给娃娃再贴一回，就没事了！"

"谢谢！感谢恩人！"两位老人抱着娃娃行礼感谢。

苏记恩问："老人家，你们住的地方有几户人家？"

"沟里面有几户人家。我们家在离这里有一里路的地方。"

"我建议，你家搬出来，住在驿站旁边就不会有危险了！"他出主意说。

"儿子和媳妇这回去集市上，把打猎积攒下的毛皮和猎物卖掉，银子就差不多了，也准备迁移出来的！"老汉说。

"这就对了！"苏记恩说，"下次，我路过这里，一定住宿你屋！"

"欢迎恩人！"老人千恩万谢地抱着孙子回家了。

他们瞧着天上西斜的太阳，抬着狼回来交给驿站，驿站管理高兴地对他们说："你们吃住费用全免。明天给你们带够两天的干粮和牲口草料。"

饭后，他们躺在驿站的大热炕上休息。

苏国海问胡犴："哥，怎的随身还带着药囊？"

"胡人萨满出门必须带上这个。一个是防自己有病，一个是为病人解除痛苦。这是萨满的职责。"胡犴瞧着屋顶说。

"那——哥，你愿意在大汉行医吗？"他问。

"我的全家都在胡地，这谈何容易？"胡犴遗憾地说。

是啊，这还真的不容易！苏国海陷入沉思中……

苏记恩问得肯特："肯特大哥，你在胡地有媳妇吗？"

没等得肯特回答，胡犴说："有了，他的媳妇很漂亮！"

得肯特说："不瞒兄弟，我已经和咱们上次说的那女人好上了！"

"你们在一起了吗？"

"已经住在一起了。"

胡犴高兴地说："要是开春回家，我大嫂就给我们生小侄子了。"

"那就太好了！"苏记恩也高兴地说，"男人就是得有个女人和娃娃，这才是家！"

"你说得对！"得肯特问，"弟妹生了个男娃还是女娃？"

"是个女娃娃！"

"恭喜兄弟，正好，一子一女很好的！"得肯特由衷地赞叹。

第二天，他们起了大早，在驿站吃了饭，又带着干粮和水，牵着马从陇山西面上山，朝东面行进。他们得翻山越岭，行百十里路才能出山。

为了躲避有坏人黑夜阻道，他们四人，准备拼体力，一路不休息，白天疾行过山。只要过了最高的山峰，后面尽管是山间道，就安全多了。

一天加半夜，他们终于翻过最高山峰，到了驿站，在那里歇息了两个时辰左右，打尖喂了马后启程。奔驰过一丘丘一凹凹的黄土沟塬，两天后终于奔回平原道，天黑时，回到了武功山苏武家。

明亮的灯光下，苏武和梅尕瞧着两位突然远道而来的亲人，热泪盈眶地紧紧拥抱在一起，高兴得合不拢嘴……

苏武亲自进灶房做饭菜摆酒接风。饭后，瞧着他们一路劳顿的样子，收拾好客房，烧好热炕，叫他们漱洗后好好歇息。

苏国海一倒在炕上就呼呼酣睡。李维一手抚摸着男人，一脸的胡须，疲乏沧桑的面容，眼泪汩汩而下。

这是他们第一次分别这么长时间，虽然才不到二十天，在她的心里仿佛就是两年。

她轻轻地亲了一下男人的额头，脸紧挨着男人的脸，眼前浮现着上灯时分，灯光下公公婆婆瞧着前来的两位亲人，兴奋地流着泪拥抱的样子……自己啥时候才能见到至亲的人？

一九〇 娃没事就万幸

父亲的身份很是尴尬，决定了他们会面希望渺茫，可是哥哥和弟弟他们，还有自己的女儿，今生还能见面吗……她想着想着，伏在男人胸前低声呜咽起来。

黑暗中，沉睡着的海儿被压抑的哭声惊醒，觉得脸上湿漉漉的。他手摸一下自己的脸，发现维一脸贴着他的脸哭泣，赶紧搂住她问："你怎的了？"

这一问，李维一竟然忍不住大声哭了。他忙捂住她的口，低声道："别，爹妈听见，还认为我虐待你了！"

媳妇伏在他怀里咬牙隐忍住哭声。

他紧紧地搂住她悄悄问："是不是想我了，嫌我不理你睡着了？"

"我……我我……想阿妈阿爸……还有……咱们的……圆圆。"李维一伤心地说着。

苏国海沉思良久："要不这样，开春时，胡犴哥和得肯特大哥回去，你跟他们一起回胡地，怎么样？"

"那那……你和阿妈回吗？"

"我们已经回来了，还回去做甚！"

"我不会离开你的！"李维一搂着男人脖子说。

"那就别自找难过了！"他亲了一下媳妇说，"其实，我也很想咱们的女儿，想我姐我哥他们，还有咱们在一起住过的几家人家。咱们既然跟着阿妈好不容易回来了，就在这里孝敬爹娘吧！"

"你说得没错！"她说，"今天看到胡犴大哥他们来，爹娘高兴的样子，我……我——"

"你就触景生情，想起了家？"

"嗯！"

"他们也在想我们的！"苏国海安慰媳妇说，"我这回跟着苏大哥去云中的目的，就是想看那里的情况。回来跟爹娘商量，想办法捎信，让他们向大汉边境转移，到那时和家人相见也就容易多了！"

“你觉得这，可能吗？”

“胡犴和得肯特从哈拉和林都能来云中贩卖药材，我想，只要有信心、有决心去做，就没有不可能的事！”

“你这一说，我就心安了些！”她长吁一口气。

“你想我吗？”

“嗯。”

他亲着媳妇的嘴，媳妇回应着……

第二天，苏记恩一早起来，吃过早饭，辞别了苏家人，打马回长安了。

一家人把买回来的药材，该炒的炒，该晒的晒，分类炮制起来。

本来，梅尕住在这里三个多月了，也想重操旧业在家里开个医馆，可心里老想着留在胡地的女儿儿子，心里特闷，老不安定。

这回海儿带回了这许多药材，并带着滞留在云中的胡犴和得肯特来后，在他们两人的劝说帮助下，准备开医馆为人治病。

苏武用这次带回的银子，在院门楼里面，请匠人沿着前外墙盖了几间半边盖的厦房，做医馆用。还在院外左边买了处地方盖上了马厩，在院墙上掏了个门，经管牲口方便。

苏国海和沮渠胡犴、得肯特白天上集市办年货，买回了许多爆竹。按照大汉的规矩，腊月二十三是小年夜送家神上天言好事的日子。他们一家人把各个房间点上蜡烛，在院子外，放起了爆竹。

开始时爆竹噼里啪啦震天响起，接下来放带花的爆竹，引得村里许多年轻人和娃娃前来观看。

正在爆竹炸响着，赵龙带着一个三十岁左右的男人、抱着个七八岁的男娃娃跑过来喊：“苏大妈，快，这娃娃叫狗咬着了！”

正在门口看放花炮的梅尕，忙把他们让进医馆，叫把娃娃放在床上。她瞧着发烧昏迷的娃娃，解开被狗咬过布包着的伤口，一瞧，原来娃娃的脚踝上方被狗撕咬扯开了一大块皮……

“看来这伤已经过了快一个时辰了，怎的才送来？”梅尕严肃地问道。

“家里人当是包住伤就没啥事了，吃了饭，看娃不对劲，才着急了。刚好出门遇见龙子兄弟。”男子手抹着满头的汗，焦急地说。

“这狗咬伤，弄不好得了疯狗病，会要命的！”梅尕着急得束手无策，“我这里还真的没弄下治这病的药！”

胡犴听说有病人，跟进来见状：“姑姑，别着急，我有办法！”他回到房间拿来药囊，取出丸解毒药，梅尕出来到灶房端了碗热水。

胡犴嘴噙了口水，喷洒在伤口处，拿出煮过消了毒的羊毛布……小心翼翼地给娃娃洗了伤口，把药丸放在碗里，弄点水研开。抹糊在娃娃伤口上。

“姑，拿块新棉布来！”

梅尕忙回到房间，在新布上剪下一条拿过来递给他。

胡犴给娃娃包扎好伤口，瞧着娃娃发烧昏迷的样子，翻了一下娃娃的眼皮，开了药方递给梅尕：“按这样，配好药赶紧熬好，给娃娃灌下！”

梅尕拿着药方配药去了。

胡犴对进来的苏武说：“姑父，能不能让娃娃躺在炕上？”

“行！”苏武忙让他们把娃娃抱起进到后面大屋放在热炕上，给娃娃盖上被子。

娃娃父亲忙给胡犴跪下说：“感谢大哥了！”

“不用感谢！这是做郎中的责任！等药好了，赶紧给娃灌下！”他说着拿着药囊走出门。

“苏大爷！感谢了！感谢你们一家人！”

苏武笑着说：“只要孩子没事就是万幸！”

为了救被狗咬伤发烧昏迷的娃娃，苏家人一夜都没合眼，大家围着他，熬药喂药，换着用冷水布敷在娃娃额头给降温，梅尕操心着给娃伤口搽药……

终于在早饭后，孩子睁开了眼。他一醒过来瞧着周围的人都不认识，胆怯地喊着：“大，大！”

在门口站着发蒙的男人，听见娃娃叫大，眼泪一下子涌出了双眼。他奔过来亲着娃的额头说：“大在这里，你真的吓死大了！”

“大，我想吃饭！”

一听娃要吃饭，李维一忙进灶房端来碗小米汤和两个馍馍。梅尕抱起娃娃喂着。

娃娃看着她，喊了声：“婆，我自己能吃！”说着他端起碗喝光了碗里的米汤，“我还要！”

海儿接过碗去盛饭了。梅尕递给他一个白面馍馍，娃娃拿着狼吞虎咽地给嘴里塞着。

梅尕温和地说：“乖，慢慢吃！”

三十来岁的父亲瞧着儿子吃饭的样子，心酸地低下了头。前年冬天，媳妇咳嗽气喘病犯了，因为无钱医治，总是拖着，到病重时请郎中来家，无法医治而去世。

当时他哭得死去活来，看娃娃还小上，没有和她一起去……

丈人看他一个人带着娃娃不行，就叫他父子在那里生活。这不快过年了，他才带着娃娃回来，却遇到邻居的狗咬了娃娃……

他禁不住搂住娃娃："都是大没本事，都是大没本事！"他忍不住难过哭出了声。

苏武瞧着这个身子单薄的男子汉，晚上闲聊，得知他家的情况。他黯然心想，自己在父亲坟墓后的塬坡上，买了多亩坡地，准备种树，也需人手……

看起来，这人是个重情重义之人！明年开春胡犴和得肯特一走，自己也不能老待在这里，海儿在这里又是单枪匹马一人，不如雇他来家里做活，给儿子找个帮手。

一九一　是个好帮手

他问："这位贤侄，请问你的名讳？"

"苏大爷，我姓单名林。"

"我说单林，你都能做啥农活？"

"回苏大爷，我是三岁被人丢在道边的孤儿，是单家我大担柴回来将我捡回，抚养我成人，为我娶妻成家，我也为我大养老送终了。我从小到大吃尽苦，学会做农活，打柴卖柴，也学会了做家常饭菜。"

原来是个苦命的人！他瞧着梅尕脸上增添的皱纹，儿媳妇有孕在身，还有家园里的许多琐事，真得有个专人来打理才行。眼前的人就不错。

他对他说："我说单林，你如愿意，可先来我家里做工，这一时先给一家人收拾粮食磨面做饭，让家里先把医馆办起来，可否？"

"太好了！那我现在就开始做吧！"他抹了一下眼泪。

"你过年如有啥事，就年后来吧！"

"没啥事，就是到丈人家走回亲戚。"单林立即就挽袖子准备干活。

苏武说："现在咱们先吃早饭，以后有你忙活的！"

早饭后，梅尕瞧着单林不合体的衣裳，拿出自己穿过宽大的汉人男装，对他说："大侄子，你把这套衣服套上，看合不合适。"

他把衣袍套在自己短小的棉衣裤外面，暖和多了。他紧上腰带，虽然短些还真是不错，忙打躬："挺合身，感谢大妈了！"

"去忙吧！"

"哎！"

梅尕看他要进灶房又叫住他："大侄子，今个晌午，由你来做饭，想吃啥做啥！"

"大妈放心，晌午饭一定叫大家满意！"

家里有了帮忙做饭的人，梅尕可腾出手来和胡犴一心一意地配置、炮制药材了。

她要细心地为各种日常病症的病人建药方配药，为各种药物研制忙碌开了。既然要做这行，就要对得起生命。

她在胡地是做过许多药方药物的搭配熬制，可是一来这里由于气候不同，不能死搬硬套，还得重新开始。

她本来是想让儿子和媳妇跟着一起干的，怎奈媳妇暂时怀着娃娃，儿子要照顾她，许多药物不能沾身的，重要的药物只有和侄子胡犴一起忙碌了。

单林进灶房看到案板上的大盆里有煮好的羊肉和汤汁，按现有材料，决定晌午吃羊肉泡馍。他把烙馍的面和好醒着后回到村里，在家拎了只竹筐子，在院子的小菜地里，拿铁铲挖了蒜苗、芫荽，揭开旁边的苞谷杆盖的地方，铲了两个大白菜提回来。

单林不慌不忙地开始边烙馍，边收拾菜……

晌午，温暖的阳光下。一碗碗飘着肉菜香的汤水羊肉和锅盔馍，还有碗油泼辣子摆在饭桌上，让人不吃都眼馋。

苏武吃着可口的羊肉泡馍嘴角上翘，雇单林来算是做对了。

单林看大家围着桌子吃开了饭，进到苏武夫妻的房子里，见儿子单童睁着眼睛躺在炕上，瞧着陌生的一切发怔。

他摸着七岁儿子的额头，已经退烧了："童儿，伤还疼吗？"

儿子摇摇头问："大，我这是在哪里？"

"你是在郎中婆家屋里。是郎中婆给你看好了伤！"

儿子蹙蹙鼻子："大，我咋闻着肉香了？"

他抱起儿子说："走，出去吃饭！"

他抱着儿子出来，将他放在一旁的石凳上坐下，给儿子在锅里舀了碗羊肉汤，放在跟前说：“吃吧！”

苏武见状忙对他说；“单林，来，抱娃娃坐在桌前吃饭！”

“不用了，就叫他在这里吃。”他低头说着。

这是做下人的规矩，不能和主人家一桌吃饭的。

“这就不对了。你现在是这屋里的人了，吃饭就该跟大家一起的。”苏武对儿子说，“海儿，你去把童童抱过来叫他坐在这里！”

单林挡住海儿忙说：“少爷不用！我是给你屋做活的人！”

梅尕过去抱起娃娃过来，放在自己的腿上：“把娃饭碗端过来！”

单林只得将娃的饭碗端过来，梅尕一瞧碗里都是汤。她在自己碗里挑了几块肉放在娃娃碗里：“童童，吃吧！”

单童瞧着不敢动筷子，眼巴巴地看着他大：“大，我不敢吃！”

单林忍不住眼泪涌出了眼眶，怕主人家瞧见，背过身撩起围裙擦着眼泪。是啊，娃娃长这么大，很少能吃到肉，也很少吃过这么多、这么好的羊肉和肉汤……

梅尕不禁心里酸酸的，眼圈红了，给娃手里递了块锅盔：“乖，快吃吧，吃了伤就好得快了！”

苏武瞧着眼前的父子俩，心酸地想，这么多年来，我总觉得自己委屈不平，一辈子遭遇和生活很不容易……如今看来，老百姓生活得更不容易……

现在他觉得自己比起他们来，生活得很是富足了，起码日常吃用不愁……

他对梅尕说：“海儿娘，让童童做咱们的干孙子吧！这样娃娃也就能活下去了！”

“好啊！”梅尕愉快地答应，“这一屋都是大人，太没有景致了。”

单林立即拉着儿子跪地：“单童，快给爷爷婆婆，叔叔婶婶还有大伯们磕头！”

父子俩跪地，单童稚气地说：“爷爷婆婆、叔叔婶婶、大伯伯：单童磕头了，单童一定听话！”

这娃娃真是乖巧。苏武上前拉起父子俩说：“以后咱们就是一家人，一起上桌吃饭！”

“感谢苏大爷、苏大妈、兄弟、弟妹、大哥们，看得起我！”

单林哽咽着抱拳不住地躬身感谢。

经过这两个多月的观察发现，单林还真是个老实勤快的人，每天把家里安排得很好。真还是个好帮手，有他在家操持海儿就能做自己要做的事。

新年已过，大汉春天到了。

胡犴和得肯特要准备回胡地了。苏国海和父母亲商量好了，为了全家人团圆，这次也要跟着他们走一回探探道，准备到胡地和舅舅商量，悄悄地接胡地的家人回汉。

一年不行两年，两年不行三年……总有机会的。

苏武和梅尕很是同意，他们也不想骨肉分离。李维一也有此想法，就是家人回不到大汉长安周边，能回到距大汉近的边缘地生活，也比在极寒之地强多了……

胡犴、得肯特也是这意思，他们就紧锣密鼓地行动起来。

苏武在村里村主的介绍下，在县道府为他们三人办了一路上的通行路证。临走时，苏武给他们画了於靬王多年前做向导时，走的北阴山的捷径图。

如若那边人回来或者能向这边移动，那里也是个不错的隐居点。虽是地处深山，可是那块地方是四面临山的福地，气候不错，还是大汉和胡地官家忽略的好地方。

苏武还叮嘱儿子，要是回到云中，换上汉服到云中郡登记，说自己是长安常会的家人，就会跟着官方回长安办事的人一起回来的。

男人又要走了，李维一虽心里不舍又没办法阻止，他知道男人的想法，只有一再叮嘱在外要休息好吃好喝好叮嘱注意身体。

苏国海和胡犴、得肯特三人走后，梅尕后悔让海儿跟他们回胡地了。

“这是孩子放不下他的姐姐和哥哥。”苏武说，“其实，我也很想他们，我想在有生之年，看到全家团圆！”

是啊，一家人团圆这事是要有人做的，好在如今医馆开张了，家里有单林帮着做事，还有童童在家，家里也不算空荡。

一九二　夜访十家山

一路驿站，晓行夜宿。三匹健马三位年轻者，七天就到了云中。

可是回胡地路还是不敢走，三人在云中歇息一天，按照苏武画的路图先到十架山看看，胡地回来的人得有落脚处，那里就是首选。

现正是黄河以北的春耕时节，云中的军队和农人都加入耕地种春小麦、种苞谷、粟谷豆子等种农作物的队伍中。

遍地不是马驴拉犁就是牛拉犁耕种，处处是人吆喝牲口的各种声音，还真的振奋人心。

胡犴瞧着沿途的情景想，要是一家人能在这里生活还是不错的。第二天进了山地，近山处几户人家，男女们也开始忙碌起来。

后来他们奔走了一天半，前面是光秃秃的风化了的青石大山，

挡在眼前。山下半坡是些落了叶子的灌木丛。

他们拿出路图，按标记找到了条隐约的上山之道，歇了会儿，

给人马都加了顿小餐，牵着马，沿着灌木丛中小道蜿蜒上山。

越往前走，隐约的小道时隐时现，走到多一半，前面竟然没有了道路。

他们三人牵着马，仰着头瞧着上面陡峭的山峰，展开路线图对照着，没错，就是这条道。

苏国海说："我看这就是我阿爸去胡地和从胡地回来的捷径。"得肯特仰起头左右瞧着决定说："我看咱们走左边比较平缓处朝上攀登！"

到太阳快落山时，他们终于爬上了山顶。

山顶上雪还没有化，寒风飒飒。可从这五尺宽左右无人行走过的顶道看，他们是走对了。

他们面对夕阳，辨别好方向，沿着山顶，牵着马朝前走去。

山顶的雪厚厚地冻着，走在上面还不算滑。

半个时辰后天已黑定。清冷的天空仿佛就在头顶，冰冷的星光在云中出没。

他们点亮火把照亮前行，突然，一阵阴风袭来，火把熄灭了，头上风起云涌。

三人牵马站定避过风头后，蹲在地上点亮火把，起身扎紧衣袍腰带，牵马朝前行走着。没走几步，雪碜子忽地撒下。

得肯特手举火把在前照亮带路，雪碜子落在火上面刺啦刺啦响，如火上加油般发出了青灿的光芒。

火把更换了五支，恐怕都过了近两个时辰。海儿想想，他们比父亲那么多人走得快多了。

他大声问前面："得肯特大哥，恐怕快到下山点了吧！"

得肯特停住脚步，查看面前的道路，没有下山的地方。他们借着火把的光亮在面前查看着，发现身后不远处道边有堆石头。

三人前去查看，瞧着周围，虽然有石头，那些石头都是胡乱地东一块西

一块的，这堆石头分明是有人故意搬放在这里的，是有所指的……

他们很仔细地瞧着，研究着……忽然发现石头下方有条是路非路的小道，得肯特打着火把朝下走了几步，发现是一条下山的羊肠小道，上来说："这里就是一条下山的道路！"

他们在火把下查看了下路线图后，又沿着山顶朝前走了一段道路。他们回来牵着马沿着石堆指引的羊肠小道下行。刚下到不远处就没雪了。

他们牵马走了一段，道路渐宽，翻身上马下山奔了近半个时辰，终于看到了有灯光的地方。找到了！他们高兴地打马前。

苏国海敲开了亮着灯的人家，开门的是位白发白胡子老大爷，打量着牵马三个人，奇怪而带着警惕地问："你们是什么人？怎能到这里？"

他忙上前行礼道："老爷爷，别担心，我们是迷路者！今晚想在你这里歇息一夜！"

明亮的火把下。老人瞧着他们身着汉服，不像是歹人的样子，想想说："你看我这家里，也住不下呀！"

得肯特拿出两颗碎银子，递上说："嗯，是这样，我们在山里转了两天也没找到回去的路，就想在你这里吃口热饭，夜里我们在你家外面打地铺住一夜，明天再找出山的道！"

老人接过银子，让开门口："请进吧！"

他们进门，老人指着炕头说："你们歇会儿，我去给你们烧水拿吃的。"

老人给炕旁边的铁锅里添上水，点着柴火烧起来。又拿了碗苞谷糁子和几个苞谷面和麦子面的两面馍馍。

等着锅里水开，老人瞧着苏国海想想问："你们从哪里来？"

海儿说："回老爷爷，从云中来。"

"哦——"老人沉思地问，"你们知道十多年前，出使胡地的苏武苏使节回大汉的事吗？"

苏国海笑着问："爷爷，你认识他？"

"他那年去的时候曾经路过我们这里的，回大汉的时候也走过我们这里，他真是个好人！"老人说着给灶下搭了把干树枝。

不一会儿水开了，老人把苞谷糁子下进锅里熬起来。

"认识他，他现在还健在，身体很好！"苏国海问老人，"老爷爷，你今年多大岁数了？"

"七十有四了。"老人瞧着海儿沉思地说，"你莫非是苏使节的后人？"

苏国海微笑地点点头："爷爷，我阿爸让我来谢谢你的！"

一听是苏武的儿子，老人眉开眼笑地说："敢情好！我谢谢了！"

胡犴瞧着老人高兴的样子，真诚地笑着说："老爷子，你精神好记忆好，你能活百岁的！"

"借年轻人的吉言！"老人手捋着胡子呵呵笑了。

苏国海瞧着屋里问："老爷爷，怎的屋里就你一人？"

"屋里有儿子媳妇，还有孙子、重孙子一大家人。我嫌吵闹，就自己住这老屋！"老人家笑了说。

"那我们今晚，要吵闹着你老人家了。"得肯特客气地说。

"我喜欢你们外来的年轻人！"

老人是个健谈和喜结交朋友的人。

"感谢了！"胡犴由衷地说。

"别客气！"

饭后，睡觉时，虽屋里的热炕比较小，只够睡两个人，老人硬是要和他们打脚头睡，海儿和老人一头，得肯特和胡犴一头。老人还拿出儿媳妇给拆洗的干净被子，给他们用。

苏使节的后人一定和他老子一样叫人信服的。第二天就放心地带着他们在周围住人的地方参观。

还别说，这里还真的是个好地方，四面是高大的山脉，中间是被条小溪隔开的两片一丈到两丈多高平坦的黄土塬。

这里的十七八家人家，分别住在塬边向阳的地方。温暖的土地上还生长着大片绿油油的麦苗。他们看上这里了，不过也得跟这老爹打听一下这里的情况。

晌午回来，得肯特和胡犴自告奋勇要求做饭。苏国海和老人坐在门外闲聊。

老人打量着苏国海："小伙子，你看我们这里怎么样？"

"这里很好！"苏国海瞧着老人调皮地笑了，"老爷爷，我能跟你商量件事吗？"

"说吧。"

"我阿爸看上你这十家山了！"

一九三　回胡地

“莫非他想来这里居住？”老人惊喜地问。

“是我舅舅他们想来此住。他是过去老萨满沮渠的儿子。”苏国海实话实说。

“是过去活动在河北九原附近的沮渠萨满吗？”老人问。

他七岁时，家还在河南。那年妈妈患咳病老不好，是胡人的老沮渠萨满给她治好的。他记得很清楚，那是位和蔼可亲的大伯伯，还给他吃从胡地带的牛肉。

“对！多年前外爷被迫从军而亡。”海儿难过地说。

“真是好人多难！要是这样的话，我们这里也很缺郎中，这能成！”老人说，“我看没问题，村主是我儿子。”

“那就感谢老爷爷了！”

他们在这里住了两天，到处看了看，十家山如今有近二十户人了。这里的气候比云中还好，空气温和湿润。还可以种冬小麦。

在老人的推荐下，他们和村主坐在一起聊了来此的想法，听了对方的看法，达成了一致。

为了便于以后进出这里，他们在这里让老人儿子给他们买了半个月的吃喝和草料，还给老人留下些银子，沿着老人指的出山道前进。

这里只是周围高的山顶有雪，其他地方雪已经化了。他们三位年轻者只用三个时辰走过羊肠隐道，一后晌就奔过沙丘地带进入沙漠。

沙漠上虽然寒风不断，可地气上来雪正在融化着，看起来通行的问题不大。

夕阳下，再次仔细一瞧，得肯特兴奋地说：“真神奇，我们走这一捷径，竟然走过了云中到哈拉和林四成的路程！”

“看来，咱们买半个月吃喝是对的了。”苏国海高兴地说。

胡犴眨着眼睛笑着接着说：“嘿，那我们就先回哈拉和林了。”

他们在出口地旁的沙土丘口，捡石头堆起来做了记号便于以后回来方便。

胡犴说：“姑父说的这个地方，真是世外良地！”

“以后家人要是居住到这里，一家人相见倒容易得多了！”海儿说。

想法一致，三人打马沿着胡汉人做生意常走的道路前进。

大汉自从昭帝继位后，在大将军霍光的辅佐下国力强盛。

匈奴狐鹿姑大单于继位后，由李陵的辅佐，农耕的实行，粮食不是很缺乏，加上恐惧大汉国力，没有对汉和西域各小国进行骚扰抢掠。

这样双方不打仗了，一路上行进还是比较安全的。再加上得肯特这么多年一直在此道上行走，沿途北面狼居胥山下有牧人放牧，许多已经成为相识的朋友。

他们这次没有药材的拖累，沙漠的雪正在融化，沙子潮湿，风儿卷不起大浪又无干热。身强力壮的三人，除过十分累时下马休息吃食喂马后就继续前奔，仅用了八天时间就到了胡地有驿站的地方。

三人歇了一天，道熟的得肯特在此搞了三套暖和的胡人衣装，他们换上，一天后就回到了家。

年近六十岁的沮渠格尔看见了外甥，高兴得热泪奔流。

他问了苏大哥的情况，得知他身体很好，更是放心了。他特意在家办了酒宴，一是欢迎远道而来的外甥，二是为儿子和得肯特安全回家接风洗尘。

三人吃了就睡热炕，醒了就吃饭。两天后身体基本恢复了，苏国海跟舅舅沮渠说了苏武的打算，沮渠很是高兴。就让得肯特和胡犴陪着苏国海去右校王府看李陵。

李陵一见自己的女婿很是高兴。因於维尔兰和娃娃们都在坚昆家里，他立即吩咐韩玉林摆设家宴为苏国海他们接风。其实家宴也就是韩玉林、王立忠陪同李陵、苏国海、得肯特、胡犴喝酒吃饭。

酒宴间，有外人在，李陵也不能多问多说什么，饭后送走了得肯特和胡犴，李陵关上房门和海儿躺在热炕上才能叙说心里话。

李陵问：“海儿，你和维一跟你阿妈回大汉，走了多长时间？”

“从坚昆到酒泉走了一个多月，从酒泉到长安有驿站，晓行夜宿也用了一个多月。一共走了近三个月。”海儿说。

“一定吃了不少苦吧？”李陵不敢瞧海儿，深而无神的眼睛瞧着圆屋顶。

“我阿妈这人很有魄力，她女扮男装，一路上虽遇到很多事情，一切由她出面解决。有她在前面挡着，我和维一只是乖乖听话的儿子，也不觉得有多苦。”

李陵问：“你能讲讲一路上发生的事情吗？”

“好吧！”

苏国海给李陵讲了出发时，是和一位贩卖铜铁块到坚昆的商人一起悄悄走的。一天后那位商人看自己赶着骆驼走得慢，怕坚昆人发现追赶，就给他们画了路线图。阿妈拿着路线图带着他俩单独前行……

他还给李陵讲了遇见人狼的事情……最后，还讲了在酒泉遇见回长安的常会等事后，感慨地说：“我真的很佩服我阿妈！”

李陵忍着眼泪哽咽地说：“梅尕大姐……是……女中豪杰！”

海儿赞同地说：“我妈真的是女中豪杰！”

接着苏国海向李陵说了他阿爸苏武的想法，又说了自己这次回来的打算。

苏国海最后说：“阿爸、和我想，尽我们的力量，能偷偷地带回去一个人就是一个人，大汉毕竟是我们的家。”

闭目仰躺在炕上的李陵，眼泪顺着眼角滚落：“我不反对你们的想法和做法，我是不能回去了，和我一起的三百多弟兄也是不能回去的了。不过我支持你，你姐夫和姐姐他们愿意，我没说的！”

“阿爸，谢了！”苏国海从炕上爬起来，跪在李陵面前叩头。

李陵忙坐起来一把抱住海儿，翁婿俩抱头哽咽。

李陵回想起自己如今的尴尬境地，真的太难受也太委屈了……

自从去冬大雪封山，李陵就一直待在王庭。他感到自己年龄有些大了，来回奔波力不从心。现在自己一定要陪着海儿回坚昆，让手下人陪送他很不放心。

这得找个理由向王庭请假。

如今虽然还是雪被盖地，可阳光灿烂，地气上升。该是检查各地落实春耕的时节了。他立即以落实各部耕地情况为名请假，带着海儿和韩玉林，打马直奔坚昆。

一天晌午，阳光暖暖的。三人坐在道边歇息吃着干粮。

苏国海瞧着李陵消瘦而忧虑的样子，关心地说：“阿爸，如今你要好好注意自己的身体！”

“没事，可能是一冬天在哈拉和林慵懒的结果吧！”李陵充满爱意地瞧着女婿微笑着说，“一看到你，知道维一和你们都平安，我真的很高兴！”

“维一让我问候你和妈妈好！因为不能在父母身边尽孝，我们很是抱歉！”苏国海传达了媳妇的心意。

“唉！”李陵轻轻叹了一口气，无奈地笑了，“儿孙自有儿孙福的！只要你们过得好，做父母亲的心里就高兴！再说，你们是阿爸留在大汉的根，阿爸更是放心！”

“感谢阿爸！”海儿把水囊递给李陵。

“咱们到了坚昆，你只能说是在首府舅舅家做事回来看看咱们的人，不能说回汉的事情！”李陵叮嘱说。

“记住了！”

一九四　陷流沙地

“我准备让你姐和你哥他们，搬回哈拉和林！”李陵对海儿说。

“要是这样的话，事情就好办多了！”苏国海感激地说，“阿爸，真的是谢谢你了！”

“你不要把这事情想得太容易了！”李陵瞧着面前的雪地。

“我知道！”但是，这不容易的事总是要做的，苏国海就是想做这不容易的事，想要一家人团圆。

苏国海这次回坚昆按照李陵叮嘱说话办事，只有刘勇义和吴胜知道他是从大汉回来的，准备带着苏家的人回汉的。

可是国尔娃娃小，经不住沙漠的折腾，刘勇义不放心，只能叫没有娃娃的刘伊中两口陪着苏贝尔两口带着娃娃一起走。

为了不引起王庭的注意，李陵夫妻俩和四岁的苏李圆和五岁的李苏两娃娃和苏国通两岁的儿子坐车，年轻人扮作护卫打马随行。几天后傍晚进了右校王府。

这是头一次带娃娃们悄悄回汉。沮渠格尔和得肯特已经托熟人给他们搞好了出胡境贩卖药材的证件。

苏国通的娃娃一到这里就发烧了，两口子守着娃娃喂药外敷降温。外孙女和孙女就要离开了，於维尔兰很是不舍，可是不得不让孩子跟着父母亲。

再说，於维尔兰怀上了第四胎。到底是年龄的关系，现在已经常发困，也照看不了他们了。

出发时，他们五人两匹马，八匹骆驼驮着草药和一路上的吃用。马匹归苏贝尔、吴得雨两人带着两个娃娃骑着。

苏贝尔给两个娃娃各做了一个厚厚的羊皮坐背篼，小娃娃在马鞍上坐困了，大人可以把娃娃放在背篼里背着。

苏国海在前牵着头负重的头驼，后面跟着苏贝尔和吴得雨带着两个娃娃骑的两匹马和八匹载驮着药材和辎重的骆驼，李於兴和刘伊中跟在后面保驾一路行进着。

他们晓行夜宿，四天后走到了过去沮渠家的地方，在驿站休息了一夜。这里是胡地的最后一个驿站，接下来就是，走到有人家的地方才能歇息和在沙漠中搭帐篷歇息。

草原和沙漠中的冰雪已经融化，一些沙坑里积满了水。海儿牵着骆驼在前开路，按照得肯特大哥的叮嘱，他们沙漠行进经验少，进入沙漠，为了安全，最好人马拉开两三丈远的距离行进。

突然，前面牵着骆驼的海儿，脚下地发软挣扎了下，仿佛地下有人拽着似的，他双脚立即被扯进泥里，再一动，小腿陷进去了。

不好！这可能是父亲交代过的沙漠沼泽地，他站住不敢动，面朝后面喊：“大家站住！於兴哥，快拿条绳子来！”

李於兴奔上来，忙从马鞍上解下条羊皮绳子，一头甩给他。海儿双手抓住：“让马和骆驼后退，再把我拽出去！”

李於兴和刘伊中帮忙把骆驼沿原路拉到后面，拽着绳子，把他拉出来。

他们不敢前行了，只有沿着来道小心翼翼后退……发现沼泽地仿佛移动似的，脚下到处是空的，一动就脚腿下陷……

莫非地下是流沙河？

他们个个急得满头大汗，两个孩子吓得哇哇地哭了。

本来大家本就心里恐惧，娃娃一哭，人就更是心慌了。

吴得雨慌不择路，一脚踩在水中，她挣扎着要走，水沙已漫到大腿。

苏国海忙喊：“得雨，别动！一动就下陷得厉害！”

吴得雨含着眼泪惊恐地一动不敢动。苏贝尔瞧着眼前的情况告诫自己：镇定，镇定……

她瞧着三四丈远的沼泽边缘沙丘，好在距离不远……她终于想出了个办法。

她说："咱们把绳子全部拿出来，结实地接在一起，一人拿着绳子头先到实实的沙丘那边拽着绳子，再把这边人和牲口一一拽过去！"

苏国海说："这是个办法！我先过去！"他把绳子拴在腰间，手扯着绳子用力上行，蜻蜓点水似的飞点过去。在沙丘地上双脚踩了踩，感到下面是实的。朝对面喊："让得雨先过来！"

苏贝尔把绳头递给得雨："得雨，把绳子捆紧在腰上！"看她捆好绳子，递给她一绳头，把这绳子头拿过去，第二人使用！

贝尔看得雨准备好了，朝对面喊："拉！"

苏国海用尽全身力气把得雨拉出流沙地，拉到自己身前，接过她拿的绳子头又朝对面喊："再来一人！"……如此几回，把两个娃娃和苏贝尔拉过来。

吴得雨照看娃娃。

苏贝尔和苏国海将马和骆驼很快就拽到安全地。这可能是马和骆驼块头大力气本来就大的原因吧。

最后剩下李於兴和刘伊中，两人趁着对面的拉力，手拉手一起用轻功，脚点地轻飞过来。

他们互相瞧着，虽然人人都是满身的泥沙，可都活着，长吁了一口气。

天渐渐黑了，摸不清状况，也不敢转移。海儿和李於兴打着火把在周围观察了下，也只有在这沙丘上搭帐篷住下来。

苏贝尔在火把上烧了锅水，招呼大家喝水吃了些干粮就睡下了。

李於兴喂上马，给骆驼各喂了把食料后走进帐篷。海儿说："姐夫，明天要是走不出去的话，得想办法找个向导！"

"你说得对。咱们明天要是还见不到过往人的话，就暂时歇息一天，你我一起到周围看看！"李於兴沉着地说。

"好吧！"他们紧挨着大家躺下。海儿想：今天真的很后怕，要不是人多办法多，一个人非命丧黄泉不可……

第二天天一亮，大家起来。苏贝尔和吴得雨烧水给大家准备吃的。饭后，苏国海让刘伊中留下照顾大家，自己和姐夫骑着马沿着来路奔驰了半个时辰，发现左面隐约有处山地。

他们站定，对着东面的太阳，确定哪是北边。观察好地形，记住这里，打马朝那里驰去。一个半时辰后，他们驰到光秃秃的山前，旁边山谷里居住有一人家。

他们走进山谷，仔细一瞧，零散在周围一里多谷地两面坡间，有几顶帐篷，其中竟有两座原木建的圆顶木房子。虽然粗糙但是很结实。

他俩打马奔到木屋前下马，有位白头发老妈妈在做饭。两人上来行胡礼，用胡语招呼："老妈妈做饭哪！"

老人抬头瞧着他们身上的泥沙，吃惊地问："你们是——"

"我们是去大汉贩卖药材的生意人，迷路了！"

屋里榻上五十多岁的男子一听，忙起身出来问："你们认识哈拉和林的得肯特吗？"

苏国海高兴地说："得肯特是我大哥！"

这男子一听立即笑容满面："原来是兄弟到了，请坐！"他忙对老妇人大声喊说，"老婆，这是得肯特兄弟的弟弟！"

一听得肯特，女人记起来了，几年前一位叫得肯特的兄弟找到她，给她带来了儿子孝敬她的银子，他们才有了如今的好生活。

儿子现名叫苏记恩。她问："你们认识叫苏记恩的汉人吗？"

苏国海明白了，这老妇人莫非是苏记恩在胡地的母亲！他欲进一步确定问："你怎的认识苏记恩？"

一九五　大漠水金贵

老人擦着眼泪："他……他是我的儿子！"接着她说了近三十年前发生的事情，婆婆带着扮女娃的儿子回大汉的事情……

她哽咽地说："真没想到，真没想到，他们终于回家乡了！前几年，儿子叫得肯特兄弟给我带了银子，找着了我……"

"老婆子别难过了，咱们如今日子不是好了吗！快给两位兄弟做饭！"大叔说。

女人忙着煮奶茶，炸油饼……

"女儿长大了，娶了个上门女婿。现在有两个孙子，一个孙女。也都大了。这不，前两年得肯特捎回了银子，给我们两家把房屋整了起来。"

他指着旁边有十几丈远的木屋说："那是女儿家的屋子。"

苏国海看这位大叔是个可靠之人，就对他说：“不瞒大叔，我也姓苏。”

“你是苏武苏使节的什么人？”老人吃惊地问。

“他是我阿爸！”苏国海说。

老人立即起来要行礼，海儿忙起身阻止说：“大叔不可！今天偶遇大叔，我们想请你帮个忙！”

“你说！”他豪爽地说。

“是这样！我们几人到云中贩药材路过，谁知陷进流沙地，几乎没命了！现在不知往哪里走，才是到云中的道？”苏国海说明状况。

“这好说！”他大声朝外边问，“老婆子，饭好了没有？”

“这就好了！”老伴在外面回答。

“赶快吃饭，吃了饭，我给你们带路！”

饭后临走时，苏国海走到老妈妈跟前，塞给她一把碎银子：“阿妈，我是代表记恩大哥给你的，请你无论如何都得收下！”

老人无奈接过银子，眼泪奔涌出来，哽咽道：“我，我想他！想我的儿子！”

苏国海口贴着老人的耳朵对她说：“我现在知道他的住地了，我会告诉他，他会想办法回来看老阿妈的！”

“我——等——着！”老人擦着眼泪说。

一个多时辰后，大叔打马和他们走捷径，奔到流沙沼泽地处。等待着大家收拾好，带着他们绕道过了沼泽沙地朝北走，天黑时他们到达一荒山前，看见这里有条马道。

大叔指着说：“顺着这条道往前，就是过去霍去病征战直达狼山的道，这道直达云中！”

天已经黑了，为了大叔的安全，他们没有让大叔回去。他们立即搭了两个帐篷。夜里苏国海陪着大叔睡在了一起，爷儿俩聊了很久……苏国海知道大叔名叫孤独吉力，是他们住地的小头人。

第二天一早分别时，大叔叮嘱说：“这道上只有沙漠。没有流沙地，你们可以放心走了！我也要告辞了！”

他们瞧着孤独吉力大叔打马回奔而去，才都上马。还是苏国海牵骑着骆驼在前，大家乘骑在后，沿着马道前行。

这一路上除过大漠风沙就是风沙大漠，大人还则罢了，只脸色越来越黑，嘴唇干裂一些，很快就结痂了。

最受罪的是两个娃娃，尽管他们百般地照顾着她们，可两娃娃子稚嫩脸上已经皴了，很是疼，她们的小嘴唇上干裂开了大大小小的血口子。

快六岁的李苏在妈妈的哄骗之下还能忍耐一些，四岁多的苏李圆却不行了，动不动就难受得大哭，越哭，挣的小嘴唇上的口子就流血。

苏国海真的很心疼，很后悔带着这么小的女儿回汉……夜里他不住地用手指蘸着水给女儿嘴唇上小心地抹着。

姐姐苏贝尔心疼弟弟，让男人李於兴照看女儿，自己帮着弟弟照顾着侄女，让弟弟能多休息一会儿。她躺在侄女身边想，如何才能保护好娃娃的小脸……

对，用布帕给娃娃把脸和嘴唇遮挡住……她马上起身点亮火把，在包裹里翻出两个擦脸用的干净布帕，用针缝在两个娃娃戴的皮帽子前面，在眼睛处搞了两个洞。

她自己试了一下还行，就在包裹里找出了几块羊毛布来，给大人们都做了一个。第二天早饭后，他们都戴上各自的帽子，把布巾搭在脸上，从布洞里互相瞧着，禁不住哈哈大笑。

他们这样骑在马上走在沙漠中，还真的不错。风沙直接打不到脸上不说，口出呼吸的气息还可以保护脸和防嘴唇干皴。

眼看两只骆驼驮的羊皮水囊渐渐地瘪了，沙漠漫漫无有尽头。他们只有给娃娃和牲口每天用点水，大人都是无水啃干粮。如今是沙漠干燥季，每天荒漠风沙不断。

苏国海凭着和母亲到酒泉路上对付风沙的办法，避过了两次大的风沙侵袭。

可是沙漠缺水又折磨着他们。

如今只有苏贝尔身上的一小皮囊水了，要是再找不来水的话，大人咋的也能忍耐两天，两个娃娃恐怕就保不住命了。

前天，他们嫌骆驼身上的大羊皮水囊在沙漠中蒸发快，就将仅剩下的水，倒回到大人随身携带的小羊皮囊里，这两天都是给两个娃娃用的。

午后，天上无一丝云彩，尽管是春天，太阳照在沙漠上，也是燥热难耐。

他们把骆驼和马拉在一处，大人抱着娃娃坐在牲畜遮挡下的一丝阴凉地，拿出自带的干馕馍，在嘴里干嚼着。

近六岁的李苏还能嚼点儿，四岁点的苏李圆却流着眼泪嚼不动。苏国海把干馕馍嚼烂放进女儿嘴里，哄着女儿说：“快吃吧，咱们再走两天就到家了，就能看见你阿妈、阿婆了！”

李苏问：“舅舅，是真的吗？”

苏国海心虚地说：“真……真的。”

李苏在妈妈怀里嚼着干馍说：“妹妹，要好好嚼馍馍，我们再坚持走两天，就能见到爷爷和阿婆了！”

他对女儿说：“苏李圆，你要向姐姐学，多吃点才能有力气！”

“我……我要……喝水！”苏李圆难受地哽咽起来。

苏贝尔将自己腰上的小水囊拿下，喂苏李圆喝。

李苏不愿意，一把夺过水囊说：“这是我阿妈的水囊，只有我能喝，你不能喝！”

小苏李圆嘴刚接近水囊口，又被夺走，哇地哭了。

李苏夺过水囊自己大口灌起来。

苏贝尔忙在女儿手里夺过来：“你这娃娃，就这么点水，让妹妹喝点！”

大的没喝两口，瞧着阿妈给小的喝水，也哇地哭了。她知道这么多人就这么一点水了。

她还听大人悄悄地说，为没有水而发愁。在大沙漠中，人没有了水就会渴死的。她感到自己肚子里像冒火一样地渴，难受。妹妹要是喝完了水，自己就没水喝会死的。自己死了就见不着阿爸阿妈了！

瞧着两个娃娃为了喝口水，哭得干燥的嘴唇，裂皲的小口子渗出了血，大人个个难受地低下了头。

水，水，现在找水是最主要的事情了。

在这大沙漠里，银钱再多，既不能吃又不能喝的，走不出去只有死路一条。

这几天人和牲畜，干渴得连尿都没有……如此下去，找不到水，又见不到人烟，会死在这大漠之中……

一九六　天机不可泄露

苏国海牵过匹马，翻身跳站在马背上，打量着周边情况。阳光下，四下里都是一望无际的茫茫大漠……他不由得紧皱起眉头，这大人还能坚持一两天，可是娃娃怎么办……

良久，他发现左边远处，隐约有条沙沟，仿佛还有向上的树干……仔细辨认后，跳下马对大家说："咱们左边一里路的样子有条沟道，还有些许树木……"

有树的地方就有水！大家立即起身上马。海儿骑着骆驼在前，一起朝沙沟奔去。

这里果然有条由东向西两丈多宽的沙沟道，中间有条一尺左右的涓涓细流，沿流水两边生长着一些灌木，如今枝头泛起了点点绿色的叶苞。

他们高兴地下马，吴得雨放下苏李圆，跑到水边，伸手捧起水要喝。苏贝尔忙阻止："得雨，别喝！"

她从随身的药囊里拿出根银针，在水里试了一下，发现银针有些变黄。自己手指点了下水，舌头舔了下尝尝，又点了一下水舔了品品，自己先喝了一口："这水，有点涩味儿！我建议咱们烧开后再喝！"

这里有的是灌木树枝。他们架起锅，盆子舀回水倒进锅里……生着火，烧起水来。三个男人商量，今天不走了，在此搭帐篷歇息。

帐篷刚搭好，就来了两位三十多岁的男人，赶着二十多头驮着铜铁块的骆驼队伍。这一路走了将近二十五天，终于遇见了做生意的同行。

对方一行见这里有帐篷和马匹骆驼，互相打过招呼后，也在这里住宿下来。

苏贝尔和吴得雨烧好水，冲好带在路上吃的干奶茶，给两人各盛了一碗，端出在水锅里馏软了的干馍馍，大家坐在一起吃着聊着。

苏国海问："两位大哥，这里距云中还有多少里路？"

"十天左右吧！"看来年纪大些的大哥，瞧着他们一起的女人和娃娃问，"你们这是——"

苏国海笑了，装作无奈地说："俺家是萨满世家，几位兄弟要到云中换买药材，老婆娃娃硬要跟着来看看，一路上真是遭罪了！"

他们瞧着两个孩子黑瘦黑瘦，嘴唇干皲的样子，同情地说："娃娃在这一路上，可真是不容易啊！"

苏国海顺着话说："再说，我们也不常走这里，半道还迷了路！"

年轻点的说："我给你们画张路线图，回来时，就不会迷路了！"

"太好了！"海儿忙对贝尔说，"姐，快拿出块白羊毛布来！"贝尔忙进帐篷拿出块雪白的羊毛皮子和一支木炭笔出来，双手递给对方，客气地说："大哥请！"

那男子接过羊皮放在双膝上，沉思会儿画起来，还写下沿途该休息加水的地方……

另一位问海儿："哎，这位兄弟，你认识贩卖药材的生意人，名叫得肯特的吗？"

"他是我家的大哥！"

"这次他怎的没来？"

"去年他被大风雪隔在云中，才回家。你们这次回去，一定能见到他的！"海儿回答。

他一听这几人是得肯特的兄弟，就和他们在一起聊了起来。他聊了他们和得肯特这么多年来在这条路上遇到的惊险和无奈，一起克服艰难，互相依赖，互相救助，成了共患难的兄弟……

他最后感叹地说："得肯特大哥是我一生中认识的最好朋友，是救过我们命的恩人！他是个难得的好人！"

"我大哥是我们这些年轻兄弟爱戴的好人！"苏国海感慨。

大家在荒漠孤独中远行，同类人相遇，又是朋友的朋友，之间有说不完的话。

第二天一早，大家在一起吃了顿热乎的早饭，奔赴各自的目的地。

苏国海他们往南走三天，渐渐看见了右边荒秃秃的阴山，接着沙漠渐渐有了梭梭草和小片水草地，再南走，绿草多了，顺山前的道路两边有了放牧的人家。

山沟里流出的小溪洇在沙漠中，孕育出了片片的绿，其间鸟儿在叽喳雀跃。

大家特别是小娃娃心情好极了。每走一段路都要停下来玩耍一番。

不久他们就奔进了周边一尺多油绿包围着的云中郡。

肯特货栈在云中这里信誉好名气大，苏国海在这里办事很顺利。他安排好两家人的住宿，让他们先洗澡休息。这里夏季旅店有太阳光晒水的浴池。

他和姐夫交付了带回的药物，办完事后又迫不及待地找北盘山老爹在这里开饭馆的二儿子，看是否给老爹捎东西，果然有给老爹捎的东西。

如今他多了个想法，借机想让姐姐他们在北盘山安家，那里各种条件比十家山好多了，尤其是距武功山的家近。

他们在云中休息着逛了两天，体验了胡汉边界城镇中多民族生活在一起的和谐风情。养好了精神，骆驼换乘成五匹汉马，五人打马带着娃娃朝北盘山而行。

途中他们目睹了黄河南北不同的景色，如若说北面还在春天，而整个南面，成堆的麦子金黄，已是丰收在望的夏季。

两天后的傍晚，他们进入北盘山北麓李老爹家。

夕阳下，这里北面相对平缓，和黄河南面的黄土塬相接。周边是满地泛黄，麦穗肥大饱满的庄稼，这是个好地方。

村子周围四面山坡，野花盛开，树木葱茏，处处都芬芳，空气清爽。

老人热情招待，吃过晚饭，他们人多却无处住宿，就在他家屋院前搭帐篷过夜。

第二天一早苏贝尔他们做饭，苏国海他们陪李老爹散步闲聊。

苏国海给老爹送上儿子给捎的东西，说了云中小哥饭馆生意特好的事，老爹很是高兴。

他借着老爹的高兴问："老爹，咱们这里闹过胡汉人打仗吗？"

"从我记事起，还没有。"老爹问，"你问这做甚？"

他认真地说出了想法："我这姐夫和这位小兄弟，由于过去父母亲被匈奴人掠到胡地，如今想回来居住，没有户籍，我想让他们过一时回来住在这里，跟老爹你做伴，怎么样？"

老人想想为难地说："不是不行，我得找个由头……"

苏国海看老人有些为难的样子，大不了就是银子呗。于是说："老爹，能行的话，盖房子的钱我们有的。"

"我不是说这，我是说我得寻个理由！"老人沉思良久说，"记恩是我的干儿子，我也知道他为何姓苏，也知道你苏国海是谁家的娃娃。那就算他们是记恩在云中的兄弟，你说成不成？"

苏国海瞧着李於兴："姐夫——"

李於兴明白了，忙拉着刘伊中跪地向老人磕头："老爹在上，儿子李於兴给你磕头了！"

老爹一听姓李，仔细地打量着他高大、结实、伟岸的身形想，这多么像李家祖上李广、李敢他们的身形，还有孙子李陵……

对，像他们！可他没有证据更不能立即说问，只是笑了："我也姓李，咱们是一家！"

"老爹，你是陇州成纪李家人吗？"苏国海笑着问。

老人诡黠地笑着说："天机不可泄露。"

这么多年来，种种原因，李家后人，四方云散的。多年前，成纪李家发生变故，父亲得讯带他们全家弟兄姊妹六人逃到这里，安家落户。如今这里二十多家人，都是他们的亲人。

现在，李家后人从胡地回到这里，也算是回家了，一定要好好地安排他们。

苏国海从老人的话中，知道姐夫是回到了真正的李家，放心了。

一九七　大汉地方真好

苏国海给老爹留了足够的银子，让老人操心着请匠人给他们两家先建新房，老人欣然接受并且答应立即找村主商量。

他们辞别老人出发回家。

他们思念家人心切，一路观景走捷径，三天后就回到武功山。

武功山麦收过了，秋苗已经出土。

家里正在杀牛宰羊，准备明天给李维一生的儿子过满月。

李维一见到了哥嫂朋友，见到了自己的女儿，拥抱着他们，一个个热泪滚滚。他们一起诉说着各自的想念，说着说着竟然高兴得大哭起来。

苏武和梅尕看见了女儿女婿，瞧着在眼前长大的孩子们，一个抱着孙女，一个抱着外孙女。

夫妻俩亲着孙子辈，望着儿子辈，热泪涌出了眼眶。

苏武亲自给院里的大锅里添满水，准备烧热水让远道回家的亲人洗澡。

单林忙过来说："大伯，这里我来。你帮着大妈给他们安排住房去！"

"你说得也是。娃娃一回来，我高兴得不知该做啥了。"苏武忙进了屋子。

单林给锅下生好火搭上劈柴后，又忙着刷洗着家里的澡盆。

二三月，他叫木匠来做了几个洗澡的大木盆。因这里常有病人来看病，尤其是有些容易传染的疾病，梅尕和维一他们就得勤洗澡换衣的。

单林很快地在井边搬起辘轳搅水，刷洗干净木盆，放在安排好的房子里，添兑好温热水。

怕给婴儿染上不干净的东西，这里人的风俗，女人和婴儿在月子里，不能见外面的生人。

海儿和女儿只有在苏武老两口的屋里洗澡了。海儿先给女儿洗好澡，换好衣服，交给母亲看管。李维一拿着身干净的衣服进来，关上门说："我也得洗洗，这一个月，我身上太脏了！"

"你那先洗吧，最后我洗。"海儿说着要出门。

"我要让你帮我！"维一含情脉脉，撒娇地说。

苏国海有些为难地说："这这——"

"这有啥！你是我的男人！"她噘着嘴，拽着他的手。

瞧着妻子深情目光，海儿也深爱青梅竹马的媳妇，也很愿意为她做事情，可帮她洗澡之事，这家里不但有家人还有外人……

"这次回来不爱我了？"女人看男人为难犹豫的样子，呛他。

男人只得说："好吧！"

他看女人脱了衣服，躺进热水木盆里。他粗糙的手抚摸着她养得温润瓷白的身子，自己的心跳渐渐地加快了。

她扯开男人单衣，亲着经过沙漠晒得结实黑润的肩背，不住地呻吟起来。自从怀了娃娃后这么多月来，她太想自己的男人了。

特别是生产前的这两个月里，每天拖着笨重的身子忙来忙去，晚上真想躺在男人的怀里休息，可是自己不但见不到男人的面不说，一想到男人回胡地，要走漫漫的大沙漠就让人心疼……

虽然晚上有婆婆一起陪着她照顾她，可她心里想男人想得很是辛苦……他不在这近半年里，她偷偷流过泪，悄悄地哭过……

他觉得自己真的要"跑马"了，忙推开她："你快洗澡，我出去帮他们收拾东西！"

他硬是忍着逃出房间拉上门。他不是不想，觉得这样在父母的房间要是被发现很是尴尬。

苏国海他们回来是后半晌，洗了澡吃了饭天就黑了。晚饭后，请来的厨子，在院里大锅前，烧锅忙碌着煮肉，帮忙的村里人收拾拣择，洗着各种蔬菜……

苏武和梅尕把回来的两家年轻人，分别安排到后院安静又安全的厦子房里，和海儿隔着院子门对门。这一路经过了艰难辛苦，让他们早早休息。

他们回到了家乡，睡在了各自房间的大炕上，尽管很累，却兴奋得没有了睡意。

月光照进窗棂，炕上一片朦胧。苏国海把女儿哄睡，维一给小的喂过奶，小家伙也睡着了。他们把两个娃娃轻轻地推放在炕的另一边。两人躺在一起。

苏国海搂着李维一，负疚地说："维一，你辛苦了！"

女人依在男人怀里，流着眼泪摇摇头："在家没受苦。你这几个月，来回奔波在沙漠里，那才叫苦呢！"

他亲了媳妇："能为父母分担些愁苦，这是做儿子的责任！"

"那你哥，怎么没有回来？"

"他在哈拉和林和阿爸阿妈住在王爷府，等待机会。"

"阿爸阿妈身体还好吗？"她擦着泪。

"好着呢！阿妈怀了娃娃，马上就要生了！"

"於林好吗？"

"他已经长成帅小伙了！"海儿安慰媳妇说，"有国儿和刘伊心在阿爸阿妈跟前，你就放心吧！国儿现在也是个不错的萨满了！"

"这我不担心，我就是想他们！"媳妇又流泪了。

"别掉眼泪了！咱们一步步地来，说不定以后胡汉成为一体，道路相通，见面的机会多着呢。"

他亲着媳妇，媳妇激烈地回应着……真是小别胜新婚，夫妻俩激烈地粘在一起……

苏贝尔哄着娃娃睡着后，瞧着炕另一头目光注视着屋顶沉思的男人，过来搂着他的脖子问："於兴，你想什么？"

"嘘！我仿佛做梦一样，说回大汉就真的回来了！"他感叹道。

"是啊！多亏海儿脑子灵活！"苏贝尔说，"不然，我们真的下不了这决心！"

"大汉地方就是好！"

苏贝尔熄了灯说："这就是胡人侵略大汉的原因。咱们到这里就是黑人黑户，过一时要回北盘山去的！"

"北盘山也是汉地不错的地方，生活一定比胡地好得多！"男人说。

"嗯——咱们到那里定居后，你有啥打算？"女人想想问。

"首先解决吃饭问题，种粮食，养牛羊！"

"我会做一个好女人的！"贝尔依偎在男人的怀里说，"在那里，先把医馆开起来！"

"你说得对！"男人亲了一下女人，"你真是我的好阏氏！"

"从现在起，我们要记住，讲汉话！"贝尔问，"想我吗？"

"那还用说！"男人干脆地说……

刘伊中和吴得雨上炕脱衣，熄灯，紧紧地亲在了一起……

两次狂风暴雨过后，男人搂着女人问："满意吗？"

"嗯！"女人搂着男人的脖子，"先生，我真的很爱你！"

"我也是！"

"可惜，我们的娃娃没有了！"女人伤心地流下了眼泪。

得雨十二岁和刘伊中奉子成婚，她年龄小，不知爱惜，在一次骑马外出中摔下马，发现不对，奔回到家里娃娃就没有保住。为此她哭得死去活来。

公婆和男人劝她说，你年龄还小，再过两年抱娃也不晚。

可今年自己都十六、快十七了，一直却没见动静……

"别伤心！说不定咱们在这里会双喜临门的！"他说，"你现在身体很好，发育得真正成了个漂亮的少夫人！我们一定会幸福的！"

"我想也是！"她说，"我们过一时回到北盘山那里，我就一心一意地养身体！有贝尔姐姐帮助，我们一定会有自己的娃娃的！"

"睡吧！我困得真想睡他个三天三夜！"

一九八　李陵的计划

夜里子时，苏武两口子才拖着疲惫的身子进屋躺在炕上。

真是年龄不饶人了。现在就是再累也没有过去整天骑马奔波累。梅尕瞧着窗外的月亮，仔细地计算着，苏大哥已经七十多的人了，自己也快六十了。

自从搬到这里建房居住以来，得到村里人的大力帮助，大家给足了他苏武面子。自己要借这次儿媳妇为家添丁进口之机，趁自己有能力办顿满月酒席，好好招待一下村里男女老少，感谢大家帮助。

今天海儿回来，带回来贝加尔海子两家后人，其中就有自己日思夜想的女儿一家三口，他们两口子特别高兴。可这躺在炕上仔细地想想，却真的高兴不起来。

按照大汉的人口规定，亲戚要是常住落户的话，就要向村道、县里一级级汇报其详细情况，关键是从哪里来……都要弄清楚的。自己的这些孩子，到底怎么办？

梅尕瞧着旁边的男人眼睛盯着房顶沉思着不说话："哎，你咋的了？"

"没事，睡觉！"他侧过身子说，"明早还要早早起来的！"

他背对着她眯上了眼。

她知道他的心思，光自己和海儿两口子回来，为了能落户，他都费尽了心思了……不过这事，得到明天孙子过了满月后再商量吧。

她也背着他，两人背对背再没有说话，累得渐渐睡着了。

第二天，孙子的满月宴席招待了整个村子的人，下长面和吃酒菜，从前半晌吃到夕阳西下。收拾好院子里租借的桌凳碗筷等，天已黑定。

全家人累得只喝了口水，就都回到各自的屋里休息了。

单林照看儿子睡下后，收拾着家里的锅灶。从年前到如今在苏家干活，才觉得自己活得像个人一样。

父子俩在这里吃住外，苏大伯每月还给十文钱的工钱。苏大伯还找了熟人，让八岁的儿子单童在道县的公学堂念书。

自己每天只是早晚按时送去接回，不过家里有马匹，往来也方便多了。

苏大妈也是个通情达理的女人，对他和儿子像亲人一样。这不，夏天到了，还给他们父子各做了几身单衣服，没有一点嫌弃他们的意思。如今自己就更得尽职尽责，做好自己的事情，保护好这家人。

歇息了两天，大家的乏劲过去了。苏武差单林进县城买东西走后，召集全家人坐在一起商量起了以后的家事。

海儿首先向父亲汇报了过完大年后和得肯特、胡犴到云中去了十家山的情况，以及在坚昆和哈拉和林，还有回来时自己临时决定让姐夫和伊中他们隐居在北盘山的事……

苏武听了后问："你舅舅他们愿意全家人居住十家山吗？"

"胡犴哥和得肯特大哥他们看了那里，很愿意的！"海儿解释说，"我和舅舅说了想法，他同意回到那里。毕竟那里距云中近多了，那里还是他祖上萨满活动的地方，还有老人惦记着的。"

苏武高兴地说："这样就好了，这以后我们还能见面的。"

"那——国儿怎么办？"梅尕沉思地问。

"我哥和伊心，孩子还小，现在和李大叔一家住在哈拉和林，这就方便多了。要是舅舅他们动身，征求我哥的意见，他要回来的话，就能跟着一起回来！"海儿说。

梅尕不放心地说："你说，让你姐和伊中两家住在北盘山那里，安全吗？"

李於兴回答说："妈，我们看上那地方了，那里很是安全。全村都是姓李的人家。他们是成纪李家的一支，回那里也算是回家了。"

苏武相信这个聪明的儿子，于是对李於兴说："这样我就放心了。北盘山定比十家山好多了！关键是在河南地以后会更好，距咱家也很近。"

梅尕瞧着女儿问："贝尔，你觉得那里怎么样？"

苏贝尔笑着说："妈，我知道你心疼女儿！可是情况不允许我和你们住在一起的。我觉得北盘山很好，风景也很好，还有满黄土丘地上的麦子。人家能在那里很好地生活下去，我们也能！"

苏贝尔瞧阿妈很不放心的样子，搂住她的手臂，倚在她身边说："妈，你就放心吧！那里比当年你和爹爹在贝加尔海好过千百倍了！"

刘伊中笑着说："大阿妈，我们还很年轻，在那里安排好后，接你和大伯伯去那里看看！"

"那敢情好。"梅尕高兴了。

苏国海说："爹，我把你给我的钱，给了十家山你说的那老人一些，他儿子是村主。舅舅去他们那里后，就由他们照看着建房子。我也给李老爹留了足够的银子，我姐他们回去就有自己的家了。"

苏贝尔说："我们这次回北盘山，就住上新房子了。阿爸阿妈、这次跟我们一起过去看看，你们会放心的！"

梅尕瞧瞧男人。苏武说："好，就去看看！"

苏武看问题解决了。在孙子过满月后歇息了几天，苏武带着女儿一家和刘伊中他们回长安开眼界，直到秋天北盘山种麦子时，苏记恩到云中办事，将他们从官道送回。

苏武夫妇得到北盘山李氏家族贵客样的热情欢迎及款待，他们瞧着李老爹请匠人给两家青年人建的和村里住家一样结实气势的房子放心了。

特别是他们确切知道这里住的都是过去成纪李家人的后代更是放心了。

胡地哈拉和林。

苏国海带着第一批年轻人走后，不久和苏国海在道上相遇的胡人商人回到哈拉和林对得肯特说了在距云中不远处遇见他兄弟的事，得肯特知道苏国海他们回家了。

沮渠格尔看外甥他们安全到家，就和得肯特商量，趁着自己还能折腾动的时候，想借着距冬季还有两个多月的时间好好地准备悄然回汉地。

局势在变化着。再说，晚了的话在沙漠中遇见大雪，妇女娃娃就要受大罪的。

他瞧着自己经营了二十多年的大片药材基地，郁郁葱葱的果林，和满地成长着的各种药材，真的舍不得转让给别人。

既然已经决定要走，转让是必然的。要尽可能转给情投意合的人，转让的原因，还要让外人觉得是迫不得已……

他想不出个好的主意，悄悄打马进城找李陵商量。

苏国通正陪李陵在后院书房下棋，韩玉林进来说："王爷，沮渠萨满到来！"

"请！"李陵忙停手，拉着苏国通出门迎接。在他看来，这位沮渠格尔萨满，没有大事是不会亲自登门的。

他们进书房坐定，苏国通忙给舅舅和李陵奉上奶茶："阿舅请用茶！叔父，请用茶！"

沮渠格尔和六十多岁的李陵年龄差不多。他品了口奶茶，瞧着外甥。苏国通见状忙要退出。

李陵抓住他的手说："没必要。"

李陵深邃的目光瞧着沮渠问："沮渠先生，莫非有事？"

沮渠低声说明来意。

李陵苏沉思会儿说："让国儿来接管，天经地义。"

儿子和刘伊中两口子平安回汉的事使他明白了这条路可行。如若苏国通能接管基地，他可以慢慢将坚昆的汉人青年聚集在这里想办法一批批地送回……

苏国通也觉得，自己娃娃小，一时回不了，接管舅舅沮渠的药材基地，真是个好事情，也不用再待在右校王府深居了。

于是半月后，沮渠以年老回居吾老家养老为名，带着一家大小和得肯特一家，赶着贩卖药材的骆驼队悄悄出了胡地。由于得肯特熟悉道路，有惊无险地到了联系好的住地十家山。

有这里村主老爹和村主的接待，再说沮渠他们也是有银子的人家，很快就住下了。

借着这里下雪前得肯特和胡犴回了趟云中货栈查看情况，刚好遇见苏记恩在云中办事，就和苏国海他们联系上了。

过大年时，沮渠在儿子胡犴的陪同下来到武功山看妹妹，大家在汉地相见万分的高兴，在一起过了个特别欢愉的大年。

第二年夏季沮渠在云中买了房产，自己开医馆，得肯特与李於兴和刘伊中贩卖药材到胡地联系，培养后续人，一次一到两人，悄悄往回带着坚昆的汉人后代。

一九九　魂归故里

真是天有不测之风云。开春，春寒料峭，大汉未央宫内。二十一岁的汉昭帝，病入膏肓，太医医治无效驾崩。

因汉昭帝没有子嗣，国不能一日无君。大将军霍光决定召二十六岁昌邑王刘贺回朝主持丧礼。

刘贺是武帝之子刘髆的儿子，也是武帝之孙。刘髆是西汉被封到山东昌邑的第一位昌邑王爷。他死后儿子刘贺继承了昌邑王位。

刘贺打开玺书，兴奋地带着众多家兵随从乘坐着七辇马车和前来接驾的佣兵立即向长安出发。

他每到一地，寻求支持，穷奢极侈，享受着万人之上的荣耀。

到长安主持皇帝的葬礼后，登基成了皇上。

可他上位后不到一月，命亲信拿着旄节，下令向给朝廷既近地各官署，征调并索取物资，共一千多次。

朝廷官员多次进谏，规劝过失，刘贺竟派人将劝谏的官员关进监牢。并且变本加厉，不顾国家安危，征集美女，荒淫无度，丧失帝王礼义，搅乱朝廷建制。

大将军霍光担心刘贺如此危及国家，让天下百姓不安，便和苏武等老臣及群臣商议办法。

苏武以武帝时出使匈奴十九年不辱使命的耿耿忠心，昭帝时回汉被授予二千石三朝元老的身份，起草弹劾废刘贺奏章给皇后，霍光等朝廷重大臣同声声讨，只当了二十六天皇帝的刘贺被废。

接着苏武又起草了立帝奏章，并联合霍光等朝廷重大官员一起奏明皇后，让皇后受收武帝曾孙，戾太子刘剧之孙——刘进之子刘询为孙，即立刘询为帝。这就是汉宣帝。

两年前匈奴壶衍鞮大单于死后，虚闾权渠篡位当上匈奴大单于。他为了彰显自己的本事，得知大汉改朝换代，认为如今顾不得保护西域各地，和六十多岁的卫律密谋并派其带兵要收复西域。

再加上李陵主持农牧业督导部落种粮多年，匈奴人员和牛羊增长很快，野心膨胀本性使然。

大汉宣帝听从霍光大将军建议，让驻守酒泉的西部将军常会出兵征讨，横扫了匈奴军骑十万，旗开得胜。

这次大汉不但统一了西域，还在那里建立了安西都护府，且命常会统管。终于保证了通往西域各地和各国道路通畅无阻。

卫律兵败逃回哈拉和林，一病不起，不久就死了。

秋冬之际，李陵督导匈奴各部落粮食收回后，染上风寒，心病，新旧身疾复发，躺在炕上。

他眼前不断地浮现出：

自己和苏仁兄在困顿中相逢于贝加尔海，十多年里每每回海子相见，相谈，相知，暖心慰藉的情景……

嘴里说不出，心中不住的叨念着：仁兄，我想你！我想家乡……

三天后李陵的病情越来越重。

如今坚昆的萨满，深得梅尕和苏武医道的刘勇义，使尽浑身解数，好药用尽，昼夜陪伴都无力回天。

李陵觉得他不久人世，弥留之际，向坚昆如今的主事人刘勇义和吴胜交代：

1. 一年两年、十年八年……一直都要坚持，密送坚昆汉人青年陆续回汉；

2. 定要让在坚昆生活的汉人及世代能永久平安；

3. 他去世后，刘勇义想办法得把他保存的血染的大汉军战袍，送回长安和家人埋在一起，魂归故里。

……

大汉长安的冬月中，纷纷扬扬的大雪铺天盖地，长安城到处一片白茫茫的。今年的雪真大，许多树枝都被雪压断了。

十一月十五这天，是苏武的朝会时日。本来他上朝来和退朝回都是由家人送接的。

今天家人送他来早朝，才得知苏记恩要去云中，他让家人回家去拿他给李陵写的信，让其捎走。

早朝事情不多，退朝早。苏武拄着拐杖一个人踏着雪，沿着曙光大街慢慢朝回走。

忽然，有人挡住他的道问："你是苏大哥吗？"

苏武抬眼仔细辨认会儿，惊讶地说："勇义！"

虽然刘勇义头顶着破毡帽，满脸的胡须，身着褴褛的汉服袍子，肩挎背着破烂而鼓的行囊，野人一样，可苏武还是认出来了。

"苏大哥！"两人满眼是泪，当街拥抱在一起。

苏武牵着刘勇义的手回到家，兴奋地说："快坐炕上暖和暖和！"

这位兄弟和吴胜奉李陵之命，在贝加尔海保护着他们一家，在一起度过了十几年艰难的岁月，比亲兄弟还亲。他回汉这些年来，常常回想起那时的事情……想念他们。

这热炕就是美！刘勇义也不客气地躺下，盖上被子真是舒服极了。夜黑里到长安，睡在驿馆的床上，真不解乏。早上起来，周身不爽。

苏武瞧着刘勇义疲惫的样子，他冒着严寒回来，一定是有啥大事情发生。于是问："勇义，你这不顾严寒回来，是不是有什么事情？"

……

他瞧着苏大哥满头白发，满脸的皱纹，清癯的面容，虽然盖着被子，还是能看出瘦小了许多的身子不忍开口。

可却禁不住他的追问，只得说了自己扮着商人千辛万苦跟着铁铜贩子悄悄到酒泉回来的原因。

苏武闻言得知李陵去世，对着北方跪在炕上喊着"贤弟！李陵！"泪如雨下。

回想起在贝加尔海的十九年里，李陵让刘勇义和吴胜保护着他和家人……

李贤弟多次地探望，给了他心理和精神上许许多多的慰藉……

在那极寒蛮荒的居住地，兄弟相见，跪地痛哭……

简陋的土坯屋里，兄弟们流着泪，促膝相谈……

开春地里，兄弟给他送来麦种，两人打马犁地种庄稼……

夏季，深邃清澈的贝加尔海畔，他们打马而行，述说着心事……

冰天雪地，贝加尔海温泉：两人裸泡在热水中，坦诚相见……

哈拉和林右校王府，贤弟给他送行。兄弟俩跪地抱头痛哭，依依惜别……

如今贤弟已逝，往事却历历在目，这怎能不叫人悲痛欲绝……

"贤弟——李陵——"苏武喊了一声，昏倒炕上。

"苏大哥！"刘勇义双目含泪忙滚下炕，坐地扶起苏武，伸手按掐着他的人中……

在刘勇义的救治下，苏武终嘘了一口气，睁开泪眼。

刘勇义给苏武擦了眼泪又给自己擦了泪劝说："苏大哥，人死不能复生。你的身子骨也要紧！"

……

苏武终于止住眼泪瞧着他，等他继续说下去。

他说了李陵魂归故里的愿望。

第二天苏武上朝，奏明皇上，皇上恩准拨银子让他主办此事。

苏武让家人到武功山和北盘山接回了两处的娃娃们回来，在长安李家坟地将李陵的战袍盛棺隆葬，也算李陵贤弟魂归故里了。

苏武带着刘勇义和娃娃们回武功山过了个新年，两人在一起商榷了胡地坚昆汉人应继续回汉的事宜。开春，道上冰雪融化，刘勇义仍然在云中扮成商人，随着商队回胡地。

在李陵去世后，於维尔兰被单于任命为坚昆王。其实刘勇义才是坚昆真正的主事者。

单于怕坚昆汉人谋反，他被当做人质留在王庭，为了坚昆的汉人生命安，还有让汉人青年陆续回汉，他不得不冒着艰险回去。

二〇〇　激励后世

李陵去世后，苏武的身体一天不如一天了。

四月初一。朝堂上，皇上宣帝没有看见老臣苏武，关心地问："老臣苏武何在？"

有人回答："病了。"

皇上猛然记起为了表达对苏武衷心的谢意，封送给他好多金银帛匹，他都分给了亲近的人，于是问："苏阁老现有家人吗？"

国舅爷回答说："听说在胡地有一儿子。"

皇上立即下令："我朝，要不惜一切代价赎回老臣之子！"

皇上令国舅爷即刻操办此事。国舅爷让熟悉此事的大汉宣布使苏记恩亲办此事。

苏记恩领命，立即带上金银细软和二十多部下打马到云中，请得肯特和沮渠胡犴两位一起出发。

他们到哈拉和林后，苏记恩代表大汉拜见虚闾权渠大单于。

单于一见如此多的珍贵礼物，答应只能带苏国通一人回汉。这可难倒了一行人。

多亏有云中贩卖药材一起过来的地里熟得肯特和沮渠胡犴。他们两人在外操持，巧妙地将苏国通的妻儿刘伊心和苏刘瑞悄悄带出胡地在沙漠中会合，大家一起战烈日和沙暴回到大汉长安。

大汉皇上亲自接见苏国通并进行了畅谈，深感苏国通不论是文采还是韬略、长相人品很是不错，此才可塑。

后来，皇上令苏国通去西部将军常会麾下，在西域地历练了三年，增长了才干，调回长安，封其为兵部侍郎留在自己跟前，这是后话。

一家都回汉了，苏武放心了。

第二年过了中秋，苏武已经八十高龄了，妻子梅尕亲自在长安服侍。

入冬后，他非要回武功山看看，梅尕不让他回，劝说："苏大哥，你年纪大了不方便路上行动，你要是想海儿他们了，就差国儿去叫他们回来。"

苏武双眼瞪着女人，倔强地说："我就是想回去看看！你要是不准，我就自己走着回去！"

他说着拄着拐杖就要出门。梅尕知道老头子脾气，一根筋。她劝说两天无效，只得同意。

这天，天气晴朗，阳光铺满大地。

早饭后，梅尕让苏国通拉马套好轿车。她给车里铺上厚厚的棉褥子和狼皮褥子，让他上车盖上厚厚的羊毛被子，暖暖的和儿子一家出发了。

八十岁的苏武回到武功山后，头一件事，是将儿孙们叫到祖坟的祠堂前训话：

要他们不要忘记先祖，牢记大汉；

要他们不要忘记贝加尔海生长地，要时刻记住坚昆的大汉兄弟，尽力帮助他们回汉；

兄弟们要团结，为我大汉出力，等等多条，并不断地强调，直到苏国通和苏国海拉着媳妇们跪地磕响头发誓照办，他才罢休。

第二天，苏武换去在长安时穿的锦衣蟒袍，头上包着新布巾，身上穿上三面新的新棉衣裤，外套着新棉袍，脚蹬上新棉鞋，既暖和又利索。

还是这乡下空气好，清静。他要在自己的有生之时，好好地过过这宁静的日子。

许多天来，他拄着拐杖，在单林的照看下走访了村里的人家，到周围转着看。

尽管两天前下了次小雪，雪在第二天就化光了。

今天天气晴朗，阳光普照。早饭后暖和和的。

苏武瞧着天空，看来以后这几天天气都会不错。他进房子对在收拾针灸袋子的妻子说："梅子，我要洗澡！"

梅尕一听不由得有些生气："这大冷的天，你不要命了！"

"给屋里生火呀！"苏武不容商量地说。

这老头子，这次回来，随心所欲地想做啥就得做啥。

这不，刚请裁缝量身做了新的棉衣衬衣穿暖和了，就拉着单林走家串户……你让他歇会儿都不行。

梅尕无奈让单林在房间生好木炭火，待房子里温暖如夏时。叫单林在屋里兑了一洗澡桶的热水，让国儿和海儿两兄弟帮着给他老子洗了澡。

按照他的要求，梅尕拿出另一身新衬衣衬裤，新的棉衣棉裤，外套上新长袍，给他换上。儿子给他擦干了头，让他上炕歇息了会儿。

老苏武睡了一个时辰左右，起来不让人跟随，说是在门外走走。梅尕看他的身子骨还好，也就没有让人跟随，任他拄着拐杖出门。

苏武来到村西驿道边的苏家祖墓前。

自从梅尕和二儿子苏国海两口子偷着回汉来后，谨慎的他，怕双方官家得知此事，危及国家和他妻儿的安全，悄悄安家在父亲苏建墓地武功山这里。

自从这里有了家人之后，遇到四时八节，父亲苏建墓地有人上土修缮，这几年墓地扩大不少，墓碑醒目，前面还修建了祭祀的祠堂，这里渐渐变得有气魄了。

他拄着拐杖站在父亲墓碑前，心潮澎湃，往事历历在目。

五十多年前的秋冬季节，任代郡太守的父亲病逝任上，二十五岁的他和父亲十五岁的小跟班苏李扶着灵柩回长安。按照当时大汉习俗，沿途驿站尸棺不能停留，沿途的村寨更是不允许了。

他们只好一路上和二十人的辎重骑队，人不卸鞍马不停蹄地跋涉。两个月行了三千多里路。

这天夕阳西下时行到距长安只有一百八十里地的这里，拉着棺木的马车轴断裂，马匹累死无法前行。

按照当时关中人的风俗，棺木停在哪里不能前行，就得就地处置。当时苏武面对这种情形，当机立断，出银钱叫了北塬坡下的村里人，就地让父亲棺头朝南，脚踩着北塬入土为安。

后来朝廷封父亲苏建为武功侯，父亲墓后的土塬被大家称为武功山。

过去武帝时，兄长和弟弟随着武帝外巡死在外地，也就葬在那里，这么多年也不知具体之地……

父亲葬在这里，保佑着他能在极寒之地的贝加尔海生活了近二十年，尽管受尽了千辛万苦，终于平安回来。

如今他儿孙满堂家道平安。

他对父亲说："爹，您在九泉之下能安息了。"

苏武出门都到晌午了还不见回来。梅尕着急地出门寻找，阳光下她站在家西边不远处高坎上，四下里寻找着……看见公爹坟墓前站着的男人，忙奔了过去。

"苏大哥。"梅尕过来搀扶住他，嗔怪道，"你来也不说一声，叫我担心！"

"我来看看老父亲。"他指着旁边的石凳说，"走，坐在那里歇歇。"

"咱们回家再歇息！"

"坐在这里清静！"苏武说，"我还想陪一下老人家。"

"你今个是怎的了？"梅尕搀扶着她坐在石凳上，自己坐在他身旁。

"我跟你商量件事情。"他认真地说。

瞧他一脸的认真，她觉得事情重大，也认真起来："说吧。"

"我如今时日不多，我死后将我葬在父亲身边。"

"你身子骨好好的，怎么说这些！"梅尕心里不安地说。

"人活百年，总有一死。我四十岁时就该是死的人了，如今已经活到八十岁了，愿也还了，家也圆了，事也了了，也该去了！"

苏武瞧着天上的白云，在云中穿行的太阳，满足地笑了："呵呵呵呵……"

梅尕听着男人高兴的笑声，瞧着不远处的北山说："看把你高兴的。苏大哥，今冬好好地保养身体，明年开春，咱们去云中看看。"

自从哥哥回汉后，她总想抽时间去那里看看的。结果整天都是这事那事地忙碌。趁现时身子骨还行，开春一定要去看一回。

良久，听不到男人的回答，梅尕抓住他的手臂摇摇，好像不对，这手臂怎么有些不灵活？

她起身仔细一看，苏武闭着双眼，面目含笑端端地坐着。

梅尕手伸到他鼻子下一试，他停止了呼吸。

他端坐在石凳上停止了呼吸。

梅尕瞧着和她一起生活了近四十年的男人，眼泪一下子涌出，现在终于明白了他的心思。

苏大哥是个心思极其缜密的人。他知道官家的争斗和家里人的遭遇是休戚相关的。

他冥冥之中得知自己寿数已近，前一时硬要和她回到这里。在临终之前躲得距长安远远的，悄悄地逝在这里，免得影响儿子的前途，埋下人情祸患……

苏武去世后，梅尕悄悄安排苏国海和单林相伴，去北盘山接苏贝尔他们回来，她不想惊动朝廷，叫回儿女子孙为苏大哥送行。

后话：

苏武和贤弟李陵的遗愿在北地悄悄地付诸实施。

现今，匈奴连失了卫律和李陵两位辅佐，虚闾权渠大单于的政权不稳，可是他们还是紧盯着自己的领地。

在苏国通回汉后，吴得汉接管了基地主事。在刘勇义他们的安排下，在苏国海和李於兴他们的接应下，在吴得汉的护送下，坚昆的年轻人每年夏季一两家过沙漠回汉。

这样很慢。刘勇义他们支持基地主事吴得汉，将基地的物资悄悄朝狼居胥山里面转移，组织年轻人渐渐朝大汉代郡及云中边境一带移动……

在坚昆地，刘勇义和吴胜他们老一辈人，既然迁不走，索性倾其多年的积蓄，按照赵大哥设计的八卦阵图，在四季朝阳的湖山半坡平整处，修建了座八卦城。

全坚昆人和后辈们坚守在一起，为保护自身的生命安全，生活安定而劳作，并且教导世世代代不要忘记自己是大汉人，为大汉一统生生不息。

终南山屹立着，渭水长流淌着，对面的武功山巍然。苏家的功绩代代不忘。如今每到清明节，四海的苏家人都陆续聚集在这里，祭奠着祖先。

——结束——